Elogios para

La era de huesos

"Una oscura, aguerrida y maravillosa novela de fantasía". —*The Observer* (Londres)

"*La era de huesos* nos transporta a un submundo del futuro, donde la clarividencia existe. Un mundo de unas dimensiones impresionantes, repleto de fantasía, distopía e intriga". —*Vogue*

"El ritmo de *La era de huesos* raramente se ralentiza, y la fuerte e ingeniosa Paige resulta una heroína memorable". —*BookPage*

"Shannon escribe tan bien que consigue mantener el interés desde el principio... Un mundo de ficción original y entretenido... En verdad, el final me tuvo absolutamente en vilo".
—*The Telegraph* (Londres)

"No encuentro palabras para describir la maravillosa y confiada escritura de Samantha Shannon, sobre todo en un debut literario... La historia que más me ha atrapado en el último año, y la primera novela más absorbente y convincente que he leído desde *Jonathan Strange y el señor Norrell*. La recomiendo fervientemente".

—*Forbidden Planet International Blog*

"En *La era de huesos* encontramos los adolescentes y la distopía de *Los juegos del hambre*, sumados a una historia de amor al estilo de *Crepúsculo*. Eso sí, con una mayor calidad literaria".

—*SFX Magazine*

"*La era de huesos* surge del interés de Shannon por obras como *El cuento de la criada* y *La naranja mecánica*, pero también de su fascinación por la poesía de John Donne". —*The Sunday Times*

"*La era de huesos* es la novela que J.K. Rowling y William Gibson nunca llegaron a escribir".

—*Wired Magazine*

Samantha Shannon

La era de huesos

Samantha Shannon nació en Londres en 1991 y empezó a escribir a los quince años. Entre 2010 y 2013 estudió Lengua y Literatura en la Universidad de Oxford. Con sólo veintidós años saltó a la fama con la publicación de *La era de huesos*, su primera novela. Esta escaló rápidamente las listas de más vendidos, cosechando reseñas espectaculares a ambos lados del Atlántico.

La era de huesos da a conocer a una protagonista valiente y cautivadora, así como a una joven autora de imaginación, ambición y talento desbordantes. Si bien sus méritos le han valido comparaciones con las obras de fantasía más exitosas de la actualidad y clásicos del siglo XX, es un libro que brilla por su originalidad. En esta primera novela, Samantha Shannon ha creado un universo fascinante y totalmente único que está conquistando los corazones y las mentes de lectores en todo el mundo.

La era de huesos

La era de huesos

Samantha Shannon

Traducción de Gemma Rovira

Vintage Español
Una división de Random House LLC
Nueva York

PRIMERA EDICIÓN VINTAGE ESPAÑOL, DICIEMBRE 2014

Copyright de la traducción © 2014 por Gemma Rovira Ortega

Información de catalogación de publicaciones disponible en la
Biblioteca del Congreso de los Estados Unidos.

Vintage Español ISBN en tapa blanda: 978-1-101-87321-2
Vintage Español eBook ISBN: 978-1-101-87322-9

Para venta exclusiva en EE.UU., Canadá, Puerto Rico y Filipinas.

www.vintageespanol.com

Impreso en los Estados Unidos de América
10 9 8 7 6 5 4 3 2 1

Para los soñadores

Por encima de esta tierra y de la raza humana que la puebla, existe un reino de espíritus, un mundo invisible, pero que nos rodea
y está en todas partes.

CHARLOTTE BRONTË, *Jane Eyre*

LOS SIETE ÓRDENES DE LA CLARIVIDENCIA
—según *Sobre los méritos de la antinaturalidad*—

* ADIVINOS *
—morado—

Necesitan objetos rituales (*numa*) para conectar con el éter. Utilizados sobre todo para predecir el futuro.

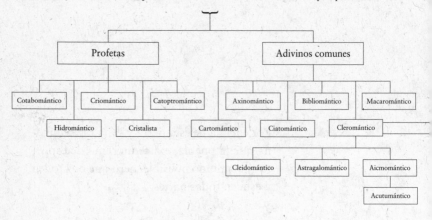

Profetas

- Cotabomántico
- Criomántico
- Catoptromántico
- Hidromántico
- Cristalista

Adivinos comunes

- Axinomántico
- Bibliomántico
- Macaromántico
- Cartomántico
- Ciatomántico
- Cleromántico
- Cleidomántico
- Astragalomántico
- Aicmomántico
- Acutumántico

* MÉDIUMS *
—verde—

Conectan con el éter mediante la posesión espiritual. Sujetos a cierto grado de control por parte de los espíritus.

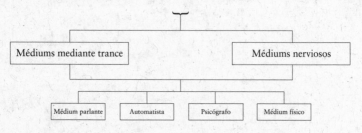

Médiums mediante trance

Médiums nerviosos

- Médium parlante
- Automatista
- Psicógrafo
- Médium físico

* SENSORES *
—amarillo—

Con percepción del éter a nivel sensorial y lingüístico. A veces pueden canalizar el éter.

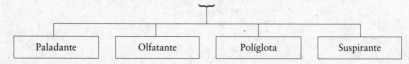

- Paladante
- Olfatante
- Políglota
- Suspirante

* AUGURES *

—azul—

Utilizan materia orgánica, o los elementos, para conectar con el éter. Utilizados sobre todo para predecir el futuro.

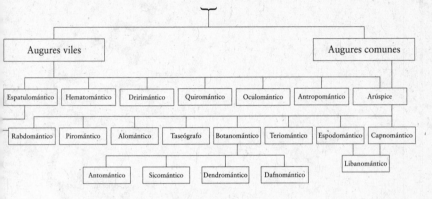

| Augures viles | | | | | | Augures comunes |

| Espatulomántico | Hematomántico | Dririmántico | Quiromántico | Oculomántico | Antropomántico | Arúspice |

| Rabdomántico | Piromántico | Alomántico | Taseógrafo | Botanomántico | Teriomántico | Espodomántico | Capnomántico |

| Antomántico | Sicomántico | Dendromántico | Dafnomántico |

| Libanomántico |

* GUARDIANES *

—naranja—

Tienen un grado de control de los espíritus mayor que la media y pueden alterar los límites etereoespaciales normales.

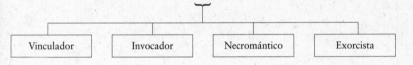

| Vinculador | Invocador | Necromántico | Exorcista |

* FURIAS *

—naranja-rojo—

Sometidos a cambios internos cuando conectan con el éter, generalmente relacionados con el onirosaje.

| Sibila | Ilegible | Berserker |

* SALTADORES *

—rojo—

Capaces de alterar el éter más allá de sus propios límites físicos. Mayor sensibilidad al éter que la media.

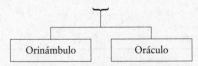

| Orinámbulo | Oráculo |

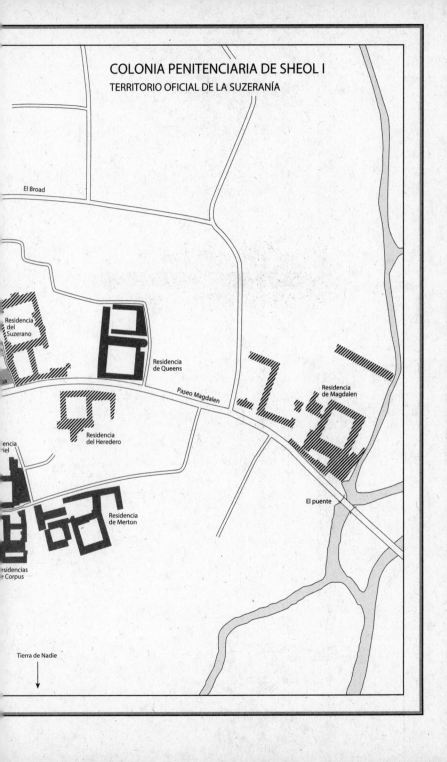

La era de huesos

La maldición

Me gusta pensar que al principio éramos más. No muchos, supongo. Pero sí más que ahora.

Somos la minoría que el mundo no acepta. No nos acepta fuera del ámbito de la fantasía, que está en la lista negra. Somos como los demás. A veces actuamos como los demás. En muchos aspectos, somos como otro cualquiera. Estamos por todas partes, en cualquier calle. Llevamos una vida que podríais considerar normal, siempre que no os fijarais demasiado.

No todos nosotros sabemos lo que somos. Algunos mueren sin llegar a saberlo. Algunos lo sabemos, y nunca nos descubren. Pero estamos aquí.

Creedme.

Desde los ocho años, había vivido en esa parte de Londres que se llamaba Islington. Iba a un colegio privado para chicas, y a los dieciséis me puse a trabajar. Eso fue en el año 2056. AS 127, según el calendario de Scion. Se esperaba de los jóvenes que empezaran a ganarse la vida donde pudieran, y normalmente era detrás de algún tipo de mostrador. Había mucha oferta de empleo en el sector servicios. Mi padre creía que yo llevaría una vida sencilla; que era inteligente pero poco ambiciosa, que me contentaría con cualquier trabajo que la vida me ofreciera.

Mi padre se equivocaba, como siempre.

Desde los dieciséis años había trabajado en el mundo del hampa de Scion Londres (SciLo, como lo llamábamos en las calles). Trataba con implacables bandas de videntes, todas dispuestas a derribarse unas a otras para sobrevivir. Esas bandas formaban parte de un sindicato que abarcaba la ciudadela entera, dirigido por el Subseñor. Empujados hacia los bordes de la sociedad, nos veíamos obligados a delinquir para prosperar. Y por eso nos odiaban aún más. Hacíamos reales las historias que contaban de nosotros.

Yo tenía mi sitio en aquel caos. Era una dama, la protegida de un mimetocapo. Mi jefe, Jaxon Hall, era el mimetocapo responsable del sector I-4. Éramos seis los que trabajábamos directamente para él. Nos llamábamos los Siete Sellos.

No podía contárselo a mi padre. Él creía que trabajaba de dependienta en un bar de oxígeno, un empleo mal pagado pero legal. Era una mentira fácil. Si hubiera tratado de explicarle por qué me pasaba el día con delincuentes, no lo habría entendido. Mi padre no sabía que yo me parecía más a ellos que a él.

Tenía diecinueve años el día que mi vida cambió. Por entonces mi nombre ya sonaba en las calles. Tras una semana especialmente dura en el mercado negro, tenía previsto pasar el fin de semana con mi padre. Jax no entendía por qué necesitaba un poco de tiempo libre (para él, no había nada digno de nosotros fuera del sindicato), pero él no tenía una familia, y yo sí. O no tenía una familia viva. Y a pesar de que mi padre y yo nunca habíamos estado muy unidos, sentía que no debíamos perder el contacto. Una cena de vez en cuando, alguna que otra llamada de teléfono, un regalo por Novembertide. El único problema era su lista interminable de preguntas. ¿Dónde trabajaba? ¿Quiénes eran mis amigos? ¿Dónde vivía? Yo no podía contestar. La verdad era peligrosa. Si se hubiera enterado de a qué me dedicaba, es posible que él mismo me hubiera mandado a la colina de la Torre. Quizá debería haberle contado la verdad. Quizá eso lo habría matado. Fuera como fuese, no me arrepentía de haber entrado en el sindicato. Mi trabajo era deshonesto, pero estaba bien pagado. Y como siempre decía Jax, era mejor ser un forajido que un fiambre.

Ese día llovía. El último día que fui a trabajar.

Un equipo de soporte vital mantenía mis constantes. Parecía muerta, y en cierto modo lo estaba: mi espíritu se había separado parcialmente de mi cuerpo. Era un delito por el que habrían podido condenarme a la horca.

He dicho que trabajaba en el sindicato. Dejadme que lo aclare: era una especie de hacker mental. Más que leer otras mentes, era una especie de radar de mentes, en sintonía con lo que pasaba en el éter. Percibía los matices de los onirosajes, y la presencia de espíritus solitarios. Cosas que estaban fuera de mí. Cosas que los videntes normales no podían percibir.

Jax me utilizaba como herramienta de vigilancia. Mi trabajo consistía en seguir la pista de cualquier actividad etérea en su sección. A menudo me hacía vigilar a otros videntes, para averiguar si ocultaban algo. Al principio, solo me pedía que observara a personas que estaban en la misma habitación (personas a las que yo podía ver, oír y tocar), pero pronto se dio cuenta de que yo podía ir más allá. Podía percibir cosas que sucedían en otro sitio: un vidente que pasaba por la calle, una reunión de espíritus en Covent Garden. Mientras tuviera soporte vital, podía captar el éter en un radio de dos kilómetros alrededor de Seven Dials. Así que si Jaxon necesitaba que alguien cotilleara lo que estaba pasando en el I-4, podías apostar cualquier cosa a que me llamaría a mí.

Decía que yo tenía potencial para ir aún más lejos, pero Nick no quería que lo intentara. No sabíamos qué consecuencias podría acarrearme.

Toda forma de clarividencia estaba prohibida, por supuesto, pero aquella con la que se podía ganar dinero era directamente pecado. Tenían un término especial para designarlo: mimetodelincuencia. Comunicación con el mundo de los espíritus, con la intención expresa de obtener beneficios económicos. El sindicato se basaba en la mimetodelincuencia.

La clarividencia pagada en efectivo estaba muy extendida entre quienes no lograban entrar en ninguna banda. Nosotros lo llamábamos limosnear; Scion lo llamaba traición. El método oficial de ejecución de quienes cometían esos delitos era la asfixia por nitrógeno, comercializada bajo la marca NiteKind. Todavía recuerdo los titulares: «Castigo sin dolor: el último milagro de Scion». Decían que era como quedarse dormido, como tomarse una pastilla. Todavía había ejecuciones públicas en la horca, y algún que otro caso de tortura por alta traición.

Yo cometía alta traición por el simple hecho de respirar.

Pero volvamos a ese día. Jaxon me había conectado al equipo de soporte vital y me había enviado a hacer un reconocimiento del sector. Yo llevaba tiempo cercando una mente que rondaba por allí, un visitante frecuente del sector 4. Había hecho todo lo posible para ver sus recuerdos, pero siempre había sucedido algo que me lo había impedido. Aquel onirosaje no se parecía a nada que yo hubiera visto hasta aquel momento. Incluso Jax estaba perplejo. Por las diferentes capas de mecanismos de defensa, habría jurado que su dueño tenía miles de años de edad, pero no podía ser eso. Era algo diferente.

Jax era muy desconfiado. Lo que correspondía en esos casos era que si un nuevo clarividente llegaba a su sector se anunciara a él en un plazo de cuarenta y ocho horas. Jax decía que debía de haber otra banda implicada, pero ninguna de las del I-4 tenía experiencia suficiente para obstaculizar mis reconocimientos. Ninguna sabía lo que yo podía hacer. No era Didion Waite, que dirigía la segunda banda más grande de la zona. No eran los limosneros muertos de hambre que frecuentaban Dials. No eran los mimetocapos territoriales especializados en hurto etéreo. Aquello era otra cosa.

Cientos de mentes pasaban a mi lado lanzando destellos plateados en la oscuridad. Iban deprisa por las calles, como sus dueños. Yo no reconocía a esas personas. No podía ver sus caras; solo vislumbraba los bordes de sus mentes.

Había salido de Dials. Mi percepción estaba más al norte, aunque no podía precisar dónde. Seguí aquella sensación de peligro que tan bien conocía. La mente del desconocido estaba cerca. Me llevó por el éter correteando como una luciérnaga, sorteando otras mentes. Se movía deprisa, como si me hubiera notado. Como si intentara huir.

No debía perseguir esa luz. No sabía adónde me llevaría, y ya me había alejado demasiado de Seven Dials.

«Jaxon te ha dicho que lo encuentres.» Era un pensamiento lejano. «Se va a enfadar.» Seguí adelante, a una velocidad mucho mayor de la que jamás había alcanzado con el cuerpo. Luché contra las limitaciones de mi físico. Ya podía distinguir la mente de aquel solitario. No era plateada, como las otras; no, la suya era oscura y fría, una mente de hielo y piedra. Corrí hacia ella. Estaba tan cerca… No podía dejarla escapar.

Entonces el éter tembló a mi alrededor y, de repente, el intruso desapareció. Su mente volvía a estar fuera de mi alcance.

Alguien me zarandeó.

Mi cordón argénteo (la conexión entre mi cuerpo y mi espíritu) era extremadamente sensible. Era lo que me permitía percibir onirosajes a distancia. También podía devolverme a mi piel. Cuando abrí los ojos, Dani estaba iluminándome la cara con una linterna de bolsillo. «Las pupilas reaccionan —dijo para sí—. Estupendo.»

Danica. El genio del grupo, con una inteligencia que solo Jax superaba. Era tres años mayor que yo y tenía todo el encanto y la sensibilidad de un golpe a traición. Cuando la contrataron, Nick la clasificó como sociópata. Jax dijo que era parte de su personalidad.

—Despierta, Soñadora. —Me dio un cachete—. Bienvenida al mundo de la carne.

La bofetada me dolió: era buena señal, aunque desagradable. Levanté una mano para quitarme la mascarilla de oxígeno.

La guarida fue cobrando definición. La vivienda de Jax era un almacén secreto de contrabando, lleno de películas, música y libros prohibidos, todo amontonado en estantes y recubierto por una gruesa capa de polvo. Había una colección de fascículos de terror, de esos que podías conseguir en Covent Garden los fines de semana, y un montón de panfletos grapados. Era el único sitio del mundo donde yo podía leer, ver y hacer lo que se me antojara.

—No deberías despertarme así —dije. Dani conocía las normas—. ¿Cuánto rato he estado allí?

—¿Dónde?

—¿Dónde crees?

Dani chascó los dedos.

—Ya, claro. En el éter. Perdona. No lo he contado.

Improbable: siempre me cronometraba.

Miré el reloj Nixie azul del equipo. Lo había fabricado Dani, y lo llamaba Sistema de Auxilio Mortal, o SAM. Monitorizaba y controlaba mis funciones vitales cuando percibía el éter a distancia. Vi las cifras y me dio un vuelco el corazón.

—Cincuenta y siete minutos. —Me froté las sienes—. ¿Me has tenido una hora en el éter?

—Puede ser.

—¿Una hora entera?

—Las órdenes son las órdenes. Jax dijo que quería que descifraras esa mente misteriosa antes del anochecer. ¿Has podido?

—Lo he intentado.

—Eso quiere decir que no has podido. Te has quedado sin bonificación. —Se bebió el café de un trago—. Todavía no puedo creer que perdieras a Anne Naylor.

Era inevitable que sacara aquello a colación. Unos días antes me habían enviado a la sala de subastas a reclamar un espíritu que le correspondía a Jax: Anne Naylor, la famosa fantasma de Farringdon. Habían ofrecido más que yo.

—Jamás habríamos conseguido a Naylor —dije—. Didion estaba muy pendiente del martillo, después de lo que pasó la última vez.

—Si tú lo dices. De todas formas, no sé qué habría hecho Jax con una duende. —Dani me miró—. Dice que te ha dado el fin de semana libre. ¿Por qué?

—Razones psicológicas.

—¿Qué significa eso?

—Significa que tus aparatos y tú me estáis volviendo loca.

Me tiró el vaso vacío.

—Cuido de ti, golfa. Mis aparatos no pueden funcionar solos. Podría largarme a comer y dejar que se te secara esa birria de cerebro que tienes.

—Hoy se me podría haber secado.

—Qué pena me das. Ya sabes cómo funciona esto: Jax da las órdenes, nosotros las cumplimos, nos pagan. Si no te gusta, vete a trabajar para Hector.

Touché.

Dani me dio mis botas gastadas de piel. Me las puse.

—¿Dónde están todos?

—Eliza duerme. Ha tenido un episodio.

Solo decíamos «episodio» cuando alguno de nosotros tenía un encuentro casi fatal, que en el caso de Eliza era una posesión no solicitada. Miré hacia la puerta de su taller.

—¿Está bien?

—Lo estará cuando haya dormido un poco.

—Supongo que Nick la habrá visto.

—Lo he llamado. Está con Jax en Chat's. Me ha dicho que te acompañará a casa de tu padre a las cinco y media.

Chateline's era uno de los únicos sitios a los que podíamos ir a comer, un bar restaurante con clase en Neal's Yard. El dueño había hecho un trato con nosotros: le dábamos buenas propinas, y él no les decía a los centinelas lo que éramos. La propina costaba más que la comida, pero valía la pena si querías salir una noche.

—Pues llega tarde —dije—. Algo debe de haberlo retenido.

Dani cogió el teléfono.

—No, no te molestes. —Me recogí el pelo debajo de la gorra—. No quiero interrumpirlos.

—No puedes ir en tren.

—Sí puedo.

—Vas a palmar.

—No me pasará nada. Hace semanas que no vigilan la línea. —Me levanté—. ¿Desayunamos juntas el lunes?

—Puede ser. Le debo unas horas extras a la bestia. —Miró la hora—. Será mejor que te vayas. Son casi las seis.

Tenía razón. Tenía menos de diez minutos para llegar a la estación. Cogí mi chaqueta y corrí hacia la puerta, saludando con un rápido «Hola, Pieter» al fantasma que estaba en el rincón; a modo de respuesta, él emitió un resplandor tenue, aburrido. No vi el destello, pero lo sentí. Pieter volvía a estar deprimido. A veces, estar muerto lo afligía.

Teníamos una forma establecida de trabajar con los espíritus, al menos en nuestro sector. Con Pieter, por ejemplo, uno de nuestros fantasmas asesores (una musa, técnicamente): Eliza dejaba que la poseyera durante unas tres horas diarias, y dedicaba ese tiempo a pintar una obra maestra. Cuando terminaba, yo iba corriendo a Covent Garden y vendía el cuadro a algún coleccionista de arte incauto. Pero Pieter era muy temperamental. A veces pasaban meses sin que tuviéramos ninguna obra nueva.

En una guarida como la nuestra no había cabida para la ética. Suele pasar cuando obligas a una minoría a moverse en la clandestinidad. Suele pasar cuando el mundo es cruel. No había más remedio que seguir adelante. Sobrevivir como fuera, sacar un poco de pasta. Prosperar a la sombra del Arconte de Westminster.

La base de mi trabajo (de mi vida) estaba en Seven Dials. Concretamente, según el exclusivo sistema de división urbana de Scion, en el sector 4 de la cohorte I, o I-4. El sector estaba construido alrededor de una columna que se erigía en un cruce cerca del mercado negro de Covent Garden. En esa columna había seis relojes de sol.

Cada sector tenía su propio mimetocapo, hombre o mujer. Juntos formaban la Asamblea Antinatural, que en teoría gobernaba el sindicato, aunque cada uno hacía lo que le parecía en su sector. Dials se encontraba en el centro de la cohorte, donde el sindicato tenía más fuerza. Por eso lo había elegido Jax. Por eso seguíamos allí. Nick era el único que tenía su propia casa, más al norte, en Marylebone; solo la utilizábamos en caso de emergencia. En los tres años que yo llevaba trabajando para Jaxon, esto solo había ocurrido una vez, el día que la División de Vigilancia Nocturna (DVN) había hecho una redada en Dials con el fin de detectar algún rastro de clarividencia. Un recadista nos avisó con unas dos horas de antelación. Conseguimos desaparecer en la mitad de ese tiempo.

Era una típica noche de marzo, fría y lluviosa. Percibía espíritus. Dials había sido una barriada en la época pre-Scion, y todavía había gran cantidad de almas desconsoladas que deambulaban alrededor de la columna a la espera de nuevos encargos. Convoqué a una bandada de espíritus; un poco de protección nunca venía mal.

Scion era el no va más en seguridad amaurótica. Toda referencia a la otra vida estaba prohibida. Frank Weaver nos consideraba antinaturales, y como muchos Grandes Inquisidores antes que él, había enseñado al resto de Londres a detestarnos. A menos que fuera imprescindible, solo salíamos en horas seguras. Es decir, cuando dormía la DVN y tomaba el relevo la División de Vigilancia Diurna (DVD). Los agentes de la DVD no eran videntes. No les estaba permitido emplear la misma brutalidad que a sus homólogos nocturnos. Al menos, no en público.

Los agentes de la DVN eran diferentes. Clarividentes uniformados. Obligados a servir durante treinta años antes de someterse a la eutanasia. Un pacto diabólico, según algunos, pero que les proporcionaba una garantía de treinta años de vida desahogada. La mayoría de los videntes no tenían tanta suerte.

Londres había acumulado tanta muerte en su pasado que era difícil encontrar un sitio donde no hubiera espíritus. Formaban una red de seguridad. Aun así, tenías que confiar en que los que consiguieras fueran buenos. Si utilizabas un fantasma débil, tal vez solo lograra aturdir a tu agresor durante unos segundos. Los mejores eran los espíritus que habían tenido una vida violenta. Por eso ciertos espíritus se pagaban tan bien en el mercado negro. Por Jack el Destripador se habrían pagado millones si alguien hubiera conseguido encontrarlo. Había quienes todavía aseguraban que el Destripador era Eduardo VII: el príncipe caído, el Rey Sangriento. Scion afirmaba que él había sido el primer clarividente, pero yo nunca me lo había creído. Prefería pensar que siempre habíamos existido.

Fuera oscurecía. El cielo estaba teñido del dorado del atardecer, y la luna era una fina sonrisa blanca. Debajo se alzaba la ciudadela. The Two Brewers, el bar de oxígeno de la otra acera, estaba abarrotado de amauróticos. Gente normal. Los videntes decíamos que estaban aquejados de amaurosis, del mismo modo que ellos decían que nosotros lo estábamos de clarividencia. A veces los llamaban «carroños».

Nunca me había gustado esa palabra, su referencia a la putrefacción. Me parecía hipócrita llamarlos así, dado que éramos nosotros quienes conversábamos con los muertos.

Me abroché la chaqueta y me tapé los ojos con la visera de la gorra. Cabeza agachada, ojos abiertos. Esa era la ley que yo acataba, y no las de Scion.

—Señora, le leo la buenaventura por un chelín. ¡Solo un chelín, señora! El mejor oráculo de Londres, señora, se lo prometo. ¿Tiene algo para un pobre limosnero?

La voz pertenecía a un hombre delgado, acurrucado bajo una chaqueta también delgada. Hacía tiempo que no veía a ningún limosnero. No abundaban en el centro de la cohorte, donde la mayoría de los videntes pertenecían al sindicato. Leí su aura. No era un oráculo, sino un adivino; y un adivino muy estúpido, pues los mimetocapos despreciaban a los mendigos. Me dirigí hacia él.

—¿Qué demonios haces? —Lo agarré por el cuello de la chaqueta—. ¿Te has vuelto loco?

—Por favor, señorita. Estoy muerto de hambre —dijo él, con voz ronca a causa de la deshidratación. Tenía los típicos tics faciales de los adictos al oxígeno—. No me queda ni un chavo. No se lo diga al Vinculador, señorita. Solo quería…

—Pues lárgate de aquí. —Le puse unos billetes en la mano—. No me importa adónde vayas, pero vete de la calle. Cómprate una dosis. Y si mañana tienes que limosnear, hazlo en la cohorte VI, no aquí. ¿Me has entendido?

—Gracias, señorita.

Recogió sus escasas posesiones, entre las que había una bola de cristal, o de un material más barato que el cristal. Lo vi salir corriendo en dirección al Soho. Pobre hombre. Si malgastaba ese dinero en un bar de oxígeno, al poco tiempo volvería a estar en las calles. Muchos lo hacían: se conectaban a una cánula y aspiraban aire aromatizado durante horas. Era la única droga recreativa que podía obtenerse en la ciudadela. Fuera lo que fuese lo que hiciera ese limosnador, estaba desesperado. Quizá lo hubieran echado del sindicato, o lo hubiera rechazado su familia. No pensaba preguntárselo.

Nadie preguntaba.

Normalmente, la estación I-4B estaba llena. A los amauróticos no les importaba viajar en tren. No tenían auras que los delataran. La mayoría de los videntes evitábamos el transporte público, pero a veces los trenes eran más seguros que las calles. La DVN no tenía suficientes agentes para cubrir toda la ciudadela. Los controles al azar en los trenes eran poco frecuentes.

Había seis sectores en cada una de las seis cohortes. Si querías salir de tu sector, sobre todo por la noche, necesitabas un permiso de viaje y una buena dosis de suerte. Los metrovigilantes se desplegaban al anochecer. Eran una subdivisión de la DVN, formada por videntes a quienes les garantizaban poder llevar una vida estándar. Servían al Estado para seguir vivos.

Yo nunca me había planteado trabajar para Scion. A veces los videntes eran crueles unos con otros (y, hasta cierto punto, yo entendía a los que se volvían contra sus semejantes), pero aun así sentía cierta afinidad con ellos. Habría sido incapaz de detener a uno; sin embargo, cuando llevaba dos semanas trabajando a destajo y a Jax se le olvidaba pagarme, estaba tentada de hacerlo.

Escaneé mi pase cuando solo me quedaban dos minutos. Una vez que hube pasado las barreras, solté a mi bandada. A los espíritus no les gustaba que los llevaras demasiado lejos de sus guaridas y, si los obligaba, no me ayudarían.

Me dolía la cabeza. El medicamento que Dani me había administrado por vía intravenosa estaba dejando de hacer efecto. Una hora en el éter... Desde luego, Jaxon estaba forzando mis límites.

En el andén, un Nixie luminoso verde mostraba los horarios de los trenes; por lo demás, había poca luz. La voz pregrabada de Scarlett Burnish se oía por los altavoces:

«Este tren para en todas las estaciones del sector 4 de la cohorte I, dirección norte. Por favor, tengan preparados sus pases para la inspección. Estén atentos a los boletines ofrecidos por las pantallas de seguridad. Gracias y buenas noches».

Para mí no era una buena noche en absoluto. No había comido nada desde el amanecer. Jax solo me dejaba parar para comer si estaba de muy buen humor, lo que ocurría muy de vez en cuando.

Apareció otro mensaje en las pantallas de seguridad: TDR: TECNOLOGÍA DE DETECCIÓN RADIESTÉSICA. Los otros pasajeros no se dieron cuenta. Ponían esos anuncios continuamente:

«En una ciudadela tan poblada como Londres, es normal pensar que podría estar usted viajando junto a un individuo antinatural. —En la pantalla apareció una pantomima en la que cada silueta representaba a un ciudadano. Una se volvió roja—. La SciOECI está poniendo a prueba el escudo TDR en la terminal de Paddington, así como en el Arconte. Para 2061, esperamos tener instalado el escudo TDR en el ochenta por ciento de las estaciones del centro de la cohorte, lo que nos permitirá reducir la presencia de agentes de policía antinaturales en el metro. Para más información, diríjanse a Paddington, o pregunten a un agente de la DVD».

Aparecieron otros anuncios, pero yo me quedé pensando en ese. El TDR era la mayor amenaza para la población vidente de la ciudadela. Según Scion, podía detectar el aura a una distancia de seis metros. Si sus planes no sufrían un gran retraso, en 2061 no podríamos pisar la calle. Era típico de los mimetocapos: a ninguno se le había ocurrido una solución. Se limitaban a seguir peleando entre ellos. Y a pelear sobre sus peleas.

Las auras vibraban en la calle, por encima de mí. Yo era una especie de diapasón que zumbaba con su energía. Para distraerme, saqué mi pase, que llevaba mi fotografía, nombre, dirección, huellas dactilares, lugar de nacimiento y profesión. «Señorita Paige E. Mahoney, residente nacionalizada del I-5. Nacida en Irlanda en 2040. Trasladada a Londres en 2048 en circunstancias especiales. Empleada de un bar de oxígeno del I-4, de ahí el permiso de viaje. Rubia. Ojos grises. Metro setenta y cinco. Sin rasgos distintivos salvo los labios oscuros, seguramente a causa del hábito de fumar.»

Yo no había fumado en la vida.

Una mano húmeda me agarró por la muñeca. Me sobresalté.

—Me debes una disculpa.

Miré, desafiante, a un hombre de cabello oscuro con bombín y un sucio fular blanco. Debería haberlo reconocido por su hedor: Hector de Haymarket, uno de nuestros rivales menos higiénicos. Siempre olía a cloaca. Por desgracia, también era el Subseñor, el jefazo del sindicato. A su territorio lo llamaban Devil's Acre, como la barriada de la época victoriana.

—Ganamos la partida. Con todas las de la ley. —Aparté el brazo—. ¿No tienes nada que hacer, Hector? Lavarte los dientes, por ejemplo.

—Y tú podrías jugar limpio, tramposa. Y aprender a ser más respetuosa con tu Subseñor.

—No soy ninguna tramposa.

—Yo creo que sí. —Hablaba en voz baja—. Por muchos aires que se dé ese capo vuestro, los siete sois unos mentirosos y unos estafadores de mierda. Dicen que eres la más astuta del mercado negro, mi querida Soñadora. Pero desaparecerás. —Me acarició la mejilla con un dedo—. Todos acaban desapareciendo.

—Tú también desaparecerás.

—Ya lo veremos. Y pronto. —Las siguientes palabras que pronunció me las susurró al oído—: Que tengas un buen viaje y llegues sana y salva a casa, golfilla.

Se esfumó por el túnel de salida.

Tenía que andarme con mucho cuidado cuando Hector estaba cerca. Como Subseñor no tenía ningún poder real sobre los otros mimetocapos (su única tarea era convocar reuniones), pero tenía muchos seguidores. Estaba picado desde que mi banda había vencido a sus lacayos jugando al tarocchi, dos días antes de la subasta de Naylor. A los hombres de Hector no les gustaba perder. Y Jaxon, que siempre los provocaba, no ayudaba mucho. La mayoría de los de mi banda habían evitado que los pusieran en la lista negra, sobre todo manteniéndose al margen; pero Jax y yo éramos demasiado insolentes. La Soñadora Pálida (así era como me llamaban en las calles) estaba en su lista de sentenciados. El día en que me acorralaran, podría darme por muerta.

El tren llegó con un minuto de retraso. Ocupé un asiento vacío. Solo había otra persona en el vagón: un hombre que iba leyendo *El descendiente*. Era vidente, un médium. Me puse en tensión. Jax tenía enemigos, y muchos videntes sabían que yo era su dama. También sabían que vendía cuadros que no podía haber pintado el verdadero Pieter Claesz.

Saqué mi tableta de datos y seleccioné mi novela autorizada favorita. Sin una bandada que me protegiera, la única medida de seguridad que podía adoptar era parecer tan normal y amaurótica como fuera posible.

Mientras pasaba las páginas, vigilaba al otro pasajero con el rabillo del ojo. Yo sabía que él me tenía en su radar, pero ninguno de los dos dijo nada. Dado que no me había agarrado por el cuello y no me había pegado hasta dejarme inconsciente, deduje que no debía de ser un aficionado al arte al que hubieran embaucado recientemente.

Me arriesgué a echar un vistazo a su ejemplar de *El descendiente*, el único periódico que seguía publicándose en papel. El papel se prestaba demasiado a usos inadecuados; con las tabletas de datos, en cambio, solo podíamos bajarnos los pocos medios aprobados por el censor. Vi las típicas noticias. Dos jóvenes ahorcados por alta traición, un centro comercial sospechoso clausurado en el sector 3. También había un artículo largo en el que se rechazaba la idea «antinatural» de que Gran Bretaña estaba políticamente aislada. El periodista llamaba a Scion «un imperio en fase embrionaria». Llevaban diciendo eso desde que yo tenía uso de razón. Si Scion todavía estaba en fase embrionaria, os aseguro que yo no quería estar por allí cuando saliera del útero.

Habían transcurrido casi dos siglos desde que se había instaurado Scion en respuesta a la amenaza de una «epidemia de clarividencia» percibida por el imperio. La fecha oficial era 1901, año en que se atribuyeron cinco asesinatos espantosos a Eduardo VII. Aseguraban que el Rey Sangriento había abierto una puerta que ya no podría volver a cerrarse; que había traído al mundo la plaga de la clarividencia; y que sus seguidores estaban por todas partes, reproduciéndose y matando, obteniendo su poder de una fuente de una maldad terrible.

A continuación llegó Scion, una república construida con el fin de erradicar la enfermedad. A lo largo de los cincuenta años siguientes se había convertido en una máquina de perseguir a videntes, donde todas las políticas importantes giraban en torno a los antinaturales. Los asesinatos siempre los cometían los antinaturales. La violencia aleatoria, los robos, las violaciones, los incendios... todo sucedía por culpa de los antinaturales. Con el tiempo, el sindicato de videntes se había desarrollado en la ciudadela, había formado un hampa organizada, y había ofrecido refugio a los clarividentes. Desde entonces, Scion se esforzaba aún más para erradicarnos.

Cuando hubieran instalado el TDR, el sindicato se vendría abajo y Scion lo vería todo. Teníamos dos años para ponerle remedio, pero con Hector como Subseñor, yo no abrigaba muchas esperanzas. De momento, su mandato solo nos había aportado corrupción.

El tren pasó sin incidentes por tres estaciones. Acababa de terminar un capítulo cuando se apagaron las luces y el tren se detuvo. Me di cuenta de lo que estaba pasando una milésima de segundo antes que el otro pasajero, que se enderezó en el asiento.

—Van a registrar el tren.

Intenté decir algo, confirmar sus temores, pero mi lengua parecía un trapo doblado.

Apagué la tableta. Se abrió una puerta en la pared del túnel. El Nixie del vagón anunció una ALERTA DE SEGURIDAD. Sabía qué pasaría a continuación: aparecerían dos metrovigilantes. Siempre había un jefe, generalmente un médium. Nunca había presenciado uno de esos controles, pero sabía que muy pocos videntes se libraban de ellos.

El corazón me martilleaba en el pecho. Miré al otro pasajero tratando de calibrar su reacción. Era médium, aunque no especialmente poderoso. Lo sabía, aunque no pudiera explicar cómo; mis antenas lo detectaban, sencillamente.

—Tenemos que salir de este tren. —Se levantó—. ¿Qué eres, guapa? ¿Un oráculo?

No le contesté.

—Sé que eres vidente. —Tiró de la manija de la puerta—. Venga, tesoro, no te quedes ahí sentada. Tiene que haber alguna forma de salir de aquí. —Se secó el sudor de la frente con la manga—. Tenía que haber un control precisamente hoy, precisamente el día…

No me moví. No había forma de escapar. Las ventanas estaban selladas; las puertas, cerradas con seguro. Y se nos había agotado el tiempo. Los haces de las linternas iluminaron el vagón.

Me quedé muy quieta. Metrovigilantes. Debían de haber detectado a cierto número de videntes en el vagón, o no habrían apagado las luces. Yo sabía que podían ver nuestras auras, pero querrían averiguar qué clase de videntes éramos exactamente.

Entraron en el vagón: un invocador y un médium. El tren seguía moviéndose, pero no habían vuelto a encenderse las luces. Se dirigieron al hombre primero.

—¿Nombre?

El hombre se enderezó.

—Linwood.

—¿Motivo del viaje?

—Vengo de visitar a mi hija.

—De visitar a tu hija. ¿Seguro que no vas a una sesión de espiritismo, médium?

Aquellos dos querían pelea.

—Tengo los certificados del hospital. Mi hija está muy enferma —replicó Linwood—. Tengo permiso para visitarla todas las semanas.

—Si vuelves a abrir la boca, se te van a acabar los permisos. —Se volvió hacia mí y me gritó—: ¡Tú! ¿Dónde está tu pase?

Lo saqué del bolsillo.

—¿Y el permiso de viaje?

Se lo di; hizo una pausa para leerlo.

—Trabajas en el sector 4.

—Sí.

—¿Quién ha expedido este permiso?

—Bill Bunbury, mi supervisor.

—Ya. Pero necesito ver algo más. —Me iluminó los ojos con la linterna—. No te muevas.

Aguanté sin parpadear.

—No tiene visión espiritista —comentó—. Debes de ser un oráculo. Hacía tiempo que no veía ninguno.

—Yo no había visto un oráculo con tetas desde los años

cuarenta —observó el otro metrovigilante—. Esto les va a encantar.

Su superior sonrió. Tenía un coloboma en cada ojo, una señal de visión espiritista permanente.

—Estás a punto de hacerme muy rico, jovencita —me dijo—. Deja que vuelva a examinarte los ojos.

—No soy un oráculo —dije.

—Claro que no. Cierra el pico y abre esos ojitos.

Casi todos los videntes me tomaban por un oráculo. Un error fácil. Las auras eran similares; de hecho, eran del mismo color.

El vigilante me separó los párpados del ojo izquierdo con los dedos y me examinó las pupilas con el fino haz de la linterna buscando el coloboma. Linwood corrió hacia la puerta abierta y les lanzó un espíritu (su ángel guardián) a los metrovigilantes. El ángel se estrelló contra el vigilante de refuerzo e hizo un revoltijo con sus sentidos.

Pero el primer metrovigilante era muy rápido. Antes de que los demás pudiéramos movernos, había hecho aparecer una bandada de duendes.

—No te muevas, médium.

Linwood lo miró fijamente. Era un hombre de escasa estatura, de unos cuarenta años, delgado pero nervudo, con cabello castaño oscuro y las sienes encanecidas. Yo no podía ver a los duendes (no podía ver prácticamente nada, porque me deslumbraba la linterna), pero me estaban debilitando tanto que no podía moverme. Conté hasta tres. Nunca había visto a nadie controlar a un duende, y mucho menos a tres. Noté un sudor frío en la nuca.

Cuando el ángel giró sobre sí mismo para volver a atacar, los duendes empezaron a describir círculos alrededor del metrovigilante.

—Ven con nosotros por las buenas, médium —dijo este—, y convenceremos a nuestros jefes para que no te torturen.

—Hagan lo que tengan que hacer, caballeros. —Linwood

levantó una mano—. Con los ángeles a mi lado, no le tengo miedo a ningún hombre.

—Eso dicen todos, señor Linwood. Pero cuando ven la Torre, ya no se acuerdan.

Linwood lanzó su ángel hacia el fondo del vagón. No vi la colisión, pero esta sacudió violentamente todos mis sentidos. Me obligué a levantarme. La presencia de los tres duendes estaba minando mis fuerzas; Linwood tenía mucha labia, pero era evidente que a él también le afectaba y que estaba haciendo todo lo posible para fortalecer a su ángel. Mientras el invocador controlaba a los duendes, el segundo metrovigilante recitaba el treno: una serie de palabras que compelían a los espíritus a morir por completo, enviándolos lejos del alcance de los videntes. El ángel tembló. Para hacerlo desaparecer habrían necesitado saber su nombre completo, pero mientras uno de los dos siguiera recitando, el ángel sería demasiado débil para proteger a su huésped.

La sangre me latía en las sienes. Tenía la garganta cerrada, los dedos entumecidos. Si no hacía nada, nos detendrían a los dos. Me vi en la Torre, sometida a torturas, condenada a la horca…

No, no estaba dispuesta a morir ese día.

Cuando los duendes se cernieron sobre Linwood, le sucedió algo a mi visión. Me centré en los metrovigilantes. Sus mentes vibraban junto a la mía, dos aros pulsantes de energía. Oí el golpe de mi cuerpo al caer al suelo.

Solo pretendía desorientarlos, ganar tiempo para huir. Contaba con el factor sorpresa: me habían infravalorado, porque los oráculos necesitaban una bandada para representar un verdadero peligro.

Yo no.

Me invadió una oleada negra de miedo. Mi espíritu se separó de mi cuerpo y se introdujo en el del primer metrovigilante. Antes de darme cuenta de lo que estaba haciendo, me había estrellado en su onirosaje. No contra él, sino dentro de él, a través de él. Lancé su espíritu al éter, dejando su cuerpo vacío. Antes de que su compinche pudiera reaccionar, le había sucedido lo mismo.

Mi espíritu regresó a mi cuerpo. Noté un fuerte dolor detrás de los ojos. Jamás había sentido un dolor semejante; era como si me clavaran puñales en el cráneo, como si me ardiera el cerebro; estaba tan caliente que no podía moverme ni pensar. Era vagamente consciente del suelo pringoso del vagón contra mi mejilla. Fuera lo que fuese lo que acababa de hacer, no tenía ninguna prisa por repetirlo.

El tren se balanceó. Debía de estar llegando a la siguiente estación. Me incorporé apoyándome en los codos, y me temblaron los músculos por el esfuerzo.

—¿Señor Linwood?

No me contestó. Me arrastré hasta donde estaba tumbado. Cuando el tren pasó junto a una luz de servicio, vi su cara.

Estaba muerto. Los duendes le habían extraído el espíritu. Su pase estaba en el suelo. William Linwood, cuarenta y tres años. Dos hijos, una con fibrosis quística. Casado. Empleado de banca. Médium.

¿Sabían su mujer y sus hijos que tenía una vida secreta? ¿O eran amauróticos y no sabían nada?

Tenía que recitar el treno, o Linwood quedaría atrapado en aquel vagón para siempre.

—William Linwood —dije—, vete al éter. Está todo arreglado. Todas las deudas están saldadas. Ya no tienes que morar entre los vivos.

El espíritu de Linwood flotaba cerca de su cuerpo. El éter produjo un susurro cuando él y su ángel desaparecieron.

Entonces se encendieron las luces, y se me cortó la respiración: había dos cuerpos más en el suelo.

Me agarré a una barra y me levanté. Tenía la palma sudorosa y apenas podía sujetarme. El primer metrovigilante estaba a solo unos palmos, muerto; todavía tenía la expresión de sorpresa en la cara.

Lo había matado. Había matado a un metrovigilante.

Su compañero no había tenido tanta suerte. Estaba tendido boca arriba, con los ojos fijos en el techo; le resbalaba un hilillo de saliva por la barbilla. Cuando me acerqué a él, se sacudió un poco. Noté un escalofrío, y el sabor de la bilis abrasándome la garganta. No había empujado su espíritu lo suficientemente lejos, y se había quedado flotando en las partes más oscuras de su mente: las partes secretas, silenciosas, donde no podía habitar ningún espíritu. Había enloquecido. No: yo lo había hecho enloquecer.

Apreté las mandíbulas. No podía dejarlo así; ni siquiera un metrovigilante merecía semejante destino. Le puse las manos, frías, sobre los hombros y me armé de valor para practicarle la eutanasia. El metrovigilante dio un gruñido y susurró:

—Mátame.

Tenía que hacerlo. Se lo debía.

Pero no podía. No podía matarlo.

Cuando el tren entró en la estación I-5C, me coloqué junto a la puerta. Subieron otros pasajeros y vieron los cadáveres, pero ya era demasiado tarde para atraparme. Yo ya había subido a la calle y me había calado la gorra para ocultar mi cara.

Mentiras

Entré sin hacer ruido en el piso y colgué mi chaqueta. Vic, el vigilante de seguridad que trabajaba a jornada completa en el complejo Golden Crescent, estaba haciendo su ronda cuando me colé por el portal, y no vio la palidez extrema de mi cara ni mis manos temblorosas cuando saqué la tarjeta para abrir la puerta.

Mi padre estaba en el salón. Vi sus pies, enfundados en unas zapatillas, apoyados en la otomana. Estaba viendo ScionVista, el canal de noticias que cubría todas las ciudadelas de Scion, y en la pantalla Scarlett Burnish anunciaba que acababan de cerrar el metro que atravesaba la cohorte I.

Cada vez que oía esa voz, me estremecía. A sus veinticinco años, Burnish era la Gran Anecdotista más joven de la historia: la ayudante del Gran Inquisidor, encargada de transmitir su voz y su inteligencia a Scion. La gente la llamaba «la puta de Weaver», quizá por celos. Tenía la piel clara y unos labios enormes, y llevaba un grueso perfilador de ojos rojo a juego con su pelo, recogido en un elegante moño trenzado. Sus vestidos de cuello alto siempre me hacían pensar en la horca.

«En el ámbito internacional, el Gran Inquisidor de la República Francesa, Benoît Ménard, visitará al Inquisidor Weaver con motivo de las fiestas de Novembertide de este año. A falta de ocho meses, el Arconte ya está haciendo los preparativos de lo que promete ser una visita francamente estimulante.»

—¿Paige?

Me quité la gorra.

—Hola.

—Ven a sentarte conmigo.

—Voy enseguida.

Me fui derecha al cuarto de baño. Estaba empapada de sudor.

Había matado a una persona. La había asesinado. Jax siempre me había creído capaz de cometer un asesinato incruento, pero yo nunca le había creído. Ahora era una asesina. Y peor aún: había dejado pistas: un superviviente. Además había perdido mi tableta, que tenía mis huellas dactilares por todas partes. No se contentarían con someterme a NiteKind; eso habría sido demasiado fácil. Me esperaban la tortura y la horca, sin ninguna duda.

Nada más entrar en el cuarto de baño, vomité en el váter. Cuando lo hube sacado todo menos los órganos, temblaba tan violentamente que apenas me tenía en pie. Me quité la ropa y me metí, tambaleante, en la ducha. El agua caliente me aporreó la piel.

Esa vez había ido demasiado lejos. Por primera vez en la vida, no me había limitado a tocar otros onirosajes, sino que los había invadido.

A Jaxon le iba a encantar.

Se me cerraban los ojos. Veía desarrollarse una y otra vez la escena del tren. No me había propuesto matarlos, solo quería darles un empujón, lo suficiente para provocarles una migraña, quizá hacer que les sangrara la nariz. Causar una distracción para ganar tiempo.

Pero el pánico se había apoderado de mí. El miedo a que me encontraran. El miedo a convertirme en otra víctima anónima de Scion.

Pensé en Linwood. Los videntes nunca se protegían unos a otros, a menos que pertenecieran a la misma banda, y sin embargo su muerte me producía un gran cargo de conciencia. Me llevé las rodillas hasta la barbilla y me sujeté la dolorida cabeza con ambas manos. Si hubiera sido más rápida… Habían muerto dos personas, y otra había enloquecido; y a menos que tuviera mucha suerte, yo sería la siguiente.

Me acurruqué en el rincón de la ducha, con las rodillas pegadas al pecho. No podía quedarme escondida allí toda la vida. Al final siempre te encontraban.

Tenía que pensar. Scion tenía un procedimiento de contención para esas situaciones. Después de despejar la estación y detener a los posibles testigos, llamarían a un narco (un experto en drogas etéreas) y administrarían áster azul. Eso restituiría temporalmente los recuerdos de mis víctimas, y los haría visibles. Cuando hubieran grabado las partes relevantes, le practicarían la eutanasia al metrovigilante que había sobrevivido y llevarían su cadáver a la morgue del II-6. A continuación revisarían sus recuerdos y buscarían entre ellos la cara de su verdugo. Y entonces me encontrarían.

Las detenciones no siempre tenían lugar por la noche. A veces te atrapaban de día, cuando salías a la calle. Una linterna alumbrándote los ojos, una aguja en el cuello, y estabas perdido. Nadie informaba de tu desaparición.

De momento no podía pensar en el futuro. Un intenso dolor volvió a sacudirme la cabeza y me devolvió al presente.

Repasé mis opciones. Podía volver a Dials y esconderme un tiempo en nuestro cubil, pero si los centinelas ya habían salido a buscarme, los conduciría hasta Jax. Además, no podía volver al sector 4, porque habían cerrado las estaciones. Me costaría encontrar un taxi pirata, y por la noche se reforzaban los sistemas de seguridad.

Podía quedarme en casa de alguna amiga, pero las pocas amigas que tenía fuera de Dials eran amauróticas, chicas del colegio con las que tenía poco contacto. Si les decía que me perseguía la policía secreta porque había matado a una persona con mi espíritu, me tomarían por loca. Y seguramente me denunciarían.

Me puse una bata vieja; fui descalza hasta la cocina y puse un cazo de leche a calentar. Era lo que hacía siempre cuando volvía a casa; no me convenía alterar la rutina. Mi padre había dejado fuera mi taza favorita, una grande con la inscripción: «No hay nada como un café por la mañana». Nunca me había entusiasmado el oxígeno aromatizado, o Floxy®, la alternativa de Scion al alcohol. El café era más o menos legal. Todavía estaban investigando si la cafeína podía desencadenar la clarividencia o no. Pero «No hay nada como el oxígeno aromatizado por la mañana» no habría tenido tanto gancho, claro.

Utilizar mi espíritu había tenido consecuencias en mi cabeza. Apenas podía mantener los ojos abiertos. Mientras vertía la leche, miré por la ventana. Mi padre tenía un gusto impecable en lo relativo al diseño de interiores. También ayudaba que tuviera dinero suficiente para pagar una vivienda de alta seguridad en el exclusivo Barbican Estate. El apartamento era amplio y luminoso. Los pasillos olían a popurrí y a ropa limpia. Había grandes ventanas cuadradas en todas las habitaciones. La más grande estaba en el salón, un ventanal enorme que cubría toda la pared orientada a poniente, junto a las elaboradas cristaleras por las que se accedía al balcón. De niña solía contemplar la puesta de sol desde esa ventana.

Fuera, la ciudadela seguía con su ritmo vertiginoso. Por encima de nuestro complejo se alzaban los tres edificios de arquitectura brutalista de Barbican Estate donde vivían los funcionarios de Scion. En lo alto de la Torre Lauderdale estaba la pantalla de transmisión del I-5. Desde esa pantalla se proyectaban todas las ejecuciones públicas los domingos por la mañana. En ese momento mostraba la insignia estática del sistema de Scion (un símbolo rojo semejante a un ancla) y una sola palabra escrita con letras negras, SCION, todo sobre un aséptico fondo blanco. Luego estaba aquel espantoso eslogan: EL LUGAR MÁS SEGURO. Debería haber sido «El lugar más inseguro». Al menos para nosotros.

Mientras me bebía la leche a sorbitos, observé aquel símbolo y me cagué en él. Luego lavé la taza, llené un vaso de agua y me fui a mi habitación. Tenía que llamar a Jaxon.

Mi padre me interceptó en el pasillo.

—Espera, Paige.

Me paré.

Mi padre, irlandés de nacimiento, con una mata de cabello pelirrojo, trabajaba en la agencia de investigaciones científicas de Scion. Cuando no estaba en el trabajo, estaba garabateando fórmulas en su tableta y hablando extasiado sobre bioquímica clínica, una de sus dos licenciaturas. No nos parecíamos en nada.

—Hola. Perdona que llegue tan tarde. He hecho unas horas extras.

—No tienes por qué disculparte. —Me hizo señas para que entrara en el salón—. Deja que te prepare algo de comer. Te veo paliducha.

—Estoy bien, solo un poco cansada.

—Mira, hoy he estado leyendo un artículo sobre el circuito de oxígeno. Ha habido un caso horrible en el IV-2. Personal mal pagado, oxígeno sucio, clientes que sufren ataques epilépticos… Muy desagradable.

—Pues los bares del centro están bien. Los clientes exigen calidad. —Mi padre empezó a poner la mesa—. ¿Qué tal tú en el trabajo?

—Bien. —Levantó la cabeza y me miró—. Paige, ese trabajo tuyo en el bar…

—¿Qué pasa?

Una hija trabajando en las esferas más bajas de la ciudadela: no podía haber nada más embarazoso para un hombre

43

de su posición. Qué incómodo debía de sentirse cuando sus colegas le preguntaban por sus hijos, suponiendo que serían médicos o abogados. Cómo debían de cuchichear cuando se enteraban de que yo trabajaba en una barra de bar, y no en un bufete de abogados. Mintiéndole le hacía un favor. Mi padre jamás habría podido asimilar la verdad: que yo era una antinatural, una delincuente.

Y una asesina. Solo de pensarlo me daban náuseas.

—Ya sé que yo no soy nadie para decirlo, pero creo que deberías plantearte volver a solicitar una plaza en la universidad. Ese empleo tuyo es un callejón sin salida. Mal pagado, sin porvenir. En cambio, la universidad…

—No. —Lo dije más alto de lo que era mi intención—. Me gusta mi trabajo. Lo escogí yo.

Todavía me acordaba del día en que la directora del colegio me había entregado las notas finales. «Lamento que no hayas solicitado plaza en la universidad, Paige —me había dicho—, pero quizá sea lo mejor. Has faltado demasiado a clase, y eso no se considera correcto en una joven distinguida. —Me había entregado una carpeta delgada, con el emblema del colegio grabado en las tapas de piel—. Aquí tienes una carta de recomendación de tus tutoras. Destacan tus aptitudes para la educación física, el francés y la historia de Scion.»

No me importaba. Siempre había odiado el colegio: el uniforme, el dogma. Marcharme de allí había sido lo mejor de mis años de formación.

—Yo podría hacer algo —dijo mi padre. Le habría encantado tener una hija instruida—. Podrías volver a solicitar el ingreso.

—En Scion el nepotismo no funciona —dije—. Deberías saberlo.

—A mí no me dejaron elegir, Paige. —Le tembló un músculo de la mejilla—. No tuve ese lujo.

No me apetecía mantener esa conversación. No quería pensar en lo que mi padre había dejado atrás.

—¿Todavía vives con tu novio? —me preguntó.

La mentira del novio había sido un error. Desde que me lo inventé, mi padre siempre había querido conocerlo.

—He roto con él —dije—. No nos iba bien. Pero no pasa nada. Suzette tiene sitio en su apartamento. Te acuerdas de ella, ¿no?

—¿Suzy, tu amiga del colegio?

—Sí.

Mientras hablaba, noté una fuerte punzada de dolor en un lado de la cabeza. No podía esperar a que mi padre preparara la cena. Tenía que llamar a Jaxon, contarle lo que había pasado. Ya.

—Mira, me duele un poco la cabeza —dije—. ¿Te importa que me acueste pronto?

Mi padre vino a mi lado y me tomó la barbilla con una mano.

—Siempre te duele la cabeza. Estás demasiado cansada. —Me pasó el pulgar por la cara, por las ojeras—. Están dando un documental muy interesante. ¿No te apetece verlo? Puedes tumbarte en el sofá.

—Mañana, a lo mejor. —Le aparté la mano con suavidad—. ¿Tienes algún analgésico?

Al cabo de un momento, mi padre asintió con la cabeza.

—En el cuarto de baño. Mañana por la mañana prepararé un desayuno completo al estilo de Ulster, ¿te parece? Quiero que me cuentes muchas cosas, *seillean*.

Lo miré fijamente. No me había preparado el desayuno desde que yo tenía doce años, ni me había llamado con ese apodo desde que vivíamos en Irlanda. De eso hacía diez años. En otra vida.

—¿Paige?

—Vale —dije—. Hasta mañana.

Me fui a mi habitación. Mi padre no dijo nada más. Dejó la puerta entreabierta, como hacía siempre que yo estaba en casa. Nunca había sabido cómo tratarme.

La habitación de invitados estaba tan caldeada como siempre. Mi antiguo dormitorio. Me había mudado a Dials nada más terminar el colegio, pero mi padre nunca había alojado a ningún inquilino, porque no lo necesitaba. Oficialmente, yo todavía vivía allí. Era mejor dejarlo así en el registro. Abrí la puerta del balcón que discurría entre mi cuarto y la cocina. Mi piel había pasado de estar fría a arder, y notaba una extraña sensación de tirantez en los ojos, como si llevara horas mirando fijamente una fuente de luz. Lo único que veía era la cara de mi víctima, y la vacuidad (la locura) reflejada en la del que había dejado con vida.

Había infligido esos daños en cuestión de segundos. Mi espíritu no solo era un explorador, sino que era un arma. Jaxon llevaba tiempo esperando que sucediera algo así.

Cogí el teléfono y llamé a la habitación de Jaxon en el refugio. Jaxon contestó inmediatamente:

—¡Vaya, vaya! Creía que me habías abandonado todo el fin de semana. ¿Dónde está el incendio, corazón? ¿Te has pensado mejor lo de las vacaciones? No las necesitas, ¿verdad? Ya te lo decía yo. No puedo prescindir de mi andarina dos días enteros. Sé buena, querida. Estupendo. Me alegro de que estés de acuerdo. Por cierto, ¿has conseguido a Jane Rochford? Te traspasaré unos cuantos billetes de mil más por si los necesitas. Pero, por favor, no me digas que ese desgraciado estirado de Didion nos ha robado a Anne Naylor y a...

—He matado a una persona.

Silencio.

—¿A quién? —dijo Jax con voz rara.

—Una pareja de metrovigilantes intentaba detener a un médium y...

—¿Los has matado?

—He matado a uno.

Jax inspiró bruscamente.

—¿Y el otro?

—Lo he mandado a su zona hadal.

—Un momento. ¿Lo has hecho con tu...? —Como no contesté, se echó a reír. Le oí dar palmadas contra el tablero de la mesa—. Por fin. ¡Por fin! ¡Paige, pequeña taumaturga, lo has hecho! ¿Ves como no puedes perder el tiempo con esas sesiones de espiritismo? Y ese tipo, el metrovigilante, ¿se ha quedado convertido en vegetal?

—Sí —contesté—. ¿Estoy despedida?

—¿Despedida? ¡Por el *zeitgeist*, tesoro, claro que no! Llevo años esperando que saques provecho de tu talento. Te has abierto como la flor de ambrosía que eres, mi adorable prodigio. —Me lo imaginé dando una calada a su puro para celebrarlo—. Vaya, vaya, mi onirámbula ha entrado por fin en otro onirosaje. Y solo ha tardado tres años. Y dime, ¿has podido salvar al vidente?

—No.

—¿No?

—Tenían tres duendes.

—Venga ya. Ningún médium podría controlar a tres duendes.

—Pues ese médium sí podía. Me confundió con un oráculo.

Jax rió por lo bajo.

—Aficionados.

Miré por la ventana, hacia la torre. Había aparecido otro mensaje: LES INFORMAMOS DE QUE HAY RETRASOS INESPERADOS EN EL METRO.

—Han cerrado el metro —dije—. Ahora me están buscando.

—No te dejes llevar por el pánico, Paige. Es poco decoroso.

—Bueno, espero que tengas un plan. Han bloqueado toda la red. Y necesito largarme de aquí.

—No te preocupes por eso. Aunque intenten extraerle los recuerdos y lo consigan, el cerebro de ese metrovigilante

47

no es más que puré de patata. ¿Estás segura de que lo empujaste hasta su zona hadal?

—Sí.

—Entonces tardarán como mínimo doce horas en extraerle los recuerdos. Me sorprende que ese pobre desgraciado siga vivo.

—¿Qué me estás diciendo?

—Te estoy diciendo que será mejor que esperes y no te des de cabeza con una persecución. Estás más segura con tu papaíto de Scion que aquí.

—Tienen esta dirección. No puedo quedarme sentada esperando a que vengan a detenerme.

—No te van a detener, cariño mío. Hazme caso. Quédate en casa, duerme un poco, y mañana por la mañana enviaré a Nick con el coche. ¿Qué te parece?

—No me gusta.

—No tiene por qué gustarte. Tú duerme para estar guapa y fresca. Aunque no te hace ninguna falta —añadió—. Por cierto, ¿puedes hacerme un favor? Pásate por Grub Street mañana y recoge esas elegías de Donne que tiene Minty, ¿quieres? No puedo creer que haya vuelto su espíritu, es completamente…

Le colgué.

Jax era un capullo. Un genio, sí, pero también un adulador, un agarrado, un insensible y un capullo, como todos los mimetocapos. Pero ¿a quién podía acudir yo? Con un don como el mío, era más vulnerable si estaba sola. Jax era el menor de dos males.

No pude evitar sonreír al pensar eso. Que Jaxon Hall fuera el menor de dos males decía mucho de cómo estaba el mundo.

No podía dormir. Tenía que prepararme. Había una minipistola en un cajón, escondida bajo un montón de ropa. También había una primera edición de uno de los panfletos de Jaxon, *Sobre los méritos de la antinaturalidad*; en él enu-

meraba los distintos tipos de vidente, según sus investiga
nes. Mi ejemplar estaba lleno de anotaciones hechas po
ideas nuevas, números de contacto de videntes. Cargue la
pistola y saqué una mochila de debajo de la cama. Mi mochila de emergencia, guardada allí dos años atrás, lista para
el día que tuviera que huir. Metí el panfleto en el bolsillo
delantero. No podía arriesgarme a que lo encontraran en
casa de mi padre.

Me tumbé en la cama, sin quitarme la ropa, con una
mano sobre la pistola. Oí truenos a lo lejos, en la oscuridad.

Debí de quedarme dormida. Cuando desperté, noté algo
raro. El éter estaba demasiado abierto. Había videntes en el
edificio, en la escalera. No era la señora Heron, la anciana
del piso de arriba, que utilizaba un andador y siempre subía
en ascensor. Eran las botas de una unidad de asalto.

Habían venido a buscarme. Por fin habían venido.

Me levanté de inmediato. Me puse una chaqueta encima
de la camisa, los zapatos y los mitones. Me temblaban las
manos. Para eso era para lo que Nick me había entrenado:
para correr como un animal salvaje. Podía llegar a la estación si me lo proponía, pero esa carrera pondría a prueba mi
resistencia. Tendría que encontrar y parar un taxi para llegar
al sector 4. Los taxis piratas paraban a cualquiera con tal de
sacarse unas monedas, aunque fueras un vidente fugitivo.

Me colgué la mochila, metí la pistola en un bolsillo de la
chaqueta y abrí la puerta del balcón, que el viento había
cerrado. La lluvia me aporreó la ropa. Crucé el balcón, me
subí al antepecho de la ventana de la cocina, me agarré al
borde del tejado y me subí a él de un fuerte tirón. Cuando
llegaron al apartamento, yo ya había empezado a correr.

¡Pum! Echaron la puerta abajo sin llamar, sin avisar. Al
cabo de un momento el sonido de un disparo rajó la noche.
Me obligué a seguir corriendo. No podía volver. Nunca ma-

taban a amauróticos sin motivo, y menos aún a empleados de
Scion. Seguramente debía de haber sido solo un disparo tran-
quilizador, para controlar a mi padre mientras me detenían.
Para abatirme a mí iban a necesitar algo mucho más fuerte.

La urbanización estaba tranquila. Miré por encima del
borde del tejado, para inspeccionarla. No vi al vigilante de
seguridad, que debía de estar otra vez haciendo la ronda. No
tardé mucho en encontrar el furgón policial en el aparcamiento: una furgoneta con las ventanas tapadas y los faros encendidos. Si alguien se hubiera molestado en mirar, habría visto
el símbolo de Scion en las puertas traseras.

Salvé una brecha y trepé a una cornisa peligrosamente
resbaladiza. Mis zapatos y mis guantes se agarraban bastante bien, pero tendría que vigilar dónde ponía los pies. Pegué
la espalda a la pared y avancé despacio hacia una escalerilla
de emergencia; la lluvia me pegaba el pelo a la cara. Trepé
hasta el balcón de hierro forjado del siguiente piso y, una vez
allí, forcé una ventana pequeña. Atravesé el apartamento
vacío a toda velocidad, bajé los tres tramos de escalones y
salí por el portal del edificio. Necesitaba salir a la calle, perderme por un callejón oscuro.

Luces rojas. La DVN estaba aparcada justo delante, blo-
queando mi ruta de huida. Di media vuelta, cerré la puerta
de golpe y activé el cierre de seguridad. Con manos temblorosas, cogí un hacha contra incendios de una vitrina, rompí
la ventana de la planta baja y salí por ella a un pequeño
patio. Me corté en los brazos con el cristal. Volvía a estar
bajo la lluvia, trepando por caños de desagüe y alféizares,
agarrándome por los pelos, hasta que llegué al tejado.

Cuando los vi se me cortó la respiración. El exterior del
edificio estaba infestado de hombres con camisa roja y chaqueta negra. Varias linternas me enfocaron, me apuntaron
a los ojos. Era la primera vez que veía ese uniforme en Londres. ¿Eran de Scion?

—No te muevas.

El que estaba más cerca avanzó hacia mí. Llevaba una pistola en la mano; usaba guantes. Percibí un aura muy intensa y me aparté. El líder de los soldados era un médium extremadamente poderoso. La luz de las linternas reveló una cara demacrada, unos ojos pequeños y una boca grande de labios finos.

—¡No corras, Paige! —me gritó desde el otro extremo del tejado—. ¿Por qué no sales de debajo de la lluvia?

Hice un rápido barrido del entorno. El edificio de al lado era un bloque de oficinas abandonado. Tendría que dar un salto enorme, porque debía de haber unos seis metros de separación, y debajo había una calle concurrida. Nunca había intentado saltar tanta distancia, pero, a menos que quisiera atacar al médium y abandonar mi cuerpo, tendría que intentarlo.

—Mejor que no —dije, y eché a correr.

Los soldados dieron un grito de alarma. Salté a una parte más baja del tejado. El médium me persiguió. Oía sus pasos por el tejado, pegados a los míos; estaba entrenado para aquellas persecuciones. No podía permitirme parar ni un instante. Era ligera y lo bastante delgada para colarme entre barrotes y por debajo de las vallas, pero mi perseguidor también. Cuando disparé con la pistola por encima del hombro, él se agachó sin detenerse. El viento arrastró su risa, de modo que no supe calcular a qué distancia estaba.

Volví a guardarme la pistola en la chaqueta. No tenía sentido disparar; no podía acertar. Flexioné los dedos y me preparé para agarrar un canalón. Me ardían los músculos y tenía los pulmones a punto de estallar. Un dolor en el tobillo me alertó de una lesión, pero tenía que continuar. Pelear o huir. Correr o morir.

El médium saltó por encima de la cornisa, rápido y fluido como el agua. La adrenalina corría por mis venas. Mis piernas se movían con fuerza y la lluvia me golpeaba en los ojos. Salté por encima de tubos flexibles y conductos de ventilación. A medida que ganaba velocidad, trataba de dirigir mi sexto sentido hacia el médium. Tenía una mente poderosa, tan rápida como su cuerpo. No conseguía inmovilizarla, ni siquiera definirla. No podía hacer nada para disuadirlo.

La adrenalina iba paliando el dolor de mi tobillo. De pronto me encontré ante un abismo de quince pisos. Al otro lado de la brecha había un canalón y, más allá, una escalera de incendios. Si lograba bajar por ella, podría desaparecer en las arterias palpitantes del sector 5. Podría huir. Sí, lo conseguiría. Oía la voz de Nick alentándome: «Las rodillas hacia el pecho. Los ojos en el punto donde esperas aterrizar». Ahora o nunca. Me di impulso hacia arriba y me lancé por encima del precipicio.

Mi cuerpo chocó contra una pared sólida de ladrillo. Se me partió el labio, pero no perdí el conocimiento. Mis dedos se agarraron al canalón. Mis pies golpearon la pared. Empleé la poca fuerza que me quedaba para impulsarme hacia arriba, y el borde del canalón se me clavó en las manos. Se me cayó una moneda de la chaqueta, y se precipitó hacia la calle oscura.

Mi victoria duró poco. Cuando conseguí subirme al borde del tejado, con las palmas de las manos en carne viva, un dolor atroz me recorrió la espalda. Estuve a punto de soltarme, pero seguí agarrada al tejado con una mano. Estiré el cuello para mirar hacia atrás, jadeando. Tenía un dardo largo y estrecho clavado en la parte baja de la espalda.

Flux. Tenían flux.

El fármaco se extendió rápidamente por mis venas. Al cabo de seis segundos todo mi torrente sanguíneo estaba comprometido. Pensé dos cosas: la primera, que Jax me mataría; y la segunda, que no importaba, porque de todas formas iba a morir. Me solté del tejado.

Nada.

3

Recluida

Duró una eternidad. No recordaba cuándo había empezado, y no veía el fin.

Recordaba movimiento, un rugido ronco, que me habían atado a una superficie dura. Luego una aguja, y el dolor apoderándose de mí.

La realidad estaba deformada. Me hallaba cerca de una vela, pero la llama crecía hasta alcanzar las dimensiones de un infierno. Estaba atrapada en un horno. El sudor me goteaba por los poros como la cera. Estaba hecha de fuego. Ardía. Me salían ampollas y me chamuscaba; luego me congelaba, anhelaba acercarme a una fuente de calor, creía que iba a morir de frío. No había término medio, solo un dolor infinito, ilimitado.

El AUP Fluxion 14 era el resultado de un proyecto de colaboración entre los departamentos médico y militar de Scion. Producía un efecto paralizante llamado fantasmagoría, que los videntes resentidos llamaban «peste cerebral»: una vívida serie de alucinaciones, causada por distorsiones del onirosaje humano. Intenté superar una visión tras otra, chillando cada vez que el dolor se hacía demasiado intenso para soportarlo en silencio. Si tuviera que definir el infierno, diría que es eso: un chute de flux.

Hacía arcadas tratando en vano de expulsar el veneno de mi cuerpo; el pelo se me adhería a la cara, mojada de lágrimas y sudor. Lo único que quería era que terminara todo. Algo tenía que librarme de aquella pesadilla, ya fuera el sueño, la inconsciencia o la muerte.

—Bueno, tesoro. No queremos que te mueras todavía. Hoy ya hemos perdido a tres.

Unos dedos fríos me acariciaron la frente. Arqueé la espalda, me aparté. Si no querían que muriera, ¿por qué me hacían aquello?

Pasaban flores secas rozándome los ojos. La habitación se enrolló formando una hélice, daba vueltas y vueltas hasta que no supe dónde estaba arriba y dónde abajo. Mordí una almohada para ahogar mis gritos. Noté sabor a sangre y deduje que había mordido otra cosa: mi labio, mi lengua, mi mejilla; no sabía qué.

El flux no salía de tu cuerpo así como así. Por muchas veces que vomitaras u orinaras, seguía circulando, transportado por tu sangre, reproducido por tus propias células, hasta que lograbas inyectarte el antídoto. Intenté suplicar, pero no conseguía articular palabra. Me invadía una oleada tras otra de dolor, hasta que me convencí de que iba a morir.

Entonces percibí otra voz.

—Basta. A esta la necesitamos viva. Trae el antídoto, o me encargaré de que te administren el doble de la dosis que le han administrado a ella.

¡El antídoto! Quizá sobreviviera. Intenté ver algo más allá del velo ondulado de las visiones, pero solo conseguí distinguir la llama de la vela.

Estaban tardando demasiado. ¿Dónde estaba mi antídoto? No importaba mucho. Quería dormir, sumirme en el más largo de los sueños.

—Suélteme —dije—. Déjeme salir.

—Está hablando. Trae agua.

El frío borde de un vaso chocó contra mis dientes. Bebí a grandes tragos, sedienta. Levanté la cabeza e intenté ver la cara de mi salvador.

—Por favor —dije.

Unos ojos me miraron. Estallaron en llamas.

Y de pronto cesó la pesadilla. Me sumí en un sueño negro y profundo.

Cuando desperté, me quedé muy quieta.

Todavía tenía sensibilidad suficiente para hacerme una idea de dónde estaba: tumbada boca abajo en un colchón duro. Tenía la garganta abrasada. Era un dolor tan intenso que me obligó a recobrar el sentido, aunque solo fuera para buscar agua. Entonces me di cuenta de que estaba desnuda, y me sobresalté.

Me tumbé sobre un costado y apoyé el peso del cuerpo en un codo y una cadera. Tenía restos de vómito en las comisuras de la boca. Cuando pude enfocar, busqué el éter. Había otros videntes conmigo en aquella cárcel.

Mis ojos tardaron un rato en adaptarse a la penumbra. Estaba en una cama individual, con sábanas frías y húmedas. A mi derecha había una ventana con barrotes, sin cristal. El suelo y las paredes eran de piedra. Una fuerte corriente de aire me hizo estremecer. Echaba nubes de vaho por la boca al respirar. Me tapé con la sábana hasta los hombros. ¿Quién demonios me había quitado la ropa?

En un rincón había una puerta entreabierta. Vi una luz. Me levanté y evalué mis fuerzas. Tras asegurarme de que no iba a caerme, fui hacia la luz. Lo que encontré fue un lavabo rudimentario. La luz provenía de una sola vela. Había un váter viejo y un grifo oxidado, colocado a bastante altura en la pared. El grifo estaba frío al tacto. Giré una válvula que había cerca y me sepultó un diluvio de agua helada. Intenté girar la válvula hacia el otro lado, pero el agua se resistió a calentarse más de medio grado. Decidí ir mojándome las extremidades una a una, colocándolas bajo aquella cosa que no merecía llamarse ducha. No había toallas, así que me sequé con las sábanas de la cama, sin dejar de envolverme con una. Intenté abrir la puerta de la habitación, pero estaba cerrada con llave.

Me picaba todo el cuerpo. No tenía ni idea de dónde estaba, ni por qué estaba allí, ni qué pensaban hacerme mis captores. Nadie sabía qué les pasaba a los detenidos, porque nunca había vuelto ninguno.

Me senté en la cama y respiré hondo varias veces. Todavía estaba débil tras tantas horas de fantasmagoría, y no necesitaba un espejo para saber que parecía, más que nunca, un cadáver.

No temblaba solo de frío. Estaba desnuda y sola en una habitación oscura, con barrotes en la ventana y sin rastro de una ruta de huida. Debían de haberme llevado a la Torre. Y me habían quitado la mochila y el panfleto. Me acurruqué contra el pilar de la cama e hice todo lo posible por conservar el calor corporal mientras el corazón me latía con fuerza. Tenía un nudo en la dolorida garganta.

¿Le harían algo a mi padre? Él era valioso (buena materia prima), pero ¿lo perdonarían por haber albergado a una vidente? Eso era encubrimiento de traición. Pero mi padre era importante. No podían perderlo.

Perdí la noción del tiempo durante un rato. Me sumí en un sueño irregular. Por fin la puerta se abrió de golpe, y desperté bruscamente.

—Levántate.

Una lámpara de queroseno entró, oscilante, en la habitación. La sujetaba una mujer. Tenía la piel morena y lustrosa, y una estructura ósea elegante; era más alta que yo. El cabello, largo y rizado, era negro, como el vestido de talle alto, cuyas mangas le llegaban hasta las puntas de los dedos enguantados. Era imposible discernir su edad: podría haber tenido veinticinco años, o cuarenta. Me ceñí la sábana alrededor del cuerpo mientras la observaba.

Me llamaron la atención tres cosas de aquella mujer. La primera, que tenía los ojos amarillos. No era ese tono ambarino que, con según qué luz, podías llamar amarillo. Eran realmente amarillos, un poco verdosos, y resplandecían.

La segunda, su aura. Era vidente, pero nunca había visto un aura como la suya. No habría sabido explicar por qué era tan extraña, pero mis sentidos no encajaban bien con ella.

Y la tercera (y la que me heló la sangre en las venas), su onirosaje. Era idéntico al que había percibido en el I-4, ese que no habíamos sabido identificar. El del desconocido. Mi instinto me impulsaba a atacarla, pero sabía que no podría abrir una brecha en un onirosaje como aquel, y mucho menos en el estado en que me encontraba.

—¿Estamos en la Torre? —pregunté con voz ronca.

La mujer ignoró mi pregunta. Me acercó la lámpara a la cara y me escudriñó los ojos. Me pregunté si todavía estaría sufriendo peste cerebral.

—Tómate esto —dijo.

Miré las dos píldoras que tenía en la mano.

—Tómatelas.

—No —dije.

Me pegó. Noté sabor a sangre. Quería devolverle el golpe, pelear, pero estaba tan débil que apenas pude levantar la mano. Me tomé las píldoras con dificultad, por culpa de la herida del labio.

—Tápate —dijo mi captora—. Si vuelves a desobedecerme, me aseguraré de que no salgas de esta habitación. Al menos, no con la piel sobre los huesos.

Me tiró un fardo de ropa.

—Recógela.

No quería que me volviera a pegar. Esa vez no lo aguantaría. Apreté las mandíbulas y recogí la ropa del suelo.

—Póntela.

Miré la ropa; me goteaba sangre del labio, y apareció una mancha en el blusón blanco que tenía en las manos. Tenía las mangas largas y el escote cuadrado. También había un fajín negro, a juego con los pantalones, los calcetines y las botas, ropa interior negra y un chaleco negro con una pequeña ancla blanca bordada. El símbolo de Scion. Me vestí con movimientos rígidos, obligando a mis frías extremidades a moverse. Cuando terminé, la mujer se volvió hacia la puerta.

—Sígueme. No hables con nadie.

Fuera de la habitación hacía un frío tremendo, y la raída alfombra no contribuía a suavizar la temperatura. En su día debía de haber sido roja, pero estaba desteñida y manchada de vómito. Mi guía me llevó por un laberinto de pasillos de piedra, con ventanitas con barrotes y antorchas encendidas. Aquello parecía demasiado luminoso, demasiado crudo, tras la luz fría y azulada de las farolas de Londres.

¿Sería un castillo? No sabía de nadie en dos mil kilómetros a la redonda de Londres que tuviera un castillo (no habíamos tenido monarcas desde la reina Victoria). Quizá fuera una de aquellas viejas cárceles de Categoría D. A menos que fuera la Torre.

Me aventuré a echar un vistazo fuera. Era de noche, pero distinguí un patio iluminado por varios faroles. No sabía cuánto tiempo había estado bajo los efectos del flux. ¿Me habría visto esa mujer mientras sufría? ¿Recibía órdenes de la DVN, o recibían ellos órdenes suyas? Quizá trabajara para el Arconte, pero me extrañaba que emplearan a una vidente. Y podía ser otras cosas, pero desde luego era vidente.

La mujer se paró ante una puerta. Empujaron a un niño al pasillo. Era un crío muy flaco, con cara de rata, con una mata de pelo rubio rojizo y todos los síntomas de la intoxicación por flux: ojos vidriosos, cara pálida, labios azules. La mujer lo miró de arriba abajo.

—¿Nombre?

—Carl —contestó él con voz ronca.

—¿Cómo dices?

—Carl. —Se notaba que estaba desesperado de dolor.

—Muy bien, te felicito por haber sobrevivido al Fluxion

14, Carl. —Por su tono de voz no parecía que lo celebrara en absoluto—. Quizá no vuelvas a disfrutar de unas horas de sueño hasta dentro de un tiempo.

Carl y yo nos miramos. Yo sabía que debía de ofrecer un aspecto tan lamentable como él. Seguimos recorriendo pasillos y fuimos recogiendo a más videntes cautivos. Sus auras eran potentes y distintivas; fui adivinando qué era cada uno. Un profeta. Una quiromántica (o palmista) con el cabello corto, teñido de azul eléctrico. Un taseógrafo. Un oráculo con la cabeza rapada. Una chica morena y delgada, de labios finos, seguramente una suspirante, que por lo visto tenía un brazo roto. Ninguno aparentaba más de veinte años, ni menos de quince. Todos estaban pálidos y enfermizos a causa del flux. Al final éramos diez. La mujer se volvió hacia su pequeño rebaño de monstruos.

—Me llamo Pleione Sualocin —dijo—. Seré vuestra guía en vuestro primer día en Sheol I. Esta noche asistiréis al sermón de bienvenida. Hay una serie de normas sencillas que debéis cumplir. No podéis mirar a ningún refaíta a los ojos. Debéis mirar al suelo, donde corresponde, a menos que os inviten a hacer otra cosa.

Sin apartar la mirada de sus pies, la palmista levantó una mano.

—¿Qué es un refaíta?

—Pronto lo averiguaréis. —Pleione hizo una pausa—. Y otra norma: no debéis hablar a menos que un refaíta se dirija a vosotros. ¿Tenéis alguna duda?

—Sí. —Era el taseógrafo. No miraba al suelo—. ¿Dónde estamos?

—Lo sabréis enseguida.

—¿Con qué derecho nos tratan así? Yo ni siquiera estaba limosneando. No he transgredido la ley. ¡Demuestren que tengo aura! Pienso volver a la ciudad, y usted no es nadie para…

Se detuvo. Le salieron sendas gotas de sangre de los ojos. Hizo un débil ruido y se derrumbó.

La palmista dio un grito.

Pleione miró al taseógrafo. Cuando volvió a mirarnos a los demás, tenía los ojos azules como una llamarada de gas. Desvié la mirada.

—¿Alguna pregunta más?

La palmista se tapó la boca con una mano.

Nos condujeron a una habitación pequeña con las paredes y el suelo húmedos, oscura como una cripta. Pleione nos encerró bajo llave y se marchó.

Al principio nadie se atrevió a hablar. La palmista sollozaba, al borde de la histeria. Los otros todavía estaban demasiado débiles como para hablar. Yo me aparté y me senté en un rincón. Tenía la piel de gallina bajo las mangas del blusón.

—¿Todavía estamos en la Torre? —preguntó un augur—. Parece la Torre.

—Cállate —repuso alguien—. Cállate ya.

Alguien empezó a rezarle al *zeitgeist*, nada menos. Como si fuera a servir de algo. Apoyé la barbilla en las rodillas. No quería saber qué nos harían. No sabía cuánto resistiría si me aplicaban el submarino. Había oído hablar a mi padre del submarino, decía que solo te dejaban respirar unos segundos. Decía que no era tortura, sino terapia.

Un profeta se sentó a mi lado. Era calvo y de hombros anchos. No lo veía muy bien en aquella penumbra, pero distinguí sus grandes ojos, oscuros e intensos. Me tendió una mano.

—Me llamo Julian.

No parecía asustado, más bien tranquilo.

—Paige —dije yo. Era mejor no usar apellidos. Carraspeé y dije—: ¿De qué cohorte eres?

—Del IV-6.

—Yo, del I-4.

—Ese es el territorio del Vinculador Blanco, ¿no? —Asentí—. ¿De qué parte?

—Soho —respondí. Si decía que estaba en Dials, él deduciría que pertenecía al círculo de Jaxon.

—Te envidio. Me habría encantado vivir en el centro.

—¿Por qué?

—Allí el sindicato tiene mucha fuerza. En mi sector nunca pasa gran cosa. —Hablaba en voz baja—. ¿Les has dado motivos para detenerte?

—Maté a un metrovigilante. —Me dolía la garganta—. ¿Y tú?

—Tuve una discusión sin importancia con un centinela. Resumiendo: el centinela ya no está con nosotros.

—Pero tú eres profeta.

La mayoría de los videntes miraban con desprecio a los profetas, una clase de adivinos. Como todos los adivinos, se comunicaban con los espíritus a través de objetos; en el caso de los profetas, cualquier cosa reflectante. Jax odiaba con toda su alma a los adivinos («Farsantes, tesoro, llámalos farsantes»). Y a los augures, ahora que lo pienso.

Julian debió de leerme el pensamiento.

—No crees que un profeta sea capaz de matar a nadie.

—No con espíritus. No podrías controlar a una bandada lo bastante grande.

—Entiendes de videntes. —Se frotó los brazos—. Tienes razón. Le disparé. Pero eso no les impidió detenerme.

No le contesté. Del techo goteaba un agua helada que me caía en el pelo y me resbalaba por la nariz. La mayoría de los otros prisioneros estaban callados. Un chico se mecía adelante y atrás, en cuclillas.

—Tienes un aura rara. —Julian me miró—. No sé qué eres. Diría que un oráculo, pero...

—Pero ¿qué?

—Hace tiempo que no oigo hablar de ninguna mujer oráculo. Y no creo que seas una sibila.

—Soy acutumántica.

—¿Qué hiciste? ¿Le clavaste una aguja a alguien?

—Algo así.

Fuera se oyó un estruendo, seguido de un grito espantoso. Todos dejamos de hablar.

—Eso ha sido un berserker —dijo una voz masculina cargada de temor—. No irán a meter a un berserker aquí, ¿verdad?

—Los berserkers no existen —aseveré.

—¿No has leído *Sobre los méritos*?

—Sí. Pero solo es un tipo hipotético.

No pareció que mi afirmación lo aliviara mucho. Acordarme del panfleto hizo que se me helara aún más la sangre. Podía estar en cualquier sitio, en manos de cualquiera: una primera edición del panfleto más sedicioso de la ciudadela, lleno de anotaciones y detalles de contactos. Era imposible que yo estuviera en posesión de una cosa así sin conocer a su autor.

—Van a volver a torturarnos. —La suspirante sostenía el brazo roto contra el pecho—. Quieren algo. Si no, no nos habrían dejado salir.

—Salir ¿de dónde? —pregunté.

—De la Torre, idiota. Donde todos hemos pasado los dos últimos años.

—¿Dos años? —Se oyó una risa medio histérica que provenía de un rincón—. Querrás decir nueve. Nueve años.

Otra risotada, y luego una risita.

Nueve años. Que nosotros supiéramos, a los detenidos se les ofrecían dos opciones: entrar en la DVN o ser ejecutados. No había ninguna necesidad de almacenar gente.

—¿Por qué nueve? —pregunté.

No hubo respuesta desde el rincón. Al cabo de un minuto Julian dijo:

—¿Alguien más se ha preguntado por qué no estamos muertos?

—A todos los demás los mataron. —Era una voz nueva—. Yo pasé meses allí. A los otros videntes de mi ala los ahorcaron a todos. —Una pausa—. Nos han escogido por algo.

—SciOECI —susurró alguien—. Vamos a ser conejillos de Indias, ¿verdad? Los médicos nos quieren diseccionar.

—Esto no es SciOECI —dije yo.

Hubo un largo silencio, solo interrumpido por las amargas lágrimas de la palmista. Por lo visto no podía controlarse. Al final Carl se dirigió a la suspirante:

—Dices que deben de querer algo, susu. ¿Qué crees que podrían querer?

—Cualquier cosa. Nuestra visión.

—No pueden quitarnos nuestra visión —dije.

—Por favor. Tú ni siquiera tienes visión. No quieren a videntes discapacitados.

Contuve el impulso de romperle el otro brazo.

—¿Qué le ha hecho al taseógrafo? —La palmista estaba temblando—. Sus ojos... ¡Lo ha hecho sin moverse siquiera!

—Pues yo tenía claro que nos iban a matar —dijo Carl, como si no entendiera por qué los demás estábamos tan preocupados. No tenía la voz tan ronca—. Yo aceptaría cualquier cosa que no fuera la horca, ¿y vosotros?

—Pues puede que nos cuelguen —dije, y se quedó callado.

Otro chico, tan pálido que parecía que el flux le hubiera consumido toda la sangre de las venas, estaba empezando a hiperventilar. Tenía pecas en la nariz. Hasta ese momento no me había fijado en él; no tenía ni rastro de aura.

—¿Dónde estamos? —preguntó. Apenas podía articular palabra—. ¿Quién... quiénes sois?

Julian lo miró.

—Tú eres amaurótico —dijo—. ¿Por qué te han traído aquí?

—¿Amaurótico?

—Debe de ser un error. —El oráculo parecía aburrido—. Lo matarán de todas formas. Mala suerte, chico.

Daba la impresión de que el chico iba a desmayarse. Se puso en pie de un salto y tiró de los barrotes.

—¡No sé qué hago aquí! ¡Quiero irme a mi casa! ¡No

soy antinatural! —Estaba a punto de llorar—. ¡Lo siento! ¡Siento lo de la piedra!

Le tapé la boca con una mano.

—Basta. —Algunos de los otros lo insultaron—. ¿Quieres que te deje frito a ti también?

Estaba temblando. Debía de tener unos quince años, pero era muy inmaduro. Me acordé de otros tiempos, cuando yo también era una niña asustada y sola.

—¿Cómo te llamas? —le pregunté tratando de que mi voz sonara amable.

—Seb. Seb Pearce. —Se cruzó de brazos, tratando de retraerse—. ¿Sois todos… antinaturales?

—Sí, y haremos cosas antinaturales con tus órganos internos si no cierras el pico —le espetó una voz.

Seb se estremeció.

—No le hagas caso —le dije—. Me llamo Paige. Este es Julian.

Julian se limitó a asentir con la cabeza. Por lo visto, me correspondía a mí charlar con el amaurótico.

—¿De dónde eres, Seb?

—De la cohorte III.

—El anillo —observó Julian—. Muy bonito.

Seb desvió la mirada. Le temblaban los labios de frío. Seguro que creía que lo descuartizaríamos y nos bañaríamos en su sangre en un frenesí ocultista. Yo había ido a una escuela de secundaria del anillo, que era como llamábamos en la calle a la cohorte III.

—Cuéntanos qué pasó —dije.

Seb miró a los demás. No podía reprocharle su temor. Desde que tenía uso de razón le habían explicado que los clarividentes eran el origen de todos los males del mundo, y ahora estaba en la cárcel con ellos.

—Un chico de sexto me metió contrabando en la cartera —dijo. Seguramente una piedra de adivinación, el *numen* más frecuente en el mercado negro—. El director me vio intentando devolvérselo en clase. Pensó que me lo había dado uno de esos mendigos. Llamaron a los centinelas del colegio para que me registraran.

Un chico de Scion, sin duda. Si su colegio tenía sus propios centinelas, debía de provenir de una familia tremendamente rica.

—Tardé horas en convencerlos de que me habían tendido una trampa. Tomé un atajo para volver a mi casa. —Seb tragó saliva—. Había dos hombres vestidos de rojo en la esquina. Intenté pasar de largo, pero me oyeron. Llevaban máscaras. No sé por qué, pero eché a correr. Tenía miedo. Entonces oí un disparo y... creo que me desmayé. Y desperté vomitando.

No sabía qué efecto tendría el flux en los amauróticos. Lo lógico era que aparecieran síntomas físicos (vómitos, sed, terror inexplicable), pero no la fantasmagoría.

—Qué horror —dije—. Seguro que todo esto es solo una equivocación terrible.

Estaba segura. Un chico amaurótico de buena familia como Seb no pintaba nada allí.

Seb parecía un poco más animado.

—¿Me dejarán volver a casa?

—No —dijo Julian.

Agucé el oído. Pasos. Pleione había vuelto. Abrió la puerta, agarró al primer prisionero que encontró y lo levantó con una sola mano.

—Seguidme. Recordad las normas.

Salimos del edificio por una puerta de doble batiente; la suspirante guiaba a la palmista. El aire, gélido, nos cortaba cada centímetro de piel descubierta. Me sobresalté cuando llegamos a la horca (quizá aquello sí fuera la Torre), pero Pleione pasó de largo. No tenía ni idea de qué le había hecho al taseógrafo, ni de qué había sido aquel grito, pero no pensaba preguntarlo. Cabeza agachada, ojos abiertos. Esa iba a ser mi norma allí.

Nos guió por calles desiertas, iluminadas por lámparas de gas y mojadas tras una noche de lluvia intensa. Julian se colocó a mi lado. A medida que andábamos, los edificios eran cada vez más grandes, pero no eran rascacielos, ni mucho menos. No había armazones metálicos, ni luz eléctrica. Aquellos edificios eran antiguos y extraños, construidos en una época en que dominaba otra estética. Fachadas de piedra, puertas de madera y ventanas con cristales emplomados teñidos de rojo intenso y violeta. Cuando doblamos la última esquina, se presentó ante nosotros una imagen que nunca podré olvidar.

La calle que se extendía delante era extrañamente ancha. No se veía ni un coche: solo una hilera larga y sinuosa de viviendas destartaladas que la recorría de punta a punta. Las paredes de contrachapado sostenían los techos de chapa de zinc. A ambos lados de esa pequeña población se alzaban otros edificios más altos. Tenían puertas de madera maciza, ventanas altas y almenas, como los castillos de la época victoriana. Me recordaron tanto a la Torre que tuve que mirar hacia otro lado.

A escasa distancia de la chabola más cercana había un grupo de figuras esbeltas en un escenario al aire libre. Estaban rodeados de velas que iluminaban sus caras enmascaradas. Bajo las tablas sonaba un violín. Música de videntes, una música que solo los suspirantes podían interpretar. Una nutrida audiencia los contemplaba desde abajo. Todos los espectadores llevaban un blusón rojo y un chaleco negro.

Las figuras empezaron a bailar, como si hubieran estado esperando nuestra llegada. Eran todos clarividentes; de hecho, allí todos eran clarividentes: los bailarines, los espectadores, todos. Jamás había visto a tantos videntes en el mismo sitio, compartiendo apaciblemente el espacio. Debía de haber un centenar de observadores alrededor del escenario.

Aquello no era ninguna reunión secreta en un túnel subterráneo. Aquello no era el brutal sindicato de Hector. Aquello era diferente. Cuando Seb me dio la mano, no lo aparté de mí.

El espectáculo se prolongó unos minutos. No todos los espectadores prestaban atención. Algunos hablaban entre ellos mientras que otros abucheaban a los actores. Estaba segura de haber oído a alguien decir «cobardes». Después del baile, una chica con mallas negras se subió a una plataforma más alta. Llevaba el cabello, castaño oscuro, recogido en un moño, y una máscara dorada con los extremos con forma de alas. Se quedó allí de pie un momento, quieta como una estatua; de pronto saltó de la plataforma y agarró dos largas cortinas rojas que habían soltado desde el telar del escenario. Enroscó los brazos y las piernas alrededor de las cortinas y, tras trepar hasta una altura de seis metros, adoptó una pose. Recibió algunos aplausos del público.

Todavía estaba muy confusa por efecto del flux. ¿Qué era aquello, una especie de secta de videntes? Cosas más raras había oído. Hice un esfuerzo y examiné la calle. De algo sí estaba segura: aquello no era SciLo. No había nada que delatara la presencia de Scion. Grandes edificios antiguos, espectáculos públicos, lámparas de gas y una calle adoquinada: era como si hubiéramos retrocedido en el tiempo.

De pronto supe exactamente dónde estaba.

Todos habíamos oído hablar de la ciudad perdida de Oxford. Formaba parte del programa de estudios de Scion. Un incendio había destruido la universidad en otoño de 1859. Lo que quedaba estaba clasificado como Sector Restringido de Clase A. Estaba terminantemente prohibido acceder allí, por temor a una indefinible contaminación. Scion la había borrado de los mapas. Yo había leído en los archivos de Jaxon que un periodista intrépido de *El Pendenciero* había intentado entrar allí en 2036 y amenazado con publicar un artículo, pero unos francotiradores hicieron salir su coche de la carretera y nunca más se supo de él. *El Pendenciero*, un periódico sensacionalista, también desapareció. Había intentado demasiadas veces revelar los secretos de Scion.

Pleione se dio la vuelta hacia nosotros. La oscuridad nos impedía verle bien la cara, pero sus ojos seguían ardiendo.

—Es indecoroso quedarse mirando —dijo—. No debéis llegar tarde al sermón.

Pero aquel baile seguía atrayendo nuestras miradas. La seguimos, pero no consiguió que apartáramos la vista.

Desfilamos detrás de Pleione hasta llegar ante una gran verja de hierro forjado. Dos hombres abrieron la verja; ambos se parecían a nuestra guía: los mismos ojos, la misma piel satinada, las mismas auras. Pleione pasó majestuosa a su lado.

Seb tenía muy mal color. Le cogí la mano y no se la solté mientras recorríamos los jardines del edificio. Aquel amaurótico no tenía por qué importarme, pero parecía demasiado vulnerable para que lo dejara solo. La palmista estaba llorando. Solo el oráculo, que iba frotándose los nudillos, parecía no tener miedo. Mientras andábamos, se nos unieron varios grupos más de recién llegados, todos vestidos de blanco. La mayoría parecían asustados, si bien unos pocos se mostraban entusiasmados. Nuestro grupo iba apiñándose a medida que llegaban más prisioneros.

Nos estaban arreando como si fuéramos ganado.

Entramos en una sala alargada de techos altos. Unos estantes de color verde oliva llenos de preciosos libros antiguos cubrían las paredes hasta el techo. En una de las paredes había once vidrieras. La decoración era clásica, con suelos de mármol con dibujos geométricos. Los prisioneros nos empujábamos unos a otros formando filas. Yo me quedé entre Julian y Seb, con los sentidos en alerta máxima. Julian también estaba en tensión. Miraba uno a uno a los cautivos, evaluándolos. Formaban un verdadero crisol: una muestra representativa de los distintos tipos de videntes, desde augures y adivinos hasta médiums y sensores.

Pleione nos había dejado. Ahora estaba subida a un estrado, lo mismo que otros ocho seres que deduje que también debían de ser refaítas. Mi sexto sentido tembló.

Una vez que estuvimos todos reunidos, un silencio sepulcral se apoderó de la sala. Una mujer dio un paso adelante y empezó a hablar.

El sermón

—Bienvenidos a Sheol I.

La oradora medía casi dos metros. Sus facciones eran perfectamente simétricas: nariz recta y larga, pómulos prominentes, ojos hundidos. La luz de las velas se reflejaba en su pelo y en su lustrosa piel. Vestía de negro, como los otros, pero las mangas y los costados de su túnica, acuchillados, dejaban entrever un forro dorado.

—Soy Nashira Sargas. —Tenía una voz fría, grave—. Soy la soberana de sangre de la raza de los refaítas.

—¿Es una broma? —susurró alguien.

—¡Chisss! —susurró otro.

—En primer lugar, debo disculparme por el angustioso inicio de vuestra estancia aquí, sobre todo si habéis pasado un tiempo alojados en la Torre. La gran mayoría de los clarividentes tienen la impresión de que van a ser ejecutados cuando son llamados a nuestro lado. Utilizamos Fluxion 14 para asegurarnos de que el traslado a Sheol sea seguro y sencillo. Una vez sedados, se os lleva en tren a unas instalaciones de detención, donde sois vigilados. Se os han confiscado la ropa y los objetos personales.

Mientras escuchaba examiné a la mujer asomándome al éter. Su aura no se parecía a nada que yo hubiera percibido hasta entonces. Me habría gustado verla. Era como si hubiese cogido varios tipos de aura diferentes y hubiera forjado con ellos un extraño campo energético.

Pero había algo más. Una frialdad insólita. La mayoría de las auras emitían una señal tenue y cálida, como cuando pasas por delante de un calentador; la suya, en cambio, me producía escalofríos.

—Comprendo que os haya sorprendido ver esta ciudad. Quizá la conozcáis por el nombre de Oxford. Vuestro gobierno negó su existencia hace dos siglos, mucho antes de que nacierais. Supuestamente se puso en cuarentena después de un incendio, pero es mentira. La cerraron para que nosotros, los refaítas, pudiéramos venir a vivir aquí.

»Llegamos hace dos siglos, en 1859. Vuestro mundo había alcanzado lo que llamamos el "umbral etéreo". —Hizo una pausa y evaluó nuestra reacción—. La mayoría de vosotros sois clarividentes. Sabéis que vivimos rodeados de espíritus, demasiado cobardes o testarudos para enfrentarse a la muerte definitiva en el corazón del éter. Podéis comunicaros con ellos, y ellos pueden protegeros y guiaros. Pero esa conexión tiene un precio. Cuando el mundo corpóreo experimenta una superpoblación de espíritus errantes, estos producen profundas fisuras en el éter. Y cuando esas fisuras se ensanchan demasiado, el umbral etéreo se rompe.

»Cuando la Tierra rompió su umbral, quedó expuesta a una dimensión más elevada, el Inframundo, donde residimos nosotros. Ahora hemos venido aquí. —Nashira dirigió la mirada a mi fila de prisioneros—. Vosotros, los humanos, habéis cometido muchos errores. Habéis llenado vuestra fértil tierra de cadáveres, la habéis cargado de espíritus errantes. Ahora pertenece a los refaítas.

Miré a Julian y vi mi miedo reflejado en sus ojos. Esa mujer tenía que estar loca.

Se produjo un silencio en la sala. Nashira Sargas tenía toda nuestra atención.

—Los miembros de mi pueblo, los refaítas, somos todos clarividentes. Entre nosotros no hay amauróticos. Desde que se produjo la escisión entre nuestros mundos, nos hemos visto obligados a compartir el Inframundo con una raza parásita, los emim. Son seres salvajes, bestiales, a los que les gusta la carne humana. Si no fuera por nosotros, habrían traspasado el umbral. Habrían venido a destruiros.

Loca. Estaba loca.

—Fuisteis todos detenidos por humanos que trabajan para nosotros. Se llaman «casacas rojas». —Nashira señaló a una fila de hombres y mujeres, todos vestidos de rojo, que estaban al fondo de la biblioteca—. Desde nuestra llegada nos hemos hecho cargo de muchos clarividentes humanos. A cambio de protección, os entrenamos para destruir a los emim (y, así, proteger a la población de «naturales») formando parte de un batallón penal. Esta ciudad actúa como baliza para esos seres, los aleja del resto del mundo corpóreo. Cuando abren una brecha en sus muros, llamamos a los casacas rojas para que los destruyan. Esas brechas se anuncian mediante una sirena, pues exponen a la población a un grave riesgo de mutilación.

«Y también hay un grave riesgo de que todo esto esté pasando solo en mi cabeza», me dije.

—Os ofrecemos este destino como alternativa a lo que os ofrece Scion: la pena de muerte en la horca o mediante asfixia. O, como algunos de vosotros ya habéis experimentado, una larga y oscura condena en la Torre.

En la fila que tenía detrás, una chica empezó a gimotear. Las personas que tenía a los lados la hicieron callar.

—No tenemos que trabajar juntos, por supuesto. —Nashira empezó a pasearse a lo largo de la primera fila—. Cuando vinimos a este mundo, comprobamos que era vulnerable. Solo un porcentaje mínimo de vosotros sois clarividentes, y aún sois menos los que tenéis habilidades mínimamente útiles. Habríamos podido dejar que los emim os atacaran. Habría estado justificado, debido a lo que vosotros le habéis hecho a este mundo.

Seb me estaba aplastando la mano. Noté un débil zumbido en los oídos. Aquello era ridículo. Una broma de mal gusto. O eso, o peste cerebral. Sí, debía de ser peste cerebral. Scion intentaba hacernos pensar que nos habíamos vuelto locos. Y quizá fuera verdad.

—Pero tuvimos clemencia. Nos apiadamos de vosotros. Negociamos con nuestros gobernantes, y creamos esta pequeña isla. Nos cedieron esta ciudad, que nosotros llamamos Sheol I, y cada diez años nos enviaban a cierto número de clarividentes. Nuestra fuente principal era y sigue siendo Londres. Fue esa capital la que trabajó siete décadas para desarrollar el sistema de seguridad de Scion. Scion ha aumentado considerablemente la posibilidad de reconocer, reubicar y rehabilitar a los clarividentes en una nueva sociedad, lejos de los llamados amauróticos. A cambio de ese servicio, nosotros nos hemos comprometido a no destruir vuestro mundo. En lugar de destruirlo, nos hemos propuesto controlarlo.

No estaba segura de haber entendido lo que estaba diciendo, pero una cosa estaba clara: si decía la verdad, Scion no era más que un gobierno títere. Subordinado. Y nos había vendido.

La verdad es que no me sorprendió.

La chica de la fila de detrás no pudo soportarlo más. Dio un grito ahogado y echó a correr hacia la puerta.

Le dispararon. No pudo hacer nada.

Hubo gritos por todas partes. Y sangre. Seb me clavó las uñas en la mano. En medio del caos, un refaíta se adelantó y gritó:

—¡Silencio!

El ruido cesó de inmediato.

Bajo la cabeza de la chica se formó un charco de sangre. Tenía los ojos abiertos. En su cara persistía una expresión de angustia, de terror.

El asesino era humano y vestía de rojo. Enfundó su revólver y juntó las manos detrás de la espalda. Dos compañeras suyas cogieron el cadáver por los brazos y lo arrastraron hasta el exterior.

—Siempre hay un casaca amarilla —dijo una de ellas, lo bastante alto para que lo oyéramos todos.

El suelo de mármol estaba manchado. Nashira nos miró con gesto imperturbable.

—Si alguien más quiere huir, este es el momento de hacerlo. Podéis estar seguros de que hay sitio en la tumba.

Nadie se movió.

Se produjo un silencio, y me aventuré a echar un vistazo al estrado. Uno de los refaítas me miraba.

Debía de llevar rato examinándome, esperando a que yo lo viera, buscando un atisbo de disconformidad; su mirada se unió a la mía. Su piel, de un dorado oscuro semejante al de la miel, hacía resaltar sus ojos, amarillos y de párpados gruesos. Era el más alto de los cinco varones, con cabello castaño oscuro y áspero; vestía un traje negro bordado. Lo envolvía un aura extraña, difuminada, ensombrecida por las otras presentes en la sala. Era la cosa más hermosa y terrible que yo jamás había contemplado.

Noté un doloroso espasmo en las tripas. Bajé la vista al suelo. ¿Serían capaces de dispararme solo por mirar?

Nashira seguía hablando y paseándose entre las filas.

—Los clarividentes habéis desarrollado un gran poder a lo largo de los años. Estáis acostumbrados a sobrevivir. El simple hecho de que estéis aquí, de que hayáis evitado que os capturen hasta ahora, es un testimonio de vuestra capacidad de adaptación colectiva. Vuestros dones han resultado valiosísimos para mantener a raya a los emim. Esa es la razón por la que, a lo largo de diez años, recogemos a cuantos podemos de vosotros, y os mantenemos en la Torre esperando vuestra transición desde Scion. Llamamos a esas levas decenales Eras de Huesos. Esta es la Era de Huesos XX.

»En su debido momento recibiréis vuestro número de identificación. Los que sois clarividentes seréis asignados a un guardián refaíta. —Señaló a sus compañeros—. Vuestro guardián es vuestro amo en todo. Él o ella evaluará vuestras habilidades y calculará vuestro valor. Si alguno de vosotros muestra cobardía, recibirá el blusón amarillo: el de los cobardes. Los que sois amauróticos, es decir, los pocos de vosotros que no entendéis ni una palabra de lo que estoy diciendo —añadió—, trabajaréis en nuestras residencias. Para servirnos.

Me pareció que Seb había dejado de respirar.

—Si no aprobáis el primer examen, o si os ganáis el blusón amarillo dos veces, os pondremos al cuidado del Capataz, que os formará para ser actores. Los actores son los responsables de nuestro entretenimiento, y del entretenimiento de nuestros empleados.

Reflexioné sobre las dos opciones: monstruo de feria o servicio militar obligatorio. Me temblaron los labios, y la mano que tenía libre formó un puño. Había imaginado muchos motivos para que detuvieran a los videntes, pero ninguno como aquel.

Tráfico de humanos. No, tráfico de videntes. Scion nos había convertido en esclavos.

Oí llorar a varias personas; otros se habían quedado entre absortos y horrorizados. Nashira no pareció notarlo. Ni siquiera había pestañeado cuando había muerto la chica. No se había inmutado.

—Los refaítas no olvidamos. Los que os adaptéis a este sistema seréis recompensados. Los que no, castigados. Nosotros no queremos que eso suceda, pero si nos faltáis al respeto, sufriréis. A partir de ahora, esto será vuestra vida.

Seb se desmayó. Julian y yo lo mantuvimos en pie entre los dos, pero era un peso muerto.

Los nueve refaítas bajaron del estrado. Mantuve la cabeza agachada.

—Estos refaítas han ofrecido sus servicios como guardianes —nos informó Nashira—. Ahora decidirán a quiénes de vosotros quieren llevarse.

De los nueve, siete empezaron a pasearse por la sala, entre las hileras de prisioneros. El último (ese al que yo había mirado) se quedó junto a Nashira. No me atreví a mirar a Julian, pero dije en voz baja:

—Esto no puede ser verdad.

—Míralos —repuso él sin apenas mover los labios. Lo oí porque estábamos muy juntos, uno a cada lado de Seb—. No son humanos. Son de algún otro sitio.

—¿Te refieres a eso que ha llamado Inframundo? —Cerré la boca porque pasó un refaíta a mi lado, y luego continué—: La única otra dimensión que existe es el éter. No hay nada más.

—El éter existe junto al mundo de la carne: alrededor de nosotros, y no fuera de nosotros. Esto es diferente.

Dentro de mí borboteó una risa desquiciada.

—Scion se ha vuelto majara.

Julian no dijo nada. Al otro lado de la sala una refaíta cogió a Carl por el codo.

—XX-59-1 —dijo—, te reclamo.

Carl tragó saliva; lo condujeron al estrado, pero mantuvo una actitud valerosa. Una vez que lo hubieron dejado allí, los refaítas siguieron dando vueltas, como ladronzuelos escogiendo a una víctima adinerada.

Me pregunté qué criterio aplicarían para elegirnos. ¿Sería malo para Carl que lo hubieran escogido tan pronto?

Pasaban los minutos. Las filas iban menguando. La suspirante, que ahora se llamaba XX-59-2, se marchó con Carl. El oráculo se fue con Pleione; no parecía que le interesara mucho aquel trámite. Un refaíta de rostro cruel arrastró a la palmista hasta el estrado. La chica empezó a llorar, suplicando en vano. Luego se llevaron a Julian. XX-59-26. Me lanzó una mirada, asintió con la cabeza y acompañó a su nuevo guardián al estrado.

Cambiaron otros doce nombres por números. Llegaron al 38. Solo quedábamos ocho: los seis amauróticos, un cantor y yo. Alguien tendría que escogerme. Varios refaítas me habían examinado, fijándose mucho en mi cuerpo y mis ojos, pero ninguno me había reclamado. ¿Qué pasaría si ninguno me escogía?

El cantor, un chico menudo con el pelo recogido en trencitas cosidas, se marchó con Pleione: 39. La única vidente que quedaba era yo.

Los refaítas miraron a Nashira, quien a su vez nos miró a los que quedábamos. Se me tensó la columna vertebral.

Entonces el que me había estado mirando dio unos pasos adelante. No dijo nada, pero se acercó a Nashira y ladeó la cabeza hacia mí. Nashira me miró; levantó una mano y me hizo señas con un largo dedo. Llevaba guantes negros, igual que Pleione. Todos llevaban guantes negros.

Seb seguía inconsciente. Intenté deslizarlo hasta el suelo, pero se aferró a mí. Al percatarse del apuro en que me encontraba, otro amaurótico me lo quitó de los brazos.

Todas las miradas estaban fijas en mí cuando caminé por el suelo de mármol y me paré ante aquella pareja. De cerca, Nashira parecía mucho más alta, y el otro refaíta me sacaba casi dos palmos.

—¿Tu nombre?

—Paige Mahoney.

—¿De dónde eres?

—Cohorte I.

—Pero tienes otro origen.

Debían de haber visto mis documentos.

—De Irlanda —contesté.

Un leve temblor recorrió toda la sala.

—¿De Scion Belfast?

—No, de la Irlanda libre.

Alguien dio un grito ahogado de asombro.

—Ya veo. Un espíritu libre. —Sus ojos parecían bioluminiscentes—. Tu aura nos tiene intrigados. Dime, ¿qué eres?

—Soy cifradora —respondí.

Me mantuve impertérrita bajo su atenta mirada.

—Tengo buenas noticias para ti, Paige Mahoney. —Nashira le puso una mano en el brazo a su acompañante—. Le has llamado la atención al consorte de sangre: Arcturus, Custodio de los Mesarthim. Ha decidido ser tu guardián.

Los refaítas se miraron. No dijeron nada, pero me pareció que sus auras se tensaban.

—No es habitual que se interese por un humano —continuó Nashira en voz baja, como si me confiara un secreto muy bien guardado—. Puedes considerarte muy afortunada.

Yo no me sentía nada afortunada. Estaba horrorizada.

El consorte de sangre se inclinó hasta ponerse a mi nivel. Tuvo que inclinarse mucho. No desvié la mirada.

—XX-59-40. —Tenía una voz grave y suave—. Te reclamo.

Así que ese tipo iba a ser mi amo. Lo miré a los ojos, pese a saber que no debía. Quería saber qué cara tenía mi enemigo.

Ya habían escogido a todos los videntes. Nashira elevó la voz y se dirigió a los seis amauróticos.

—Vosotros seis esperaréis aquí. Enviaremos una escolta que os llevará al cuartel. Los demás iréis con vuestros guardianes a las residencias. Buena suerte a todos, y recordad: aquí sois libres de tomar las decisiones que queráis. Solo espero que toméis las correctas.

Dicho esto, se dio la vuelta y echó a andar. La siguieron dos casacas rojas. Yo me quedé allí plantada con mi guardián, petrificada.

Arcturus fue hacia la puerta y me hizo una seña con la mano para que lo siguiera. Como no obedecí al instante, se paró y se quedó esperando.

Todos me miraban. Me daba vueltas la cabeza. Lo vi todo rojo, y luego blanco.

Lo seguí.

La primera luz del alba acariciaba las torres de los edificios. Los videntes salieron detrás de sus guardianes, en grupos de tres o cuatro. Yo era la única que tenía un guardián para mí sola.

Arcturus se puso a mi lado. Demasiado cerca. Se me agarrotó la espalda.

—Debes saber que aquí dormimos durante el día.

No dije nada.

—También debes saber que no tengo por costumbre aceptar inquilinos. —Qué forma tan bonita de llamar a los prisioneros—. Si apruebas tus exámenes, vivirás conmigo de forma permanente. Si no, me veré obligado a desalojarte. Y aquí las calles no son nada acogedoras.

Seguí callada. Ya sabía que las calles no eran acogedoras. No podían ser mucho peores que las de Londres.

—No eres muda —dijo—. Habla.

—No sabía que pudiera hablar sin permiso.

—Te concedo ese privilegio.

—No tengo nada que decir.

Arcturus me escudriñó con la mirada. Sus ojos contenían un calor mortecino.

—Estamos instalados en la residencia de Magdalen. —Se colocó de espaldas al amanecer—. Supongo que tienes fuerzas suficientes para andar, ¿no, chica?

—Sí, puedo andar —contesté.

—Estupendo.

Nos pusimos en marcha. Salimos del edificio; en la calle, el siniestro espectáculo había terminado. Vi a la contorsionista cerca del escenario, guardando sus sedas en una bolsa. Nuestras miradas se encontraron un momento, y luego ella miró hacia otro lado. Tenía el aura delicada de una cartomántica. Y los cardenales de una prisionera.

Magdalen era un edificio espléndido. Era de otra época, de otro mundo. Tenía una capilla, campanarios y altas ventanas de cristal tras las que brillaba la intensa luz de las antorchas. Mientras nos acercábamos y entrábamos por una puerta pequeña, sonaron cinco campanadas. Un chico con blusón rojo nos saludó con una reverencia cuando entramos en un soportal. Seguí a Arcturus al interior en penumbra. Subimos por una escalera de caracol de piedra y nos detuvimos ante una puerta maciza, que él abrió con una llave pequeña de bronce.

—Por aquí —me dijo—. Este será tu nuevo hogar. La Torre del Fundador.

Me asomé a mi cárcel.

Tras la puerta había una gran cámara rectangular. Los muebles eran francamente opulentos. Las paredes, blancas, estaban desprovistas de adornos; lo único que había colgado en ellas era un emblema con un dibujo en blanco y negro coronado con tres flores. Un tablero de ajedrez con los escaques oblicuos. A ambos lados de las ventanas, que daban a unos patios, colgaban unas gruesas cortinas rojas. Había dos butacas ante una espléndida chimenea donde ardía la leña, y en un rincón, un diván rojo con un montón de cojines de seda encima. A su lado había un reloj de péndulo. En un gramófono colocado sobre un escritorio de madera oscura sonaba «Gloomy Sunday», y junto a la gran cama con dosel había una mesilla de noche elegante. Una gruesa alfombra estampada cubría el suelo.

Arcturus cerró la puerta con una llave que a continuación se guardó.

—No sé mucho acerca de los humanos. Quizá tengas que recordarme cuáles son tus necesidades. —Dio unos golpecitos en el escritorio con un dedo—. Aquí hay unas sustancias medicinales. Tienes que tomarte una pastilla de cada todas las noches.

No dije nada, pero le eché una ojeada a su onirosaje.

Antiguo y extraño, endurecido por el tiempo. Un farol mágico en el éter.

Aquel intruso del I-4 era, sin duda, uno de ellos.

Noté que sus ojos leían más allá de mi cara. Estudiaban mi aura; estaba tratando de averiguar qué tipo de carga se había echado encima. O qué tesoro escondido había descubierto. Ese pensamiento avivó mi odio.

—Mírame.

Era una orden. Levanté la barbilla y lo miré. Por nada del mundo iba a dejar que viera el miedo que me inspiraba.

—No tienes visión espiritista —observó—. Eso será un inconveniente aquí. A menos que tengas alguna forma de compensarlo, por supuesto. Quizá un sexto sentido más potente.

No repliqué. Siempre había soñado con tener aunque solo fuera una visión espiritista parcial, pero seguía siendo ciega espiritista. No veía las lucecitas del éter; solo las notaba. Sin embargo Jaxon nunca lo había considerado una debilidad.

—¿Tienes alguna pregunta?

Examinaba cada centímetro de mi cara con sus implacables ojos.

—¿Dónde dormiré?

—Haré que te preparen una habitación. De momento dormirás aquí. —Señaló el diván—. ¿Algo más?

—No.

—Hoy tengo que salir. Durante mi ausencia puedes familiarizarte con la ciudad. Volverás todos los días antes del amanecer. Si suena la sirena, volverás inmediatamente a esta habitación. Si robas o tocas algo, lo sabré.

—Sí, señor.

El «señor» se me escapó.

—Tómate esto. —Me tendió una pastilla—. Tómate otra mañana por la noche, junto con las otras.

No la cogí. Arcturus llenó un vaso de agua de una jarra,

sin mirarme. Me acercó el vaso y el comprimido. Me humedecí los labios.

—¿Qué pasa si no me la tomo?

Hubo un largo silencio.

—Era una orden —dijo por fin—. No te lo he pedido. Te lo he ordenado.

El corazón me palpitaba. Hice rodar el comprimido entre los dedos. Era de color verde grisáceo. Me lo tragué. Tenía un sabor amargo.

Arcturus cogió el vaso.

—Otra cosa. —Arcturus me agarró por la nuca con la mano que tenía libre, y me obligó a mirarlo. Noté un escalofrío—. Te dirigirás a mí únicamente por mi título solemne: Custodio. ¿Entendido?

—Sí.

Tuve que esforzarme para decirlo. Él me miró a los ojos, grabándome su mensaje a fuego, y entonces aflojó la mano.

—Cuando regrese, iniciaremos tu entrenamiento. —Se dirigió hacia la puerta—. Que duermas bien.

No puede evitarlo: solté una débil y amarga risotada.

Arcturus volvió un poco la cabeza. Vi que sus ojos se vaciaban. No dijo nada más y se marchó. La llave giró en la cerradura.

5

Indiferencia

Los destellos rojizos del sol entraban por la ventana. La luz me sacó de un sueño profundo. Tenía mal sabor de boca. Por un instante creí estar en mi dormitorio del I-5, lejos de Jax, lejos del trabajo.

Entonces lo recordé. Las Eras de Huesos. Los refaítas. Un disparo y un cadáver.

No, no me encontraba en el I-5.

Los cojines estaban en el suelo; los había tirado mientras dormía. Me incorporé y miré alrededor; me froté la agarrotada nuca. Me dolía la parte baja de la espalda, y me martilleaba la cabeza. Una de mis «resacas», como las llamaba Nick. De Arcturus, el Custodio, no había ni rastro.

El gramófono seguía lamentándose. Reconocí la «Danse Macabre» de Saint-Saëns inmediatamente, y eso me alarmó: Jax la escuchaba cuando estaba de muy mal humor, generalmente tomándose una copa de vino añejo. Siempre me había puesto los pelos de punta. Apagué el gramófono, descorrí las cortinas y eché un vistazo al patio orientado a levante. Había un guardia refaíta apostado junto a una puerta gigantesca de roble, de doble hoja.

Habían dejado un uniforme limpio encima de la cama. Encontré una nota manuscrita sobre la almohada, escrita en tinta negra:

Espera a que suene la campana.

Pensé en lo que nos habían dicho en el sermón. Nadie había mencionado ninguna campana. Arrugué la nota y la tiré a la chimenea, donde otros trozos de papel esperaban a que los quemaran.

Pasé unos minutos registrando la habitación, revisando cada rincón. Las ventanas no tenían barrotes, pero no podían abrirse. En las paredes no encontré junturas ocultas ni paneles deslizantes. Había otras dos puertas, una de ellas oculta tras unas gruesas cortinas rojas y cerrada con llave. La otra conducía a un gran cuarto de baño. Como no vi ningún interruptor, me llevé una lámpara de aceite y entré. La bañera era del mismo mármol negro que el suelo de la biblioteca, y la rodeaban unas cortinas transparentes. Un espejo dorado ocupaba casi toda la pared; me acerqué, pues sentía curiosidad por saber si la mutilación que había sufrido mi vida se reflejaba en mi cara.

No, no se reflejaba. Con excepción del corte en el labio, estaba igual que antes de que me capturaran. Me senté en la oscuridad y me puse a pensar.

Los refaítas habían cerrado su trato en 1859, exactamente dos siglos atrás. Si no recordaba mal lo que había aprendido en el colegio, eso correspondía al mandato de lord Palmerston. Mucho antes del fin de la monarquía, en 1901, cuando una nueva República de Inglaterra asumió el poder y declaró la guerra a la antinaturalidad. Esa república había llevado al país por casi tres décadas de adoctrinamiento y propaganda, hasta que en 1929 pasó a llamarse Scion. Fue entonces cuando eligieron al Primer Inquisidor, y Londres se convirtió en la primera ciudadela de Scion. Todo eso me hacía pensar que, de alguna forma, la llegada de los refaítas había desencadenado el advenimiento de Scion. Todas esas sandeces sobre la antinaturalidad solo eran un cuento para saciar a esos seres llegados de quién sabía dónde.

Inspiré hondo. Tenía que haber alguna otra explicación. No sabía cómo, pero lo entendería. De momento mi prioridad consistía en salir de allí. Hasta que lo consiguiera, buscaría respuestas en ese lugar. No podía largarme sin más, ahora que sabía adónde enviaban a los videntes. No podía olvidar cuanto había visto y oído.

Primero buscaría a Seb. Su condición de amaurótico y su ignorancia hacían que estuviera más asustado que los demás. Solo era un niño: no se merecía eso. Cuando lo hubiera encontrado, buscaría a Julian y a los otros detenidos de la Era de Huesos XX. Quería saber más cosas sobre los emim, y hasta que volviera mi guardián, ellos eran mi única fuente de información.

Sonó la campana de la torre de mi edificio, y al cabo de un momento sonó otra a lo lejos. «Espera a que suene la campana.» Debía de haber toque de queda.

Puse la lámpara en el borde de la bañera. Mientras me echaba agua fría en la cara, consideré mis opciones. De momento lo mejor que podía hacer era seguirles la corriente a los refaítas. Si sobrevivía el tiempo suficiente, intentaría ponerme en contacto con Jax. Jax vendría a buscarme; nunca dejaba atrás a un vidente. Al menos, a ningún vidente que trabajara para él. Más de una vez le había visto dejar morir a limosneros.

En la habitación cada vez estaba más oscuro. Abrí el cajón del medio del escritorio. Dentro había tres blísters de pastillas. No quería tomármelas, pero suponía que el Custodio las contaría para asegurarse de que lo había hecho. A menos que yo las tirara.

Saqué una de cada blíster. Roja, blanca y verde. Ninguna estaba etiquetada.

La ciudad estaba llena de no humanos, llena de cosas que yo todavía no entendía. Quizá esas pastillas sirvieran para protegerme de algo: toxinas, radiación… Esa contaminación sobre la que nos había advertido Scion. Quizá no fuera mentira. Quizá debía tomármelas. Tarde o temprano tendría que hacerlo, cuando él regresara.

Pero todavía no había llegado. De momento no podía verme. Tiré las tres pastillas por el desagüe del lavamanos. Que se tomara él sus medicinas y se atragantara con ellas.

Cuando intenté abrir la puerta, comprobé que no estaba cerrada con llave. Bajé los escalones de piedra y volví a los soportales. La residencia era enorme. Al llegar a la puerta de la calle, vi que una chica huesuda con la nariz rosada y el cabello de un rubio sucio había sustituido al chico de rojo. Al acercarme a ella, levantó la vista.

—Hola —me saludó—. Tú debes de ser nueva.

—Sí.

—Bueno, has iniciado tu viaje en un sitio estupendo. Bienvenida a Magdalen, la mejor residencia de Sheol I. Soy XIX-49-33, portera de noche. ¿En qué puedo ayudarte?

—Quiero salir.

—¿Tienes permiso?

—No lo sé.

Y tampoco me importaba.

—Muy bien. Voy a comprobarlo. —Su sonrisa estaba volviéndose tensa—. ¿Puedes decirme tu número?

—XX-59-40.

La chica consultó su registro. Cuando encontró la página, me miró con los ojos muy abiertos.

—Tú eres a la que ha hospedado el Custodio.

Bueno, si quería llamarlo «hospedar»...

—Nunca había hospedado a ningún humano —continuó—. En Magdalen muy pocos lo hacen. Generalmente solo hay refas, con unos pocos asistentes humanos. Tienes mucha suerte de alojarte con él, ¿lo sabes?

—Eso me han dicho —repuse—. Si no te importa, tengo unas cuantas preguntas sobre este sitio.

—Adelante.

—¿Dónde puedo conseguir comida?

—El Custodio ha dejado instrucciones sobre eso. —Me puso en la mano un puñado de agujas despuntadas, anillos de hojalata baratos y dedales—. Toma. Son *numa*. Los bufones siempre los necesitan. Puedes cambiarlos por comida en los puestos de ahí fuera (hay una especie de asentamiento ocupa), aunque no es muy buena. Yo esperaría a que tu guardián te diera de comer.

—¿Hay probabilidades de que lo haga?

—Puede ser.

Bueno, eso ya estaba aclarado.

—¿Dónde está ese asentamiento? —pregunté.

—En el Broad. Tuerce a la derecha al salir de Magdalen, y luego gira por la primera a la izquierda. Ya lo verás. —Pasó la hoja de su registro—. Recuerda, no debes sentarte en zonas públicas sin permiso, ni entrar en ninguna residencia. Tampoco debes llevar nada que no sea el uniforme. Ah, y sobre todo, debes volver aquí antes del amanecer.

—¿Por qué?

—Verás, los refas duermen de día. Supongo que es más fácil ver a los espíritus después de la puesta de sol.

—Y eso hace que el entrenamiento sea más fácil.

—Exacto.

No me gustaba nada esa chica.

—¿Tú tienes un guardián?

—Sí. Pero ahora está fuera.

—¿Dónde?

—No lo sé. Pero estoy segura de que ha ido a hacer algo importante.

—Entiendo. Gracias.

—De nada. Que pases una buena noche. Y recuerda —añadió—, no cruces el puente.

Menudo lavado de cerebro. Sonreí y seguí adelante.

Al salir de la residencia empecé a echar vaho por la boca, y me pregunté dónde me había metido. El Custodio. Susurraban su nombre como si fuera una oración, una promesa. ¿Por qué él era diferente de los otros? ¿Qué significaba «consorte de sangre»? Me prometí que más tarde intentaría enterarme. De momento necesitaba comer. Luego buscaría a Seb. Por lo menos tenía un sitio donde dormir cuando volviera; tal vez él no hubiera tenido tanta suerte.

Se había formado una fina niebla. No parecía que hubiera electricidad en la ciudad. A mi izquierda había un puente de piedra cuyos lados estaban iluminados con lámparas de gas. Ese debía de ser el puente que me habían prohibido cruzar. Una hilera de guardias vestidos de rojo bloqueaba el camino entre la ciudad y el mundo exterior. Al ver que me quedaba quieta, los diez me apuntaron con sus armas. Armas de Scion, militares. Con las diez miras clavadas en mi espalda, me puse en marcha, dispuesta a explorar la pequeña ciudad.

La calle discurría junto a los jardines de Magdalen, separada de la residencia por un alto muro. Pasé por delante de tres sólidas puertas de madera, todas custodiadas por un humano ataviado con el blusón rojo. El muro estaba rematado con púas de hierro. Agaché la cabeza y seguí las indicaciones de 33. La siguiente calle estaba tan desierta como la primera, y no había lámparas de gas que me alumbraran el camino. Cuando salí de la oscuridad, con las manos cortadas por el frío, vi que me encontraba en algo parecido al centro de la ciudad. A mi izquierda se alzaban dos grandes edificios. El que estaba más cerca tenía columnas y un frontón decorado, como el Gran Museo de la cohorte I. Pasé de largo y llegué al Broad. En los escalones de las puertas y los alféizares de las ventanas había velitas encendidas. Los sonidos de la vida humana invadían la noche.

A lo largo del centro de la calle habían montado tenderetes desvencijados y puestos de comida iluminados con faroles sucios. Eran raquíticos, lúgubres. A ambos lados había sendas hileras de casuchas rudimentarias, chozas y tiendas hechas de chapa de zinc ondulada, contrachapado y plástico: toda una barriada de chabolas en pleno centro de la ciudad.

Y la sirena. Un modelo mecánico viejo con un solo cuerno enorme. Nada que ver con los sofisticados equipos electrónicos de los puestos de avanzada de la DVN, diseñados para su uso en caso de emergencia nacional. Confié en no oír nunca el sonido que salía de sus rotores. Lo último que necesitaba era que me persiguiera una máquina asesina.

El olor a carne asada me arrastró hacia la barriada. Me dolía el estómago de hambre. Entré en un túnel oscuro y estrecho y me dejé guiar por el olfato. Las chabolas parecían conectadas por una serie de túneles de contrachapado, remendados con trozos de tela y metal. Tenían pocas ventanas, y estaban iluminadas con velas y lámparas de queroseno. Yo era la única persona que vestía blusón blanco. Toda aquella gente llevaba ropa mugrienta. Los colores no mejoraban el aspecto de su cutis cetrino ni de sus ojos, apagados e inyectados en sangre. No vi a nadie que pareciera sano. Esos debían de ser los actores humanos que no habían aprobado los exámenes y habían sido condenados a entretener a los refaítas durante el resto de su vida, y seguramente también en su otra vida. La mayoría eran adivinos o augures, las dos clases de videntes más frecuentes. Unos cuantos se fijaron en mí, pero pasaron de largo. Me dio la impresión de que no querían entretenerse mucho mirándome.

El origen del olor era una gran sala cuadrada con un agujero en el techo de chapa de zinc para dejar salir el humo y el vaho. Me senté en un rincón oscuro y traté de no llamar la atención. Estaban sirviendo la carne en lonchas finas como una oblea; todavía estaba rosada y tierna en el centro. Los actores repartían los platos de carne con verduras y sacaban crema de unas soperas de plata. Se peleaban por la comida, se la metían en la boca a toda prisa y se chupaban los dedos para recoger el jugo caliente. Antes de que pudiera preguntar, un vidente me puso un plato en las manos.

Estaba esquelético e iba vestido con poco más que unos harapos. Llevaba unas gafas con los cristales gruesos muy rayados.

—¿Mayfield todavía está en el Starch? —me preguntó.

—¿Mayfield?

—Sí, Abel Mayfield. —Repitió el nombre tratando de vocalizar mejor—. ¿Todavía está en el Arconte? ¿Todavía es Gran Inquisidor?

—Mayfield lleva años muerto.

—¿Quién hay ahora?

—Frank Weaver.

—Ah, vale. No tendrás un ejemplar de *El descendiente*, ¿verdad?

—Me lo han confiscado todo. —Miré alrededor buscando un sitio donde sentarme—. ¿De verdad creías que Mayfield todavía era Inquisidor?

Era imposible no conocer la identidad del Inquisidor. Exceptuando a Scarlett Burnish, Weaver era el alma de Scion.

—Oye, no te pongas así. ¿Cómo iba a saberlo? Solo nos llegan noticias una vez cada diez años. —Me agarró por el brazo y me llevó hasta un rincón—. Dime, ¿volvió a publicarse *El pendenciero*?

—No. —Intenté soltarme, pero el chico no me dejó.

—¿Sigue Sinatra en la lista negra?

—Sí.

—Qué pena. ¿Y el Fleapit? ¿Lo encontraron?

—Cyril, acaba de llegar. Creo que necesita comer un poco.

Alguien se había percatado del aprieto en que me hallaba. Cyril se volvió hacia una joven que lo miraba con los brazos cruzados y la barbilla levantada.

—Eres una cascarrabias de mierda, Rymore. ¿Ha vuelto a salirte el diez de espadas?

—Sí, cuando pensaba en ti.

Cyril la miró con odio, cogió su plato y se largó. Intenté agarrarlo por la camisa, pero era ágil como un carterista. La chica sacudió la cabeza. Tenía una cara de facciones pequeñas, muy expresiva, enmarcada por una mata de rizos negros. Los labios, pintados de rojo, destacaban como una herida reciente contra su piel.

—Te dieron el sermón anoche, hermanita. —Tenía una forma peculiar de pronunciar las erres—. Tu estómago no habría soportado esa clase de comida.

—Comí ayer por la mañana —repliqué.

No supe si reírme de que aquella cría tan pequeñaja me llamara «hermanita».

—Es el flux, créeme. Te ha jodido el cerebro. —Miró alrededor y añadió—: Rápido. Ven conmigo.

—¿Adónde?

—Tengo un refugio. Allí podremos hablar.

No me convencía la idea de seguir a una desconocida, pero necesitaba hablar con alguien. La seguí.

Mi guía parecía conocer a todo el mundo. Por el camino entrechocó las manos con varias personas, sin dejar de vigilarme para ver si todavía la seguía. La ropa que llevaba parecía en mejor estado que la de los otros actores: una blusa fina con mangas acampanadas y unos pantalones que le quedaban cortos. Debía de estar congelada. Descorrió una cortina deshilachada.

—Rápido —volvió a decir—. O nos verán.

Detrás de la cortina estaba en penumbra, pero un hornillo de parafina mantenía las sombras a raya. Me senté. Un montón de sábanas sucias y un cojín formaban una cama rudimentaria.

—¿Siempre recoges a los perros callejeros?

—A veces. Sé por lo que se pasa cuando se llega aquí. —La chica se sentó junto al hornillo—. Bienvenida a la Familia.

—¿Formo parte de una familia?

—Ahora sí, hermana. Y no se trata de una secta ni nada parecido, si es eso lo que estás pensando. Es una familia formada para protegerse. —Se puso a manipular el hornillo—. Me imagino que vienes del sindicato.

—Es posible.

—Yo no. En el centro no necesitaban a gente como yo. —Una débil sonrisa acarició sus labios—. Llegué aquí en la Era de Huesos anterior.

—¿Cuánto tiempo hace de eso?

—Diez años. Yo tenía trece. —Extendió una mano encallecida. Dudé un instante, y luego se la estreché—. Liss Rymore —dijo.

—Paige.

—¿XX-59-40?

—Sí.

Liss detectó mi desagrado.

—Lo siento —se disculpó—. Es la fuerza de la costumbre. O quizá que me han lavado el cerebro.

—Tú ¿qué número tienes?

—XIX-49-1.

—¿Cómo es que sabes mi número?

Vertió un poco de alcohol de quemar en el hornillo.

—En una ciudad tan pequeña como esta, las noticias vuelan. No nos llega información del exterior. No les gusta que nos enteremos de lo que pasa ahí fuera, en el mundo libre. Si es que se puede llamar libre a Scion. —Prendió una llama azul—. Todo el mundo habla de tu número.

—¿Por qué?

—¿No te has enterado? Arcturus Mesarthim nunca había alojado a un humano en su residencia. De hecho, jamás se ha interesado por los humanos. Siento decirlo, pero eso ha sido un notición. Es lo que pasa cuando no puedes leer los periódicos sensacionalistas.

—¿Sabes por qué me eligió a mí?

—Supongo que Nashira se ha encaprichado de ti. Él es el consorte de sangre, su prometido. Nosotros procuramos no acercarnos a él. Aunque la verdad es que nunca sale de

92

esa torre. —Puso una cacerola sobre el hornillo—. Antes de hablar, déjame prepararte algo de comer. Lo siento, hace años que los bufones no comemos en mesas.

—¿Los bufones?

—Es como los casacas llaman a los actores. No les caemos muy bien.

Calentó un poco de caldo y lo vertió en un cuenco. Le ofrecí unos cuantos anillos, pero ella negó con la cabeza.

—Invita la casa.

Di un sorbo de caldo. Era inodoro y transparente, y sabía a rayos, pero estaba caliente. Liss me observó mientras yo dejaba el cuenco limpio.

—Toma. —Me pasó un pedazo de pan rancio—. *Skilly* y *toke*. Ya te acostumbrarás. La mayoría de los guardianes se olvidan de que necesitamos comer con regularidad.

—Allí había carne. —Señalé la sala central.

—Eso solo es para celebrar la Era XX. Este *skilly* lo he preparado yo antes con los jugos. —Se sirvió un cuenco—. Contamos con que los carroños no nos dejen morir de hambre. Esta porquería viene de las cocinas —dijo señalando el hornillo y la cacerola—. Se supone que solo pueden cocinar para los casacas rojas, pero, cuando pueden, roban algo de comida y nos la dan. Sin embargo, se muestran menos dispuestos a ayudarnos desde que pillaron a una de las chicas.

—¿Qué pasó?

—A la carroña le dieron una paliza. Al vidente al que estaba alimentando lo castigaron con cuatro días de privación de sueño. Cuando lo soltaron, estaba delirando.

Privación de sueño. Era un castigo nuevo. Las mentes videntes funcionaban en dos niveles: vida y muerte. Era agotador. Mantener despierto a un vidente durante cuatro días equivalía a hacerle enloquecer.

—¿Quién trae la comida a la ciudad?

—Ni idea. Quizá la traigan en tren. Hay una línea que une Londres con Sheol I. Nadie sabe dónde están las entradas del túnel, evidentemente. —Acercó más los pies al hornillo—. ¿Cuánto creíste que te había durado la peste cerebral?

—Una eternidad.

—Pues duró cinco días. Dejan a los novatos en el infierno cinco días antes de administrarles el antídoto.

—¿Por qué?

—Para que se enteren lo antes posible de cuál es su sitio. Aquí no eres más que un número, a menos que te ganes los colores. —Liss se sirvió un cuenco de caldo—. Así que estás en Magdalen.

—Sí.

—Supongo que estarás harta de oírlo, pero puedes considerarte afortunada. Magdalen es uno de los sitios más seguros para los humanos.

—¿Cuántos hay?

—¿Cuántos humanos?

—No, cuántas residencias.

—Ah, vale. Bueno, cada residencia es un pequeño distrito. Hay siete para humanos: Balliol, Corpus, Exeter, Merton, Oriel, Queens y Trinity. Nashira vive en la Residencia del Suzerano, que es donde recibiste el sermón. Luego están la Casa, un poco más al sur; el Castillo (la penitenciaría); y este vertedero, el Poblado. La calle se llama el Broad. La otra calle paralela es el Paseo Magdalen.

—Y más allá, ¿qué hay?

—Campos desiertos. Nosotros lo llamamos la Tierra de Nadie. Está sembrada de minas y trampas.

—¿Nadie ha intentado nunca cruzarla?

—Sí.

Se le tensaron los hombros. Di otro sorbo de *skilly*.

—¿Qué tal en la Torre?

La miré.

—A mí no me llevaron a la Torre.

—Naciste con buena estrella, ¿no? —Fruncí el entrecejo, y Liss sacudió la cabeza—. Reclutan a los videntes de cada

94

Era de Huesos durante diez años. Algunos se pasan una década en la Torre antes de que los destinen aquí.

—¿Es una broma?

Eso explicaría lo de aquel pobre diablo que llevaba allí nueve años.

—No. Son muy astutos en lo referente a mantenernos sumisos. Conocen nuestros puntos débiles, saben cómo destrozarnos. Diez años en la Torre acaban con cualquiera.

—¿Qué son?

—Ni idea. Solo sé que no son humanos. —Mojó un poco de pan en el *skilly*—. Se comportan como dioses. Les gusta que los tratemos como si lo fueran.

—Y nosotros somos sus adoradores.

—No solo eso. Les debemos la vida. No nos dejan olvidar que nos están protegiendo de los zumbadores, y que la esclavitud es «por nuestro bien». Dicen que es mejor ser esclavos que estar muertos. O fuera, victimizados por el Inquisidor.

—¿Qué son los zumbadores?

—Los emim. Nosotros los llamamos así.

—¿Por qué?

—Siempre los hemos llamado así. Creo que se lo inventaron los casacas rojas. Son ellos los que tienen que combatirlos.

—¿Lo hacen muy a menudo?

—Depende de la época del año. Atacan mucho más en invierno. Debes estar atenta a la sirena. Un solo toque sirve para llamar a los casacas rojas. Si el tono empieza a cambiar, métete dentro. Significa que vienen.

—Sigo sin entender qué son. —Partí un trozo de pan—. ¿Se parecen a los refaítas?

—He oído muchas historias. A los casacas rojas les gusta asustarnos. —Las llamas del hornillo proyectaban sombras danzarinas en su cara—. Dicen que los emim pueden adoptar diferentes formas. Puedes morir por el simple hecho de estar cerca de ellos. Hay quien asegura que pueden arrancarte el espíritu del cuerpo. Otros los llaman «gigantes pudrientes»; a saber lo que significa eso. Otros dicen que son huesos andantes que necesitan piel para cubrirse. No sé qué hay de cierto en todo eso, pero lo que sí es cierto es que comen carne humana. Son adictos a la carne humana. No te sorprendas si ves por aquí a gente a la que le falta alguna extremidad.

Sus palabras deberían haberme asqueado, pero me dejaron atontada. No parecía real. Liss estiró un brazo y movió la cortina para que no pudieran vernos desde fuera. Me fijé en un montón de seda de colores.

—Eres la contorsionista —dije.

—¿Te ha gustado mi actuación?

—Sí, mucho.

—Así es como me gano la vida aquí. Por suerte, aprendí deprisa. Antes actuaba en los teatros callejeros. —Se relamió para limpiarse los labios—. Te vi pasar anoche con Pleione. Tu aura dio mucho que hablar.

No dije nada. Hablar de mi aura podía ser peligroso, sobre todo con una chica a la que acababa de conocer.

Liss se quedó escrutándome.

—¿Tienes visión espiritista?

—No.

Era verdad.

—¿Por qué te detuvieron?

—Maté a un metrovigilante.

Cierto.

—¿Cómo?

—Con un puñal —respondí—. En un momento de exaltación.

Falso.

Liss se quedó mirándome largo rato. Ella tenía visión permanente, un rasgo típico de los adivinos. Veía mi aura, roja, con la misma claridad con que veía mi cara. Si investigaba un poco, descubriría a qué categoría correspondía yo.

—No te creo. —Tamborileó con los dedos en el suelo—. Tú nunca has derramado tanta sangre.

Era buena, para ser adivina.

—No eres un oráculo —expuso, como si hablara sola—. He visto a muchos oráculos. Eres demasiado tranquila para ser una furia, y desde luego no eres médium. De modo que tienes que ser... —el reconocimiento se reflejó en sus ojos— una onirámbula. —Volvió a mirarme—. ¿Correcto?

Le sostuve la mirada. Liss, en cuclillas, se echó un poco hacia atrás.

—Bueno, ahora lo entiendo.

—¿Qué entiendes?

—Por qué Arcturus te ha elegido. Nashira nunca ha encontrado a ningún andarín, y está deseando dar con uno. Quiere asegurarse de que estás bien protegida. Si eres la humana de Arcturus, nadie se atreverá a tocarte. Si Nashira cree que existe la posibilidad, por remota que sea, de que seas una andarina, irá por ti.

—¿Y eso?

—Esto no te va a gustar.

A esas alturas, dudaba mucho que algo pudiera sorprenderme.

—Nashira tiene un don —dijo Liss—. ¿Te fijaste en qué aura tan rara desprendía? —Asentí—. No tiene una sola capacidad. Puede recorrer diversos caminos por el éter.

—Eso es imposible. Todos tenemos un solo don.

—Mira, olvídate de la realidad. Sheol I tiene sus propias reglas. Acéptalo ya, y todo será mucho más fácil. —Acercó las maltrechas rodillas a la barbilla—. Nashira tiene cinco ángeles guardianes. No sé cómo lo hace, pero consigue que se queden con ella.

—¿Es vinculadora?

—No lo sabemos. Debe de haberlo sido en algún momento, pero su aura se ha corrompido.

—¿Qué la ha corrompido?

—Los ángeles. —Fruncí el entrecejo, y ella suspiró—. Esto solo es una teoría. Creemos que puede utilizar los dones que tenían los ángeles cuando vivían.

—Eso no pueden hacerlo ni los vinculadores.

—Exacto. —Me miró a los ojos—. Si quieres un consejo, mantén la cabeza agachada. No dejes que se note lo que eres. Si Nashira se entera de que eres una andarina, estás perdida.

Mantuve una expresión neutra. Mis tres años en el sindicato me habían habituado al peligro, pero ese sitio era diferente. Tendría que aprender a esquivar nuevas amenazas.

—¿Cómo puedo evitar que lo averigüe?

—Será difícil. Te examinarán para que reveles tu don. Eso es lo que significan los blusones. Rosa después del primer examen, rojo después del segundo.

—Pero tú suspendiste los exámenes.

—Sí, por suerte. Ahora respondo ante el Capataz.

—¿Quién era tu guardián?

Liss dirigió la mirada hacia el hornillo.

—Gomeisa Sargas.

—¿Quién es?

—El otro soberano de sangre. Siempre hay dos, un varón y una fémina.

—Pero Arcturus está…

—Comprometido con Nashira, sí. Pero él no es de «la sangre» —dijo con un deje de asco—. Solo los miembros de la familia Sargas pueden acceder a la corona. Los soberanos de sangre no pueden formar pareja: eso sería incestuoso. Arcturus es de otra familia.

—Entonces es el príncipe consorte.

—Es el consorte de sangre. Es lo mismo. ¿Más *skilly*?

—No, gracias. —Liss metió el cuenco en un barreño lleno de agua grasienta—. ¿Qué hiciste para suspender los exámenes?

—Me mantuve humana. —Compuso una sonrisita—. Los refas no son humanos. Por mucho que se parezcan a nosotros, no son como nosotros. No tienen nada aquí. —Se dio unos golpecitos en el pecho—. Si quieren que trabajemos con ellos, tienen que librarse de nuestras almas.

—¿Cómo?

Antes de que Liss pudiera responder, descorrieron la cortina. Un refaíta muy delgado apareció en el umbral.

—Tú —le gruñó a Liss, y ella se llevó las manos a la cabeza—. Levántate. Vístete. Holgazana de mierda. ¿Y con una invitada? ¿Acaso eres una reina?

Liss se levantó. Toda su fuerza había desaparecido, y de pronto parecía pequeña y frágil. Le temblaba la mano izquierda.

—Lo siento, Suhail —dijo—. 40 es nueva aquí. Quería explicarle las normas de Sheol I.

—40 ya debería conocer las normas de Sheol I.

—Perdóname.

El refaíta levantó una mano enguantada como si fuera a pegarle.

—Súbete a las sedas.

—Creía que esta noche no tenía que actuar. —Retrocedió hacia el rincón de la chabola—. ¿Has hablado con el Capataz?

Miré con detenimiento al interrogador. Era alto y tenía los ojos dorados, como los otros refaítas, pero no percibí aquella mirada extraviada que había apreciado en sus semejantes. Cada arruga de su cara estaba cargada de odio.

—No necesito hablar con el Capataz, miserable marioneta. 15 sigue indispuesto. Los casacas rojas esperan que su idiota favorita lo sustituya. —Estiró los labios mostrando los dientes—. A menos que quieras reunirte con él en la penitenciaría, tienes que actuar dentro de diez minutos.

Liss se retrajo. Metió los hombros hacia el pecho y miró hacia otro lado.

—Entiendo —dijo.

—Así me gusta, esclava.

Al salir, el refaíta arrancó la cortina. Ayudé a Liss a recogerla del suelo. Temblaba ostensiblemente.

—¿Quién era?

—Suhail Chertan. El Capataz siempre está un poco tenso bajo todo ese maquillaje teatral. Responde ante Suhail si nosotros hacemos algo mal. —Se dio unos toquecitos en los ojos con la manga—. 15 es Jordan, el chico al que sometieron a privación de sueño. Es el otro contorsionista.

Le quité la cortina de las manos y vi que tenía el blusón manchado de sangre.

—¿Te has cortado?

—No es nada.

—Algo te ha pasado.

La sangre siempre significaba algo.

—Estoy bien. —Se frotó la cara, y le aparecieron unas manchas rojas bajo los ojos—. Solo me ha cogido un poco de brillo.

—¿Cómo dices?

—Se ha alimentado de mí.

Estaba segura de que no la había oído bien.

—¿Que se ha alimentado?

Liss sonrió.

—¿Se les olvidó mencionar que los refas se alimentan de aura? ¿Por qué será que siempre se les olvida?

Tenía la cara manchada de sangre. Se me hizo un nudo en el estómago.

—Eso es imposible. El aura no sustenta la vida —dije—. Sustenta la videncia. No…

—Sustenta su vida.

—Pero… eso significaría que son algo más que clarividentes. Significaría que son la encarnación del éter.

—Puede que lo sean. —Liss se echó una manta raída sobre los hombros—. Para eso estamos aquí los bufones.

Nosotros solo somos máquinas de aura. Forraje para refas. De vosotros, los casacas, no se alimentan. Ese es vuestro privilegio. —Miró el hornillo—. A menos que suspendáis los exámenes.

Me quedé un momento callada. No podía concebir que los refaítas se alimentaran de aura. El aura era una conexión con el éter, única para cada vidente. No me explicaba cómo podían utilizarla para sobrevivir.

Pero esa información arrojaba luz sobre Sheol I. Por eso acogían a los videntes. Por eso no liquidaban a los actores si no podían combatir a los emim. No los querían solo para que bailaran, como es lógico. Eso eran distracciones necias, para que no se aburrieran con tanto poder. No solo éramos sus esclavos, sino también su fuente de alimento. Por eso pagábamos nosotros por los errores humanos, y no los amauróticos.

Y pensar que solo unos días atrás estaba en Londres, viviendo mi vida en Seven Dials sin saber que existía esa colonia.

—Alguien tiene que pararlos —dije—. Esto es una locura.

—Llevan doscientos años aquí. ¿No crees que alguien los habría parado ya?

Me volví. Me martilleaba la cabeza.

—Lo siento. —Liss me miró—. No quiero asustarte, pero llevo diez años aquí. He visto luchar a muchos, a gente que quería volver a su antigua vida, y todos acabaron muertos. Al final dejas de intentarlo.

—¿Eres profeta?

Sabía que no lo era, pero quería ver si me mentía.

—Lectora. —Era un término anticuado para denominar a los cartománticos, un término del argot callejero de una década atrás—. Lo supieron la primera vez que leí las cartas.

—¿Qué viste?

Al principio creí que no me había oído. Entonces fue hasta el fondo de la chabola y se arrodilló junto a una cajita de madera. Sacó una baraja de cartas de tarot atadas con una cinta roja y me dio una. El Loco.

—Siempre supe que estaba destinada a que me tocara la china —dijo—. Y tenía razón.

—¿Puedes echármelas?

—En otro momento. Ahora tienes que irte. —Liss sacó una pastilla de colofonia del arcón—. Ven a verme otro día, hermana. No puedo protegerte, pero llevo una década aquí. Quizá pueda impedir que te mates. —Me sonrió cansada—. Bienvenida a Sheol I.

Liss me indicó cómo llegar a la Casa Amaurótica, que era adonde el Guardián Gris (Graffias Sheratan, el refa encargado de controlar al pequeño grupo de trabajadores amauróticos) había llevado a Seb; y me dio un poco de carne y pan para que se los diera.

—Que no te vea Graffias —me advirtió.

Había aprendido mucho en solo cuarenta minutos. La revelación más inquietante era que me hallaba en el radar de Nashira; no me entusiasmaba la perspectiva de convertirme en su espíritu esclavo para la eternidad. Siempre me había dado un miedo tremendo no acabar en el centro del éter, el lugar donde mueren todas las cosas. Me horrorizaba la idea de ser un espíritu inquieto, un poco de munición con la que los videntes podrían comerciar y a la que podrían maltratar. Con todo, eso nunca me había impedido llamar a bandadas de espíritus para que me protegieran, ni pujar en nombre de Jax por la enojadísima Anne Naylor, que era una cría cuando la asesinaron.

Además, la advertencia de Liss me ponía muy nerviosa. «Al final dejarás de intentarlo.» Se equivocaba.

La Casa Amaurótica quedaba fuera de la zona donde se erigían las residencias. Tuve que pasar por varias calles abandonadas para llegar hasta allí. Había visto mapas de la ciudad en un ejemplar antiguo de *El Pendenciero* (otro objeto de interés que Jax le había quitado a Didion Waite) y tenía una idea aproximada de dónde estaban la mayoría de sus monumentos. Me dirigí hacia el norte por la calle principal. Vi a unos casacas rojas apostados delante de ciertos edificios, pero solo me miraron de pasada. Debía de haber algún tipo de barrera que nos impedía escapar, además de las minas de la Tierra de Nadie. ¿Cuántos videntes habrían muerto intentando atravesarla?

Al cabo de pocos minutos encontré el edificio. Era discreto y austero, con una pequeña media luna de hierro sobre la cancela. Lo que hubiera escrito allí con anterioridad había sido sustituido por las palabras CASA AMAURÓTICA. Debajo había una frase en latín: DOMUS STULTORUM. No quería saber qué significaba. Me asomé entre los barrotes y mi mirada se encontró con la de un guardia refaíta. Tenía el cabello rizado, castaño oscuro, y lo llevaba suelto sobre los hombros. El labio inferior, carnoso, le confería un aire enfurruñado. Debía de ser Graffias.

—Espero que tengas un buen motivo para estar cerca de la Casa Amaurótica —dijo con una voz cargada de desdén.

No se me ocurrió ninguno. La proximidad de ese ser me helaba la sangre.

—No —contesté—. Pero tengo esto.

Le enseñé mis *numa*: anillos, dedales, agujas. Graffias me miró con tanto odio, tanto asco, que me estremecí. Casi prefería aquella otra mirada, cruel.

—Yo no acepto sobornos. Ni necesito esas despreciables alhajas humanas para acceder al éter.

Me guardé las despreciables alhajas humanas en el bolsillo. Qué idea tan estúpida. Claro que no necesitaban esas chorradas. Eran la moneda de los mendigos.

—Lo siento —dije.

—Vuelve a tu residencia, casaca blanca, o llamaré a tu guardián para que venga a castigarte.

Sacó una bandada de espíritus. Me di la vuelta, me alejé de la verja hasta quedar fuera de su campo de visión y no giré la cabeza. Cuando estaba a punto de echar a correr hacia Magdalen, oí una vocecilla por encima de mi cabeza.

—¡Espera, Paige!

Vi asomar una mano entre los barrotes de una ventana del segundo piso. Aflojé los hombros, aliviada. Era Seb.

—¿Estás bien?

—No. Por favor, Paige. Sácame de aquí. Por favor —dijo con voz entrecortada—. Tengo que salir de aquí. Siento... Siento mucho haberte llamado antinatural. Lo siento...

Volví la cabeza para comprobar que no hubiera nadie mirándome. Trepé por la fachada del edificio, metí una mano bajo mi blusón y le di el paquete de comida a Seb.

—Te sacaré de aquí. —Le apreté la mano helada desde el otro lado de los barrotes—. Haré todo lo que pueda para sacarte, pero tienes que darme tiempo.

—Me matarán. —Desenvolvió el paquete con dedos temblorosos—. Me moriré antes de que puedas liberarme.

—¿Qué te hacen?

—Me hacen fregar el suelo hasta que me sangran las manos, y luego tengo que seleccionar cristales rotos, y escoger los trozos más puros para sus ornamentos. —Me fijé en sus manos, llenas de cortes profundos y sucios—. Mañana tengo que empezar a trabajar en las residencias.

—¿De qué clase de trabajo se trata?

—Todavía no lo sé. No quiero saberlo. Creen que soy un... que soy uno de los vuestros. —Tenía la voz tomada—. ¿Para qué me quieren?

—No lo sé. —Me fijé en su ojo derecho, hinchado e inyectado en sangre—. ¿Qué te ha pasado en el ojo?

—Uno me pegó. Yo no había hecho nada, Paige, te lo prometo. Dijo que era escoria humana. Dijo que...

Agachó la cabeza y le temblaron los labios. Era su primer día y ya lo habían utilizado de saco de boxeo. ¿Cómo iba a sobrevivir una semana, un mes? ¿O una década, como Liss?

—Cómete eso. —Le apreté las manos alrededor del paquete—. Mañana, intenta ir a Magdalen.

—¿Tú vives allí?

—Sí. Seguramente mi guardián no estará. Podrás darte un baño y comer algo. ¿De acuerdo?

Seb asintió con la cabeza. Parecía que deliraba; seguro que sufría una conmoción cerebral. Necesitaba ir a un hospital, que lo viera un médico. Pero allí no había médicos. Seb no le importaba a nadie.

Aquella noche yo no podía hacer nada más por él. Le di un apretón en el brazo, me solté de la ventana, caí de pie y me dirigí hacia el centro de la ciudad.

Comunidad

Llegué a la residencia al alba. El portero de día, vestido de rojo, me entregó una llave de la cámara del Custodio.

—Déjala encima de su mesa —dijo—. Ni se te ocurra quedártela.

No le contesté. Subí por la oscura escalera evitando a los dos guardias. Me horrorizaba ver brillar sus ojos en los pasillos; parecían reflectores naturales en la oscuridad. Y se suponía que esa era una residencia segura: no quería imaginarme cómo debían de ser las otras.

Sonaron las campanas de la torre: era la señal para que los humanos volvieran a sus prisiones. Ya en la cámara, cerré la puerta con llave y dejé la llave encima de la mesa. No había ni rastro del Custodio. Encontré una caja de cerillas en un cajón y las usé para encender unas velas. En ese mismo cajón había tres pares idénticos de guantes de piel negros, y un gran anillo de plata con una piedra roja engarzada.

En una pared había una vitrina de madera oscura de palisandro. Abrí las puertas de cristal, y mi sexto sentido me dio una punzada. Dentro había una colección de instrumentos; reconocí algunos porque los había visto en el mercado negro. Algunos eran *numa*. La mayoría eran solo baratijas: una tabla de escritura espiritista, un poco de tiza, una pizarra de espiritismo… la clase de artículos inútiles que los amauróticos asociaban con la clarividencia. Otros, como la bola de cristal, los utilizaban los profetas para predecir el futuro. Yo no era adivina; ninguno de aquellos objetos me servía para nada. Como Graffias, no necesitaba objetos para tocar el éter.

Lo que necesitaba era un equipo de soporte vital. Hasta que encontrara algún aparato de oxígeno, tendría que vigilar la frecuencia con que me desprendía de mi espíritu. Así era como ampliaba mi percepción del éter: podía desplazar mi espíritu de su ubicación natural y llevarlo hasta los límites de mi onirosaje. El problema era que si me demoraba demasiado, mi reflejo respiratorio se detenía.

Me llamó la atención un estuche pequeño, rectangular, con una estilizada flor de madera grabada en la tapa. Ocho pétalos. Solté el cierre y lo abrí. Dentro había cuatro viales que contenían un líquido viscoso de color rojo muy oscuro, casi negro. Cerré el estuche. No quería saber más.

Notaba un dolor sordo en un ojo. No vi ropa de dormir; no sé por qué esperaba encontrarla. Al Custodio no le importaba lo que yo llevara puesto ni si dormía bien. Lo único que le interesaba era que respirara.

Me quité las botas y me tumbé en el diván. En la habitación hacía un frío tremendo con la chimenea apagada, pero no me atreví a tocar las sábanas de la cama del Custodio. Apoyé la mejilla en un gran cojín de terciopelo.

El flux me había dejado débil y cansada. Mientras rondaba por los umbrales del sueño, mi espíritu entraba y salía del éter. Iba rozando onirosajes, captando oleadas de recuerdos. El dolor y la sangre eran denominadores comunes. En esa residencia había otros refas, pero sus mentes eran absolutamente impenetrables. Los humanos estaban más abiertos, pues el miedo debilitaba sus defensas. Sus onirosajes desprendían una luz intensa, molesta, que delataba aflicción. Al final me quedé dormida.

Me despertaron los crujidos del suelo de madera. Abrí los

ojos y vi entrar al Custodio por la puerta. La única luz, aparte de las dos velas que quedaban encendidas, era la que desprendían sus ojos. Cruzó la habitación y vino hasta mi rincón. Me hice la dormida. Al cabo de un rato que me pareció eterno, se marchó. Ya no caminaba con tanto cuidado, y por el ritmo de sus pasos me di cuenta de que cojeaba. Cerró la puerta del cuarto de baño.

¿Qué podía haber capaz de lastimar a un ser como un refaíta?

Tardó unos minutos en salir; el corazón me golpeaba tan fuerte en el pecho que podía contar cada uno de sus latidos. Cuando vi que giraba el picaporte, volví a taparme la cabeza con los brazos. El Custodio salió completamente desnudo. Cerré los ojos.

Seguí fingiendo que dormía mientras él iba hacia la cama; por el camino tiró al suelo una bola de cristal. Unas ondas oscilaron por el éter. Corrió las cortinas del dosel de la cama y desapareció de mi vista. Hasta que su mente se serenó, no abrí los ojos y me incorporé. No detecté ningún movimiento.

Descalza, me acerqué a la cama y metí los dedos entre las cortinas, separándolas lo suficiente para ver al Custodio. Estaba tumbado de lado, tapado con las sábanas, y su piel brillaba en la penumbra. El cabello, enmarañado, le cubría la cara. Mientras lo observaba, una luz tenue brilló bajo las sábanas, cerca de donde él tenía el brazo derecho.

Me acerqué a su onirosaje. Algo había cambiado. No lo entendía muy bien, pero percibía que había algo que no estaba como debería. Todos los onirosajes tenían una especie de luz invisible: un resplandor interior, imperceptible para los sentidos amauróticos. La luz vital del Custodio se estaba apagando.

Permanecía quieto como un muerto. Miré las sábanas y vi que estaban salpicadas de un líquido amarillo verdoso, ligeramente luminoso. Tenía un débil olor metálico. Noté como si tiraran de mi sexto sentido, como si estuviera inhalando el éter. Retiré la pesada ropa de cama.

El Custodio tenía una mordedura que supuraba en el lado interior del brazo. Tragué saliva. Vi las marcas de unos dientes, la piel toscamente desgarrada. La herida rezumaba gotas de luz. Sangre.

Era su sangre.

Debía de haber dicho a los otros refaítas adónde iba. Los otros debían de saber que había ido a hacer algo peligroso. Si se moría, no encontrarían ninguna prueba que me incriminara.

Entonces recordé lo que me había dicho Liss en la choza. «Los refas no son humanos. Por mucho que se parezcan a nosotros, no son como nosotros.»

Como si fuera a importarles que no hubiera pruebas. Podían inventarse las pruebas. Podían decir lo que quisieran. Si el Custodio moría en su cama, podrían decir que yo lo había asfixiado. Así Nashira tendría una excusa para matarme pronto.

Quizá debía hacerlo. Esa era mi gran oportunidad para librarme de él. Ya había matado una vez; podía volver a hacerlo.

Tenía tres opciones: quedarme allí sentada viéndolo morir, matarlo o tratar de impedir que muriera. Prefería verlo morir, pero intuía que sería mejor salvarlo. En Magdalen estaba relativamente a salvo. Lo último que quería hacer, de momento, era mudarme.

Él todavía no me había hecho daño, pero seguramente me lo haría. Para poseerme tendría que subyugarme, torturarme, obligarme a obedecerlo por todos los medios que fueran necesarios. Si lo mataba ahora, quizá me salvara. Estiré un brazo hacia una almohada. Podía hacerlo, podía asfixiarlo. «Sí, vamos, mátalo.» Doblé los dedos, agarré la tela de algodón. «¡Mátalo!»

No, no podía. Se despertaría. Se despertaría y me partiría el cuello. Y aunque no me lo partiera, no podría escapar. Los vigilantes que había fuera me mandarían a la horca por asesinato.

Tenía que salvarlo.

Algo me decía que no debía tocar las sábanas. No me fiaba de ese líquido. El resplandor parecía radiactivo, y no podía olvidar las advertencias de Scion respecto a la contaminación. Fui al cajón y saqué un par de guantes. Eran enormes, confeccionados para manos de refaíta. Con ellos puestos, mis dedos perdían toda la destreza. Desgarré una de las sábanas más limpias. Eran muy finas, no abrigaban nada. Cuando hube hecho unas cuantas tiras largas, me las llevé al cuarto de baño y las empapé en agua caliente. Quizá no funcionara, pero quizá sí: tal vez despertara y pudiera pedir ayuda a los otros refaítas. Si tenía suerte, claro.

Volví a la habitación y me serené. El Custodio estaba absolutamente inmóvil, y el frío de su piel me atravesaba los guantes. A todas luces parecía muerto. Tenía la piel grisácea. Escurrí la sábana y me puse a trabajar en la herida. Al principio lo hacía con cuidado, pero él no se movía, y comprendí que no iba a despertar.

Fuera, detrás de las ventanas, la luz empezaba a cambiar. Escurrí la sábana sobre la herida y limpié la sangre y la arenilla incrustada en la carne. Al cabo de lo que me parecieron varias horas, había conseguido algo. Veía subir y bajar el pecho del Custodio al compás de su respiración, sus débiles degluciones. Con otro trozo de sábana hice un parche que coloqué sobre la herida, y le sujeté el apósito improvisado con el fajín de mi blusón. Luego volví a taparlo con la ropa de cama. Ahora ya era asunto suyo sobrevivir o no.

Desperté unas horas más tarde.

Deduje, por el silencio reinante, que no había nadie en la habitación. La cama estaba hecha. Habían puesto sábanas limpias. Las cortinas estaban atadas con tiras de tela bordada, y la pálida luz de la luna bañaba las paredes.

El Custodio se había ido.

Por los cristales de las ventanas resbalaban gotas de condensación. Me senté junto al fuego. Era imposible que me hubiera imaginado toda aquella escena, a menos que todavía estuviera sufriendo los efectos del flux. Pero había tomado el antídoto. Ya tenía la sangre limpia. Eso significaba que el Custodio, por el motivo que fuera, había vuelto a marcharse.

Encima de la cama había un uniforme nuevo, junto con otra nota escrita con la misma letra. Rezaba, sencillamente:

Mañana.

Así que no se había muerto mientras dormía. Y mi entrenamiento se había retrasado un día más.

Los guantes habían desaparecido; debía de habérselos llevado él. Entré en el cuarto de baño y me lavé las manos con agua caliente. Me puse el uniforme, saqué las tres pastillas de los blísters y las tiré por el desagüe del lavamanos. Quería seguir recabando información. No me importaba lo que dijera Liss: no podíamos aceptar la situación sin más. No me importaba si los refas llevaban allí doscientos años o dos millones: no pensaba permitir que abusaran de mi clarividencia. Yo no era su soldado, ni Liss era su merienda.

La portera de noche anotó mi salida de la residencia en el registro. Fui al Poblado y me compré un cuenco de gachas. Sabían a lo que parecían, cemento, pero me obligué a comérmelas. La actriz me dijo en voz baja que Suhail rondaba por allí; no podía sentarme a comer. Le pregunté si sabía dónde podía encontrar a Julian, y se lo describí lo mejor que pude. Me indicó que mirara en las residencias centrales; me dio sus nombres, me dijo dónde estaba cada una y luego siguió ocupándose de su hornillo de parafina.

Me quedé de pie en un rincón oscuro. Mientras comía,

observaba a la gente que pululaba a mi alrededor. Todos tenían la misma mirada apagada. El colorido de su ropa resultaba casi insultante, como los graffiti en una lápida.

—Dan ganas de vomitar, ¿verdad?

Levanté la cabeza. Era la suspirante a la que había visto la primera noche. Llevaba un vendaje sucio en un brazo. Parecía aburrida, y se sentó a mi lado.

—Me llamo Tilda.

—Yo soy Paige.

—Ya lo sé. Dicen que acabaste en Magdalen. —En una mano tenía un cigarrillo liado de cualquier manera de cuyo extremo salía un humo denso que olía a especias y perfume. Reconocí el aroma del áster morado—. Toma.

—No, gracias.

—No seas tonta, solo es un poco de *regal*. Es mejor que el *tincto*.

El *tincto*, o láudano, era el vicio preferido de los amauróticos dispuestos a correr el riesgo de alterar su estado mental. No a todos les gustaba el Floxy.

De vez en cuando detenían a algún amaurótico sospechoso de antinaturalidad, y luego la DVN descubría que se había intoxicado con láudano. A los videntes no nos hacía gran cosa; no era lo bastante fuerte para alterar nuestros onirosajes. Tilda debía de consumirlo por hacer algo.

—¿De dónde lo has sacado? —le pregunté, pues dudaba de que los refas permitieran el consumo de drogas etéreas.

—Hay un narco que lo vende a pondos. Dice que está aquí desde la Era XVI.

—¿Cuarenta años?

—Desde que tenía veintiuno. Antes he estado hablando con él. Parece simpático. —Volvió a ofrecerme el porro—. ¿Seguro que no quieres una calada?

—No, paso. —Me quedé mirándola fumar. Tilda tenía toda la pinta de los adictos al áster, o cortesanos, como ellos mismos se hacían llamar; solo una yonqui habría dicho «pondos» en lugar de «libras». Quizá pudiera ayudarme—. ¿Cómo es que no estás entrenándote?

—Mi guardián se ha marchado a no sé dónde. ¿Y tú?

—Por lo mismo. ¿Quién es tu guardián?

—Terebell Sheratan. Parece una cabrona, pero todavía no ha intentado vapulearme.

—Ya. —Siguió fumando—. ¿Sabes qué son esas pastillas que nos dan?

Tilda asintió.

—La blanca es un anticonceptivo normal y corriente. Es raro que no la hayas reconocido.

—¿Un anticonceptivo? ¿Para qué?

—Para que no nos reproduzcamos, evidentemente. Y para que no menstruemos. A ver, ¿quién querría parir en un sitio como este?

Tenía razón.

—¿Y la roja?

—Es un suplemento de hierro.

—¿Y la verde?

—¿Cómo?

—La tercera pastilla.

—No hay tercera pastilla.

—Es un comprimido —insistí—. De color verde grisáceo. Tiene un sabor amargo.

Tilda negó con la cabeza.

—Lo siento, ni idea. Si me traes una, le echaré un vistazo.

Se me contrajo el estómago.

—Vale —dije. Tilda se disponía a dar otra calada, pero la interrumpí—: Tú estabas con Carl, ¿no? En el sermón.

—Yo no me relaciono con ese renegado. —Arqueé una ceja; Tilda exhaló un humo de color lila—. ¿No te has enterado? Es un traidor. Sorprendió a una carroña pasándole comida a Ivy, esa palmista del pelo azul, y se chivó a su guardián. Tendrías que haber visto lo que le hicieron.

—Cuéntame.

—Le dieron una paliza. Le afeitaron la cabeza. No quiero acordarme. —Le temblaba un poco la mano—. Si eso es lo que hay que hacer para sobrevivir aquí, prefiero que me manden al éter. Me iré sin rechistar.

Se produjo un silencio. Tilda tiró su porro de áster.

—¿Sabes en qué residencia está Julian? —pregunté al cabo de un rato—. 26.

—¿El chico calvo? Creo que en Trinity. Puedes echar un vistazo por la verja que hay en la parte de atrás. Los novatos se entrenan allí, en el jardín. Pero procura que no te vean.

La dejé liándose otro porro.

Él áster era muy apreciado. Seguramente era la planta de la que más se abusaba en las calles. La adicción estaba muy extendida en sitios como Jacob's Island. Las flores podían ser de color blanco, azul, rosa o morado, y cada una tenía un efecto diferente en el onirosaje. Eliza fue adicta al áster blanco durante años; me lo había contado. Comparado con el azul, que recuperaba los recuerdos, el áster blanco producía un efecto que llamábamos «encalado», o pérdida parcial de memoria. Durante un tiempo, Eliza había olvidado hasta su apellido. Después se enganchó al morado, pues decía que la ayudaba a pintar. Me había hecho jurar que jamás probaría ninguna droga etérea, y yo no tenía ningún motivo para incumplir mi promesa.

Me preocupaba saber que a mí me daban una pastilla más que a los otros prisioneros. A menos que lo raro fuera que a Tilda solo le dieran dos. Tendría que preguntárselo a alguien más.

La residencia de Trinity estaba vigilada por el lado que daba a la calle. Bordeé el barrio de chabolas y me guié por mi limitado conocimiento de la ciudad para averiguar dónde estaba la parte trasera de la residencia. Acabé ante la empalizada que cercaba sus extensos jardines. Tilda tenía razón: había un grupo de casacas blancas en el jardín, dirigidos por una refa. Julian se encontraba entre ellos. Empujaban a unos espíritus por el aire con unos bastones rebordeados, alumbrándose con unas lámparas de gas que emitían una luz verdosa. Al principio creí que eran *numa*, objetos por los que podía circular el éter de los que los adivinos obtenían su poder; pero nunca había visto que se utilizaran objetos para controlar a los espíritus.

Dejé que actuara mi sexto sentido. Los onirosajes de los humanos estaban agrupados en el éter, y la refa funcionaba como una especie de eje que atraía a los humanos como insectos hacia un farol.

La refa eligió ese momento para cargar contra Julian. Enarboló su bastón y le lanzó un espíritu furioso. Él cayó de espaldas al suelo, aturdido.

—En pie, 26. —Julian no se movió—. Levántate.

No podía levantarse. Y no me extrañó: un espíritu furioso acababa de golpearle en la cara. Ningún vidente habría podido levantarse después de un golpe así.

Su guardiana le propinó una fuerte patada en un lado de la cabeza. Los otros casacas blancas retrocedieron tambaleándose, como si a continuación la refa fuera a pegarles a ellos; sin embargo, se limitó a mirarlos con frialdad antes de darse la vuelta y echar a andar hacia la residencia, con la túnica negra ondeando. Los humanos se miraron y la siguieron. Ninguno se quedó a ayudar a Julian, que estaba tendido en el suelo, en posición fetal. Intenté abrir la verja, pero estaba cerrada con una gruesa cadena.

—¡Julian! —lo llamé.

Hizo una mueca de dolor y alzó la cabeza. Al verme, se levantó y fue hacia la verja. Tenía la cara cubierta de sudor. Detrás de él los faroles se apagaron.

—En el fondo me adora —dijo esbozando una sonrisa—. Soy su alumno aventajado.

—¿Qué clase de espíritu era eso?

—Un fantasma viejo. —Se frotó los ójos—. Lo siento, todavía veo cosas.

—¿Qué ves?

—Caballos. Libros. Fuego.

El fantasma le había dejado una impresión de su muerte. Era una de las facetas desagradables del combate contra espíritus.

—¿Quién era esa refa? —pregunté.

—Se llama Aludra Chertan. No entiendo por qué se ha ofrecido voluntaria para ser guardiana. Nos odia.

—Todos nos odian. —Oteé la extensión de césped. Aludra no había vuelto—. ¿Puedes salir?

—Puedo intentarlo. —Se llevó una mano a la cabeza e hizo una mueca—. ¿Tu guardián ya se ha cebado contigo?

—Casi no lo he visto. —Preferí no mencionar lo que había pasado la noche anterior, por precaución.

—Ayer Aludra se cebó con Felix. Cuando recobró el conocimiento, no podía parar de temblar. Y aun así le obligó a entrenar.

—¿Cómo le fue?

—Estaba aterrorizado. Durante dos horas no pudo percibir el éter.

—Hacerle eso a un vidente es una locura. —Giré la cabeza para ver si había algún vigilante—. Yo no dejaré que se ceben conmigo.

—Quizá no puedas evitarlo. —Desenganchó un farol de la verja—. Tu guardián es muy famoso. ¿Dices que casi no lo has visto?

—Sale mucho.

—¿Adónde va? ¿Qué hace?

—No tengo ni idea.

Julian se quedó mirándome. A esa distancia vi que tenía visión espiritista permanente, como Liss. Los videntes con visión parcial podían activar y desactivar su don, pero Julian veía pequeñas hebras de energía continuamente.

—A ver si puedo salir —dijo—. No he comido nada desde ayer por la mañana. O por la noche. Yo qué sé.

—¿Te darán permiso?

—Puedo pedirlo.

Lo vi alejarse hacia la residencia, y se me ocurrió pensar que tal vez no volviera a salir.

Lo esperé cerca del Poblado. Estaba a punto de desistir cuando vi el destello de un blusón blanco. Julian salió por un pequeño portal, tapándose la cara con una mano. Le hice señas.

—¿Qué ha pasado?

—Lo que era inevitable. —Parecía congestionado—. Me ha dicho que podía comer, pero que no podría oler la comida, ni apreciar su sabor.

Se quitó la mano de la cara. Aspiré bruscamente entre los dientes. Le resbalaba sangre por la barbilla, le estaban saliendo cardenales bajo los ojos y tenía la nariz roja e hinchada.

—Necesitas hielo. —Lo empujé detrás de una pared de contrachapado—. Vamos. Los actores tendrán algo para curarte.

—Estoy bien. No creo que la tenga rota. —Se tocó el puente de la nariz—. Tenemos que hablar.

—Podemos hablar mientras comemos.

Mientras atravesaba el Poblado con Julian, iba buscando alguna arma. Cualquier cosa habría servido: una horquilla afilada, un fragmento de cristal o metal. Pero no vi nada. Si los actores estaban desarmados, no tendrían forma de defenderse si los emim entraban en la ciudad. Los refas y los casacas rojas eran su única protección.

Llegamos a la choza de la comida y obligué a Julian a beberse un cuenco de *skilly* y a comer un poco de *toke*; luego di los *numa* que me quedaban a un adivino a cambio de un paquete de acetaminofén robado. No quiso decirme a quién se lo había robado, ni cómo, y se perdió entre el gentío en cuanto tuvo las agujas en la mano. Debía de ser un acutumántico auténtico. Llevé a Julian a un rincón oscuro.

—Tómate esto —le dije—. Y que nadie te vea.

Julian no dijo nada. Se metió dos pastillas en la boca y se las tragó. Encontré un trapo y un poco de agua en una chabola vacía. Julian se limpió la sangre.

—Bueno —dijo con voz un poco pastosa—, ¿qué sabemos sobre los emim?

—Yo, nada.

—He estado investigando sobre cómo funciona este sitio. ¿Te interesa?

—Claro que me interesa.

—Los casacas blancas realizan el entrenamiento básico durante unos días. Combate con espíritus, sobre todo: tienes que demostrar que puedes formar bandadas, y cosas así. Luego haces el primer examen. Entonces es cuando tienes que verificar tu don.

—¿Verificarlo?

—Demostrar que es útil. Los adivinos tienen que hacer una predicción. Los médiums tienen que incitar a una posesión. Ya te imaginas.

—¿Qué es lo que consideran útil?

—Tienes que hacer algo para demostrar tu lealtad. Estuve hablando de eso con el portero de Trinity. No quiso contarme gran cosa, pero dijo que su predicción había facilitado que llevaran a alguien a Sheol I. Tienes que mostrarles lo que quieren ver, aunque con eso pongas a otro humano en peligro.

Se me hizo un nudo en la garganta.

—¿Y el segundo examen?

—Está relacionado con los emim. Supongo que si sobrevives pasas a ser un casaca roja.

Recorrí la choza con la mirada. Entre los actores había un par de blusones amarillos.

—Mira —dijo Julian en voz baja—. Esa del rincón. Fíjate en sus dedos.

Miré hacia donde me indicaba. Una joven se tomaba el

skilly mientras hablaba con un hombre de aspecto enfermizo. Le faltaban tres dedos de una mano. Recorrí la habitación con la mirada y vi otras lesiones: manos amputadas, cicatrices de mordeduras y arañazos en brazos y piernas.

—Se ve que les gusta la carne humana —comenté; Liss no me había mentido.

—Eso parece. —Julian me ofreció su cuenco—. ¿Quieres acabártelo?

—No, gracias.

Nos quedamos un rato callados. No volví a mirar, pero no podía parar de pensar en las lesiones que habían sufrido aquellas personas. Las habían roído como si fueran huesos de pollo, y luego las habían tirado a la basura. Estaban en peligro continuo en ese tugurio miserable y desprotegido.

No quería que los refaítas supieran lo que yo era, pero para aprobar el primer examen tendría que demostrárselo.

¿Quería aprobar los exámenes? Me pasé los dedos por el pelo, pensativa. Tendría que esperar a que regresara el Custodio y enterarme de qué quería que hiciera. Me di cuenta de que el Custodio controlaba mi destino.

Llevaba unos minutos observando a los actores cuando vi una cara conocida: Carl. Se produjo un silencio. Los actores le abrieron paso y agacharon las cabezas. Estiré el cuello y vi qué era lo que estaban mirando: su blusón rosa. ¿Qué hacía Carl en el Poblado?

—Tilda me ha dicho que Carl había aprobado su primer examen —le dije a Julian—. ¿Qué crees que ha tenido que hacer? ¿Solo delatar a Ivy?

—Es adivino. Seguramente solo tuvo que encontrar a su difunta tía en una taza de té —dijo.

—Eso lo hacen los augures. ¿Tú no eres adivino?

—Yo nunca he afirmado que sea adivino. —Esbozó una sonrisa—. No eres la única que tiene un aura engañosa.

Eso me dio que pensar. Se consideraba a los adivinos la clase más baja de clarividentes; al menos eran los más frecuentes. Quizá Julian lo considerara insultante. O quizá yo no fuera tan buena identificando a videntes como afirmaba Jax.

Jax. Me pregunté qué estaría haciendo. Si estaría preocupado por mí o no. Seguro que estaba preocupado: yo era su onirámbula, su dama. No sabía qué haría para encontrarme. Quizá a Dani o a Nick se les ocurriera algo. Ellos tenían empleos en Scion. En algún sitio tenía que haber una base de datos de prisioneros que el Arconte mantenía en secreto.

—Intentan sobornarlo. —Julian estaba mirando a dos actores; le ofrecían *numa* a Carl y hablaban con él—. Deben de creer que ahora tiene poder sobre los refas.

Lo parecía. Carl los rechazó y ellos se apartaron.

—Julian —dije—, ¿a ti cuántas pastillas te dan?

—Una.

—¿Cómo es?

—Redonda y roja. Creo que es hierro. —Se tomó el *skilly*—. ¿Por qué? ¿Cuántas te dan a ti?

Claro. Scion fabricaba una inyección para la contracepción masculina, pero no tenía sentido esterilizar a ambos sexos. Carl me ahorró tener que contestar esa pregunta.

—Y entonces miré dentro de la piedra —le estaba diciendo a un casaca blanca, bajo la atenta mirada de varios bufones—, y decidí hacer una predicción acorde con sus deseos. Resulta que está ansiosa por encontrar a un tal Vinculador Blanco y, por supuesto, nada más ver su cara supe exactamente dónde estaba. Por lo visto es el capo del I-4.

Sentí un frío mortal. Ese era Jaxon.

—Paige —dijo Julian.

—Estoy bien. Espérame aquí, solo será un momento.

Me levanté sin pensar y fui derecha hacia Carl. Lo agarré por el blusón y lo arrastré hasta un rincón. Él se quedó perplejo.

—¿Qué viste? —le susurré.

Carl me miraba con gesto de sorpresa, como si me hubiera crecido otra cabeza.

—¿Qué?

—¿Qué le dijiste del Vinculador Blanco, Carl?

—Me llamo XX-59-1.

—No me importa. Dime qué viste.

—Eso no es asunto tuyo. —Le echó un vistazo a mi blusón blanco—. Se ve que no has progresado tan deprisa como todos esperaban. ¿Qué ha pasado? ¿Has decepcionado a tu guardián especial?

Acerqué la cara a la suya. A esa escasa distancia Carl aún se parecía más a una rata.

—Esto no es ningún juego, Carl —dije en voz baja—. Y no me gustan los renegados. Dime qué viste.

Los faroles que teníamos más cerca parpadearon. Nadie pareció notarlo (los actores ya no nos prestaban atención), pero Carl sí. Vi un destello de temor en sus ojos.

—No vi exactamente dónde estaba —admitió—, pero vi un reloj de sol.

—¿Se lo dijiste?

—Sí.

—¿Qué quiere del Vinculador?

Le agarré más fuerte del blusón.

—No lo sé. Yo solo hice lo que me ordenaba. —Se apartó de mí—. ¿Por qué me haces tantas preguntas?

Me rugía la sangre en los oídos.

—Por nada. —Le solté el blusón—. Lo siento. Es que estoy nerviosa por los exámenes.

Carl se relajó, halagado.

—Es lógico. Estoy seguro de que pronto conseguirás tu siguiente color.

—Y después, ¿qué pasa?

—¿Después del rosa? ¡Entramos en el batallón, por supuesto! Estoy deseando echarles el guante a los cabrones de los zumbadores. Dentro de nada conseguiré el blusón rojo.

Ya lo tenían cautivado. Ya era un soldado, un asesino en potencia. Compuse una sonrisa forzada y me marché.

Carl tenía motivos para estar orgulloso. Era un buen profeta. Había utilizado a Nashira para enfocar a un sujeto, para verlo en la superficie reluciente del *numen* de su elección. Ese era el don de los adivinos, y también de algunos augures. Podían encajar su don en los deseos de otra persona, el solicitante, para leerles el futuro. Los cartománticos y los palmistas lo hacían continuamente. Y dijera lo que dijese Jaxon, muchas veces resultaba útil. El éter era como Scionet: una red de onirosajes, cada uno de los cuales contenía información a la que se podía acceder pulsando un botón. El solicitante proporcionaba una especie de motor de búsqueda, un medio para ver con los ojos de los espíritus que vagaban a la deriva.

Carl había encontrado a una solicitante perfecta en Nashira. No solo había visto a Jax, sino que también había visto una pista acerca de su paradero: uno de los seis relojes de sol de la columna de Seven Dials.

Tenía que prevenir a Jax, y pronto. Ignoraba qué podía querer Nashira de él, pero no pensaba permitir que lo llevara a Sheol I.

Julian me siguió afuera.

—Paige. —Me sujetó por la manga—. ¿Qué te ha dicho?

—Nada.

—Estás muy pálida.

—Estoy bien. —Cuando vi el pan que tenía en la mano me acordé de Seb—. ¿Vas a comerte eso?

—No. ¿Lo quieres?

—No es para mí. Es para Seb.

—¿Ya lo has encontrado?

—Sí, en la Casa Amaurótica.

—Vale. Tiene gracia: en Londres encierran a los videntes y aquí, a los amauróticos.

—Quizá para ellos tenga sentido. —Me guardé el pan en la manga—. Nos vemos mañana al anochecer, ¿vale?

—Vale. —Hizo una pausa—. Si puedo salir, claro.

La Casa Amaurótica estaba a oscuras cuando llegué. Hasta las lámparas de fuera estaban apagadas. Preferí no intentar convencer a Graffias para que me dejara pasar, y trepé directamente por una bajante.

—¿Seb?

No había luz en la habitación. Olía a aire viciado. Seb no me contestó.

Me agarré a los barrotes y me puse en cuclillas en el alféizar.

—Seb —insistí—. ¿Estás ahí?

No, no estaba. No había ningún onirosaje en esa habitación. Los amauróticos también tenían onirosajes, aunque sin color. No detecté matices emocionales, ni actividad espiritual. Seb se había esfumado.

Quizá se lo hubieran llevado a trabajar a alguna residencia. Quizá volviera más tarde.

O quizá aquello fuera una trampa.

Me saqué el pan de la manga, lo pasé entre los barrotes y bajé por el caño. No me sentí a salvo hasta que volví a tener los pies en el suelo.

Pero esa sensación no duró mucho. Nada más volverme hacia el centro de la ciudad, noté que me agarraban con fuerza del brazo. Unos ojos abrasadores se clavaron en los míos.

El señuelo

Estaba quieto como una estatua. Llevaba una camisa negra de cuello alto, con ribete dorado. Las mangas le cubrían el brazo que yo le había vendado.

Me miró con gesto inexpresivo. Me humedecí los labios y traté de pensar alguna excusa.

—Bueno —dijo, y se me acercó más—. Vendas heridas y alimentas a los esclavos amauróticos. Qué curioso.

La repugnancia que sentí me hizo dar una sacudida con el brazo, y él no me lo impidió. Yo podía pelear si no estaba acorralada, pero entonces vi a los otros. Cuatro refas, dos varones y dos féminas. Los cuatro tenían ese onirosaje acorazado. Adopté una postura defensiva, y ellos se rieron de mí.

—No seas necia, 40.

—Lo único que queremos es hablar contigo.

—Pues hablad —dije con una voz que no parecía la mía.

El Custodio seguía mirándome fijamente. Bajo la luz de una lámpara de gas cercana, sus ojos ardían con un nuevo color. Él no se había reído como habían hecho los demás.

Me sentí rodeada, como un animal acorralado. Intentar salir de esa situación no habría sido solamente estúpido, sino suicida.

—Iré —dije, y el Custodio asintió con la cabeza.

—Terebell —dijo—, ve a ver a la soberana de sangre. Dile que tenemos a XX-59-40 bajo custodia.

¿Bajo custodia? Miré a la refaíta. Debía de ser la guardiana de Tilda y de Carl, Terebell Sheratan. Me volvió a mirar con ojos firmes y amarillos. Su cabello, negro y reluciente, rodeaba su cara como una capucha.

—Sí, consorte de sangre —dijo.

Se colocó en cabeza de la escolta. Yo mantuve la vista en el suelo.

—Vamos —dijo el Custodio—. La soberana de sangre nos espera.

Nos dirigimos al centro de la ciudad. Los guardias se quedaron atrás, a una distancia respetuosa del Custodio. Me fijé en que sus ojos sí tenían un color distinto: eran naranja. Se dio cuenta de que lo estaba mirando.

—Si tienes alguna pregunta —dijo—, puedes hacerla.

—¿Adónde vamos?

—A que hagas tu primer examen. ¿Algo más?

—¿Quién te mordió?

Mantuvo la mirada al frente. Al cabo de un momento dijo:

—Te retiro el permiso para hablar.

Estuve a punto de hacerme una herida en la lengua. Capullo. Me había pasado horas limpiándole las heridas. Habría podido matarlo. Debí matarlo.

El Custodio conocía muy bien la ciudad. Recorrimos varias calles hasta llegar a la parte trasera de otra residencia, la misma donde nos habían dado el sermón. Fuera había una placa que rezaba: RESIDENCIA DEL SUZERANO. Los guardias saludaron con la cabeza cuando el Custodio pasó ante ellos, y se llevaron un puño al pecho. Él no se molestó en saludarlos. Las puertas se cerraron detrás de nosotros. El sonido metálico de los cerrojos hizo que se me tensaran los músculos. Paseé la mirada por las paredes, buscando hasta en el último recoveco algo a lo que pudiera agarrarme con las manos y los pies. Las fachadas de los edificios estaban recubiertas de enredaderas, aromáticas madreselvas, hiedras y glicinas, pero solo hasta una altura de unos palmos por encima del suelo. Después estaban las ventanas. Recorrimos un sendero de color arena que bordeaba un óvalo de hierba en el que se alzaba una sola farola con los cristales rojos.

Al final del sendero había una puerta. El Custodio no me miró, pero se detuvo.

—No digas nada de las heridas —me dijo en voz tan baja que apenas le oí—, o tendrás motivos para lamentar haberme salvado la vida.

Le hizo señas a su escolta. Dos refas se colocaron a sendos lados de la puerta; el otro, un varón de cabello rizado y mirada deslumbrante, se colocó a mi otro lado. Flanqueada por los guardias, traspuse la puerta y entré en el fresco interior del edificio.

Me hallaba en una habitación estrecha y recargada, con paredes de piedra de color marfil. Por la pared de la izquierda se desparramaban manchas de colores cálidos gracias a la luz de la luna refractada por las vidrieras de colores. Distinguí cinco placas conmemorativas, pero no tuve tiempo de pararme a leerlas: me estaban conduciendo hacia un arco iluminado. Subimos tres peldaños de mármol negro, y entonces el Custodio se arrodilló y agachó la cabeza. El guardia me miró fijamente, y yo imité al Custodio.

—Arcturus.

Una mano enguantada le levantó la barbilla. Me arriesgué a mirar.

Había aparecido Nashira. Esa noche llevaba un vestido negro que la cubría desde el cuello y que ondulaba como el agua bajo la luz de las velas. Besó al Custodio en la frente, y él le puso una mano sobre el vientre.

—Veo que has traído a nuestro pequeño prodigio —dijo Nashira con la mirada puesta en mí—. Buenas noches, XX-40.

Me miró de arriba abajo, y tuve la sensación de que intentaba leer mi aura. Levanté unas barreras preventivas. El Custodio no se movió. No le veía la cara.

Detrás de la pareja había una hilera de refaítas, todos con capa y capucha. Sus auras llenaban la capilla y apenas le dejaban espacio a la mía. Era la única humana presente allí.

—Supongo que sabes por qué estás aquí —dijo Nashira.

Mantuve la boca cerrada. Sabía que me había buscado un problema llevándole comida a Seb, pero podía haberme buscado un problema por muchísimas cosas más: vender al Custodio, escabullirme, ser humana. Lo más probable era que Carl hubiera informado de mi interés por la visión de Nashira. O quizá supieran lo que yo era.

—La hemos encontrado delante de la Casa Amaurótica —declaró el guardia. Era el vivo retrato de Pleione; la forma de sus ojos era idéntica—. Escabulléndose en la oscuridad como una rata de alcantarilla.

—Gracias, Alsafi. —Nashira me miró, pero no me invitó a levantarme—. Tengo entendido que le has llevado comida a uno de los empleados amauróticos, 40. ¿Hay alguna razón que lo justifique?

—Que lo estáis matando de hambre y maltratándolo como si fuera un animal. Necesita un médico, un hospital.

Mi voz resonó por la oscura capilla. Los refaítas encapuchados guardaban silencio.

—Siento mucho que pienses así —dijo Nashira—, pero a los ojos de los refaítas, los ojos que ahora son los responsables de tu país, los humanos y las bestias se encuentran al mismo nivel. Nosotros no tenemos médicos para las bestias.

Sentí que palidecía de ira, pero me mordí la lengua. Si replicaba, solo conseguiría que mataran a Seb.

Nashira se dio la vuelta. El Custodio se levantó y yo lo imité.

—Quizá recuerdes, 40, que en el sermón os explicamos que nos gusta examinar a los humanos que recogemos durante las Eras de Huesos. Verás, enviamos a nuestros casacas rojas a buscar humanos con aura, pero no siempre podemos identificar las habilidades de esas auras. Confieso que en el pasado cometimos algunos errores. A veces, un caso que parecía prometedor resulta menos emocionante que un cartomántico vagabundo. Pero no me cabe duda de que tú serás mucho más interesante. Tu aura te precede. —Me hizo señas para que me acercara y añadió—: Ven, muéstranos tus talentos.

El Custodio y Alsafi se separaron de mí. Nashira y yo nos quedamos cara a cara, solas.

Se me tensaron los músculos. ¿Qué querían, que peleara con ella? Yo no habría podido vencerla. Sus ángeles y ella destrozarían mi onirosaje. Los notaba girando alrededor de Nashira, preparados para defender a su huésped.

Pero entonces recordé lo que me había contado Liss: que Nashira quería un onirámbulo. Intenté pensar. Quizá yo pudiera hacer algo que ella no tuviera poder para impedir, alguna ventaja que pudiera utilizar contra ella.

Pensé en lo que había pasado en el tren. Sin un onirámbulo o un oráculo en su séquito, Nashira no podía alterar el éter. Y a menos que hubiera consumido el espíritu de un ilegible, yo podría soltar mi espíritu en su mente.

Podría matarla.

Mi plan A se vino abajo cuando volvió Alsafi. Llevaba en brazos un cuerpo frágil, un cuerpo con una bolsa negra cubriéndole la cabeza. Sentaron al prisionero en una silla y lo esposaron a ella. Se me quedaron los dedos entumecidos. ¿Sería uno de los otros? ¿Habrían encontrado Dials, habrían encontrado a mi banda?

Pero no percibía ningún aura: tenía que tratarse de un amaurótico. Pensé en mi padre y me dio un mareo, pero aquel cuerpo era demasiado pequeño, demasiado delgado.

—Creo que os conocéis —dijo.

Le quitaron la bolsa de la cabeza. Me quedé helada.

Seb. Se lo habían llevado. Tenía los ojos tan hinchados que parecían dos ciruelas; le colgaban mechones de pelo ensangrentado alrededor de la cara, y tenía los labios partidos y manchados de sangre. El resto de su rostro estaba recubierto de una costra de sangre seca. Ya había visto otras palizas graves, cuando las víctimas de Hector venían arrastrándose hasta Seven Dials a pedirle ayuda a Nick, pero nunca nada como aquello. Nunca había visto a una víctima tan joven.

El guardia le arreó otro porrazo en la mejilla. Seb estaba casi inconsciente, pero consiguió levantar un poco la cabeza y mirarme.

—Paige.

Su voz quebrada hizo que se me agolparan las lágrimas en los ojos. Me volví hacia Nashira.

—¿Qué le habéis hecho?

—Nada. Se lo vas a hacer tú.

—¿Qué?

—Ya va siendo hora de que te ganes tu próximo blusón, XX-40.

—¿De qué demonios estás hablando?

Alsafi me pegó tan fuerte en la cabeza que casi me derribó. Me agarró del pelo y me dio la vuelta para que pudiera mirarlo.

—No uses estas palabras en presencia de la soberana de sangre. Cuida tu lenguaje o te coseré la boca.

—Paciencia, Alsafi. Deja que se enfade. —Nashira levantó una mano—. Al fin y al cabo, en el tren estaba enfadada.

Me zumbaban los oídos. Aparecieron dos caras en mi memoria. Dos cuerpos en el suelo del vagón. Uno, muerto; el otro, loco. Mis víctimas. Mis presas.

Ese era mi examen. Para ganarme el nuevo blusón, tenía que matar a un amaurótico.

Tenía que matar a Seb.

Nashira debía de haber adivinado lo que yo era. Debía de haber adivinado que mi espíritu podía abandonar mi cuerpo, su ubicación natural. Que era capaz de matar sin derramamiento de sangre. Quería ver cómo lo hacía. Quería verme bailar. Quería saber si valía la pena robarme ese don.

—No —dije.

Nashira no se inmutó.

—¿No? —Como no dije nada, continuó—: La negativa está descartada. Obedecerás o nos veremos obligados a deshacernos de ti. Seguro que el Gran Inquisidor se alegrará de corregir tu insolencia.

—Pues mátame —repliqué—. ¿A qué esperas?

Ninguno de los trece jueces dijo nada. Nashira tampoco. Se quedó mirándome fijamente. Tratando de averiguar si me estaba marcando un farol.

Alsafi no se anduvo con rodeos. Me agarró por la muñeca y me arrastró hasta la silla. Me retorcí y pataleé mientras él me rodeaba el cuello con un musculoso brazo.

—Hazlo —me gruñó al oído—, o te aplastaré las costillas y te ahogarás en tu propia sangre. —Me sacudió tan fuerte que me tembló la vista—. Mata al chico. Ahora mismo.

—No.

—Obedece.

—No.

Alsafi me apretó más fuerte. Le clavé las uñas en la manga. Le arañé un costado, y encontré el cuchillo que llevaba al cinto. Era pequeño, del tamaño de un abrecartas, pero serviría. Bastó una puñalada somera para hacer que me soltara. Me subí a un banco; todavía tenía el cuchillo en la mano.

—No te me acerques —le advertí.

Nashira rió y los jueces la imitaron. Al fin y al cabo, para ellos yo solo era otra clase de intérprete. Otra humana endeble con la cabeza llena de confeti y fuegos artificiales.

Pero el Custodio no rió. No apartaba la vista de mi cara. Lo apunté con el cuchillo.

Nashira vino hacia mí.

—Impresionante —comentó—. Me gustas, XX-40. Tienes temple.

Me temblaba la mano.

Alsafi se miró el corte que le había hecho en el brazo. Su piel rezumaba un fluido luminoso. Cuando miré el cuchillo, vi que la hoja estaba recubierta de esa sustancia.

Seb lloraba. Así el puñal con más fuerza, pero tenía las manos sudadas. No podía atacar a todos aquellos refaítas con un abrecartas. Además, no se me daba nada bien el combate con armas blancas, y no habría podido lanzar un cuchillo con precisión.

Exceptuando a los cinco ángeles que rodeaban a Nashira, no había espíritus con los que hacer una bandada. Tendría que acercarme mucho más para soltar a Seb. Y luego tendría que encontrar la forma de salir los dos de allí con vida.

—Arcturus, Aludra: desarmadla —ordenó Nashira—. Sin usar espíritus.

Uno de los jueces se quitó la capucha. Era una mujer.

—Será un placer —dijo.

La examiné. Era la guardiana de Julian: un ser taimado, con cabello rubio liso y ojos felinos. El Custodio se quedó detrás de ella. Medí sus auras.

Aludra era una salvaje. Podía parecer civilizada, pero percibí que estaba conteniéndose para no babear. Estaba deseando pelear, excitada por la debilidad de Seb, y sedienta de mi aura. El Custodio era más oscuro, más frío, y sus intenciones eran más misteriosas, pero eso lo hacía más letal. Si no conseguía leer su aura, no podría predecir sus movimientos.

De pronto se me ocurrió una cosa. La sangre del Custodio me había hecho sentir más cerca del éter. Quizá volviera a funcionar. Inhalé, sosteniendo el cuchillo cerca de mi cara. El aroma frío despertó mis sentidos. El éter me envolvió como un agua helada y me sumergió. Di una sacudida con la muñeca y lancé el cuchillo hacia la cara de Aludra, apuntándole entre los ojos. Ella lo esquivó por los pelos. Mi puntería había mejorado mucho.

Aludra agarró un pesado candelabro y se abalanzó sobre mí.

—Ven aquí, niña —dijo—. Baila conmigo.

Me eché hacia atrás. Con el cráneo destrozado no iba a servirle de nada a Seb.

Aludra me embistió. Su misión era derribarme y cebarse con lo que quedara de mí. Si mis sentidos no se hubieran agudizado, seguramente lo habría conseguido. Rodé sobre mí misma para evitarla y, en lugar de aplastarme, el candelabro se estrelló contra la cabeza de una estatua. Me puse rápidamente en pie, salté por encima del altar y corrí por la capilla, pasando al lado de los refas encapuchados que se encontraban en los bancos.

Aludra recuperó su arma. Oí silbar el aire cuando la lanzó hacia el fondo de la capilla. El candelabro pasó por encima de la cabeza de Seb, que gritó mi nombre.

Fui hacia la puerta, que estaba abierta; pero un guardia la cerró desde fuera, y me encerró en la capilla con mi público. Como no tuve tiempo de reducir la velocidad, me empotré contra la puerta. El impacto me cortó la respiración, y perdí el equilibrio. Me golpeé la cabeza contra el mármol. Al cabo de una milésima de segundo, el candelabro se estrelló contra la puerta. Apenas me dio a tiempo a moverme antes de que cayera al suelo, justo donde hacía un instante estaban mis piernas. El ruido resonó por la capilla como una campanada.

Notaba un dolor sordo en la parte trasera del cráneo, pero no había tiempo para descansar. Aludra me había alcanzado. Me rodeó el cuello con sus dedos enguantados y me apretó la garganta con los pulgares. Me ahogaba. Mis ojos se llenaron de sangre y dejé de ver. Aludra me estaba robando el aura. Sus ojos se iluminaron con una luz roja y abrasadora.

—Basta, Aludra.

No pareció que lo hubiera oído. Noté un sabor metálico.

El cuchillo estaba en el suelo, a mi lado. Estiré los dedos hacia él, pero Aludra me agarró la muñeca.

—Ahora me toca a mí.

Solo tenía una opción. Cuando Aludra me acercó el cuchillo a la mejilla, empujé mi espíritu hacia el éter.

En forma de espíritu veía con otros ojos, en otro plano. Allí sí tenía visión espiritista. El éter era un vacío silencioso, tachonado de esferas semejantes a estrellas; cada esfera era un onirosaje. Aludra estaba físicamente cerca de mí; su «esfera», por lo tanto, no estaba muy lejos. Habría sido suicida intentar entrar en su mente (era muy antigua, muy poderosa), pero sus ansias de aura habían debilitado sus defensas. «Ahora o nunca», me dije, y me lancé contra su mente.

Aludra no estaba en guardia y yo fui muy rápida. Llegué a su medianoche antes de que ella se diera cuenta de lo que había pasado. Cuando se percató, me vi expulsada con la fuerza de una bala. Volvía a estar dentro de mi cuerpo, con la vista fija en el techo de la capilla. Aludra, arrodillada, se sujetaba la cabeza con ambas manos.

—¡Sacadla de aquí! ¡Sacadla! —gritaba—. ¡Es onirámbula!

Me levanté con dificultad, jadeando, y me lancé contra el Custodio, que me sujetó por los hombros. Me hincó los dedos enguantados. No intentaba hacerme daño: solo quería sujetarme, contenerme; pero mi espíritu era como una planta carnívora y reaccionaba al peligro. Casi sin proponérmelo, volví a intentar el mismo ataque.

Esa vez ni siquiera llegué a tocar el éter. No podía moverme.

El Custodio. Era él. Esta vez era él quien me estaba robando la energía, sorbiéndome el aura. Me sentí atraída por él como una flor por la luz del sol; y, conmocionada, no pude hacer nada.

Entonces paró. Fue como si se partiera un cable que nos unía. Él tenía los ojos de un rojo intenso como la sangre.

Lo miré fijamente. El Custodio dio un paso atrás y miró a Nashira. Se produjo un silencio. Entonces los refaítas encapuchados se levantaron y aplaudieron.

Me quedé sentada en el suelo, aturdida.

Nashira se arrodilló a mi lado y me puso una mano enguantada en la cabeza.

—Preciosa. Mi pequeña onirámbula.

Estaba perdida: Nashira lo sabía.

Se levantó y se volvió hacia Seb, que observaba la escena, aterrorizado. Con un ojo entreabierto siguió la trayectoria de Nashira, que se colocó detrás de su silla.

—Gracias por tus servicios. Te estamos muy agradecidos. —Le puso las manos a ambos lados de la cabeza—. Adiós.

—¡No, por favor! ¡No quiero morir! ¡Paige!

Nashira le giró bruscamente la cabeza hacia un lado. Seb abrió más los ojos, y de sus labios escapó un grito ahogado.

Lo había matado.

—¡No! —exclamé. No podía creer lo que acababa de ver. Me quedé mirándola—. Has… has…

—Demasiado tarde. —Nashira soltó la cabeza de Seb, y esta cayó hacia un lado—. Podrías haberlo hecho tú, 40. Sin dolor. Solo tenías que hacer lo que te he pedido.

Fue su sonrisa lo que me impulsó. Porque sonreía. Me lancé contra ella con la sangre hirviéndome en las venas. El Custodio y Alsafi me tomaron los brazos y me sujetaron. Pataleé y me retorcí hasta que quedé empapada de sudor.

—¡Zorra! —grité—. ¡Zorra! ¡Zorra asquerosa! ¡Seb ni siquiera era vidente!

—Tienes razón, no lo era. Pero los espíritus amauróticos son los mejores sirvientes, ¿no te parece?

Alsafi estuvo a punto de dislocarme un hombro. Le clavé

las uñas en el brazo al Custodio. En el brazo malo, el que yo le había curado. Él tensó los músculos; no me importó.

—Os mataré —dije, dirigiéndome a todos. Casi no podía respirar, pero lo dije—. Os mataré. Juro que os mataré.

—No hace falta que nos jures nada, 40. Deja que nosotros juremos por ti.

Alsafi me tiró al suelo y me golpeé la cabeza contra el duro mármol. Perdí momentáneamente la visión. Intenté levantarme, pero algo me inmovilizaba. Una rodilla sobre mi espalda. Estiré los dedos por el suelo. Entonces noté un dolor atroz en el hombro, el dolor más terrible que jamás había sentido. Ardiente, demasiado ardiente. Olí a carne quemada. No pude evitarlo: grité.

—Juramos tu lealtad eterna a los refaítas. —Nashira no desviaba la mirada de mí—. La juramos con la marca de fuego. XX-59-40, estás unida para siempre al Custodio de los Mesarthim. Desde ahora renuncias a tu verdadero nombre para el resto de tus días. Tu vida nos pertenece.

Era mi piel lo que olía a quemado. Solo podía pensar en el dolor que sentía.

Ya estaba. Habían matado a Seb, y ahora iban a matarme a mí. Vi el destello de una aguja.

Mi nombre

Tenía demasiado flux en la sangre.

Corrí describiendo círculos por mi onirosaje. El flux lo había deformado, había roto las formas y los colores.

Oía los latidos de mi corazón, el aire abrasándome al pasarme por la garganta y la nariz.

«Me están matando.» Eso pensé mientras luchaba contra mi mente, mientras la veía desmenuzarse como la leña en un horno. Ya estaba. Nashira había descubierto qué era. Me había envenenado, y ahora me estaba muriendo. No podía durar mucho; al fin y al cabo, los cadáveres no podían conservar el onirosaje. Entonces ese pensamiento se deshilachó y pasó, y me quedé rondando por las partes más oscuras de mi conciencia.

Entonces la encontré. Mi zona soleada, donde habitaba la belleza. La seguridad. El calor. Corrí hacia ella, pero era como correr por la arena húmeda. Unas nubes oscuras se me adherían y tiraban de mí hacia las nubes y las sombras. Forcejeé para defenderme del flux, me retorcí y pataleé para soltarme de él, y caí rodando hacia la luz, hacia el prado de flores.

Todos teníamos un onirosaje, un hermoso espejismo dentro de nuestra mente. En sueños, hasta los amauróticos veían su zona soleada, aunque no con mucha claridad. Los videntes podían ver el interior de su propia mente, podían vivir allí hasta morir de hambre. Mi zona soleada era un prado de flores rojas, un campo que ondulaba y cambiaba según mi estado de ánimo. Veía fragmentos del mundo que me rodeaba, notaba el movimiento de la tierra cuando vomitaba el escaso contenido de mi estómago. Pero dentro de mi mente estaba tranquila, mientras el flux causaba estragos a mi alrededor. Me tumbé entre las flores y esperé a que llegara el final.

Volvía a estar en la habitación de Magdalen. El gramófono desgranaba una melodía, otro de los temas prohibidos favoritos de Jaxon, «Did You Ever See a Dream Walking?». Estaba tumbada boca abajo en el diván, desnuda de cintura para arriba. Me habían recogido el pelo en un moño.

Me llevé una mano a la cara. Piel. Piel fría, pegajosa. Estaba viva. Dolorida, sí, pero viva. No me habían matado.

El dolor me impedía permanecer quieta. Intenté incorporarme, pero el peso de mi cabeza solo me dejó levantarme unos centímetros. Notaba una laceración abrasadora detrás del hombro derecho. Otro dolor, punzante, en la ingle me indicaba el lugar donde me habían inyectado el fármaco; pero esa vez los daños eran más profundos.

El flux era de los pocos fármacos que funcionaban mejor inyectados en las arterias que en las venas. Tenía el muslo caliente e hinchado. Mi pecho subía y bajaba al ritmo de mi respiración. Estaba ardiendo de fiebre. El refa que me había hecho aquello había sido muy cruel además de muy torpe. Recordaba vagamente haber visto a Suhail sonriéndome con lascivia antes de que se apagaran las luces.

Quizá hubieran intentado matarme. Quizá estuviera muriéndome.

Volví la cabeza hacia un lado. Habían encendido la chimenea.

Y había alguien en la habitación: mi guardián.

Estaba sentado en su butaca contemplando las llamas. Lo miré con odio desde el diván y volví a notar sus manos sujetándome, impidiéndome salvar a Seb. ¿Se sentía culpable por aquel asesinato gratuito? ¿Le importaban algo los indefensos esclavos de la Casa Amaurótica? Me pregunté si habría algo que le importara. Hasta sus interacciones con Nashira parecían mecánicas. ¿Habría algo que lo hiciera vibrar?

El Custodio debió de advertir que lo estaba mirando porque se levantó. Me quedé muy quieta; me dolían tantas partes del cuerpo que no me atrevía a moverme. El Custodio se arrodilló a mi lado. Levantó una mano, y me retraje. Posó el dorso de los dedos sobre mi ardiente mejilla. Volvía a tener los ojos de un dorado neutro.

La fiebre me había resecado la garganta.

—Su espíritu —alcancé a decir. Hablar era un suplicio—. ¿Se soltó?

—No.

Tuve que emplear todas mis fuerzas para enmascarar mi dolor. Si nadie había recitado el treno, Seb quedaría atrapado. Todavía estaba asustado y solo; y lo peor de todo: todavía estaba prisionero.

—¿Por qué no me ha matado? —Las palabras me irritaron la garganta—. ¿Por qué no ha acabado definitivamente conmigo?

El Custodio no me contestó. Tras examinarme el hombro, cogió un cáliz de la mesilla de noche. Estaba lleno hasta el borde de un líquido oscuro. Miré a mi guardián; él me acercó el cáliz a los labios, sujetándome la parte de atrás de la cabeza con una mano. Intenté apartarme. El Custodio dejó escapar un débil gruñido.

—Esto reducirá la hinchazón de la pierna —dijo—. Bebe.

Giré la cabeza. El Custodio me apartó la copa de los labios.

—¿No quieres curarte?

Lo miré fijamente.

Debía de haber sido un accidente que sobreviviera. No había ninguna razón para que no me hubieran matado.

—Te han marcado —dijo—. Tienes que dejar que te cure la herida durante unos días, o se te infectará.

Giré la cabeza para mirarme el hombro, tapándome los pechos con las sábanas.

—¿Marcado? ¿Con qué? —Reseguí la herida por la piel, tirante, y me temblaron los dedos. *XX-59-40.* ¡No!—. Cerdo asqueroso. Te mataré. Cuando estés dormido…

Me dolía demasiado la garganta. Paré de hablar; respiraba entrecortadamente. El Custodio escudriñó mi cara, como si intentara descifrar un texto escrito en un idioma extranjero.

No era idiota. ¿Por qué me miraba así? Me habían marcado como a un animal. O como algo peor. Con un número.

Solo se oían mis jadeos. El Custodio apoyó una mano enguantada en mi rodilla. Aparté la pierna, y la descarga de dolor me llegó hasta los dedos del pie.

—No me toques.

—La marca dejará de dolerte con el tiempo —dijo él—, pero la arteria femoral es otra cosa.

Deslizó la mano y me apartó las sábanas de la pierna. Cuando me vi el muslo, creí que iba a volver a desmayarme. Estaba hinchadísimo y cubierto de cardenales que se extendían casi hasta la rodilla. La zona alrededor de la ingle estaba negra e inyectada en sangre. El Custodio me aplicó una ligerísima presión en la pierna, apenas suficiente para accionar un gatillo de precisión. Vomité.

—Esta herida no se curará sola. Las heridas causadas por el flux no sanan sin un segundo antídoto más fuerte.

Creí que me moriría si ejercía una pizca más de presión.

—Vete al infierno —dije con un hilo de voz.

—El infierno no existe. Solo existe el éter.

Apreté los dientes y temblé del esfuerzo por no sollozar. El Custodio apartó la mano de mi pierna y se dio la vuelta.

No sabría decir cuánto rato permanecí allí tumbada, débil y delirante. Solo podía pensar en cómo debía de estar disfrutando él con aquello, viendo que volvíamos a representar cada uno el papel que nos correspondía. Esa vez era él quien tenía poder sobre mí, poder para verme sufrir y sudar. Y esa vez era él quien tenía el remedio.

Empezaba a clarear. El reloj avanzaba. El Custodio estaba sentado en su butaca e iba echando leña al fuego. No tenía ni idea de a qué esperaba. Si lo que pretendía era que yo cambiara de opinión con respecto al remedio, iba a pasarse mucho rato allí. Tal vez solo le hubieran ordenado vigilarme, asegurarse de que no me suicidara. No voy a decir que no me lo planteara. El dolor era insoportable. Tenía la pierna rígida, y se me contraía espasmódicamente. La piel, hinchada, estaba tensa y brillante, como una ampolla a punto de reventar.

Transcurrían las horas, y el Custodio iba de un sitio a otro: la ventana, la butaca, el cuarto de baño, el escritorio, la butaca otra vez. Como si yo no estuviera allí. En una ocasión salió de la habitación y volvió con un poco de pan caliente, pero lo rechacé. Quería que pensara que estaba en huelga de hambre. Quería recuperar mi poder. Quería hacerle sentir tan insignificante como me había sentido yo.

El dolor del muslo no remitía, sino todo lo contrario. Me apreté la piel oscurecida. Seguí apretando más y más, hasta que vi destellos luminosos. Tenía esperanzas de que eso me hiciera perder el conocimiento, porque así dispondría de unas horas de alivio; pero lo único que conseguí fue volver a vomitar. El Custodio me miró mientras yo arrojaba una bilis ácida en un barreño. Tenía la mirada inexpresiva. Estaba esperando a que yo cediera, a que le suplicara.

Miré el barreño; lo veía todo borroso, pero comprobé que estaba empezando a vomitar gruesos coágulos de sangre. Dejé caer la cabeza sobre los cojines.

Debí de perder el conocimiento. Cuando desperté, volvía a oscurecer. Julian debía de estar preguntándose dónde me había metido, suponiendo que hubiera podido salir de su residencia, lo cual era muy dudoso. Mi cerebro podía concentrarse en esas cosas porque todo el dolor había desaparecido, inexplicablemente.

Igual que toda la sensibilidad en la pierna.

El miedo se apoderó de mí. Intenté mover los dedos de los pies, girar el tobillo, pero no conseguí nada.

El Custodio volvía a estar a mi lado.

—Tal vez debería mencionar —dijo— que, si no tratamos la infección, es muy probable que pierdas la pierna. O la vida.

Le habría escupido, pero los vómitos me habían deshidratado. Sacudí la cabeza. Estaba perdiendo la visión.

—No seas necia. —Me agarró la cabeza y me obligó a mirarlo—. Necesitas las piernas.

Me tenía acorralada. Tenía razón: no podía perder la pierna. Necesitaba poder correr. Esa vez, cuando me sujetó la cabeza con una mano, abrí la boca y bebí del cáliz. El líquido sabía muy mal, a tierra y a metal. El Custodio asintió con la cabeza.

—Muy bien.

Le lancé una mirada que quería ser de odio, pero el cosquilleo que me recorrió la pierna la suavizó. Me bebí hasta la última gota de aquel líquido repugnante, y me limpié los labios con la mano.

El Custodio volvió a levantar las sábanas. Mi muslo ya estaba recuperando sus dimensiones normales.

—Ahora estamos en paz —dije. Me ardía la garganta—. Ya está. Yo te curé y tú me has curado a mí.

—Tú nunca me has curado.

—¿Cómo? —dije, titubeante.

—No he sufrido ninguna herida.

—Pero ¿no te acuerdas?

—Eso no pasó.

No dudé ni un instante de que lo que había pasado fuera real. El Custodio todavía llevaba los brazos cubiertos, de modo que no podía mostrarle las pruebas; pero había sucedido. Por mucho que él lo negara.

—Entonces debí de equivocarme —dije.

El Custodio no desvió la mirada de mis ojos. Me miraba con interés. Un interés frío, desapasionado.

—Sí —dijo—. Te equivocaste.

Y esa fue mi advertencia.

Sonó la campana de la torre. El Custodio miró por la ventana.

—Puedes irte. No estás en condiciones de empezar a entrenarte esta noche, pero deberías buscar algo de comer. —Señaló la urna que estaba sobre la repisa de la chimenea—. Ahí dentro tienes más *numa*. Coge todo lo que necesites.

—No tengo ropa.

—Eso es porque te corresponde un nuevo uniforme. —Levantó un blusón rosa—. Felicidades, Paige. Te han ascendido.

Esa fue la primera vez que me llamó por mi nombre.

Variedad

Tenía que largarme de allí: eso fue lo primero que pensé cuando salí al intenso frío de la noche. Sheol I estaba igual que antes, como si Seb nunca hubiera recorrido sus calles; yo, en cambio, había cambiado. En lugar del blusón blanco, llevaba otro de color rosa claro. El ancla bordada en mi chaleco nuevo era del mismo rosa horrible. Estaba manchada.

No podía hacer el siguiente examen. De ninguna manera. Si en el primero habían matado a un niño, ¿qué serían capaces de hacerme en el segundo? ¿Cuánta sangre habría que derramar para que me convirtiera en casaca roja? Debía irme. Tenía que haber alguna forma de huir, aunque para ello hubiera que sortear las minas. Cualquier cosa sería mejor que esa pesadilla.

Mientras me abría camino por el Poblado, con la pierna derecha débil y pesada, un frío extraño se extendió por mis tripas. Cada vez que un actor me miraba, mudaba la expresión. Su gesto se volvía inexpresivo, o agachaba la cabeza. Mi blusón era una advertencia: «Soy una renegada, una traidora. Aléjate de mí. Soy una asesina».

No, no era ninguna asesina. A Seb lo había matado Nashira, no yo; pero eso no lo sabían los actores. Ellos despreciaban a cualquiera que no fuera un casaca blanca. Debería haberme quedado en Magdalen aquella noche; pero entonces habría tenido que estar con el Custodio, y no soportaba pasar ni un minuto más en su compañía. Recorrí, cojeando, aquellos pasadizos claustrofóbicos. Necesitaba encontrar a Liss. Ella podía ayudarme a salir de aquella pesadilla. Tenía que haber una forma.

—¿Paige?

Me paré; me temblaba la pierna. Tenía que hacer un esfuerzo agotador para andar. Liss había asomado la cabeza. Le echó un vistazo a mi blusón rosa y se puso tensa.

—Hola, Liss.

—Aprobaste.

Su cara se ensombreció.

—Sí —afirmé—, pero…

—¿A quién ayudaste a apresar?

—A nadie. —Me miró con gesto de incredulidad, y comprendí que tenía que contárselo—. Intentaron obligarme a matar a… Seb. El amaurótico. —Agaché la cabeza—. Y ahora él está muerto.

Liss dio un respingo.

—Vale —dijo—. Pues hasta luego.

—Liss, escúchame, por favor. Tú no…

Corrió la cortina de su puerta de un tirón y me dejó con la palabra en la boca. Exhausta, resbalé hasta el suelo con la espalda pegada a la pared. No era uno de ellos.

«Seb.» Dije su nombre mentalmente, tratando de hacer salir a su espíritu de donde lo hubieran escondido, pero no salió nada del éter. Ni siquiera una leve punzada. Ni siquiera logré nada añadiendo su apellido; seguramente me faltaba algún nombre. Una vez muerto, el niño que tanto había confiado en mí, que tan seguro estaba de que yo lo salvaría, era un desconocido para mí.

Me dio la impresión de que la cortina me miraba con odio. Liss debía de considerarme pura escoria. Cerré los ojos y traté de ignorar el dolor sordo del muslo. Quizá encontrara a otro casaca rosa con quien intercambiar información, pero me resistía a intentarlo. No podía confiar en ellos. La mayoría eran asesinos. La mayoría habían delatado a alguien. Si quería hablar con alguien que no fuera un renegado, tendría que demostrarle a Liss que podía confiar en mí. Me levanté haciendo un esfuerzo que me dejó empapada de sudor y me dirigí a la choza de la comida. Tal vez encontrara a Julian allí. Seguramente él tampoco querría hablar conmigo, pero quizá me diera una oportunidad.

Me llamó la atención una luz. Un hornillo. Un grupo de actores fumaban en un cobertizo diminuto, tumbados sobre los costados, agitando de vez en cuando una mano como si quisieran atrapar algo. Áster, otra vez. Tilda estaba entre ellos, con la cabeza apoyada en un cojín, el blanco blusón sucio y arrugado como un pañuelo de papel usado. Busqué a tientas en mi chaleco el comprimido verde que me había llevado. Me arrodillé junto a Tilda procurando no lastimarme la pierna.

—Tilda.

Abrió un poco los ojos.

—¿Qué pasa?

—He traído la pastilla.

—Un momento. Todavía estoy reinando. Dame un minuto, cielo. O quizá dos. O cinco. —Se puso boca abajo; una risa silenciosa la sacudió—. El onirosaje se ha vuelto morado. ¿Eres real?

Esperé a que se agotara el efecto del áster. Tilda se pasó un minuto entero riendo; estaba roja como un tomate. Notaba el desenfreno de su aura, cómo se sacudía y cambiaba por efecto de la droga. Los otros videntes no daban señales de querer despertar. Con manos temblorosas, Tilda se frotó la cara y asintió.

—Vale, ya estoy destronada. ¿Dónde está esa pastilla?

Se la di. Tilda la examinó desde todos los ángulos. Pasó un dedo por su superficie, analizando su textura. La partió por la mitad. Aplastó una mitad entre los dedos. Olió el residuo, lo probó.

—Tu guardiana ha vuelto a salir —dije.

—Sale mucho. —Me devolvió los restos de la pastilla—. Es herbal, pero no sabría decirte qué hierba lleva.

—¿Conoces a alguien que pueda decírmelo?

—Podrías probar en la casa de empeños. A lo mejor el tipo que me vendió el áster sabe decírtelo. La contraseña es *specchio*.

—Iré a verlo. —Me levanté—. Te dejo con tu áster.

—Gracias. Hasta luego.

Se desplomó sobre el cojín. Me pregunté qué les haría Suhail si los descubría.

Tardé un rato en encontrar la casa de empeños. En el Poblado había muchas habitaciones, la mayoría ocupadas por grupos de dos o tres personas. Se pasaban el día en aquellas pequeñas chozas, apretujados alrededor de un hornillo de parafina, y dormían sobre sábanas que apestaban a humedad y orines. Comían lo que encontraban. Si no encontraban nada, pasaban hambre. Permanecían juntos por dos motivos: porque no había suficiente espacio, y por el frío intenso que hacía en la ciudad. No había instalaciones higiénicas, ni más medicinas que las que pudieran obtener robando. Era un sitio adonde se iba a morir.

La casa de empeños estaba escondida detrás de una serie de gruesas cortinas. Tenías que saber dónde buscar; yo la encontré después de interrogar a una bufona. La chica parecía reacia a revelarme la información, y me previno sobre los sobornos y los precios elevados, pero señaló en la dirección correcta.

Vigilando la tienda estaba el cantor al que había visto el día del sermón. Se hallaba sentado en un cojín, jugando con unos dados. Ya no llevaba el blusón blanco; debía de haber suspendido el examen. ¿Para qué podían querer los refaítas a un cantor?

—Hola —lo saludé.

—Hola —me contestó con una voz dulce y pura; la voz de un cantor, sin duda.

—¿Puedo hablar con el prestamista?

—¿Contraseña?

—*Specchio*.

El chico se levantó. Tenía los párpados del ojo derecho hinchados debido a una infección. Descorrió las cortinas y entré.

Las casas de empeños de Londres eran establecimientos por lo general pequeños y sin licencia de las peores zonas de la cohorte central. También había muchas en Chapel, en el II-6. Aquella no era diferente. El prestamista había montado su negocio en una especie de tienda de campaña hecha con pañuelos parecidos a los que usaba Liss en sus actuaciones. La mitad del espacio, iluminado por una sola lámpara de parafina, se había convertido en un palacio de espejos. El prestamista, sentado en un sillón de piel maltrecho, contemplaba las superficies de cristal moteado. Era un hombre de cabello cano con demasiada barriga para ser actor. Los espejos delataban su especialidad: la catoptromancia.

Cuando entré, se puso el monóculo en un ojo y examinó mi reflejo. Tenía los ojos empañados de los profetas expertos.

—Creo que no te había visto nunca. Ni en mis espejos ni en mi tienda.

—Era de Huesos XX —dije.

—Entiendo. ¿De quién eres?

—De Arcturus Mesarthim.

Estaba harta de ese nombre; de oírlo, de pronunciarlo.

—Vaya, vaya. —Se dio unas palmadas en la panza—. De modo que eres su inquilina.

—¿Cómo te llamas?

—XVI-19-16.

—Me refiero a tu verdadero nombre.

—Ya no me acuerdo, pero los actores me llaman Duckett. Por si prefieres usar los nombres reales.

—Pues sí.

Me agaché para echar un vistazo a sus existencias. Casi todos los artículos eran *numa*: espejos de mano rajados, botellas de cristal, cuencos y tazas, perlas, bolsas llenas de huesos de animales, cartas y piedras de adivinación. Luego estaban las plantas. Áster, brezo blanco, salvia, tomillo y otras plantas de quemar. También había artículos más prácticos, esenciales para la supervivencia. Examiné el montón: sábanas, cojines mullidos, cerillas, unas pinzas, alcohol de uso tópico, aspirina y oxitetraciclina, latas de Sterno, un cuentagotas de ácido fusídico, vendas y desinfectantes. Cogí una vieja caja de yesca.

—¿De dónde has sacado todo esto?

—De aquí y de allá.

—Supongo que los refas no saben que lo tienes.

Esbozó una sonrisa.

—Dime, ¿cómo funciona esta tienda ilegal?

—Bueno, supongamos que eres espatulomántica y necesitas huesos para practicar la clarividencia. Si te confiscan los huesos, tienes que buscar más. —Señaló una bolsa con la etiqueta «Rata común»—. Yo te encargo una tarea. Puedo pedirte que me traigas determinado artículo, o que entregues un mensaje por mí; cuanto más valioso sea el objeto que necesites, más peligrosa será la tarea. Si consigues realizarla, yo te doy los huesos. Si lo que quieres es un préstamo por un tiempo limitado, tienes que entregarme cierto número de *numa*, que yo te devuelvo cuando tú me restituyes el objeto. Es un sistema sencillo, pero eficaz.

No parecía una casa de empeños convencional, que prestaba dinero a cambio de artículos empeñados.

—¿Cuánto cobras por dar información?

—Eso depende de la información que busques.

—¿Qué es esto? —pregunté enseñándole la pastilla.

Se quedó mirándola un momento; entonces se quitó el monóculo y la cogió. Le temblaban los dedos, gruesos.

—Por esto —dijo— podría darte cualquier cosa que quisieras de la tienda. Gratis.

Arrugué el entrecejo.

—¿Quieres quedártelo?

—Sí, claro. Es muy valioso. —Se puso la mitad en la palma de la mano—. ¿De dónde lo has sacado?

—La información tiene un precio, Duckett.

—Si me traes más, nunca te cobraré nada. Llévate lo que quieras. Un artículo por píldora.

—Si no me dices qué es, no hay trato.

—Dos artículos.

—No.

—La información es peligrosa. No se le puede poner precio. —Acercó el comprimido a la lámpara de parafina—. Lo que puedo decirte es que es una píldora herbal, y que es inofensiva. ¿Te basta con eso?

Dos artículos por cada pastilla. Allí había artículos que podían salvar vidas en el Poblado.

—Tres —dije—, y trato hecho.

—Excelente. Sabes hacer negocios. —Juntó las yemas de los dedos y añadió—: ¿Qué más sabes hacer?

—Soy acutumántica.

Era la mentira a la que solía recurrir. Una especie de test de competencia. Me gustaba ver si me creían o no. Duckett rió entre dientes.

—No eres adivina. Si yo tuviera visión, diría que estás en el otro extremo del espectro. Tienes un aura caliente. Como las brasas. —Tamborileó con los dedos en un espejo—. Aún resultará que la de este año ha sido otra era interesante.

Me puse en tensión.

—¿Cómo dices?

—Nada, nada. Hablaba solo. Cuando llevas cuarenta años aquí, es lo mejor que puedes hacer para no volverte loco. —Sus labios esbozaron una sonrisa—. Dime, ¿qué te parece el Custodio?

Volví a dejar la caja de yesca encima de la mesa.

—Creía que era obvio —dije.

—En absoluto. Aquí hay gran variedad de opiniones. —Duckett pasó el pulgar por la lente de su monóculo—. Muchos opinan que el consorte de sangre es el más atractivo de los refaítas.

—Quizá tú pienses así. Yo lo encuentro repugnante. —Le sostuve la mirada—. Me llevo mis cosas.

Duckett se recostó en la silla. Cogí una lata de Sterno, unas aspirinas y el ácido fusídico.

—Ha sido un placer hacer negocios contigo —dijo—. ¿Señorita...?

—Mahoney. Paige Mahoney. —Le di la espalda—. Por si prefieres utilizar los nombres reales.

Salí de aquel cubil con la mirada de Duckett clavada en la espalda.

Me sentía interrogada. Estaba segura de no haber contestado nada que no debiera. Había dicho exactamente lo que pensaba del Custodio. No tenía ni idea de por qué Duckett quería oírme decir otra cosa.

Al salir le tiré el ácido fusídico al cantor. Él me miró con la cabeza ladeada.

—Para el ojo —le dije.

Parpadeó, y yo seguí caminando.

Cuando llegué a la choza que buscaba, llamé golpeando la pared con los nudillos.

—¿Liss? —No me contestaron, y volví a llamar—. Soy yo, Liss. Paige.

Descorrieron la cortina. Liss sujetaba un farolillo.

—Déjame en paz —dijo con una voz cargada de resentimiento—. Por favor. Yo no hablo ni con rosas ni con rojos. Lo siento: no hablo. Tendrás que buscar a otros casacas, ¿vale?

—Yo no maté a Seb. —Le ofrecí el Sterno y las aspirinas—. Mira, Duckett me ha dado esto. ¿Podemos hablar un momento?

Miró mis artículos y luego me miró a la cara. Arrugó la frente y frunció los labios.

—Bueno —concedió—, será mejor que entres.

No lloré cuando le conté lo de mi examen. No pude. Jax odiaba las lágrimas. («Eres una chica dura de los bajos fondos, querida. Compórtate como tal, hazme el favor.») Incluso allí, donde él jamás podría verme, sentía que observaba cada uno de mis movimientos. Sin embargo, recordar el cuello roto de Seb me producía náuseas. No podía olvidar la expresión de sorpresa en sus ojos, ni cómo había gritado mi nombre. Cuando terminé de contarle la historia, me senté y estiré la pierna rígida ante mí.

Liss me acercó un vaso humeante.

—Bébete esto. Si quieres protegerte de Nashira, necesitas conservar tu fortaleza. —Se recostó—. Ahora ya sabe qué eres.

Di un sorbo. El líquido sabía a menta.

Me escocían los ojos y todavía me dolía la garganta, pero no iba a llorar por Seb. Habría sido irrespetuoso llorar estando Liss sentada a mi lado. Ella tenía la cara hinchada, moratones en el cuello y el hombro dislocado, y sin embargo había antepuesto mi bienestar al suyo. «Ahora formas parte de la Familia, hermana», me había dicho. Con una sola mano, me aplicó un emplasto caliente en la marca del hombro. Ya no notaba aquel ardor tan intenso, pero Liss me aseguró que la quemadura me dejaría cicatriz. De eso se trataba: de recordarme, todos los días, a quién pertenecía.

Julian dormía bajo una sábana desteñida. Su guardiana se había marchado con su familia, los Chertan. Antes de que se quedara dormido, yo le había dado una aspirina. Su nariz tenía mejor aspecto. Como yo no había aparecido al amanecer, había ido allí a buscarme, y Liss lo había convencido para que se quedara. Juntos habían arreglado la choza lo mejor que habían podido, pero, aun así, parecía una nevera. Liss me había invitado, de todas formas, a quedarme a pasar la noche, y yo estaba decidida a aceptar su invitación. Necesitaba alejarme de Magdalen.

Liss abrió la lata de Sterno con un abrelatas viejo.

—Gracias por traérmelo. Hacía mucho tiempo que no veía calor enlatado. —Sacó una cerilla y prendió el alcohol gelatinoso. Brotó una llama limpia y azul—. ¿Te lo ha dado Duckett?

—Sí, pero se lo he pagado.

—¿Con qué?

—Con una de mis pastillas.

Liss arqueó una ceja.

—¿Para qué la quiere?

—La quiere porque me dan una pastilla que no le dan a nadie más. No tengo ni idea de qué es.

—Si puedes utilizarlas para sobornar a Duckett, vale la pena que las guardes. Las tareas que pone son peligrosas. Hace ir a la gente a las residencias a robar para él. Y muchas veces los descubren.

Hizo una mueca de dolor y se tocó el hombro. Le quité la lata de Sterno de la mano y la puse entre nosotras dos.

—Ha sido Gomeisa, ¿verdad? —dije.

—A veces se aburre con las cartas. Y no siempre le gusta lo que le enseñan. —Se tumbó boca arriba y se puso la almohada bajo la nuca—. No importa. No lo veo mucho. La mayor parte del tiempo creo que ni siquiera está en la ciudad.

—¿Eras su única humana?

—Sí. Por eso me odia. Estaba exactamente en la misma situación que tú, elegida por un refa que jamás había reclamado a un humano. Creía que yo tenía potencial; creía que podía ser una de las mejores arrancahuesos de Sheol I.

—¿Arrancahuesos?

—Así es como llamamos a los casacas rojas. Gomeisa creía que yo me ganaría ese color. Pero lo decepcioné.

»Me pidió que le echara las cartas a un bufón. Sospechaban que era un traidor, que había intentado huir. Yo sabía que era verdad. Las cartas lo habrían delatado. Me negué a echárselas.

—Yo también me negué a obedecer, pero ella descubrió lo que soy. —Me froté las sienes—. Y ahora Seb está muerto.

—Aquí mueren muchos amauróticos. La habría palmado hicieras lo que hicieses. —Volvió a incorporarse—. Va, comamos algo.

Abrió el arcón de madera. Me quedé mirando lo que había dentro: un paquete de café soluble, latas de judías y cuatro huevos.

—¿De dónde has sacado eso?

—Lo encontré.

—¿Dónde?

—Un amaurótico lo escondió cerca de su residencia. Son las sobras de las provisiones para la Era de Huesos. —Liss cogió una olla de hierro y la llenó de agua de una botella—. Ya verás. Comeremos como reinas. —Puso la olla encima del Sterno—. ¿Cómo te encuentras, Jules?

Nuestras voces debían de haberlo despertado. Julian apartó la sábana y se sentó con las piernas cruzadas.

—Mejor. —Se apretó un poco la nariz—. Gracias por las medicinas, Paige.

—De nada. ¿Cuándo te examinas?

—Ni idea. Se supone que Aludra tiene que enseñarnos a sublimar, pero se pasa la mayor parte del tiempo maltratándonos.

—¿A sublimar?

—A convertir objetos normales en *numa*. ¿Te acuerdas de los bastones que estábamos utilizando la otra noche, cuando viniste a verme? Estaban sublimados. Puede utilizarlos cualquiera, no solo los adivinos.

—Y ¿qué hacen?

—Ejercen cierta influencia sobre los espíritus más cercanos, pero no pueden utilizarse para ver el éter.

—Entonces, en realidad no son *numa*.

—Pero son peligrosos —terció Liss—. Los carroños pueden usarlos. Lo último que nos falta es un arma etérea que Scion pueda utilizar.

Julian sacudió la cabeza.

—Scion jamás usaría *numa*. Les repugna la clarividencia.

—Pero los refaítas no.

—Dudo mucho que les gusten los refas —dije—. Son clarividentes. Lo que pasa es que no tienen más remedio que obedecer porque tienen a los emim a la vuelta de la esquina.

El agua ya hervía. Liss la vertió en tres vasos de plástico y añadió el café. Llevaba días sin oler el café, o semanas. ¿Cuánto tiempo llevaba allí?

—Toma. —Liss me dio una taza a mí y otra a Julian—. ¿Dónde te tiene Aludra, Jules?

—En una habitación sin luz. Debe de ser una antigua bodega. Dormimos en el suelo. Felix tiene claustrofobia y Ella añora a su familia. Se pasan el día llorando, no me dejan dormir.

—Haz que te echen. Aquí la vida es dura, pero no tanto como cuando tienes un guardián. Solo nos comen si estamos en el sitio inadecuado en el momento inadecuado. —Liss bebió de su vaso—. Hay gente que no lo soporta. Tenía una amiga que se vino aquí conmigo, pero suplicó a su guardián que le diera otra oportunidad. Ahora es arrancahuesos.

Nos bebimos el café en silencio. Liss hirvió los huevos y nos los comimos a palo seco.

—Estaba pensando… —dijo Julian—. ¿Los refas pueden volver al sitio de donde salieron?

—Supongo —dijo Liss.

—Es que no entiendo por qué se quedan aquí. Porque no siempre han estado aquí. ¿Dónde conseguían auras antes de encontrarnos a nosotros?

—Quizá tenga que ver con los zumbadores —dije—. Nashira dijo que eran una raza parasitaria, ¿no?

Julian asintió.

—¿Crees que los zumbadores les quitaron algo?

—¿La cordura?

Julian rió.

—Sí. A lo mejor eran buena gente hasta que los zumbadores se la chuparon toda.

Liss no rió.

—Podría ser el umbral etéreo —dije—. Nashira mencionó que aparecieron cuando se rompió.

—Creo que nunca lo sabremos. —Liss parecía tensa—. Dudo mucho que vayan a difundirlo.

—¿Por qué no? Si ellos son tan poderosos y nosotros tan débiles, ¿qué necesidad hay de mantener el secreto?

—El conocimiento es poder —dijo Julian—. Ellos lo tienen, y nosotros no.

—Te equivocas, hermano. El conocimiento es peligroso. —Liss acercó las rodillas a la barbilla. Era lo mismo que había insinuado Duckett—. Una vez que sabes algo, no puedes librarte de ello. Tienes que llevarlo contigo. Siempre.

Julian y yo nos miramos. Liss llevaba mucho tiempo allí; tal vez fuera mejor que siguiéramos sus consejos. O no. Tal vez sus consejos acabaran matándonos.

—Liss —dije—, ¿nunca te planteas rebelarte contra ellos?

—Todos los días.

—Pero no lo haces.

—Me planteo sacarle los ojos a Suhail con mis propias manos. —Lo dijo apretando los dientes—. Me planteo acribillar a balazos a Nashira. Me planteo degollar a Gomeisa. Pero sé que ellos me matarían antes a mí, y por eso no lo hago.

—Pero, si piensas así, te quedarás atrapada aquí para siempre —replicó Julian con suavidad—. ¿Es eso lo que quieres?

—Claro que no. Quiero volver a mi casa, aunque no sepa muy bien qué significa eso. —Liss volvió la cabeza—. Ya sé lo que pensaréis de mí. Que no tengo agallas.

—Liss —dije—, no hemos querido decir...

—Sí. No os lo reprocho. Pero ya que os interesa tanto saber, os voy a decir una cosa. Hubo una rebelión durante la Era XVIII, en 2039. Toda la población humana de Sheol I se rebeló contra los refas. —El dolor que se reflejaba en sus ojos la envejecía—. Murieron todos: amauróticos, videntes, todos. Como no había casacas rojas para combatirlos, los emim entraron y los mataron a todos. Y los refas no hicieron nada por impedirlo.

Miré a Julian, que no apartaba la vista de Liss.

—Dijeron que era lo que merecían. Por su desobediencia. Fue lo primero que nos dijeron cuando llegamos. —Se pasaba las cartas de una mano a otra—. Sé que los dos sois combativos, pero no quiero veros morir aquí. No de esa forma.

Sus palabras me hicieron callar. Julian se pasó una mano por la cabeza y se quedó contemplando la llama del hornillo.

No volvimos a hablar de la rebelión. Nos comimos las judías y rebañamos las latas hasta dejarlas limpias. Liss tenía la baraja sobre el regazo. Al cabo de un momento Julian carraspeó.

—¿Dónde vivías, Liss? Antes de venir aquí.

—En Cradlehall. Está cerca de Inverness.

—¿Cómo es Scion por allí?

—Igual que aquí. Todas las grandes ciudades se rigen por el mismo sistema, solo que con menos fuerzas de seguridad que Londres. Están sometidas a la legislación inquisitorial, como la ciudadela.

—¿Por qué viniste al sur? —pregunté—. Estoy convencida de que las Tierras Altas eran más seguras para los videntes.

—¿Por qué va la gente a SciLo? Por trabajo. Por dinero. Necesitamos comer, igual que los amauróticos. —Liss se echó una sábana sobre los hombros—. A mis padres les daba miedo vivir en el centro de Inverness. Allí los videntes no están organizados; no hay nada parecido al sindicato. Mi padre creyó que debíamos probar suerte en la ciudadela. Invertimos todos nuestros ahorros en trasladarnos a Londres. Hablamos con algunos capos, pero ninguno necesitaba adivinos. Cuando se nos acabó el dinero, teníamos que limosnear para conseguir un catre donde pasar la noche.

—Y os descubrieron.

—Mi padre enfermó, y no podía salir a la calle. Tenía más de sesenta años, y en las calles cogía todo tipo de virus. Lo sustituí en el sitio donde solía colocarse. Se me acercó una mujer y me pidió que le echara las cartas. —Pasó el pulgar por el borde de la baraja—. Yo tenía nueve años. No me di cuenta de que era de la DVN.

—¿Cuánto tiempo pasaste en la Torre? —le preguntó Julian.

—Cuatro años. Me hicieron el submarino varias veces, querían que les dijera dónde estaban mis padres. Yo les decía que no lo sabía.

Contarnos su historia no la ayudaría a sentirse mejor. Cambié de tema:

—¿Y tú, Julian? ¿Dónde vivías?

—En Morden. En el IV-6.

—Es el sector más pequeño, ¿verdad?

—Sí, por eso el sindicato no se preocupa mucho por él. Tenía una banda pequeña, pero no nos dedicábamos a la mimetodelincuencia. Solo hacíamos sesiones de espiritismo de vez en cuando.

Sentí una punzada de nostalgia. Echaba de menos a mi banda.

Julian no tardó en rendirse al agotamiento. El Sterno estaba quedándose sin combustible. Liss esperó hasta que el fuego se apagó del todo. Me hice la dormida, pero no podía parar de pensar en la Era XVIII. Debía de haber muerto mucha gente. Sus familias no debieron de saber nada más de ellos. No debió de haber juicios, ni apelaciones. Semejante injusticia me producía náuseas. No me extrañaba que a Liss le diera miedo pelear.

Y entonces sonó la sirena.

Julian se despertó de golpe. El sonido fue aumentando de intensidad progresivamente, hasta convertirse en un bramido estridente. Mi cuerpo reaccionó de inmediato: un cosquilleo en las piernas, el corazón desbocado.

Oímos pasos por los pasadizos. Julian descorrió la cortina que hacía las veces de puerta. Pasaron corriendo tres casacas rojas; uno llevaba una potente linterna. Liss abrió los ojos, pero permaneció inmóvil.

—Tienen puñales —observó Julian.

Liss se acurrucó en un rincón de la choza. Recogió su baraja de cartas, se abrazó las rodillas con el brazo sano y agachó la cabeza.

—Tenéis que iros —dijo—. ¡Corred!

—Ven con nosotros —dije—. Cuélate en alguna residencia. Aquí no estás…

—¿Qué queréis, recibir una paliza de Aludra? ¿O del Custodio? —Nos miró con severidad—. Llevo diez años haciendo esto. Largaos de aquí.

Julian y yo nos miramos. Ya llegábamos tarde. No sabía qué me haría el Custodio, pero ambos sabíamos lo violenta que era Aludra Chertan. Esta vez quizá lo matara. Salimos de la choza y echamos a correr.

10

El mensaje

Cuando llegué a la residencia todavía aullaban las sirenas. XIX-49-33 no me abrió la puerta hasta después de llevar un buen rato llamando y gritando mi número por encima del estruendo. Tras comprobar que era una humana, tiró de mí y cerró rápidamente la puerta, y juró que la próxima vez no me dejaría entrar si era tan lenta para obedecer las órdenes más básicas. La dejé echando los cerrojos, muy agitada y con dedos temblorosos.

Las sirenas cesaron cuando llegué al patio. Esa vez los emim no habían logrado entrar en la ciudad. Me recogí el pelo con las manos y traté de recobrar el aliento. Al cabo de un minuto me obligué a mirar hacia el umbral y la escalera de caracol. Tenía que hacerlo. Esperé un momento más para serenarme, y entonces subí a la torre, su torre. Se me ponía la piel de gallina solo de pensar en dormir en la misma habitación que él; en compartir su espacio, su calor, el aire que respiraba.

Cuando llegué, la llave estaba en la puerta. La hice girar y entré con sigilo.

No con suficiente sigilo. En cuanto traspuse el umbral, mi guardián se levantó. Echaba fuego por los ojos.

—¿Dónde estabas?

—Fuera —contesté levantando una endeble barrera mental.

—Tenías que volver aquí si sonaba la sirena.

—Creí que te referías a Magdalen, y no a esta habitación en concreto. Deberías ser más claro.

Oí la insolencia de mi propia voz. Los ojos del Custodio se oscurecieron, y sus labios formaron una línea recta y apretada.

—Te dirigirás a mí con el respeto debido —dijo—, o no te permitiré salir de esta habitación.

—No has hecho nada para ganarte mi respeto.

Le sostuve la mirada, y él a mí. Como no me moví ni desvié la mirada, él pasó a mi lado y cerró de un portazo. No me inmuté.

—Si oyes la sirena —dijo—, deja lo que estés haciendo y vuelves inmediatamente a esta habitación. ¿Entiendes?

Me quedé mirándolo sin contestar. El Custodio se agachó hasta que su cara quedó al nivel de la mía.

—¿Tengo que repetírtelo?

—Preferiría que no —respondí.

Estaba segura de que me iba a pegar. Nadie podía hablarle así a un refa. Pero lo único que hizo fue erguirse cuan alto era.

—Mañana iniciaremos tu entrenamiento —anunció—. Espero que estés preparada cuando suene la campana.

—¿Qué entrenamiento?

—Para tu siguiente casaca.

—No la quiero.

—Entonces tendrás que hacerte actriz. Tendrás que pasarte el resto de la vida siendo objeto de las burlas y los insultos de los casacas rojas. —Me miró de arriba abajo—. ¿Quieres ser una bufona? ¿Una payasa?

—No.

—En ese caso será mejor que me obedezcas.

Se me contrajo la garganta. Pese a lo que llegaba a odiar a aquel ser, tenía motivos para temerlo. Recordé su expresión de crueldad en la capilla, cuando se había plantado ante mí y me había absorbido el aura. Para los videntes, el aura era tan vital como la sangre o el agua. Sin aura, sufriría un choque espiritual y acabaría muerta o loca, deambulando sin conexión alguna con el éter.

Fue hasta las cortinas y las descorrió; la portezuela que había detrás estaba entreabierta.

—Los amauróticos han vaciado el piso de arriba para ti. A menos que te ordene otra cosa, tienes que quedarte allí todo el tiempo. —Hizo una pausa—. También debes saber que está prohibido que tengamos cualquier contacto físico directo, excepto durante el entrenamiento. Ni siquiera con guantes.

—Entonces, si te viera entrar herido en esta habitación —dije—, ¿tendría que dejarte morir?

—Sí.

«Mentiroso.» No pude controlarme y le solté:

—Esa es una orden que obedeceré con mucho gusto.

El Custodio se quedó mirándome, impasible. Casi me enfureció ver lo poco que le afectaba mi falta de respeto. Tenía que hacer algo que lo hiciera saltar. Se limitó a meter la mano en el cajón y a sacar mis pastillas.

—Tómatelas.

Sabía que no tenía sentido discutir. Las cogí.

—Bébete esto —añadió, y me dio un vaso—. Ve a tus habitaciones. Conviene que mañana estés descansada.

Cerré la mano derecha hasta formar un puño. Estaba harta de sus órdenes. Debí dejar que se desangrara. ¿Por qué demonios le había vendado la herida? ¿Qué clase de delincuente era yo, curando a mis enemigos? Jax se habría muerto de risa si me hubiera visto. «Tesoro —me habría dicho—, no tienes lo que hay que tener.» Y quizá tuviera razón. No lo tenía, todavía.

Pasé al lado del Custodio evitando rozarlo siquiera. Antes de entrar en el oscuro pasillo, lo vi mirarme. Cerró la puerta con llave detrás de mí.

Otra escalera de caracol me condujo al piso superior de la torre. Eché una ojeada a mi nueva morada: una habitación espaciosa y vacía. Me recordó a la penitenciaría, con el suelo húmedo y las ventanas con barrotes. La lámpara de parafina que ardía en la repisa de la ventana proporcionaba una luz y un calor escasos. Junto a la lámpara estaba la cama, con barandilla y un colchón lleno de bultos. Las sábanas eran penosas comparadas con los exquisitos mantos de terciopelo de la cama con dosel del Custodio; de hecho, toda la habitación olía a inferioridad humana; pero cualquier cosa era mejor que compartir habitación con mi guardián.

Revisé cada rincón y cada recoveco de la habitación, como había hecho con la del piso de abajo. No había salida, por supuesto, pero sí cuarto de baño. Dentro había un váter, un lavamanos y algunos productos de higiene.

Pensé en Julian, que debía de estar en su sótano oscuro, y en Liss, temblando en su choza. Liss no tenía cama. No tenía nada. Mi habitación no era bonita, pero era mucho más cálida y limpia que cualquier vivienda del Poblado. Y más segura. Tenía paredes de piedra que me protegían de los emim. Liss solo contaba con cortinas deshilachadas.

Como no me habían dado ropa de dormir, me quedé en ropa interior. No había espejo, pero sabía que estaba adelgazando. El estrés, la intoxicación con flux y la falta de alimentos nutritivos empezaban a pasarme factura. Bajé la llama de la lámpara y me metí entre las sábanas.

No me sentía cansada, pero al poco rato estaba dormitando. Y pensando. Pensaba en el pasado, en aquella serie de días extraños que me habían conducido hasta allí. Recordé el día que había conocido a Nick. Fue él quien nos puso a Jaxon y a mí en contacto. Nick, el hombre que me había salvado la vida. Cuando yo tenía nueve años, poco después de llegar a Inglaterra, mi padre y yo salimos de Londres y fuimos al sur en uno de sus «viajes de negocios». Había tenido que anotar nuestros nombres en una lista de espera para que nos permitieran salir de la ciudadela. Tras meses de espera, recibimos por fin el permiso para visitar a Giselle, una vieja amiga de mi padre. Giselle vivía al final de una cuesta empedrada, en una casa de color rosa con un tejado que sobresalía por encima de las ventanas. El terreno circundante me recordó a Irlanda: una belleza abierta y suntuosa, una naturaleza virgen y agreste; eso que Scion había destruido. Al anochecer, cuando mi padre no me veía, yo trepaba al tejado y me acurrucaba contra la alta chimenea de ladrillo. Desde allí contemplaba el cielo y los frondosos bosques de las colinas, y recordaba a mi primo Finn y a los otros fantasmas de Irlanda, y echaba tanto de menos a mis abuelos que me dolía el corazón. Nunca había entendido por qué no habían venido con nosotros.

Pero lo que yo quería era ver el mar, el prodigioso mar, el camino reluciente que se extendía hasta las tierras libres. Era al otro lado del mar donde Irlanda me esperaba para llevarme a casa, a la pradera cenicienta, al árbol partido de la canción de los rebeldes. Mi padre me prometió que iríamos a verlo, pero estaba demasiado ocupado con Giselle. Siempre se quedaban hablando hasta muy entrada la noche.

Yo era demasiado pequeña para entender qué significaba realmente vivir en aquel pueblo. Los videntes quizá corrieran peligro en la ciudadela, pero no podían huir a aquellos idilios campestres. Lejos del Arconte, los amauróticos de pueblo se ponían muy nerviosos. Las sospechas de antinaturalidad eran una constante en aquellas comunidades tan cerradas. Tenían la costumbre de vigilarse unos a otros, atentos por si descubrían una bola de cristal o una piedra de adivinación, dispuestos a llamar al puesto de avanzada de Scion más cercano, o a tomarse la justicia por su mano. Un auténtico clarividente no habría durado ni un día allí. Y aunque hubiera durado, no había trabajo. Había que cultivar la tierra, pero no hacían falta muchas manos porque tenían máquinas para ocuparse de eso. Los videntes solo podían ganarse bien la vida en la ciudadela.

No me gustaba alejarme de la casa, y menos aún sin mi padre. La gente hablaba demasiado, miraba demasiado, y Giselle les hablaba y los miraba sin tapujos. Era una mujer severa, delgada y de facciones duras, con un anillo en cada dedo y unas venas largas, como cuerdas, muy marcadas en los brazos y el cuello. No me caía bien. Pero un día, desde el tejado, oteé un remanso de paz: un prado de amapolas, un charco rojo bajo el cielo de hierro.

Todos los días, cuando mi padre creía que yo estaba arriba jugando, iba a aquel campo y me pasaba horas leyendo con mi nueva tableta de datos, mientras las amapolas cabeceaban a mi alrededor. Fue en ese campo donde tuve mi primer encuentro real con el mundo de los espíritus. Con el éter. Yo todavía no sabía que era clarividente. La antinaturalidad todavía era un cuento para una niña de nueve años, un coco sin facciones definidas. Todavía tenía que entender aquel sitio. Solo sabía lo que me había contado Finn: que a la gente mala del otro lado del mar no les gustaban las niñas como yo. Ya no estaba a salvo.

Aquel día descubrí lo que Finn había querido decir. Cuando entré en el prado, percibí la enojada presencia de una mujer. No la vi, pero la sentí. La sentí en las amapolas y en el viento. La sentí en la tierra y en el aire. Estiré un brazo con la esperanza de entender qué era.

Y de pronto me vi en el suelo. Sangrando. Fue mi primer encuentro con un duende, un espíritu furioso que podía entrar en el mundo corpóreo.

Al poco apareció mi salvador. Un hombre joven, alto y fuerte, con cabello muy rubio y un rostro amable. Me preguntó cómo me llamaba. Le contesté balbuceando. Cuando vio el brazo herido me envolvió en su abrigo y me llevó a su coche. Llevaba la palabra «Scionmed» bordada en la camisa. Vi que sacaba una aguja y sentí pánico. «Me llamo Nick —dijo—. Estás a salvo, Paige.»

La aguja me atravesó la piel. Me dolió, pero no lloré. Poco a poco todo se oscureció.

Y soñé. Soñé con amapolas que brotaban con dificultad del polvo. Nunca había soñado en color y, en cambio, ahora lo único que veía eran las flores rojas y el sol del atardecer. Me protegían, desprendiéndose de sus pétalos y cubriendo mi afiebrado cuerpo. Desperté en una cama con sábanas blancas. Llevaba el brazo vendado. El dolor había desaparecido.

El hombre rubio estaba a mi lado. Recuerdo su sonrisa; no era más que un esbozo, pero me hizo sonreír. Parecía un príncipe.

—Hola, Paige —dijo. Le pregunté dónde estaba—. Estás en un hospital. Yo soy tu médico.

—Pareces demasiado joven para ser médico —dije. «Y no das suficiente miedo», pensé—. ¿Cuántos años tienes?

—Dieciocho. Todavía estoy estudiando.

—No me habrás hecho una chapuza al coserme el brazo, ¿verdad?

—Te he cosido la herida lo mejor que he podido —dijo riendo—. Ya me dirás qué te parece.

Me comentó que había avisado a mi padre, y que ya estaba en camino. Le dije que estaba mareada; contestó que era normal, y que tendría que descansar para que se me pasara. Todavía no podía comer, pero él me conseguiría algo bueno para cenar. Se quedó el resto del día conmigo, y solo me dejó para ir a buscar unos bocadillos y un zumo de manzana a la cafetería del hospital. Mi padre me había enseñado que no debía hablar con desconocidos y, sin embargo, no le tenía miedo a aquel chico tan amable y educado.

El doctor Nicklas Nygård, al que habían trasladado de la ciudadela Scion Estocolmo, me mantuvo con vida aquella noche. Me ayudó a superar el choque que me había producido convertirme en clarividente. De no ser por él quizá no habría podido soportarlo.

Mi padre me llevó a casa unos días más tarde. Conocía a Nick porque habían coincidido en un congreso de medicina. Nick estaba haciendo prácticas en el pueblo antes de ocupar una plaza fija en la SciOECI. Nunca me dijo qué hacía en el campo de amapolas. Mientras mi padre me esperaba en el coche, Nick se arrodilló delante de mí y me tomó las manos. Recuerdo que pensé que era guapísimo, y que sus cejas formaban un arco perfecto sobre sus preciosos ojos verde invierno.

—Paige —me dijo en voz baja—, escúchame. Lo que voy a decirte es muy importante. Le he dicho a tu padre que te atacó un perro.

—Pero fue una mujer.

—Sí, pero esa mujer era invisible, *sötnos*. Hay adultos que no saben nada de las cosas invisibles.

—Pero tú sí —dije, segura de su sabiduría.

—Yo sí. Pero no quiero que los otros adultos se rían de mí, y por eso no se lo cuento. —Me acarició la mejilla—. No debes hablarle a nadie de ella, Paige. Nunca. Será nuestro secreto. ¿Me lo prometes?

Dije que sí con la cabeza. Habría podido prometerle cualquier cosa, pues me había salvado la vida. Me quedé mirándolo por la ventanilla cuando mi padre me metió en el coche para volver a la ciudadela. Nick levantó una mano y me dijo adiós. Seguí mirándolo hasta que doblamos una esquina.

Todavía tenía cicatrices del ataque. Formaban un racimo en el centro de la palma de mi mano izquierda. El espíritu me había hecho otros cortes en el brazo, hasta el codo, pero los de la mano fueron los que me dejaron cicatriz.

Cumplí mi promesa. Durante siete años jamás dije ni una palabra de lo ocurrido. Guardé el secreto de Nick en mi corazón, como una flor nocturna, y únicamente pensaba en él cuando estaba sola. Nick sabía la verdad. Nick tenía la clave.

Durante todo ese tiempo me pregunté qué habría sido de Nick, y si se habría acordado alguna vez de aquella niña irlandesa a la que sacó del campo de amapolas. Y tras siete largos años tuve mi recompensa: Nick volvió a encontrarme.

Ojalá pudiera encontrarme ahora.

No se oía nada en el piso de abajo. A medida que avanzaban las horas, aguzaba el oído por si oía pasos, o la débil melodía del gramófono, pero lo único que oía era aquel silencio impenetrable.

Pasé el resto del día sumida en un sueño irregular. Tenía fiebre, provocada por los restos del último ataque con flux. De vez en cuando me despertaba sobresaltada, acosada por imágenes del pasado. ¿Llevaba antes otra ropa que no fueran esos blusones, esas botas? ¿Había conocido un mundo donde no había espíritus ni muertos errantes? ¿Un mundo sin emim, sin refaítas?

Me despertaron unos golpes en la puerta. Apenas tuve tiempo de taparme con la sábana cuando el Custodio entró en la habitación.

—Pronto sonará la campana. —Dejó un uniforme limpio a los pies de la cama—. Vístete.

Me quedé mirándolo en silencio. Él me sostuvo la mirada un momento antes de salir y cerrar la puerta. No podía hacer nada. Me levanté, me recogí el pelo en un moño y me lavé con agua helada. Me puse el uniforme y me abroché el chaleco hasta la barbilla. Mi pierna, por lo visto, ya estaba curada.

Encontré al Custodio hojeando una novela en su habitación. Era un ejemplar de *Frankenstein* con las tapas sucias de polvo. Scion no permitía esa clase de literatura fantástica. Nada donde hubiera monstruos o fantasmas. Nada que hiciera referencia a la antinaturalidad. Noté un cosquilleo en los dedos, ansiosos por agarrar ese libro y pasar las páginas. Lo había visto en la estantería de Jaxon, pero nunca había encontrado tiempo para leerlo. El Custodio dejó el libro a un lado y se levantó.

—¿Estás preparada?

—Sí.

—Muy bien. —Hizo una pausa y añadió—: Dime, Paige, ¿cómo es tu onirosaje?

Me pilló por sorpresa. Entre los videntes se consideraba de mala educación hacer una pregunta tan directa.

—Un campo de flores rojas.

—¿Qué flores?

—Amapolas.

No dijo nada. Cogió sus guantes, se los puso y salimos de la habitación. Todavía no había sonado la campanada nocturna, pero el portero nos dejó pasar sin hacer preguntas. Nadie le hacía preguntas a Arcturus Mesarthim.

Llevaba tiempo sin ver la luz del día. El sol empezaba a ponerse, y suavizaba los bordes de los edificios. Sheol relucía en medio de la neblina. Yo creía que íbamos a entrenar en un sitio cubierto, pero el Custodio me llevó hacia el norte, más allá de la Casa Amaurótica, por territorio desconocido.

Los edificios de las afueras de la ciudad estaban abandonados. Estaban en ruinas, con los cristales de las ventanas rotos; algunas paredes y techos parecían quemados. Quizá fuera cierto que había habido un gran incendio. Pasamos una calle de casas apretujadas unas contra otras. Era un pueblo fantasma. Allí no había ni rastro de seres vivos. Percibí la presencia de espíritus, espíritus resentidos que querían recuperar las casas que habían perdido. Algunos eran duendes, bastante débiles. Yo no me fiaba, pero el Custodio no parecía asustado. Ninguno se le acercó.

Llegamos al final de la ciudad. Echaba nubes de vaho por la boca al respirar. Ante mí se extendía una pradera hasta donde alcanzaba la vista. La hierba llevaba tiempo seca, y el suelo brillaba, cubierto de escarcha. Era raro, porque estábamos a principios de primavera. Habían cercado la pradera con una valla de unos diez metros de alto, coronada con alambre de espino. Al otro lado de la valla había árboles, también recubiertos de una fina capa de escarcha. Crecían alrededor de la pradera y me impedían ver lo que había más allá. Un letrero oxidado rezaba: PUERTO PRADERA. SOLO ENTRENAMIENTO. AUTORIZADO EL USO DE PODERES MORTÍFEROS. Junto a la verja estaba el poder mortífero mismo: un refa varón.

Llevaba el rubio cabello recogido en una coleta. A su lado había una figura sucia y delgada con la cabeza afeitada: Ivy, la palmista. Vestía un blusón amarillo, el distintivo de los cobardes; un desgarrón en el cuello le dejaba un hombro huesudo expuesto al frío. Le vi la marca: XX-59-24. Custodio avanzó, y yo lo seguí. Al vernos, el guardián de Ivy hizo una reverencia.

—Hete aquí a la concubina real —dijo—. ¿Qué te trae por Puerto Pradera?

Al principio creí que me hablaba a mí. Nunca había oído a los refas hablarse con semejante repugnancia. Entonces me di cuenta de que el otro guardián miraba con fijeza y odio al Custodio.

—He venido a entrenar a mi humana. —El Custodio miraba hacia la pradera—. Abre la puerta, Thuban.

—Un poco de paciencia, concubina. ¿Va armada?

Se refería a mí. A la humana.

—No —contestó el Custodio—. No va armada.

—¿Número?

—XX-59-40.

—¿Edad?

El Custodio me miró.

—Diecinueve —contesté.

—¿Tiene visión espiritista?

—Esas preguntas son irrelevantes, Thuban. No me gusta que me traten como a un crío, y mucho menos que lo haga un crío.

Thuban se limitó a mirarlo. Calculé que debía de tener más de veinticinco años; no era ningún crío, desde luego. Ni el rostro de Thuban ni el del Custodio revelaban enojo, pero bastaba con oírlos.

—Tienes tres horas hasta que Pleione traiga a su rebaño. —Empujó la verja y la abrió—. Si 40 intenta huir, le dispararán en el acto.

—Y a ti, si vuelves a faltarles el respeto a tus mayores, te desterrarán en el acto.

—La soberana de sangre no lo permitiría.

—No tiene por qué enterarse. Un accidente así no es demasiado difícil de ocultar. —El Custodio descollaba sobre él—. No me asusta tu apellido, Sargas. Soy el consorte de sangre, y pienso ejercer el poder que conlleva mi posición. ¿Me he explicado bien, Thuban?

Thuban lo miró desde abajo con un ardor azulado en los ojos.

—Sí —respondió en voz baja—, consorte «de sangre».

El Custodio pasó a su lado. Yo no supe cómo interpretar aquella conversación, pero fue un gustazo presenciar que un Sargas recibía una tunda verbal. Traspuse la verja detrás del Custodio, y Thuban le arreó una bofetada a Ivy. La chica giró la cabeza. No tenía lágrimas en los ojos, pero su cara estaba pálida e hinchada, y se la veía más delgada que antes. Tenía los brazos manchados de sangre y suciedad. Deduje que la mantenían encerrada sobre sus propios excrementos. Recordé que Seb también me había mirado así, como si toda la esperanza del mundo se hubiera desmoronado.

Estaba decidida a sacarle partido a aquella sesión de entrenamiento. Quería hacerlo por Seb, por Ivy y por todos los que vendrían después.

Puerto Pradera era inmenso. El Custodio caminaba por él a grandes zancadas, tan largas que me costaba seguirlo. Yo avanzaba con dificultad, y al mismo tiempo intentaba calcular las dimensiones de la pradera. Era difícil, porque la luz disminuía; pero alcancé a distinguir, a ambos lados, unas vallas de alambre fino entretejido y recubierto de hielo que dividían el terreno en grandes ruedos. La parte superior de los postes estaba curvada; algunos tenían unos gruesos soportes de los que colgaban faroles. Una torre de vigilancia se erigía en el lado de poniente, y dentro pude ver la silueta de un humano o un refa.

Pasé al lado de una charca poco profunda. La superficie, helada, era lisa como un espejo, perfecta para emplearse como medio de adivinación. Pensé que todo en aquella pradera era perfecto para el combate espiritista. El suelo era sólido; el aire, diáfano y fresco. Y había espíritus. Los notaba alrededor de mí, por todas partes. Me pregunté qué clase de alambrada era la que cercaba la pradera. ¿Habrían ideado la manera de retener a los espíritus?

No. A veces los espíritus podían alterar el mundo de la carne, pero no estaban sometidos a restricciones físicas. Solo los vinculadores podían retenerlos. Su orden (el quinto orden) podía forzar los límites entre el mundo de la carne y el éter.

—Las vallas no están electrificadas —dijo el Custodio, que me había visto observándolas—, sino cargadas con energía etérea.

—¿Cómo puede ser?

—Baterías etéreas. Una fusión de pericia refaíta y humana, aplicada por primera vez en 2045. Vuestros científicos trabajan en la tecnología híbrida desde principios del siglo xx. Nosotros solo sustituimos la energía química de una batería por un duende cautivo, un espíritu que puede interactuar con el mundo corpóreo. Así se crea un campo de repulsión.

—Pero los duendes pueden huir de sus vínculos —razoné—. ¿Cómo los capturáis?

—Utilizamos un duende dispuesto a colaborar, por supuesto.

Me quedé perpleja. La palabra «duende» y la locución «dispuesto a colaborar» eran tan opuestas como «guerra» y «paz».

—Nuestro asesoramiento también condujo a la invención del Fluxion 14 y la Tecnología de Detección Radiestésica —prosiguió—. Esta última todavía está en fase experimental. Según los últimos informes que hemos recibido, Scion casi ha conseguido perfeccionarla.

Apreté un puño. Claro, los refaítas eran los responsables de la TDR. Dani nunca había entendido de dónde la habían sacado.

Al cabo de un rato el Custodio se detuvo. Habíamos llegado a un óvalo de hormigón de tres metros de ancho. Cerca se encendió una lámpara de gas.

—Empecemos —dijo el Custodio.

Esperé.

Sin previo aviso, el Custodio hizo como si fuera a darme un puñetazo en la cara. Lo esquivé.

Cuando fue a darme con el otro puño, desvié el golpe con un brazo.

—Otra vez.

Cada vez me atacaba más deprisa, obligándome a defenderme desde todos los ángulos. Paré todos los golpes con las manos abiertas.

—Aprendiste a pelear en las calles.

—Puede ser —dije.

—Otra vez. Intenta detenerme.

Esta vez dirigió ambas manos hacia mi escote, como si fuera a agarrarme por el cuello. Un ratero había intentado eso conmigo una vez. Torcí el torso hacia la izquierda y llevé el brazo derecho en la misma dirección, alejándole las manos de mi cuello. Noté la fuerza de esas manos; pero el Custodio me soltó. Levanté un codo hacia su mejilla, un movimiento con el que había conseguido derribar al ratero. El Custodio me estaba dejando ganar.

—Excelente —dijo. Dio unos pasos hacia atrás—. Pocos humanos llegan aquí preparados para formar parte de un batallón penal. Les llevas ventaja a la mayoría, pero con un emite no podrás utilizar esas tácticas tan simples. Tu gran baza es tu capacidad para alterar el éter.

Vi un destello plateado. El Custodio tenía una daga en la mano. Se me tensaron los músculos.

—Por lo que he podido comprobar, tu don se activa con el peligro. —Me apuntó en el pecho con la daga. La punta casi me tocaba—. Demuéstramelo.

—No sé cómo.

—Ya veo.

Con una sacudida de la muñeca, subió la daga hasta mi cuello. Noté una descarga de adrenalina. El Custodio se inclinó hacia mí.

—Esta daga se ha utilizado para derramar sangre humana —dijo en voz muy baja—. Sangre como la de tu amigo Sebastian.

Me puse a temblar.

—Y quiere más sangre. —La hoja de la daga se deslizó por mi cuello—. Nunca ha probado la sangre de un Soñador.

—No me das miedo. —El temblor de mi voz me delataba—. No me toques.

Pero me tocó. La hoja de la daga ascendió por mi cuello y mi barbilla y me rozó los labios. Levanté los puños y le aparté la mano. El Custodio soltó la daga, me asió las muñecas con una mano y me las sujetó contra el suelo de hormigón. Tenía una fuerza asombrosa: yo no podía mover ni un solo músculo.

—Me pregunto... —dijo mientras me levantaba la barbilla con la punta de la daga—. Si te corto el cuello, ¿cuánto tardarás en morir?

—No te atreverás —dije, desafiante.

—Ah, ¿no?

Intenté darle con la rodilla en la entrepierna, pero él me agarró el muslo y me bajó la pierna. Todavía notaba debilidad en ella; no le costó mucho. Estaba consiguiendo hacerme parecer frágil. Logré soltar una mano, pero él me retorció el brazo detrás de la espalda. No tanto como para hacerme daño, pero sí lo suficiente para inmovilizarme.

—Así llevas las de perder —me dijo al oído—. Emplea tu fuerza.

¿Acaso aquel ser no tenía ninguna debilidad? Pensé en todos los puntos vulnerables de los humanos: ojos, riñones, plexo solar, nariz, entrepierna... Nada de todo eso estaba a mi alcance. Iba a tener que soltarme y correr. Eché el peso del cuerpo hacia atrás, entre las piernas del Custodio, y con un solo movimiento me puse en pie. Aproveché el instante que tardó él en levantarse para echar a correr por la pradera. Si me quería, tendría que venir a buscarme.

Era imposible huir. El Custodio me estaba alcanzando. Recordé mis sesiones de entrenamiento con Nick y cambié de dirección. Seguí corriendo, en la oscuridad, alejándome de la torre de vigilancia. En una valla como aquella tenía que haber algún punto débil, un hueco en la alambrada por el que pudiera colarme. Luego tendría que ocuparme de Thuban. Pero tenía mi espíritu. Podía hacerlo. Sí, podía.

Pese a tener una agudeza visual excelente, a veces podía ser increíblemente cegata. Al cabo de un minuto me había perdido. Lejos del óvalo de hormigón y las lámparas de gas, iba dando traspiés por la extensa pradera. Y el Custodio estaba allí, persiguiéndome. Corrí hacia una de las lámparas. Mi sexto sentido se estremeció a medida que me acercaba a la valla. Para cuando llegué a unos dos metros, tenía náuseas y notaba las extremidades flojas y torpes.

Pero tenía que intentarlo. Agarré el alambre helado.

No puedo describir con precisión la sensación que se apoderó de mi cuerpo. Lo vi todo negro; luego, todo blanco;

y, por último, rojo. Se me puso la piel de gallina. Un centenar de recuerdos pasaron ante mis ojos, recuerdos de un grito en un campo de amapolas; y también otros, nuevos: los recuerdos del duende. Lo habían asesinado. Un estrépito ensordecedor sacudió todo mi cuerpo. Mi estómago dio una sacudida tremenda. Caí al suelo y vomité.

Debí de quedarme allí un minuto, atormentada por imágenes de sangre sobre una alfombra de color crema. Le habían disparado con una escopeta. Le había explotado el cráneo, rociándolo todo de masa encefálica y fragmentos de hueso. Me zumbaban los oídos. Cuando recobré el conocimiento, me fallaba la coordinación. Me arrastré por el suelo, parpadeando para ahuyentar aquellas visiones sangrientas. Tenía una quemadura blancuzca en la palma de la mano. La marca de un duende.

Algo pasó rozándome la oreja. Miré hacia arriba y vi otra torre de vigilancia y al vigilante que había dentro.

Era un dardo de flux.

El vigilante me disparó un segundo dardo. Me puse en pie como pude y eché a correr hacia el este; pero no tardé en llegar ante otra torre, y los disparos me hicieron virar hacia el sur. Cuando vi el óvalo comprendí que me dirigía de nuevo hacia el Custodio.

El siguiente dardo me dio en el hombro. El dolor fue instantáneo e insoportable. Me arranqué el dardo. Me sangró la herida, y de pronto sentí náuseas y me desorienté. Actué lo bastante deprisa para detener el efecto del fármaco (tardaba unos cinco segundos en autoinyectarse), pero el mensaje era claro: «Vuelve al óvalo, o te dispararemos». El Custodio estaba esperándome.

—Me alegro de que hayas vuelto.

Me quité el sudor de la frente con el dorso de la mano.

—Veo que no me está permitido correr.

—No. A menos que quieras que te dé el blusón amarillo que reservamos para los cobardes.

Me lancé contra él, cegada por la ira, y le hinqué el hombro en el abdomen. Dada su estatura, no pasó nada. Se limitó a agarrarme por el blusón y a apartarme. Di contra el suelo con el mismo hombro.

—No puedes pelear conmigo con las manos. —Empezó a pasearse por el borde del óvalo—. Ni huir de un emite. Eres una onirámbula. Tienes el poder de vivir y morir a tu antojo. Saquea mi onirosaje. ¡Hazme enloquecer!

Una parte de mí se desprendió. Mi espíritu salió volando y recorrió el espacio que me separaba del Custodio. Rajó el anillo exterior de su mente, como un cuchillo cortando una seda tensa. Atravesó la parte más oscura de su onirosaje, forzando barreras asombrosamente poderosas, y apuntó hacia la lejana mancha de luz de su zona soleada, pero no fue tan fácil como lo había sido en el tren. El centro de su onirosaje estaba muy lejos, y mi espíritu ya estaba siendo expulsado. Como una goma elástica tensada en exceso, me vi lanzada de nuevo a mi mente. El peso de mi propio espíritu me derribó. Me golpeé la cabeza contra el suelo.

Poco a poco volví a ver las lámparas de gas. Me incorporé apoyándome en los codos; me dolían las sienes. El Custodio seguía de pie. No había conseguido arrodillarlo, como a Aludra, pero había alterado ligeramente su percepción. Se pasó una mano por la cara y sacudió la cabeza.

—Bien —dijo—. Muy bien.

Me levanté. Me temblaban las piernas.

—Intentas cabrearme —dije—. ¿Por qué?

—Porque por lo visto funciona. —Señaló la daga—. Hagámoslo otra vez.

Lo miré mientras trataba de recobrar el aliento.

—¿Otra vez?

—Puedes hacerlo mejor. Apenas has rozado mis defensas. Quiero que hagas mella en ellas.

—No puedo hacerlo otra vez. —Veía puntos negros—. Esto no funciona así.

—¿Por qué no?

—Porque dejo de respirar.

—¿No sabes bucear?

—¿Qué?

—El humano medio puede contener la respiración al menos durante treinta segundos sin sufrir daños irreversibles. Es tiempo más que suficiente para atacar otra mente y volver a tu cuerpo.

Nunca me lo había planteado así. Nick siempre se había asegurado de que tuviera soporte vital para percibir el éter desde lejos.

—Tienes que pensar en tu espíritu como un músculo que sale de su posición natural —dijo el Custodio—. Cuanto más lo usas, más fuerte y más rápido se vuelve, y mejor soporta tu cuerpo las repercusiones. Podrás saltar rápidamente de un onirosaje a otro antes de que tu cuerpo dé contra el suelo.

—Tú no lo entiendes —dije.

—Ni tú. Sospecho que el incidente del tren fue la primera vez que entraste en otro onirosaje. —No movió la daga—. Pasea por el mío. Te desafío.

Escudriñé su cara. Estaba invitándome a entrar en su mente, a poner en peligro su cordura.

—En realidad no te importa. Solo me estás entrenando —dije. Empezamos a movernos en círculo—. Nashira te pidió que me escogieras. Sé lo que quiere.

—No. Te escogí yo. Reclamé tu instrucción. Y lo último que quiero —dijo avanzando hacia mí— es que me avergüences con tu incompetencia. —Su mirada era dura como la piedra—. Vuelve a atacarme. Y esta vez hazlo bien.

—No. —Lo pondría en evidencia. Le haría pasar vergüenza. Que se avergonzara de mí tanto como mi padre—. No pienso matarme solo para que Nashira te conceda una estrella de oro.

—Quieres hacerme daño —replicó, en voz más baja—.

Estás resentida conmigo. Me odias. —Levantó la daga—. Destrúyeme.

Al principio no hice nada. Entonces me acordé de las horas que había pasado curándole el brazo, y de cómo me había amenazado. Recordé que se había apartado y había visto morir a Seb. Volví a lanzarle mi espíritu.

En el rato que pasamos en la pradera, apenas logré fracturar su onirosaje. No podía ir más allá de su zona hadal, ni siquiera cuando él retiraba casi todas sus defensas, porque su mente era demasiado poderosa. No paraba de provocarme. Me decía que era débil, que era patética, que era una vergüenza para los clarividentes. Que no le extrañaba que los humanos solo sirviéramos para ser esclavos. ¿Quería vivir en una jaula, como un animal? Él estaba dispuesto a complacerme. En un primer momento las provocaciones surtieron efecto, pero a medida que avanzaba la noche, sus insultos iban enfureciéndome menos. Al final eran solo frustrantes; no bastaban para obligar a mi espíritu a salir.

Entonces el Custodio lanzó la daga. Apuntó lejos de mí, pero verla volar bastó para que mi espíritu se soltara. Cada vez que lo hacía, me caía al suelo. Si se me escapaba un pie fuera del óvalo, me lanzaban un dardo de flux. No tardé en aprender a prever el silbido del dardo y a agacharme antes de que la aguja diera en el blanco.

Conseguí salir cinco o seis veces de mi cuerpo. Sentía como si me abrieran la cabeza cada vez. Al final no podía más. Veía doble, y tenía una fuerte migraña localizada sobre el ojo izquierdo. Me doblé por la cintura, casi sin aliento. «No muestres debilidad. No muestres debilidad.» Se me doblaban las rodillas.

El Custodio se arrodilló delante de mí y me abrazó por la cintura. Intenté apartarlo, pero tenía los brazos flojos como cuerdas.

—Basta —dijo—. No sigas resistiéndote.

Me cogió en brazos. Yo nunca había saltado repentinamente, en una sucesión tan rápida, y no sabía si mi cerebro lo soportaría. Me dolía el fondo de los ojos. No podía mirar el farol.

—Lo has hecho bien. —El Custodio me miró—. Pero puedes hacerlo mucho mejor.

No pude contestarle.

—¿Paige?

—Estoy bien —repuse arrastrando las palabras.

El Custodio me creyó. Echó a andar hacia la verja, todavía conmigo en brazos.

Al cabo de un rato volvió a dejarme en el suelo. Fuimos en silencio hasta la entrada, donde Thuban había abandonado su puesto. Ivy estaba sentada con la espalda apoyada en la valla; tenía la cabeza entre las manos y le temblaban los hombros. Cuando nos acercamos a la verja, se levantó y descorrió el cerrojo. El Custodio la miró de pasada.

—Gracias, Ivy.

Ella lo miró. Tenía lágrimas en los ojos. ¿Cuánto tiempo hacía que nadie la llamaba por su verdadero nombre?

Fuimos hacia la ciudad fantasma; el Custodio guardaba silencio. Yo estaba medio dormida. Si hubiera estado con Nick, él me habría obligado a acostarme y a descansar varias horas, y me habría regañado.

Hasta que pasamos por delante de la Casa Amaurótica, el Custodio no volvió a dirigirme la palabra.

—¿Intentas a menudo sentir el éter desde lejos?

—Eso no es asunto tuyo —respondí.

—En tus ojos hay muerte. Muerte y hielo. —Se volvió y me miró—. Es extraño, porque tu ira los hace arder.

Lo miré y dije:

—Tus ojos también cambian.

—¿A qué crees que se debe eso?

—No lo sé. No sé nada de ti.

—Cierto. —El Custodio me miró de arriba abajo—. Enséñame la mano.

Tras un momento de vacilación, le mostré la mano derecha. La quemadura tenía un aspecto horrible, un lustre nacarado. El Custodio se sacó del bolsillo un vial lleno de líquido, vertió unas gotas sobre su dedo enguantado y me lo apliqué en la cicatriz. Vi la herida desaparecer sin dejar rastro. Retiré la mano.

—¿Cómo lo has hecho?

—Se llama amaranto. —Se guardó el vial y me miró—. Dime, Paige, ¿le tienes miedo al éter?

—No. —Notaba un cosquilleo en la palma de la mano.

—¿Por qué no?

Era mentira. El éter me daba miedo. Cuando forzaba demasiado mi sexto sentido, me arriesgaba a morir, o al menos a padecer alguna lesión cerebral. Jax me había advertido desde el principio de que si trabajaba para él, probablemente mi esperanza de vida se reduciría en unos treinta años, tal vez más. Todo dependía de la suerte.

—Porque el éter es perfecto —dije—. No hay guerras. No hay muerte, porque allí todo está muerto ya. Y no hay sonido. Solo silencio. Y seguridad.

—En el éter no hay nada seguro. Y no está exento de guerras y muerte.

Observé su perfil mientras él contemplaba el negro cielo. No expulsaba vaho al respirar, como yo. Pero por un instante, un momento brevísimo, vislumbré algo humano en su cara. Una expresión pensativa, casi amarga. Entonces el Custodio se volvió hacia mí, y aquello que me había parecido ver desapareció.

Pasaba algo raro en el Poblado. Un grupo de casacas rojas que estaban en cuclillas en la calle adoquinada hablaban en voz baja, observados por bufones silenciosos. Miré al Custodio y traté de discernir si aquello le preocupaba. Si le preocupaba, no se le notaba. Fue hacia el grupo, y la mayoría de los bufones se metieron en sus chozas.

—¿Qué pasa?

Un casaca roja levantó la vista, vio quién había hablado y se apresuró a agachar la cabeza. Tenía el blusón manchado de barro.

—Estábamos en el bosque —dijo con voz ronca—. Nos perdimos. Los emim…

Instintivamente, el Custodio se llevó una mano al antebrazo.

Los casacas rojas estaban alrededor de un chico de unos dieciséis años. Le faltaba la mano derecha e iba manchado de sangre. Apreté las mandíbulas. Le habían arrancado la mano de cuajo, como si se la hubiera pillado en una máquina. El Custodio analizó la escena sin revelar ni una pizca de emoción.

—Dices que os habéis perdido —dijo—. ¿Qué guardián iba con vosotros?

—El heredero de sangre.

El Custodio dirigió la mirada hacia la calle.

—Debería haberlo imaginado —dijo.

Se quedó allí plantado, y yo clavé los ojos en su espalda. El casaca roja temblaba de pies a cabeza y tenía la cara cubierta de sudor. Si alguien no le vendaba el muñón, se iba a morir. Al menos había que echarle una manta por encima.

—Llevádselo a Oriel. —El Custodio se apartó del grupo—. Terebell se ocupará de él. Los demás, volved a vuestras residencias. Los amauróticos os curarán las heridas.

Escudriñé sus duras facciones en busca de algún indicio de calidez, pero no encontré nada. No le importaba. Yo no sabía por qué seguía mirándolo.

Los casacas rojas levantaron a su amigo y se encaminaron hacia un callejón; por el camino fueron dejando un reguero de sangre.

—Necesita ir a un hospital —me obligué a decir—. No tienes idea de cómo…

—Se ocuparán de él.

Entonces se quedó callado, y su mirada se endureció. Deduje que eso significaba que con mi comentario me había pasado de la raya.

Pero empezaba a preguntarme dónde estaba trazada la raya. El Custodio nunca me pegaba. Me dejaba dormir. Cuando estábamos solos, me llamaba por mi nombre verdadero. Hasta me había dejado atacar su mente, se había expuesto a mi espíritu, un espíritu capaz de abocarlo a la locura. No entendía por qué corría ese riesgo. Incluso Nick recelaba de mi don. («Llámalo respeto sano, *sötnos*.»)

Fuimos hacia la residencia, y por el camino me solté el moño. Estuve a punto de volver a abandonar mi cuerpo cuando unas manos me asieron la melena de rizos húmedos.

—¡XX-40! Es un placer volver e verte —dijo una voz con un deje irónico, muy aguda para ser masculina—. Te felicito, Custodio. Con el blusón está aún más hermosa.

Me volví y miré al hombre que tenía detrás. Tuve que controlarme para no retroceder.

Era el médium que me había perseguido por los tejados del I-5, pero esa noche no iba armado con una pistola de flux. Llevaba un extraño uniforme con los colores de Scion. Hasta su cara hacía juego con él: boca roja, cejas negras, la tez espolvoreada con óxido de zinc. Debía de estar rozando la cuarentena, y llevaba un grueso látigo de cuero en la mano. Habría jurado que el látigo estaba manchado de sangre. Debía de ser el Capataz, el encargado de mantener a raya a los bufones. Detrás de él estaba el oráculo de la primera noche. Me miró con unos ojos desconcertantes: uno, oscuro y penetrante; el otro, de color avellana claro. Su blusón era del mismo color que el mío.

El Custodio los miró.

—¿Qué quieres, Capataz?

—Perdona que te importune. Solo quería volver a ver a la Soñadora. He seguido sus progresos con gran interés.

—No es actriz. Sus progresos no tienen ningún interés.

—Desde luego. Pero da gusto mirarla. —Me lanzó una sonrisa—. Permíteme darte la bienvenida a Sheol I. Soy Beltrame, el Capataz. Espero que mi dardo de flux no te haya dejado cicatriz.

Reaccioné. No pude evitarlo.

—Si me entero de que le hiciste daño a mi padre…

—No te he dado permiso para hablar, XX-40.

El Custodio me miró fijamente. El Capataz rió y me dio unas palmaditas en la mejilla. Me aparté de él.

—Tranquila. A tu padre no le ha pasado nada. —Se hizo una señal sobre el pecho—. Palabra de honor.

Debería haber sentido alivio, pero su descaro me enfurecía. El Custodio miró al acompañante del Capataz.

—¿Quién es? —preguntó.

—XX-59-12. —El Capataz le puso una mano en el hombro—. Es un sirviente muy leal de Pleione. Ha progresado mucho en sus estudios estas últimas semanas.

—Ya veo. —El Custodio lo examinó con la mirada, evaluando su aura—. ¿Eres un oráculo?

—Sí, Custodio. —12 agachó la cabeza.

—La soberana de sangre debe de estar muy complacida con tus progresos. No habíamos tenido ningún oráculo desde la Era de Huesos XVI.

—Espero encontrarme muy pronto entre los que están a su servicio, Custodio. —Tenía un ligero acento del norte.

—No lo dudes, 12. Creo que lo harás muy bien contra tu emite. 12 está a punto de hacer su segundo examen —explicó el Capataz—. Precisamente volvíamos a Merton para reunirnos con el resto de su batallón. Pleione y Alsafi lo dirigirán.

—¿Saben los Sualocin lo del casaca roja herido? —preguntó el Custodio.

—Sí. Buscan al emite que lo mordió.

El Custodio mudó ligeramente la expresión.

—Te deseo mucha suerte en tu empeño, 12 —dijo, y 12 volvió a agachar la cabeza.

—Pero tengo otro motivo para interrumpirte, antes de marcharnos —añadió el Capataz—. Estoy aquí para invitar a la onirámbula. Si me lo permites.

El Custodio se volvió y lo miró. El Capataz interpretó su silencio como un permiso para continuar.

—Estamos organizando una celebración muy especial en honor de esta Era de Huesos, XX-40. La vigésima. —Abrió un brazo hacia el Poblado—. Nuestros mejores actores. Un festín para los sentidos. Una saturnal de música y baile para hacer alarde de todos nuestros chicos y chicas.

—Te refieres al Bicentenario —dijo el Custodio.

Era la primera vez que yo oía esa palabra.

—Exactamente. —El Capataz sonrió—. La ceremonia durante la cual se firmará el Gran Tratado Territorial.

Aquello no sonaba nada bien. De pronto me cegó una visión.

Nick, como todo oráculo, podía enviar imágenes mudas a través del éter. Las llamaba *khrēsmoi*, una palabra griega. Yo nunca había podido pronunciarla, y por eso las llamaba «instantáneas». 12 también tenía ese don. Vi un reloj cuyas dos agujas señalaban las doce y, a continuación, cuatro columnas y una escalinata. Al cabo de un momento parpadeé, y las imágenes desaparecieron. Cuando abrí los ojos, vi que 12 me miraba.

Fue solo un segundo.

—Estoy al corriente del Tratado —iba diciendo el Custodio—. Ve al grano, Capataz. 40 está agotada.

El Capataz no se inmutó ante la brusquedad del Custodio. Debía de estar acostumbrado a que lo trataran con desprecio. Se limitó a esbozar una blanda sonrisa.

—Me gustaría invitar a 40 a actuar con nosotros el día del Bicentenario. Me impresionaron su fuerza y su agilidad la noche que la capturé. Es un gran placer para mí invitarla a ser nuestra actriz principal, junto con XIX-49-1 y con XIX-49-8.

Iba a rechazar la invitación, en un tono con el que me habría ganado un castigo severo, cuando el Custodio dijo:

—Soy su guardián y lo prohíbo. —Lo miré—. 40 no es actriz, y a menos que suspenda sus exámenes antes del Bicentenario, sigue estando bajo mi custodia. —El Custodio miró a los ojos al Capataz y añadió—: 40 es onirámbula. Es la onirámbula que te encargaron traer a esta colonia. No permitiré que la exhiban ante los emisarios de Scion como si fuera una vulgar profeta. Esa es una función propia de tus humanos, no de los míos.

El Capataz ya no sonreía.

—Muy bien. —Agachó la cabeza y dejó de mirarme—. Vamos, 12. Tu desafío te espera.

12 me miró con disimulo y enarcó una ceja con gesto interrogante. Asentí con la cabeza. 12 se dio la vuelta y siguió al Capataz hacia el Poblado, caminando sin prisas. No parecía asustarle eso a lo que iba a enfrentarse.

El Custodio me miró fijamente.

—¿Conoces al oráculo?

—No.

—No te quitaba los ojos de encima.

—Perdóname, amo —repliqué—, pero ¿tengo prohibido hablar con los otros humanos?

No dejó de mirarme. Me pregunté si los refas sabían captar el sarcasmo.

—No —contestó—. Tienes permiso.

Pasó a mi lado sin decir nada más.

11

Llanto

No dormí bien. Me dolía mucho la cabeza; el dolor se concentraba en mi sien izquierda. Tumbada entre las sábanas, vi consumirse la vela.

El Custodio no me había enviado directamente a mi habitación. Me había ofrecido un poco de comida y agua, que yo había aceptado porque estaba al borde de la deshidratación. Luego se había sentado junto al fuego y se había quedado observando las llamas. Yo había tardado unos diez minutos en preguntarle si podía retirarme ya, y él me había contestado con un «sí» cortante.

Arriba hacía frío. El cristal de las ventanas era muy delgado y dejaba pasar el aire. Me envolví con las finas sábanas, temblando. Al cabo de un rato me quedé dormida. Las palabras del Custodio resonaban en mis oídos: que en mis ojos había muerte y hielo. De vez en cuando volvían a asaltarme las imágenes de XX-12, grabadas todavía en mi onirosaje. No era la primera vez que veía imágenes oraculares. Una vez Nick me había mostrado una instantánea en la que me caía de un tejado bajo y me rompía el tobillo, y a la semana pasó exactamente eso. Nunca volví a dudar de sus predicciones meteorológicas.

XX-12 me había pedido que me reuniera con él a las doce. No veía ninguna razón para no acudir a la cita.

Cuando desperté, estaban dando las once. Me lavé, me vestí y bajé a la cámara del Custodio. No se oía nada. Las cortinas estaban descorridas y dejaban entrar la luz de la luna. Por primera vez desde hacía varios días, encontré una de sus notas encima del escritorio.

Averigua lo que puedas sobre los emim.

Me recorrió un escalofrío. Si tenía que investigar sobre los zumbadores, quería decir que estaba destinada a enfrentarme a ellos. También significaba que tenía libertad para ver a 12. De alguna forma estaría obedeciendo órdenes. 12 acababa de realizar su segundo examen. Me pregunté qué habría visto durante la noche. Por fin iba a obtener datos fiables sobre los emim, suponiendo, claro estaba, que no se hubieran comido a 12.

Minutos antes de medianoche bajé la escalera y cerré la puerta detrás de mí. Había llegado la hora de hacer los deberes.

La portera nocturna no me saludó al verme. Cuando le pedí más *numa*, me los dio, pero siguió con expresión altiva. Todavía estaba dolida por el incidente de la sirena.

Fuera hacía frío, y la llovizna enturbiaba la atmósfera. Fui al Poblado y me compré el desayuno: un poco de *skilly* en un vaso de plástico. Lo compré con un puñado de agujas y anillos. Me obligué a dar un par de sorbos y me dirigí hacia el edificio que los bufones llamaban Hawksmoor, el gran centinela de piedra que custodiaba la biblioteca y su patio.

12 me esperaba detrás de una columna. Llevaba un blusón rojo, nuevo, y tenía un corte en la mejilla. Cuando vio mi taza de *skilly*, enarcó una ceja.

—¿Te comes eso?

Di un sorbo.

—¿Por qué? ¿Qué comes tú?

—Lo que me da mi guardiana.

—No todos somos arrancahuesos. Por cierto: felicidades.

Me tendió la mano y yo se la estreché.

—Me llamo David.

—Yo, Paige.

—Paige. —Me taladró con uno de sus oscuros ojos; el otro parecía menos enfocado—. Si no tienes nada mejor que hacer con tu tiempo, me gustaría llevarte a dar un paseo.

—Cualquiera diría que soy un perro.

Rió sin mover los labios.

—Por aquí —dijo—. Si alguien pregunta, te llevo a que te interroguen por un incidente.

Bajamos juntos por una calle estrecha, hacia la Residencia del Suzerano. David era unos cinco centímetros más alto que yo; tenía los brazos largos y el torso grueso. No estaba muerto de hambre como los bufones.

—Un poco arriesgado, ¿no? —le pregunté.

—¿Qué?

—Hablar conmigo. Ahora eres un casaca roja.

Sonrió.

—No creí que fueras una presa tan fácil. Ya has caído en su trampa, ¿verdad?

—¿Qué quieres decir?

—Segregación, 40. Ves que soy un casaca roja y piensas que no debería hablar contigo. ¿Eso te ha enseñado tu guardián?

—No. Pero funciona así.

—¿Lo ves? Para eso existe este sitio: para lavarnos el cerebro. Para hacernos sentir inferiores. ¿Por qué crees que dejan a la gente en la Torre durante años? —Como no contestaba, sacudió la cabeza—. Venga, 40. El submarino, el aislamiento, los días sin comida. Después de eso, este sitio parece un rincón del paraíso. —Tenía parte de razón—. Tendrías que oír al Capataz. Cree que los refas deberían gobernarnos, que deberían ser nuestra nueva monarquía.

—¿Por qué va a pensar eso?

—Porque le han lavado el cerebro.

—¿Cuánto tiempo lleva aquí?

—Que yo sepa, solo desde la Era de Huesos XIX, pero es fiel como un perro. Lleva tiempo tratando de sacar a buenos videntes del sindicato.

—Entonces es un captador.

—Sí, pero no es muy bueno. Nashira quiere sustituirlo. Quiere a alguien capaz de percibir el éter a un nivel más elevado.

Iba a preguntarle algo más, pero me contuve. Distinguí, a través de la neblina gris, un edificio circular con una gran cúpula. Se alzaba en una plaza desierta, grande y pesado, enfrente de la Residencia del Suzerano. Detrás de las ventanas se veía una luz ambarina.

—¿Qué es eso? —pregunté señalándolo.

—Los bufones lo llaman la Sala. He intentado averiguar para qué es, pero por lo visto a nadie le gusta hablar de ella. A los humanos no nos dejan entrar.

Siguió adelante sin mirarla siquiera. Apreté el paso para alcanzarlo.

—Decías que trataba de sacar a videntes del sindicato —dije intentando retomar el hilo de nuestra conversación—. ¿Por qué?

—No hagas demasiadas preguntas, 40.

—Creía que ese era el motivo de esta cita.

—Podría serlo. También podría ser que sencillamente me caíste bien. Ya hemos llegado.

Nuestro destino era una iglesia antigua. En su día debía de haber sido magnífica, pero se estaba derrumbando. Las ventanas no tenían cristales, la torre había quedado reducida a un esqueleto, y unos tablones cerraban el acceso al porche, orientado al sur. Arqueé una ceja.

—¿Seguro que sabes lo que haces?

—No es la primera vez. Además —dijo colándose por

debajo de un listón—, según el Capataz estás acostumbrada a las estructuras inseguras. —Miró más allá de mi hombro—. Rápido. El Guardián Gris.

Me colé entre los tablones justo a tiempo: Graffias pasó por delante de la entrada guiando a tres amauróticos desnutridos. Seguí a David por la iglesia. Gran parte del techo se había derrumbado y cubría el suelo de la capilla. Las vigas de madera y el hormigón habían destrozado los bancos, y había cristales por el suelo. Me abrí paso entre los escombros.

—¿Qué ha pasado aquí?

David no me contestó.

—Hay que subir ciento veinticuatro escalones —dijo—. ¿Te animas?

No esperó a que le contestara. Lo seguí hacia la escalera. Estaba acostumbrada a trepar; había trepado por cientos de edificios en la cohorte I. Casi todos los escalones estaban todavía intactos, y no tardamos mucho en llegar al final de la escalera. Un fuerte viento me sacudió el pelo y me lo apartó de la cara. Olía mucho a humo. David apoyó los brazos en una balaustrada de piedra.

—Me gusta este sitio. —Se sacó un porro de la manga y lo encendió con una cerilla—. Una atalaya.

Nos hallábamos en un balcón, justo debajo de la torre semiderruida. Faltaba parte de la balaustrada, y otro letrero advertía de la peligrosidad de la estructura. Alcé la vista hacia las estrellas.

—Has aprobado tu segundo examen —dije—. Si quieres que hablemos, cuéntame algo de los emim.

David exhaló el humo con los ojos cerrados. Tenía los dedos manchados.

—¿Qué quieres saber, exactamente?

—Quiero saber qué son.

—No tengo ni idea.

—Debes de haber visto a alguno.

—No muy bien. El bosque está oscuro. Sé que parecía

humano (al menos tenía cabeza, brazos y piernas), pero se movía como un animal. Y apestaba a cloaca. Y sonaba como una cloaca.

—¿Sonaba como una cloaca?

—A moscas, 40. Bzzzz.

«Los zumbadores.»

—¿Y su aura? —insistí—. ¿Tenía aura?

—No, o al menos no la vi. Hacía que pareciera que el éter se estaba derrumbando —continuó—. Como si hubiera un agujero negro alrededor de su onirosaje.

No, no me hacía ninguna gracia enfrentarme a una cosa así. Miré hacia abajo, hacia la ciudad.

—¿Lo mataste?

—Lo intenté. —Se fijó en mi expresión y le dio unos golpecitos al porro—. Nos pusieron a unos cuantos allí, todos casacas rosa. Dos grupos. Nos acompañaban dos casacas rojas, 30 y 25. Nos dieron un puñal a cada uno y nos dijeron que rastreáramos al zumbador como pudiéramos. 30 nos dijo que los puñales solo servían para que nos sintiéramos mejor. La mejor forma de localizar a aquella cosa era utilizar el éter.

»Uno de los casacas rosa era rabdomante, así que hicimos unos cuantos *sortes* con ramitas. 30 nos dio una botella que contenía sangre de un tipo al que le habían arrancado la mano, al que podríamos usar como solicitante. Mojamos las ramitas en la sangre, y el rabdomante las lanzó. Señalaron hacia el oeste. Seguimos lanzando *sortes* y cambiando de dirección. Como es lógico, el zumbador también se movía, de modo que no llegamos a ninguna parte. 21 propuso que lo hiciéramos venir adonde estábamos nosotros. Encendimos una hoguera e hicimos una sesión para invocar a los espíritus del bosque.

—¿Hay muchos?

—Sí. Todos los idiotas que intentaron huir por el campo de minas, o eso dicen los casacas rojas.

Disimulé un estremecimiento.

—Esperamos unos minutos allí sentados. Los espíritus desaparecieron. Oímos ruidos. Empezaron a llegar moscas del bosque y a subírsenos por los brazos. Entonces vimos salir una cosa gigantesca e hinchada de la nada. Al cabo de dos segundos el emite le había agarrado el pelo a 19 con la boca; casi le lleva también la piel —añadió—. 19 se puso a gritar, y eso confundió a la cosa. Le arrancó un mechón de pelo y fue a atacar a 1.

—¿Carl?

—No sé sus nombres. 1 se puso a chillar como un cochinillo e intentó clavarle el puñal. No consiguió nada. —Echó una ojeada al extremo de su porro—. El fuego se estaba apagando, pero yo todavía lo veía. Intenté atacarlo con una imagen. Pensé en luz blanca e intenté introducirla en el oni-rosaje del zumbador para cegarlo. De pronto sentí como si me atropellaran la mente, y como si hubiera un charco de aceite en el éter. Estaba todo oscuro y muerto. Todos los espíritus de la zona procuraban alejarse de aquel desastre. 20 y 14 echaron a correr. 30 les gritó que eran unos amarillos, pero estaban demasiado asustados para volver. 10 lanzó un puñal y le dio a 5. 5 cayó al suelo. El zumbador se le echó encima. El fuego se apagó, y quedó todo completamente oscuro. 5 gritó pidiendo ayuda.

»Ya nadie veía nada. Usé el éter para saber dónde estaba aquella cosa. Se estaba comiendo a 5, que ya estaba muerto. Agarré a la cosa por el cuello y lo separé de 5. Se me quedó su piel mojada y muerta pegada a las manos. Se volvió hacia mí. Vi unos ojos blancos en la oscuridad que me miraban fijamente. De pronto salí volando por los aires, sangrando como un cerdo degollado.

Se bajó el cuello del blusón y se destapó un vendaje. Debajo tenía cuatro boquetes. Alrededor de las heridas la piel estaba gris y surcada de capilares rotos.

—Parecen heridas de duende —comenté.

—No lo sé. —Volvió a taparse las heridas con la venda—. No podía moverme. La cosa venía hacia mí, manchándome de sangre. 10 estaba intentando ayudar a 5, pero entonces se levantó. Tenía un ángel guardián, el único espíritu que no se había largado. Se lo tiró al zumbador. Lancé otra imagen hacia su onirosaje. La cosa gritó, muy fuerte. Empezó a alejarse reptando. Hacía un ruido espantoso, y arrastraba un pedazo de 5. 21 le había prendido fuego a una rama y se la lanzó al zumbador. Olí a carne quemada. Entonces me desmayé. Desperté en Oriel, cubierto de vendajes.

—Y os dieron a todos el blusón rojo.

—A 20 y a 14, no. A ellos les dieron el amarillo. Y tuvieron que recoger los restos de 5.

Nos quedamos unos minutos en silencio. Yo no podía dejar de pensar en 5, al que se habían comido vivo en el bosque. No sabía su verdadero nombre, pero confiaba en que alguien hubiera recitado el treno. Qué muerte tan horrible.

Dirigí la mirada a lo lejos y distinguí un punto de luz; desde allí parecía poco más que la llama de una vela.

—¿Qué es eso?

—Una hoguera.

—¿Qué están quemando?

—Cadáveres de zumbadores. O cadáveres humanos. Depende de quién gane. —Tiró el porro—. Creo que utilizan los huesos para no sé qué adivinaciones.

Mientras él decía eso, me pasaron cenizas ante los ojos. Atrapé una pizca con un dedo. Los augures conectaban con el éter a través del mundo natural: el cuerpo humano, animales y plantas, los elementos. Constituían uno de los órdenes más bajos, según Jaxon.

—A lo mejor los atrae el fuego —dije—. Dijeron que esta ciudad era una baliza.

—Es una baliza etérea, 40. Está llena de videntes, espíritus y refas. Piensa en cómo funciona el éter.

—¿Cómo es que sabes tanto del éter? —Me volví y lo miré—. No eres del sindicato. ¿Quién eres?

—Un cifrador, igual que tú.

Me quedé callada, rechinando los dientes.

—Tienes más preguntas —me dijo tras un breve silencio—. ¿Seguro que quieres hacérmelas?

—No empieces.

—Que no empiece ¿a qué?

—A decirme lo que quiero saber. Quiero respuestas. —Lo dije atropelladamente—. Quiero saberlo todo sobre el sitio donde se supone que voy a pasar el resto de mi vida. ¿No lo entiendes?

Acodados en la balaustrada, contemplábamos la Sala. Por temor a que se derrumbara, procuré no apoyarme demasiado en la piedra.

—En fin —añadí—, ¿puedo hacerte esas preguntas?

—Esto no es ningún juego de salón, 40. No he venido aquí a jugar a las adivinanzas. Te he traído para ver si de verdad eres una onirámbula.

—Lo soy, de carne y hueso.

—No siempre, por lo que yo sé. A veces sales de tu cuerpo. —Me miró de arriba abajo—. Te sacaron de la cohorte central. Del sanctasanctórum del sindicato. Debiste de ser poco cuidadosa.

—Poco cuidadosa, no. Poco afortunada. —Lo miré a los ojos—. ¿Por qué les preocupa tanto el sindicato?

—Porque se queda con los mejores videntes. Esconde a todos los vinculadores, los onirámbulos y los oráculos. A los representantes de los órdenes más elevados, a los que Nashira querría tener en su colonia. Por eso les preocupa el sindicato, 40. Por eso van a aprobar esa nueva ley.

—¿Qué dice esa ley?

—Nashira lleva tiempo intentando hacerse con buenos videntes, pero están todos protegidos por las bandas. Hasta que encuentren la forma de disolver a los capos de Londres, no tienen más remedio que buscar en otros lugares. Esa ley promete que en el plazo de dos años se establecerá Sheol II, y Scion París será su ciudadela de siega. —Siguió con un dedo las heridas que tenía en el pecho—. Y ¿quién va a detenerlos, si los emim nos matarán si lo intentamos?

Me recorrió un frío extraño.

De modo que Nashira consideraba que el sindicato era una amenaza; eso era nuevo para mí. Para mí, los mimetocapos eran una pandilla de egoístas, aprovechados e interesados; al menos así eran los de la cohorte central. La Asamblea Antinatural llevaba años sin reunirse; habían dejado que los mimetocapos hicieran lo que quisieran en sus respectivas zonas, pues Hector estaba demasiado ocupado con el juego y la prostitución para ocuparse de ellos. Y, sin embargo lejos de allí, en Sheol I, la soberana de sangre de los refaítas temía a aquella chusma desmandada.

—Ahora eres uno de sus fieles seguidores —dije mirando su blusón rojo—. ¿Vas a ayudarlos?

—No soy fiel, 40. Solo lo aparento. ¿Alguna vez has visto sangrar a un refa?

No supe qué contestar.

—Su sangre se llama ectoplasma. Es la máxima obsesión de Duckett. Los refas son algo así como el éter materializado. Su sangre es éter licuado. Si ves el ectoplasma, ves el éter. Si lo bebes; te conviertes en éter. Como ellos.

—Pero eso significa que los amauróticos podrían llegar a utilizar el éter, ¿no? Bastaría con que tocaran un poco de ectoplasma.

—Correcto. Para los carroños, en teoría, el ecto actuaría como una especie de sucedáneo del aura. A corto plazo, por supuesto. Los efectos secundarios solo duran unos quince minutos. Sin embargo, si aplicáramos la ciencia y resolviéramos un par de problemas, apuesto algo a que podríamos vender píldoras de clarividencia instantánea dentro de pocos años. —Se quedó contemplando la ciudad—. Ese día llegará, 40. Seremos nosotros los que experimentaremos con esos cabrones, y no al revés.

Los refas habían cometido un grave error dándole el blusón rojo a David. Era evidente que los odiaba.

—Puedes hacerme una pregunta más —dijo.

—Vale. —Hice una pausa, y entonces me acordé de Liss—. ¿Qué sabes de la Era de Huesos XVIII?

—No sabía si me lo preguntarías. —Apartó otro listón, revelando una ventana rota—. Ven, te lo enseñaré.

Lo seguí.

En esa habitación había espíritus. Me habría gustado poder ver cuántos; calculé que ocho o nueve. El aire estaba enrarecido, impregnado del olor empalagoso de las flores marchitas. En un rincón había una especie de altar. Un óvalo de metal burdamente cortado, rodeado de humildes ofrendas: cabos de vela, varillas de incienso rotas, un ramito seco de tomillo, etiquetas con nombres. En medio había un ramito de ranúnculos y azucenas. Las que olían eran las azucenas: eran flores frescas. David se sacó una linterna del bolsillo.

—Aquí tienes las ruinas de la esperanza.

Me acerqué más. En el metal había grabadas unas palabras.

POR LOS CAÍDOS
28 DE NOVIEMBRE DE 2039

—Año 2039 —dije—. La Era de Huesos XVIII.

Un año antes de mi nacimiento.

—Hubo una rebelión el día de Novembertide. —David seguía iluminando el altar con la linterna—. Un grupo de refas se alzó contra los Sargas. La mayoría de los humanos los apoyaban. Intentaron matar a Nashira y evacuar a los humanos a Londres.

—¿Qué refas?

—Nadie lo sabe.

—¿Qué pasó?

—Un humano los traicionó. XVIII-39-7. Una débil filtración en la base, y todo el montaje se vino abajo. Nashira torturó a los refas implicados. Los marcó. A los humanos los mataron los emim. A todos. Corre el rumor de que solo hubo dos supervivientes, aparte de Duckett: el traidor y la niña.

—¿La niña?

—Duckett me lo contó todo. Él se libró porque era demasiado cobarde para rebelarse. Les suplicó de rodillas que le permitieran vivir. Me contó que aquel año habían traído aquí a una niña de unos cuatro o cinco años. XVIII-39-0.

—¿Para qué traerían a una niña tan pequeña?—. Se me hizo un nudo en el estómago—. Los niños no pueden combatir a los zumbadores.

—Ni idea. Duckett cree que querían ver si sobreviviría.

—¿Cómo iba a sobrevivir? Un crío de cuatro años no duraría ni dos días en semejante pocilga.

—Exacto.

Se me empezaron a revolver las tripas.

—Murió, ¿no?

—Duckett jura que no encontraron su cadáver. Él se encargó de recoger los cadáveres —dijo David—. Formaba parte del trato a cambio de su supervivencia. Dice que nunca encontró a la niña, pero esto lo contradice.

Alumbró una de las ofrendas: un osito de peluche sucio, con ojos de botón. Llevaba una nota colgada del cuello. La acerqué a la linterna de David.

XVIII-39-0
Ninguna vida se vive en vano

Se produjo un silencio, y al cabo de un momento lo interrumpió un repique lejano. Volví a dejar el oso entre las flores.

—¿Quién hizo todo esto? —Me dolía la garganta al hablar—. ¿Quién puso este altar aquí?

—Los bufones. Y los marcados. Los misteriosos refas que se sublevaron contra Nashira.

—¿Todavía viven?

—Nadie lo sabe. Pero yo me juego algo a que no. ¿Por qué los dejaría Nashira libres en la ciudad, sabiendo que la habían traicionado?

Me temblaban los dedos. Los oculté bajo las mangas de mi blusón.

—Ya he visto suficiente —dije.

David me acompañó a Magdalen. Todavía faltaban unas horas para el amanecer, pero no quería ver a nadie más. Esa noche no.

Cuando apareció la torre de la residencia, me volví hacia David.

—No sé por qué has hablado conmigo —dije—, pero gracias.

—¿Por qué?

—Por enseñarme el altar.

—De nada —dijo con gesto sombrío—. Te concedo una pregunta más. Con la condición de que pueda contestarla en menos de un minuto.

Reflexioné. Todavía tenía muchas preguntas por hacer, pero había una que llevaba incordiándome desde hacía días.

—¿Por qué las llaman «Eras de Huesos»?

David sonrió.

—«Era» es un sinónimo de «siega». Cada «Era de Huesos» es una campaña de diez años durante los cuales los refaítas, tal como pactaron con Scion, «recolectan» humanos. Para ellos solo somos eso: huesos. Cadáveres. Y por eso a los casacas rojas nos llaman «arrancahuesos»: porque ayudamos a traerlos a la colonia.

Me quedé helada. Había una parte de mí que se había planteado quedarse allí. Ahora solo quería marcharme.

—¿Cómo sabes todo eso? —pregunté—. Dudo mucho que te lo hayan contado los refas.

—Lo siento, no más preguntas. He hablado demasiado.

—Podrías estar mintiendo.

—No miento.

—Podría delatarte a los refas. —Me mantuve firme—. Podría contarles todo lo que sabes.

—Sí, pero entonces tendrías que contarles también todo lo que tú sabes. —Me sonrió, y comprendí que había perdido—. Puedes quedar en deuda conmigo por la información que te he dado, o bien puedes saldar tu deuda ahora mismo.

—¿Cómo?

A modo de respuesta me acarició la cara. Con la otra mano me asió por la cintura. Me puse en tensión.

—No, eso no —dije.

—¿Por qué no? —Empezó a acariciarme la cintura; su cara estaba cada vez más cerca de la mía—. ¿Te tomas la pastilla?

—¿Así es como quieres que te pague? —Lo aparté de un empujón—. Vete al infierno, casaca roja.

David me miraba fijamente.

—Hazme un favor —dijo—. Busca esto en Merton. A ver si descubres algo. Eres más lista de lo que yo creía. —Me puso un sobre en la mano—. Que tengas dulces sueños, 40.

Se alejó y yo me quedé allí un momento, rígida y fría; entonces me apoyé en la pared. No debería haber ido con él allí. Sabía que no era recomendable caminar con desconocidos por calles oscuras. ¿Dónde estaba mi intuición?

Había descubierto demasiadas cosas en una sola noche. Liss nunca había mencionado que los refas habían participado en el levantamiento de la Era de Huesos XVIII. Quizá no lo supiera.

«Los marcados.» Debía buscarlos, buscar a los que nos habían ayudado. O quizá debiera agachar la cabeza y vivir mi nueva vida; eso era lo más sensato, lo más fácil.

Añoraba a Nick. Añoraba a Jax. Añoraba mi antigua vida. Sí, antes era una delincuente, pero vivía rodeada de amigos. Había decidido vivir con ellos. Mi estatus de dama de un mimetocapo me había protegido de gente como David. Nadie se había atrevido a tocarme nunca en mi propio territorio.

Pero aquel no era mi territorio. Allí no tenía poder. Por primera vez quería volver a la protección que ofrecían los muros de piedra de Magdalen. Ansiaba la protección que me garantizaba la presencia del Custodio, aunque la odiara. Me metí el sobre en el bolsillo y me dirigí hacia la puerta.

Cuando llegué a la Torre del Fundador, esperaba encontrar una habitación vacía. Pero lo que encontré fue sangre. Sangre de refa.

12

Fiebre

La habitación estaba patas arriba. Había cristales rotos, instrumentos rotos, una cortina desenganchada de la barra y manchas relucientes de color amarillo verdoso en las losas del suelo y en la alfombra. Entré pisando los cristales. La vela del escritorio estaba apagada, igual que las lámparas de parafina. Hacía un frío tremendo. Sentía el éter por todas partes. Me puse en guardia, preparada para lanzarle mi espíritu a un posible agresor.

Las cortinas de la cama estaban echadas. Detrás había otro onirosaje. «Refa», pensé.

Fui hacia la cama. Me paré a escasa distancia de las cortinas y traté de pensar racionalmente en lo que estaba a punto de hacer. Sabía que allí detrás estaba el Custodio, pero no sabía en qué estado. Quizá estuviera herido, o dormido, o muerto. No estaba convencida de querer saberlo.

Intenté serenarme. Flexioné los dedos antes de asir con ellos la gruesa tela. Aparté la cortina.

Estaba desplomado en la cama, quieto como un cadáver. Me subí a la cama y lo zarandeé.

—¿Custodio?

Nada.

Me senté en la cama. El Custodio había hecho hincapié en que no debía tocarlo, ni ayudarlo si sucedía algo así; pero esta vez los daños parecían mucho más graves. Tenía la camisa empapada. Intenté darle la vuelta, pero pesaba como un muerto. Estaba comprobando si respiraba cuando estiró una mano y me agarró la muñeca.

—Tú —dijo con voz áspera—. ¿Qué haces aquí?

—Estaba…

—¿Quién te ha visto entrar?

Me quedé inmóvil.

—La portera de noche.

—¿Alguien más?

—No.

El Custodio se incorporó apoyándose en un codo. Se llevó una mano al hombro. Todavía llevaba puestos los guantes.

—Ya que estás aquí —dijo—, quédate para verme morir. Seguro que te gustará.

Temblaba de pies a cabeza. Intenté pensar en algo malvado que decirle, pero me salió algo muy diferente:

—¿Qué te ha pasado?

No me contestó. Estiré un brazo y fui a tocarle la cabeza. Me apretó más la muñeca.

—Tienes que dejar que las heridas respiren —dije.

—Ya lo sé.

—Pues hazlo.

—No me digas lo que tengo que hacer. Quizá me esté muriendo, pero no estoy sometido a tus órdenes. Eres tú la que está sometida a las mías.

—¿Cuáles son tus órdenes?

—Que me dejes morir en paz.

Pero a la orden le faltaba fuerza. Le quité la mano del hombro. Tenía una mordedura.

«Zumbador.»

Le ardieron los ojos, como si alguna sustancia química volátil hubiera reaccionado en su interior. Por un instante creí que iba a matarme. Mi espíritu presionó contra los umbrales de mi mente, ansioso por atacar.

Entonces sus dedos me aflojaron la muñeca. Escudriñé su rostro.

—Tráeme agua —dijo con un hilo de voz—. Y... sal. Busca en la vitrina.

No tenía más remedio que obedecer. Abrí la vitrina; el Custodio me siguió con la mirada. Cogí un salero de madera, un cuenco dorado y una jarra de agua, junto con unos paños de hilo. El Custodio se desabrochó los lazos de la parte superior de la camisa. Tenía el pecho empapado de sudor.

—En el cajón hay unos guantes —dijo apuntando con la barbilla al escritorio—. Póntelos.

—¿Por qué?

—Haz lo que te digo.

Apreté las mandíbulas, pero obedecí.

En el cajón, junto a los guantes, estaba su daga de mango negro, enfundada y limpia. Al verla me detuve un instante; le di la espalda al Custodio y cogí los guantes. Ni siquiera dejaría mis huellas dactilares. Con el pulgar, saqué la daga de la funda.

—Yo en tu lugar no lo intentaría.

Me paré en seco.

—El acero no mata a los refaítas —dijo con voz débil—. Si me clavaras esa daga en el corazón, no dejaría de latir.

El silencio se espesó.

—No te creo —dije—. Podría vaciarte las entrañas. Estás demasiado débil para huir.

—Si quieres correr el riesgo, adelante. Pero hazte esta pregunta: ¿por qué dejamos que los casacas rojas lleven armas? Si vuestras armas pudieran matarnos, ¿por qué íbamos a ser tan idiotas como para armar a nuestros prisioneros? —Sus ojos se clavaban en mi espalda—. Muchos lo han intentado. Y ya no están aquí.

Un frío cosquilleo me recorrió el brazo. Dejé la daga en el cajón.

—No veo por qué debería ayudarte —dije—. La última vez ni siquiera me lo agradeciste.

—Olvidaré que ibas a matarme.

El reloj de péndulo seguía el ritmo de mi pulso. Miré por fin hacia atrás. El Custodio me miraba; la luz de sus ojos se estaba extinguiendo. Crucé despacio la habitación y dejé las cosas en la mesilla de noche.

—¿Quién te ha hecho eso? —pregunté.

—Ya lo sabes. —Apoyó la espalda en el cabecero; tenía las mandíbulas rígidas—. Has estado investigando.

—Un emite.

—Sí.

Su confirmación me heló la sangre. En silencio, mezclé la sal y el agua en el cuenco. El Custodio me observaba. Mojé y retorcí un paño y me incliné sobre su hombro derecho. La visión de la herida y el olor que desprendía me echaron atrás.

—Esto está gangrenado —dije.

La herida supuraba y tenía un color grisáceo. Alrededor, la piel estaba ardiendo. Calculé que la temperatura del Custodio debía de ser alrededor del doble de la de los humanos; notaba su calor a través de los guantes. Alrededor de la mordedura, los tejidos empezaban a pudrirse. Lo que necesitaba era un antipirético. No tenía quinina, que era lo que solía utilizar Nick para bajarnos la fiebre. Era fácil conseguirla en los bares de oxígeno (la utilizaban para producir fluorescencias), pero dudaba mucho que la encontrara allí. Tendría que apañármelas con aquella solución salina y un poco de suerte.

Estrujé el paño y mojé la herida. Los músculos del brazo del Custodio se endurecieron y se le marcaron los tendones de la mano.

—Lo siento —dije, y enseguida me arrepentí, pues él no se había disculpado cuando había visto que me marcaban, ni cuando había visto morir a Seb; él no sentía nada.

—Habla —me dijo.

Lo miré.

—¿Qué?

—Me duele. Un poco de distracción me vendrá bien.

—Como si te interesara lo que yo pueda contarte —dije sin pensar.

—Me interesa —replicó. Estaba muy sereno, teniendo en cuenta el estado en que se encontraba—. Me gustaría saber algo más de la persona con la que comparto habitaciones. Sé que eres una asesina —me puse en tensión—, pero debes de ser algo más que eso. Si no es así, me equivoqué al reclamarte.

—Yo no te pedí que me reclamaras.

—Pero lo hice.

Seguí lavando la herida. No veía por qué tenía que ser cuidadosa con él, así que apretaba un poco más de la cuenta.

—Nací en Irlanda —dije—. En un pueblo llamado Clonmel. Mi madre era inglesa. Huyó de Scion.

Asintió débilmente con la cabeza.

—Vivía con mi padre y mis abuelos en el Golden Vale —continué—, la región lechera del sur. Era muy bonito. Nada que ver con las ciudadelas de Scion. —Retorcí el paño y volví a empaparlo—. Pero entonces Abel Mayfield dio rienda suelta a su codicia. Quería Dublín. Estallaron las revueltas de Molly. La masacre de Mayfield.

—Mayfield —dijo el Custodio mirando hacia la ventana—. Sí, me acuerdo de él. Un personaje desagradable.

—¿Lo conocías?

—He conocido a todos los gobernantes de Scion desde 1859.

—Pero si… Eso significa que tienes como mínimo doscientos años.

—Sí.

Intenté no flaquear.

—Creíamos que estábamos a salvo —proseguí—, pero al final la violencia llegó al sur, y tuvimos que marcharnos.

—¿Qué le pasó a tu madre? —El Custodio me miraba a los ojos—. ¿Se quedó allí?

—Murió. Desprendimiento de placenta. —Me eché hacia atrás—. ¿Dónde hay otra mordedura?

El Custodio se abrió la camisa. Tenía otra herida en el pecho. No habría sabido decir si se la habían hecho unos dientes, unas garras u otra cosa. Empecé a aplicarle agua con el paño, y él tensó los músculos.

—Sigue —dijo.

Por lo visto no me encontraba aburrida.

—Cuando yo tenía ocho años nos fuimos a Londres.

—¿Voluntariamente?

—No. A mi padre lo reclutó la SciOECI ese año. —Interpreté, por su silencio, que no conocía esa abreviatura—. «Scion: Organización Especial para la Ciencia y la Investigación.»

—Conozco las siglas. ¿Por qué lo reclutaron?

—Era patólogo forense. Trabajaba mucho para la policía irlandesa. Scion le pidió que buscara una explicación científica de por qué la gente se volvía clarividente, y de por qué los espíritus persisten después de la muerte. —Me di cuenta de que hablaba con tono cortante—. Mi padre cree que la clarividencia es una enfermedad. Cree que tiene cura.

—Entonces es que no percibe tu clarividencia.

—Es amaurótico. ¿Cómo iba a percibirla?

Tras una pausa, el Custodio me preguntó:

—¿Tienes ese don desde tu nacimiento?

—No del todo. Desde muy pequeña percibía auras y espíritus. Y un día me atacó una duende. —Me eché hacia atrás para secarme el sudor de la frente—. ¿Cuánto tiempo te queda?

—No estoy seguro. La sal retrasa lo inevitable, pero no mucho tiempo —dijo con indiferencia—. ¿Cuándo desarrollaste la capacidad de desplazar tu espíritu?

Hablar me estaba tranquilizando. Decidí ser sincera, aunque solo fuera porque seguramente él ya lo sabía todo de mí. Nashira sabía que yo era irlandesa; debían de tener todo tipo de expedientes. Quizá el Custodio me estuviera poniendo a prueba, comprobando si le mentía o no.

—Después de que me atacara la duende, empecé a tener un sueño recurrente. O eso creía yo: que era un sueño. —Vertí un poco más de agua sobre la herida—. Soñaba con un prado de flores. Cuanto más me adentraba en el prado, más oscuro se volvía. Cada noche iba un poco más lejos, hasta que un día llegué al borde y salté. Me precipité por el éter, fuera de mi cuerpo. Me desperté en una ambulancia. Mi padre me dijo que me había levantado sonámbula, había ido al salón y había dejado de respirar. Dijeron que debía de haber entrado en coma.

—Pero sobreviviste.

—Sí. Y no sufrí daños cerebrales. La hipoxia cerebral es uno de los peligros de mi... afección —añadí. No me gustaba hablarle de mí, pero suponía que era mejor que lo supiera. Si me obligaba a entrar en el éter y a quedarme allí demasiado tiempo sin soporte vital, mi cerebro podía sufrir lesiones irreversibles—. Tuve suerte.

El Custodio observaba mientras yo seguía lavándole la herida.

—Eso me haría pensar que, por precaución, no entras en el éter muy a menudo —especuló—; sin embargo, pareces familiarizada con él.

—Instinto. —Desvié la mirada—. Si no tomas algún medicamento, no te bajará la fiebre.

No era del todo falso. Mi don era instintivo, pero lo que no pensaba contarle era que me había educado y entrenado un mimetocapo que me mantenía conectada a un equipo de soporte vital.

—Esa duende ¿te dejó alguna cicatriz?

Me quité un guante y le mostré la mano izquierda. Dejé que me examinara las marcas. No era frecuente que un vidente en ciernes se expusiera de forma tan violenta al éter.

—Supongo que ya había una brecha en mí, algo que dejó entrar el éter —dije—. La duende se limitó a… desollarme.

—¿Es así como lo ves? ¿Una invasión del éter?

—¿Cómo quieres que lo vea?

—No haré comentarios sobre mi propia opinión. Pero muchos clarividentes explican que invaden el éter, y no al revés. Lo ven como si molestaran a los muertos. —No esperó a que yo replicara—. He visto eso otras veces. Los niños son vulnerables a los cambios repentinos de su clarividencia. Si se exponen al éter antes de que su aura se haya desarrollado del todo, esta puede volverse inestable.

Retiré la mano.

—Yo no soy inestable.

—Pero tu don sí lo es.

No podía discutir. Ya había matado con mi espíritu; eso era una prueba indudable de inestabilidad.

—Lo que tengo en las heridas es un tipo de necrosis —dijo el Custodio—, pero solo afecta a los refaítas. El cuerpo humano tiene medios propios para combatirla. —Hizo una pausa; esperé—. La necrosis de los refaítas se puede curar con sangre humana. Si el torrente sanguíneo no está afectado, los humanos pueden sobrevivir a una mordedura. —Me señaló la muñeca—. Medio litro de tu sangre me salvaría la vida.

Se me hizo un nudo en la garganta.

—¿Pretendes beberte mi sangre?

—Sí.

—¿Qué eres? ¿Un vampiro?

—Creía que los habitantes de Scion no leían sobre vampiros.

Me puse en tensión. Menudo fallo. Solo un capo del sindicato podía tener acceso a literatura relacionada con los vampiros o con cualquier otro ser sobrenatural. En mi caso era una obra espantosa, *Los vampiros de Vauxhall*, escrita por un médium anónimo de Grub Street. Para compensar la escasez de obras literarias de Scion, se inventaba toda clase de historias a partir de leyendas folclóricas del otro mundo. Sus cuentos tenían títulos como *Té con el taseógrafo* y *El fiasco de las hadas*. El mismo autor había escrito unos cuantos libros potables sobre videntes, como *Los misterios de la isla de Jacob*. Me arrepentí de no haberlos leído.

El Custodio debió de interpretar mi silencio como un síntoma de inquietud.

—No, no soy vampiro, ni ningún otro ser sobre los que puedas haber leído —dijo—. No me alimento de carne ni de sangre. No me produce ninguna satisfacción pedirte este favor. Pero me estoy muriendo, y resulta que tu sangre (en esta ocasión, dado el carácter de mis heridas) puede curarme.

—No parece que te estés muriendo.

—Créeme, es la verdad.

No quería saber cómo habían descubierto que la sangre humana podía combatir aquella infección. Ni siquiera sabía si era verdad.

—¿Por qué iba a confiar en ti? —pregunté.

—Porque te salvé de la humillación de tener que actuar en la troupe de imbéciles del Capataz. Por poner solo un ejemplo.

—¿Y si necesito dos?

—Te deberé un favor.

—¿Cualquier favor?

—Cualquier cosa menos tu libertad.

Mi libertad: las palabras que acababan de morir en mis labios. El Custodio se había anticipado a mi petición. Debí saber que era pedir demasiado; sin embargo, quizá fuera útil que el Custodio me debiera un favor.

Cogí un trozo de cristal del suelo, un fragmento de vial, y me corté la muñeca. Le ofrecí mi sangre; él entrecerró los ojos.

—Tómala —dije—. Antes de que me lo piense mejor.

El Custodio me miró fijamente, interpretando la expresión de mi cara. Entonces me asió la muñeca y se la acercó a la boca.

Su lengua me rozó la herida. Noté una leve presión cuando sus labios se cerraron sobre ella, mientras me apretaba el brazo para hacer que saliera más sangre. Le latía el cuello mientras bebía a un ritmo constante. No hubo arrebato ni frenesí. El Custodio enfocaba aquello como un procedimiento médico, clínico y distante, ni más ni menos.

Cuando me soltó la muñeca, me eché hacia atrás demasiado deprisa. El Custodio me ayudó a recostarme sobre las almohadas.

—Despacio —dijo.

Fue al cuarto de baño; había recuperado las fuerzas. Cuando volvió, llevaba un vaso de agua fría. Me puso un brazo detrás de la espalda y me ayudó a incorporarme. Bebí. El agua estaba endulzada.

—¿Está Nashira al corriente de todo esto? —pregunté, y el rostro del Custodio se ensombreció.

—Quizá te interrogue sobre mis ausencias. Y sobre mis heridas —dijo.

—Así que no sabe nada.

No me contestó. Me recostó en los gruesos cojines de terciopelo, asegurándose de que tenía la cabeza bien apoyada. Se me estaban pasando las náuseas, pero todavía me sangraba la herida de la muñeca. Al verlo, el Custodio cogió un rollo de gasa de la mesilla de noche. Mi gasa. Reconocí la goma con que la había sujetado. Debía de haberla sacado de mi mochila. Al verla en sus manos, me dio un escalofrío. Me acordé del panfleto desaparecido. ¿Lo tendría él? Me agarró la muñeca. Sus manos, enormes, me vendaron la herida con cuidado. Supuse que era su forma de darme las gracias. Cuando la sangre dejó de traspasar la gasa, me sujetó el vendaje con un alfiler y me apoyó el brazo sobre el pecho. Yo no dejaba de mirarlo.

—Creo que hemos quedado en tablas —dijo—. Tienes

una habilidad especial para sorprenderme en situaciones delicadas. Lo lógico sería que te complacieras con mis momentos de debilidad, y sin embargo me ofreces tu sangre. Me limpias las heridas. ¿Por qué lo haces?

—Quizá necesite un favor. Y no me gusta ver morir a otros. No soy como tú.

—Juzgas con excesiva ligereza.

—Viste que ella lo mataba. —Debería haber temido pronunciar esas palabras, pero ya no me importaba—. Te quedaste mirando. Debías de saber lo que ella iba a hacer.

El Custodio permaneció impasible. Desvié la mirada.

—A lo mejor soy un sepulcro blanqueado —dijo.

—¿Un qué?

—Un hipócrita. Me gusta esa expresión. Ya sé que me detestas, pero cumplo mi palabra. ¿Y tú? ¿Cumples la tuya?

—¿Adónde quieres llegar?

—Lo que ha sucedido esta noche no debe salir de esta habitación. Quiero saber si guardarás el secreto.

—¿Por qué iba a hacerlo?

—Porque revelarlo no te ayudará.

—Podría liberarme de ti.

Me pareció que mudaba la expresión.

—Sí, te liberaría de mí —dijo—, pero tu vida no mejoraría. Tal vez te echaran a la calle; o, si no, tal vez te asignaran otro guardián, y no todos son tan liberales como yo. Lo que correspondía era que te matara a palos por algunas de las cosas que me has dicho estos últimos días. Pero yo sé lo que vales. No como otros.

Fui a replicar, pero no llegué a hacerlo. Era verdad: no quería tener otro guardián, sobre todo si todos eran como Thuban.

—Así que quieres que guarde tu secreto. —Me froté la muñeca—. Y ¿qué me ofreces a cambio?

—Intentaré protegerte. Aquí podrías morir por infinitas causas, y tú no pones mucho de tu parte para evitarlas.

—Tarde o temprano tendré que morir. Ya sé qué quiere Nashira de mí. No puedes protegerme.

—Cierto, tal vez no pueda protegerte eternamente. Pero supongo que querrás sobrevivir a los exámenes.

—¿Para qué?

—Puedes demostrarle lo fuerte que eres. Tú no eres una casaca amarilla. Puedes aprender a luchar.

—No quiero luchar.

—Sí quieres. Eres luchadora por naturaleza.

El reloj del rincón dio la hora.

No me parecía correcto tener a un refa como aliado. Por otra parte, eso aumentaría significativamente mis posibilidades de seguir con vida. El Custodio podía ayudarme a conseguir provisiones, a sobrevivir el tiempo suficiente para huir de allí.

—Muy bien —dije—. No se lo contaré a nadie. Pero me debes un favor. —Levanté la muñeca—. Por la sangre.

Acababa de pronunciar esas palabras cuando la puerta se abrió de golpe. Una refa irrumpió en la habitación: Pleione Sualocin. Primero miró cómo estaba la habitación; luego me miró a mí y, por último, al Custodio. Sin decir palabra, le lanzó un tubo de cristal. El Custodio lo atrapó con una mano. Lo miré.

Sangre. Sangre humana. Llevaba una pequeña etiqueta gris triangular. Y un número: AXIV. Amaurótico 14.

«Seb.»

Miré al Custodio; él bajó la cabeza, como si acabáramos de compartir un pequeño secreto. Me invadió una repugnancia visceral. Me levanté, débil todavía por la pérdida de sangre, y subí atropelladamente la escalera que llevaba a mi celda.

Una imagen extraída de mi memoria

La primera vez que vi a Nick Nygård tenía nueve años. La segunda, tenía dieciséis.

Estábamos en el trimestre de verano de 2056, y las alumnas de undécimo curso de mi colegio del III-5 habíamos iniciado el período más importante de nuestras vidas. Podíamos seguir estudiando dos años más y hacer los dos cursos de preparación para la universidad, o marcharnos y buscar trabajo. En un intento de convertir a las indecisas, la directora había organizado una serie de conferencias de personajes inspiradores: agentes de la DVD, anecdotistas de los medios de comunicación e, incluso, un político del Arconte, el ministro de Migración. Aquel día iban a hablarnos de las ciencias médicas. Doscientas alumnas nos apiñábamos en la sala de conferencias, con nuestro uniforme negro, nuestros lazos rojos y nuestras blusas blancas. La señorita Briskin, la profesora de química, subió a la tarima.

—Buenos días, niñas. Me alegro de veros tan contentas y motivadas. Muchas de vosotras habéis expresado vuestro interés por la investigación científica como carrera —no era mi caso—, así que esta podría ser una de las conferencias más inspiradoras. —Hubo algunos aplausos—. Nuestro orador de hoy ya tiene una carrera sumamente emocionante. —Yo no estaba tan convencida—. Lo transfirieron de la Universidad de Scion Estocolmo en 2046, terminó sus estudios en Londres, y trabaja para la SciOECI, el mayor complejo de investigación de la cohorte central. Es un gran honor para nosotras contar con su presencia. —En las primeras filas se apreció cierto revuelo—. Por favor, recibamos con un fuerte aplauso a nuestro orador, el doctor Nicklas Nygård.

Levanté la cabeza de golpe. Era él. Nick.

No había cambiado nada. Era tal como yo lo recordaba: alto, de facciones suaves, guapo. Todavía joven, aunque en sus ojos se adivinaba la carga de una vida adulta. Vestía traje negro y corbata roja, como todos los funcionarios de Scion. Llevaba el cabello peinado hacia atrás con gomina, un estilo de moda en Estocolmo. Sonrió, y las monitoras se enderezaron en sus asientos.

—Buenos días, señoritas.

—Buenos días, doctor Nygård.

—En primer lugar, gracias por invitarme. —Barajó sus hojas con las mismas manos que me habían suturado el brazo herido cuando yo tenía nueve años. Me miró fijamente y sonrió. Se me aceleró el corazón—. Espero que esta charla resulte instructiva, pero no me ofenderé si os quedáis dormidas.

Risas. Los funcionarios no solían ser tan chistosos. Yo no podía quitarle los ojos de encima. Siete años preguntándome dónde podría estar, y de pronto él venía a mi colegio. Una imagen extraída de mi memoria. Nos habló de sus investigaciones sobre las causas de la antinaturalidad, de sus experiencias como estudiante en dos ciudadelas de Scion. Bromeó y animó al público a participar, haciendo preguntas y contestando las que le hacían las alumnas. Hasta hizo sonreír a la directora. Cuando sonó el timbre, salí antes que nadie de la sala y me dirigí al pasillo.

Tenía que encontrarlo. Llevaba siete años intentando entender qué había pasado en el prado de amapolas. Allí no había ningún perro. Él era el único que podía explicarme qué era lo que me había dejado aquellas cicatrices frías en la mano. El único que podía darme respuestas.

Enfilé el pasillo abriéndome paso entre un grupo de alumnas parlanchinas de octavo curso. Allí estaba, ante la puerta de la sala de profesoras, estrechándole la mano a la directora. Al verme se le iluminó la mirada.

—Hola —dijo.

—Doctor Nygård... —Apenas podía articular palabra—. Su discurso ha sido... muy inspirador.

—Gracias. —Volvió a sonreír, y me taladró con la mirada. Lo sabía. Se acordaba—. ¿Cómo te llamas?

Sí, lo sabía. Noté un cosquilleo en las palmas de las manos.

—Es Paige Mahoney —se adelantó la directora poniendo énfasis en mi apellido. Mi apellido irlandés. Me miró de arriba abajo fijándose en mi lazo mal hecho y en mi blazer desabrochado—. Será mejor que te vayas a clase, Paige. La señorita Anville está muy disgustada por tus ausencias.

Se me encendieron las mejillas.

—Estoy seguro de que la señorita Anville podrá prescindir de Paige unos minutos —dijo Nick, y compuso una sonrisa irresistible—. Me encantaría charlar un poco con ella.

—Es usted muy amable, doctor Nygård, pero últimamente Paige ha tenido que quedarse con frecuencia en la enfermería. Va un poco retrasada y necesita asistir a todas sus clases. —Se volvió hacia él y, bajando la voz, añadió—: Es irlandesa. Estos irlandeses tienen sus propias ideas respecto a la gestión del tiempo y el trabajo.

De pronto se me nubló la vista. Noté una fuerte presión en el cráneo, como si estuviera a punto de explotarme. A la directora le salió un hilillo de sangre de la nariz.

—Está sangrando, señorita —dije.

—¿Cómo? —Miró hacia abajo, y la sangre le manchó la blusa—. ¡Oh! ¡Qué desastre! —Se tapó la nariz—. No te quedes ahí con la boca abierta, Paige. Ve a buscarme un pañuelo.

Iba a estallarme la cabeza. Ante mis ojos se extendió una

red gris que restringía mi visión. Nick me miró fijamente mientras le daba un paquete de pañuelos de papel a la directora.

—Quizá debería sentarse, directora. —Le puso una mano en la espalda—. Enseguida volveré con usted.

En cuanto la directora se marchó, Nick me miró y dijo:

—¿Ha pasado esto otras veces? ¿Alguien más ha sangrado por la nariz estando tú cerca?

Lo dijo en voz baja. Al cabo de un momento asentí con la cabeza.

—¿Alguien se ha fijado?

—Nunca me han llamado antinatural. Todavía. —Busqué su mirada—. ¿Sabes por qué pasa esto?

Giró la cabeza; luego dijo:

—Es posible.

—Explícamelo. Por favor.

—¿Doctor Nygård? —La señorita Briskin asomó la cabeza por la puerta de la sala de profesores—. El consejo escolar quiere hablar con usted.

—Voy enseguida.

La señorita Briskin se marchó, y Nick me dijo al oído:

—Volveré dentro de unos días. No te matricules en la universidad, Paige. Todavía no. Confía en mí.

Me dio un apretón en la mano. Y de pronto desapareció, tan aprisa como había venido. Me quedé con mis libros apretados contra el pecho, donde el corazón me latía desbocado; tenía las mejillas ardiendo y las manos sudadas. No había dejado de pensar en Nick ni un solo día, y ahora él había regresado. Me serené y fui a mi aula; todavía me costaba ver y pensar. Nick se acordaba de mi nombre. Sabía que yo era aquella niña pequeña a la que había salvado.

Dudaba mucho que volviera. Yo no podía ser tan importante para él, sobre todo ahora que él había triunfado en el

mundo. Pero dos días más tarde lo encontré esperándome
en la puerta del colegio. Esa mañana había pasado una cosa
muy extraña: había soñado despierta con un coche plateado. La imagen me había asaltado cuando estaba en clase de
francés, y me había producido náuseas. Ahora ese mismo
coche estaba allí fuera, y Nick estaba sentado al volante.
Llevaba gafas de sol. Fui como sonámbula hasta la portezuela del coche, alejándome de las otras niñas. Nick asomó
la cabeza por la ventana.

—Hola, Paige.

—No creí que volvieras —dije.

—Por lo que le pasó a la directora.

—Sí.

—He venido precisamente por eso. —Se bajó un poco
las gafas para que pudiera verle los ojos. Parecía cansado—.
Si quieres saber más, puedo explicártelo, pero no aquí.
¿Quieres venir conmigo?

Giré un momento la cabeza. Las otras alumnas no nos
estaban mirando.

—Vale —dije.

—Gracias.

Nick me llevó lejos del colegio. Mientras circulábamos
hacia la cohorte central, me miraba de vez en cuando. Yo
guardaba silencio. Me miré en el espejo retrovisor y vi que
estaba colorada. Me moría de ganas de hablar con él, pero
era incapaz de articular una sola frase coherente. Al cabo de
unos minutos Nick dijo:

—¿Le contaste a tu padre lo que había pasado en el
prado?

—No.

—¿Por qué?

—Porque tú me dijiste que no se lo contara a nadie.

—Muy bien. —Apretó más el volante—. Voy a contarte
un montón de cosas que no entenderás, Paige. Ya no eres la
que eras antes de aquel día, y debes saber por qué.

Mantuve la mirada al frente. No hacía falta que Nick me lo dijera. Yo ya sabía que era diferente mucho antes del incidente del prado de las amapolas; desde muy pequeña tenía una sensibilidad especial. A veces notaba un ligero temblor cuando alguien pasaba a mi lado, como si mis dedos hubieran rozado un cable con corriente. Pero a partir de aquel día las cosas habían cambiado. Ahora no solo sentía a la gente, sino que podía hacerle daño. Podía hacer que sangrara, que le doliera la cabeza y que se le empañaran los ojos. A veces me quedaba dormida en clase, y al cabo de un rato despertaba empapada de un sudor frío. La enfermera del colegio me conocía mejor que a ninguna otra alumna.

Algo estaba emergiendo de mi interior, empujando para salir al mundo. Al final, el mundo lo vería.

—Yo puedo ayudarte a controlarlo —dijo—. Puedo protegerte.

Ya me había protegido una vez.

—¿Todavía puedo confiar en ti?

Escudriñé su cara, esa cara que no había olvidado. Nick me miró fijamente.

—Siempre —respondió.

Fuimos a un bar de trabajadores de Silk Street y pedimos café. Era la primera vez que lo probaba y, aunque no dije nada, me pareció que sabía a barro. Hablamos un rato de mi vida. Le hablé del colegio, del trabajo de mi padre; pero no era eso por lo que estábamos allí, y ambos lo sabíamos.

—Paige, habrás oído hablar de la antinaturalidad —dijo—. No quiero asustarte, pero muestras signos de ella.

Se me hizo un nudo en la garganta. Nick no trabajaba para Scion.

—No te preocupes. —Puso una mano sobre la mía, y me sentí reconfortada—. No voy a delatarte. Voy a ayudarte.

—¿Cómo?

—Me gustaría que vinieras a hablar con un amigo mío.

—¿Quién es?

—Una persona en la que confío. Una persona que está interesada en ti.

—¿Es...?

—Sí. Yo también lo soy. —Me apretó la mano—. Antes has tenido una ensoñación. Has visto mi coche. —Me quedé mirándolo, perpleja—. Ese es mi don, Paige. Puedo enviar imágenes. Puedo hacer que los demás vean cosas.

—Iré... —Tenía la boca seca—. Iré a hablar con él.

Le dejé recado a la secretaria de mi padre de que volvería tarde a casa. Nick me llevó en su coche a un pequeño restaurante francés de Vauxhall. Allí nos esperaba un hombre alto y delgado de cerca de cuarenta años. Su mirada, chispeante, revelaba inteligencia y una especie de agitación nerviosa. Tenía la tez blanca como la cera y una densa mata de pelo castaño oscuro, y los labios pálidos y ligeramente fruncidos. Los pómulos eran muy marcados. Llevaba un fular amarillo y un chaleco negro bordado, con reloj de bolsillo.

—Tú debes de ser Paige —dijo con una voz grave, con un deje de jocosidad—. Yo soy Jaxon Hall.

Me tendió una mano huesuda, y se la estreché.

—Hola —dije.

Me dio un apretón firme y formal. Me senté. Nick se sentó a mi lado.

Cuando vino el camarero, Jaxon Hall no pidió nada de comer, sino solo un vaso de *mecks*, un vino sin alcohol. Era una bebida muy cara, lo que indicaba que tenía gustos sofisticados.

—Quiero hacerte una propuesta, señorita Mahoney. —Jaxon Hall dio un gran sorbo de *mecks*—. El doctor Nygård vino a verme ayer y me informó de que puedes infligir ciertas... anomalías médicas a otras personas. ¿Correcto?

Miré a Nick.

—Tranquila —me dijo, y sonrió—. No es de Scion.

—No me insultes, por favor. —Jaxon dio otro sorbo de *mecks*—. Estoy más lejos del Arconte que la cuna de la tumba. Aunque esos dos estados tampoco están muy alejados, pero tú ya me entiendes.

No estaba segura de entenderlo. Desde luego, no se comportaba como un funcionario de Scion.

—¿Se refiere a las hemorragias nasales? —pregunté.

—Sí, exactamente. Fascinante. —Tenía las manos entrelazadas encima de la mesa—. ¿Algo más?

—Dolores de cabeza. A veces, migrañas.

—Y ¿cómo te sientes cuando eso pasa?

—Cansada. Mareada.

—Entiendo. —Recorrió mi rostro con la mirada. Tenía unos ojos fríos y escrutadores; me dio la impresión de que veía más allá de mí—. ¿Qué edad tienes?

—Dieciséis —contesté.

—Estarás a punto de terminar los estudios. A menos —añadió— que te propongan ir a la universidad.

—No lo creo.

—Excelente. Pero los jóvenes aspiráis a encontrar trabajo en la ciudadela. —Tamborileó con los dedos en la mesa—. Me gustaría ofrecerte un empleo para toda la vida.

Fruncí el entrecejo.

—¿Qué clase de empleo?

—Un empleo bien pagado. Un empleo que te protegerá. —Jaxon escudriñó mi cara—. ¿Sabes qué es la clarividencia?

«Clarividencia.» La palabra prohibida. Eché un vistazo alrededor, pero nadie nos miraba. Ni nos escuchaba, o eso me pareció.

—Es lo mismo que… antinaturalidad —dije.

Jaxon esbozó una sonrisa.

—Así la llama el Arconte. Pero ¿sabes qué significa esa palabra?

—Es… una especie de percepción extrasensorial. Saber cosas que están ocultas.

—Y ¿dónde están escondidas?

Vacilé un momento.

—¿En el subconsciente?

—Sí, a veces. Y otras veces —apagó de un soplido la vela del centro de la mesa— en el éter.

Me quedé mirando el humo, atraída por él. Me recorrió un escalofrío.

—¿Qué es el éter?

—El infinito. Provenimos de él, vivimos dentro de él, y al morir volvemos a él. Pero no todos nosotros estamos dispuestos a despedirnos del mundo físico.

—Jax —dijo Nick en voz baja—, esto iba a ser una introducción, no una conferencia en toda regla. Paige tiene dieciséis años.

—Quiero saberlo —dije.

—Paige…

—Por favor —insistí; necesitaba saberlo.

Su expresión se suavizó. Se recostó en el asiento y bebió un poco de agua.

—Como quieras.

Jaxon, que nos miraba con las cejas enarcadas, frunció los labios antes de continuar.

—El éter es un plano de existencia superior —dijo—. Existe paralelamente al plano corporal. Los clarividentes, las personas como nosotros, tienen la capacidad de recurrir al éter.

Estaba sentada en un restaurante con dos antinaturales.

—¿Cómo? —pregunté.

—Bueno, hay infinitas formas de hacerlo. Llevo quince años tratando de clasificarlas.

—Pero ¿qué significa «recurrir al éter»?

Hacer preguntas sobre la clarividencia era una transgresión sumamente emocionante.

—Significa que puedes comunicarte con los espíritus —aclaró Nick—. Con los difuntos. Las diferentes clases de vidente pueden hacerlo de diferentes maneras.

—Entonces ¿el éter es como la otra vida?

—Es… un purgatorio, por decirlo así —dijo Jaxon.

—Sí, es como la otra vida —añadió Nick.

—Tendrás que disculpar al doctor Nygård. Solo intenta ser delicado. —Jaxon bebió más *mecks*—. Por desgracia, la muerte no es delicada. Me gustaría instruirte sobre el verdadero significado de la clarividencia, muy alejado del enfoque tristemente sesgado de esa condición que hace Scion. Es un milagro, no una perversión. Tienes que entenderlo, querida, o apagarán ese adorable resplandor.

Se quedaron ambos callados cuando el camarero me trajo la ensalada. Volví a mirar a Jax.

—Cuéntame más cosas.

Jaxon sonrió.

—El éter es el «origen» del que en ocasiones Scion se atreve a hablar —dijo—. El reino de los muertos sin reposo. La fuente a la que presuntamente tuvo acceso su Rey Sangriento durante una sesión espiritista, lo que le hizo cometer cinco asesinatos espantosos y desencadenar una epidemia de clarividencia que se extendió por todo el mundo. Todo eso son sandeces, por supuesto. El éter no es más que el plano espiritual, y los clarividentes son las personas con capacidad para acceder a él. No hubo ninguna epidemia. Siempre hemos existido. Algunos somos buenos; otros son malos, si es que existe la maldad. Pero, seamos lo que seamos, no somos una enfermedad.

—Entonces Scion mintió.

—Sí. Acostúmbrate a esa idea. —Jaxon encendió un puro—. Eduardo bien pudo ser Jack el Destripador, pero dudo mucho que fuera clarividente. Era demasiado torpe.

—No tenemos ni idea de por qué lo atribuyeron todo a la clarividencia —intervino Nick—. Es un misterio que solo entiende el Arconte.

—¿Cómo funciona?

Tenía la piel de gallina. Cabía la posibilidad de que yo fuera clarividente. Cabía la posibilidad de que fuera uno de ellos.

—No todos los espíritus entran pacíficamente en el corazón del éter, donde creemos que las personas hallan una especie de muerte definitiva —prosiguió Jaxon. Se notaba que estaba disfrutando con aquella disertación—. Algunos se entretienen, y vagan entre el plano corpóreo y el plano espiritual. Mientras se hallan en ese estado, los llamamos vagabundos. Conservan su personalidad, y con la mayoría se puede establecer contacto. Solo tienen cierto grado de libertad, y normalmente no tienen inconveniente en ayudar a los videntes.

—Estás hablando de personas reales. Personas muertas —dije—. ¿Mueves las cuerdas y ellos bailan?

—Correcto.

—Pero ¿por qué lo hacen?

—Porque de ese modo pueden quedarse cerca de sus seres queridos. —Dio un resoplido, como si no pudiera entenderlo—. O cerca de personas a las que quieren acosar. Sacrifican su libre albedrío por una especie de inmortalidad.

Empecé a comerme la ensalada. Era como masticar un pedazo de algodón mojado.

—No comienzan como espíritus, por supuesto. —Jaxon me dio unos toques en el dorso de la mano—. Tú tienes un cuerpo físico. Puedes caminar en el plano corpóreo. Pero también tienes una conexión íntima con el éter. Nosotros lo llamamos onirosaje. El paisaje de la mente humana.

—Un momento, un momento. Hablas todo el rato en plural. ¿Quiénes son ese plural, concretamente? ¿Los clarividentes?

—Sí. Es una comunidad efervescente. —Nick me sonrió—. Pero muy discreta.

—Se puede identificar a los videntes por el aura. Así fue como te reconoció Nick —continuó Jaxon. Mi creciente interés lo estaba animando—. Mira, todos tenemos un onirosaje. Una ilusión de seguridad, una especie de *locus amoenus*. Lo entiendes, ¿no? —Yo no estaba muy segura de entenderlo—. Los videntes tienen onirosajes de colores. Los demás los tienen en blanco y negro. Ven su onirosaje cuando sueñan. Por tanto, los amauróticos sueñan en blanco y negro. Los videntes, en cambio…

—¿Sueñan en color?

—Los videntes no sueñan, querida mía. O no sueñan como los amauróticos. Ese placer frívolo solo lo tienen ellos. Pero el color del onirosaje de un clarividente atraviesa su forma corpórea y crea un aura. Los diferentes tipos de vidente tienden a tener auras parecidas. Ya aprenderás a clasificarlos.

—¿Yo puedo ver las auras?

Jax y Nick se miraron. Nick se llevó las manos hacia la cara y se quitó dos finas lentes de contacto de los ojos. Me dio un escalofrío.

—Mírame los ojos, Paige.

No hizo falta que me lo dijera dos veces. Recordaba aquellos ojos como si hubiera sido ayer. Aquel verde grisáceo exquisito, aquellas finas líneas que irradiaban de sus iris. En lo que no me había fijado era en el pequeño defecto, con forma de ojo de cerradura, que tenía en la pupila derecha.

—Algunos videntes tienen una especie de tercer ojo. —Se recostó en el asiento—. Pueden ver auras, y también pueden ver a los vagabundos. Puedes tener visión parcial, como yo, con un solo coloboma, o visión completa, como Jax.

Jaxon me miró y abrió mucho los ojos. Tenía aquel defecto en los dos ojos.

—Yo no tengo eso —dije—. ¿Significa que soy clarividente, pero que no tengo un tercer ojo?

—La carencia de visión es muy frecuente en los órdenes más elevados. Tu don no requiere que veas espíritus. —Jaxon me miró complacido—. Tú sientes las auras y a los vagabundos, pero no los percibes visualmente.

—En realidad, eso no es ningún inconveniente —aportó

224

Nick—. Sin la ayuda adicional de la visión, tu sexto sentido estará mucho más afinado.

Pese a que el restaurante estaba caldeado, el frío se estaba extendiendo por todo mi cuerpo. Miré a los dos hombres, aquellas dos caras tan distintas.

—Y yo ¿qué tipo de clarividente soy?

—Eso es lo que queremos averiguar. A lo largo de los años he clasificado siete órdenes de clarividencia. Creo que tú, querida mía, perteneces al orden más elevado, lo que te convierte en una de las clarividentes más singulares del mundo moderno. Y como creo que no estoy equivocado... —sacó una carpeta de su lujosa cartera de piel—, me gustaría que firmaras un contrato de trabajo.

Me miró a los ojos.

—Podría anotar una variedad infinita de números en este cheque, Paige. ¿Cuánto hará falta para que te quedes conmigo?

El corazón me martilleaba en el pecho.

—Una copa, para empezar.

Jaxon se echó para atrás.

—Nick, pídele un *mecks* a esta señorita. Se queda con nosotros.

14

Amanecer

El Custodio y yo pasamos varias noches sin hablarnos. Tampoco reanudamos mis entrenamientos. Todas las noches me marchaba nada más sonar la campana, y al pasar a su lado ni siquiera lo miraba. Él sí me miraba, pero nunca me impedía salir. A veces yo deseaba que lo hiciera, porque así habría podido desahogar mi rabia.

Una noche intenté ir a ver a Liss. Estaba lloviendo, y quería calentarme junto a su hornillo. Pero no podía ir, después de lo que había pasado con el Custodio. Tras haber ayudado otra vez al enemigo, no me habría atrevido a mirar a Liss a los ojos.

Pronto encontré un nuevo refugio, un lugar donde podía estar a solas: el soportal que cubría los escalones de la entrada de Hawksmoor. En su día debía de haber sido una construcción majestuosa, pero ahora esa misma grandeza le confería un aire trágico: fría, triste y con las esquinas erosionadas, se diría que aguardaba el regreso de una época que tal vez no volviera nunca. Ese rincón se convirtió en mi refugio. Iba allí todas las noches y, si no había arrancahuesos de guardia, me colaba en la biblioteca abandonada y me llevaba un montón de libros al soportal. Había tantas novelas prohibidas que empecé a preguntarme si sería allí adonde Scion las enviaba todas. Jax habría vendi-

226

do su alma para hacerse con ellas. Si hubiera tenido un alma que vender.

Habían pasado cuatro noches desde la sangría. Yo seguía sin entender por qué había ayudado al Custodio. ¿A qué estaba jugando conmigo? Pensar que se había bebido mi sangre me producía náuseas. No quería ni acordarme de lo que había hecho.

Llovía mucho; había decidido quedarme dentro, en la biblioteca, y había dejado una ventana entreabierta. Si venían a buscarme, los oiría. No dejaría que me pillaran desprevenida, como en el I-5. Había encontrado un libro titulado *Otra vuelta de tuerca* escondido entre los estantes. Me tumbé boca abajo bajo un escritorio y encendí una lamparita de aceite.

En el Broad reinaba el silencio. La mayoría de los bufones estaban empezando a ensayar para la celebración del Bicentenario. Se había extendido el rumor de que el Gran Inquisidor en persona iba a asistir al acto. Tenían que conseguir impresionarlo con nuestra nueva forma de vida, o quizá no permitiera que se prolongara aquel «acuerdo especial». Aunque no tenía mucha alternativa. Con todo, teníamos que demostrarle que éramos útiles, aunque solo fuera para entretener. Que valíamos un poco más de lo que costaría administrarnos NiteKind.

Saqué el sobre que me había dado David. Dentro había una hoja amarillenta arrancada de un cuaderno, con un fragmento de texto. La examiné. Parecía como si se le hubiera caído una vela encima: las esquinas estaban duras, impregnadas de cera, y en el medio había un gran agujero producido por una quemadura. En una esquina de la hoja había un boceto emborronado; parecía una cara, pero estaba deformada y descolorida. Solo pude descifrar unas pocas palabras.

– – refaítas son – – de doble – – En el – – llamados – – confinado – – pueden – – períodos de tiempo ilimitados,

pero – – nueva forma, cuando – – hambre – – incontrola-
ble e – – energía alrededor de la presunta – – flor roja, la
– – único método – – naturaleza del – – y solo entonces
pueden – –

Intenté hilvanar otra vez las palabras, encontrar algún
patrón. No era muy difícil conectar los fragmentos sobre el
hambre y la energía, pero no se me ocurría qué podía significar la flor roja.

El sobre contenía otra cosa: un daguerrotipo desvaído.
La fecha «1842» estaba garabateada en una esquina. Lo
contemplé largo rato, pero solo conseguí distinguir unas
manchas blancas sobre negro. Me guardé el sobre en el blusón y mordisqueé un poco de *toke* rancio. Cuando se me
cansó la vista, apagué la lámpara y me acurruqué en posición fetal.

Mi cabeza era una maraña de cabos sueltos. El Custodio
y sus heridas. Pleione llevándole la sangre de Seb. David y
su interés por mi bienestar. Y Nashira, con sus ojos que todo
lo veían.

Me obligué a pensar solo en el Custodio. Todavía me
enfurecía cuando pensaba en la sangre de Seb, embotellada
y etiquetada, lista para su consumo. Confiaba en que se la
hubieran extraído cuando todavía estaba vivo, y no de su
cadáver. Luego estaba Pleione. Ella le había llevado la sangre
al Custodio; debía de saber que iba a sufrir una necrosis, o
como mínimo que podía sufrirla. Debía de haber previsto la
necesidad de llevarle sangre humana antes de que fuera demasiado tarde. Como Pleione se había retrasado, el Custodio
había tenido que beber mi sangre. Fuera lo que fuese lo que
estuviera haciendo, lo hacía con la complicidad de Pleione.

El Custodio guardaba un secreto. Y yo también. Yo estaba ocultando mi conexión con los bajos fondos, eso que a
Nashira tanto le interesaba. Si él aceptaba mi silencio, yo
también aceptaría el suyo.

Me toqué el brazo vendado. Esa herida, que seguía sin cicatrizar, era para mí tan repugnante como la marca. Si me dejaba una cicatriz, jamás olvidaría la pena y el miedo que había sentido cuando me la había hecho. Un miedo muy parecido al que había sentido la primera vez que me había enfrentado al mundo de los espíritus. Miedo de ser lo que era. De lo que podía llegar a ser.

Debí de quedarme dormida. Un fuerte dolor en la mejilla me devolvió a la realidad.

—¡Paige!

Liss me estaba zarandeando. Abrí los ojos, hinchados y enrojecidos.

—Paige, ¿qué demonios haces aquí? Ya ha amanecido. Los arrancahuesos te están buscando.

Levanté la cabeza, adormilada.

—¿Por qué?

—Porque el Custodio se lo ha ordenado. Tenías que estar en Magdalen hace una hora.

Liss tenía razón: una luz dorada estaba tiñendo el cielo. Liss me ayudó a levantarme.

—Tienes suerte de que no te hayan encontrado aquí. Está prohibido.

—¿Cómo me has encontrado?

—Antes yo también venía a este sitio. —Me sujetó por los hombros y me miró a los ojos—. Tienes que suplicarle al Custodio que te perdone. Si le suplicas, quizá no te castigue.

Casi me eché a reír.

—¿Suplicarle?

—Es la única forma.

—No pienso suplicarle nada.

—Te pegará.

—No me importa. Tendrán que llevarme ante él.

Miré por la ventana.

—¿Tendrías problemas si me encontraran en tu chabola?

—Es mejor eso a que te encuentren aquí. —Me agarró la muñeca—. Vamos. No tardarán en buscar por aquí.

Escondí la lámpara y el libro bajo una estantería de una patada. Bajamos la escalinata a toda prisa y salimos al exterior. La atmósfera olía a lluvia inminente.

Liss me hizo esperar hasta que hubo comprobado que no había nadie cerca. Cruzamos el patio, pasamos por el húmedo soportal y salimos al Broad. El sol brillaba por encima de los edificios. Liss separó dos paneles de contrachapado que estaban sueltos y nos colamos en el Poblado. Me guió entre corrillos de actores. Sus objetos personales, rescatados de la basura, estaban esparcidos por los pasadizos, como si hubieran registrado las chozas. Vi a un chico al que le sangraban los ojos apoyado en una pared. Todos susurraban al vernos pasar.

Me metí en la choza. Julian esperaba allí sujetando un cuenco de *skilly* que apoyaba sobre una rodilla. Levantó la cabeza y dijo:

—Buenos días.

Me senté.

—¿Te alegras de verme?

—Supongo. —Me sonrió—. Aunque solo sea para acordarme de que necesito urgentemente un despertador.

—¿No deberías estar en tu residencia?

—Estaba a punto de irme; pero, ahora que has venido, tengo la sensación de que iba a perderme la fiesta.

—¡Estáis locos! —nos reprendió Liss—. Aquí se toman muy en serio el toque de queda, Jules. Os va a caer una buena a los dos.

Me pasé la mano por el pelo húmedo.

—¿Cuánto tardarán en encontrarnos?

—No mucho. Pronto volverán a revisar las habitaciones. —Se sentó—. ¿Por qué no os vais?

Tenía todos los músculos del cuerpo en tensión.

—No pasa nada, Liss —dije—. Me arriesgaré.

—Los arrancahuesos son implacables. No te escucharán. Y te lo advierto, el Custodio te matará si...

—No me importa.

Liss apoyó la cabeza en una mano. Miré a Julian. Ya no llevaba el traje de novato, sino un blusón rosa.

—¿Qué has tenido que hacer?

—Nashira me preguntó qué era —respondió—. Le dije que era palmista, pero evidentemente no supe leerle las manos. Hizo entrar en la habitación a una amaurótica y la hizo atar a una silla. Me acordé de Seb y le pregunté a Nashira si me dejaba usar agua para hacer la predicción.

—¿Eres hidromántico?

—No, pero no quiero que Nashira sepa qué soy. Fue lo primero que se me ocurrió. —Se frotó la cabeza—. Llenó un cuenco dorado y me ordenó buscar a una tal Antoinette Carter.

Arrugué el entrecejo. Antoinette Carter había sido una celebridad en Irlanda a principios de los años cuarenta. Recordaba que era una mujer delgada de mediana edad, frágil y enigmática. Tenía un programa de televisión, *Las verdades de Toni*, que se emitía todos los jueves por la noche. Le tocaba las manos a la gente y aseguraba ver su futuro, que predecía con voz grave y comedida. Cancelaron el programa después de la Incursión de 2046, cuando Scion invadió Irlanda, y Carter pasó a la clandestinidad. Todavía publicaba un panfleto ilegal, *Stingy Jack*, que denunciaba las atrocidades de Scion.

Por razones que nosotros desconocíamos, Jaxon le había pedido a un falsante llamado Leon (un experto en enviar mensajes fuera de Scion) que estableciera contacto con ella. Yo nunca supe cuál había sido el resultado. Leon era un buen falsante, pero llevaba tiempo esquivar los sistemas de seguridad de Scion.

—Es una fugitiva —dije—. Vivía en Irlanda.

—Pues ya no está en Irlanda.

—¿Qué viste? —No me gustó la expresión de su cara—. ¿Qué le dijiste?

—No te va a gustar. —Dio un suspiro antes de continuar—. Le dije que había visto unos relojes de sol. Recordé que Carl los había mencionado, y creí que parecería verosímil que yo los hubiera visto también.

Desvié la mirada. Nashira andaba buscando a Jaxon. Tarde o temprano descubriría dónde estaban esos relojes de sol.

—Lo siento. Me daría con la cabeza contra la pared. —Julian se frotó la frente—. ¿Por qué son tan importantes esos relojes de sol?

—No puedo decírtelo. Lo siento. Pero pase lo que pase... —miré hacia la entrada de la choza— Nashira no debe volver a oír hablar de esos relojes de sol. Podría poner en peligro a unos amigos míos.

Liss se echó una manta por encima de los hombros.

—Paige —dijo—, me parece que tus amigos han intentado ponerse en contacto contigo.

—¿Qué quieres decir?

—Gomeisa me llevó al Castillo. —Su rostro se tensó—. Estaba en mi celda, barajando las cartas para hacerle la lectura, y de pronto me sentí atraída hacia el Colgado. Cogí la carta, y estaba invertida. Vi el éter. La cara de un hombre. Me recordó a la nieve.

«Nick.» Los adivinos siempre decían eso de Nick cuando lo veían: que era como la nieve.

—¿Qué te envió?

—Una imagen de un teléfono. Creo que intenta averiguar dónde estás.

Un teléfono. Claro: él no sabía dónde estaba. La banda no sabía que Scion me había apresado, aunque a esas alturas ya debían de sospechar algo. Nick quería que lo llamara, quería oírme decir que estaba bien. Debía de haberle llevado días encontrar el camino adecuado por el éter. Si volvía a intentarlo mediante una sesión de espiritismo, quizá lograra enviarme un mensaje. No entendía por qué se lo había enviado a Liss. Él conocía mi aura; en teoría habría sido mucho más fácil encontrarla. Quizá fueran las pastillas, o algún tipo de interferencia provocada por los refas; pero no importaba.

Había intentado ponerse en contacto conmigo. No iba a abandonar.

La voz de Julian me sacó de mi ensimismamiento:

—¿De verdad conoces a otros saltadores, Paige? —Lo miré, y él se encogió de hombros—. Creía que el séptimo orden era el más raro.

«Saltadores»: una palabra cargada de connotaciones. Un orden de videntes, como los adivinos y los augures. Era la categoría a la que yo pertenecía: los videntes que podían alterar o entrar en el éter. Jax había desencadenado la gran separación de los videntes en los años treinta, cuando tenía aproximadamente mi edad. Todo había empezado con *Sobre los méritos de la antinaturalidad*, que se había extendido como una plaga por los bajos fondos de la videncia. En esa obra había identificado siete órdenes de clarividentes: adivinos, augures, médiums, sensores, furias, guardianes y saltadores. Afirmaba que los tres últimos eran muy superiores a los otros. Era una forma novedosa de abordar la clarividencia, que hasta entonces nadie había categorizado; pero los órdenes inferiores no se lo habían tomado bien. Las guerras de bandas que ocasionó habían durado dos cruentos años. Al final los editores de Jax habían retirado el panfleto, pero las rencillas persistían.

—Sí —dije—. Solo a uno. Es un oráculo.

—Pues debes de tener un puesto muy alto en el sindicato.

—Sí, bastante alto.

Liss me sirvió un cuenco de *skilly*. Si tenía alguna opinión formada sobre el panfleto, no la expresó.

233

—Jules —dijo—, ¿te importa que hable un momento a solas con Paige?

—Claro que no. Me quedaré fuera vigilando por si vienen los rojos.

Salió de la choza. Liss se quedó mirando el hornillo.

—¿Qué pasa? —pregunté.

Se ciñó la manta.

—Estoy preocupada por ti, Paige.

—¿Por qué?

—Tengo un mal presentimiento sobre esa celebración, el Bicentenario. Ya sé que no soy un oráculo, pero veo cosas. —Sacó la baraja—. ¿Me dejas que te eche las cartas? Hay ciertas personas a las que siento la necesidad de hacerles una predicción.

Vacilé. Yo solo había usado las cartas para jugar al tarocchi.

—Como quieras.

—Gracias. —Puso la baraja entre las dos—. ¿Alguna vez te han leído los signos? ¿Un adivino o un augur?

—No, nunca.

Me habían preguntado muchas veces si quería que me hicieran una predicción, pero nunca había estado convencida de que fuera buena idea asomarme al futuro. A veces Nick me daba pistas, pero yo no solía dejarle entrar en detalles.

—Vale. Dame la mano.

Le tendí la mano derecha, y Liss me la cogió. Su rostro adoptó una expresión de concentración intensa. Sacó siete cartas de la baraja y las puso boca abajo en el suelo.

—Utilizo la extensión elíptica. Leo tu aura, y luego escojo siete cartas y las interpreto. No todos los lectores interpretamos igual cada una de las cartas, así que no te enfades si oyes algo que no te gusta. —Me soltó la mano—. La primera indicará tu pasado. Me mostrará algunos de tus recuerdos.

—¿Ves los recuerdos?

Liss esbozó una sonrisa. Eso era algo de lo que todavía se enorgullecía.

—Los lectores podemos utilizar objetos, pero en realidad no encajamos en ninguna categoría. Hasta *Sobre los méritos* lo reconocía. Yo lo considero algo positivo.

Dio la vuelta a la primera carta.

—Cinco de copas —dijo. Cerró los ojos—. Perdiste algo cuando eras muy pequeña. Hay un hombre de pelo rojizo. Son sus copas las que se derraman.

—Mi padre —dije.

—Sí. Estás de pie a su lado, hablando con él. No te contesta. Mira fijamente un retrato. —Sin abrir los ojos, Liss giró la siguiente carta. Estaba del revés—. Esto es el presente —prosiguió—. El rey de bastos, invertido. —Frunció los labios—. Te domina. No puedes escapar de su control.

—¿El Custodio?

—No lo creo. Pero tiene poder. Espera demasiado de ti. Le tienes miedo.

«Jaxon.»

—La siguiente representa el futuro. —Liss giró la carta y aspiró entre los dientes—. El Diablo. Esta carta representa impotencia, restricción, temor; pero te lo impones tú misma. El Diablo representa a alguien, pero no puedo verle la cara. Por mucho poder que esa persona tenga sobre ti, conseguirás librarte de ella. Intentará hacerte creer que estás unida a ella para siempre, pero no será así, aunque te lo parezca.

—¿Te refieres a una pareja? —Notaba una opresión en el pecho—. ¿Un novio? ¿O es el Custodio?

—Podría ser. No lo sé. —Forzó una sonrisa—. No te preocupes. La siguiente carta te indicará qué tienes que hacer cuando llegue el momento.

Miré la cuarta carta.

—¿Los Amantes?

—Sí. —Había bajado la voz—. No veo gran cosa. Hay tensión entre el espíritu y la carne. Demasiada tensión. —Sus dedos se desplazaron hacia la siguiente carta—. Influencias externas.

No sabía si quería continuar. Hasta el momento, Liss solo había dicho una cosa positiva, e incluso esa iba a resultar dolorosa. No esperaba que salieran Los Amantes, desde luego.

—La Muerte, invertida. La Muerte es una carta que les sale a menudo a los videntes. Suele aparecer en la posición del pasado o el presente. Pero aquí, invertida... No estoy segura. —Los ojos le temblaron bajo los párpados—. A partir de aquí, mi visión se vuelve confusa. Las cosas no están nada claras. Sé que el mundo cambiará a tu alrededor, y que harás todo lo que puedas para resistirte. La muerte actuará de diferentes maneras. Si retrasas el cambio, prolongarás tu sufrimiento.

»La sexta carta. Tus esperanzas y tus miedos. —La cogió y la acarició con el pulgar—. Ocho de espadas.

La carta tenía dibujada a una mujer encerrada en un círculo de espadas que apuntaban hacia abajo. Llevaba los ojos vendados. Liss estaba sudando y le brillaba la piel.

—Te veo. Tienes miedo. —Le temblaba la voz—. Veo tu cara. No puedes moverte en ninguna dirección. Puedes quedarte quieta, atrapada, o sentir el dolor de las espadas.

Debían de ser las cartas más negativas que Liss había visto jamás. Yo no tenía ningunas ganas de ver la última.

—Y el resultado final. —Cogió la última carta—. La conclusión de todas las anteriores.

Cerré los ojos. El éter tembló.

No llegué a ver la carta. Tres personas irrumpieron en la choza, y Liss se sobresaltó. Los arrancahuesos me habían encontrado.

—¡Vaya, vaya! Creo que hemos encontrado a la fugitiva. Y a su cómplice. —Uno de ellos agarró a Liss por la muñeca y la levantó de un tirón—. ¿Qué, echándole las cartas a tu invitada?

—Solo estaba...

—Solo estabas usando el éter. En privado —dijo una voz femenina, desdeñosa—. ¿Acaso no sabes que solo puedes echarle las cartas a tu guardián, 1?

Me levanté.

—Creo que es a mí a quien buscáis.

Se volvieron los tres hacia mí. La chica era un poco mayor que yo; tenía el cabello largo y desgreñado, y una frente prominente.

Los dos chicos se parecían tanto que tenían que ser hermanos.

—Es verdad. Es a ti. —El más alto de los dos apartó a Liss de un empujón—. ¿Vas a venir por las buenas, 40?

—Depende de adónde queráis llevarme —contesté.

—A Magdalen, desgraciada. Ya ha amanecido.

—Iré yo sola.

—Te escoltaremos —dijo la chica mirándome con profundo desprecio—. Son las órdenes. Has violado las normas.

—¿Vais a impedírmelo?

Liss sacudió la cabeza, pero no le hice caso. Miré fijamente a la chica, que tenía las mandíbulas muy apretadas.

—Adelante, 16.

16 era el más bajo de los dos chicos, pero era muy corpulento. Me agarró por la muñeca. Torcí rápidamente el brazo hacia la derecha, y se le abrió la mano. Le hinqué el puño entre las clavículas y lo empujé hacia su hermano.

—He dicho que iré yo sola.

16 se llevó las manos al cuello. El otro chico se abalanzó sobre mí. Esquivé su brazo, levanté una pierna y le propiné una patada en el estómago que le cortó la respiración. La chica me pilló desprevenida: me agarró un mechón de pelo y tiró de él. Me golpeé la cabeza contra la pared de chapa metálica. 16 se echó a reír entre resuellos mientras su hermano me inmovilizaba contra el suelo.

—Me parece que tienes que aprender a ser más respetuosa —dijo y, jadeando, me tapó la boca con una mano—. Seguro que a tu guardián no le importará que te enseñe una lección. Además, nunca está por aquí.

Empezó a manosearme el pecho. Me había tomado por una presa fácil, una chica indefensa. No sabía que estaba ante una dama. Le pegué con la frente en toda la nariz. El chico maldijo en voz alta. La chica me agarró los brazos. Le mordí la muñeca, y chilló.

—¡Zorra de mierda!

—¡Suéltala, Kathryn! —Liss la sujetó por el blusón y la separó de mí—. ¿Qué te ha pasado? ¿Te has vuelto tan cruel como Kraz?

—He madurado. No quiero ser como tú y vivir rodeada de mierda —le espetó Kathryn—. Eres patética. Una bufona repugnante y patética.

Mi agresor sangraba abundantemente por la nariz, pero no pensaba rendirse. Me caían gotas de su sangre en la cara. Me tiró del blusón y rompió una costura. Le empujé el pecho; mi espíritu estaba a punto de estallar. El impulso de atacar era tan intenso que se me empañaron los ojos.

Y entonces apareció Julian. Tenía un derrame en un ojo y un corte reciente en la mejilla. Debían de haberle pegado antes de entrar en la choza. Agarró al chico por el cuello con un brazo.

—¿Es así como os ponéis calientes los arrancahuesos? —Nunca lo había visto tan furioso—. ¿Solo os gusta si ellas se resisten?

—Estás muerto, 26 —dijo mi agresor con voz estrangulada—. Espera a que tu guardiana se entere de esto.

—Cuéntaselo. A ver si te atreves.

Me bajé el blusón con manos temblorosas. El casaca roja levantó los brazos para protegerse. Julian le asestó un gancho brutal en la mandíbula. La sangre le salpicó el blusón al chico y lo dejó lleno de manchas oscuras. Le saltó un trozo de diente de la boca.

Kathryn arremetió a golpes contra Liss; le dio en la cara con el dorso de la mano, y Liss dejó escapar un grito. Ese grito me sobresaltó. Era el grito de Seb, solo que esta vez todavía no era demasiado tarde. Me levanté del suelo con la intención de derribar a Kathryn, pero 16 me agarró por la cintura. Era médium, pero no estaba utilizando espíritus. Quería ver sangre.

—¡Suhail! —gritó.

El alboroto había atraído a un grupo de bufones. Entre ellos también había un casaca blanca. Lo reconocí: era el chico de las trencitas cosidas, el cantor.

—¡Ve a buscar a Suhail, inútil! —le gritó Kathryn. Tenía a Liss sujeta por el pelo—. ¡Corre!

El chico no se movió. Tenía unos ojos grandes y oscuros, con largas pestañas. Ya no estaban infectados. Lo miré y sacudí la cabeza.

—No —dijo.

—¡Traidor! —le gritó 16.

Algunos actores huyeron al oír esa palabra. Empujé a 16, y empecé a sudar bajo el blusón. Veía un resplandor en los bordes de mi visión.

El hornillo. Vi las llamas ascendiendo por los tablones.

Liss logró soltarse de Kathryn y apartó de un empujón a 16. Julian lo sujetó y lo arrastró lejos de nosotras.

Una nube de humo empezaba a llenar la choza. Liss se puso a recoger sus cartas, intentando reunir la baraja. Kathryn le empujó la cabeza hacia abajo y la inmovilizó. Liss dio un grito apagado.

—Eh, mira —dijo Kathryn mostrándome una carta—. Creo que esta es para ti, XX-40.

En la carta había dibujado un hombre tendido boca abajo, con diez espadas clavadas.

Liss intentó quitarle la carta.

—¡No! Esa no era la…

—¡Cierra el pico, asquerosa! —Kathryn la inmovilizó.

Forcejeé con 16, pero me estaba haciendo una llave de cabeza—. ¿Te quejas de lo dura que es tu vida? ¿Crees que es muy duro bailar para ellos mientras nosotros estamos ahí fuera arriesgándonos a que los zumbadores nos coman vivos?

—No tenías por qué volver, Kathy…

—¡Cállate! —Kathryn le golpeó la cabeza contra el suelo. Estaba demasiado furiosa para preocuparse por el fuego—. Todas las noches voy al bosque y veo que le arrancan los brazos a la gente, solo para que los emim no vengan aquí y os degüellen a todos. Y todo para que tú puedas seguir jugando a las cartas y haciendo virguerías con tus cintas. No quiero volver a ser como tú, ¿me oyes? ¡Los refas han visto algo más importante en mí!

Julian se llevó a 16 afuera. Intenté recoger las cartas, pero Kathryn se me adelantó.

—Buena idea, 40 —dijo, furiosa—. Démosle una lección a esa asquerosa casaca amarilla.

Lanzó toda la baraja a las llamas.

Las consecuencias fueron inmediatas. Liss dio un grito espantoso, desgarrador. Jamás había oído a ningún humano producir un sonido parecido. Se me pusieron los pelos de punta. Las cartas ardieron como hojas secas. Lizz intentó rescatar una, pero le sujeté la muñeca.

—¡Es demasiado tarde, Liss!

No me hizo caso. Metió una mano en el fuego, gritando una y otra vez «No, no» con voz ahogada.

Sin más combustible que la parafina derramada, el fuego no tardó en apagarse. Liss se quedó arrodillada, con las manos enrojecidas y brillantes, mirando fijamente los restos chamuscados. Tenía la tez grisácea y los labios amoratados. Sollozaba desconsoladamente mientras se mecía adelante y atrás. La abracé y me quedé mirando el fuego çomo atontada. El cuerpo menudo de Liss se estremecía.

Sin sus cartas, Liss ya no podría conectar con el éter. Tendría que ser muy fuerte para sobrevivir al shock.

Kathryn me agarró por el hombro.

—Si hubieras venido con nosotros, esto no habría pasado. —Se limpió la sangre de la nariz—. Levántate.

Miré a Kathryn y lancé una pizca de mi espíritu contra su mente. Ella se encogió, apartándose de mí.

—No te me acerques —dije.

El humo me escocía los ojos, pero no desvié la mirada. Kathryn intentó reír, pero empezó a sangrarle la nariz.

—Eres un monstruo. ¿Qué eres, una especie de furia?

—Las furias no pueden afectar el éter.

Paró de reír.

Se oyó un grito ahogado al otro lado de la cortina, y Suhail irrumpió en la choza apartando a empujones a los aterrorizados actores. Miró alrededor: el humo, el desorden. Kathryn se arrodilló y agachó la cabeza.

Me quedé quieta. Suhail me agarró por el pelo y acercó mi cara a la suya.

—Vas a morir —dijo—. Hoy.

Se le pusieron los ojos rojos.

Entonces comprendí que lo decía en serio.

15

La caída de un muro

El portero de día se quedó mirando cuando Suhail pasó tirando de mi muñeca. Me dolía la garganta y tenía sangre en las mejillas. Me arrastró por la escalera y llamó a la puerta del Custodio.

—¡Arcturus!

Oí un repique de campanas a lo lejos. Liss había dicho que el Custodio me mataría por llegar pasado el amanecer. ¿Qué me haría por resistirme a que me detuvieran?

Se abrió la puerta, y la imponente silueta del Custodio se destacó contra la penumbra de la habitación. Sus ojos eran dos agujeritos de luz. Me quedé paralizada. Me habían comido el aura, y eso me había provocado una especie de ataque epiléptico. No sentía el éter. Nada. Si mi guardián intentaba matarme en ese momento, yo no podría hacer nada para evitarlo.

—Ya la hemos encontrado. —Suhail me dio un empujón—. Estaba escondida en el Poblado. Ha intentado provocar un incendio.

El Custodio nos miró alternadamente. Los indicios saltaban a la vista: los ojos de Suhail, mis mejillas manchadas de sangre.

—Te has cebado en ella —dijo.

—Tengo derecho a cebarme en los humanos.

—En esta no. Te has excedido. A la soberana de sangre no le gustará tu falta de comedimiento.

No podía verle la cara a Suhail, pero supuse que debía de estar sonriendo con desdén.

Se produjo un silencio, y tosí: una tos seca, áspera. Temblaba de pies a cabeza. El Custodio se fijó en el desgarrón de mi blusón.

—¿Quién ha hecho eso?

Permanecí callada. El Custodio se agachó para ponerse a mi nivel.

—¿Quién ha sido? —Su voz me produjo un estremecimiento en el pecho—. ¿Un casaca roja?

Asentí con un levísimo movimiento de cabeza. El Custodio miró a Suhail.

—¿Permites a los casacas rojas violar a humanos durante tu guardia?

—No me importa qué métodos empleen.

—No queremos que se reproduzcan, Suhail. No tenemos tiempo ni medios para encargarnos de un embarazo.

—Las pastillas los esterilizan. Además, de sus fornicaciones se encarga el Capataz.

—Harás lo que te ordene.

—Sin duda. —Suhail me miró con aquellos espeluznantes ojos rojos—. Pero volvamos a lo que nos ocupa. Pídele perdón a tu amo, 40.

—No —dije.

Me dio un bofetón. Me tambaleé hacia un lado y di contra la pared. Veía manchas de colores.

—¡Pídele perdón a tu amo, XX-59-40!

—Tendrás que golpearme mucho más fuerte.

Alzó una mano, dispuesto a satisfacerme; pero antes de que pudiera pegarme, el Custodio le sujetó el brazo.

—Ya me encargaré de ella en privado —dijo—. No te corresponde a ti castigarla. Despierta al Capataz y ocupaos del alboroto. No quiero que estos sucesos alteren las horas de sol.

Se miraron fijamente. Suhail soltó un débil gruñido, se dio la vuelta y salió por la puerta. El Custodio lo vio marchar. Al cabo de un momento me cogió por el hombro y me hizo entrar en la habitación.

Todo estaba como siempre: las cortinas corridas, el fuego en la chimenea. En el gramófono sonaba «Mr. Sandman». La cama, tan cómoda y caliente. Me habría gustado tumbarme, pero tenía que permanecer de pie. El Custodio cerró la puerta con llave y se sentó en su butaca. Esperé; todavía estaba mareada del golpe que había recibido.

—Ven aquí.

No tuve más remedio que obedecer. El Custodio me miró; incluso sentado era casi tan alto como yo. Tenía los ojos tenues y transparentes, como el licor de chartreuse.

—¿Te atrae la muerte, Paige? —No le contesté—. No me importa lo que pienses de mí, pero en esta ciudad hay ciertas normas que debes obedecer. Una de ellas es el toque de queda.

Seguí sin decir nada. No pensaba darle la satisfacción de asustarme.

—¿Cómo era ese casaca roja?

—Moreno. Unos veinte años. —Mi voz sonaba ronca—. Había otro chico que se le parecía, 16. Y una chica, Kathryn.

Mientras hablaba, un fuerte espasmo me sacudió el estómago. Chivarse a un refa era vergonzoso. Entonces recordé la cara de Liss y su dolor, y mi determinación se vio fortalecida.

—Ya sé quiénes son. —El Custodio dirigió la mirada hacia el fuego—. Son hermanos; médiums los dos. XIX-49-16 y 17. Están aquí desde que eran bastante más jóvenes que tú. —Entrelazó las manos—. Me aseguraré de que nunca más se les permita hacerte daño.

Debería haberle dado las gracias, pero no lo hice.

—Siéntate —continuó—. Tu aura se regenerará.

Me dejé caer en la otra butaca. Empezaban a dolerme las costillas y las piernas. El Custodio me observaba.

—¿Tienes sed?

—No.

—¿Hambre?

—No.

—Debes de tener hambre. Esas gachas que preparan los actores hacen más mal que bien.

—No tengo hambre.

Era mentira. El *skilly* no era mucho más que agua, y mi estómago anhelaba algo sustancioso y caliente.

—Es una lástima. —El Custodio señaló la mesilla de noche—. Te había preparado un poco de comida.

La había visto nada más entrar. Había dado por hecho que la bandeja era para él, pero entonces recordé de qué se alimentaba. Claro que no era para él.

Como no me movía, el Custodio me puso la bandeja y unos pesados cubiertos de plata en el regazo. Miré la comida y sentí mareo. Huevos pasados por agua, partidos por la mitad de modo que se derramaba la yema, dorada y caliente. Un plato de cristal de cebada perlada, con piñones y unas gruesas judías negras que brillaban como gotas de ónix. Una pera mondada, empapada en coñac. Un racimo de orondas uvas negras. Pan integral con mantequilla.

—Cómetelo.

Apreté los puños.

—Tienes que comer, Paige.

Estaba decidida a desobedecerle, a tirarle la bandeja por encima; pero estaba mareada, tenía la boca seca y lo único que quería era comerme aquella maldita comida. Cogí la cuchara y tomé un poco de cebada. Las alubias estaban calientes; los piñones, dulces y prietos. Sentí un alivio intenso, y mi dolor de estómago empezó a disminuir.

El Custodio volvió a su asiento. Me observó en silencio mientras yo comía. Notaba el peso de su mirada, penetrante y abrasadora. Cuando hube terminado, dejé la bandeja en el suelo. Todavía notaba el calor del coñac en la lengua.

—Gracias —dije.

Habría preferido no decirlo, pero tenía que decir algo. El Custodio tamborileó con los dedos en el brazo de la butaca.

—Mañana por la noche quiero retomar tu entrenamiento —dijo—. ¿Tienes alguna objeción?

—No tengo alternativa.

—¿Y si la tuvieras?

—No la tengo —insistí—, así que no importa.

—Hablo hipotéticamente. Si pudieras elegir, si pudieras controlar tu destino, ¿seguirías entrenando conmigo, o preferirías presentarte al siguiente examen sin más preparación?

Mis labios iban a contestar con dureza, pero me mordí la lengua.

—No lo sé —dije.

El Custodio echó más leña al fuego.

—Debes de encontrarte ante un dilema. Tu código moral dice «no», pero tu instinto de supervivencia dice «sí».

—Ya sé pelear. Soy más fuerte de lo que parece.

—Sí, es verdad. Tu huida del Capataz da testimonio de tu fuerza. Y tu don es una gran baza, desde luego: ni siquiera los refaítas esperarían que un segundo espíritu invadiera su onirosaje. Tienes el factor sorpresa a tu favor. —El fuego se reflejaba en sus ojos—. Pero primero tienes que vencer tus límites. Hay una razón por la que te cuesta tanto abandonar tu cuerpo: todos tus movimientos están excesivamente controlados. Tus músculos están constantemente en tensión, preparados para hacerte correr; es como si percibieras peligro hasta en el aire que respiras. Resulta doloroso verlo; es peor que ver dar caza a un ciervo. Al menos un ciervo puede correr hacia su manada. —Se inclinó hacia delante—. ¿Dónde está tu manada, Paige Mahoney?

No supe qué responder. Entendía a qué se refería, pero mi manada, mi rebaño, eran Jax y el resto de la banda. Y no podía decir ni una sola palabra de su existencia.

—No tengo ninguna —dije—. Soy un lobo solitario.

No se dejó engañar.

—¿Quién te ha enseñado a trepar por los edificios? ¿Quién te ha enseñado a disparar un arma? ¿Quién te ayudó a adentrarte en el éter, a desplazar tu espíritu de su ubicación natural?

—Aprendí yo sola.

—Mientes.

Metió una mano bajo la butaca. Me puse en tensión. Mi mochila de emergencia. Una de las correas colgaba de un hilo.

—Podrías haber muerto la noche que huiste del Capataz. Si no pereciste esa noche fue solo porque tu mochila se enganchó con una cuerda de tender cuando perdiste el conocimiento y evitó que cayeras. Cuando me enteré de lo ocurrido, sentí curiosidad.

Abrió la cremallera de la mochila. Apreté las mandíbulas. Lo que había allí dentro era mío, no suyo.

—Quinina —dijo el Custodio hurgando en el interior—. Adrenalina, dexanfetamina y cafeína. Medicamentos básicos. Somníferos. Hasta un arma de fuego. —Sacó mi pistola—. Esa noche ibas muy bien preparada, Paige. No como los otros.

Me estremecí. Ni rastro del panfleto. O lo había escondido en algún sitio, o había ido a parar a otras manos.

—Según tu documento de identidad, eres oxista, camarera de un bar de oxígeno. Por lo que me ha contado el Capataz de las ciudadelas de Scion, el salario en esos bares es bajo. Eso me lleva a pensar que estos artículos no los compraste tú. —Hizo una pausa—. ¿Quién los compró?

—Eso no es asunto tuyo.

—¿Se los robaste a tu padre?

—No pienso decirte nada más. Mi vida antes de llegar aquí no te pertenece.

El Custodio caviló un momento antes de volver a mirarme a los ojos.

—Tienes razón —dijo—, pero ahora tu vida sí me pertenece.

Hinqué las uñas en la butaca.

—Si estás abierta a plantearte el concepto general de la supervivencia, empezaremos a entrenar de nuevo mañana. Pero tu instrucción incluirá un aspecto nuevo. —Apuntó a mi butaca con la barbilla y añadió—: Todas las noches te sentarás ahí y hablarás conmigo al menos durante una hora.

—Prefiero morir —dije sin pensarlo.

—Bueno, puedes morir si quieres. Tengo entendido que si fumas suficiente áster morado, quedarás atrapada en tu onirosaje y tu cuerpo se marchitará por falta de agua. —Señaló la puerta—. Vete, si quieres. Muérete. No vuelvas a mirarme. No veo ninguna razón para prolongar tu sufrimiento.

—¿No se enfadará la soberana de sangre?

—Es posible que sí.

—¿Te importa?

—Nashira es mi prometida, no mi guardiana. Ella no influye en cómo trato a los humanos que tengo a mi cargo.

—Y ¿cómo piensas tratarme?

—Como mi alumna, no como mi esclava.

Giré la cabeza y apreté las mandíbulas. No quería ser su alumna. No quería volverme como él, jugar en su terreno, atacar a mis semejantes.

Notaba un débil escozor de los sentidos: estaba empezando a sentir de nuevo el éter.

—Si me tratas como a una alumna —dije—, yo quiero tratarte como a un mentor, y no como a un amo.

—Me parece un trato justo. Pero a los mentores hay que mostrarles respeto. Espero eso de ti. Y también espero que todas las noches te quedes conmigo una hora haciéndome compañía.

—¿Por qué?

—Tienes potencial para ir del éter al mundo corpóreo a

tu antojo —respondió—. Pero si no aprendes a quedarte quieta, incluso ante la presencia de tus enemigos, no te servirá de mucho. Y no vivirás mucho tiempo.

—Y tú no quieres que muera.

—No. Creo que sería un desperdicio terrible de una vida singular. Tienes un gran potencial, pero necesitas un mentor.

Sus palabras me produjeron retortijones. Yo ya tenía un mentor. Jaxon Hall era mi mentor.

—Me gustaría consultarlo con la almohada —dije.

—Por supuesto. —Se levantó, y reparé una vez más en lo alto que era. Yo ni siquiera le llegaba por los hombros—. Ten en cuenta que sí puedes decidir. Pero te recomiendo, como mentor, que pienses en quienes te dieron esto. —Con una sacudida de la muñeca, me lanzó la mochila—. ¿Querrían ellos que murieras en vano, o preferirían verte pelear?

El granizo golpeaba el tejado de la torre. Me froté las manos ante la lámpara de parafina; tenía los labios y los dedos entumecidos de frío.

Tenía que valorar la oferta del Custodio. No quería trabajar con él, pero necesitaba aprender a sobrevivir en aquel lugar, al menos hasta que encontrara la forma de volver a Londres. De volver con Nick, con Jax. De volver a escapar de los *centis*, a dedicarme a la mimetodelincuencia; a estafar a Didion Waite y a birlarle espíritus, a mofarme de Hector y de sus chicos. Eso era lo que quería. Aprender más cosas sobre mi don quizá me ayudara a salir de allí.

Jaxon siempre había dicho que ser onirámbulo significaba algo más que tener un sexto sentido agudizado. Yo tenía potencial para pasearme por cualquier sitio, incluso por otros onirosajes. Lo había demostrado al matar a aquellos dos metrovigilantes. El Custodio quizá pudiera enseñarme más cosas; pero yo me resistía a que fuera mi maestro. Él y yo éramos enemigos naturales; no tenía sentido fingir lo contrario. Y, sin embargo, él me había observado mucho: cómo me contenía, mi tensión, mi vigilancia. Jax siempre me decía que tenía que soltarme, dejarme llevar, pero eso no significaba que pudiera confiar en el hombre que me tenía encerrada en una habitación oscura y fría.

Vacié la mochila alumbrándome con la débil luz de la lámpara. La mayoría de mis objetos personales seguían allí: las jeringuillas (vacías), el material, la pistola (sin munición, por supuesto). El teléfono me lo habían confiscado. Solo faltaba otra cosa: *Sobre los méritos de la antinaturalidad*.

Noté un hormigueo por todo el cuerpo. Si el Custodio se lo hubiera enseñado a Nashira, ella me habría llamado para interrogarme. Los refaítas ya debían de conocer el panfleto, pero no habían visto mi ejemplar.

Me tumbé en el colchón procurando no lastimarme más las heridas y me tapé hasta la barbilla. Los muelles rotos se me clavaban en los omoplatos. Había recibido tres golpes en la cabeza en tres minutos, y estaba cansada. Miré el mundo exterior a través de los barrotes, con la esperanza de hallar allí la respuesta, pero no encontré nada. Solo el ineludible anochecer.

Cuando se puso el sol, sonó la campanada nocturna. Ya me había familiarizado con ese sonido; era como la alarma de un despertador. Para cuando me hube vestido, había tomado una decisión difícil. Intentaría volver a entrenar con él, si lo soportaba. Eso significaría someterme a una hora de conversación, pero creía poder aguantarlo. Creía poder llenar esa hora de mentiras.

El Custodio me esperaba junto a la puerta. Me miró de arriba abajo.

—¿Ya has tomado una decisión?

—Sí —respondí manteniendo las distancias—. Entrenaré contigo, pero solo si admites no ser mi amo.

—Eres más sensata de lo que creía. —Me dio una chaqueta negra con bandas rosa en las mangas—. Ponte esto. Lo necesitarás para tu siguiente examen.

Me puse la chaqueta y me la abroché. El forro era grueso y abrigado. El Custodio me tendió una mano. En la palma tenía las tres pastillas. No las cogí.

—¿Para qué sirve la verde?

—Eso no es asunto tuyo.

—Quiero saber para qué es. Nadie más la toma.

—Porque tú eres diferente. —No retiró la mano—. Ya sé que no te tomas las pastillas. No tengo ningún inconveniente en hacer que te las tomes por la fuerza.

—Me encantaría ver cómo lo intentas.

Escudriñó mi cara, y se me pusieron los pelos de punta.

—Preferiría no tener que recurrir a eso —dijo.

Yo sabía que era una batalla perdida. Podéis llamarlo instinto criminal. Era como volver a estar en el mercado negro, peleando con Didion por Anne Naylor. Había cosas en las que el Custodio estaba dispuesto a transigir, pero esa no era una de ellas. Me dije que ya le llevaría a Duckett la pastilla verde del día siguiente.

Me tragué los comprimidos con un vaso de agua. El Custodio me cogió la barbilla con una mano enguantada.

—Hay una razón.

Giré la cabeza. Él me miró un momento, y a continuación abrió la puerta. Lo seguí por la escalera de caracol hasta los soportales. Unas estatuas de piedra grotescas montaban guardia en el patio. Había bajado la temperatura, y una fina capa de escarcha lo cubría todo. Me abracé el torso para conservar el calor. El Custodio me guió al exterior, pero no salimos a la calle, sino que tomamos la dirección opuesta; pasamos por una verja de hierro forjado y cruzamos una pasarela sobre un río verde azulado. El reflejo intenso de la luna brillaba en la superficie del agua. Había parado de granizar, y el suelo estaba cubierto de hielo.

Mientras recorríamos un sendero de tierra, el Custodio

se enrolló una manga de la camisa. La herida de la primera vez le supuraba. Estaba empezando a cicatrizar, pero todavía no estaba curada.

—¿Son venenosos? —pregunté—. Los zumbadores.

—Los emim son portadores de una infección llamada semimpulso, que si no se trata produce locura e incluso la muerte. Comen cualquier tipo de carne, fresca o podrida.

Vi que, mientras hablábamos, la herida empezaba a curarse.

—¿Cómo lo haces? —pregunté, vencida por la curiosidad—. Está cicatrizando.

—Utilizo tu aura.

Di un respingo.

—¿Cómo dices?

—Ya debes de saber que los refaítas nos alimentamos de aura. Para mí es más fácil alimentarme cuando mi huésped no sabe que lo estoy haciendo.

—¿Has comido de mi aura?

—Sí. —Me miró y añadió—: Pareces enfadada.

—Mi aura no te pertenece. —Me aparté de él, asqueada—. Ya me has arrebatado la libertad. No tienes ningún derecho a quitarme el aura.

—No te he quitado la suficiente para perjudicar tu don. Me cebo en los humanos a pequeñas dosis, dejando tiempo para la regeneración. Otros son menos considerados. Y créeme —agregó mientras volvía a bajarse la manga—, no te haría ninguna gracia que contrajera semimpulso en tu presencia.

Lo miré, y él no se resistió a mi examen.

—Tus ojos. —Me fijé en sus ojos, a la vez hechizada y repelida—. Por eso cambian.

No lo negó. Ya no tenía los ojos amarillos, sino de un rojo oscuro con un resplandor tenue. El color de mi aura.

—No era mi intención ofenderte —dijo—, pero así es como debe ser.

—¿Por qué? ¿Porque tú lo dices?

Siguió andando y no me contestó. Lo seguí. Me ponía enferma pensar que mi guardián podía alimentarse de mí.

Al cabo de unos minutos el Custodio se detuvo. Nos hallábamos rodeados de una neblina azulada. Me subí el cuello de la chaqueta.

—Lo notas —dijo el Custodio—. El frío. ¿Alguna vez te has preguntado por qué aquí hay escarcha a principios de primavera?

—Estamos en Inglaterra. Hace frío.

—No tanto como aquí. Fíjate bien. —Me cogió una mano y me quitó el guante. Me ardieron los dedos de frío—. Por aquí cerca hay un punto frío.

Volví a ponerme el guante.

—¿Un punto frío?

—Sí. Se forman cuando un espíritu ha morado mucho tiempo en un determinado sitio, creando una abertura entre el éter y el mundo corpóreo. ¿Nunca te has fijado en el frío que hace cuando hay espíritus cerca?

—Supongo que sí.

Era verdad que los espíritus me producían sensación de frío, pero no le había dado mucha importancia.

—En teoría, los espíritus no moran entre los dos mundos. Absorben calor para sustentarse. Sheol I está rodeada de puntos fríos; aquí la actividad etérea es mucho más elevada que en la ciudadela. Por eso los emim se sienten atraídos hacia nosotros más que hacia la población amaurótica de Londres. —Señaló la franja de tierra que teníamos delante—. ¿Cómo crees que podrías encontrar el epicentro de un punto frío?

—La mayoría de los videntes verían al espíritu —dije—. Tienen el tercer ojo.

—Pero tú no.

—No.

—Los que carecen de visión también pueden hacerlo. ¿Has oído hablar de la rabdomancia?

—Tengo entendido que no sirve para nada —dije. Jax me lo había dicho infinidad de veces—. Los rabdománticos afirman poder encontrar el camino de regreso desde cualquier lugar. Dicen que cuando se pierden pueden lanzar *numa*, y que los espíritus los orientan en la dirección correcta. Pero no funciona.

—Quizá tengas razón, pero no puedes decir que no sirve para nada. Todos los tipos de clarividencia sirven para algo.

Noté que me ardían las mejillas. No era verdad que creyera que los rabdománticos no servían para nada, pero Jax siempre me había dicho que eran unos inútiles. No podías trabajar para Jaxon Hall y no compartir sus opiniones sobre esas cuestiones.

—Entonces ¿para qué es útil? —pregunté. El Custodio me miró y no dijo nada—. Se supone que tienes que instruirme. Instrúyeme.

—Muy bien. Si te interesa aprender… —El Custodio echó a andar—. La mayoría de los rabdománticos creen que cuando sus *numa* caen, señalan hacia su casa, hacia un tesoro escondido o hacia lo que sea que estén buscando. Eso acaba volviéndolos locos. Porque a lo que apuntan sus *numa* no es al oro, sino al epicentro del punto frío más cercano. A veces recorren kilómetros, y no hallan lo que buscan. Pero sí encuentran algo: una puerta secreta. Lo que no saben es qué hay que hacer para abrirla.

Se detuvo. Yo estaba temblando. Hacía frío y el aire estaba enrarecido. Respiré hondo.

—Los seres vivos no soportan bien los puntos fríos —dijo—. Toma.

Me dio una petaca de plata con tapón de rosca. Me quedé mirándola.

—Es solo agua, Paige.

Bebí. Estaba demasiado sedienta para rechazarla. El Custodio cogió la petaca y se la guardó. El agua me despejó la cabeza.

La tierra ante nosotros estaba helada, dura, como si fuera pleno invierno. Me castañeteaban los dientes. El espíritu responsable de aquel punto frío rondaba por allí cerca. Como no se nos acercaba, el Custodio se puso en cuclillas al borde del hielo, sacó una daga y se la acercó al brazo. Di un paso adelante.

—¿Qué haces?

—Voy a abrir la puerta.

Se hizo un corte en la muñeca. Las gotas de ectoplasma cayeron sobre el hielo. El punto frío se agrietó por el medio, y el aire se volvió blanco. Me vi rodeada de formas y voces. «¡Soñadora! ¡Soñadora!» Me tapé los oídos, pero seguía oyéndolas. «¡Soñadora, no vayas más allá! ¡Da media vuelta!» Levanté la cabeza, y volvía a estar rodeada de oscuridad.

—¿Paige?

—¿Qué ha pasado?

Estaba mareada y me dolía la cabeza.

—He abierto el punto frío.

—Con tu sangre.

—Sí.

Vi que la muñeca había dejado de sangrarle. Todavía tenía los ojos rojos, pues mi aura seguía curándole las heridas.

—Así que los puntos fríos se pueden abrir —dije.

—Tú no puedes. Yo sí.

—Porque los puntos fríos llevan al éter. —Hice una pausa—. ¿Puedes utilizarlos para llegar al Inframundo?

—Sí. Así fue como llegamos aquí. Imagina que hay dos velos que separan el éter y tu mundo, el mundo de la vida. Entre esos velos está el Inframundo, un estado intermedio entre la vida y la muerte. Cuando los rabdománticos encuentran un punto frío, encuentran la manera de moverse entre ambos velos. Para entrar en mi mundo, el reino de los refaítas.

—¿Los humanos pueden ir?

—Inténtalo.

Lo miré. Apuntó con la barbilla al punto frío, y di un paso sobre el hielo. No sucedió nada.

—La materia corpórea no puede sobrevivir más allá del velo —dijo el Custodio—. Tu cuerpo no puede trasponer ese umbral.

—¿Y los rabdománticos?

—Ellos también son de carne y hueso.

—Entonces ¿por qué lo abres?

El sol ya se había puesto.

—Porque ha llegado la hora —dijo— de que te enfrentes al Inframundo. No entrarás, pero lo verás.

Empezó a sudarme la frente. Me aparté del hielo. Percibía espíritus por todas partes.

—La noche es la hora de los espíritus. —El Custodio alzó la mirada hacia la luna—. Es cuando los velos son más finos. Los puntos fríos son como desgarrones en una tela.

Fijé la vista en el punto frío. Había algo allí que hacía vibrar mi espíritu.

—Paige, esta noche tendrás dos tareas —dijo el Custodio volviéndose hacia mí—. Ambas pondrán a prueba los límites de tu cordura. ¿Me creerás si te digo que te ayudarán?

—Lo dudo —respondí—, pero adelante.

16

La tarea

El Custodio no me reveló adónde íbamos. Me guió por otro sendero que discurría por los jardines de Magdalen. Notaba espíritus por todas partes: en el aire, en el agua; espíritus de los difuntos que en vida habían paseado por allí. No los oía; pero, como se había abierto un punto frío, los percibía con tanta intensidad como si fueran presencias vivas.

Me mantuve cerca del Custodio a mi pesar. Suponía que, si alguno de aquellos espíritus era maligno, él podría repelerlo más eficazmente que yo.

La oscuridad se intensificaba a medida que nos adentrábamos en los jardines y nos alejábamos de los faroles de Magdalen. El Custodio guardó silencio cuando atravesamos una pradera húmeda donde, en lugar de césped, había malas hierbas que me llegaban por las rodillas.

—¿Adónde vamos? —pregunté, con las botas y los calcetines empapados.

El Custodio no me contestó.

—Dijiste que era tu alumna, no tu esclava —le recordé—. Quiero saber adónde vamos.

—Al interior del jardín.

—¿Por qué?

Volvió a callar.

Cada vez hacía más frío, un frío antinatural. Tras lo

que me parecieron horas, el Custodio se paró por fin y señaló.

—Allí.

Al principio no lo vi. Cuando mis ojos se acostumbra-
ron, el contorno del animal apareció bajo la tenue luz de la
luna. Era un ser de cuatro patas con pelaje sedoso. Tenía el
cuello blanco como la nieve, y una cara estrecha y alargada,
con ojos oscuros y un pequeño hocico negro. Me pregunté
cuál de los dos debía de parecer más sorprendido.

Una cierva. No veía ciervos desde que vivía en Irlanda,
cuando mis abuelos me llevaron a las montañas Galtee. Me
invadió un entusiasmo infantil.

—Qué bonita es —observé.

El Custodio fue hacia la cierva, atada a un poste.

—Se llama Nuala.

—Es un nombre irlandés.

—Sí, el diminutivo de Fionnuala. Significa hombros blancos, u hombros claros.

Volví a fijarme y vi que tenía dos grandes manchas blancas a ambos lados del cuello.

—¿Quién le puso ese nombre?

En Scion era arriesgado ponerles nombres irlandeses a
los niños o las mascotas. Podían sospechar que simpatizabas
con los alborotadores de las revueltas de Molly.

—Fui yo.

Le soltó el collar que llevaba alrededor del cuello. Nuala
le dio un empujoncito con el morro. Creí que echaría a correr, pero se quedó quieta mirando al Custodio. Él le habló
en un idioma que no supe identificar y le acarició el cuello;
me pareció que ella lo escuchaba, cautivada.

—¿Quieres darle de comer? —El Custodio se sacó una
manzana roja de la manga—. Le encantan las manzanas.

Me la lanzó. Nuala me miró y movió el hocico.

—Con cuidado —dijo el Custodio—. Se asusta fácilmente cuando hay un punto frío abierto cerca.

Yo no quería asustarla, pero si no le tenía miedo al Custodio, ¿cómo iba a tenérmelo a mí? Estiré el brazo ofreciéndole la manzana. La cierva olfateó el fruto. El Custodio dijo algo más, y entonces Nuala cogió la manzana.

—Tendrás que perdonarla. Tiene mucha hambre. —Le dio unas palmaditas en el cuello y sacó otra manzana—. Tengo muy pocas oportunidades de venir a verla.

—Pero si vive en Magdalen.

—Sí, pero he de tener cuidado. No está permitido tener animales dentro de la ciudad.

—Entonces ¿por qué la tienes?

—Por la compañía que me hace. Y por ti.

—¿Por mí?

—Nuala te estaba esperando. —Se sentó sobre una roca plana y dejó que Nuala fuera hacia los árboles—. Eres onirámbula. ¿Qué significa eso para ti?

No me había llevado allí para dar de comer a una cierva.

—Que estoy en sintonía con el éter.

—¿Qué más?

—Puedo percibir otros onirosajes desde lejos. Y la actividad etérea en general.

—Exactamente. Ese es tu don primario, lo esencial: una sensibilidad al éter acentuada, una conciencia que no poseen la mayoría de los clarividentes. Proviene de tu cordón argénteo, que es flexible. Te permite desplazar tu espíritu del centro de tu onirosaje, ensanchar tu percepción del mundo. Eso haría enloquecer a la mayoría de los clarividentes. Pero cuando entrenamos en la pradera, te animé a lanzar tu espíritu contra mi onirosaje. A atacarlo. —Sus ojos ardían en la penumbra—. Tienes potencial para hacer algo más que sencillamente percibir el éter. Puedes alterarlo. Puedes alterar a otras personas.

Seguí callada.

—Cuando eras más pequeña quizá podías hacer daño a otras personas. Quizá podías ejercer presión sobre sus onirosajes. Quizá ellas advirtieran algo: les sangraba la nariz, se les nublaba la visión…

—Sí.

No tenía sentido negarlo, porque él ya lo sabía.

—Algo cambió en el tren —continuó—. Tu vida peligraba. Temías que te detuvieran. Y, por primera vez en tu vida, emergió ese poder que tienes dentro.

—¿Cómo te has enterado?

—Llegó un informe de que habían matado a un metrovigilante. Sin derramamiento de sangre, sin arma alguna, sin que quedara ni una sola señal en su cuerpo. Nashira supo al instante que aquello había sido obra de un onirámbulo.

—Podría haberlo hecho un duende.

—Los duendes siempre dejan una señal. Tú deberías saberlo.

Noté tirantez en las cicatrices de mi mano.

—Nashira quería capturarte viva —prosiguió el Custodio—. La DVN hace detenciones violentas y torpes, como muchos de nuestros casacas rojas. Cerca de la mitad de esas detenciones acaban en muerte. Y eso no podía pasar contigo. A ti no podíamos perderte. Por eso Nashira envió al Capataz, su especialista en captura de clarividentes.

—¿Por qué?

—Porque quiere aprender tu secreto.

—No hay ningún secreto. Es lo que soy.

—Y también es lo que Nashira quiere ser. Le encantan los dones inusuales, entre ellos el tuyo.

—Pues ¿por qué no me lo quita? Habría podido matarme cuando mató a Seb. ¿Para qué esperar?

—Porque quiere entender el alcance de tus capacidades, pero no quiere esperar eternamente.

—No actuaré para ti —dije—. Todavía no soy una bufona.

—No te he pedido que actúes para mí. ¿Qué necesidad hay? En la capilla vi de qué eres capaz. Lanzaste tu espíritu contra la mente de Aludra. Lo vi en la pradera, cuando entraste en la mía. Pero dime —se inclinó hacia mí, mirándome con sus ojos abrasadores—, ¿habrías podido poseernos a alguno de los dos?

Se produjo un silencio, interrumpido solo por el ulular aflautado de un búho. Miré hacia arriba y vi la luna, envuelta en jirones de nube. Por un breve instante me vi transportada al despacho de Jax, la primera vez que abordamos el tema de la posesión.

«Querida —me había dicho—, hasta ahora has sido una estrella. Qué digo, un luminar. Eres, sin ningún género de duda, una joya, un Sello a punto de estallar; pero ahora me gustaría asignarte una nueva tarea. Una tarea que te pondrá a prueba, pero que también te satisfará. —Me pidió que obligara a mi mente a entrar en la suya, que intentara controlar su cuerpo. Esa idea me había conmocionado. Había hecho un intento desganado, pero su mente era excesivamente compleja y yo no había podido sondearla—. Bueno —había dicho Jax dando una calada a su puro—, ha valido la pena intentarlo, querida mía. Y ahora, vete. Hay cartas que repartir, y juegos a los que jugar.»

Quizá lo habría logrado. Si de veras hubiera querido, habría podido apoderarme del cuerpo de Jax y apagar aquel maldito puro, pero esa capacidad era precisamente lo que me asustaba. Controlar a otro implicaba demasiada responsabilidad. Aun con la promesa de un aumento de sueldo. Deambularía por la mente de Londres, pero nunca la controlaría. Ni por todo el dinero del mundo.

—¿Paige?

Salí de mi ensimismamiento.

—No —dije—. No habría podido poseer a Aludra. Ni poseerte a ti.

—¿Por qué no?

—No puedo poseer a otra persona. Y mucho menos a un refa.

—Pero ¿te gustaría?

—No. No puedes obligarme a hacerlo.

—No tengo intención de obligarte. Solo te estoy ofreciendo la oportunidad de «ampliar tus horizontes», como decís vosotros.

—Causando dolor.

—Si se hace bien, la posesión no tiene por qué causar dolor. No pretendo que poseas a un humano. Y menos esta noche, por supuesto.

—Entonces ¿qué quieres?

Miró a lo lejos, más allá de la pradera, y yo lo imité. La cierva tocaba unas flores con la pezuña y las observaba oscilar.

—Nuala —dije.

—Sí.

La cierva bajó la cabeza y olfateó la hierba. Nunca me había planteado practicar la posesión con animales. La mente de los animales era muy diferente de la humana (menos compleja, menos consciente), pero eso tal vez lo hiciera aún más difícil. Quizá ni siquiera fuera posible que yo encajara mi espíritu humano en el cuerpo de un animal. ¿Pensaría como un humano cuando tuviera un onirosaje de animal? Y también me preocupaban otras cosas. ¿Le haría daño a la cierva? ¿Se resistiría a mi infiltración, o me dejaría entrar?

—No lo sé —dije—. Es demasiado grande. A lo mejor no puedo controlarla.

—Buscaré algo más pequeño.

—¿Qué quieres sacar con esto exactamente? —Como no contestaba, continué—: Para estar ofreciéndome una oportunidad, insistes mucho.

—Quiero que aproveches esta oportunidad. No lo niego.

—¿Por qué?

—Porque quiero que sobrevivas.

Le sostuve la mirada un momento, tratando de descifrarlo, pero no pude. Las caras de los refaítas tenían algo que dificultaba hacer conjeturas emocionales.

—De acuerdo —cedí—. Un animal más pequeño. Un insecto, un roedor, tal vez un pájaro. Algo con conciencia limitada.

—Muy bien.

Iba a darse la vuelta, pero se paró. Me miró y se sacó algo del bolsillo: un colgante con una cadena fina.

—Ponte esto —dijo.

—¿Por qué?

Se marchó sin contestarme. Me senté sobre una roca pequeña, y contuve un escalofrío de emoción. Seguro que Jax lo habría aprobado, aunque no tenía tan claro si Nick lo habría hecho.

Miré el colgante. Tenía aproximadamente la longitud de mi pulgar, y estaba entretejido formando unas alas. Cuando lo acaricié con un dedo, hubo un débil temblor en el éter. Debía de estar sublimado. Me pasé la cadenilla por la cabeza.

Nuala volvió al cabo de un rato, cuando se cansó de la hierba. Yo estaba acurrucada contra la roca, con las manos en los bolsillos de la chaqueta. Hacía un frío terrible, y salían nubes blancas de vaho de mi boca. «Hola», dije. Nuala me olisqueó el pelo, como si tratara de averiguar qué era; luego dobló las patas y se acurrucó a mi lado. Apoyó la cabeza en mi regazo y dio una especie de bufido de satisfacción. Me quité los guantes y le acaricié las orejas. La piel le olía a almizcle. Notaba los latidos de su corazón, fuertes y constantes. Nunca había estado tan cerca de un animal salvaje. Intenté imaginar qué debía de sentirse siendo un cervato: sosteniéndose sobre cuatro patas, viviendo en el bosque en estado salvaje.

Pero yo no vivía en estado salvaje. Había vivido más de una década en una ciudadela de Scion, y había perdido todo mi salvajismo. Suponía que por eso me había juntado con Jax. Para aferrarme a los vestigios de mi antiguo yo.

Al cabo de un momento decidí tantear el terreno. Cerré los ojos y solté mi espíritu. Nuala tenía un onirosaje permeable, fino y frágil como una pompa de jabón. Con los años, los humanos acumulábamos capas de resistencia, pero los animales no tenían esa coraza emocional. En teoría podía controlarla. Le di un empujoncito a su onirosaje.

Nuala dio un resoplido de alarma. Le acaricié las orejas para tranquilizarla. «Lo siento —dije—. No volveré a hacerlo.» Entonces apoyó la cabeza en mi regazo, pero estaba temblando. Ella no sabía que había sido yo quien le había hecho daño. La acaricié suavemente bajo la barbilla. Para cuando volvió el Custodio, nos habíamos quedado las dos dormidas. Me despertó tocándome la mejilla. Nuala levantó la cabeza, pero el Custodio la calmó con una palabra y enseguida volvió a dormirse.

—Ven conmigo —me dijo—. Te he encontrado otro cuerpo.

Se sentó a mi lado en la roca. Me impresionó verlo bajo la luz de la luna: su contorno perfectamente recortado, sus rasgos marcados, su piel radiante.

—¿Qué es? —pregunté.

—Mira.

Tenía las manos juntas y ahuecadas; las yemas de sus dedos apenas se tocaban. Miré y vi un insecto frágil: una mariposa o una polilla. Costaba distinguirlo con tan poca luz.

—Cuando la he encontrado estaba inactiva —dijo—. Todavía está en estado letárgico. He pensado que así sería más fácil.

Entonces era una mariposa. Temblaba ligeramente en sus manos.

—Los puntos fríos asustan a los animales —dijo en voz baja—. Perciben que hay un conducto abierto hacia el Inframundo.

—¿Por qué lo has abierto?

—Ahora lo verás. —Me miró a los ojos—. ¿Estás dispuesta a intentar una posesión?

—Sí, lo intentaré.

Sus ojos resplandecieron, ardientes como brasas.

—Seguramente ya lo sabes —dije—, pero mi cuerpo se va a desplomar cuando lo abandone. Te agradecería que me sujetaras.

Tuve que obligarme a decir esas palabras. Detestaba tener que pedirle un favor, aunque fuera algo tan obvio y sencillo.

—Por supuesto.

Desvié la mirada.

Inspiré hondo y solté mi espíritu. Inmediatamente se me nublaron los sentidos y vi mi onirosaje. Ya sentía el éter; fue fortaleciéndose a medida que me acercaba al borde del prado de amapolas, donde estaba oscuro. El éter estaba esperándome allí.

Salté.

Vi que mi cordón argénteo se desenredaba de mi onirosaje, proporcionándome un camino de regreso. El onirosaje del Custodio estaba cerca. La mariposa solo era un puntito a su lado, un grano de arena junto a una canica. Me deslicé dentro de su mente. Mi receptor no se retrajo, no dio ni la más leve sacudida.

Me hallaba en un mundo de sueños. Un mundo de color bañado en una luz ocre. La mariposa pasaba los días alimentándose en las flores, cuyos vivos colores componían todos sus recuerdos. Aromas de ambrosía llegaban flotando de todas partes, lavanda, hierba y rosas. Caminé por el onirosaje cubierto de rocío y me dirigí hacia la zona más luminosa. Caía polen formando remolinos de los árboles cargados de flores y quedaba prendido en mi pelo. Nunca me había sentido tan libre. No había resistencia, ni siquiera el más leve mecanismo de defensa. Era tan indoloro, tan fácil y hermoso; sentía como si me hubieran quitado unos gruesos grilletes. Parecía todo tan natural. Eso era lo que ansiaba mi espíritu: deambular por tierras extrañas. No soportaba estar atrapado en un único cuerpo todo el tiempo. Tenía ansias de conocer mundo.

Llegué a la zona soleada y lo vi: una levísima hebra de espíritu, de color rosa. Fruncí los labios y soplé, y se deslizó hacia las partes más oscuras.

Había llegado el momento de la prueba real. Si yo lo había entendido bien (y si Jax, que me lo había explicado, tenía razón), entrar en la zona soleada me permitiría hacerme con el control de mi nuevo cuerpo.

Nada más entrar en el círculo, una luz intensa inundó todo el onirosaje: una luz dorada que me envolvía e impregnaba mis ojos, mi piel y mi sangre. Me cegó. El mundo se convirtió en un diamante hecho añicos, un asterisco de colores luminosos.

Durante unos momentos no hubo nada. Mi cuerpo se había esfumado y no notaba nada. Y entonces desperté.

Lo primero que sentí fue pánico. ¿Dónde estaban mis brazos, mis piernas? Un momento: veía (apenas), pero todo estaba teñido de morado, y el verde de la hierba era tan intenso que me dañaba los ojos. Un espasmo sacudió mis endebles extremidades. Aquello era parecido a la peste cerebral, pero mucho peor. Estaba aplastada, asfixiada, gritando sin labios ni voz. Y ¿qué eran esas cosas que tenía pegadas a los costados? Intenté moverme, y esas cosas se estremecieron, como si estuviera agonizando.

Sin proponérmelo, salí de la mariposa y volví a mi cuerpo. Temblaba de pies a cabeza y respiraba a boqueadas. Resbalé de la roca y caí al suelo a cuatro patas.

—¿Paige?

Me dieron arcadas. Se me llenó la boca de un sabor ácido y repugnante, pero no vomité nada.

—No volveré a hacerlo jamás —dije.

—¿Qué ha pasado?

—Nada. Era… era tan fácil, pero de repente… —Me desabroché la cremallera de la chaqueta; me costaba respirar—. No puedo hacerlo.

El Custodio guardaba silencio. Se quedó mirando mientras yo me enjugaba el sudor de la frente y procuraba no hiperventilar.

—Pues lo has hecho —dijo entonces—. Aunque haya sido doloroso, lo has hecho. Ha movido las alas.

—Creía que me iba a morir.

—Pero lo has conseguido.

Me apoyé en la roca.

—¿Cuánto he durado?

—Cerca de medio minuto.

Mejor de lo que yo esperaba, pero aun así lamentable. Jaxon se habría partido de risa.

—Siento decepcionarte —dije—. A lo mejor es que no soy tan buena como otros onirámbulos.

El Custodio me miró con gesto serio.

—Eres buena —dijo—. Pero, si no te lo crees, no podrás desarrollar todo tu potencial.

Abrió la mano y la mariposa echó a volar. Seguía viva. No la había matado.

—Estás enfadado —dije.

—No.

—Entonces ¿por qué me miras así?

—¿Cómo te miro? —Sus ojos se habían enfriado.

—No importa.

Cogió un puñado de ramas menudas que estaban apoyadas contra la roca. Entrechocó dos piedras y encendió una pequeña hoguera utilizando las ramas como encendaja. Desvié la mirada. «Que tiene la rabia.» Yo no estaba allí para hacer de titiritera con los animales.

—Descansaremos aquí unas horas. —El Custodio no me miró—. Necesitas dormir antes de abordar la segunda parte de tu examen.

—¿Significa eso que he aprobado la primera?

—Claro que has aprobado. Has poseído a la mariposa. Era lo único que te había pedido. —Se quedó contemplando las llamas—. Nada más.

Abrió su mochila y desplegó un sencillo saco de dormir negro.

—Toma —dijo—. Tengo que hacer una cosa. Aquí estarás a salvo, al menos un rato.

—¿Vuelves a la ciudad?

—Sí.

No tenía más remedio que obedecer, aunque no me hacía ninguna gracia dormir en un sitio donde había tantos espíritus sueltos. Habían aparecido más, y hacía más frío. Me quité las botas y los calcetines mojados, y los puse a secar junto a las llamas; me metí en el saco y cerré la cremallera. No estaba suficientemente abrigada, pese a la chaqueta y el chaleco, pero era mejor que nada.

El Custodio tamborileaba con los dedos en la rodilla contemplando la oscuridad. Sus ojos eran dos brasas ardientes en estado de alerta. Me di la vuelta y alcé la vista hacia la luna. Qué oscuro estaba el mundo. Qué oscuro y qué frío.

Voluntad

—Date prisa, Pip. Vamos.

Mi primo Finn me tiró más fuerte del brazo. Yo tenía seis años y estábamos en el abarrotado centro de Dublín, rodeados de gente que se desgañitaba.

—No puedo seguirte, Finn —dije, pero él no me hizo caso; era la primera vez que mi primo no me escuchaba.

Era una mañana fría de febrero de 2046; el sol invernal derramaba su oro blanco sobre el Liffey, y se suponía que estábamos en el cine. Yo estaba pasando las vacaciones de mitad de trimestre en casa de mi tía Sandra. Ella le había encargado a Finn cuidar de mí mientras estaba en el trabajo, ya que mi primo no tenía clases. Yo quería ir a ver una película y a comer en Temple Bar, pero Finn dijo que teníamos que hacer otra cosa: ir a ver la estatua de Molly Malone. Me aseguró que era importante. Demasiado importante para no hacerlo. Un día muy especial. «Vamos a hacer historia, Pip», me había asegurado apretándome la mano que yo llevaba enfundada en un mitón.

Cuando me lo dijo, arrugué un poco la nariz. La historia era para el colegio. Yo adoraba a Finn (era alto, gracioso e inteligente, y cuando tenía algo de calderilla siempre me compraba caramelos), pero había visto a Molly centenares de veces. Y me sabía de memoria la letra de su canción.

Nos acercamos a la estatua, a cuyo alrededor se había congregado la gente. Miré entre asustada y emocionada a todas aquellas personas con la cara colorada que cantaban. Finn se puso a cantar con ellas a voz en grito, y yo me uní también, pese a no entender qué hacíamos allí. Pensé que debía de ser una fiesta popular.

Finn se puso a hablar con sus amigos del Trinity College sin soltarme de la mano. Iban todos vestidos de verde y agitaban grandes pancartas. Yo ya sabía leer lo suficiente para descifrar casi todas las palabras, pero había una que no conocía: «Scion». Estaba escrita en todas las pancartas. Las veía en lo alto, unas en inglés y otras en irlandés. «¡Abajo Mayfield! *Éire go brách!* ¡Dublín dice no!» Le tiré de la manga a Finn.

—¿Qué pasa, Finn?

—Nada, Paige. Calla un momento. «¡Fuera Scion! ¡Abajo Scion! ¡Scion fuera de Dublín!»

Ya estábamos cerca de la estatua, empujados por la multitud. Molly siempre me había gustado; tenía un rostro bondadoso. Sin embargo, ese día la encontré diferente. Le habían puesto una bolsa en la cabeza y una soga al cuello. Se me empañaron los ojos.

—No me gusta, Finn.

—«¡Fuera Scion! ¡Abajo Scion! ¡Scion fuera de Dublín!»

—Quiero irme a casa.

La novia de Finn, Kay, me miró arrugando el ceño. Siempre me había caído bien. Tenía el pelo muy bonito, de un castaño rojizo oscuro que brillaba como el cobre, muy rizado, y los brazos muy blancos y cubiertos de pecas. Finn le había regalado un anillo Claddagh que ella llevaba con el corazón apuntando hacia el cuerpo. Ese día iba vestida de negro, y se había pintado las mejillas de color verde, blanco y naranja.

—Podrían ponerse violentos, Finn —dijo—. ¿No sería

mejor que la llevaras a casa? —Como mi primo no le contestaba, le dio un empujón—. ¡Finn!

—¿Qué pasa?

—¡Lleva a Paige a casa! Cleary tiene bombas caseras en el coche, por amor de Dios...

—Ni hablar. No me perdería esto por nada del mundo. Si entran esos cabrones, ya no podremos sacarlos.

—Tiene seis años. No debería estar viendo esto. —Kay me dio la mano—. Si no la llevas tú, lo haré yo. Tu madre se avergonzaría de ti.

—No. Quiero que lo vea.

Se arrodilló delante de mí y se quitó la gorra. Tenía el pelo alborotado. Finn se parecía a mi padre, pero tenía un semblante que denotaba franqueza y bondad, y unos ojos azules como el cielo de verano. Me puso las manos sobre los hombros.

—Paige Eva —dijo poniéndose muy serio—, ¿sabes qué está pasando?

Dije que no con la cabeza.

—Van a llegar unos malos por el mar. Nos van a encerrar en nuestra ciudad y no nos dejarán salir, y convertirán este sitio en una ciudad-cárcel como la suya. No nos dejarán volver a cantar nuestras canciones, ni visitar a nadie fuera de Irlanda. Y las personas como tú, Pip... no les gustan.

Miré a Finn a los ojos y entendí lo que quería decir. Finn siempre había sabido que yo veía cosas. Yo sabía dónde vivían todos los fantasmas de Dublín. ¿Me convertía eso en una mala persona?

—Pero ¿por qué lleva Molly una bolsa en la cabeza, Finn? —pregunté.

—Porque eso es lo que les hacen los malos a las personas que no les caen bien. Les ponen una bolsa en la cabeza y una soga al cuello.

—¿Por qué?

—Para matarlas. También a las niñas pequeñas como tú.

Me puse a temblar. Me dolían los ojos. Tenía un nudo en la garganta, pero no lloraba. Era valiente. Muy valiente, como Finn.

—¡Ya los veo, Finn! —exclamó Kay.

—«¡Fuera Scion! ¡Abajo Scion!»

El corazón me latía muy deprisa. Finn me enjugó las lágrimas y me puso su gorra en la cabeza.

—«¡Scion fuera de Dublín!»

—Ya vienen, Paige, y tenemos que detenerlos. —Me agarró por los hombros—. ¿Vas a ayudarme a detenerlos?

Asentí.

—¡Dios mío, Finn, tienen tanques!

Y entonces mi mundo explotó. Los malos habían apuntado sus cañones y habían disparado sus dardos de fuego contra los manifestantes.

Me despertó el ruido de disparos dentro de mi cabeza.

Notaba la piel fría y húmeda, pero por dentro estaba ardiendo. Aquel recuerdo me había abrasado todo el cuerpo. Todavía me parecía ver a Finn, su rostro transido de odio. Finn, que siempre me llamaba Pip.

Me puse a patalear dentro del saco de dormir. Habían pasado trece años y todavía oía disparos. Seguía viendo a Kay, con los ojos abiertos, sorprendida por la muerte. Su blusa manchada de sangre. Un disparo en el corazón. Eso fue lo que hizo que Finn corriera hacia los soldados y me dejara atrás, agachada bajo la carretilla de Molly. Grité su nombre una y otra vez, pero Finn ya no regresó.

No volví a verlo nunca.

Después de eso ya no recordaba casi nada. Sé que alguien me llevó a casa. Sé que lloré por Finn hasta quedarme afónica. Y sé que mi padre no permitió que mi tía Sandra volviera a verme hasta el día del funeral. Después dejé de llorar. Las lágrimas no hacían que las personas volvieran.

Me enjugué el sudor de la cara con la camisa. Debía de estar todavía en los jardines de Magdalen. Me volví hacia un lado; tenía tanto frío que no me notaba los pies, y me ovillé dentro del saco.

El fuego debía de haberse apagado. Llovía, pero no me había mojado. Estiré un brazo hacia arriba y mis dedos rozaron un toldo de lona, un refugio improvisado. Me puse la capucha de la chaqueta y salí despacio de debajo de aquel toldo.

—¿Custodio?

No había ni rastro de él. Ni de la cierva. Ni de la hoguera.

Ya no temblaba solo de frío. ¿Adónde podía haber ido? Me había dicho que iba a la ciudad, pero en realidad no habíamos salido de Sheol I. Magdalen y sus jardines formaban parte del complejo de residencias. Solo nos habíamos alejado algo más de un kilómetro del punto frío, o ni siquiera eso.

El viento arreciaba. Me guarecí bajo el toldo. No había ninguna razón para que el Custodio me hubiera dejado allí sola. A lo mejor no había dormido tanto rato como creía. Me puse los calcetines y las botas y miré dentro del saco de dormir. Para mi sorpresa, dentro había unas pocas provisiones: unos guantes, una jeringuilla hipodérmica de adrenalina y una pequeña linterna de plata, junto con un sobre de papel Manila con mi nombre escrito. Reconocí la letra de mi guardián y abrí el sobre.

Bienvenida a la Tierra de Nadie. Tu examen es sencillo: tienes que volver a Sheol I en el menor tiempo posible. No tienes comida, agua ni mapa. Utiliza tu don. Confía en tu instinto.

Y hazme este favor: sobrevive a esta noche. Estoy seguro de que preferirías que no te rescataran.

Buena suerte.

Me quedé con la nota en la mano un momento, y luego la rompí en pedazos.

Se iba a enterar. Se iba a enterar, y bien. Intentaba asustarme, pero no iba a conseguirlo. «Sobrevive a esta noche.» ¿Qué se suponía que significaba eso? Muy frágil debía de considerarme si no me creía capaz de vencer un poco de viento y un poco de lluvia. Si podía apañármelas en las calles sórdidas de SciLo, podía arreglármelas en un bosque oscuro. En cuanto a la comida, ¿para qué la necesitaba? Tampoco me había dejado tirada en medio del desierto, ¿no?

Saqué la cabeza de la improvisada tienda y vi una caja marcada con el símbolo de ScionIdus, el brazo armado del gobierno: dos líneas en ángulo recto formando una horca, con tres líneas más cortas atravesadas en la línea vertical. Dentro había otra nota.

> Ten cuidado con los dardos. Si se rompen, el ácido que contienen te provocará una parada cardíaca. En caso de emergencia, usa la bengala y enviaré a una brigada de casacas rojas.
>
> No vayas hacia el sur.

Iluminé el contenido de la caja con la linterna: una pistola de cañón largo, una pistola de bengalas, un viejo encendedor Zippo, una navaja y tres dardos de plata presurizados. En los lados llevaban impresos los símbolos de toxicidad y corrosividad, junto con las palabras «Ácido Fluorhídrico (HF)». Una pistola tranquilizadora y un puñado de dardos de ácido. ¿No podía haberme devuelto mi pistola? Bueno, algo tendría que hacer, a menos que quisiera quedarme toda la noche en aquel claro. Enrollé el saco de dormir y lo metí en una bolsa, pero no desmonté la tienda. Podía servirme de indicador para asegurarme de que no corría en círculos.

Entonces vi que había algo alrededor del campamento:

un círculo de diminutos cristales blancos. Me arrodillé y los toqué con los dedos; saqué la punta de la lengua y los probé.

«Sal.»

El campamento estaba montado en el centro de un círculo de sal.

Me quedé muy quieta. Entre los videntes se rumoreaba que la sal podía repeler a los espíritus (lo llamaban alomancia), pero yo sabía que no era verdad. Desde luego, no servía para ahuyentar a los duendes. ¿La habría puesto allí solo para asustarme?

Me subí la capucha, me abroché la chaqueta hasta arriba y guardé mis escasos pertrechos. Metí los dardos y la pistola en la mochila, protegiéndolos con el saco de dormir, y me puse la pistola de bengalas en la cinturilla. La navaja me la metí dentro de la bota, y la jeringuilla, en la chaqueta. Me puse los guantes.

Estaba deseando volver y plantarme ante aquel desgraciado. Me lo imaginaba cómodamente sentado junto a la chimenea encendida, mirando el reloj, contando los minutos hasta mi regreso.

Se iba a enterar. No pensaba pasar desapercibida. Yo era la Soñadora Pálida, y le iba a demostrar por qué. Iba a saber por qué Jax me había elegido: porque había sobrevivido, contra todo pronóstico.

Cerré los ojos e intenté detectar actividad etérea, pero no había nada. Ningún onirosaje. Estaba sola. Cuando abrí los ojos, me llamó la atención el cielo. Tenía suerte de haber despertado cuando lo había hecho: las estrellas estaban a punto de desaparecer detrás de una nube, y como ya se había puesto el sol, no tenía otra forma de orientarme. No vi Sirio, así que busqué el Cinturón de Orión. Gracias a los apasionados discursos de Nick sobre astronomía sabía que si encontrabas el Cinturón, podías situar el norte, que estaba más o menos en la dirección opuesta. También sabía dónde estaba en relación con Sheol I. Localicé las tres estrellas y me volví despacio hasta encarar mi camino. Lo que tenía ante mí era un denso tramo de bosque tupido y oscuro.

El corazón me latía con fuerza. Nunca me había asustado la oscuridad, pero me obligaría a depender de mi sexto sentido para detectar cualquier movimiento. Seguramente se trataba de eso: de ponerme a prueba.

Miré hacia atrás. El bosque del otro lado del claro estaba igual de oscuro. El sendero me llevaría hacia el sur, lejos de la colonia.

«No vayas hacia el sur.»

Sabía a qué jugaba el Custodio. Esperaba que yo obedeciera, como buena humana. Pero ¿por qué iba a ir hacia el norte, si el norte me devolvería a la esclavitud y al Custodio, que era quien me había puesto allí? No necesitaba demostrarle nada. Me volví hacia el Cinturón. Iría hacia el sur. Me marcharía de aquel lugar horrible.

El fuerte viento atravesaba las copas de los árboles y me helaba la piel húmeda. Ahora o nunca. Si me ponía a pensar qué podía haber o no escondido allí dentro, cuando acabara ya no tendría valor para moverme. Apreté las mandíbulas y entré en el bosque.

Estaba muy negro. No veía nada. La lluvia había ablandado el terreno, dejándolo esponjoso y empapado. Mis pies no hacían ruido alguno mientras avanzaba entre los robles, a buen paso, a veces corriendo, ayudándome de las manos para tantear el camino entre las ramas. Con el delgado haz de mi linterna distinguía una débil bruma que abrazaba los troncos de los árboles y quedaba suspendida formando una fina manta sobre el suelo que tapaba mis botas. No había luz natural. Recé para que la linterna no se apagara. Llevaba el símbolo de Scion; debía de pertenecer a un lote prestado por la DVN. Eso me producía cierto alivio, pues los artículos fabricados por Scion no solían estropearse.

De pronto se me ocurrió pensar que me hallaba fuera de los límites normales de Sheol I. Aquel lugar se llamaba Tierra de Nadie por algún motivo: porque no pertenecía a nadie. Quizá fuera propiedad de Scion, pero quizá no. No tenía ni idea de adónde me llevaría esa ruta, pero sí sabía que Oxford estaba al norte de Londres. Iba en la dirección correcta. La chaqueta y los pantalones eran lo bastante oscuros para no llamar la atención si había alguien vigilando, y mi sexto sentido estaba más afinado que nunca. Podía pasar sin ser vista al lado de cualquier vigilante refaíta. Podía trepar por una valla con la misma facilidad con que podía colarme por debajo de ella. Y si alguien me atacaba, podía emplear mi don. Lo sabría con antelación.

Pero entonces me acordé de lo que había dicho Liss de aquel lugar a mi llegada: «Campos desiertos. Lo llamamos la Tierra de Nadie». Eso me habría animado de no ser por lo que había dicho después, cuando le pregunté si alguna vez alguien había intentado huir por la ruta sur. «Sí», se había limitado a contestar. Solo «sí». Una confirmación indudable de que aquel camino entrañaba peligros. Otros videntes lo habían tomado y habían muerto. Quizá a ellos también los hubieran puesto a prueba así. ¿Consistía el examen, simplemente, en resistir la tentación de huir? Pensarlo me hizo romper a sudar. Minas de tierra, bombas trampa: seguro que las tenían. Imaginé cámaras en los árboles que observaban cada uno de mis movimientos, esperando a que pisara una mina. Reduje un poco el paso.

No, no. Tenía que continuar. Podía salir de allí. Ellos confiaban en que yo pensaría así, en que adoptaría una actitud conservadora. Estuve a punto de torcer hacia el norte, pero mi determinación me hizo continuar. No pude evitar imaginarme al Custodio, a David y al Capataz junto al fuego, entrechocando sus copas al verme pisar una mina. «Bien, caballeros, brindemos por la onirámbula —diría el Capataz—. La humana más idiota que jamás hemos traído a Sheol I.» Y ¿qué escribirían en mi lápida? ¿PAIGE MAHONEY, o solo XX-59-40? Y eso suponiendo que quedaran suficientes restos de mí que recoger y meter en una tumba, claro.

Me paré y me apoyé en un árbol. Era una locura. ¿Por qué me imaginaba esas cosas? El Custodio no soportaba al Capataz. Cerré los ojos, apreté los párpados y me imaginé a otro grupo: Jaxon, Nick y Eliza. Estaban en la ciudadela, esperándome, buscándome. Si conseguía salir de aquel bosque, podría volver con ellos. Al cabo de un momento abrí los ojos. Y me quedé mirando lo que había en el suelo.

Huesos. Huesos humanos. Un esqueleto con blusón blanco hecho jirones; le faltaban las piernas desde las rodillas. Retrocedí, y estuve a punto de tropezar y caerme. Algo crujió bajo mi pie. Un cráneo.

Junto al esqueleto había una bolsa. Una mano todavía sujetaba la correa. La solté, y produjo un ruido de huesos secos. Las moscas se atiborraban de los restos de carne: unas moscas gigantescas, con pelos negros, saciadas de tejido muerto. Echaron a volar cuando le arranqué la bolsa a su difunto propietario. Alumbré el contenido con la linterna: un poco de pan podrido y una botella vacía.

Sentí un sudor frío. Iluminé con la linterna hacia la derecha. A escasa distancia se abría un cráter entre las hojas, anegado de agua de lluvia. Había trozos de hueso y fragmentos de mina esparcidos por el suelo.

Así que era verdad: había un campo de minas.

Apoyé la espalda en el tronco de un roble. No podía atravesar un campo de minas a oscuras. Me separé poco a poco del árbol y pasé por encima del esqueleto. «No pasa nada, Paige.» Me temblaban las piernas; torcí hacia el norte y volví sobre mis pasos. No me había alejado mucho del claro. Lo conseguiría. Solo me había apartado un poco de los huesos cuando tropecé con una raíz y di contra el suelo. Me quedé rígida, con todos los músculos en tensión y el corazón latiéndome desbocado, pero no se produjo ninguna explosión.

Me apoyé en los codos, busqué dentro de la chaqueta, saqué el Zippo y lo encendí con el pulgar. Brotó una llama limpia. Una ruta hacia el éter. Yo no era augur (el fuego no era mi aliado), pero podía utilizarlo para realizar una sesión espiritista en miniatura. «Necesito un guía —susurré—. Si hay alguien ahí, que venga hasta esta llama.»

Al principio no pasó nada. La llama temblaba y parpadeaba. Entonces mi sexto sentido se activó, y de entre los árboles salió un joven espíritu. Me levanté.

—Necesito llegar a mi campamento. —Le acerqué el mechero—. ¿Puedes guiarme?

No le oí decir nada, pero se desplazó hacia el camino por el que yo había llegado. Noté que era el espíritu del casaca blanca muerto, y eché a correr tras él. No había ninguna razón para que me engañara.

No tardé en ver el círculo de sal. La lluvia apagó el encendedor, pero el espíritu no se alejó de mí. Tardé unos minutos en serenarme. Era duro aceptarlo, pero no tenía más alternativa que dirigirme hacia el norte. Comprobé que mis cosas seguían allí y eché a andar de nuevo hacia los árboles, con la linterna en una mano y el Zippo en la otra, y con el espíritu siguiéndome de cerca.

Cuando llevaba una media hora andando, con el espíritu alrededor de los hombros como una soga, me paré para comprobar que seguía teniendo el Cinturón de Orión a mis espaldas. Corregí un poco el rumbo y volví a sumergirme en la oscuridad. Me dolían los oídos y la nariz, y mi sexto sentido me provocaba estremecimientos. Apenas me notaba los dedos de los pies. Me paré y me agarré las rodillas mientras respiraba hondo para calmar los nervios. Nada más inhalar, olí algo. Conocía bien ese olor: olor a muerto.

El haz de la linterna flaqueaba. El hedor a carne podrida era cada vez más intenso. Seguí andando un minuto más, y entonces encontré la fuente: otro cadáver.

Parecía el cadáver de un zorro. Mechones de pelo rojizo,

apelmazado y manchado de sangre seca; las cuencas de los ojos repletas de gusanos. Me tapé la nariz y la boca con la manga de la chaqueta. El hedor era espantoso.

Quienquiera que hubiera hecho aquello, estaba en el bosque conmigo.

«No te pares, Paige. Sigue adelante.» La linterna parpadeó. Nada más ponerme en marcha, oí partirse una ramita.

¿Me lo había imaginado? No, claro que no. Tenía muy buen oído. Oía mi sangre palpitar en los oídos. Apoyé la espalda en un árbol e intenté respirar haciendo el mínimo ruido posible.

Un vigilante. Un casaca roja haciendo la ronda nocturna. Pero entonces oí unos pasos muy pesados, demasiado pesados para ser humanos. Apagué la linterna y me la guardé en el bolsillo. De nada iba a servirme llevarla en la mano: si la encendía, delataría mi posición.

Agucé el oído. No veía nada, pero oí otra pisada más cerca. Y luego, ruido de dientes masticando el esqueleto. Alguien había encontrado el zorro.

O había vuelto por él.

Protegí la llama del mechero con la mano ahuecada. Mi corazón hacía cosas raras. No estaba segura de si se había acelerado tanto que solo percibía un zumbido, o si había dejado de latir. Detrás de mí, el espíritu se estremeció.

Pasaban los minutos. Esperé. Tendría que moverme, pero estaba convencida de que había algo cerca.

Tres ruiditos guturales.

Se me tensaron todos los músculos del cuerpo. Respiraba por la nariz, manteniendo los labios fuertemente cerrados. No sabía qué había sido ese ruido, pero tenía la certeza de que no lo había producido ningún humano. Había oído a los refas hacer ruidos raros, pero nunca un sonido tan desagradable y visceral.

Una ráfaga de viento apagó la llama del mechero. Mi espíritu guía desapareció.

El miedo me paralizó durante un minuto. Entonces me acordé de la pistola que llevaba en la mochila. Era una estupidez dispararle a aquella cosa, pero quizá pudiera distraerla y ganar algo de tiempo para avanzar. Me planteé trepar a un árbol, pero lo descarté. Los árboles no eran mi fuerte. Era mejor que buscara otro sitio donde esconderme. Lo más sensato parecía buscar terreno elevado. Si conseguía llegar a un lugar seguro, podría alumbrar a aquel ser con la linterna y ver qué era. Cerré el mechero y me lo guardé en la mochila.

Ya con la pistola en la mano, me dispuse a sacar un dardo. Tenía la impresión de que hacía mucho ruido cada vez que me movía: con cada exhalación, con cada susurro de mi chaqueta. Por fin toqué el cilindro frío y liso de un dardo con las yemas de los dedos. Sabía cómo cargar una pistola de balas, pero tardé unos minutos en cargar aquella arma con la que no estaba familiarizada, a oscuras, con las manos sudadas, procurando por todos los medios no hacer ruido. En cuanto lo hube conseguido, levanté los brazos, apunté y disparé.

Cuando el dardo se clavó, chisporroteó como la grasa en una sartén. El ser corrió hacia el origen del ruido, produciendo al moverse una especie de zumbido. Moscas.

No, no era un animal.

Sentí náuseas. Había oído decir muchas cosas sobre los emim, pero nunca me había imaginado que me enfrentaría a uno. Pese a lo que había oído el día del sermón, y pese a haber visto a aquel casaca roja que había perdido una mano, casi había empezado a creer que no existían. Hasta ese momento.

Tuve que esforzarme para mantenerme en pie. Me temblaban las manos y me castañeteaban los dientes. No podía respirar ni pensar. ¿Oiría aquella cosa mis latidos? ¿Olería mi miedo? ¿Estaba babeando ya, intuyendo mi carne, o tenía que acercarme más para que me detectara?

Cargué otro dardo en la pistola. El zumbador olfateó el sitio desde donde yo había disparado. Cerré los ojos y busqué el éter.

Algo iba mal, muy mal. Todos los espíritus habían huido, como si tuvieran miedo; pero ¿por qué temerían los espíritus a un ser del mundo físico? Ellos no podían volver a morir. Fuera cual fuese la causa, no había nada a lo que recurrir.

Reparé en que ya no podía oír al zumbador. Tenía las manos sudadas y me costaba sujetar la pistola. Podía morir en cualquier momento.

Todo aquello debía de ser un montaje. Nashira nunca había pretendido que me ganara los colores. Lo único que quería era verme muerta.

«No será hoy —me dije—. No será hoy, Nashira.»

Salí corriendo de detrás de los árboles. Mis botas pisaban con fuerza; el corazón me martilleaba en el pecho. ¿Dónde se había metido? ¿Me había visto ya?

Algo me golpeó entre los omoplatos. Quedé ingrávida un instante, suspendida en la oscuridad. Luego choqué contra el suelo. Se me dobló una muñeca y se me partió. Contuve un grito, pero no a tiempo. La pistola había desaparecido. Ya no había ninguna posibilidad de encontrarla. Volví a oír a la cosa: estaba cerca de mí, la tenía encima. Con la mano ilesa, me saqué la navaja de la bota.

Me olvidé de mi espíritu. Clavé la navaja en una masa blanda. Me resbaló algo húmedo por la muñeca. «Zzzz.» Otra puñalada. Y otra. «Zzzz. Zzzz.» Me caían unas cosas pequeñas y redondas en la cara. Parpadeé para quitármelas de los ojos y las escupí de la boca. Unos dedos me agarraron por el cuello, y noté un aliento hediondo y cálido junto a la mejilla. Otra puñalada, y otra. «Zzzz.» Unos dientes entrechocaron junto a mi oreja. Volví a clavar la navaja en la carne y la hundí con todas mis fuerzas. La hoja cortó músculos y cartílagos.

De pronto, el ser había desaparecido. Quedé libre. Tenía las manos cubiertas hasta las muñecas de un líquido apestoso y espeso como jarabe. La bilis ascendió por mi garganta abrasándome la boca y la nariz.

La linterna estaba tirada en el suelo, a unos tres metros. Me arrastré hasta ella, protegiéndome la muñeca contra el pecho. No era la primera vez que me la rompía: me dolía a morir. Me arrastré impulsándome con un solo brazo, con la navaja entre los dientes, empapada de sudor. El olor a cadáver me revolvía el estómago y me producía violentas arcadas.

Agarré la linterna y alumbré detrás de mí. Vi sombras oscuras entre los árboles. Más pasos. Más zumbadores. «¡No!»

Me dolía la cabeza. Se me nubló la visión. «No quiero morir.» Poseer a la mariposa me había debilitado más de lo que había previsto. «Corre.» Metí una mano dentro de la chaqueta y saqué la jeringuilla: era mi último recurso. No quería disparar la pistola de bengalas, no era un recurso. No quería perder la partida.

Adrenalina Autoinyectable ScionMed. Mucho más potente que el cóctel de fármacos diluido que Jax utilizaba para mantenerme despierta. Me clavé la aguja en el muslo a través de los pantalones.

Noté un dolor intenso. Maldije en voz alta, pero no extraje la aguja. Un chorro de adrenalina se introdujo en el músculo. La adrenalina de Scion estaba diseñada para despertar todo tu cuerpo; no se limitaba a ayudarlo a funcionar, sino que eliminaba el dolor y te fortalecía. A los *centis* se les suministraba constantemente. Mis músculos ganaron flexibilidad; mis piernas ganaron fuerza. Me levanté del suelo y eché a correr. La adrenalina no tenía efecto sobre mi sexto sentido, pero me ayudaba a concentrarme en el éter.

El zumbador tenía un onirosaje oscuro y tenebroso; parecía un agujero negro en el éter. Si trataba de entrar en él, no llegaría muy lejos. De todas formas lo intenté, aunque sin abandonar mi cuerpo del todo.

Me envolvió una nube negra. Mi onirosaje se oscureció, y los márgenes de mi visión se estrecharon. Necesitaba repelerlo; con un salto brusco quizá lo lograra. Mi espíritu se proyectó fuera de mi cuerpo y agrietó los bordes del onirosaje de aquella cosa, que soltó un grito espeluznante. Dejé de oír sus pasos. Al mismo tiempo, un dolor atroz me obligó a volver a mi onirosaje. Caí al suelo parando el golpe con las palmas de las manos. Me puse de nuevo en pie. Jadeaba.

El bosque dejó paso a una pradera. Distinguí las torres de la Casa. La ciudad. Era la ciudad.

La adrenalina circulaba a toda velocidad por mis venas y regaba mis músculos. Corrí hacia mi prisión con la muñeca colgando a un costado, como una pecadora arrepentida. Prefería ser prisionera que fiambre.

El zumbador gritó. Su grito resonó por cada célula de mi cuerpo. Salté por encima de una alambrada y seguí corriendo. En lo alto de la Casa había una torre de vigilancia; dentro debía de haber un casaca roja armado. Podían detener al zumbador; podían matarlo. El sudor me empapaba la ropa. Ya no faltaba mucho. Todavía no notaba el dolor, pero sabía que me había desgarrado un músculo. Pasé al lado de un letrero oxidado que rezaba: AUTORIZADO EL USO DE PODERES MORTÍFEROS. Bien. Nunca había necesitado los poderes mortíferos más que ahora. Ya veía la torre de vigilancia. Cuando me disponía a sacar la pistola de bengalas y gritar pidiendo ayuda, me sentí inmovilizada.

Una red. Una gruesa red de alambre me cubría por completo. «¡No, no! ¡Matadlo!», grité a pleno pulmón. Forcejeé como un pez que ha mordido el anzuelo. ¿Por qué me habían atrapado? ¡Yo no era el enemigo! «Claro que lo eres», dijo una voz dentro de mi cabeza; pero yo ya no escuchaba nada. Tenía que soltarme de la red. El zumbador se acercaba. Me destrozaría, como había hecho con el zorro.

Un desgarrón. Una voz pronunciando mi nombre: «Cálmate, Paige, no pasa nada, ya estás a salvo»; pero no me fiaba de esa voz. Era la voz que yo temía. Salí arrastrándome de debajo de la red e intenté volver a correr. Entonces alguien me sujetó y me echó hacia atrás. «¡Concéntrate, Paige! ¡Utiliza tu miedo!» No podía enfocar. El miedo me volvía salvaje. El corazón me latía tan deprisa que no podía respirar. Perdía la visión. Tenía la boca seca. ¿Seguía de pie? «¡A tu derecha, Paige! ¡Atácalo!»

Miré hacia la derecha. No distinguí qué era, pero no era humano. Mi miedo alcanzó su punto máximo. Me lancé hacia el éter. Hacia nada. Y, de pronto, hacia algo.

Lo último que vi fue mi cuerpo cayendo al suelo. Pero no lo vi con mis ojos, sino con los de una cierva.

Despertar

En la vida hay cosas que no olvidas jamás. Cosas que excavan muy hondo, que anidan en la zona hadal. Dormí como un tronco, esperando a que mi cerebro borrara el terror que había sentido en el bosque.

Dormir era lo que me salvaba, el intervalo sereno entre estar despierta y onirambulear. Jax y los demás nunca habían entendido por qué me gustaba tanto dormir. Después de pasar horas en el éter siempre necesitaba descansar, y Nadine lo encontraba muy gracioso. «Estás loca, Mahoney —me decía—. Llevas horas roncando, y ahora pretendes seguir durmiendo. Menuda jeta. Con la pasta que te pagan.»

Nadine Arnett, la simpatía personificada. Era el único miembro de la banda al que no echaba de menos.

Cuando desperté era de noche. Llevaba la muñeca sujeta con una férula. En lo alto había un dosel de terciopelo. Estaba en la cama del Custodio. ¿Qué hacía en su cama?

Me costaba pensar. No recordaba muy bien qué había pasado. Me sentía como el día en que Jaxon me había dejado probar el vino. Me miré la mano. La férula me impedía mover la muñeca. Quería levantarme, salir de aquella cama, pero notaba el cuerpo demasiado caliente y pesado para moverme. «Sedada», pensé. Y no me importó. Nada me importaba.

Cuando volví a abrir los ojos, estaba más alerta. Oí una voz conocida. El Custodio había vuelto, y no estaba solo. Me arrastré hacia las cortinas y las separé.

La chimenea estaba encendida. El Custodio estaba de pie de espaldas a mí, hablando en un idioma que no reconocí. Su voz, grave y melodiosa, resonaba como la música en un salón. Enfrente tenía a Terebell Sheratan. Ella sujetaba un cáliz con una mano y señalaba la cama una y otra vez. El Custodio negaba con la cabeza.

¿En qué idioma hablaban?

Sintonicé con los espíritus más cercanos, fantasmas que habían vivido allí en otros tiempos; se diría que danzaban al son de la conversación del Custodio y Terebell. Era exactamente lo mismo que sucedía cuando Nadine tocaba el piano, o cuando un cantor cantaba una balada en la calle. Los cantores (polígnotas, estrictamente hablando) entendían y sabían hablar una lengua que solo conocían los espíritus, pero ni el Custodio ni Terebell eran cantores. Ninguno de los dos tenía aura de polígnota.

Juntaron las cabezas y examinaron un objeto. Me fijé mejor. Y me quedé helada.

Era mi teléfono.

Terebell le daba vueltas en una mano y pasaba el pulgar sobre las teclas. La batería se había agotado hacía mucho tiempo.

Si tenían mi teléfono y la mochila, también debían de tener el panfleto. ¿Estarían intentando ver mis números? Debían de sospechar que conocía al autor del panfleto. Si encontraban el número de Jaxon, podrían seguirle la pista hasta Seven Dials, y de pronto la visión de Carl cobraría sentido.

Tenía que recuperar el teléfono.

Terebell se lo guardó en la camisa. El Custodio le dijo algo. Ella acercó la frente a la de él, salió de la habitación y cerró la puerta maciza. El Custodio se quedó un momento donde estaba, mirando hacia la ventana, para luego dirigir la atención a la cama. Hacia mí.

Apartó las cortinas y se sentó sobre la colcha.

—¿Cómo te encuentras?

—Vete al cuerno.

Sus ojos ardían.

—Ya veo que mejor.

—¿Qué hace Terebell con mi teléfono?

—Así Nashira no lo encontrará. Sus casacas rojas podrían utilizarlo para extraer información sobre tus amigos del sindicato.

—Yo no tengo amigos en el sindicato.

—No me mientas, Paige.

—No estoy mintiendo.

—Otra mentira.

—Claro, porque tú eres siempre tan sincero. —Le sostuve la mirada—. Me dejaste con esa cosa. Me dejaste sola, a oscuras, con un zumbador.

—Sabías que aparecería. Sabías que tendrías que enfrentarte a un emite. Además, te lo advertí.

—¿Cómo demonios me advertiste?

—Los puntos fríos, Paige. Así es como viajan.

—Entonces ¿lo soltaste tú?

—No corrías peligro. Ya sé que estabas asustada, pero necesitaba que poseyeras a esa cierva.

Me clavó la mirada. Se me secó la boca.

—¿Hiciste todo eso solo para que pudiera poseer a Nuala? —Me humedecí los labios—. Por eso abriste el punto frío. —Asintió con la cabeza—. Soltaste al zumbador. —Volvió a asentir—. Hiciste que me asustara tanto que…

—Sí. —No se avergonzaba—. Sospechaba que tu don se activaba mediante emociones fuertes: rabia, odio, tristeza… y miedo. El miedo es tu verdadero detonante. Poniéndote en el límite máximo del terror mental, te obligué a poseer a Nuala, haciéndote creer que ella era el zumbador que te había perseguido por el bosque. Pero nunca se me habría ocurrido ponerte en peligro.

—Podría haber muerto.

—Tomé ciertas precauciones. Te lo repito: en ningún momento corriste un peligro inminente.

—Mentira. Si crees que un círculo de sal es una precaución, estás como una cabra —dije exaltada—. Has debido de disfrutar viéndome…

—No, Paige. Intento ayudarte.

—Vete al infierno.

—Ya existo en cierto nivel del infierno.

—Pues existe en uno que no esté cerca del mío.

—Lo siento, pero tú y yo hemos hecho un trato. —Me sostuvo la mirada—. Te espero dentro de diez minutos. Me debes una hora de conversación.

Me habría gustado escupirle, pero me contuve. Salí de la habitación y subí al piso de arriba.

No le revelaría nada más sobre mí misma. Ya sabía demasiado de mi vida privada, y no podía permitir que descubriera mi relación con Jax. Nashira estaba buscando a la banda. Si descubría que era una de las principales aliadas de Jax, seguramente me obligaría a apresarlo yo misma. Decidí fingir que estaba traumatizada por el encuentro con el zumbador y que casi no podía hablar.

Volví a oír el ruido áspero de aquella respiración. Cerré los ojos. El recuerdo se extinguió.

Llevaba una bata fina encima de la ropa, que olía a sudor y a muerte. Fui al cuarto de baño y me desnudé. Me habían dejado un uniforme rosa nuevo. Me froté la piel con jabón y agua caliente. Quería eliminar hasta el más leve recuerdo de aquel olor.

Cuando me miré en el espejo me di cuenta de que todavía llevaba el colgante. Me lo quité. No me había servido de nada.

Cuando volví a la cámara, el Custodio estaba sentado

en su butaca favorita. Me señaló la otra, enfrente de la suya.

—Por favor.

Me senté. La butaca parecía enorme.

—¿Me has sedado?

—Después de la posesión sufriste una especie de ataque epiléptico. —Se quedó mirándome—. ¿Intentaste poseer al emite?

—Quería ver su onirosaje.

—Entiendo. —Cogió su copa—. ¿Quieres beber algo?

Estuve tentada de pedirle algo ilegal (vino, quizá), pero no tenía fuerzas para seguir provocándolo.

—Café —dije.

Tiró de una borla escarlata conectada a una campanilla anticuada.

—Enseguida lo traerán —dijo.

—¿Quién? ¿Un amaurótico?

—Sí.

—Los tratáis como si fueran mayordomos.

—Esclavos, Paige. Dejémonos de eufemismos.

—Pero su sangre es valiosa.

Dio un sorbo de la copa que tenía en la mano. Me crucé de brazos y esperé a que iniciara la conversación.

El gramófono volvía a estar en marcha. Reconocí la canción, «I Don't Stand a Ghost of a Chance (With You)», la versión de Sinatra. Figuraba en la lista negra de Scion por el simple hecho de que la palabra «fantasma» aparecía en el título, aunque no tenía nada que ver con los fantasmas. ¡Ay, cómo echaba de menos a La Voz!

—¿Todos los discos prohibidos acaban en tus manos? —pregunté haciendo un esfuerzo supremo para sonar desinteresada.

—No, van a parar a la Casa. De vez en cuando voy allí y cojo un par para mi gramófono.

—¿Te gusta nuestra música?

—No toda. Sobre todo la del siglo XX. Vuestros idiomas me parecen interesantes, pero no me gustan las producciones musicales modernas.

—De eso tiene la culpa el censor. Si no fuera por vosotros, no lo habría.

Alzó la copa y dijo:

—*Touché*.

Al cabo de un momento no pude reprimirme y pregunté:

—¿Qué es eso?

—Esencia de flor de amaranto, mezclada con tinto.

—Nunca había oído hablar del amaranto.

—Esta variedad no crece en la Tierra. Cura la mayoría de las lesiones espirituales. Si hubieras tomado amaranto tras tu encuentro con el duende, la herida no te habría dejado una cicatriz tan profunda. También curaría parte de los daños sufridos por tu cerebro si usaras tu espíritu muy a menudo sin soporte vital.

Vaya, vaya. Un remedio para mi cerebro. Si Jaxon se enterara de las propiedades del amaranto, no me dejaría dormir ni un minuto.

—¿Por qué lo bebes?

—Viejas heridas. El amaranto calma el dolor.

Hubo un breve silencio. Me tocaba a mí hablar.

—Esto es tuyo —dije, y le acerqué el colgante.

—Quédatelo.

—No lo quiero.

—Insisto. Quizá no ahuyente a los emim, pero podría salvarte la vida si te atacara un duende.

Lo dejé en el brazo de la butaca. El Custodio lo miró, y luego me miró a mí.

Llamaron a la puerta. Entró un chico que debía de tener mi edad; era un poco mayor que yo, como mucho. Llevaba un blusón gris, y tenía los ojos inyectados en sangre. Sin embargo, era atractivo; parecía salido de un cuadro. Su cabello, muy rubio, enmarcaba una cara de facciones angulosas, y tenía los labios y las mejillas rosa como pétalos. Los ojos eran de un azul líquido, transparente. Me pareció detectar el rastro tembloroso de un aura a su alrededor.

—Café, por favor, Michael —le dijo el Custodio—. ¿Lo tomas con azúcar, Paige?

—No, gracias —contesté. Michael saludó inclinando la cabeza y se marchó—. ¿Qué es, tu esclavo personal?

—Michael fue un regalo de la soberana de sangre.

—Qué romántico.

—No tanto. —El Custodio miró hacia las ventanas—. No se puede hacer nada cuando Nashira quiere algo. O a alguien.

—Ya me lo imagino.

—Ah, ¿sí?

—Ya sé que tiene cinco ángeles.

—Así es. Pero más que una fuerza son una debilidad. —Volvió a beber de su copa—. La soberana de sangre sufre bajo la influencia de sus supuestos ángeles.

—Estoy segura de que ellos lo lamentan.

—La odian.

—¿En serio?

—Sí. —Era evidente que le divertía mi desdén—. Solo llevamos dos minutos hablando, Paige. Procura no gastar todo tu sarcasmo de golpe.

Me habría gustado matarlo, pero no podía.

El chico volvió con una cafetera. Dejó la bandeja en la mesa, con un plato abundante de castañas asadas espolvoreadas con canela. Se me hizo la boca agua con aquel aroma dulce. Cerca del puente de Blackfriars había un vendedor ambulante que en invierno vendía castañas. Esas parecían mejores, con la cáscara agrietada y un interior blanco y tierno. También había fruta: trozos de pera, cerezas relucientes y manzanas rojas en tajos.

Michael hizo una seña, y el Custodio negó con la cabeza.

—Gracias, Michael. Nada más.

El chico volvió a saludar antes de salir. Me dieron ganas de gritarle; no soportaba aquella actitud sumisa.

—Cuando dices «supuestos» ángeles —dije, obligándome a serenarme—, ¿qué quieres decir exactamente?

El Custodio hizo una pausa.

—Come, por favor.

Cogí una castaña del plato; todavía estaba caliente, recién salida del horno. Sabía a calidez y a invierno.

—Estoy seguro de que sabes qué es un ángel: un alma que regresa a este plano para proteger a aquel por quien dio la vida —dijo—. Nosotros conocemos la existencia de ángeles y arcángeles, y supongo que los videntes de a pie también. —Asentí—. Nashira puede mandar a ángeles de un tercer nivel.

—Ah, ¿sí?

—Puede atrapar a cierta clase de espíritus.

—Entonces es vinculadora.

—Es algo más que una simple vinculadora, Paige. Si decide matar a un clarividente, no solo puede atrapar su espíritu, sino utilizarlo. Mientras el espíritu está vinculado a ella, su presencia afecta al aura de Nashira. Esa deformación es lo que le permite tener varios dones a la vez.

Se me derramó el café en el regazo.

—¿Tiene que matarlo ella misma?

—Sí. Los llamamos «ángeles caídos». —Me miró—. Y están condenados a quedarse para siempre con su asesino.

—Eres malvado. —La taza cayó junto a mis pies—. ¿Cómo pretendes que hable contigo, que te trate como si fueras humano, cuando tu prometida puede hacer algo así? ¿Cómo puedes mirarla a la cara?

—¿Acaso he dicho que yo haya llamado alguna vez a un ángel caído?

—Pero has matado.

—Tú también.

—Eso no viene al caso.

La expresión del Custodio había cambiado: ya no había ni rastro de burla en ella.

—No sé qué podré hacer por este mundo —dijo—, pero no dejaré que sufras ningún daño.

—No necesito que me protejas. Deshazte de mí. Enjarétame a otro. Ya no quiero ser tu alumna. Quiero cambiar de guardián. Quiero irme con Thuban. Envíame con Thuban.

—No sabes lo que es tener un guardián de los Sargas, Paige.

—No me digas lo que quiero. Quiero...

—Quieres volver a sentirte segura. —Se levantó; la mesita de café nos separaba—. Quieres que te trate como Thuban y los otros tratan a sus humanos, porque así sentirías que tienes todo el derecho a odiar a los refaítas. Pero, como no te hago ningún daño, y como intento comprenderte, huyes. Sé por qué lo haces, claro. Tú no entiendes mis motivos. Te preguntas una y otra vez por qué quiero ayudarte, y no llegas a ninguna conclusión. Pero eso no significa que no haya conclusión, Paige. Significa que todavía tienes que descubrirla.

Me recosté en la butaca. El café caliente me había traspasado los pantalones. Cuando lo vio, el Custodio dijo:

—Voy a buscarte algo.

Fue hasta el armario. Yo echaba fuego por los ojos. Casi podía oír a Jax regañándome: «Qué tonta eres. Mírate, estás a punto de llorar. ¡Levanta la cabeza, querida! ¿Qué quieres? ¿Compasión? ¿Lástima? No las vas a obtener de él, como tampoco las obtenías de mí. El mundo es un matadero, dama mía. Empuña tus armas. Enséñame cómo le haces sufrir».

El Custodio me acercó un blusón negro.

—Espero que te sirva. Quizá te venga un poco grande, pero te abrigará.

Asentí. El Custodio me dio la espalda. Me puse el blusón por la cabeza. Tenía razón: me llegaba por las rodillas.

—Ya está —dije.

—¿Quieres sentarte?

—Como si pudiera elegir.

—Te estoy dejando elegir.

—No sé qué quieres que diga.

—Lo ideal sería que me contaras quién ha sido tan cruel contigo en el pasado para hacerte pensar que no puedes fiarte de nadie. —Volvió a su butaca—. Pero sé que eso no vas a contármelo. Quieres proteger a esos amigos tuyos.

—No sé de qué me hablas.

—Ya, claro.

No pude contenerme más.

—De acuerdo, tengo amigos videntes. ¿No es lo normal, que los videntes tengan amigos videntes?

—No. El sindicato de Londres se ha fortalecido con los años. Nosotros capturamos sobre todo a marginados, a los que viven solos o en las calles, porque no saben controlar sus poderes. O porque sus familias los han echado de casa. Por eso muchos nos prestan sus servicios de buen grado: sus semejantes los han maltratado. Y si bien los refaítas los tratamos como a ciudadanos de segunda clase, les ofrecemos la oportunidad de permitirse un poco de éter. Los ponemos por grupos, hacemos que vuelvan a pertenecer a una estructura social. —Señaló la puerta—. Michael era políglota; tengo entendido que vosotros los llamáis «cantores». A sus padres les asustaba tanto su fraseología que intentaron exorcizarlo. Su onirosaje se derrumbó, y después perdió el habla casi por completo.

No supe qué decir. Había oído hablar de personas cuyo onirosaje se derrumbaba; era lo que le había pasado a uno de los chicos de mi banda, Zeke. Así era como te convertías en un ilegible: el onirosaje se regeneraba, pero levantaba una capa tras otra de armadura, impidiendo cualquier ataque espiritual.

—Los casacas rojas lo capturaron hace dos años. Malvivía en las calles de Southwark; era un ilegible sin dinero ni comida. Lo llevaron a la Torre y sospecharon que era antinatural, pero yo hice que lo trajeran aquí antes de tiempo. Lo tratan como a un amaurótico, pero todavía tiene aura. Yo le enseñé a hablar de nuevo. Espero que algún día encuentre el éter, y que pueda cantar como antes. Con las voces de los muertos.

—Un momento —dije—. ¿Le enseñaste tú?

—Sí.

El silencio invadía cada rincón y cada grieta de la habitación. El Custodio cogió su copa.

—¿Quién eres? —pregunté. Me miró—. Eres el consorte de sangre de una soberana Sargas. Trabajas para su gobierno desde 1859. Has apoyado el tráfico de videntes, has visto desarrollarse todo un sistema alrededor de eso. Les has ayudado a divulgar mentiras, odio y temor. ¿Por qué ayudas a los humanos?

—Eso no puedo decírtelo. Del mismo modo que tú no quieres revelarme quiénes son tus amigos, yo no te revelaré cuáles son mis motivos ocultos.

—¿Me lo dirías si averiguaras quiénes son mis amigos?

—Es posible.

—¿Lo sabe Michael?

—No todo. Michael me ha demostrado una gran lealtad, pero no puedo confiar plenamente en él dado su frágil estado mental.

—¿Piensas lo mismo de mí?

—No dispongo de suficiente información para confiar en ti, Paige. Pero eso no significa que no puedas ganarte mi confianza. De hecho —añadió recostándose en la butaca—, hoy se te presentará una oportunidad.

—¿Qué quieres decir?

—Ya lo verás.

—A ver si lo adivino. Mataste a un adivino y le robaste su poder, y ahora crees poder predecir mi futuro.

—Yo no robo dones. Pero conozco muy bien a Nashira, lo suficiente para prever sus movimientos. Sé cuándo le gusta atacar.

El reloj de péndulo dio las once. El Custodio lo miró.

—Ya ha transcurrido una hora —dijo—. Eres libre para irte. Quizá deberías ir a visitar a tu amiga, la cartomántica.

—Liss sufre un choque espiritual —dije. El Custodio me miró—. Los casacas rojas arrojaron sus cartas al fuego. —Tenía un nudo en la garganta—. No he vuelto a verla desde entonces.

«Pídele ayuda. —Me debatía conmigo misma—. Pregúntale si puede conseguirle otras cartas. Seguro que dirá que sí. Ayudó a Michael.»

—Es una lástima —dijo—. Es una actriz con gran talento.

Me obligué a decirlo:

—¿Querrías ayudarla?

—No tengo ninguna baraja. Ella necesita su enlace con el éter. —Me miró a los ojos—. También necesitaría amaranto.

Me quedé quieta en el sitio y vi al Custodio coger una cajita de encima de la mesa. Parecía una caja de rapé antigua, hecha de madreperla y trocitos de oro. En el centro de la tapa estaba la flor de ocho pétalos, la misma que había en la caja donde guardaba sus viales. La abrió y sacó una botellita de aceite de color azul.

—Eso es extracto de áster —dije.

—Muy bien.

—¿Por qué lo tienes?

—Utilizo dosis pequeñas de la flor estrella para ayudar a Michael. Le ayuda a recordar su onirosaje.

—¿Flor estrella?

—Así es como los refaítas llamamos al áster. Es una traducción literal de nuestra lengua: *glossolalia*, o *gloss*.

—¿Es la lengua que hablan los cantores?

—Sí. La antigua lengua del éter. Michael ya no puede hablarla, pero la entiende. Igual que los suspirantes.

Así que los cantores podían entender a los refaítas. Interesante.

—¿Vas a darle áster… ahora?

—No. Solo quería organizar mi colección de fármacos requisados —dijo. No sabía si estaba bromeando o no. Seguramente no—. Algunas, como la anémona, pueden usarse para hacernos daño. —Sacó una flor roja de la caja—. Ciertos venenos deben mantenerse lejos de las manos humanas. —Me miraba fijamente—. No nos gustaría que los utilizaran, pongamos por caso, para infiltrarse en la Casa. Eso pondría en peligro nuestros suministros más secretos.

«Flor roja. —Recordé la nota de David—. Único método.» ¿El único método para matar a los refaítas?

—No —dije—. No nos gustaría.

La Colonia estaba tranquila. No había vuelto a ver a Liss desde que Suhail me había escoltado hasta Magdalen; no había tenido ocasión de ir a ver cómo estaba y comprobar si había sobrevivido a la pérdida de su baraja.

La encontré consciente, pero ausente. Tenía los labios pálidos y la mirada perdida, desenfocada. Estaba en pleno choque espiritual.

Julian y el actor con gafas al que había visto el primer día, Cyril, se habían impuesto la misión de cuidarla. Le daban de comer, le cepillaban el pelo, le curaban las quemaduras de las manos y hablaban con ella. Liss estaba allí tumbada, rígida y sudorosa, murmurando sobre el éter. Como ya no podía conectar con él, su tendencia natural era abandonar su cuerpo y unirse con el éter. Nosotros teníamos que contener esa tendencia y hacer que Liss se quedara con nosotros.

Fui a la casa de empeños de Duckett y cambié dos pastillas por un Sterno, unas cerillas y una lata de judías. En la tienda no había ninguna baraja de cartas. Las había confiscado todas aquella casaca roja, Kathryn, para asegurarse de que Liss seguía sufriendo. Kathryn tenía suerte de que el Custodio le hubiera prohibido acercarse a mí.

Cuando volví a la choza, Julian levantó la cabeza. Tenía los ojos enrojecidos de cansancio. En lugar del blusón rosa llevaba una camisa hecha jirones y unos pantalones de tela.

—Has tardado mucho, Paige.

—Estaba ocupada. Ya te lo explicaré. —Me arrodillé junto a Liss—. ¿Ha comido?

—Ayer conseguí que comiera un poco de *skilly*, pero lo vomitó todo.

—¿Y las quemaduras?

—Mal. Necesitamos sulfadiazina de plata.

—Tenemos que intentar conseguir que coma algo. —Le acaricié los rizos húmedos y le pellizqué la mejilla—. ¿Liss?

Tenía los ojos abiertos, pero no me contestó. Encendí el Sterno. Cyril tamborileaba con los dedos en una rodilla.

—Venga, Rymore —le dijo con fastidio—. No puedes dejar las sedas tanto tiempo.

—Un poco de cariño no le vendría mal —dijo Julian.

—No hay tiempo para eso. Suhail vendrá a buscarla pronto. Tiene que actuar conmigo.

—¿Todavía no se han enterado?

—Nell ha estado cubriéndola. Se parecen bastante con el traje y la máscara: misma estatura, mismo color de pelo. Pero Nell no es tan buena. Se cae. —Cyril miró a Liss—. Rymore nunca se cae.

Julian puso las judías a calentar. Busqué una cuchara e incorporé un poco a Liss rodeándola con un brazo. Ella negó con la cabeza.

—No.

—Tienes que comer un poco, Liss —le dijo Julian asiéndole la fría muñeca, pero Liss no reaccionó.

Cuando las judías estuvieron calientes, Julian le echó la cabeza hacia atrás a Liss. Empecé a darle de comer, pero Liss apenas podía tragar. Las judías le resbalaban por la barbilla. Cyril cogió la lata y rebañó lo que quedaba con los dedos. Me puse en cuclillas y me quedé mirando a Liss arrebujada en las sábanas.

—Esto no puede ser.

—Pues no podemos hacer nada. —Julian apretó un puño—. Aunque encontráramos una baraja, no tenemos ninguna garantía de que vaya a funcionar. Sería como ponerle un brazo o una pierna nuevos. Liss podría rechazarla.

—Tenemos que intentarlo. —Miré a Cyril—. ¿No hay más cartománticos por aquí?

—Solo muertos.

—Aunque hubiera alguno, no podemos usar la baraja de otro —dijo Julian en voz baja—. Eso sería peor que un asesinato.

—Entonces se la robaremos a los refas —dije. Robar era mi especialidad—. Voy a entrar en la Casa. Allí debe de haber suministros.

—Morirás —dijo Cyril sin una pizca de aflicción.

—He sobrevivido a un zumbador. No me pasará nada.

Julian me miró con gesto de sorpresa.

—¿Los has visto?

—Viven en el bosque. El Custodio me dejó allí con uno.

—¿Significa eso que has aprobado los exámenes? —La desconfianza se dibujó en su cara—. ¿Ahora eres una casaca roja?

—No lo sé. Creía que sí, pero... —Me tiré del blusón—. Esto no es rojo.

—Menos mal. —Hizo una pausa—. ¿Cómo era? El zumbador.

—Rápido. Agresivo. No lo vi muy bien. —Le miré la ropa—. ¿Tú todavía no has visto ninguno?

Esbozó una sonrisa.

—Aludra me echó por llegar pasado el toque de queda. Me temo que me han degradado a bufón.

Cyril estaba temblando.

—Su mordedura es mortal —susurró—. No deberías volver allí.

—Quizá no tenga alternativa —dije. Cyril apoyó la cabeza en los brazos—. Jules, pásame una sábana.

Lo hizo, y envolví con ella a Liss. No dejaba de temblar. Le froté los helados brazos para ayudarla a entrar en calor. Tenía ampollas en los dedos.

—¿Lo dices en serio, Paige? —me preguntó Julian—. Lo de entrar en la Casa.

—El Custodio dice que allí hay suministros. Un almacén secreto, cosas que nosotros no deberíamos ver. Quizá haya sulfadiazina de plata.

—¿No se te ha ocurrido pensar que deben de estar vigilados? ¿Ni que el Custodio podría estar mintiendo?

—Me arriesgaré.

Julian dio un suspiro y añadió:

—Supongo que no puedo impedírtelo. Y ¿qué piensas hacer si consigues entrar?

—Voy a robar todo lo que pueda, cualquier cosa que pueda utilizar para defenderme, y luego me iré. Si alguien se anima, puede venir conmigo. Si no, iré sola. Pase lo que pase, no pienso pudrirme aquí el resto de mi vida.

—No vayas —dijo Cyril—. Morirás. Como murieron otros antes. Se los comieron los zumbadores. Y a ti también te comerán.

—Basta, Cyril, por favor. —Julian me miró y añadió—: Ve a la Casa, Paige. Intentaré reunir una tropa.

—¿Una tropa?

—Venga, Paige. —La llama del hornillo se reflejaba en sus ojos—. No pensarás marcharte sin pelear, ¿verdad?

—¿Sin pelear? —dije arqueando las cejas.

—No pensarás largarte y hacer como si no hubiera pasado nada. Scion lleva dos siglos haciendo esto, Paige. No va a dejarlo así como así. ¿Qué les impedirá volver a traerte aquí en cuanto llegues a SciLo?

Julian tenía razón.

—¿Qué sugieres que haga?

—Una fuga masiva. Nos vamos todos y los dejamos sin videntes de que alimentarse.

—Aquí hay más de doscientos humanos. No podemos irnos todos, como si tal cosa. Además, en el bosque hay minas de tierra. —Acerqué las rodillas a la barbilla—. Ya sabes lo que pasó durante la Era XVIII. No quiero tener tantas muertes en mi conciencia.

—No las tendrás en tu conciencia. La gente quiere irse, Paige; lo que pasa es que les falta valor. Todavía. Si conseguimos causar una distracción, podremos sacarlos por el bosque. —Me puso una mano en el brazo—. Tú eres del sindicato. Eres irlandesa. ¿No crees que ya va siendo hora de demostrar a los refas que no mandan ellos? ¿Que no pueden seguir robándonos así? —Como no contestaba, me dio un apretón—. Vamos a demostrarles que, después de doscientos años, todavía tienen algo que temer.

Ya no le veía la cara. Veía a Finn aquel día en Dublín, diciéndome que debía pelear.

—A lo mejor tienes razón —concedí.

—Claro que la tengo. —Compuso una sonrisa que mitigó brevemente su cara de cansancio—. ¿A cuántos crees que necesitamos?

—Empieza con los que tengan buenas razones para odiar a los refaítas. Los bufones. Los casacas amarillas. Los amauróticos. Ella, Felix, Ivy. Luego, los casacas blancas.

—¿Qué les digo?

—Nada, todavía. Limítate a hacer preguntas. Averigua si estarían dispuestos a intentar una fuga.

Julian miró a Cyril.

—No. —Cyril sacudió la cabeza. Detrás de las gafas destrozadas, el miedo hacía brillar sus ojos—. Yo no. Ni hablar, hermano. Nos matarán. Son inmortales.

—No son inmortales. —La llama del Sterno estaba reduciéndose—. Se les puede hacer daño. Me lo ha dicho el Custodio.

—Podría estar mintiendo —insistió Julian—. Estamos hablando del prometido de Nashira. Del consorte de sangre. Su mano derecha. ¿Por qué confías en él?

—Porque creo que ya se ha rebelado contra ella antes. Creo que es uno de los marcados.

—De los ¿qué?

—Un grupo de refas que iniciaron la rebelión de la Era XVIII. Los torturaron y los marcaron.

—¿Quién te ha contado eso?

—Un arrancahuesos, XX-12.

—¿Te fías de un arrancahuesos?

—No, pero me enseñó el altar que levantaron por las víctimas.

—Y crees que el Custodio es uno de esos «marcados» —dijo. Asentí con la cabeza—. Supongo que habrás visto esas cicatrices.

—No. Me parece que las oculta.

—¿Te parece? Con eso no basta, Paige.

Iba a contestar cuando entró alguien en la habitación. Me quedé de piedra. Era el Capataz.

—Vaya, vaya. —Arqueó las perfiladas cejas—. Se ve que entre nosotros hay un impostor. ¿Quién era la que estaba con las sedas, si XIX-1 estaba aquí?

Me levanté, y Julian también.

—Tiene choque espiritual —dije. Miré al Capataz a los ojos—. Así no puede actuar.

El Capataz se arrodilló junto a Liss y le tocó la frente. Ella intentó apartarse.

—¡Esto es terrible! —Le pasó los dedos por el pelo—. ¡Terrible! No puedo perder a 1. Mi pequeña 1 es especial.

Liss empezó a chillar en medio de fuertes espasmos.

—¡Vete! —decía—. ¡Vete!

Julian agarró al Capataz por el hombro y le dio un fuerte empujón.

—No la toques.

Me puse a su lado. Cyril, sentado en cuclillas, se mecía adelante y atrás. Al principio el Capataz se quedó estupefacto; luego rompió a reír. Se levantó y se puso a dar palmadas de alegría. Metió una mano enguantada dentro de su chaqueta.

—¿Qué es esto, niños? ¿Una rebelión? ¿He dejado entrar a dos lobos hambrientos en mi rebaño?

Con una sacudida de la muñeca desenrolló su látigo, una herramienta diseñada para manejar el ganado.

—No voy a permitir que corrompáis a 1. Ni a ninguno de mis pequeños. —Restalló el látigo mirándome a mí—. Quizá todavía no seas actriz, 40, pero lo serás. Vuelve con tu guardián.

—No.

—No vamos a irnos. —El rostro de Julian irradiaba determinación—. No vamos a dejar sola a Liss.

El Capataz sacudió el látigo. Julian se tambaleó y empezó a sangrar por una nueva herida en la mejilla.

—Ahora eres de los míos, chico, y será mejor que lo recuerdes. —Separé los pies y los planté firmemente en el suelo. El Capataz me lanzó una sonrisa—. No hay ninguna necesidad, 40. Cuidaré bien de 1.

—No puedes obligarme a irme. Mi guardián es Arcturus. —Me mantuve firme—. Me encantaría ver cómo le explicas por qué me has pegado.

—No tengo intención de pegarte, andarina. Solo quiero arrearte.

Volvió a restallar el látigo. Julian le lanzó un puñetazo y desvió el latigazo. Ya estábamos otra vez, como con los arrancahuesos. Pero esa vez íbamos a ganar.

Sentí un arrebato y me lancé contra el Capataz. Le asesté un puñetazo en la mandíbula, y él giró bruscamente la cara. Julian lo derribó con una patada detrás de las rodillas. El Capataz dejó de apretar el látigo un momento; intenté quitárselo, pero no pude. Dibujó una mueca entre una sonrisa y un gruñido, enseñándome los dientes. Julian le hizo una llave de cuello. Conseguí arrancarle el látigo y levanté la mano para golpearlo con él, pero me lo quitaron. Una bota se estrelló contra mi estómago, y choqué contra la pared.

Suhail. Debí imaginármelo. Siempre que aparecía el Capataz, su superior no tardaba mucho en hacerlo. Igual que en las calles: el matón y el jefe.

—Pensé que te encontraría aquí, mequetrefe. —Me agarró por el pelo—. Otra vez causando problemas, ¿verdad?

Le escupí. Me pegó tan fuerte que vi las estrellas.

—No me importa quién sea tu guardián, perra. La concubina no me da miedo. Si no te corto el cuello es porque la soberana de sangre me ha pedido que venga a buscarte.

—Seguro que le encanta oír que llamas «concubina» al Custodio, Suhail —atiné a decir—. ¿Quieres que se lo cuente?

—Cuéntale lo que quieras. La palabra de un humano significa menos que el balbuceo incoherente de un perro.

Me cargó sobre un hombro. Forcejeé y grité, pero no quise arriesgarme a utilizar mi espíritu. El Capataz golpeó a Julian en la cabeza con el canto de la mano y lo tiró al suelo. Lo último que vi fue a Julian y a Liss, ambos a merced de un hombre del que ya no podía defenderme.

19

La flor

La Residencia del Suzerano parecía mucho más fría y oscura que el día del sermón. Estaba sola con Suhail, y seguramente también estaría sola con Nashira. Empecé a notar pequeños espasmos que me recorrían las piernas.

Suhail no me llevó a la sala del sermón ni a la capilla. Me arrastró por los pasillos y me metió en una habitación de techos altos con ventanas en arco. La iluminaba una araña de luces en la que ardían velas, y una chimenea enorme. La luz proyectaba sombras móviles en la bóveda nervada del techo.

En el centro de la habitación había una larga mesa de comedor. A la cabecera de la mesa, sentada en una silla con tapizado rojo, estaba Nashira Sargas. Llevaba un vestido negro de cuello alto, de diseño geométrico, escultórico.

—Buenas noches, 40.

No dije nada. Hizo una seña con la mano.

—Ya puedes irte, Suhail.

—Sí, soberana de sangre. —Suhail me empujó hacia ella—. Hasta la próxima —me susurró al oído—, perra.

Salió por la puerta sin decir nada más. Me quedé en la habitación en penumbra, mirando a la mujer que quería matarme.

—Siéntate —me ordenó.

Iba a sentarme en la silla del extremo opuesto de la mesa, a unos cuatro metros de ella, pero Nashira señaló la que tenía más cerca, a su izquierda, en el lado más alejado de la chimenea. Rodeé la mesa y me senté; el más leve movimiento me producía dolor de cabeza. Suhail no se había comedido lo más mínimo al asestarme aquel último puñetazo.

Nashira no me quitaba los ojos de encima. Unos ojos de color absenta. Me pregunté en quién se habría cebado esa noche.

—Estás sangrando.

Junto a los cubiertos había una servilleta sujeta con un grueso aro de oro. Me limpié el labio, hinchado, con ella, y manché de sangre el lino de color marfil. Doblé la servilleta para ocultar la mancha y me la puse en el regazo.

—Supongo que debes de estar asustada —dijo Nashira.

—No.

Debería estarlo. Lo estaba. Esa mujer lo controlaba todo. Era su nombre el que se susurraba a oscuras, sus órdenes las que ponían fin a vidas. Sus ángeles caídos se deslizaban alrededor, sin alejarse mucho de su aura.

El silencio crecía. Yo no sabía si mirarla o no. Con el rabillo del ojo vi que algo reflejaba la luz del fuego: una campana de cristal que estaba en el centro mismo de la mesa. Bajo el cristal había una flor marchita, con los pétalos marrones y arrugados, que se sostenía mediante un fino alambre. Ignoraba de qué tipo de flor se trataba, pues estaba irreconocible. No se me ocurría ninguna razón por la que Nashira pudiera tener una flor muerta en el centro de su mesa de comedor; pero, claro, era Nashira. Vivía rodeada de cosas muertas.

Reparó en mi interés.

—Hay cosas que están mejor muertas —dijo—. ¿No te parece?

Yo no podía desviar la mirada de la flor. Y no estaba segura, pero me pareció que mi sexto sentido temblaba.

—Sí —coincidí.

Nashira levantó la vista. Había varias hileras de rostros de yeso sobre las ventanas, por lo menos cincuenta en cada una de las paredes más largas. Me sentí atraída hacia la que tenía más cerca y la examiné. Era una cara de mujer, con la expresión relajada y una sonrisa enigmática. La mujer parecía tranquila, como si durmiera.

De pronto sentí náuseas. Era *La desconocida del Sena*, la famosa máscara mortuoria francesa. Jax tenía una réplica en su guarida. Según él, aquella mujer, a la que encontraba hermosa, había sido la obsesión de los bohemios a finales del siglo XIX. Eliza le había obligado a taparla con una sábana. Decía que le ponía los pelos de punta.

Miré despacio alrededor, abarcando toda la habitación. Todas las caras eran máscaras mortuorias. Tuve que contener las arcadas. Nashira no solo coleccionaba espíritus de videntes, sino también sus caras. Me acordé de Seb. ¿Y si Seb estaba allí también? Bajé la mirada, pero seguía teniendo el estómago revuelto.

—Tienes mala cara —observó Nashira.

—Estoy bien.

—Me alegro de oírlo. Sería una lástima que enfermaras en esta etapa crucial de tu estancia en Sheol I. —Sin dejar de mirarme, pasó un dedo enguantado por el cuchillo que tenía junto al plato—. Mis casacas rojas se reunirán con nosotras dentro de unos minutos, pero antes quería hablar contigo en privado.

»El consorte de sangre ha ido informándome de tus progresos. Me dice que ha hecho todo lo posible por sacar a la luz tu don, pero que no has conseguido la posesión plena de un onirosaje, ni siquiera la del de un animal. ¿Es eso cierto?

Nashira no lo sabía.

—Sí, es cierto —confirmé.

—Qué pena. Y, sin embargo, te enfrentaste a un emite y

sobreviviste. Incluso heriste a ese ser. Por esa razón Arcturus cree que deberíamos ascenderte a casaca roja.

No supe qué decir. El Custodio no le había contado lo de la mariposa. Ni lo de la cierva. Eso significaba que no quería que Nashira descubriera mis aptitudes; sin embargo, sí quería que me hicieran casaca roja. ¿A qué estaba jugando esta vez?

—Qué callada estás —observó Nashira. Tenía una mirada glacial—. El día del sermón no te mostraste tan tímida.

—Me dijeron que solo debía hablar cuando me lo ordenaran.

—Pues te lo ordeno.

Me habría gustado decirle que se metiera sus órdenes donde le cupieran. Ya había sido insolente con el Custodio, y no me habría importado serlo también con ella; pero Nashira todavía tenía la mano sobre el cuchillo, y su fría mirada revelaba una falta de escrúpulos total. Al final, procurando aparentar sumisión, dije:

—Me alegro de que el consorte de sangre me considere digna del blusón rojo. Lo he hecho lo mejor que he podido en los exámenes.

—No lo dudo. Pero no nos confiemos. —Se recostó en la silla—. Quiero hacerte unas preguntas. Antes de tu banquete de investidura.

—¿Banquete de investidura?

—Sí. Enhorabuena, 40. Ya eres casaca roja. Hay que presentarte a tus nuevos colegas, todos fieles a mí. Incluso por encima de sus respectivos guardianes.

Me palpitaban las sienes. Casaca roja. Arrancahuesos. Había llegado a los niveles más altos de Sheol I, el círculo de allegados de Nashira Sargas.

—Quiero hablar contigo sobre Arcturus —dijo Nashira mirando el fuego de la chimenea—. Creo que compartís dependencias.

—Tengo mi propia habitación. En el piso de arriba.

—¿Alguna vez te ha pedido que salgas de ella?

—Solo para entrenar.

—¿Nada más? ¿Quizá para charlar un rato?

—No le interesa hablar conmigo —respondí—. Dudo mucho que yo pudiera decir algo de interés para el consorte de sangre.

—Tienes mucha razón.

Me mordí la lengua. Nashira no tenía ni idea de cuánto le interesaba al Custodio, ni de todo lo que él me había enseñado en sus propias narices.

—Supongo que habrás explorado sus dependencias. ¿Hay algo en la Torre del Fundador que te haya llamado la atención? ¿Algo que se salga de lo normal?

—Tiene unos extractos de plantas que no conozco.

—Flores.

Asentí con la cabeza, y ella cogió algo de la mesa. Un broche, deslustrado por el tiempo, con forma de la flor de la caja de rapé del Custodio.

—¿Has visto este símbolo en la Torre del Fundador?

—No.

—Lo dices muy segura.

—Estoy segura. No lo he visto nunca.

Me miró a los ojos. Intenté sostenerle la mirada.

Oí cerrarse una puerta a lo lejos. Una fila de casacas rojas entraron en la habitación; los acompañaba un refa al que no reconocí.

—Bienvenidos, amigos —los saludó Nashira—. Sentaos, por favor.

El refa se tocó el pecho con un puño y salió de la habitación. Escudriñé las caras de los humanos. Veinte arrancahuesos, todos bien alimentados e impecables. Los veteranos de la Era de Huesos XIX iban a la cabeza. Kathryn se encontraba entre ellos, al igual que 16 y 17. Cerraba la fila Carl, con blusón rojo y con el pelo peinado con raya. Me lanzó una mirada de reproche. Seguramente nunca había visto a un casaca rosa sentado a la mesa de la soberana de sangre.

Todos tomaron asiento. Carl se vio obligado a ocupar la única silla libre, la que estaba enfrente de mí. David se sentó unos cuantos asientos más allá. Tenía otro corte en la cabeza, cosido con unas cuantas suturas adhesivas. Con las cejas arqueadas, contemplaba las máscaras mortuorias.

—Me alegro de que hayáis podido venir esta noche. Gracias a vuestros incesantes esfuerzos, esta semana no hemos sufrido ningún ataque de emim que valga la pena mencionar. —Nashira fue mirándolos uno a uno—. Dicho esto, no debemos olvidar que esos seres constituyen una amenaza constante. Su brutalidad no tiene remedio y, por culpa de la fractura del umbral, tampoco hay forma de encerrarlos en el Inframundo. Vosotros sois lo único que se interpone entre los cazadores y sus presas.

Todos asintieron. Todos se lo creían. Bueno, David quizá no. Él seguía observando una máscara, con un amago de sonrisa en los labios.

Mi mirada se encontró con la de Kathryn, sentada al otro lado de la mesa. Un cardenal enorme le ocupaba todo un lado de la cara. 16 y 17 ni siquiera me miraron. Mejor. Si me miraban, quizá no fuera capaz de contener el impulso de lanzarles el cuchillo de mi cubierto. Liss seguía en su choza, muriéndose, por culpa suya.

—22 —Nashira se volvió hacia el arrancahuesos sentado a su derecha—, ¿cómo está 11? Tengo entendido que sigue en Oriel.

El joven carraspeó.

—Está un poco mejor, soberana de sangre. No hay señales de infección.

—Su valor no ha pasado inadvertido.

—Se sentirá honrado de oírlo, soberana de sangre.

«Sí, soberana de sangre. No, soberana de sangre.» A los refas les encantaba que les acariciaran el ego.

Nashira volvió a dar unas palmadas. Cuatro amauróticos entraron por una portezuela; cada uno llevaba una bandeja, y con ellos entró un aroma abrumador a hierbas. Michael era uno de ellos, pero no me miró. Se afanaron en repartir un banquete magnífico por la mesa, alrededor de la campana de cristal. Uno nos sirvió vino blanco muy frío en las copas. Se me hizo un nudo en la garganta. Las bandejas estaban rebosantes de comida. Pollo delicadamente cortado, tierno y suculento, con la piel crujiente y dorada, con relleno de salvia y cebolla; salsa de carne, espesa y con un olor dulzón; salsa de arándanos; verduras al vapor y patatas asadas; rollizas salchichas envueltas con panceta. Era un festín digno del Inquisidor. A una señal de Nashira, los arrancahuesos se pusieron a comer. Comían deprisa, pero sin la urgencia salvaje del hambre.

Me dolían las tripas. Quería comer. Pero entonces me acordé de los bufones, que sobrevivían a base de grasa y pan duro en sus tugurios. Allí dentro había tanta comida, y allí fuera, tan poca. Nashira reparó en mis reservas.

—Come.

Era una orden. Puse unas cuantas lonchas de pollo y un poco de verdura en mi plato. Carl se bebió el vino de un trago, como si fuera agua.

—Ten cuidado, 1 —le dijo una de las chicas—. No vayas a encontrarte mal otra vez.

Los demás rieron. Carl compuso una sonrisa.

—Eso solo me ha pasado una vez. Cuando todavía era un casaca rosa.

—Sí, dejad tranquilo a 1. Se ha ganado el vino. —22 le dio un puñetazo amistoso en el brazo—. Todavía es un novato. Además, todos pasamos un mal rato con nuestro primer zumbador.

Hubo murmullos de aprobación.

—Yo me desmayé —admitió la chica que había hablado antes. Una exhibición desinteresada de solidaridad—. La primera vez que vi uno.

Carl sonrió.

—Pero eres muy buena en combate espiritista, 6.

—Gracias.

Observé en silencio sus muestras de camaradería. Era repugnante, pero no estaban actuando. A Carl no solo le gustaba ser un casaca roja; era algo más que eso: estaba como pez en el agua en ese extraño nuevo mundo. Yo lo entendía, hasta cierto punto. Era lo mismo que había sentido yo cuando empecé a trabajar para Jaxon. Quizá lo que le pasaba a Carl era que nunca había encontrado un sitio en el sindicato.

Nashira los observaba. Debía de disfrutar con aquella farsa semanal. Humanos estúpidos, adoctrinados, riendo de las duras pruebas a que los había sometido, completamente rendidos a ella, comiendo su comida. Qué poderosa debía de sentirse. Qué satisfecha de sí misma.

—Tú todavía eres rosa —dijo una voz aguda que me llamó la atención—. ¿Has peleado con algún zumbador?

Levanté la cabeza y vi que todos me miraban.

—Sí, anoche —contesté.

—Es la primera vez que te veo. —22 arqueó las pobladas cejas—. ¿A qué batallón perteneces?

—No pertenezco a ningún batallón.

La conversación se estaba poniendo interesante.

—En alguno tienes que estar —dijo otro chico—. Eres una casaca roja. ¿Qué otros humanos hay en tu residencia? ¿Quién es tu guardián?

—Mi guardián solo tiene un humano. —Miré a 22 y esbocé una sonrisa—. Quizá lo hayas visto por ahí. Es el consorte de sangre.

El silencio se prolongó durante lo que me parecieron horas. Di un sorbo de vino. No estaba acostumbrada al alcohol, y noté una extraña sensación en la lengua.

—Me alegro de que el consorte de sangre haya escogido a una inquilina humana tan capacitada, 40 —dijo Nashira, y soltó una risita. Su risa era desconcertante; era como oír una campana que tocaba una nota equivocada—. Se enfrentó a un zumbador ella sola, sin su guardián.

Más silencio. Supuse que ninguno de ellos había entrado nunca en el bosque sin ir acompañado de un refa, y mucho menos se había enfrentado él solo a un zumbador. 30 aprovechó la ocasión para expresar la misma duda que yo me estaba planteando:

—¿Significa eso que él no lucha contra los emim, soberana de sangre?

—El consorte de sangre tiene prohibido enfrentarse a ellos. Como futura pareja mía, no sería apropiado que hiciera el trabajo de los casacas rojas.

—Claro, soberana de sangre.

Estaba segura de que Nashira me miraba a mí. Seguí comiéndome las patatas.

El Custodio sí peleaba contra los emim; yo misma le había limpiado las heridas. Lo hacía pese a esa prohibición de la que había hablado Nashira, y ella no tenía ni idea, o a lo sumo lo sospechaba.

Durante unos minutos solo se oyó el tintineo de los cubiertos. Me comí las verduras con salsa de carne y seguí pensando en los enfrentamientos secretos del Custodio con los emim. Pese a no tener necesidad de poner su vida en peligro, había decidido ir a su encuentro y pelear contra ellos. Tenía que haber alguna explicación.

Los casacas rojas hablaban en voz baja. Intercambiaban información sobre sus respectivas residencias y ensalzaban la belleza de los edificios antiguos. A veces hablaban con desdén de los bufones («Son unos cobardes, incluso los más simpáticos»). Kathryn paseaba la comida por el plato y se estremecía cada vez que mencionaban el Poblado. 30 todavía estaba colorada, mientras que Carl masticaba con excesivo ímpetu, alternando los bocados con tragos de su segunda copa de vino. Cuando todos los platos hubieron quedado limpios, volvieron los amauróticos y recogieron la mesa, en la que dejaron tres bandejas de postres. Nashira esperó a que los casacas rojas se sirvieran antes de volver a tomar la palabra.

—Ahora que habéis comido y bebido, amigos, vamos a distraernos un poco.

Carl se limpió la melaza de los labios con la servilleta. Una troupe de bufones entró en la habitación. Entre ellos había un suspirante; a un movimiento de cabeza de Nashira, se colocó el violín en el hombro y empezó a tocar una melodía suave y alegre. Los otros empezaron a realizar gráciles acrobacias.

—Centrémonos, pues —dijo Nashira sin prestar la más mínima atención a la actuación—. Si alguno de vosotros ha conversado alguna vez con el Capataz, quizá sepa lo que hace para ganarse el sustento. Es mi captador para las Eras de Huesos. Desde hace unas décadas, intento captar a videntes valiosos del sindicato criminal de Scion Londres. Todos lo conocéis, sin duda; algunos de vosotros quizá hasta hayáis formado parte de él.

30 y 18 se removieron en los asientos. No recordaba haber visto sus caras por el sindicato, pero yo siempre había trabajado dentro de los límites del sector I-4 y, solo ocasionalmente, en los I-1 y I-5. Había otros treinta y tres sectores de los que podían provenir.

Nadie miraba a los actores. Su actuación era perfecta, y a nadie le importaba.

—En Sheol I buscamos calidad, no solo cantidad. —Nashira ignoró las miradas ceñudas de la mitad de su audiencia—. En las últimas décadas he observado una disminución constante de la diversidad entre los clarividentes que capturamos. Los refaítas respetamos y valoramos todas vuestras habilidades, pero todavía necesitamos muchos talentos para enriquecer esta colonia. Debemos aprender unos de otros. No basta con traer cartománticos y palmistas.

»XX-59-40 es un buen ejemplo de la clase de clarividentes

que buscamos ahora. Es nuestra primera onirámbula. También necesitamos sibilas y berserkers, vinculadores e invocadores, y un par de oráculos más: cualquier género de clarividente que pueda aportar más perspicacia a nuestras tropas.

Kathryn me miró con sus amoratados ojos. Ahora ya sabía con certeza que yo no era una furia.

—Creo que todos podríamos aprender mucho de 40 —dijo David alzando su copa—. Estoy deseándolo.

—Una actitud excelente, 12. Sí, esperamos aprender mucho de 40 —confirmó Nashira, y me miró—. Esa es la razón por la que mañana voy a enviarla a realizar una misión externa.

Los veteranos se miraron. Carl se puso colorado como la charlota de fresa.

—XX-59-1 también irá. Y tú, 12 —continuó Nashira. Carl estaba eufórico. David miraba dentro de su copa con una sonrisa en los labios—. Iréis con uno de nuestros séniors de la Era de Huesos XIX, que vigilará vuestra actuación. 30, supongo que puedo contar contigo para eso.

30 asintió con la cabeza y dijo:

—Será un honor, soberana de sangre.

—Estupendo.

Carl estaba sentado en el borde de la silla.

—¿En qué consistirá la misión, soberana de sangre?

—Tenemos que resolver una situación delicada. Como ya saben 1 y 12, he pedido a la mayoría de los casacas blancas que hicieran predicciones del paradero de un grupo denominado los Siete Sellos. Pertenecen al sindicato de clarividentes.

No levanté la mirada.

—Sabemos que los Siete Sellos poseen varios tipos de clarividentes poco comunes, entre ellos un oráculo y un vinculador. De hecho, ese tal Vinculador Blanco es el elemento clave del grupo. A partir de predicciones recientes, hemos deducido que van a reunirse en Londres pasado mañana. El sitio se llama Trafalgar Square, en la cohorte I, y la reunión se celebrará a la una de la madrugada.

Habían acumulado una cantidad de detalles increíble. Pero, con tantos videntes haciendo predicciones a la vez, concentrando su energía en determinado sector del éter, no debería haberme sorprendido. Con ello conseguirían un efecto parecido al de una sesión espiritista.

—¿Alguno de vosotros sabe algo sobre los Siete Sellos? —Como nadie contestaba, Nashira me miró—. 40, tú debes de haber tenido alguna relación con el sindicato. De no ser así no habrías podido permanecer escondida en Londres tanto tiempo. —Me miró fijamente—. Cuéntame lo que sabes.

Carraspeé.

—Las bandas son muy herméticas —dije—. He oído algún cotilleo, pero…

—¿Algún cotilleo?

—Rumores —aclaré—. Habladurías.

—Explícate mejor.

—Todos sabemos sus nombres falsos.

—Y ¿qué nombres son esos?

—El Vinculador Blanco, la Visión Roja, el Diamante Negro, la Soñadora Pálida, la Musa Martirizada, la Furia Encadenada y la Campana Silenciosa.

—Conocía la mayoría de esos nombres. No así el de Soñadora Pálida. —Me alegré—. Eso me hace pensar que hay otra onirámbula. Qué coincidencia, ¿no? —Tamborileó con los dedos en la mesa—. ¿Sabes dónde tienen su base?

No podía negarlo. Nashira había visto mi documentación.

—Sí —respondí—. En el I-4. Es donde yo trabajaba.

—¿No es inusual que dos onirámbulas vivan tan cerca la una de la otra? Seguro que también te habrían contratado a ti.

—Ellos no lo sabían. Yo procuraba no llamar la atención —mentí—. Esa Soñadora es la dama del I-4, la protegida del

317

Vinculador. Me habría hecho matar si se hubiera enterado de que tenía una rival. A las bandas dominantes no les gusta la competencia.

Estaba segura de que Nashira estaba jugando conmigo. Nashira no era idiota. Ya debía de haber atado cabos: el panfleto, la Soñadora Pálida, los Siete Sellos trabajando en el I-4. Sabía perfectamente quién era yo.

—Si la Soñadora Pálida es una onirámbula, el Vinculador Blanco podría estar escondiendo a una de las clarividentes más codiciadas de la ciudadela —dijo—. Raras veces se nos presenta la oportunidad de añadir joyas tan valiosas a nuestra corona. Tu papel en esta misión es vital, 40. Si hay alguien capaz de reconocer a la onirámbula de los Siete Sellos, es otra onirámbula.

—Sí, soberana de sangre —dije con la garganta muy tensa—, pero ¿por qué van a reunirse los Siete Sellos a esa hora?

—Como ya he dicho, 40, se trata de una situación delicada. Parece ser que unos clarividentes irlandeses están intentando establecer contacto con el sindicato de Londres. Su líder es una fugitiva irlandesa llamada Antoinette Carter. Los Siete Sellos van a reunirse con ella.

Así que Jax lo había conseguido. Me pregunté cómo se las habría ingeniado Antoinette para colarse en la ciudadela. Era casi imposible cruzar el mar de Irlanda. Otros videntes habían intentado salir del país, la mayoría para dirigirse a América, pero pocos lo habían logrado. No podías cruzar el océano en un bote. Y aunque alguien lo hubiera conseguido, Scion nunca habría dejado que lo supiéramos.

—Es fundamental que no se cree un sindicato criminal análogo en Dublín. De ahí nuestro interés por impedir que se celebre esa reunión. Tu misión consiste en capturar a Antoinette Carter. Creo que ella también es una clase poco frecuente de clarividente, y quiero averiguar qué poderes oculta exactamente. La segunda misión es capturar a los Siete Sellos. El Vinculador Blanco es el objetivo principal.

Jaxon. Mi capo.

—Te supervisarán el consorte de sangre y su prima. Espero resultados. Si Carter consigue volver a Irlanda, os consideraré responsables. —Nashira nos miró uno por uno: a 30, a David, a Carl y a mí—. ¿Me habéis entendido?

—Sí, soberana de sangre —dijeron 30 y Carl, mientras David hacía girar el vino en su copa.

Yo no dije nada.

—Tu vida aquí está a punto de dar un giro, 40. Esta misión te permitirá hacer un buen uso de tu don. Espero que muestres gratitud por las largas horas que Arcturus ha dedicado a tu entrenamiento. —Nashira desvió la mirada del fuego y me miró a los ojos—. Tienes un gran potencial. Si no intentas sacarle el mejor partido, me encargaré de que nunca más vuelvas a pisar las protegidas salas de Magdalen. Por mí puedes pudrirte en las calles, con el resto de los desgraciados.

En su mirada no había ni rastro de emoción, pero sí de hambre. A Nashira Sargas se le estaba empezando a agotar la paciencia.

Un mundo pequeño

A los miembros quinto y sexto de nuestra banda los encontraron a principios de 2057, un año después de mi ingreso.

Llegaron durante una ola de calor tremenda. Uno de los recadistas de Jaxon informó de la presencia de dos clarividentes nuevos en el I-4. La pareja formaba parte de un grupo de turistas que había llegado para participar en el congreso de verano de la universidad que se celebraba todos los años con gran éxito. Traían a centenares de turistas jóvenes y entusiastas desde países no adeptos a Scion, a los que pensaban devolver a sus lugares de origen convertidos en abogados de las políticas anticlarividentes. Esos programas ya habían encontrado apoyo en algunos lugares de Estados Unidos, donde las opiniones sobre Scion llevaban décadas divididas. El bienintencionado recadista había descubierto dos auras y había ido corriendo a avisar a su mimetocapo, pero entonces se enteró de que los recién llegados no eran residentes permanentes del I-4. No tenían ni idea de la existencia del sindicato. Quizá ni siquiera supieran que eran videntes.

El recadista había informado de que uno de los dos turistas, la chica, era, casi con toda seguridad, suspirante. Jax estaba impresionado. Los suspirantes, según me dijo, pertenecían al orden de los sensores; conocían el funcionamiento del éter, los olores, sonidos y ritmos de los espíritus. Podían oír sus voces y sus vibraciones, y hasta utilizarlas para tocar instrumentos. «Un don interesante —admitió—, pero en absoluto innovador.» Los sensores eran menos comunes que los médiums, pero no mucho. El cuarto orden de la clarividencia. Sin embargo, en la ciudadela no había muchos, y a Jaxon le gustaban las rarezas.

Lo que le interesaba era la otra mitad de la pareja. El recadista había hablado de un aura extraordinaria, entre el naranja y el rojo. El aura de una furia.

Jax llevaba años recorriendo las calles en busca de una furia, y aquella era la primera vez que sus esperanzas podían cumplirse. No podía creer que hubiera tenido tanta suerte. Él tenía una visión, un proyecto. Jaxon Hall no se contentaba con tener una banda; qué va. Él quería un joyero, la *crème de la crème* de la sociedad vidente. Quería que la Asamblea Antinatural lo envidiara más que a ningún otro mimetocapo.

—Los convenceré para que se queden —había dicho y, señalándome con el bastón, había añadido—: Ya lo verás, dama mía.

—Tienen una vida en su país, Jax. Tienen familia. —Yo no estaba nada convencida—. ¿No crees que necesitarán tiempo para pensárselo?

—No hay tiempo para eso, querida. Si se marchan, no volverán. Tienen que quedarse.

—Estás soñando.

—No, no estoy soñando. Pero ¿quieres jugarte algo? —Me tendió una mano—. Si pierdes, me haces dos encargos gratis. Y me limpias el espejo antiguo.

—¿Y si gano?

—Te pagaré el doble por los mismos encargos. Y no tendrás que limpiarme el espejo.

Le estreché la mano.

Jaxon tenía un pico de oro. Yo sabía perfectamente qué

habría dicho mi padre de él: «Ese tipo ha besado la piedra de la elocuencia». Jaxon tenía algo que hacía que quisieras complacerlo, que quisieras ver brotar ese brillo en sus ojos. Sabía que conseguiría que la pareja se quedara. Tras localizar su hotel y pagar a un limosnero para que averiguara sus nombres, les envió una invitación a un «acto extraoficial» en una cafetería de moda de Covent Garden. Yo misma se la entregué al conserje, en un sobre dirigido a la señorita Nadine L. Arnett y el señor Ezekiel Sáenz.

Nos contestaron diciendo que eran hermanastros. Ambos residían en Boston, la reluciente capital de Massachusetts. El día de la entrevista, Jaxon nos mantuvo informados por correo electrónico.

Fabuloso. Esto es fabuloso.

Ella es susu, sin ninguna duda. Muy elocuente. Y muy maleducada.

El hermano me intriga. No consigo descifrar su aura. Inquietante.

Nick, Eliza y yo esperamos una hora más, y entonces llegó la confirmación definitiva.

Se quedan. Paige, al espejo hay que darle fuerte.

Fue la última vez que aposté contra Jaxon Hall.

Pasaron dos días. Mientras Eliza hacía sitio en la guarida para los recién llegados, yo acompañé a Nick a recogerlos a Gower Street. El plan era hacerlos desaparecer del mapa, como si los hubieran secuestrado y asesinado. Dejaríamos pistas: alguna prenda manchada de sangre, algún pelo. A Scion le encantaría. Podrían utilizarlo para anunciar más crímenes antinaturales; pero lo más importante era que no vendrían a buscar a los hermanos desaparecidos.

—¿Creéis que Jax los ha convencido para que se queden? —dije mientras caminábamos.

—Ya conoces a Jax. Sería capaz de convencerte para que saltaras desde un acantilado.

—Pero deben de tener familia. Y Nadine todavía está estudiando.

—Quizá no les haya ido bien allí, *sötnos*. Al menos, en Scion los videntes pueden entender lo que son. Allí deben de pensar que están locos. —Se puso las gafas de sol—. En ese sentido, Scion es una maravilla.

En cierto modo tenía razón. Fuera de Scion no existía ninguna política oficial sobre los clarividentes; no estaban reconocidos legalmente, ni tenían estatus de minoría; solo aparecían en la ficción. Sin embargo, tenía que ser mejor eso que ser sistemáticamente perseguidos y ejecutados, como nosotros. Yo no acababa de entender que quisieran quedarse.

Estaban esperándonos delante de la universidad. Nick levantó una mano y dijo:

—Hola. ¿Eres Zeke? —El desconocido asintió—. Yo soy Nick.

—Y yo, Paige —dije.

Me fijé en los ojos de Zeke, del color del té negro, y en su cara delgada, que denotaba nerviosismo. Debía de tener veintitantos años; era flaco para su elevada estatura, con las muñecas estrechas y la piel acostumbrada al sol.

—Estáis con Jaxon Hall, ¿verdad?

Su voz tenía un acento raro. Con la mano que tenía libre se enjugó el sudor de la frente, y entreví una cicatriz vertical.

—Sí, pero no vuelvas a pronunciar su nombre. La DVD podría estar cerca. —Nick sonrió—. Y supongo que tú eres Nadine —añadió mirando a la suspirante.

Nadine tenía los ojos y los rasgos nerviosos de su hermano, pero ahí se acababa el parecido. Llevaba el pelo teñido de rojo, y parecía que se lo hubieran cortado con regla. Las ciudadelas de Scion tendían a seguir la moda y a emplear el argot de la década en la que se habían establecido; en SciLo todos llevábamos ropa de tonos neutros, al estilo victoriano, y aquella camisa amarilla, los vaqueros y los zapatos de tacón de aguja eran como un letrero que rezara «turista» y «diferente».

—Sí, eso creo —dijo.

Nick miró a Zeke con los ojos un poco entornados. Yo también estaba intentando clasificar su aura. Al darse cuenta, Nadine se acercó más a su hermano.

—¿Qué pasa?

—Nada. Lo siento —se disculpó Nick. Miró por encima de sus cabezas, hacia la universidad, y luego los miró primero a uno y luego al otro—. Hemos de darnos prisa. Supongo que os lo habéis pensado bien, porque una vez que hayáis salido de ese edificio, no habrá vuelta atrás.

Zeke miró a su hermana. Ella, con los brazos cruzados, se miró los zapatos.

—Sí, estamos seguros —dijo Zeke—. Hemos tomado una decisión.

—Pues entonces, vamos.

Al final de la calle nos apretujamos los cuatro en un pirata. Nadine hurgó en su bolso y sacó unos auriculares. Sin decir nada, se los puso y cerró los ojos. Me pareció que le temblaban los labios.

—A Monmouth Street, por favor —le dijo Nick al conductor.

El taxi arrancó lentamente. Por suerte para nosotros, los piratas no tenían licencia. Se ganaban muy bien la vida con sus clientes clarividentes.

Monmouth Street era donde vivía Jax: un tríplex encima de una pequeña boutique. Yo me quedaba a menudo a dormir allí, y le decía a mi padre que estaba en casa de alguna amiga. No era exactamente mentira. Durante meses había ido enterándome de cómo funcionaba la sociedad clarividente: la estructura de las bandas, los nombres de sus líderes, el protocolo y la enemistad entre diferentes sectores. Ahora Jaxon ponía a prueba mi don y me enseñaba a ser uno de ellos.

Pocas semanas después de incorporarme a mi nuevo trabajo, había conseguido sacar a mi espíritu de su sitio conscientemente. Y al momento había dejado de respirar. A Jax y a Eliza les entró pánico; creyeron que me habían matado. Nick, sin perder los nervios, como buen médico, me había reanimado inyectándome adrenalina directamente en el corazón y, aunque después me dolió el pecho durante una semana, estaba muy orgullosa. Habíamos ido los cuatro a Chateline's a celebrarlo, y Jax había ordenado que la próxima vez me pusieran soporte vital.

Encajaba con aquella gente. Ellos entendían mi extraño mundo, un mundo que yo solo estaba empezando a descubrir. En Seven Dials habíamos creado un pequeño mundo, un mundo de delincuencia y color. Ahora había un desconocido entre nosotros. Quizá dos, si Nadine acababa resultando interesante.

Tanteé sus onirosajes. El de Nadine era normal, pero el de Zeke... Bueno, el de Zeke era interesante. Una presencia oscura y pesada en el éter.

—¿De dónde eres, Zeke? —preguntó Nick.

—Nací en México —contestó—, pero ahora vivo con Nadine.

No dio más explicaciones. Miré por encima del hombro y dije:

—¿Habías estado en alguna ciudadela de Scion?

—No. No tenía muy claro que fuera buena idea.

—Pero has venido.

—Queríamos salir un poco. La universidad de Nadine nos había ofrecido plazas en el congreso. Yo sentía curiosidad por Scion. —Se miró las manos—. Me alegro de que decidiéramos venir. Hacía años que nos sentíamos diferentes, pero... Bueno, el señor Hall nos ha contado por qué.

Nick parecía intrigado.

—¿Cuál es la postura oficial respecto a la clarividencia en Estados Unidos?

—La llaman PES, percepción extrasensorial. Lo único que dicen es que bajo la ley de Scion es una enfermedad reconocida, y que el CCE la está investigando. No quieren adoptar ninguna postura firme al respecto. Creo que no lo harán nunca.

Me habría gustado preguntarles sobre sus familias, pero mi instinto me aconsejó dejarlo para más adelante.

—Jaxon está muy contento de que os quedéis con nosotros. —Nick sonrió—. Espero que os guste esto.

—Ya os acostumbraréis —dije yo—. Yo al principio lo odiaba. Cuando me contrató Jaxon, todo mejoró. El sindicato se ocupará de vosotros.

—¿No eres inglesa? —me preguntó Zeke.

—No. Irlandesa.

—Creía que muy pocos irlandeses habían podido huir de las revueltas de Molly.

—Yo, por ejemplo.

—Fue una tragedia. La música irlandesa es preciosa —añadió—. ¿Conoces la canción de los alborotadores?

—¿La que trata sobre Molly?

—No, la otra. La que cantaron al final de las revueltas, cuando lloraban a los muertos.

—Te refieres a «An Ember Morning».

—Sí, eso es. —Hizo una pausa, y entonces añadió—: ¿Puedes cantarme un trozo? —Nick y yo reímos a la vez. Zeke se puso rojo—. Lo siento —dijo—. Es que me encantaría oírla bien cantada. Si no os importa demasiado. Antes podía escuchar a Nadine, pero... ya no canta.

Nick me miró. Una suspirante que no cantaba. A Jaxon no le iba a gustar.

—Paige... —dijo en voz baja, y reparé en que Zeke seguía mirándome, esperando mi respuesta.

No sabía si podría cantar la canción. En Scion estaba prohibida la música irlandesa, y especialmente la música irlandesa revolucionaria. De pequeña, yo tenía un marcado acento irlandés, pero cuando nos trasladamos a ScionLo lo había abandonado por miedo al sentimiento antirlandés, cada vez más extendido en Scion. Con solo ocho años, ya notaba las miradas extrañas que me dirigía la gente cuando pronunciaba algo de una forma que ellos consideraban rara. Me pasaba horas delante del espejo, imitando a los locutores de los noticiarios, hasta que conseguí un impecable acento de colegio privado inglés. Todavía caía bastante mal a mis compañeras (me llamaron «Molly Mahoney» durante años), pero al final, un pequeño grupo de alumnas me aceptó, seguramente porque mi padre patrocinaba el baile del colegio.

Quizá recordaba la canción gracias a mi primo. Miré por la ventana y me oí recitar:

Asomaba el mes de octubre
y la mañana ardía, mi amor.
El fuego bramaba en la pradera color miel.
Ven, fantasma del valle,
aquí estoy, en las cenizas donde ruges.
Erin te espera para llevarte a casa.

Vi una llama en el cielo, corazón,
y la fría mañana de octubre se hizo noche.
El humo invadía la pradera color miel.
Escucha, espíritu del sur,
cerca del árbol hendido yo te espero,
ahora que el corazón de Irlanda yace, roto, junto al mar.

Había más estrofas, pero de pronto me paré. Me acordé de mi abuela cantándole esa canción a Finn en su funeral, el que celebramos en secreto en el Golden Vale. Solo éramos seis. No había cadáver que enterrar. Fue allí donde mi padre anunció su traslado, que le obligaría a dejar a mis abuelos solos ante la ocupación militar del sur por parte de Scion. Zeke estaba muy serio. Al cabo de un momento Nick me apretó la mano.

Para cuando llegamos a Monmouth Street, en el taxi hacía un calor insoportable. Le puse unos billetes en la mano al conductor. Él me devolvió uno.

—Por esa canción tan bonita —dijo—. Bendita seas, querida.

—Gracias.

Pero dejé el billete en el asiento. No podía aceptar dinero por un recuerdo.

Ayudé a Nick a descargar las maletas. Nadine salió del taxi y se quitó los auriculares. Le lanzó una mirada fulminante al edificio. Me fijé en su bolsa, de un diseñador de Nueva York; tendría que deshacerse de ella. Los productos norteamericanos se vendían como rosquillas en el Garden. Yo me había imaginado que llevaría un estuche de algún instrumento musical, pero no había nada por el estilo. A lo mejor no era suspirante. Había por los menos otras tres variedades de sensores.

Abrí con mi llave la puerta roja con una placa dorada que rezaba: THE LENORMAND AGENCY. Para el mundo exterior, éramos una respetable agencia de arte. Dentro ya no éramos tan honrados.

Al final de la escalera estaba Jax, vestido con sus mejores galas: chaleco de seda, cuello postizo blanco, reloj de bolsillo reluciente y puro encendido. Llevaba una taza de café de cristal en la mano. Intenté imaginar, sin éxito, cómo se podían compatibilizar el puro y el café.

—Zeke, Nadine. Me alegro de volver a veros.

Zeke le estrechó la mano.

—Y yo a usted, señor Hall.

—Bienvenidos a Seven Dials. Como ya sabéis, soy el mimetocapo de este territorio. Y ahora vosotros pertenecéis a mi círculo de élite.

Jax miraba a Zeke a la cara, pero yo sabía que estaba concentrado en leerle el aura.

—Supongo que habéis salido de Gower Street sin llamar la atención.

—No nos ha visto nadie. —Zeke se puso en tensión—. ¿Qué es eso de ahí? ¿Un espíritu?

Jax giró la cabeza.

—Sí, es Pieter Claesz, un pintor de vanidades holandés. Es una de nuestras musas más prolíficas. Murió en 1660. Pieter, ven a saludar a nuestros nuevos amigos.

—Encárgate tú, Zeke. Yo estoy cansada. —Nadine no miraba a Pieter, que había ignorado la orden de Jax. Nadine no tenía visión—. Quiero una habitación para mí sola. No comparto mis espacios —dijo mirando con dureza a Jax—. Que quede claro.

Esperé para ver cómo reaccionaba Jax. No tenía una cara muy expresiva, pero se le inflaron las aletas de la nariz. No era buena señal.

—Tendrás lo que te den —dijo.

Nadine se enfureció. Previendo un enfrentamiento, Nick le puso un brazo sobre los hombros a Nadine.

—Claro que tendrás tu propia habitación —dijo, y me miró con cara de fastidio por encima de la cabeza de la chica. Tendríamos que poner a Zeke en un sofá—. Eliza lo está organizando todo. ¿Te apetece beber algo?

—Sí, por favor. —Miró a Jax arqueando las cejas—. Por lo visto, todavía hay europeos que sí saben tratar a una mujer.

Jaxon se quedó de piedra, como si le hubieran dado una bofetada. Nick se llevó a Nadine hacia la *kitchenette*.

—Yo no soy europeo —dijo Jax apretando los dientes.

No pude evitar sonreír.

—Me aseguraré de que nadie te moleste —dije.

329

—Gracias, Paige. —Jaxon se irguió cuan alto era y agregó—: Ven a mi despacho, Zeke. Tenemos mucho que hablar.

Zeke subió el siguiente tramo de la escalera sin quitarle los ojos de encima a Pieter, que flotaba frente a su último cuadro. Antes de que yo pudiera decir nada, Jaxon me agarró por el brazo.

—Su onirosaje —dijo en voz baja—. ¿Cómo es?

—Oscuro —dije—. Y…

—Excelente. No digas nada más.

Subió la escalera al trote, con el puro en una comisura de la boca. Me quedé allí sola con las tres maletas y un pintor muerto; pese a que le tenía aprecio a Pieter, no era persona de muchas palabras.

Miré la hora: las once y media. Eliza volvería pasados unos minutos. Preparé café y fui a sentarme en el salón, donde un lienzo de John William Waterhouse ocupaba el lugar de honor: una mujer de cabello oscuro con vestido rojo largo y suelto escudriñando una bola de cristal. Jax había pagado mucho dinero a un comerciante por tres cuadros de Waterhouse que figuraban en la lista negra. También había un retrato de Eduardo VII con traje de gala. Abrí la ventana y me puse a leer el nuevo panfleto en que estaba trabajando Jaxon, *Sobre las maquinaciones de los muertos itinerantes*. De momento me había hablado de cuatro tipos de espíritus: ángeles guardianes, fantasmas, musas y psicopompos; todavía no había llegado al capítulo de los duendes.

Eliza apareció a las doce, ensimismada como era su costumbre. Me dio un recipiente de fideos de Lisle Street.

—Hola. Supongo que no habrás convencido a Pieter para que vuelva a pintar *Vanitas con violín y bola de cristal*, ¿verdad?

Eliza Renton, cuatro años mayor que yo, era la médium mediante trance de Jax. Su especialidad era el plagio de cuadros. Nacida en el mismísimo centro de Londres, había trabajado en un teatro clandestino de The Cut hasta los diecinueve años; entonces había respondido a un panfleto de Jaxon, y él la había contratado. Desde entonces, era la principal fuente de ingresos de Jax. Tenía la piel clara y aceitunada, los ojos verdes y una melena rubia de tirabuzones. Nunca le faltaban admiradores (hasta los espíritus la adoraban), pero Jax nos imponía su política de «no implicación», y Eliza la respetaba.

—Todavía no. Creo que sufre un bloqueo artístico. —Dejé el panfleto a un lado—. ¿Ya conoces a los recién llegados?

—Solo a Nadine. Me ha dicho «hola», y punto. —Eliza se sentó a mi lado—. ¿Seguro que es una susu?

Abrí el recipiente de fideos humeantes.

—Yo no he visto ningún instrumento, pero todo es posible. ¿Has visto a Zeke?

—Me he asomado un momento al despacho. Tiene el aura naranja oscuro.

—Entonces es una furia.

—Pero no lo parece. Parece incapaz ni de darle un susto a un fantasma. —Se puso los snacks de gambas encima de la rodilla—. Bueno, si Pieter se pone testarudo, tengo un hueco en mi programa. ¿Quieres intentar salirte otra vez?

—No. Mientras Jax no traiga el soporte vital, no.

—Claro, claro. Me parece que el ventilador llegará el martes. No hay prisa. —Me pasó un cuaderno de bocetos y un lápiz—. Hace tiempo que quería preguntarte... ¿Puedes dibujar tu onirosaje?

—¿Dibujarlo? —pregunté al tiempo que cogía el cuaderno y el lápiz.

—Sí. No que dibujes las flores, ni nada de eso. Solo el contorno tal como se veía a vista de pájaro. Estamos intentando entender el trazado del onirosaje humano, pero es difícil porque ninguno de nosotros podemos salir de nuestras zonas soleadas. Creemos que, como mínimo, hay tres zonas, pero necesitamos que tú hagas un boceto para ver si nuestras teorías coinciden. ¿Puedes hacerlo?

Me sentí motivada, satisfecha de tener un cometido. Estaba resultando muy útil dentro del grupo.

—Claro —dije.

Eliza encendió el televisor. Me puse a trabajar en el boceto. Dibujé un círculo con un punto en el centro, rodeado de tres anillos.

Del televisor salía la música de fondo de ScionVista. Scarlett Burnish leía las noticias del mediodía. Eliza señaló la pantalla mientras se comía las galletas.

—¿Crees que en realidad es mayor que Weaver, pero que se ha hecho tantas operaciones que ya no pueden salirle arrugas?

—No, sonríe demasiado. —Seguí dibujando. Había conseguido algo que se parecía a un ojo de buey con cinco divisiones—. Bueno, hemos determinado que esto —dije, y di unos golpecitos en el centro del círculo— es la zona soleada.

—De acuerdo. La zona soleada es donde los espíritus tienen que permanecer para conservar una mente sana. El cordón argénteo es una especie de red de seguridad. Impide que los videntes salgan de esa zona.

—A casi todos, pero a mí no.

—Exactamente. Esa es tu singularidad. Digamos que la mayoría tenemos unos tres centímetros de cordón entre nuestro cuerpo y nuestro espíritu —dijo midiendo con los dedos—. Tú tienes casi dos kilómetros. Puedes caminar hasta el anillo exterior de tu onirosaje, lo que significa que puedes sentir el éter mucho más allá que nosotros. También puedes sentir otros onirosajes. Nosotros solo sentimos espíritus y auras, y no desde muy lejos. Yo, ahora, no siento a Jaxon ni a los demás.

Yo sí los sentía.

—Pero tengo mis límites.

—Por eso hemos de tener cuidado. Todavía no conocemos tus límites. Quizá puedas salir de tu cuerpo, y quizá no. Todavía está por ver.

Asentí con la cabeza. Jaxon me había explicado su teoría sobre los onirámbulos varias veces, pero Eliza era mucho mejor maestra.

—¿Qué pasaría si intentaras salir de tu zona soleada? Hipotéticamente hablando.

—Verás, creemos que la segunda zona es donde tienen lugar las «pesadillas» amauróticas. A veces, si estás muy tenso o nervioso, el cordón te deja llegar hasta tan lejos. Más allá, empiezas a notar un fuerte tirón hacia el centro. Si salieras más allá de la zona crepuscular, empezarías a enloquecer.

Arqueé una ceja.

—Soy rarita, ¿verdad?

—No, no, Paige. No digas eso. Ninguno de nosotros somos raros. Eres un milagro. Una saltadora. —Me quitó el cuaderno de las manos—. Le diré a Jax que le eche un vistazo a esto en cuanto haya terminado. Le encantará. ¿Te quedas en casa de tu padre esta noche? ¿No tenías que quedarte con él los viernes?

—Tengo trabajo. Didion cree que ha encontrado a William Terriss.

—¡Vaya, no hace falta que digas nada más! —Se dio la vuelta y me miró—. Oye, ya sabes lo que dicen del sindicato: que una vez que entras, ya no sales nunca. ¿Seguro que no te has arrepentido?

—Qué va, todo lo contrario.

Eliza me sonrió. Fue una sonrisa extraña, casi nostálgica.

—Vale —dijo—. Voy arriba. Tengo que tranquilizar a Pieter.

Salió de la habitación envuelta en el tintineo de sus brazaletes. Empecé a sombrear los aros de mi dibujo, haciéndolos cada vez más oscuros.

Seguía trabajando unas horas más tarde cuando Jax bajó del piso de arriba. No tardaría en ponerse el sol. Tenía que salir pitando a ver a Didion, pero antes quería pasar mi dibujo al ordenador. Jax estaba como afiebrado.

—¿Pasa algo, Jax?

—Un ilegible —dijo en voz baja—. Ay, Paige, mi queridísima Paige. Nuestro querido señor Sáenz es un ilegible.

Una nave quemada

Nunca olvidaré la cara del Custodio cuando me vio con el blusón rojo. Por primera vez vi miedo en sus ojos.

Solo duró una milésima de segundo. Pero lo vi, aunque solo fuera un instante: un atisbo de inseguridad, más débil que la llama de una vela. Se quedó mirándome mientras yo me dirigía hacia mi habitación.

—Paige.

Me paré.

—¿Cómo ha ido tu banquete de investidura?

—Ha sido instructivo. —Reseguí con los dedos el ancla roja del chaleco—. Tenías razón. Me ha hecho algunas preguntas sobre ti.

Hubo un breve y tenso silencio. El Custodio tenía todos los músculos de la cara en tensión.

—Y tú las has contestado. —Lo dijo con una frialdad que me sorprendió—. ¿Qué le has dicho? Tengo que saberlo.

No iba a suplicarme: era demasiado orgulloso. Tenía las mandíbulas apretadas, y sus labios formaban una línea recta. Me pregunté qué estaría pasándole por la cabeza. A quién avisar, adónde huir. Qué hacer a continuación.

¿Cuánto tiempo podía hacerlo sufrir?

—Dijo una cosa que sí me llamó la atención. —Me senté en el diván—. Que el consorte de sangre tiene prohibido pelear con los emim.

—Sí. Estrictamente prohibido. —Tamborileó con los dedos en el brazo de la butaca—. Le has contado lo de mis heridas.

—No, no le he contado nada.

Vi que mudaba la expresión. Al cabo de un momento se sirvió un poco de amaranto de la licorera.

—Entonces te debo la vida —dijo.

—Bebes mucho amaranto —comenté—. ¿Es para las cicatrices?

Me lanzó una mirada.

—Las cicatrices.

—Sí, las cicatrices.

—Tengo mis motivos para beber amaranto.

—¿Qué motivos?

—Motivos de salud. Ya te lo dije. Viejas heridas. —Dejó la copa encima de la mesa—. Decidiste no decirle a Nashira que he desobedecido. Estoy intrigado: me gustaría saber por qué.

—No soy ninguna traidora.

No se me había pasado por alto su evasiva: las cicatrices y las viejas heridas eran lo mismo.

—Entiendo. —El Custodio dirigió la mirada hacia la chimenea vacía—. Así que le has ocultado información a Nashira, y sin embargo te han dado el blusón rojo.

—Tú mismo se lo recomendaste.

—Sí, pero no sabía si le parecería bien. Sospecho que Nashira tiene motivos ocultos.

—Me han ordenado salir a cumplir una misión. Al exterior. Mañana.

—A la ciudadela —conjeturó—. Sorprendente.

—¿Por qué?

—Después de lo que le costó sacarte de la ciudadela, resulta extraño que ahora te envíe allí.

—Quiere utilizarme de señuelo para hacer salir a una

banda de Londres, los Siete Sellos. Cree que tienen un oni-rámbulo, y que yo sabré reconocer a otro como yo. —Espe-ré, pero el Custodio no reaccionó. ¿Acaso sospechaba de mí?—. Saldremos mañana por la noche, con tres casacas rojas y otro refaíta.

—¿Quién?

—Tu prima.

—Ah, sí. —Juntó las yemas de los dedos—. Situla Me-sarthim es la mercenaria más leal de Nashira. Tú y yo ten-dremos que andarnos con cuidado cuando ella esté cerca.

—¿Significa eso que volverás a tratarme como si fuera tu esclava?

—Será temporal, pero necesario. Situla y yo no somos amigos. La han escogido a ella para que me vigile.

—¿Por qué?

—Transgresiones cometidas en el pasado. —Vio mi ex-presión de curiosidad y agregó—: Es mejor que no sepas nada. Lo único que necesitas saber es que yo no mato a me-nos que sea absolutamente necesario.

Transgresiones cometidas en el pasado. Viejas heridas. Eso solo podía significar una cosa, y ambos sabíamos qué; sin embargo, no garantizaba que pudiera confiar en el Cus-todio. Aunque fuera un marcado.

—Necesito dormir un poco —dije—. Hemos quedado en la residencia de Nashira mañana al anochecer.

El Custodio asintió con la cabeza sin mirarme. Recogí mis botas, fui a mi habitación y lo dejé bebiéndose su re-medio.

En lugar de dormir, me pasé casi todo el día pensando en los diferentes panoramas que podían presentarse cuando llegá-ramos a Londres. El plan, según la reunión informativa pos-terior a la cena, consistía en esperar hasta que Carter llegara a la base de la columna de Nelson, donde se había dado cita con un representante de los Sellos. Los demás los rodearíamos y los atacaríamos. Por lo visto, Nashira creía que nos plantaríamos allí, dispararíamos a Carter, tomaríamos a unos cuantos prisioneros y volveríamos tan campantes a Sheol I a tiempo para la campanada diurna.

Pero yo sabía que no iba a ser así. Conocía a Jax. Jax protegía bien a sus inversiones. Jamás se le ocurriría enviar a un único representante a reunirse con Antoinette: iría toda la banda. Los centinelas mantenían las calles vigiladas durante la noche, y dominaban el combate espiritista. Además, tendríamos que lidiar con el público, y como en la calle habría videntes, podíamos acabar en medio de una pelea de dimensiones considerables. Una pelea en la que yo vestiría los colores de un bando y desearía que ganara el contrario.

Me di la vuelta, nerviosa. Aquella era mi ocasión para escapar, o al menos para hacer correr la voz. Tenía que conseguir hablar con Nick, si él no me mataba primero. O me cegaba con sus visiones. Él era mi única oportunidad.

Al final desistí de quedarme dormida. Fui al cuarto de baño, me lavé la cara y me recogí el pelo en un moño. Me había crecido bastante, hasta los hombros. La lluvia golpeaba los cristales de las ventanas. Me puse el uniforme, el blusón rojo de los traidores y bajé a la cámara del Custodio. El reloj de péndulo marcaba casi las siete. Me senté junto al fuego. Cuando sonó la hora, el Custodio apareció en la puerta, con el cabello y la ropa empapados de lluvia.

—Es la hora.

Me levanté y salí por la puerta; el Custodio la cerró con llave y bajó conmigo por la escalera de piedra.

—Todavía no te he dado las gracias —me dijo mientras recorríamos los soportales—. Por tu silencio.

—No me las des todavía.

Las calles estaban en silencio. Las piedras de granizo medio derretidas crujían bajo las suelas de mis botas. Cuando llegamos a la residencia, dos refaítas nos escoltaron hasta la biblioteca, donde nos esperaba Nashira. El Custodio y ella representaron su saludo ritual: él le puso una mano sobre el abdomen, y ella le acercó los labios a la frente. Esa vez me fijé en más cosas: en la rigidez de los movimientos del Custodio, en que nunca miraba a Nashira a los ojos, en que ella le pasaba una mano por el pelo, sin mirarlo. Me recordaron a un perro y a su ama.

—Me alegro de que los dos hayáis podido venir esta noche —dijo Nashira. Como si nosotros hubiéramos podido elegir—. 40, te presento a Situla Mesarthim.

Situla era casi tan alta como el Custodio. Se notaba que eran parientes: tenían el mismo tono de cabello, castaño ceniza, la misma piel de color miel, las mismas facciones marcadas y los ojos hundidos. Saludó con una inclinación de cabeza al Custodio, que seguía arrodillado.

—Hola, primo. —El Custodio inclinó la cabeza. Situla me miró. Tenía los ojos azules—. XX-59-40, esta noche me tratarás como si fuera tu segunda guardiana. Supongo que sabes a qué me refiero.

Asentí con la cabeza. El Custodio se levantó y miró a su prometida.

—¿Dónde están los otros humanos?

—Preparándose, por supuesto. —Le dio la espalda—. Y tú deberías hacer lo mismo, mi fiel servidor.

El aura del Custodio se nubló, como si se estuviera fraguando una tormenta en su onirosaje. Se dio la vuelta y fue hacia unos gruesos cortinajes de color carmesí. Una chica amaurótica se apresuró a seguirlo; llevaba unas prendas de ropa en las manos.

—Formarás pareja con 1 —me dijo Nashira—. Iréis los dos con Arcturus. Situla se llevará a 30 y a 12.

David salió de detrás de las cortinas; llevaba pantalón negro, botas y un ligero chaleco antibalas. Al verlo me sobresalté. Era idéntico al Capataz la noche que me habían capturado.

—Buenas noches, 40 —me dijo.

Mantuve la boca cerrada. David sonrió y sacudió la cabeza, como si yo le hiciera gracia. Se me acercó un amaurótico.

—Tu ropa.

—Gracias.

Sin mirar a David, pasé con mi ropa detrás de las cortinas. Allí había un vestidor improvisado. Me quité el uniforme y me puse el nuevo: primero, una camisa roja de manga larga, y luego el chaleco antibalas (marcado con el ancla roja, igual que el chaleco), y una chaqueta negra con un brazalete rojo en la manga. A continuación me puse los guantes y los pantalones, ambos de una tela negra y flexible, y unas robustas botas de cuero. Con ese atuendo podría correr, trepar y pelear. En la chaqueta había una jeringa de adrenalina y una pistola de flux. Para cazar videntes.

Una vez equipada, volví a donde estaban los otros tres humanos. Carl me sonrió.

—Hola, 40.

—Hola, Carl.

—¿Cómo te sienta el blusón nuevo?

—Es de mi talla, si es a eso a lo que te refieres.

—No, me refiero a cómo te sienta ser una casaca roja.

Los tres me miraban fijamente.

—Genial —contesté tras una pausa.

—Sí, es genial —coincidió Carl—. Quizá acertaran concediéndote tantos privilegios.

—O quizá se equivocaran —terció 30 sacándose la melena de debajo de la camisa. Era más alta que yo, ancha de hombros y caderas—. Eso lo averiguaremos en las calles.

Le eché otro vistazo a 30. A juzgar por su aura, debía de ser una adivina, pero poco común. Quizá cleromántica. No era demasiado inusual. Debía de haber ido ascendiendo sin reparar en los medios.

—Exacto —dije.

30 aspiró con fuerza por la nariz.

El regreso del Custodio tuvo un efecto asombroso sobre la actitud de 30. Le hizo una delicada reverencia y murmuró «consorte de sangre». Carl, a su vez, saludó con una inclinación. Yo me quedé quieta, con los brazos cruzados. El Custodio echó un vistazo a su club de fans, pero no respondió a ninguno de los tributos; en lugar de eso me miró a mí, que estaba a cierta distancia. 30 se llevó un chasco. Pobre 30.

El cambio de vestuario había transformado a mi guardián. En lugar del traje anticuado de los refaítas, iba vestido como un habitante adinerado de Scion, el tipo de personaje al que ningún ladrón inteligente intentaría birlar la cartera.

—Os llevarán a la cohorte I en dos vehículos de recogida —dijo Nashira—. Despejarán el tráfico para dejaros pasar. Deberíais estar de regreso aquí antes de que suene la campanada diurna.

Los cuatro humanos asentimos con la cabeza. El Custodio sacudió ligeramente los hombros y se dirigió hacia la puerta.

—XX-40, XX-1 —nos llamó.

Carl se sorprendió tanto como si Novembertide se hubiera adelantado. Corrió tras el Custodio, guardándose la pistola de flux en la chaqueta por el camino. Me disponía a seguirlo cuando Nashira me agarró por el brazo con una mano enguantada. Me quedé quieta y contuve el impulso de soltarme.

—Sé quién eres —dijo acercándome la cara—. Sé de dónde provienes. Si no me traes a un onirámbulo, deduciré que no me equivocaba y que eres la Soñadora Pálida. Esa comprobación tendrá consecuencias para todos nosotros. —Me lanzó una mirada que me dejó helada; entonces me dio la espalda y fue hacia la puerta—. Te deseo un buen viaje, XX-59-40.

En el puente había dos vehículos esperando con las luces apagadas. Antes de meternos dentro y cerrar las puertas con seguro, nos vendaron los ojos a los cuatro. Yo me senté con Carl; no veía nada, pero oía el motor. Debían de temer que averiguáramos la ruta para salir de la colonia.

Un pelotón de centinelas se había desplazado a Sheol I para acompañarnos, pero aun así el procedimiento era complicado. La ciudad era una colonia penitenciaria, y salir de ella resultaba tan fastidioso como si fuéramos prisioneros en libertad provisional. En una de las subestaciones exteriores de Scion nos implantaron unos chips localizadores subcutáneos por si intentábamos huir, y nos examinaron las huellas dactilares y las auras. Me extrajeron una muestra de sangre y me dejaron un cardenal en el pliegue interno del codo. Por fin cruzamos la última frontera y volvimos a Scion Londres. Volvimos al mundo real.

—Ya podéis quitaros las vendas —dijo el Custodio.

Me apresuré a quitarme la mía.

¡Mi ciudadela! Pasé un dedo por el cristal de la ventana, siguiendo las luces que se reflejaban en mis ojos. El coche pasó por delante del gigantesco centro comercial del barrio de White City, en el II-3. Nunca se me había ocurrido pensar que echaría de menos aquellas calles sucias de color gris plomo, pero las extrañaba, y también pujar para conseguir espíritus y jugar al tarocchi y trepar a los edificios con Nick para ver la puesta de sol. Quería salir del coche y zambullirme en el corazón envenenado de Londres.

Carl había estado intranquilo durante la primera parte del trayecto, no paraba de mover una pierna y de acariciar su pistola de flux; pero en la autopista se había quedado dormido. Me había dicho que 30 se llamaba Amelia, y que su guardián era un tal Elnath Sarin. Era cleromántica, como yo sospechaba, y se le daban especialmente bien los dados. Tardé un rato en recordar la palabra exacta: astragalomántico. Estaba empezando a oxidarme. En otros tiempos Jax me examinaba a diario sobre los siete órdenes de la clarividencia.

Volví a mirar a Carl. Llevaba el pelo sucio. Sus ojeras me revelaron que estaba tan cansado como yo; pero él no tenía cardenales. Nuevas traiciones debían de haberle proporcionado seguridad. Abrió los ojos, como si hubiera notado que lo estaba observando.

—No intentes huir.

Lo dijo con un hilo de voz. Como no contesté, se desplazó un poco hacia mí.

—No lo permitirán. Él no lo permitirá. —Miró al Custodio a través de la pantalla de vidrio—. Sheol es un sitio seguro para nosotros. ¿Por qué quieres irte?

—Porque no es nuestro sitio.

—Te equivocas, es nuestro único sitio. Allí podemos ser clarividentes. No tenemos que escondernos.

—Tú no eres idiota, Carl. Sabes perfectamente que es una cárcel.

—Y ¿la ciudadela no lo es?

—No.

Carl miró su pistola. Yo miré por la ventana.

Una parte de mí sabía a qué se refería Carl. Por supuesto que la ciudadela era una cárcel (Scion nos tenía encerrados como animales), pero allí no veíamos que pegaban a la gente, ni que la dejaban morir tirada en la calle.

Apoyé la frente en el cristal de la ventana. No, eso no era verdad. Hector lo hacía. Y Jaxon. Lo hacían todos los mimetocapos de la ciudadela. Solo recompensaban a los que eran útiles. Al resto los echaban y los dejaban pudrirse.

Pero para mí la banda era lo más parecido a una familia. En la ciudadela no tenía que hacerle reverencias a nadie. Era la dama del I-4. Tenía un nombre.

No tardamos en llegar a Marylebone. Mientras el Custodio contemplaba el territorio de la ciudadela, desconocido para él, me pregunté si habría estado en Londres alguna vez.

Seguramente sí, ya que había conocido a inquisidores anteriores. Me daba escalofríos pensar que había habido refas por las calles. Que habían estado en el Arconte. Incluso en el I-4.

El conductor era un hombre callado y corpulento; llevaba gafas de montura metálica y traje, con pañuelo de bolsillo y corbata de seda roja. En la oreja izquierda llevaba un Ductaphone que pitaba a cada momento. Era morboso y fascinante ver lo organizado que estaba todo. Scion tenía todas sus bases cubiertas: nadie podía descubrir la existencia de Sheol I. Era una ciudad cerrada a cal y canto.

El Custodio le hizo señas al conductor para que parara en una esquina. El hombre asintió y salió del coche. Cuando volvió, llevaba una gran bolsa de papel. El Custodio me la pasó por la trampilla.

—Despiértalo —me dijo, y señaló a Carl, que había vuelto a quedarse dormido.

Dentro de la bolsa había dos cajas de cartón calientes de Brekkabox, la tienda de comida rápida más famosa de la ciudadela. Zarandeé un poco a Carl.

—¡Despierta!

Carl se sobresaltó. Abrí mi caja y encontré un bocadillo enrollado, una servilleta y un tarro de gachas de avena. Miré al Custodio por el espejo retrovisor, y él dio una leve sacudida con la cabeza. Desvié la mirada.

El coche entró en el sector 4. Mi sector. Me sudaba el cuero cabelludo, y el sudor me producía picor. Mi padre vivía a solo veinte minutos de allí, y nos estábamos acercando mucho a Seven Dials. Presté atención por si recibía algo de Nick, pero el éter estaba en completo silencio. Varios cientos de onirosajes presionaban contra el mío y me distraían del mundo de la carne. Cuando me concentré en los más cercanos, no sentí nada inusual, ninguna nueva oleada de emoción. Aquella gente no tenía ni idea de la existencia de los refaítas ni de la colonia penitenciaria. No les importaba adónde iban los antinaturales mientras no estuvieran a la vista.

Nuestro coche se detuvo en el Strand, donde nos esperaba un centinela. Todos los que estaban de guardia se parecían: altos, anchos de hombros, generalmente médiums. Al salir del coche, evité mirar a aquel hombre; dejé las cajas del desayuno vacías bajo el asiento.

El Custodio, con su imponente estatura, no estaba nervioso en absoluto.

—Buenas noches, centinela.

—Buenas noches, Custodio. —El centinela se tocó la frente con tres dedos, uno en el centro y otro sobre cada ojo; a continuación saludó alzando la mano. Era la señal oficial de su clarividencia, su tercer ojo—. ¿Podría confirmarme que tiene a Carl Dempsey-Brown y a Paige Mahoney bajo su custodia?

—Sí, confirmado.

—¿Números de identificación?

—XX-59-1 y 40.

El centinela tomó nota. Me pregunté qué le habría hecho darles la espalda a los suyos. Quizá un capo cruel.

—Vosotros dos, no olvidéis que estáis bajo custodia. Estáis aquí para ayudar a los refaítas. Una vez cumplida vuestra misión, volveréis directamente a Sheol I. Si alguno de los dos intenta revelar la ubicación de Sheol I, os dispararemos. Si alguno de los dos intenta establecer contacto con la población, o con algún miembro del sindicato, os dispararemos. Si alguno de los dos intenta hacerle daño a vuestro guardián, o a un centinela, os dispararemos. ¿Ha quedado claro?

Bueno, había dejado bastante claro que, hiciéramos lo que hiciésemos, nos dispararían.

—Lo hemos entendido —dije.

Pero el centinela no había terminado. Sacó un tubo de plata y un par de guantes de látex de un compartimiento de su cinturón. «Otra aguja no, por favor», me dije.

—Tú primero. —Me agarró una muñeca—. Abre la boca.

—¿Qué?

—Abre-la-boca.

Quise mirar al Custodio, pero su silencio me indicaba que no tenía objeciones a aquel procedimiento. Antes de que hubiera podido obedecer, el centinela me abrió la boca a la fuerza. Le habría pegado un mordisco al muy desgraciado. Me frotó los labios con el extremo de plástico del tubo cubriéndolos de una sustancia fría y amarga.

—Cierra.

No tenía alternativa, así que cerré la boca. Cuando intenté volver a abrirla, no pude. Abrí mucho los ojos. «¡Mierda!»

—Solo es un poco de adhesivo dérmico. —El centinela agarró a Carl por un brazo—. Se va solo al cabo de dos o tres horas. No queremos correr riesgos, porque todos los sindis os conocéis.

—Pero si yo no soy… —protestó Carl.

—Cállate.

Y por fin obligaron a Carl a cerrar el pico.

—XIX-49-30 no va sellada. Miradla a ella para recibir las órdenes —dijo el centinela—. Por lo demás, ceñíos a vuestros objetivos.

Me empujé los labios con la lengua, pero no se movieron. A aquel centinela debía de encantarle controlar a ex miembros del sindicato.

Tras sellarnos la boca, el centinela saludó al Custodio y volvió al edificio triste y gris del que había salido. Fuera había una placa que rezaba: CIUDADELA SCION LONDRES – PUESTO DE MANDO DE LA DVN – COHORTE I SECTOR 4, y un mapa de la zona que cubría ese puesto de mando. Alcancé a ver un letrero que indicaba la situación del centro comercial de Covent Garden, el centro del mercado negro. Ojalá consiguiera llegar hasta allí. Quizá todavía estuviera a tiempo.

Carl tragó saliva. Llevábamos años viendo esas placas, y sin embargo nos sobrecogían. Miré al Custodio.

—Situla y sus humanos llegarán a la plaza desde el lado oeste —dijo—. ¿Estáis preparados?

No sé cómo esperaba que contestáramos. Carl asintió con la cabeza. El Custodio se sacó dos máscaras de la chaqueta.

—Tomad —dijo, y nos dio una a cada uno—. Así ocultaréis vuestra identidad.

No eran máscaras normales y corrientes. Tenían unos rasgos uniformes e inexpresivos, con pequeñas ranuras para los ojos y orificios para respirar bajo la nariz. Cuando me puse la mía, se me adhirió inmediatamente a la piel. No llamaría la atención de los atareados ciudadanos de Scion, y sin embargo impediría que la banda me reconociera. Y como tenía los labios sellados, no podría pedir ayuda.

Qué bien lo habían organizado todo.

El Custodio me miró un momento antes de ponerse la máscara. Por los orificios para sus ojos salía una luz estremecedora. Por primera vez me alegré de estar peleando en su bando.

Fuimos caminando hacia la columna de Nelson. Al igual que la de Seven Dials, el Monumento y la mayor parte del resto de las columnas, se iluminaba con luz roja o verde dependiendo del grado de seguridad de cada momento. En ese momento estaba verde, igual que las fuentes. Había una patrulla de centinelas repartida a intervalos regulares por el Strand; seguramente les habían ordenado que nos apoyaran si era necesario. Nos miraron con cautela cuando pasamos a su lado, pero ninguno se movió. Todos llevaban carabinas M4. La DVN no divulgaba su verdadera función en la ciudad, pero todos sabíamos que eran algo más que policías. No te dirigías a un vigilante nocturno para quejarte de algo, como quizá sí hicieras con un agente de la DVD. Solo te dirigías a ellos si la situación era desesperada, y nunca si eras vidente. Ni siquiera a los amauróticos les gustaba acercárseles. Al fin y al cabo, eran antinaturales.

Carl, con las manos en los bolsillos, no paraba de doblar

los dedos. ¿Cómo iba a ingeniármelas para salir de allí sin matar a ninguno de mi banda? Tenía que haber alguna forma de hacerles saber quién era. Tenía que avisarlos, porque, si no, vendrían conmigo a la colonia penitenciaria. Y no podía permitir que Nashira los apresara.

Trafalgar Square estaba iluminada con luz artificial, pero no lo suficiente para que llamáramos la atención. Situla, Amelia y David se acercaron desde el otro lado de la plaza y desaparecieron detrás de uno de los cuatro leones de bronce que vigilaban la columna de Nelson. El Custodio se agachó hasta que sus ojos quedaron a la altura de los míos.

—Carter no tardará —dijo en voz baja—. Tenemos que esperar a que establezca contacto con el Sello. No dejéis que os capturen bajo ningún concepto.

Carl asintió con la cabeza.

—Cuando la zona quede despejada, la DVN nos escoltará de nuevo hasta el vehículo. Si los Sellos salen de los límites de la cohorte, abortaréis la misión.

Rompí a sudar. Seven Dials estaba en el centro de la cohorte I. Si la banda intentaba volver a la base, los seguirían hasta allí.

Faltaban dos minutos para que sonara el Big Ben. El Custodio mandó a Carl a sentarse en los escalones de la columna; era adivino y, por tanto, el menos sospechoso. Una vez que Carl se hubo instalado allí, el Custodio me llevó más allá de la fuente, hasta el pedestal de una estatua. En total había siete, una para cada una de las personas que habían hecho posible la fundación y el mantenimiento de Scion: Palmerston, Salisbury, Asquith, MacDonald, Zettler, Mayfield y Weaver. El séptimo pedestal siempre llevaba una reproducción del Inquisidor que gobernaba en ese momento, junto con su lema.

El Custodio se detuvo detrás de una estatua y se quedó escudriñando mi máscara.

—Perdóname —dijo—. No sabía que os iban a sellar.

No di muestras de haberle oído. Tenía que concentrarme en respirar por la nariz.

—No mires todavía. Carter está esperando junto a la base de la columna, tal como estaba planeado.

Yo no quería hacer aquello. Quería que Antoinette se marchara de allí. Quería irrumpir en su onirosaje, obligarla a huir.

Y entonces los noté.

Eran ellos, sin duda. Se acercaban desde diferentes direcciones. Jax debía de haber movilizado a toda la banda, a los seis Sellos que quedaban. ¿Reconocería mi aura al instante, o me tomaría por otra onirámbula de los alrededores, por mucho que eso le extrañara?

—Percibo a un médium —dijo el Custodio—. Y a un suspirante.

Eran Eliza y Nadine. Miré hacia la base de la columna de Nelson. Y sí, allí estaba Antoinette.

Antoinette llevaba una levita y un sombrero negro de ala ancha del que asomaban mechones de pelo pelirrojo entrecano. En lo poco que vi de su cara aprecié arrugas que en el programa de televisión le habían disimulado. Sujetaba una boquilla, en la que había un cigarrillo de lo que parecía áster morado. Una desfachatez: nadie fumaba drogas etéreas en público.

La perspectiva de pelear contra Toni Carter bastaba para que me pusiera enferma por los nervios. En su programa sufría ataques muy violentos antes de hacer sus predicciones; era un atractivo añadido que había disparado los índices de audiencia. Me imaginé cómo sería peleando. Nick ponía en duda que fuera un oráculo: los oráculos jamás perdían el control de esa forma.

Nadine llegó primero. Llevaba un blazer de raya diplomática, solo parcialmente abrochado. Sin ninguna duda, ocultaba unas pistolas. Luego fueron apareciendo los demás, uno a uno, aunque sin que se notara que se conocían unos a otros. Solo los unían sus auras. Cuando vi a Nick, creí que iba a estallar; que me echaría a llorar, a reír, a cantar. Iba muy disfrazado. Era lógico, pues tenía una carrera brillante en Scion. Llevaba peluca oscura y sombrero, y gafas de cristales oscuros. Unos palmos más allá, Jax daba golpecitos con su bastón. El Custodio, a mi lado, guardó silencio. Se le oscurecieron los ojos cuando uno de sus objetivos se acercó más a Antoinette. Habían elegido a Eliza para adelantarse. La seguía Dani, con los labios apretados. También iba disfrazada.

En su lugar, yo primero habría establecido contacto con Antoinette con uno de mis «empujoncitos», para comprobar que no hubiera moros en la costa; pero Eliza no tenía esa capacidad. El éter la dominaba a ella, y no al revés. Levantó cuatro dedos de la mano derecha y tres de la izquierda y se los pasó por el pelo, como si se lo desenredara. Antoinette captó el mensaje. Se acercó a Eliza y le tendió la mano. Eliza se la dio.

Situla fue la primera en atacar. No me di ni cuenta y ya se le había subido encima a Antoinette y estaba estrangulándola. El Custodio fue hacia Zeke, mientras Carl lanzaba un espíritu que estaba allí cerca contra Eliza. Debía de ser Nelson, el espíritu más potente de la plaza; Eliza se estrelló contra uno de los leones y, aferrada a su propio pecho, gritó con voz estrangulada: «¡No puedo controlar los vientos y el mar, ni a mí mismo en la hora de la muerte!». A continuación salió Amelia, pero Nick, furioso porque había visto a Eliza retorciéndose de dolor, le hizo un placaje. David sujetó a Jax; o intentó sujetar a Jax, porque Dani le lanzó un puñetazo que le hizo sangrar por la boca. En menos de diez segundos, yo era la única que todavía no había salido a pelear.

A mí ya me parecía bien, pero a Jaxon no.

Me vio enseguida; o mejor dicho, vio a otro enemigo enmascarado. Agarró una bandada de seis espíritus y me la lanzó. Tenía que moverme, y deprisa: los espíritus de Trafalgar podían plantear una amenaza grave. Le disparé un dardo de flux, pero apunté muy por encima de su cabeza. Jax se agachó de todos modos, y la bandada se dispersó. «Déjalo —pensé—. No me obligues a atacarte.»

Pero Jaxon no se rendía. Estaba furioso. Le habíamos estropeado los planes. Se lanzó contra mí blandiendo su bastón. Intenté pegarle una patada en el abdomen para contenerlo, pero no le di bastante fuerte. Me agarró por el tobillo, flexionó los brazos y me dio la vuelta. Sentí dolor. «Venga, muévete.»

No fui suficientemente rápida. Jax me propinó una patada en el costado con su bota con puntera de acero, y caí al suelo. Me hincó una rodilla en el pecho. Vi alzarse su puño, una mancha borrosa, y entonces algo sólido me dio en la parte de la cara que no tenía protegida. Jax llevaba nudilleras de metal. Volvió a pegarme en las costillas. Noté que se me partía algo, y un fuerte dolor. Y otra vez. Levanté un brazo para parar un cuarto puñetazo. Jax echaba fuego por los ojos; estaba sediento de sangre. Me iba a matar.

No tenía alternativa. Como tenía el cuerpo inmovilizado utilicé mi espíritu. Jax no se lo esperaba. No estaba concentrado en mi aura. El golpazo contra su onirosaje lo derribó, y se le cayó el bastón al suelo. Me levanté como pude. Me dolían la cara y las costillas, y no podía abrir el ojo derecho. Me quedé agachada, apoyada en las rodillas, y me obligué a respirar por la nariz. No sabía que Jax pudiera ser tan brutal.

Me llamó la atención un alarido. Cerca de una de las fuentes, Nadine había abandonado el combate con espíritus y había inmovilizado a Amelia en el suelo. Saqué la jeringuilla que llevaba en la chaqueta, la abrí con dedos ensangrentados y me clavé la aguja en la muñeca. Al cabo de unos segundos el dolor disminuyó. Seguía sin ver bien con el ojo derecho, aunque el izquierdo lo tenía intacto.

La mira roja de una escopeta vacilaba por mi pecho. Debían de tener francotiradores en los edificios.

Tenía que haber alguna manera de salir de allí.

Con energías renovadas, corrí hacia la fuente, donde Amelia pataleaba en vano. Por mucho que quisiera que ganara Nadine, no podía quedarme tan tranquila viendo morir a otro ser humano. Le hice un placaje agarrándola por la cintura y me lancé con ella hacia la fuente. El agua se tiñó de rojo al cambiar las luces indicadoras del nivel de seguridad. Nadine emergió medio segundo después que yo. Apretaba las mandíbulas y tenía los músculos del cuello en tensión. Me aparté.

—¡Quítate esa máscara, zorra! —me gritó. La apunté con mi pistola de flux.

Nadine empezó a describir círculos alrededor de mí. Se abrió el blazer y sacó una navaja. Siempre había preferido el acero a los espíritus.

Notaba los latidos de mi corazón por todo el cuerpo, hasta en las yemas de los dedos. Nadine casi nunca fallaba con una navaja en las manos, y el chaleco antibalas solo me ofrecía una protección relativa: si me golpeaba por encima del pecho, podía darme por muerta. Y justo entonces apareció David. Cuando Nadine se disponía a lanzar la navaja, él le clavó un dardo de flux entre los omóplatos. Nadine abrió mucho los ojos. Se tambaleó, osciló y se dobló sobre el borde de la fuente. David la sacó del agua y le asió la cabeza con ambas manos. Nos habían ordenado no matar, pero, con la exaltación, David parecía haberlo olvidado. ¿Qué importancia podía tener una susu?

No me paré a pensar: lancé mi espíritu. Zeke jamás me perdonaría si dejaba morir a su hermana.

Me pasé. Solo necesité un segundo en la cabeza de David para hacerle soltar a Nadine. Un segundo más tarde volvía a estar en mi cuerpo y corría hacia David. Cargué contra él con todas mis fuerzas, lo golpeé en un costado y ambos caímos al suelo.

Lo vi todo negro. Acababa de poseer a David. Solo había sido un instante, pero le había movido el brazo.

Por fin había poseído a un humano.

David se llevó las manos a la cabeza. No había sido precisamente cuidadosa con él. Me levanté con dificultad y parpadeé para hacer desaparecer un aluvión de estrellas blancas. Antoinette y Situla se habían esfumado.

Dejé a Nadine junto a David y me aparté corriendo de la fuente, con la ropa empapada. Me subí a un león e inspeccioné la escena. Ambos grupos se habían abierto en abanico por la plaza. Zeke, que no era muy buen luchador, había abandonado sabiamente el barco al ver que el Custodio iba hacia él; se había puesto el pasamontañas y estaba intercambiando golpes con Amelia. El Custodio se fijó en Nick, que acababa de dejar a Carl sin sentido con una bandada. Observándolos, creí que se me pararía el corazón: mi guardián y mi mejor amigo. Volví a bajar al suelo, atemorizada. Tenía que ayudar a Nick. El Custodio podía matarlo.

Entonces apareció Eliza, furiosa. Me asaltaron espíritus desde todas direcciones. Los espíritus siempre se aliaban con los médiums. Tres marineros franceses irrumpieron en mi onirosaje. Me tambaleé, cegada por sus recuerdos: las olas imponentes, las explosiones de los mosquetes, las llamas que ardían en la cubierta del *Achille*, gritos, caos… Y entonces Eliza me dio un empujón y me caí. Levanté todas mis defensas mentales para tratar de apartar de mí a los invasores.

Me quedé un momento incapacitada. Eliza intentó inmovilizarme con las rodillas.

—¡No os mováis de ahí, chicos!

Mi onirosaje se estaba inundando. Las balas de cañón lo atravesaban. Caía madera ardiendo ante mis ojos. Eliza alzó las manos para desenmascararme.

«¡No, no!» No podía dejar que me viera, o la DVN le dispararía. Con un tremendo esfuerzo, obligué a los espíritus a dispersarse y aparté a Eliza de una patada. Eliza gritó de dolor, y sentí una punzada de remordimiento. Giré sobre mí misma justo a tiempo para desviar el bastón de Jax con mi pistola de flux.

—Vaya, vaya. Una andarina uniformada —dijo en voz baja—. ¿Dónde te encontraron? ¿Dónde te escondías? —Se me acercó y escudriñó los orificios para los ojos de la máscara—. No puedes ser mi Paige. —Me apartó el brazo con el bastón; mis músculos se tensaron—. Entonces ¿quién eres?

Antes de que yo pudiera reaccionar, Jax se vio empujado hacia atrás por una bandada enorme, mucho mayor que la que habría podido reunir cualquier humano. El Custodio. Me levanté e intenté recuperar la pistola, pero Jax blandía su bastón a ciegas. Aparté la cabeza hacia la izquierda instintivamente. Demasiado despacio. Noté una quemadura en la oreja: un calor limpio e intenso. Una cuchilla. Conseguí asir la pistola, pero Jax me la quitó de la mano con un segundo golpe. La cuchilla del extremo del bastón me recorrió todo el brazo; atravesó la tela de mi chaqueta y me cortó. Un grito apagado intentó salir por mi garganta. Noté un fuerte dolor en el brazo.

—¡Venga, andarina, usa tu espíritu! —Jaxon me apuntó con la cuchilla, riendo—. Utiliza tu dolor. Deja atrás las heridas.

Amelia lanzó otra bandada contra Jax. Yo la había salvado, y ahora ella me salvaba a mí. Nick devolvió el fuego, y Amelia se agazapó detrás de un león. Zeke estaba tumbado en el suelo, inmóvil. «No estés muerto —pensé—. Que no te hayan matado, por favor.»

Vi un destello de pelo rojo. Antoinette había vuelto. Se le había volado el sombrero, y no me extrañó: estaba en una especie de trance de batalla. Se le salían los ojos de las órbitas, tenía las aletas de la nariz muy abiertas, y su espíritu era una llamarada que inutilizaba las farolas azules de la ciudadela, diseñadas para calmar las mentes exaltadas. Una lluvia de puños, piernas y espíritus cayó sobre Situla, impidiéndole clavarle la navaja a Antoinette. Situla le lanzó un fantasma. Antoinette se apartó ágilmente y lo esquivó.

Y de pronto, sin avisar, salió disparada. El Custodio la vio echar a correr entre la gente, que gritaba.

—¡Detenla! —me gritó.

Salí detrás de Antoinette. Aquella era mi oportunidad de escapar. Un centinela me dejó pasar al ver mi uniforme, pero le cerró el paso a una amaurótica. Un hombre me agarró por la chaqueta (un suspirante), pero yo iba demasiado deprisa, y me soltó. Mi mente era un haz de luz pura. Antoinette iba derecha hacia el Arconte de Westminster. Tomar esa dirección era una locura, pero a mí no me importaban los motivos que pudiera tener, pues me estaba ofreciendo una oportunidad valiosísima. Enfrente del Arconte había una estación de metro, que siempre estaba abarrotada de metrovigilantes, pero también de ciudadanos que iban al trabajo. Si me quitaba la máscara y la chaqueta, podría pasar las barreras y perderme entre la multitud. Las columnas de la entrada me protegerían de la DVN, y para llegar a Green Park solo había una parada. Desde allí podría llegar a Dials. Si ese plan fallaba, iría hacia el Támesis. Podía tirarme al agua y nadar. Estaba dispuesta a hacer cualquier cosa para escapar.

Lo conseguiría. Estaba segura de que lo conseguiría.

Mis piernas se movían con ímpetu. El dolor del brazo era brutal, pero no podía parar. El trance de Antoinette parecía haberle dado alas. Ningún ser humano podía correr tanto, a menos que lo guiaran espíritus. Intenté no perder de vista sus auras mientras serpenteaba entre hordas de gente y coches.

Un taxi frenó bruscamente delante de Antoinette. Situla y ella lo esquivaron cada una por un lado y se metieron en la masa de peatones. Yo tomé el camino más corto: seguí corriendo, me subí al capó del taxi y, desde allí, al techo, y bajé resbalando por el otro lado. Antoinette pasó como una exhalación. Situla la siguió un par de segundos más tarde, esquivando a otros transeúntes. Uno de ellos murió. No podía detenerme. Si aflojaba aunque solo fuera un momento, perdería de vista a Antoinette y Situla. Cuando ya creía que iban a explotarme los pulmones, llegamos al final de Whitehall.

Según el mapa, nos encontrábamos en el centro de la ciudadela: cohorte I, sector 1. Los videntes evitaban esa zona como la peste. Alcé la vista hacia el Arconte de Westminster; la sangre me resbalaba por los dedos. La esfera del reloj estaba iluminada con luz roja, y las agujas y los dígitos eran negros y se destacaban sobre la superficie iluminada. Allí era donde danzaban los títeres de Frank Weaver. Si mi vida no hubiera estado amenazada, me habría gustado dejar algún graffiti exquisito en las paredes.

Corrí hacia el Starch. Situla iba un poco por delante de mí. Cuando llegó al puente, Antoinette se volvió hacia su enemiga. Su piel tensa sobre los huesos parecía una fina capa de pintura, y tenía los labios fruncidos y blancos.

—Estás rodeada, oráculo. —Situla avanzó hacia ella—. Ríndete.

—No me llames oráculo, criatura. —Antoinette alzó una mano—. Veamos si averiguas qué soy.

La atmósfera se enfrió.

A Situla no le impresionó la amenaza; no tenía nada que temer de un simple ser humano. Avanzó hacia Antoinette, pero antes de que pudiera intentar nada, se vio levantada del suelo y lanzada hacia atrás, y estuvo a punto de caer del puente. Me sobresalté. Un espíritu. Un quebrajador. Me asomé al éter para intentar identificarlo. Era semejante a un ángel guardián, muy viejo y poderoso.

Un arcángel. Un ángel que se quedaba en la misma familia varias generaciones, incluso después de morir la persona a la que habían salvado. Eran muy difíciles de exorcizar. El treno no lo desterraría por mucho tiempo.

Situla se puso en pie.

—Quédate quieta. —Dio un paso más—. Vamos a averiguar qué eres.

Atrapó un espíritu al vuelo, y luego otro, y otro, hasta reunir una bandada temblorosa. Antoinette mantenía la mano alzada, pero se le crispó el rostro cuando Situla empezó a cebarse en ella. Se le pusieron los ojos de un rojo intenso. Por un instante creí que Antoinette iba a derrumbarse. Le salió una gota de sangre del ojo izquierdo. Entonces dio una sacudida con un brazo, y el arcángel salió disparado hacia Situla. La bandada fue a su encuentro; el éter se abrió de golpe, y eché a correr.

La mayoría de los centinelas tenían visión espiritista. La colisión de los espíritus los distraería. No me verían. No podían verme. Tenía que volver a Dials. Corrí hacia la estación I-1A.

Bajo mis botas el puente se estremecía con tanta energía. No me detuve. Veía el letrero de la estación al otro lado de la calle. Me desprendí de la chaqueta y del chaleco antibalas. Así correría más, y cuando me hubiera quitado la maldita máscara, ya no parecería una casaca roja. Sería solo una chica con camisa roja. Miré los edificios y busqué puntos de apoyo en las fachadas. Si no conseguía entrar en la estación, tendría que salir de allí trepando. Si conseguía llegar a los tejados, estaría a salvo.

De pronto noté otra cosa. Un dolor.

No me paré, pero de pronto me costaba más correr. No podía ser una herida grave. El arcángel no se me había acercado. La que le preocupaba era Situla: ella sí suponía una amenaza. Debía de haberme desgarrado un músculo.

Noté un calor pegajoso bajo las costillas. Cuando miré, vi que mi camisa roja se estaba tiñendo de otro rojo diferente, y que tenía un pequeño orificio redondo un poco más arriba de la cadera.

Me habían disparado, como a aquellos estudiantes irlandeses.

Tenía que seguir corriendo. Me di impulso hacia la calle, donde todavía había mucho tráfico proveniente del Embankment. «Venga, Paige, corre.» Nick podría curarme. Solo tenía que llegar a Dials. Ya veía la estación. Volvieron a dispararme, pero no me dieron. Tenía que salir de su alcance. Me obligué a seguir adelante, pero el dolor iba en aumento y no podía cargar el peso en el lado derecho. Mi carrera tambaleante se había convertido en cojera. Delante de la estación había unas columnas. Si conseguía llegar hasta ellas, podría contener la hemorragia y desaparecer.

Corrí detrás de un autobús, utilizándolo para ocultarme, y llegué a la primera columna del otro lado de la calle. Me había quedado sin fuerzas.

Intenté seguir avanzando, pero noté una fuerte punzada de dolor en la cintura. Se me doblaron las rodillas.

Qué rápido me sobrevenía la muerte, como si llevara años esperando ese momento. El mundo físico se desdibujó hasta formar una neblina. Vi pasar destellos. Todavía oía los ruidos de la pelea, pero en el éter, no en la calle.

Adiós, onirámbula.

No me quedaba mucho tiempo. Podían volver a dispararme. Me arrastré detrás de una columna, donde no pudieran verme desde la estación, donde los pasajeros intentaban averiguar de dónde venía tanto ruido. Me acurruqué contra la pared. La herida, pequeña, no paraba de sangrar. Me la tapé con las manos temblorosas. La mordaza me impedía separar los labios.

No conseguiría llegar a Dials. Aunque me subiera a un tren, me detendrían al apearme. Repararían en la sangre de mis manos. Al menos no había muerto en Sheol I; eso habría sido el colmo de la desgracia. Allí, en SciLo, Nashira no podía alcanzarme.

Había alguien a mi lado, agarrándome un brazo. Lo olí antes de verlo. Alcanfor.

«Nick.»

No me reconoció. No podía reconocerme. Me levantó la barbilla exponiendo mi cuello a su navaja.

—Maldita traidora.

«Nick.» Me ardía la herida. Tenía la manga empapada de sangre.

—Muéstrame la cara —dijo Nick. Más tranquilo, apenado—. No sé qué eres, pero eres vidente. Saltador. Quizá lo recuerdes cuando veas la última luz.

Me quitó la máscara. Al verme, se rompió algo en su interior.

—¡Paige! —dijo con voz estrangulada—. Oh, no, Paige. *Förlåt mig*. —Me apretó el costado con las manos tratando de detener la hemorragia—. Lo siento. Lo siento. Creí... Jaxon me pidió... —Claro. Jaxon quería atrapar al onirámbulo. Me había disparado Nick, no Scion—. Pero ¿qué te han hecho? —Le temblaba la voz. Me dolió mucho verlo tan desconsolado—. Te pondrás bien, te lo prometo. Mírame, Paige. ¡Mírame!

Me costaba mucho enfocar la mirada. Me pesaban los párpados. Llevé una mano hacia su camisa. Nick me sostuvo la cabeza contra el pecho.

—No pasa nada, cielo. ¿Adónde te llevaron?

Negué con la cabeza. Nick me acarició el pelo sudado; eso me tranquilizó. Quería quedarme allí. No quería que me llevaran otra vez a aquel sitio.

—Paige, ni se te ocurra cerrar los ojos. Dime adónde te llevaron esos cerdos.

Volví a negar con la cabeza. No podía decírselo, no sin mi voz.

—Venga, *sötnos*. Tienes que decirme dónde es. Para que vuelva a encontrarte, como la otra vez. ¿Te acuerdas?

Tenía que decírselo. Nick tenía que saberlo. No podía morir sin decirle dónde era. Tenía que salvar a otros, a los otros videntes de la ciudad perdida. Pero entonces vi una silueta, el contorno de un hombre.

No, de un hombre no.

De un refaíta.

Tenía los dedos manchados de sangre. Levanté un brazo y tracé las tres primeras letras en la pared. Nick las leyó.

—Oxford —dijo—. ¿Te llevaron a Oxford?

Bajé la mano. El hombre sin rostro se acercaba en la oscuridad. Nick levantó la cabeza.

—No. —Se le tensaron los músculos—. Voy a llevarte a casa —dijo, y empezó a levantarme—. No dejaré que vuelvan a llevarte allí.

Desenfundó una pistola. Le rodeé el cuello con un brazo. Quería que lo intentara, que echara a correr, que me sacara de otro campo de amapolas; pero si le dejaba hacerlo, lo matarían. Nos matarían a los dos. La sombra nos perseguiría hasta Dials. Le tiré de la camisa, y al mismo tiempo negué con la cabeza, pero él no me entendía. La sombra se cruzó en nuestro camino. Nick asió fuertemente la pistola, hasta que se le pusieron los nudillos blancos, y apretó el gatillo. Una vez, dos veces. Grité con los labios sellados. «¡Corre, Nick!». Pero él no podía oírme, no podía saberlo. Se le cayó la pistola de la mano, y se quedó pálido. Una gigantesca mano enguantada lo agarró por el cuello. Intenté apartarla con las últimas fuerzas que me quedaban.

—Ella viene conmigo. —Era el Custodio. Parecía un demonio—. Huye, oráculo.

La vida se me escapaba de las manos. Oí el corazón de Nick junto a mi oreja, noté sus dedos trabarse detrás de mi espalda. La luz disminuía. Había llegado la muerte.

Tres veces necia

El tiempo se convirtió en una serie de momentos, con vacíos intercalados. A veces había luces. A veces, voces. Me parecía ir en un coche, notar un balanceo.

Me cortaron la camisa. Intenté apartar aquellas manos indiscretas, pero mi cuerpo no me obedeció. Reconocí la densa niebla de los fármacos. De pronto me encontré arropada en la cama del Custodio, tumbada sobre el costado izquierdo. Tenía el pelo mojado. Me dolía todo el cuerpo.

—¿Paige?

Una voz que parecía submarina. Emití un sonido débil, entre un sollozo y un estertor. Me ardía el pecho. Y el brazo. «Nick.» Estiré una mano a tientas.

—Rápido, Michael. —Me dieron la mano—. Espera, Paige.

Debí de volver a desmayarme. Cuando desperté, me sentía pesada, blanda y deforme como un edredón. No tenía sensibilidad en el brazo derecho. Me dolía al respirar, pero podía abrir la boca. Respiraba agitadamente.

Me apoyé en un codo y me pasé la lengua por los dientes. Estaban todos, y enteros.

Sentado en su butaca, el Custodio miraba su gramófono. Me habría gustado romper aquel aparato. Aquellas voces no tenían derecho a sonar tan animadas. Cuando el Custodio vio que me movía, se levantó.

—Paige.

Se me aceleró el corazón. Me apreté contra el cabecero de la cama y recordé sus ojos en la oscuridad.

—¿Lo has matado? —Me sequé el sudor del labio—. ¿Has matado al oráculo?

—No. Sigue vivo.

Con cuidado, sin dejar de mirarme a la cara, me ayudó a sentarme. Al moverme, noté el tirón de la vía intravenosa que llevaba en la mano.

—No veo bien.

Tenía la voz ronca, pero al menos podía hablar.

—Tienes un hematoma periorbital.

—¿Qué es eso?

—Un ojo morado.

Me pasé un dedo por la piel fina de la parte superior de la mejilla. Jax me había pegado fuerte. Tenía todo el lado derecho de la cara hinchado.

—Así que hemos vuelto —dije.

—Intentaste huir.

—Claro que intenté huir. —No pude disimular la amargura de mi voz—. ¿Crees que quiero morirme aquí y acosar a Nashira el resto de la eternidad? —El Custodio se quedó mirándome. Se me hizo un nudo en la garganta—. ¿Por qué no me dejas irme a casa?

Una débil mancha verde estaba borrándose de sus ojos. Debía de haberse cebado en Eliza.

—Existen motivos —dijo.

—Excusas.

Se quedó callado largo rato. Cuando volvió a hablar, no fue para explicarme por qué había vuelto a llevarme a aquella cloaca.

—Tienes una colección de lesiones impresionante. —Me colocó bien las almohadas y me ayudó a apoyarme en ellas—.

Jaxon Hall es mucho más despiadado de lo que habíamos imaginado.

—Dame la lista.

—Un ojo morado, dos costillas rotas, un labio partido, una oreja cortada, contusiones, laceraciones en el brazo derecho, herida de bala en el torso. Es increíble que consiguieras correr hasta el puente.

—La adrenalina. —Escudriñé su cara y añadí—: ¿Te hirieron?

—Solo algún rasguño.

—Entonces solo me usaron a mí de saco de boxeo.

—Te enfrentaste a un grupo muy poderoso de clarividentes y sobreviviste, Paige. No hay que avergonzarse de la propia fuerza.

Pero yo sí me avergonzaba. Eliza me había inmovilizado, Nick me había disparado y Jax me había dado una paliza. Eso no era ser fuerte. El Custodio me acercó un vaso de agua a los labios y bebí a regañadientes.

—¿Sabe Nashira que intenté escapar?

—Sí, claro.

—¿Qué me hará?

—Te han quitado el blusón rojo. —Dejó el vaso en la mesilla de noche—. Ahora eres una casaca amarilla.

El color de los cobardes. Conseguí soltar una risa amarga, pero me dolieron las costillas.

—Me importa un cuerno el blusón que me asigne. Lo que quiere es matarme, con casaca roja o sin ella. —Me temblaron los hombros—. Llévame con ella. Acabemos con esto.

—Estás herida y cansada, Paige. Cuando te encuentres mejor, seguramente no lo verás todo tan negro.

—¿Cuándo será eso?

—Si quieres, mañana podrás volver a tu habitación.

Fruncí el entrecejo, pero me dolieron todos los músculos de la cara.

—¿Mañana?

—Antes de marcharnos de Londres, le pedí al conductor que recogiera scimorfina y antiinflamatorios del edificio de la SciOECI. Dentro de un par de días estarás completamente recuperada.

La scimorfina era carísima.

—¿Viste a mi padre en el SciOECI?

—No, yo no entré en el edificio. Solo unos cuantos políticos del Arconte están al corriente de nuestra existencia.

Miró la vía intravenosa que llevaba en la mano. Comprobó, sin quitarse los guantes, que el esparadrapo estuviera bien pegado.

—¿Por qué llevas esos guantes? —dije con una chispa de rabia—. ¿Encuentras demasiado asquerosos a los humanos?

—Son las normas de Nashira.

Me ardieron las mejillas bajo los moretones. Debía de haberse pasado horas curándome; tenía que admitirlo, por muy mal que me cayera.

—¿Qué les ha pasado a los otros? —pregunté.

—1 y 12 salieron ilesos. Situla quedó en estado latente, pero ya se ha recuperado. —Hizo una pausa—. 30 ha muerto.

—¿Muerto? ¿Cómo?

—Ahogada. La encontramos en la fuente.

La noticia me estremeció. Amelia no me caía especialmente bien, pero nunca había deseado su muerte. Me pregunté qué miembro de la banda la habría matado.

—¿Y Carter?

—Logró huir. Un vehículo la recogió en el puente antes de que pudiéramos capturarla.

Por lo menos, Carter se había librado. No sabía cuál era su poder, pero no quería que Nashira se lo quitara.

—¿Y los Sellos?

—Huyeron. Jamás había visto tan furiosa a Nashira.

Sentí un alivio inmenso. Estaban todos bien. La banda conocía muy bien el I-4, todos sus rincones secretos y sus refugios; no debió de costarles mucho desaparecer, aunque Nadine y Zeke estuvieran heridos. Todos los videntes del sector respondían ante Jax. A ambos se los habrían llevado sus recadistas. Volví a mirar al Custodio.

—Me salvaste.

Sus ojos se pasearon por mi rostro.

—Sí.

—Si me entero de que le hiciste algo a ese oráculo...

—No le hice daño. Lo dejé marchar.

—¿Por qué?

—Porque sabía que era amigo tuyo. —Se sentó en el borde de la cama—. Lo sé, Paige. Sé que eres el Sello que faltaba allí. Solo un necio no lo habría descubierto.

Le sostuve la mirada.

—¿Vas a decírselo a Nashira?

Se quedó mirándome largo rato. Fueron los segundos más largos de mi vida.

—No —contestó—, pero Nashira no es tonta. Hace mucho tiempo que sospecha quién eres. Tarde o temprano lo sabrá.

Los nervios me retorcían el estómago. El Custodio se levantó y caminó hasta la chimenea.

—Ha surgido una complicación. —Fijó la vista en las llamas—. Tú y yo nos hemos salvado el uno al otro de la primera muerte. Estamos en deuda, unidos por una deuda vital. Esas deudas tienen consecuencias.

—¿Una deuda vital? —Intenté recordar; los restos de la morfina no me dejaban concentrarme—. ¿Cuándo te he salvado yo la vida?

—Tres veces. Me limpiaste las heridas, lo que me permitió ganar tiempo para pedir ayuda la primera noche. Me diste tu sangre, impidiendo que contrajera semimpulso. Y cuando Nashira te invitó a su mesa, me protegiste. Si le hubieras dicho la verdad, me habrían ejecutado. He cometido muchos crímenes de carne cuyo castigo es la muerte.

No sabía qué era un crimen de carne, y no lo pregunté.

—Y ahora tú me has salvado la vida a mí.

—Te he salvado la vida varias veces.

—¿Cuándo?

—Prefiero no divulgar esa información. Pero créeme: me debes la vida más de tres veces. Eso significa que tú y yo ya no somos simplemente guardián y alumna, ni amo y esclava.

—¿Qué? —dije sacudiendo la cabeza.

El Custodio apoyó un brazo en la repisa de la chimenea y se quedó contemplando las llamas.

—El éter nos ha marcado a los dos. Ha identificado nuestra tendencia a protegernos el uno al otro, y ahora estamos obligados a protegernos el uno al otro eternamente. Estamos unidos por un cordón áureo.

Me habría echado a reír de la solemnidad con que hablaba, pero me dio la impresión de que no estaba bromeando. Los refas no bromeaban.

—¿Un cordón áureo?

—Sí.

—¿Tiene algo que ver con el cordón argénteo?

—Por supuesto. Se me había olvidado. Supongo que sí tiene alguna relación... pero el cordón argénteo es personal, único de cada individuo, mientras que el cordón áureo lo forman dos espíritus.

—¿Qué demonios es?

—Ni yo lo sé muy bien. —Vertió el oscuro contenido de un vial en su copa—. Por lo que sé, el cordón áureo es una especie de séptimo sentido y se forma cuando dos espíritus se salvan el uno al otro de la primera muerte un mínimo de tres veces. —Alzó la copa y bebió un sorbo—. A partir de ahora, tú y yo siempre sabremos del otro. Dondequiera que estés, podré encontrarte a través del éter. —Hizo una pausa y añadió—: Siempre.

Solo tardé unos segundos en asimilar sus palabras.

—No —dije—. Es imposible. —El Custodio dio otro sor-

bo de amaranto y dije, más alto—: Demuéstralo. Demués-
trame que existe ese «cordón áureo».

—Si insistes...

El Custodio dejó la copa en la repisa de la chimenea.

—Imaginemos por un instante que estamos en Londres.
Es de noche, y estamos en el puente. Pero esta vez es a mí a
quien han disparado. Te pediré ayuda.

Esperé.

—Esto no es más que... —empecé a decir, pero entonces
noté algo. Un débil zumbido en mis huesos, una mínima
vibración. Se me puso la piel de gallina. Dos palabras se
materializaron en mi mente: «puente», «ayuda».

—Puente, ayuda —dije en voz baja—. No.

No podía ser. Me volví y miré hacia el fuego. Ahora el
Custodio tenía su propia campanilla espiritual para llamarme. Al cabo de un momento mi conmoción se tornó rabia.
Me habría gustado romperle todos los viales, pegarle puñe-
tazos en la cara; cualquier cosa menos compartir un vínculo
con él. Si el Custodio podía rastrearme por el éter, jamás me
libraría de él.

Y yo tenía la culpa. Por salvarle la vida.

—Ignoro qué otros efectos puede tener sobre nosotros
—dijo el Custodio—. Quizá puedas obtener poder de mí.

—No quiero tu poder. Deshazte del vínculo. Rómpelo.

—Para romper los vínculos del éter hacen falta algo más
que palabras.

—Has sabido llamarme con él —dije con voz trémula—.
Debes de saber cómo romperlo.

—El cordón es un enigma, Paige. No tengo ni idea.

—Lo has hecho a propósito. —Me aparté de él, asqueada—. Me has salvado la vida para crear ese cordón, ¿verdad?

—¿Cómo quieres que haya planeado una cosa así, cuando no tenía forma de saber si tú me salvarías a mí la vida?
Odias a los refaítas. ¿Por qué ibas a intentar salvar a uno?

Era una buena pregunta.

—No puedes acusarme de ser una paranoica —repliqué.

Volví a recostarme en las almohadas y me sujeté la cabeza con ambas manos. El Custodio vino a sentarse otra vez a mi lado, pero tuvo la sensatez de no tocarme.

—Paige, tú no me temes. Sé que me odias, pero no me tienes miedo. Y, sin embargo, le temes al cordón.

—Eres un refaíta.

—Y tú me juzgas por eso. Por ser el prometido de Nashira.

—Es sanguinaria y cruel. Y, aun así, tú la escogiste.

—¿Eso crees?

—Bueno, como mínimo la aceptaste.

—Los Sargas escogen ellos mismos a sus parejas. Los demás no tenemos ese privilegio. —Bajó la voz hasta reducirla a un débil gruñido—. Si quieres que te diga la verdad, la detesto. Su sola presencia me produce náuseas.

Lo miré e intenté interpretar la expresión de su cara. Tenía un semblante sombrío, como si estuviera arrepentido. Vio que lo observaba y mudó la expresión.

—Entiendo —dije.

—No, no lo entiendes. Nunca lo has entendido.

Miró hacia otro lado. Esperé. Como no se movió, interrumpí el silencio.

—Pues me gustaría entenderlo.

—No sé si puedo confiar en ti. —La luz de sus ojos se apagó—. Creo que eres digna de confianza. Es evidente que eres leal a las personas a las que más quieres. Sería lamentable compartir un cordón áureo con alguien en quien no puedo confiar, y que no confía en mí.

Así que quería confiar en mí. Y estaba pidiéndome que confiara en él; proponiéndome un intercambio, una tregua. Podía pedirle cualquier cosa, lo que quisiera, y él me la concedería.

—Déjame entrar en tu onirosaje —dije.

He de reconocer que no mostró sorpresa.

—¿Quieres ver mi onirosaje?

—No, no quiero solo verlo. Quiero entrar en él. Si sé qué hay en tu mente, quizá pueda confiar en ti.

Además, me intrigaba el onirosaje de los refaítas. Debía de haber algo digno de verse detrás de tanto blindaje.

—Eso requeriría un grado de confianza equivalente por mi parte. Tendría que confiar en que no vas a vulnerar mi cordura.

—Exactamente.

Reflexionó un momento.

—Está bien —concedió.

—¿En serio?

—Si te sientes con suficiente fuerza, sí. —Se dio la vuelta y me miró—. ¿Afectará la morfina a tu don?

—No. —Cambié de postura y me senté—. Tal vez te haga daño.

—Me aguantaré.

—He matado a gente entrando en su onirosaje.

—Ya lo sé.

—Y ¿cómo sabes que no voy a matarte?

—No lo sé. Tengo que correr el riesgo.

Adopté un gesto inexpresivo. Aquella era mi oportunidad para destrozarlo, para aplastar su onirosaje como si aplastara una mosca contra una pared.

Sin embargo, sentía una gran curiosidad. En realidad nunca había visto otro onirosaje; solo había vislumbrado destellos, visiones fugaces a través del éter. Pero el jardín iridiscente de la mariposa… Quería volver a ver eso. Quería sumergirme. Y allí estaba el Custodio, ofreciéndome su mente.

Sería fascinante ver un onirosaje que había tenido miles de años para desarrollarse. Y tras la repentina confesión del Custodio acerca de Nashira, quería saber más sobre su pasado. Quería saber cómo era Arcturus Mesarthim por dentro.

—De acuerdo —dije.

Se sentó a mi lado. Su aura tocó la mía y rozó mi sexto sentido.

Lo miré a los ojos. Amarillos. A tan poca distancia pude ver que no tenía colobomas. Pero era imposible que careciera de visión.

—¿Cuánto tiempo puedes quedarte? —me preguntó.

La pregunta me pilló desprevenida.

—No mucho. A menos que tengas un AMBU a mano. —Entrecerró los ojos—. Es una especie de mascarilla de oxígeno. Me proporciona respiración artificial cuando mi cuerpo deja de funcionar.

—Entiendo. Y si tienes ese aparato, ¿puedes permanecer «a la deriva» durante un período más prolongado?

—En teoría, sí. Nunca lo he probado en un onirosaje. Solo en el éter.

—¿Por qué te hacen hacer eso?

Los dos sabíamos perfectamente quiénes eran «ellos». El instinto me aconsejaba no decir nada, pero el Custodio ya sabía que trabajaba para Jaxon Hall.

—Porque el sindicato funciona así —contesté—. Los capos esperan obtener una compensación a cambio de la protección que ofrecen.

Su aura estaba cambiando.

—Ya entiendo. —Estaba bajando sus defensas, abriendo sus puertas—. Estoy preparado.

Me incorporé un poco más, recostándome en las almohadas. Entonces cerré los ojos, inspiré hondo y entré en mi onirosaje.

El prado de amapolas era un cuadro borroso. Todo se difuminaba, suavizado por la morfina que todavía circulaba por mi torrente sanguíneo. Pasé entre las flores, camino del éter. Cuando llegué a la última linde, empujé con las manos y vi que la ilusión de mi cuerpo se esfumaba ante mis ojos. En tu onirosaje, solo te pareces a ti mismo si tu mente te percibe así. En cuanto desaparecí, adopté mi forma de espíritu. Fluida, amorfa. Un resplandor tenue y anónimo.

Había visto el onirosaje del Custodio desde fuera en otra ocasión, pero aun así me estremeció. Parecía una canica negra, apenas perceptible en la oscuridad silenciosa del éter. Cuando me acerqué a él, una ondulación recorrió su superficie. El Custodio estaba retirando todas esas capas de blindaje que había ido acumulando a lo largo de siglos. Me deslicé más allá de los muros, hasta su zona hadal. Había llegado a ese punto durante nuestras sesiones de entrenamiento, pero solo en arranques irregulares. Ahora podía ir más allá. Avancé por la oscuridad hacia el centro de su mente.

Me pasaron cenizas junto a la cara. Al adentrarme en territorio desconocido, se me puso la imaginaria piel de gallina. En la mente del Custodio reinaba un silencio absoluto. Generalmente, los anillos externos estaban llenos de espejismos, alucinaciones correspondientes a los miedos o las congojas de la persona, pero allí no había nada. Solo silencio.

El Custodio me esperaba en su zona soleada, si es que podemos llamarla así, porque parecía, más bien, iluminada por la luna. Estaba cubierto de cicatrices, y su piel no tenía ni pizca de color. Así era como él se veía a sí mismo. Me pregunté qué aspecto tendría yo. Ahora estaba en su onirosaje, y jugaba con sus reglas. Vi que mis manos estaban igual que siempre, aunque tenían un débil resplandor. Mi nueva oniroforma. Pero ¿veía él mi verdadera cara? Yo podía tener cualquier expresión: sumisa, demente, ingenua, cruel… No tenía ni idea de qué pensaba él de mí, y nunca lo averiguaría. En los onirosajes no había espejos. Yo nunca vería a la Paige que él había creado.

Llegué a una árida extensión de arena. No sabría decir qué esperaba encontrar, pero desde luego no era aquello. El Custodio inclinó la cabeza.

—Bienvenida a mi onirosaje. Perdóname por la escasa decoración —dijo, paseándose sin rumbo fijo—. No suelo recibir invitados.

—No hay nada. —Echaba vaho por la boca al respirar—. Absolutamente nada —dije sin exagerar.

—En nuestro onirosaje es donde nos sentimos más seguros —dijo el Custodio—. Quizá yo me sienta más seguro cuando no pienso en nada.

—Pero es que tampoco hay nada en las partes oscuras.

No contestó nada. Me adentré un poco más en la niebla.

—No veo nada. Eso me sugiere que dentro de ti no hay nada. Ni pensamientos, ni conciencia. Ni miedo. —Me volví y lo miré—. ¿Todos los refaítas tienen el onirosaje vacío?

—Yo no soy onirámbulo, Paige. Solo puedo imaginar cómo deben de ser los onirosajes de los otros.

—¿Qué eres?

—Puedo hacer que los demás sueñen sus recuerdos. Puedo entretejerlos, crear una falsa ilusión. Veo el éter a través de la lente del onirosaje, y a través de la hierba hipnótica.

—Oniromántico. —No podía dejar de mirarlo a los ojos—. Eres un traficante de sueño.

Jax estaba convencido de que tenían que existir. Había catalogado a los onirománticos años atrás, mucho antes de escribir *Sobre los méritos*, pero nunca había encontrado a ninguno que demostrara su teoría: un tipo de vidente que podía atravesar el onirosaje, recoger recuerdos y componer con ellos lo que los amauróticos llamaban «sueños».

—Me hacías soñar. —Inspiré hondo—. He estado rememorando cosas desde que llegué aquí. Cómo me volví onirámbula, cómo me encontró Jaxon. Eras tú. Tú me hacías soñar todo eso. Por eso lo sabías, ¿no es así?

Me sostuvo la mirada.

—Para eso era la tercera pastilla —dijo—. Contenía una hierba llamada salvia, que te hacía soñar tus recuerdos. Es la hierba que me ayuda a tocar el éter, mi *numen*. Fluía por tus venas. Después de varias pastillas, podía acceder a tus recuerdos a mi antojo.

—Me has… drogado —dije con dificultad— para entrar en mi mente.

—Sí. Mientras tú espiabas onirosajes para Jaxon Hall.

—No es lo mismo. Yo no me quedaba sentada junto a la chimenea observando recuerdos como si viera… una especie de película. —Me aparté poco a poco de él—. Esos recuerdos son míos. Son privados. Hasta miraste… ¡debes de haberlo visto todo! Hasta lo que sentía por… por…

—Nick. Estabas enamorada de él.

—Cállate. Cierra tu sucia boca.

Se calló.

Mi oniroforma se estaba derrumbando. Antes de que pudiera salir de allí por mis propios medios, me vi arrojada de su onirosaje, como una hoja arrastrada por el viento. Cuando desperté en mi cuerpo, le puse las manos en el pecho y lo empujé.

—No te me acerques.

Me dolía la cabeza. No podía mirar al Custodio, y mucho menos estar cerca de él. Al intentar levantarme, noté el tirón de la vía en la mano.

—Lo siento —dijo.

Me ardían las mejillas. Le había ofrecido una pizca de confianza, solo una pizca, y él se había aprovechado de mí. Me había quitado siete años de memoria. Me había quitado a Finn. Y a Nick.

Se quedó un minuto allí. Quizá esperara que yo dijera algo más. Yo me moría de ganas de gritarle hasta quedarme sin voz, pero no podía hacerlo. Quería que se marchara. Como no me movía, corrió las gruesas cortinas alrededor de la cama, encerrándome en una jaula oscura.

Anticuario

Tardé horas en dormirme. Lo oía sentado a su mesa, escribiendo; lo único que nos separaba eran las cortinas.

Me escocían los ojos y la nariz, y tenía la garganta dolorida. Por primera vez desde hacía muchos años deseaba que desapareciera todo. Quería que todo volviera a ser normal, como cuando era pequeña, antes de que el éter me abriera de un rasgón.

Miré el dosel. Por mucho que a veces lo deseara, no había normalidad posible. Nunca la había habido. Los conceptos «normal» y «natural» eran las mayores mentiras que habíamos creado. Los humanos y sus pequeñas mentes. Además, quizá la normalidad no fuera conmigo.

Cuando el Custodio puso en marcha el gramófono, empezó a entrarme sueño. No había pasado mucho tiempo dentro de su onirosaje, pero lo había hecho sin soporte vital. Me quedé adormilada. Unas voces chisporroteantes se mezclaban entre ellas.

Debí de quedarme dormida. Cuando desperté, ya no tenía la vía en la mano. En su lugar había una tirita.

Sonó la campanada diurna. Sheol I dormía durante el día, pero por lo visto yo no iba a poder dormir. Lo único que podía hacer era levantarme y enfrentarme a él.

Lo odiaba con toda mi alma. Me daban ganas de romper el espejo, notar cómo se resquebrajaba el cristal bajo mis nudillos. No debí tomarme aquellas pastillas.

Quizá sí fuera lo mismo que hacía yo. Yo también espiaba a otras personas; pero no husmeaba en su pasado. Yo solo veía lo que ellas creían ser, pero no lo que eran. Veía destellos de personas: los bordes y las esquinas, el débil resplandor de onirosajes lejanos. No como él. Ahora lo sabía todo de mí, todo lo que yo había intentado ocultar. El Custodio siempre había sabido que yo pertenecía a la banda de los Siete Sellos. Lo sabía desde la primera noche.

Pero no se lo había dicho a Nashira. No le había contado lo de la mariposa y la cierva, ni le había revelado mi verdadera identidad. Nashira debía de haber descubierto que yo formaba parte del sindicato, pero no había sido él quien se lo había dicho.

Descorrí las cortinas. La luz dorada del sol entraba a raudales en la torre y hacía brillar los instrumentos y los libros. Cerca de la ventana, Michael, el chico amaurótico, servía un desayuno en una mesita. Me miró y sonrió.

—Hola, Michael.

Él me saludo con la cabeza.

—¿Dónde está el Custodio?

Señaló la puerta.

—¿Te ha comido la lengua el gato?

Se encogió de hombros. Me senté. Michael me acercó un plato con un montón de tortitas.

—No tengo hambre —dije—. No pienso aceptar su comida. Me la ofrece porque se siente culpable.

Michael suspiró, me puso un tenedor en la mano y pinchó con él una tortita.

—Está bien, pero si lo vomito todo, tú tendrás la culpa.

Michael hizo una mueca de asco. Solo para complacerlo, espolvoreé las tortitas con azúcar moreno.

Michael no dejaba de observarme mientras iba de aquí

para allá por la habitación, haciendo la cama y colocando bien las cortinas. Las tortitas me abrieron el apetito. Acabé comiéndome todo el montón, junto con dos cruasanes con mermelada de fresa, un cuenco de cereales, cuatro tostadas con mantequilla, un plato de huevos revueltos, una manzana roja con la carne blanca y crujiente, tres tazas de café y medio litro de zumo de naranja helado. Cuando ya no pude comer más, Michael me entregó un sobre de papel Manila sellado.

—Confía en él.

Era la primera vez que le oía hablar. Su voz no era más que un susurro.

—Tú ¿confías en él?

Asintió con la cabeza, recogió el desayuno y se marchó. Y aunque era de día, no cerró la puerta con llave. Rompí el sello de cera del sobre y desdoblé la hoja de papel grueso que había dentro. Tenía una cenefa de oro. El mensaje decía lo siguiente:

> Paige:
> Perdóname por ofenderte. Pero, aunque estés enojada conmigo, debes saber que solo pretendía entenderte. No puedes culparme de tu negativa a ser entendida.

Menuda disculpa. Pese a todo, seguí leyendo:

> Todavía es de día. Ve a la Casa. Allí encontrarás cosas que yo no puedo proporcionarte.
> No te entretengas. Si te preguntan, di a los guardias que vas a recoger un lote de áster para mí.
> No te precipites al juzgar, pequeña Soñadora.

Arrugué la hoja y la lancé a la chimenea. Por el mero hecho de escribirla, el Custodio estaba alardeando de su nueva confianza en mí. Yo podía llevársela a Nashira. Ella reconocería su caligrafía, sin duda. Pero yo no quería ayudar a Nashira de ninguna manera. Odiaba al Custodio por retenerme en aquel sitio, pero necesitaba entrar en la Casa.

Subí al piso de arriba y me puse el uniforme nuevo: el blusón amarillo y el chaleco gris con el ancla amarilla. Un amarillo intenso, visible desde lejos. 40 la cobarde. 40 la rajada. Por una parte me gustaba, pues significaba que había desobedecido las órdenes de Nashira. Yo nunca había aspirado a vestir el blusón rojo.

Despacio, pensativa, volví a la cámara del Custodio. Seguía sin saber si quería organizar una fuga masiva, aunque yo sí que quería marcharme. Iba a necesitar provisiones para el viaje de regreso. Comida, agua. Armas. ¿No había dicho el Custodio que la flor roja podía herirlos?

La caja de rapé estaba encima de la mesa, con la tapa abierta. Dentro había muestras de varias plantas: ramitos de laurel, hojas de sicómoro y roble, bayas de muérdago, áster azul y blanco; y un paquete de hojas secas con la etiqueta «Salvia Divinorum». Su *numen*. Debajo, en un rincón de la caja, un vial lleno de un fino polvo negro azulado. La etiqueta decía «Anemone Coronaria». Quité el corcho y percibí un olor penetrante. El polen de la flor roja. Aquellos granitos quizá me mantuvieran con vida. Cerré el vial y me lo guardé en el chaleco.

Debía de haber guardias apostados fuera durante el día, pero podía burlarlos. Sabía cómo hacerlo. Y yo no era una vulgar casaca amarilla, por mucho que Nashira Sargas me hubiera clasificado como tal. Yo era la Soñadora Pálida.

Ya era hora de demostrárselo.

Me inventé el cuento de que iba a buscar áster para mi guardián, y le dije al nuevo portero de día que lo consultara con él si veía algún inconveniente. No le entusiasmó la idea: estuvo a punto de echarme a la calle de una patada cuando leyó en el libro de registro quién era mi guardián. Ni siquiera mencionó la mochila que llevaba a la espalda. Nadie quería hacer enfadar a Arcturus Mesarthim.

Resultaba extraño ver la ciudad a plena luz del día. Me imaginaba que el Broad estaría vacío (no había ni rastro de los sonidos ni los olores de siempre), pero necesitaba hacer una cosa antes de llegar a la Casa. Recorrí los callejones del Poblado. Goteaba agua por todas las rendijas y las grietas, porque había pasado una tormenta. Encontré la choza que buscaba y aparté la gastada cortina. Dentro estaba Julian: dormía abrazado a Liss para mantenerla caliente. El aura de Liss se estaba apagando, como una vela a la que ya no le queda mecha. Me agaché a su lado y vacié mi mochila. Escondí un paquete de comida en el pliegue del codo del brazo que Julian tenía libre, donde no podría verlo ningún guardia que pasara por allí, y los tapé a ambos con mantas blancas limpias. Dejé una caja de cerillas en el arcón.

Ver la miseria en que vivían me convenció de que estaba haciendo lo correcto. Ellos necesitaban mucho más de lo que yo había robado de la Torre del Fundador. Necesitaban lo que había en la Casa.

El choque espiritual era un proceso lento. Para superarlo, tenías que luchar con todas tus armas. Solo sobrevivían los más fuertes. Liss no había recobrado el conocimiento desde que habían destruido sus cartas, exceptuando unos breves momentos de lucidez. Si no se recuperaba pronto, perdería su aura y sucumbiría a la amaurosis. Su única esperanza era encontrar otra baraja, aunque no había ninguna garantía de que conectara con ella. Yo estaba decidida a registrar la Casa hasta que encontrara unas cartas.

En la calle no vi a ningún guardia, pero yo sabía que debía de haber vigías. Por si acaso, trepé a un edificio y busqué un camino por los tejados, usando cornisas y pilastras para recorrer la ciudad. Vigilaba mucho dónde ponía los pies, pero iba muy lenta: tenía el brazo derecho completamente rígido, y el resto del cuerpo todavía muy dolorido y cubierto de cardenales.

La Casa se veía desde casi dos kilómetros. Sus dos torres se alzaban en medio de la neblina. Cuando ya estaba cerca, bajé a un callejón; la distancia hasta la siguiente pared era demasiado grande para saltar. Detrás de un muro se erigía la única residencia donde solo podían entrar los refaítas.

Me quedé largo rato observando el edificio. El Custodio ya estaba demasiado involucrado para traicionarme. Me estaba ayudando, aunque yo desconociera sus motivos; y yo tenía que aceptar esa ayuda, aunque solo fuera para socorrer a Liss. Tenía que aceptarla. Además, si me metía en algún lío, siempre podría enviarle un mensaje a través del cordón áureo. Suponiendo que supiera cómo hacerlo. Suponiendo que pudiera soportarlo. Trepé al muro, pasé una pierna por encima y me dejé caer sobre la hierba alta.

Como muchas residencias, aquel complejo estaba construido alrededor de una serie de patios interiores. Mientras cruzaba el primero, fui redactando mentalmente una lista de cosas que necesitaría para atravesar la Tierra de Nadie. Las armas eran indispensables, dado lo que se ocultaba en el bosque, pero también necesitaría medicinas. Si ponía el pie donde no debía en el campo de minas, necesitaría un torniquete. Y antisépticos. Era un pensamiento estremecedor, pero tenía que afrontarlo. La adrenalina era muy valiosa: podía utilizarla para aumentar mi energía y calmar el dolor, pero también para resucitarme en caso de que tuviera que abandonar mi cuerpo. Me vendría bien asimismo más polen de anémona, y cualquier otra sustancia que encontrara: flux, áster, sal… Quizá incluso ectoplasma.

Pasé por delante de varios edificios, pero ninguno se prestaba a que lo registrara: todos tenían demasiadas habitaciones. Cuando me alejé de los patios centrales y fui hacia un extremo de la residencia, encontré un objetivo mejor: un edificio con ventanas grandes y muchos puntos de apoyo para escalar. Pasé por debajo de un arco y lo observé desde el otro lado. La fachada estaba recubierta de hiedra roja. Rodeé el edificio con la esperanza de encontrar una ventana abierta. No vi ninguna. Tendría que entrar por otros medios. ¡Un momento! Sí, había una: una ventana pequeña, ligeramente entreabierta, en el primer piso. Trepé a un muro bajo, y desde allí agarré una bajante. La ventana estaba atrancada, pero conseguí abrirla utilizando un solo brazo. Me metí en una habitación minúscula llena de polvo, seguramente un escobero. Abrí un poco la puerta.

Me encontré en un pasillo de piedra. Vacío. Mi excursión a la Casa no habría podido salir mejor. Examiné las puertas en busca de algo que indicara qué podía haber detrás, y me puse en tensión. Mi sexto sentido se estremeció: detecté dos auras. Estaban detrás de una puerta que tenía a mi derecha. Me quedé quieta.

—¡… sé nada! ¡Por favor…!

Oí unos ruidos amortiguados. Pegué la oreja contra la puerta.

—La soberana de sangre no escuchará tus súplicas —dijo una voz de hombre—. Sabemos que los viste juntos.

—¡Los vi una vez, en la pradera! ¡Solo una vez! Solo entrenaban. ¡No vi nada más, lo juro! —Era una voz aguda, con un deje de pánico. La reconocí: era Ivy, la palmista. Casi se atragantaba con las palabras—. ¡Por favor, otra vez no, no lo soporto!

Un grito espeluznante.

—Cuando nos digas la verdad no habrá más dolor. —Ivy sollozaba—. Venga, 24. Seguro que tienes algo para mí. Solo te pido un poco de información. ¿La tocó?

—Él… se la llevó de la pradera. Estaba cansada. Pero él llevaba guantes…

—¿Estás segura?

Ivy respiraba entrecortadamente.

—No me acuerdo. Lo siento. Por favor, no más...

Pasos.

—¡No! ¡No!

Sus gritos lastimeros me retorcieron el estómago. Me habría gustado atacar al espíritu de su torturador, pero el riesgo de que me descubrieran era demasiado grande. Si no conseguía esas provisiones, no podría salvar a nadie. Apreté las mandíbulas y seguí escuchando, temblando de rabia. ¿Qué le estarían haciendo a Ivy?

Ivy daba unos gritos estremecedores. Cuando paró, me dio un vuelco el corazón.

—Basta, por favor —dijo entrecortadamente—. ¡Es la verdad! —Su torturador permaneció callado—. Pero... le da de comer. Sé que le da de comer, y ella... ella va limpia. Y... dicen que puede poseer a otros videntes, y él debe de... debe de estar ocultándoselo a la soberana de sangre. Si no, ella ya estaría muerta.

Se produjo un silencio sospechoso. Después se oyó un golpazo, y luego pasos y una puerta que se cerraba.

Me quedé paralizada largo rato. Al cabo de un minuto empujé la puerta. Dentro solo había una silla de madera. El asiento estaba manchado de sangre, igual que el suelo.

Noté un sudor frío. Me pasé la manga por el labio. Me agaché junto a la pared, con la cabeza entre las manos. Era de mí de quien estaba hablando Ivy.

No podía entretenerme pensando en eso. Su torturador quizá siguiera en el edificio. Me levanté poco a poco y me dirigí a la siguiente habitación. La llave estaba puesta en la cerradura de la puerta. Me asomé al interior y vi montañas de armas: espadas, puñales, una ballesta, una honda con munición de acero. Allí debía de ser donde almacenaban las armas que repartían a los casacas rojas. Agarré un puñal. Cerca del mango brillaba un ancla: estaba fabricado en Scion. Weaver enviaba armas a Sheol I mientras sus ministros y él se sentaban en el Arconte, lejos de la baliza etérea.

Julian tenía razón. No podía marcharme sin más. Quería asustar a Frank Weaver. Quería que experimentara el miedo de cada uno de los prisioneros videntes a los que había trasladado allí.

Cerré la puerta con llave. Cuando levanté la cabeza me encontré ante un gran mapa amarillento. COLONIA PENITENCIARIA DE SHEOL I, decía. TERRITORIO OFICIAL DE LA SUZERANÍA. Lo examiné. Sheol I estaba construida alrededor de las grandes residencias centrales, y se alargaba hacia la pradera y el bosque. Encontré todos los lugares destacados: Magdalen, la Casa Amaurótica, la Residencia del Suzerano, Hawksmoor… y Puerto Pradera. Descolgué el mapa de la pared. Las letras impresas al lado estaban borrosas, pero conseguí descifrarlas:

«Tren».

Flexioné los dedos y estrujé los bordes del mapa. El tren. Ni siquiera se me había ocurrido pensarlo. Si nos habían llevado hasta allí en tren, ¿por qué no íbamos a poder salir en otro tren?

Tenía el cerebro revolucionado. ¿Cómo no se me había ocurrido antes? No necesitaba cruzar la Tierra de Nadie. No necesitaba recorrer kilómetros a pie, ni pasar por donde estaban los emim, para llegar a la ciudadela. Lo único que tenía que hacer era encontrar el tren. Podía llevar a otros conmigo: a Liss, a Julian, a todos. En los trenes de Scion había espacio para casi cuatrocientas personas, para más si iban de pie. Podía sacar a todos los prisioneros de aquella ciudad, y todavía sobraría sitio.

Aun así, íbamos a necesitar armas. Aunque nos escabulléramos durante el día y fuéramos a la pradera en pequeños grupos, los refaítas nos perseguirían. Además, la entrada debía de estar vigilada. Cogí un puñal y me lo guardé en la mochila. Luego vi unas cuantas pistolas.

La minipistola, un modelo parecido al mío, podía resultar útil: era pequeña, fácil de esconder, y sabía cómo usarla. Aparté unos papeles ilegibles de la parte de arriba de una caja metálica. En la ciudadela, Nick había intentado dispararle al Custodio, pero sin éxito. Las balas servirían para atacar a los casacas rojas leales, pero necesitaríamos algo más que pistolas para disparar contra los refas. Me disponía a coger una caja de balas cuando oí unos pasos.

Me escondí rápidamente detrás de una estantería. Justo a tiempo: la llave se cayó de la cerradura, y entraron dos refas. Debería haberlo imaginado. Tenía la salida bloqueada. Si me arrastraba hasta la ventana, tendría que exponerme, y todos conocían mi cara. Miré entre los estantes.

Thuban.

Dijo algo en *gloss*. Me acerqué un poco más a mi mirilla, tratando de identificar a su acompañante. Y entonces Terebell Sheratan entró en mi campo de visión.

Nos quedamos quietas las dos, y me pareció que mi corazón dejaba de latir. Esperé a que llamara a Thuban, o a que me clavara una navaja en el vientre. Mis dedos buscaron el polen que llevaba escondido en el chaleco, pero me lo pensé mejor. Aunque consiguiera matar a Terebell, Thuban me destriparía.

Pero Terebell me sorprendió. En lugar de reaccionar a mi presencia, desvió la mirada hacia las pistolas.

—Las armas amauróticas son intrigantes —dijo—. No me extraña que se maten entre ellos tan a menudo.

—¿Por qué hablas en la lengua caída?

—Gomeisa dice que debemos mantener el dominio del inglés. No me parece mal practicar un poco.

Thuban descolgó la ballesta de la pared.

—Si quieres que nos ensuciemos la boca con ella, adelante. Podemos rendir homenaje a los días en que tenías poder sobre mí. ¡Cuánto tiempo ha pasado! —Deslizó los dedos enguantados por encima de la madera torneada—. La Soñadora debería haber matado a Jaxon Hall cuando se le presentó la oportunidad. Habría tenido mejor muerte que la que tendrá ahora.

Se me cerró la garganta.

—Dudo que lo maten —dijo Terebell—. Además, la que le interesa a Nashira es Carter.

—Pues tendrá que contener a Situla.

—Sin duda. —Pasó los dedos por la hoja de una espada—. Refréscame la memoria: ¿qué se guardaba en esta habitación antes de que la convirtieran en armería?

—Con tu interés blasfemo por el mundo caído, creía que sabrías exactamente dónde se guardan todos los recursos.

—Creo que «blasfemo» es un poco melodramático.

—Pues yo no. —Cogió un puñado de estrellas ninja—. ¿Qué había antes aquí, me preguntas? Suministros médicos. Extractos de plantas. Salvia, áster. Otras hojas apestosas.

—¿Adónde llevaron todo eso?

—¿Qué te pasa, has perdido la memoria de golpe, bellaca? Eres tan estúpida como la concubina.

Había que reconocer que, o bien Terebell era inmune a la actitud de Thuban, o disimulaba muy bien sus emociones. Si es que las tenía.

—Perdona mi curiosidad —dijo.

—En mi familia no perdonamos. Las cicatrices que tienes en la espalda deberían recordártelo todos los días. —Tenía los ojos impregnados del aura de Ivy—. Por eso quieres saberlo. Intentas robar amaranto, ¿verdad, Sheratan?

«Cicatrices.»

Terebell no mudó la expresión.

—¿Adónde llevaron esos suministros?

—No me gusta ese interés tuyo. Me resulta sospechoso. ¿Vuelves a conspirar con la concubina?

—De eso hace casi veinte años, Thuban. Es mucho tiempo para los humanos, ¿no te parece?

—No me importa cómo midan el tiempo los humanos.

—Una cosa es que me guardes rencor por el pasado, pero no creo que a la soberana de sangre le guste tu actitud hacia su consorte. Ni tus cuestionables descripciones del papel que representa.

Su voz se había endurecido. Thuban descolgó una espada de la pared y apuntó con ella a Terebell. Se detuvo a un centímetro de su cuello. Terebell no se inmutó.

—Una palabra más —susurró Thuban— y lo llamo. Y esta vez no se moderará tanto.

Terebell guardó silencio un momento. Me pareció detectar algo en su cara: dolor, miedo. Debían de estar hablando de un Sargas. Gomeisa, quizá.

—Sí. Creo que ya recuerdo dónde están esos suministros —dijo en voz baja a continuación—. ¿Cómo habré podido olvidarme de la Torre de Tom?

Thuban soltó una carcajada. Absorbí aquella información como la sangre absorbía el flux.

—Nadie podría olvidarlo —le susurró al oído—. Ni el tañido de su campana. ¿No resuena en tu memoria, Sheratan? ¿Recuerdas cómo gritabas suplicando piedad?

Empezaba a dolerme todo, pero no me atrevía a moverme. Thuban me estaba ayudando sin darse cuenta. La Torre de Tom debía de ser la que se alzaba en la entrada, la torre de la campana.

—No gritaba suplicando piedad —dijo Terebell—, sino justicia.

Thuban soltó un gruñido áspero.

—Idiota —dijo. Levantó una mano para pegar a Terebell, pero de pronto se detuvo y olfateó el aire—. Noto un aura. —Volvió a olfatear—. Registra la habitación, Sheratan. Aquí huele a humano.

—Yo no noto nada. —Terebell no se movió de donde estaba—. Esta habitación estaba cerrada con llave cuando hemos llegado.

—Hay otras formas de entrar en una habitación.

—Pareces paranoico.

Pero Thuban no parecía convencido. Fue hacia mi escondite, con las aletas de la nariz dilatadas y los labios estirados mostrando los dientes. Se me ocurrió pensar que podía ser un rastreador, que podía oler la actividad espiritual. Si me olía, estaba perdida.

Sus dedos avanzaron hacia la caja que me tapaba. A lo lejos, en otra habitación, explotó algo.

Thuban echó a correr por el pasillo al instante. Terebell lo siguió, pero antes de salir por la puerta se dio la vuelta.

—Corre —me dijo—. Ve a la torre.

Desapareció. No quise tentar a la suerte: me colgué la mochila y salté a la repisa de la ventana. Bajé resbalando por la hiedra y me arañé las manos y los brazos.

Mi corazón bombeaba la sangre con fuerza. Cada sombra que veía parecía Thuban. Mientras recorría unos soportales, camino del patio central, intenté sacar alguna conclusión. Terebell me había ayudado. Me había ocultado. Hasta parecía ser que alguien había provocado una distracción con el fin de protegerme. Ella sabía que yo iba a ir allí, sabía qué buscaba, y había empezado a hablar en inglés después de verme. Era uno de ellos. Los marcados. Necesitaba descubrir más información sobre su historia, averiguar qué estaba pasando; pero antes tenía que entrar en la Torre de Tom, hacerme con las medicinas y volver con el Custodio.

La explosión había atraído a un grupo de arrancahuesos que corrieron desde la entrada, alejándose de la torre de la campana. Me paré bajo un arco, protegida por su sombra. Justo a tiempo: entraron corriendo en el patio, precisamente por donde yo había estado a punto de salir.

—28, 14, proteged el edificio Meadow —dijo uno de ellos—. 6, tú ven conmigo. Los demás, vigilad los patios. Id a buscar a Kraz y a Mirzam.

No tenía mucho tiempo. Me levanté y corrí hacia el patio central.

La Casa era enorme, unida por una serie de pasillos cubiertos y descubiertos. Me sentía como una rata en un laberinto. No me atrevía a parar. Me até las correas de la mochila alrededor del torso. Tenía que haber una forma de entrar en la Torre de Tom. ¿Habría una puerta junto a la entrada principal? Tenía que darme prisa: Kraz y Mirzam eran nombres de refa, y no me interesaba nada que hubiera cuatro refas, tres de los cuales, como mínimo, eran hostiles, en la Casa y persiguiéndome. Dudaba que el Custodio tuviera muchos amigos como Terebell.

Me paré al borde del patio central. Era muy grande, con un estanque ornamental en medio. En el centro del estanque había una estatua. No tenía más remedio que dejarme ver. Tenía que cambiar sigilo por velocidad.

Eché a correr por la hierba. Me dolían las costillas. Al llegar al estanque, me metí en el agua, poco profunda, y me agaché detrás de la fuente. El agua me llegaba por la cintura. Levanté un momento la cabeza y di un respingo: Nashira me miraba fijamente. Nashira, representada en piedra.

No había nadie en el patio. Notaba un aura, pero estaba demasiado lejos para representar una amenaza. Salí de la fuente y corrí hacia la torre de la campana. Enseguida vi el arco: debía de ser la entrada del pasadizo que conducía hasta la campana. Subí a toda velocidad los escalones, rezando para que no apareciera ningún refa; el pasillo era tan estrecho que no podría hacer nada. Cuando llegué arriba, me dejó pasmada lo que vi.

Aquello era un auténtico tesoro. Había tarros de cristal que centelleaban en cientos de anaqueles, bañados por la luz del sol; su brillo y su colorido me recordaron a los caramelos duros. Había líquidos iridiscentes, polvos de colores intensos, plantas exóticas sumergidas en líquidos. Todo era hermoso y extraño. La habitación estaba inundada de olores: intensos, desagradables, dulces y fragantes. Registré los estantes en busca de suministros médicos. La mayoría de las botellas llevaban etiquetas con el símbolo de Scion, escritas en inglés, pero algunas tenían jeroglíficos extraños. También había *numa*, seguramente confiscados. Vi una piedra de adivinación, varios *sortes*... y una baraja de cartas. Para Liss. Eché un vistazo rápido a las ilustraciones. Era una baraja Thoth, de otro diseño que la antigua baraja de Liss, pero podía utilizarse para la cartomancia.

Me guardé la baraja en la mochila. Cogí sulfadiazina de plata, parafina y antiséptico. Vi otra puerta que debía de llevar hasta la campana, pero no me metí por ella. No iba a robar nada más, porque la mochila pesaba tanto que casi no podía levantarla. Me colgué las correas de los hombros y me volví hacia la escalera. Y di de frente contra un refa.

Fue como si se pararan todas mis funciones vitales. Dos ojos amarillos que asomaban por debajo de una capucha me miraban fijamente.

—Vaya, vaya —dijo el refa—. Una traidora en la torre.

Avanzó hacia mí. Solté la mochila y, en un abrir y cerrar de ojos, trepé a la estantería más cercana.

—Tú debes de ser la onirámbula. Yo soy Kraz Sargas, heredero de sangre de los refaítas. —Fingió una reverencia. Guardaba cierto parecido con Nashira: el cabello rubio, los ojos de párpados gruesos—. ¿Te envía Arcturus?

No contesté.

—Así que deja que su tributo a la soberana de sangre corra suelta por ahí. Eso no le va a gustar a Nashira. —Me tendió una mano enguantada—. Ven, onirámbula. Te acompañaré a Magdalen.

—¿Y haremos como si esto no hubiera pasado? —No me moví del sitio—. Me llevarás ante Nashira.

Se le agotó la paciencia.

—No me obligues a aplastarte, casaca amarilla.

—Nashira no me quiere muerta.

—Yo no soy Nashira.

Estaba perdida. Si no me mataba, me llevaría directamente a la Residencia del Suzerano. Mi mirada se posó en un tarro de áster blanco. Podía borrarle la memoria.

Pero no tuve suerte. Con un simple movimiento del brazo, Kraz tiró toda la estantería, y botellas y viales se estrellaron contra el suelo. Me aparté para que no me aplastara, y un trozo de cristal me hizo un tajo en la mejilla. Dejé escapar un grito. Me dolían las costillas, rotas. Mis lesiones me impidieron levantarme suficientemente deprisa.

Allí no había espíritus, nada que pudiera utilizar para repelerlo. Kraz me agarró por el chaleco y me lanzó contra la pared. Casi perdí el conocimiento. Notaba como si se me fueran a salir las costillas del pecho. Kraz me agarró por el pelo, me echó la cabeza hacia atrás e inhaló hondo, como si intentara aspirar algo más que aire. Me di cuenta de lo que estaba pasando cuando se me llenaron los ojos de sangre. Pataleé, di arañazos y me retorcí, intentando asir el éter, pero este ya se alejaba de mi alcance.

Kraz estaba hambriento. Iba a absorberme el aura.

Tenía el brazo derecho inmovilizado, pero el izquierdo podía moverlo. Impulsada por la adrenalina, hice lo que me había enseñado mi padre: le clavé a Kraz un dedo en el ojo. En cuanto me soltó el pelo, saqué el vial que llevaba en el bolsillo. La flor roja.

Kraz me agarró por el cuello con una mano, enseñándome los dientes. Si intentaba atacarle la mente, mi cuerpo quedaría destrozado. No tenía alternativa. Le rompí el vial en la cara.

El olor a podrido era atroz. Kraz dio un alarido inhumano. El polen se le había metido en los ojos. Se le habían oscurecido y goteaban, y la cara se le estaba poniendo de un gris moteado espantoso.

—No —dijo—. ¡No!

Las siguientes palabras las dijo en *gloss*. Me fallaba la visión. ¿Sería una reacción alérgica? Me dieron arcadas. Busqué a tientas en mi mochila, saqué el revólver y le apunté con él a la cabeza. Kraz cayó de rodillas.

«Mátalo.»

Tenía las palmas de las manos sudadas. Me acordé del metrovigilante del tren, del crimen por el que estaba allí; pero no sabía si sería capaz de hacerlo, si podría quitar otra vida. Entonces Kraz se quitó las manos de la cara, y comprendí que ya no podía salvarse. Ni siquiera pestañeé.

Apreté el gatillo.

24

El sueño

El viaje de regreso a lugar seguro fue borroso. Corrí por los tejados, más allá de la iglesia antigua y por la larga calle hasta Magdalen. Cuando llegué a la residencia, un brazo salió por una ventana, me agarró y me metió dentro.

El Custodio. Me estaba esperando. Sin decir palabra, me hizo entrar por una puerta y me llevó al patio de levante por pasadizos vacíos. Recorrimos soportales, subimos escaleras. No me atrevía a hablar. Cuando llegamos a la torre, me dejé caer al suelo junto a la chimenea. Mis dedos dejaron polen negro en la alfombrilla. Parecía hollín.

El Custodio echó la llave, apagó el gramófono y corrió las cortinas. Se quedó unos minutos mirando por una de las ventanas de la cámara, sin separar mucho las cortinas, vigilando la calle. Dejé caer mi mochila al suelo. Las correas se me habían clavado en los hombros.

—Lo he matado.

—¿A quién?

—A Kraz. Le he disparado. —Temblaba de pies a cabeza—. He matado a un Sargas. Ahora Nashira me matará. Tú me matarás…

—No.

—Pero ¿por qué no?

—Un Sargas no es una pérdida para mí. —Miró otra vez por la ventana—. ¿Estás segura de que ha muerto?

—Claro que ha muerto. Le he disparado en la cara.

—Las balas no pueden matarnos. Tendrías que haber usado el polen.

—Sí. —Intenté respirar acompasadamente—. Sí, lo he usado.

Se quedó un buen rato callado. Mis pulmones, a punto de explotar, me delataban.

—Si un humano ha matado a un Sargas —dijo por fin—, lo último que querrá Nashira será que se sepa en la ciudad. Nuestra inmortalidad no debe ser cuestionada.

—¿No es verdad que seáis inmortales?

—No somos indestructibles. —Se agachó delante de mí y me miró a los ojos—. ¿Te ha visto alguien?

—No. Bueno, sí: Terebell.

—Terebell guardará tu secreto. Si solo te ha visto ella, no hay nada que temer.

—Thuban también estaba allí. Ha habido una explosión. —Lo miré—. ¿Sabes algo de eso?

—Noté que estabas en peligro. Tenía a gente vigilando en la Casa. Han provocado una distracción. Lo único que sabrá Nashira será que alguien dejó una vela demasiado cerca de un escape de gas.

Esa noticia no consiguió reconfortarme mucho. Ya había quitado tres vidas, sin contar las que no había conseguido salvar.

—Estás sangrando.

Me miré en el espejo del cuarto de baño, que se veía por la puerta abierta. Tenía un corte en la mejilla, largo pero poco profundo. Lo bastante profundo para sangrar.

—Sí —dije.

—Te ha hecho daño.

—Me he cortado con un cristal. —Me toqué la herida—. ¿Te enterarás de qué ha pasado?

El Custodio asintió sin dejar de mirarme la mejilla. Sus ojos tenían algo que me impresionó: una oscuridad, una tensión. Estaba pensando en otra cosa. No me miraba a los ojos: la herida lo tenía hipnotizado.

—Si no te curamos la herida, te dejará cicatriz. —Me sujetó la barbilla con los dedos enguantados—. Voy a traer algo para limpiártela.

—Y te enterarás de qué le ha pasado a Kraz.

—Sí.

Nos miramos un instante. Arrugué la frente, y mis labios se fruncieron para formular una pregunta.

Pero no pregunté nada.

—Volveré en cuanto pueda. —Se levantó—. Te aconsejo que te laves. Ahí dentro encontrarás ropa limpia.

Señaló el armario. Me miré el uniforme. Llevaba el chaleco cubierto de polen, lo que era una prueba condenatoria de mis transgresiones.

—De acuerdo —concedí.

—Y procura que no se te ensucie la herida.

Se marchó sin que yo hubiera podido decir nada.

Me levanté y me acerqué al espejo. El corte era impresionante. ¿Le preocupaba al Custodio verme así, incluso después de lo que había hecho Jax? ¿Pensaba en sus cicatrices cuando me veía la cara, las cicatrices que tenía en la espalda, esas que ocultaba?

Tenía el pelo impregnado de un olor empalagoso. El polen. Cerré la puerta del cuarto de baño, me quité la ropa y llené la bañera de agua caliente. Me temblaban las piernas. Me había despellejado una rodilla trepando. Me metí en la bañera y me lavé el pelo. Notaba el dolor de las contusiones antiguas, y cómo encima se formaban otras nuevas. Esperé unos minutos a que el calor relajara mis rígidos músculos; entonces cogí una pastilla nueva de jabón y me froté con fuerza para limpiar el sudor, la sangre y el polen. Mi maltrecha y amarillenta figura no mejoró gran cosa con las atenciones que le prodigué. No empecé a calmarme hasta que la bañera se hubo vaciado.

¿Debía hablar con él de lo del tren? Quizá tratara de detenerme. Me había devuelto a Sheol I cuando habría podido dejarme marchar. Por otra parte, necesitaba saber si el tren estaba vigilado o no, en qué lugar de la pradera encontraría la entrada. No recordaba haber visto nada durante la sesión de entrenamiento: ninguna trampilla, ninguna puerta. Debía de estar bien escondida.

Cuando regresé a la cámara, encontré el uniforme amarillo limpio en el ropero. Habían barrido el polen de la alfombra. Me dejé caer en el diván. Había liquidado a Kraz Sargas, heredero de sangre de los refaítas, con un solo disparo entre los ojos. Hasta ese momento había creído que era imposible matarlos. Debía de haber sido el polen: la bala no había hecho más que liquidar el trabajo. Antes de que yo saliera de la torre, el cadáver ya había empezado a pudrirse. Unos pocos granos de polen habían bastado para descomponerlo.

Se abrió la puerta y me sobresalté. El Custodio había vuelto. Traía una expresión sombría.

Se sentó a mi lado. Cogió un paño, lo mojó en el líquido ámbar de un tarro y me limpió la sangre de la mejilla. Lo miré en silencio, a la espera de su juicio.

—Kraz está muerto —dijo sin revelar emoción alguna. Noté una punzada en la mejilla—. Era el heredero al trono de sangre. Si te descubrieran, te torturarían en público. Saben que faltan provisiones, pero nadie te ha visto. Al portero de día le hemos borrado la memoria.

—¿Sospecha alguien de mí?

—Extraoficialmente quizá sí, pero no tienen pruebas. Por suerte, no utilizaste tu espíritu para matarlo; si lo hubieras hecho, tu identidad sí sería evidente.

Mis temblores se intensificaron. Típico de mí: matar a alguien tan importante sin saber siquiera quién era. Si Nashira se enteraba, acabaría convertida en máscara funeraria. Miré al Custodio.

—¿Qué le ha hecho el polen a Kraz? Sus ojos… Su cara…

—No somos lo que parecemos, Paige. —Me sostuvo la mirada—. ¿Cuánto rato ha pasado entre la aplicación del polen y el disparo?

El disparo. No «el asesinato». Había dicho «el disparo», como si yo solo hubiera estado allí por casualidad.

—Unos diez segundos.

—¿Qué has visto en esos diez segundos?

Intenté recordar. En la habitación había mucho vaho, y yo había recibido un golpe en la cabeza.

—Fue como si… como si su cara se estuviera… pudriendo. Y tenía los ojos blancos. Como si hubieran perdido todo el color. Unos ojos muertos.

—Está claro.

No sabía a qué se refería. «Unos ojos muertos.»

El fuego chisporroteaba y calentaba la habitación en exceso. El Custodio me levantó la barbilla para exponer mi corte a la luz.

—Nashira me verá esto —dije—. Y lo sabrá.

—Eso tiene solución.

—¿Cuál?

No me contestó. Cada vez que yo preguntaba cómo, o por qué, parecía que él perdiera interés por la conversación. Fue hasta su mesa y cogió un cilindro metálico lo bastante pequeño para caber en un bolsillo. La palabra ScionMed estaba impresa a lo largo en letras rojas. Sacó tres suturas adhesivas. Me quedé quieta mientras me las aplicaba.

—¿Te hago daño?

—No.

Apartó la mano de mi cara. Me toqué los adhesivos.

—En la Casa vi un mapa —dije—. Sé que hay un tren en Puerto Pradera. Necesito saber dónde está la entrada del túnel.

—Y ¿para qué necesitas saberlo?

—Porque quiero irme de aquí. Antes de que Nashira me mate.

—Entiendo. —El Custodio se sentó en su butaca—. Y das por hecho que te dejaré marchar.

—Sí. —Le mostré su caja de rapé—. O tú puedes dar por hecho que esto llegará a manos de Nashira.

La luz se reflejó en el símbolo. El Custodio tamborileó con los dedos en el brazo de la butaca. No intentó negociar conmigo; se limitó a mirarme, y sus ojos despedían un leve resplandor.

—No puedes tomar el tren —dijo.

—Apuéstate algo.

—No me interpretes mal. El tren solo puede activarlo el Arconte de Westminster. Está programado para ir y venir en determinadas fechas, a determinadas horas. Esos horarios no se pueden cambiar.

—Debe de traer la comida.

—El tren solo se utiliza para transporte humano. La comida la traen los mensajeros.

—Entonces, no volverá a venir hasta… —cerré los ojos— la próxima Era de Huesos.

En 2069. Mi sueño de una fuga fácil se desvaneció. Al final sí tendría que cruzar el campo de minas.

—Quítate de la cabeza la idea de cruzar a pie —dijo, como si me hubiera leído el pensamiento—. Los emim utilizan el bosque como coto de caza. Ni siquiera tú, con tu don, durarías mucho si tuvieras que enfrentarte a una manada.

—No puedo esperar más. —Apreté el brazo de la butaca hasta que se me pusieron los nudillos blancos—. Tengo que irme de aquí. Ella me matará, lo sabes.

—Claro que sí. Ahora que tu don ha madurado, está impaciente por arrebatártelo. No tardará en actuar.

Me puse en tensión.

—¿Qué quiere decir que ha madurado?

—En la ciudadela poseíste a 12. Te vi. Nashira estaba esperando a que desarrollaras todo tu potencial.

—¿Se lo has dicho tú?

—Se enterará, pero no por mí. Lo que digamos en esta habitación no saldrá de aquí.

—¿Por qué?

—Considéralo una tentativa de confianza mutua.

—Examinaste mis recuerdos. ¿Por qué iba a confiar en ti?

—¿Acaso yo no te enseñé mi onirosaje?

—Sí. Tu onirosaje frío y vacío. No eres más que una cáscara hueca, ¿verdad?

El Custodio se levantó bruscamente, fue hasta la estantería y cogió un tomo viejo y enorme. Mis músculos se tensaron. Antes de que pudiera decir nada más, sacó un folleto de dentro del libro y lo tiró encima de la mesa. Me quedé de piedra: era *Sobre los méritos de la antinaturalidad*. Mi ejemplar, la prueba irrefutable de que pertenecía al sindicato. El Custodio lo tenía guardado.

—Quizá mi onirosaje esté privado de su antigua vida, pero yo no veo a las personas ordenadas por categorías, como el autor de ese panfleto. Ahí no hay ningún oniromántico. Ni ningún refaíta. Yo no veo las cosas así. —Me miró a los ojos—. Ya llevo varios meses viviendo contigo. Conozco tu historia, aunque la haya conocido sin tu permiso. No pretendía invadir tu intimidad, pero quería ver cómo eras. Quería conocerte. No quería tratarte como a un vulgar ser humano, inferior y sin valor.

Eso me sorprendió.

—¿Por qué no? —pregunté sosteniéndole la mirada.

—¿Qué más te da?

—Me concierne.

Cogí *Sobre los méritos* y me lo pegué al pecho, como haría un crío con un juguete. Era como si le hubiera salvado la vida a Jaxon. El Custodio me observaba.

—Le tienes un gran aprecio a tu capo —dijo—. Quieres volver a esa vida. Al sindicato.

—Jaxon es algo más que este panfleto.

—Ya me lo imagino.

Se sentó a mi lado en el diván. Guardamos silencio unos minutos. Una humana y un refaíta, tan diferentes como el día y la noche, atrapados en nuestra campana de cristal, como la flor marchita. Cogió la caja de rapé y sacó un vial de amaranto.

—Te sientes sola. —Lo vació en un cáliz—. Lo noto. Noto tu soledad.

—Estoy sola.

—Echas de menos a Nick.

—Es mi mejor amigo. Claro que lo echo de menos.

—Él era algo más. Tus recuerdos de él son extraordinariamente detallados, llenos de color, de vida. Lo adorabas.

—Era joven —dije, cortante, puesto que el Custodio parecía decidido a pincharme en mi punto más sensible.

—Todavía eres joven —insistió—. No he visto todos tus recuerdos. Falta algo.

—No tiene sentido pensar demasiado en el pasado.

—No estoy de acuerdo.

—Todos tenemos malos recuerdos. ¿Por qué te interesan los míos?

—La memoria es mi cuerda de salvamento. Mi ruta al éter, como lo son para ti los onirosajes. —Me tocó la frente con un dedo enguantado—. Tú quisiste conocerme a través de mi onirosaje. Yo, a cambio, te pido tus recuerdos.

Me estremecí y me aparté. El Custodio se quedó mirándome, evaluando mi reacción; entonces se levantó y sacudió el tirador de la campanilla.

—¿Qué haces? —pregunté.

—Necesitas comer.

Encendió el gramófono y se puso a mirar la calle.

Michael llegó en un abrir y cerrar de ojos y escuchó las

órdenes que le dio el Custodio. Diez minutos más tarde volvió con una bandeja, que me puso en el regazo, con suficiente comida para devolverme las fuerzas: una taza de té con leche, un azucarero, sopa de tomate y pan caliente.

Le di las gracias.

Michael me sonrió brevemente; luego le hizo una serie de signos complicados al Custodio, que asintió con la cabeza. Tras saludar con una reverencia, salió de la cámara. El Custodio me miró; quería saber si iba a tener que obligarme a comer. Di un sorbo de té. Me acordé de que mi abuela me daba té cuando yo era muy pequeña, siempre que me ponía enferma; mi abuela tenía una gran fe en el té. Comí un poco de pan. ¿Me estaría leyendo en ese momento, leyendo mis emociones? ¿Notaría que ese recuerdo me tranquilizaba? Intenté concentrarme en él, utilizar el cordón áureo, pero no sentí nada.

Cuando hube terminado, el Custodio cogió la bandeja y la dejó en la mesita; luego volvió a sentarse a mi lado. Carraspeé.

—¿Qué ha dicho Michael?

—Que Nashira ha citado a los otros Sargas en su residencia.

»Tiene muy buen oído —añadió con un deje de ironía—. Me trae mucha información de los aposentos de Nashira. Su supuesta amaurosis hace que ella no se fije en sus idas y venidas. —De modo que a Michael no le importaba escuchar a hurtadillas. Lo tendría presente—. Va a contarles lo de Kraz.

Me apreté las sienes con los dedos.

—Yo no quería matarlo. Yo solo...

—Te habría matado él a ti. Kraz odiaba profundamente a los humanos. Planeaba, cuando llegara el día de nuestra revelación, atraer a los niños humanos a nuestras ciudades de control. Sentía debilidad por sus huesos, pequeños y finos. Para practicar cleromancia.

Me dieron náuseas. La cleromancia empleaba *sortes*, con los que los espíritus formaban figuras o que lanzaban en determinada dirección. Había todo tipo de *sortes*: agujas, dados, llaves. El grupo de los llamados espatulománticos prefería los huesos, pero generalmente se manejaban esqueletos muy viejos por respeto hacia los difuntos. Si Kraz había robado los huesos de niños para practicar cleromancia, me alegraba de haberlo matado.

—Me alegro de que esté muerto —dijo el Custodio—. Era una plaga terrible para este mundo.

No dije nada.

—Te sientes culpable —observó el Custodio.

—No. Tengo miedo.

—Miedo ¿de qué?

—De lo que pueda llegar a hacer. No paro... —Sacudí la cabeza; estaba agotada—. No paro de matar. No quiero convertirme en un arma.

—Tu don es inestable, pero te mantiene viva. Funciona como un escudo.

—No es ningún escudo. Es como una pistola. Vivo pendiente de un gatillo. —Clavé la vista en el estampado de la alfombra—. Hago daño a otros. En eso consiste mi don.

—No lo haces deliberadamente. No siempre has sabido de lo que eras capaz.

Solté una risa amarga.

—Bueno, sí sabía que podía. No sabía cómo, pero sabía quién hacía sangrar a la gente. Sabía quién hacía que a la gente le doliera la cabeza. Cuando se burlaban de mí... Cuando mencionaban las revueltas de Molly... les dolía algo. Y lo único que había hecho era darles un empujoncito mental. Me gustaba, de alguna manera —dije—. Cuando solo tenía diez años ya me gustaba. Me gustaba vengarme. Era mi secreto.

—El Custodio no dejaba de mirarme—. No soy como los sensores, ni como los médiums. No me limito a usar espíritus para tener compañía ni para la defensa personal. Soy uno de ellos, ¿me explico? Puedo morir cuando quiera, convertirme en espíritu cuando quiera. Eso hace que la gente me tema. Y hace que yo tema a la gente.

—Sí, eres diferente. Pero eso no significa que debas tener miedo.

—Sí. Mi espíritu es peligroso.

—No temes el peligro, Paige. Es más, creo que te gusta. Aceptaste trabajar para Jaxon Hall pese a saber que eso reduciría considerablemente tu esperanza de vida. Pese a saber que existía el riesgo de que te detectaran.

—Necesitaba el dinero.

—Tu padre trabaja para Scion. No necesitabas el dinero. Dudo que lo hayas utilizado jamás. El peligro te acerca más al éter —continuó—. Por eso aprovechas cualquier oportunidad que se presenta para experimentarlo.

—No, no era eso. No soy una especie de adicta a la adrenalina. Quería estar con otros videntes. —La rabia volvía a impregnar mi voz—. No quería vivir como las colegialas con el cerebro lavado de Scion. Quería formar parte de algo. Quería importar. ¿No lo entiendes?

—Esas no eran las únicas razones. Pensabas en una persona en concreto.

—No... —Me temblaban los labios.

—Pensabas en Nick. —Me sostuvo la mirada sin piedad—. Estabas enamorada de él. Lo habrías seguido a cualquier parte.

—No quiero hablar de eso.

—¿Por qué no?

—Porque es mío. Es privado. ¿Los onirománticos no entendéis el concepto de intimidad?

—Lo has guardado en secreto demasiado tiempo. —No me tocó, pero su mirada era casi tan íntima como una caricia—. No puedo arrebatarte ese recuerdo mientras estés despierta, pero en cuanto te quedes dormida, leeré las imágenes de tu mente, y tú las soñarás, como has hecho otras veces. Ese es el don del oniromántico. Crear un sueño compartido.

—Supongo que nunca te aburres —dije con desprecio—. Viendo la ropa sucia de la gente.

Ignoró la pulla.

—Puedes aprender a apartarme, por supuesto, pero para eso tendrías que conocer mi espíritu casi tan bien como conoces el tuyo. Y no es fácil conocer un espíritu tan viejo como el mío. —Hizo una pausa—. O puedes ahorrarte la molestia y dejar que me asome a tu interior.

—¿Qué conseguiré con eso?

—Ese recuerdo es una barrera. Lo he notado dentro de ti, enterrado en lo más hondo de tu onirosaje. —Me miraba fijamente—. Supéralo, y te liberarás de él. Tu espíritu se liberará de él.

Inspiré hondo. La oferta no debería haberme tentado.

—Y ¿solo tengo que dormirme?

—Sí. Puedo ayudarte. —Sacó un puñado de hojas secas de la caja de rapé—. Esto es lo que contenían las píldoras. Si preparo una infusión, ¿te la tomarás?

—¿Qué daño me hará una dosis más? —Hice un gesto con los hombros. El Custodio se quedó mirándome en silencio—. Está bien —cedí.

Salió de la cámara. Imaginé que abajo había una cocina, donde trabajaba Michael.

Apoyé la cabeza en los cojines. Un temblor lento y frío se extendió por mi pecho, llenando los espacios entre mis costillas. Había odiado al Custodio intensamente; lo había odiado por ser lo que era, y porque tenía la impresión de que me entendía. Había disfrutado odiándolo, y ahora me disponía a mostrarle mi recuerdo más íntimo. Yo creía saber cuál era, pero no podía estar segura. Tendría que soñarlo.

Para cuando regresó el Custodio, una certeza desafiante se había apoderado de mí. Tomé el vaso de cristal que me ofreció. Estaba lleno hasta el borde de un líquido ocre y traslúcido que parecía miel diluida. En la superficie flotaban tres hojas.

—Es amargo —me advirtió—, pero me permitirá ver los recuerdos con mayor claridad.

—¿Qué viste las otras veces?

—Fragmentos. Períodos de silencio. Depende de cómo te sintieras en cada momento, de lo intensamente que lo sintieras. De la medida en que esa parte del recuerdo siga preocupándote.

Miré la infusión.

—En ese caso, creo que no voy a necesitar esto.

—Será más fácil para ti si te la tomas.

Seguramente tenía razón. La mera perspectiva de enfrentarme a ese recuerdo ya hacía que me temblaran las manos. Me llevé el vaso a los labios y sentí como si me dispusiera a renunciar de nuevo a mi vida.

—Espera.

Me detuve.

—Paige, no estás obligada a enseñarme ese recuerdo. Espero que lo hagas, por tu propio bien. Espero que puedas. Pero puedes negarte. Si te niegas, respetaré tu intimidad.

—No soy tan cruel —repliqué—. No hay nada peor que una historia sin final.

Antes de poder seguir hablando, me bebí la infusión.

El Custodio me había mentido: aquello no era amargo sin más. Era el líquido más repugnante que había probado nunca, semejante a un puñado de fragmentos metálicos. Decidí que preferiría beber lejía que volver a probar la infusión de salvia. Me dieron arcadas. El Custodio me sujetó la cara con ambas manos.

—Aguanta, Paige. ¡Aguanta!

Lo intenté. Vomité un poco, pero conseguí tragarme la mayor parte.

—Y ahora ¿qué? —dije tosiendo.

—Espera.

No tuve que esperar mucho. Me encorvé, estremeciéndome y tratando de controlar las náuseas. El sabor era tan intenso que creí que se me quedaría en la boca para siempre.

Y entonces se apagaron las luces. Caí sobre los cojines y me quedé dormida.

25

La disolución

Seis de los Siete Sellos estábamos de pie formando un corro, como en una sesión de espiritismo.

Nadine iba a matar a alguien. Lo llevaba escrito en la cara. En medio del círculo estaba Zeke Sáenz, atado con cintas de terciopelo a una silla; su hermana le sujetaba la cabeza con ambas manos. Llevábamos horas atacando la mente de Zeke, pero pese a sus lamentos y sus quejas, Jax no se ablandaba. Si su don podía aprenderse, sería de gran valor para la banda: la capacidad de resistir a toda influencia externa, ya fuera de espíritus o de otros videntes. Así pues, sentado en su butaca fumando un puro, Jax se limitaba a esperar a que alguno de nosotros pudiera con él.

Jax llevaba mucho tiempo estudiando a Zeke. Del resto de nosotros se había olvidado, y dejaba que nos ocupáramos de nuestras actividades delictivas. Pese a la rigurosa investigación a que lo había sometido, Jax no había previsto que nuestro ilegible fuera a sufrir tanto cuando lo atacáramos. Su onirosaje era elástico y opaco, impenetrable para los espíritus. Le habíamos lanzado una bandada tras otra sin éxito. Su mente las hacía rebotar por toda la habitación, resbalaban por ella como el agua por una canica o un Diamante Negro, su nuevo nombre.

—¡Venga, desgraciados! —gritó Jax, y golpeó la mesa con un puño—. ¡Quiero oírle gritar el triple de fuerte!

Llevaba todo el día poniendo la «Danza Macabra» y bebiendo vino, y eso nunca era buena señal. Eliza, colorada por el esfuerzo de controlar a tantos espíritus, lo miró con reproche.

—¿Te has levantado con el pie izquierdo, Jaxon?

—Otra vez.

—Está sufriendo —dijo Nadine, furiosa—. ¡Míralo! ¡No lo soportará!

—Yo sí que sufro, Nadine. Me desespera tu obstinación. —En voz muy baja, no por ello menos amenazadora—. No me obliguéis a levantarme, niños. O-tra-vez.

Se produjo un breve silencio. Nadine agarró a su hermano por los hombros; el pelo le tapaba la cara. Ahora lo tenía castaño oscuro, y más corto; llamaba menos la atención, pero ella lo odiaba. Odiaba la ciudadela. Pero sobre todo nos odiaba a nosotros.

Como nadie hacía nada, Eliza llamó a un espíritu asesor: JD, una musa del siglo XVII. Cuando saltó de su onirosaje al éter, las luces parpadearon.

—Probaré con JD. —Tenía la frente arrugada—. Si no funciona con un espíritu tan antiguo, dudo mucho que funcione con nada.

—¿Un duende, quizá? —insinuó Jaxon con absoluta seriedad.

—¡No vamos a utilizar un duende!

Jax siguió fumando.

—Es una pena.

En el otro extremo de la habitación, Nick bajó las persianas. Lo que estábamos haciendo le horrorizaba, pero no podía impedirlo.

Zeke no soportaba el suspense. Tenía los afiebrados ojos clavados en aquel espíritu.

—¿Qué hacen, Di?

—No lo sé. —Nadine miró fríamente a Jaxon—. Necesita descansar. Si le lanzas ese espíritu, yo...

—¿Qué harás? —De la boca de Jaxon salían volutas de humo—. ¿Me tocarás una melodía furiosa? Adelante, te lo ruego. Me encanta la música que sale del alma.

Nadine hizo pucheros, pero no mordió el anzuelo. Sabía cuál era el castigo por desobedecer a Jaxon. No tenía ningún otro sitio adonde ir, ningún otro sitio adonde llevar a su hermano.

Zeke se estremeció en sus brazos. Como si fuera más joven que ella, y no dos años mayor.

Eliza miró a Nadine, y luego a Jaxon; emitió una orden silenciosa, y la musa se lanzó. Yo no lo vi, pero lo sentí; y a juzgar por el grito de dolor de Zeke, él también. Echó la cabeza hacia atrás, y se le marcaron los músculos del cuello.

Nadine abrazaba a su hermano y apretaba los labios.

—Lo siento —dijo, y apoyó la barbilla en su cabeza—. Lo siento mucho, Zeke.

JD se aplicaba con gran empeño en su tarea. Le habían dicho que Zeke iba a hacerle daño a Eliza, y se había propuesto impedir que eso ocurriera. Las lágrimas y el sudor hacían brillar la cara de Zeke. Estaba a punto de asfixiarse.

—Por favor —suplicó—. Basta...

—Para, Jaxon —le espeté—. ¿No te parece que ya ha aguantado suficiente?

Jaxon arqueó exageradamente las cejas.

—¿Estás cuestionando mis métodos, Paige?

Mi valor se debilitó.

—No.

—En el sindicato hay que ganarse el sustento. Soy tu capo. Tu protector. Tu patrón. ¡El hombre que impide que mueras de hambre como esos desdichados limosneros! —Lanzó un fajo de billetes por los aires, y la cara de Frank Weaver, que nos miraba desde cada billete, cayó revoloteando por la alfombra—. Ezekiel habrá aguantado suficiente cuando yo lo diga, cuando yo decida concederle la libertad por hoy. ¿Crees que Hector pararía? ¿Crees que Jimmy o la Abadesa pararían?

—Nosotros no trabajamos para ellos. —Eliza parecía angustiada. Le hizo una seña al espíritu—. Vuelve, JD. Ya estoy a salvo.

El espíritu se retiró. Entonces Zeke se sujetó la cabeza con las manos.

—Estoy bien —consiguió decir—. Solo... solo necesito un minuto.

—No estás bien. —Nadine se volvió hacia Jaxon, que estaba encendiéndose otro puro—. Te has aprovechado de nosotros. Sabías lo de la operación y nos hiciste creer que tú lo harías mejor. Dijiste que curarías a Zeke. ¡Prometiste que lo curarías!

—Dije que lo intentaría —replicó Jaxon, imperturbable—. Que experimentaría.

—Mientes. Eres igual que...

—Si tan terrible te parece este lugar, querida, vete. La puerta siempre está abierta. —Bajó un poco el tono de voz—. La puerta que da a las frías y oscuras calles. —Le echó el humo del puro—. Me pregunto cuánto tardará la DVN en descubrirte.

Nadine temblaba de rabia.

—Me voy a Chat's. —Se puso la chaquetilla de encaje—. Sola.

Agarró sus auriculares y su bolso, salió furiosa y cerró de un portazo.

—¡Di! —la llamó Zeke, pero ella no le hizo caso.

La oí darle una patada a algo al bajar la escalera. Pieter apareció a través de la pared, enojado porque lo habían molestado y, enfurruñado, se quedó en un rincón.

—Creo que ya es hora de volver a casa, capitán —dijo Eliza con firmeza—. Llevamos horas con esto.

—Espera. —Jax me apuntó con un largo dedo—. Todavía no hemos probado nuestra arma secreta. —Arrugué la frente, y Jax ladeó la cabeza—. Venga, Paige. No te hagas la loca. Entra en su onirosaje, hazlo por mí.

—Ya hemos hablado de esto. —Empezaba a dolerme la cabeza—. Yo no entro por la fuerza.

—Ah, ¿no? No sabía que tu contrato de trabajo lo especificara. ¡Ah! Espera, ya me acuerdo. No has firmado ningún contrato. —Apagó el puro en el cenicero—. Somos clarividentes. Antinaturales. ¿Creías que seríamos como tu papá, que estaríamos en nuestros despachos de Barbican de nueve a cinco, bebiendo té en vasitos de plástico? —De repente parecía indignado, como si no soportara pensar en lo amaurótica que podía llegar a ser la gente—. A nosotros no nos van los vasitos de plástico, Paige. Nos van la plata, el raso, las calles sórdidas y los espíritus.

Me quedé mirándolo. Jaxon dio un gran sorbo de vino, con la mirada clavada en la ventana. Eliza sacudió la cabeza.

—Bueno, esto es absurdo. Creo que deberíamos...

—¿Quién te paga?

Eliza dio un suspiro.

—Tú, Jaxon.

—Correcto. Yo te pago, y tú obedeces. Y ahora, sé buena, sube corriendo y dile a Danica que venga. No quiero que se pierda este espectáculo de magia.

Eliza salió de la habitación con los labios fruncidos. Zeke me lanzó una mirada de agotamiento y desesperación. Me obligué a insistir:

—Jax, no estoy en condiciones, de verdad. Creo que todos necesitamos descansar un poco.

—Mañana puedes tomarte unas horas libres, corazón —dijo distraídamente.

—No puedo entrar por la fuerza en un onirosaje. Ya lo sabes.

—Compláceme. Inténtalo. —Jaxon se sirvió más vino—.

409

Llevo años esperando esto. Un onirámbulo contra un ilegible. El encuentro etéreo por excelencia. No se me ocurre ninguna coincidencia más peligrosa y audaz.

—¿Sabes lo que dices?

—No —dijo Nick, y todas las cabezas se volvieron hacia él—. Habla como si se hubiera vuelto loco.

Tras un breve silencio, Jaxon alzó su copa.

—Un diagnóstico excelente, doctor. Salud.

Bebió. Nick miró hacia otro lado.

En la tensión posterior a ese momento, Eliza regresó con una jeringa de adrenalina. Con ella iba Danica Panić, el último miembro de nuestro septeto. Había crecido en la ciudadela Scion de Belgrado, pero la habían transferido a Londres, donde trabajaba de ingeniera. La había descubierto Nick; había visto su aura en una recepción celebrada en honor de los recién llegados. Se enorgullecía mucho de que ninguno de nosotros supiera pronunciar su nombre. Ni su apellido. Estaba dura como la piedra; llevaba el cabello, rizado y rojizo, recogido en un moño bajo; y tenía los brazos cubiertos de cicatrices y quemaduras. Su única debilidad eran los chalecos.

—Danica, querida. —Jaxon le hizo señas para que se acercara—. Ven y mira esto, ¿quieres?

—¿Qué es? —preguntó.

—Mi arma.

Dani y yo nos miramos. Ella solo llevaba una semana con nosotros, pero ya sabía cómo era Jax.

—Veo que estáis celebrando una sesión de espiritismo —observó.

—Hoy no. —Jax agitó una mano—. Empecemos.

Tuve que morderme la lengua para no mandar a Jax a la mierda. Siempre halagaba a los nuevos. Dani tenía un aura brillante, hiperactiva, que él no había logrado identificar; pero estaba convencido, como siempre, de que tenía gran valor.

Me senté. Nick me limpió el brazo con un algodón y me clavó la jeringa.

—Hazlo —me ordenó Jax—. Lee al ilegible.

Esperé un momento a que mi sangre absorbiera la mezcla de fármacos; entonces cerré los ojos y busqué el éter. Zeke se preparó. Yo no podía invadirlo (solo podía acariciar su onirosaje, tantear los tenues matices de su superficie), pero su mente era tan sensible, que el más leve empujoncito podía hacerle mucho daño. Tendría que ser muy cuidadosa.

Mi espíritu se desplazó. Distinguí cinco onirosajes que tintineaban y se estremecían como móviles de viento. El de Zeke era diferente. Su tañido era más serio, un acorde menor. Intenté ver algo en su interior (un recuerdo, un temor), pero no había nada. Donde normalmente veía imágenes borrosas, que parecían extraídas de una película antigua, solo veía negrura. Los recuerdos de Zeke estaban sellados.

Salí bruscamente del éter cuando una mano me agarró por el hombro. Zeke temblaba, tapándose las orejas con las manos.

—¡Basta! —Nick, detrás de mí, me ayudaba a levantarme—. Basta. No deberías obligar a Paige a hacer esto, Jaxon. No me importa cuánto me pagues: me pagas con diamantes manchados de sangre. —Abrió la ventana con brusquedad—. Vamos, Paige. Necesitas descansar.

Estaba agotada; y aunque no lo hubiera estado, no habría desobedecido a Nick. Los ojos de Jaxon lanzaban dardos que se me clavaban en la espalda. Al día siguiente se le habría pasado el enfado, después de haberse bebido todo el vino. Salí por la ventana y me agarré a la bajante; veía borroso.

Nick echó a correr en cuanto pisó el tejado. Y corría mucho. Por suerte, todavía tenía adrenalina en las venas, o no habría podido seguirlo.

Lo hacíamos a menudo: tomábamos un atajo por la ciudad. En teoría Londres tenía todo lo que yo odiaba: era enorme, gris y hostil, y llovía nueve de cada diez días. Rugía, bombeaba y golpeaba como un corazón humano. Pero tras dos años de entrenamiento con Nick, aprendiendo a moverme por los tejados, la ciudadela se había convertido en mi refugio. Podía sobrevolar el tráfico y las cabezas de la DVN. Podía correr como la sangre por el laberinto de calles y callejones. Estaba llena a rebosar, repleta de vida. Por lo menos allí fuera, era libre.

Nick bajó a la calle. Seguimos corriendo por la concurrida acera hasta llegar a la esquina de Leicester Square. Sin parar para respirar, Nick empezó a trepar por el edificio más cercano, contiguo al Hippodrome Casino. Había muchos sitios donde asirse, repisas y cornisas, pero dudaba que pudiera seguirlo. Ni siquiera la adrenalina podía vencer mi fatiga.

—¿Qué haces, Nick?

—Necesito despejar la mente. —Sonaba cansado.

—¿En un casino?

—Arriba. —Me tendió una mano—. Vamos, *sötnos*. Pareces a punto de quedarte dormida.

—Ya. Verás, es que no sabía que hoy les iba a dar una paliza a mi espíritu y a mi cuerpo. —Dejé que me subiera a la primera repisa, y una chica que fumaba un cigarrillo nos miró sorprendida—. ¿Hasta dónde vamos a trepar?

—Hasta el terrado de este edificio. Si aguantas —añadió.

—¿Y si no aguanto?

—Muy bien. Agárrate a mí. —Se puso mis brazos alrededor del cuello—. A ver, ¿cuál es la regla de oro?

—No mirar hacia abajo.

—Correcto —dijo imitando a Jax. Reí.

Llegamos arriba sin problema y sin hacernos daño. Nick trepaba a los edificios desde que había dado sus primeros pasos; encontraba puntos de apoyo donde no parecía haberlos. Volvíamos a movernos por los tejados, y las calles habían quedado muy abajo. Pisé césped artificial. A mi izquierda vi una fuente pequeña, sin agua; y a mi derecha, un lecho de flores marchitas.

—¿Qué es esto?

—Un jardín de azotea. Lo encontré hace unas semanas. Nunca he visto que lo usen, y pensé que sería un buen refugio. —Nick se apoyó en la barandilla—. Perdóname por sacarte de allí de esta forma, *sötnos*. A veces Dials es un poco claustrofóbico.

—Sí, un poco.

No hablamos de lo que acababa de pasar. A Nick no le gustaban nada las tácticas de Jaxon. Me tiró una barrita de cereales. Nos quedamos contemplando el horizonte rosado y crepuscular, casi como si esperáramos ver aparecer algún barco.

—Paige, ¿has estado enamorada alguna vez?

Me tembló la mano. De pronto no podía tragar lo que tenía en la boca: se me había cerrado la garganta.

—Creo que sí. —Noté escalofríos en los costados. Apoyé la espalda en la barandilla—. No sé... Puede que sí. ¿Por qué me lo preguntas?

—Porque quiero que me digas qué se siente. Para saber si yo lo estoy o no.

Asentí con la cabeza y traté de aparentar que estaba tranquila. En realidad mi cuerpo estaba sufriendo una reacción muy extraña: veía puntitos negros, se me iba la cabeza, tenía la palma de las manos sudadas y el corazón me latía muy deprisa.

—A ver, dime —dije.

Nick seguía contemplando el ocaso.

—Cuando te enamoras de alguien —dijo—, ¿tienes una actitud protectora para con esa persona?

Era una situación extraña por dos motivos. El primero, que yo estaba enamorada de Nick. Eso lo sabía desde hacía mucho tiempo, aunque nunca hubiera hecho nada al respecto. Y el segundo, porque Nick tenía veintisiete años y yo, dieciocho. Era como si nuestros roles naturales se hubieran invertido.

—Sí. —Agaché la cabeza—. Bueno, creo que sí. Yo tenía... tengo una actitud protectora hacia él.

—Y ¿te dan ganas, a veces, de... tocar a esa persona, sin más?

—Continuamente —admití con cierta timidez—. O mejor dicho... quiero que él me toque. Aunque solo sea...

—Que te abrace.

Asentí con la cabeza, pero no lo miré.

—Porque tengo la impresión de que entiendo a esa persona, y quiero que sea feliz. Pero no sé cómo hacerla feliz. De hecho, sé que, si la amo, la haré terriblemente desgraciada. —Se le arrugó la frente, como si fuera de papel—. Ni siquiera sé si debo arriesgarme a decírselo, porque sé cuánta infelicidad provocaré. O creo que lo sé. ¿Es importante ser feliz, Paige?

—¿Cómo puedes pensar que no es importante?

—Porque no sé si la sinceridad es mejor que la felicidad. ¿Sacrificamos la sinceridad para ser felices?

—A veces sí. Pero creo que es mejor ser sincero. Si no, vives una mentira.

Escogí minuciosamente mis palabras, animándolo a hablar y, al mismo tiempo, tratando de ignorar el estruendo que había dentro de mi cabeza.

—Porque hay que confiar.

—Sí.

Me ardían los ojos. Intenté respirar despacio, pero una realidad terrible estaba invadiendo mi pensamiento: Nick no se refería a mí.

Claro, él jamás había insinuado que sintiera lo mismo que yo. Ni una sola palabra. Pero ¿qué había de todos los roces involuntarios, todas las horas de atención, todas las veces que habíamos corrido juntos? ¿Qué había de los dos últimos años de mi vida, cuando había pasado casi todos los días y las noches con él?

Nick miraba fijamente el cielo.

—¡Mira! —dijo.

—¿Qué?

Señaló una estrella.

—Arcturus. Nunca la había visto brillar tanto.

La estrella tenía un tono anaranjado, y era enorme y muy brillante. Me sentí suficientemente pequeña para desaparecer.

—Bueno —dije aparentando despreocupación—, ¿quién es? ¿De quién crees que estás enamorado?

Nick se llevó una mano a la cabeza.

—De Zeke.

Al principio no estaba segura de haberlo oído bien.

—Zeke. —Giré la cabeza y lo miré—. ¿Zeke Sáenz?

Nick movió la cabeza afirmativamente.

—¿Crees que tengo alguna posibilidad? —preguntó en voz baja—. ¿Crees que podría quererme?

Me quedé de piedra.

—Nunca me habías dicho nada —empecé. Me costaba respirar—. No sabía que…

—No podías saberlo. —Se pasó una mano por la cara—. No puedo evitarlo, Paige. Sé que podría encontrar a otra persona, pero no me apetece buscarla. No sabría por dónde empezar. Creo que Zeke es la persona más hermosa del mundo. Al principio creía que eran imaginaciones mías, pero ya lleva un año con nosotros… —Cerró los ojos—. No puedo negarlo. Lo quiero de verdad.

No era yo. Me quedé callada; sentía como si alguien me estuviera inyectando una sustancia soporífera en las arterias. No era de mí de quien estaba enamorado.

—Creo que podría ayudarle. —Su voz denotaba verdadera pasión—. Podría ayudarle a enfrentarse al pasado. Podría ayudarle a recordar cosas. Antes era suspirante. Yo podría ayudarle a volver a oír las voces.

Ojalá yo pudiera oír voces. Ojalá pudiera oír a los espíritus, porque así podría escucharlos a ellos, y no a Nick. Tenía que concentrarme en no llorar. Pasara lo que pasase esa noche, no podía llorar. No pensaba llorar, ni en broma. Nick tenía todo el derecho del mundo a amar a otra persona. ¿Por qué no? Yo jamás le había dicho ni una palabra de lo que sentía por él. Debería alegrarme por él. Pero una parte de mí siempre había soñado con que él sintiera lo mismo, con que Nick hubiera estado esperando el momento adecuado para decírmelo. Un momento como aquel.

—¿Qué has sacado de su onirosaje? —Nick se quedó mirándome, esperando mi respuesta—. ¿Has visto algo?

—Solo oscuridad.

—Yo podría intentarlo. Quizá consiguiera enviarle una imagen. —Esbozó una sonrisa—. O hablar con él, como hacen las personas normales.

—Él te escucharía —dije—. Si se lo dijeras. ¿Cómo sabes que él no siente lo mismo por ti?

—Creo que ya tiene suficientes problemas. Además, ya conoces las normas. Nada de relaciones. A Jaxon le daría algo si se enterara.

—Que se joda. No es justo que tengas que aguantar esta situación.

—He aguantado un año, *sötnos*. Puedo aguantar más.

Nick tenía razón, claro. Jaxon no nos dejaba tener relaciones serias. No le gustaban las relaciones. Aunque Nick me hubiera querido, no habríamos podido estar juntos. Pero ahora la verdad me miraba a la cara, y mi sueño se hacía añicos; casi no podía respirar. Aquel hombre no era mío. Nunca había sido mío. Y por mucho que yo lo quisiera, nunca sería mío.

—¿Por qué no me habías dicho nada? —Me agarré a la barandilla—. Ya sé que no es asunto mío, pero...

—No quería que te preocuparas. Tú ya tenías tus propios problemas. Sabía que Jax se interesaría por ti, pero te ha hecho la vida imposible. Todavía te trata como si fueras un juguete nuevo. Hace que me arrepienta de haberte metido en esto.

—No digas eso. —Me di la vuelta y le apreté la mano, demasiado fuerte—. Tú me salvaste, Nick. Tarde o temprano me habría vuelto loca. Tenía que saberlo, o siempre me habría sentido marginada. Tú hiciste que sintiera que formaba parte de algo; parte de muchas cosas, en realidad. Nunca podré agradecértelo lo suficiente.

Nick me miraba con gesto de sorpresa.

—¿Estás llorando?

—No. —Le solté la mano—. Mira, tengo que irme. He quedado con una persona —le mentí.

—Espera, Paige. No te vayas. —Me agarró por la muñeca y me retuvo—. Te he molestado, ¿verdad? ¿Qué pasa?

—No estoy molesta.

—Sí lo estás. Espera un momento, por favor.

—De verdad, tengo que irme, Nick.

—Nunca has tenido que irte cuando te necesitaba.

—Lo siento. —Me ceñí el blazer—. Si quieres un consejo, vuelve a la base y dile a Zeke lo que sientes. Si le queda algo de cordura, te dirá que sí. —Lo miré y compuse una sonrisa triste—. Es lo que te diría yo.

Y entonces lo vi. Primero, confusión; luego, incredulidad; y por último, consternación. Lo sabía.

—Paige...

—Es tarde. —Pasé una pierna por encima de la barandilla. Me temblaban las manos—. Nos vemos el lunes, ¿vale?

—No. Espera, Paige. Espera.

—Por favor, Nick.

No insistió, pero seguía mirándome con los ojos muy abiertos. Bajé por la fachada del edificio y lo dejé allí de pie, bajo la luna. Hasta que llegué abajo no brotaron las prime-

417

ras y únicas lágrimas. Cerré los ojos e inspiré el aire nocturno.

No sé muy bien cómo llegué al I-5. Quizá tomara el metro. Quizá fuera a pie. Mi padre no había vuelto del trabajo; no me estaba esperando. Me quedé un rato de pie en medio del apartamento vacío, mirando por la ventana del salón. Por primera vez desde que era niña, me habría gustado tener una madre, o una hermana, o al menos una amiga. Una amiga que no tuviera nada que ver con los Sellos. Pero no tenía ninguna de esas cosas. No sabía qué hacer, ni cómo sentirme. ¿Qué habría hecho una chica amaurótica en mi situación? Pasarse una semana metida en la cama, seguramente. Pero yo no era una chica amaurótica, y en realidad no había cortado con nadie. Solo con un sueño. Un sueño infantil.

Recordé mi época de colegiala, cuando era la única vidente rodeada de amauróticos. Suzette, una de mis pocas amigas, había roto con su novio el último año. Intenté recordar qué había hecho: no se había pasado una semana metida en la cama. ¿Qué había hecho? Un momento… Sí, ya me acordaba. Me había enviado un mensaje para pedirme que la acompañara a un club. «Quiero bailar para olvidar mis problemas», me había dicho. Yo me había inventado alguna excusa, como siempre.

Aquella sería mi noche. Yo también bailaría para olvidar mis problemas. Olvidaría lo que había pasado. Me libraría de aquel dolor.

Me quité la ropa, me di una ducha, me sequé y me alisé el pelo. Me puse pintalabios, rímel y kohl. Me puse un poco de perfume en los pulsos. Me pellizqué las mejillas para darles color. Cuando hube terminado, me puse un vestido negro de encaje y unas sandalias de tacón y salí del apartamento.

El vigilante me miró extrañado cuando pasé a su lado.

Tomé un taxi. En el East End había un tugurio al que solía ir Nadine, donde los días laborables servían *mecks* barato (y a veces alcohol auténtico, ilegal). Era una zona dura del II-6, considerada uno de los pocos sitios donde los videntes podían moverse sin peligro: ni a los *centis* les gustaba entrar allí.

Un gorila con traje y sombrero vigilaba la entrada. Me hizo una seña para indicarme que podía pasar.

Dentro estaba oscuro y hacía calor. El local, pequeño, estaba abarrotado de cuerpos sudorosos. Una barra discurría a lo largo de una pared; en un extremo servían oxígeno y en el otro, *mecks*. A la derecha de la barra había una pista de baile. Casi todos los clientes eran amauróticos, *hapsters* con pantalones de tweed, sombreritos y pajaritas de colores llamativos. No sabía qué demonios hacía allí, mirando a unos amauróticos brincar al son de una música ensordecedora, pero eso era lo que quería: actuar espontáneamente, olvidar el mundo real.

Llevaba nueve años adorando a Nick. Cortaría por lo sano. Ni siquiera me pararía a pensar qué sentía.

Fui a la barra de oxígeno y me senté en un taburete. El camarero me miró de arriba abajo, pero no me dijo nada. Era vidente (profeta, concretamente); era lógico que no quisiera hablar conmigo. Pero no pasó mucho rato hasta que alguien más se fijó en mí.

En el otro extremo de la barra había un grupo de chicos, seguramente alumnos de la USL. Eran todos amauróticos, por supuesto; muy pocos videntes llegaban a la universidad. Me disponía a pedir un vaso de Floxy cuando se me acercó uno. Tendría diecinueve o veinte años; iba bien afeitado y estaba un poco bronceado. Debía de haber pasado su año de intercambio en otra ciudadela. Scion Atenas, quizá. Llevaba una gorra de béisbol que le tapaba el pelo, castaño oscuro.

—Hola —me dijo subiendo la voz para hacerse oír por encima de la música—. ¿Has venido sola?

Dije que sí con la cabeza. El chico se sentó a mi lado.

—Me llamo Reuben —se presentó—. ¿Puedo invitarte a una copa?

—*Mecks* —dije—. Si no te importa.

—Claro que no. —Le hizo señas al camarero, al que era evidente que conocía—. *Mecks* sangre, Gresham.

El camarero me sirvió el *mecks* sangre con el ceño fruncido, pero no dijo nada. Era el sustituto del alcohol más caro, hecho con cerezas, uvas negras y ciruelas. Reuben se inclinó para hablarme al oído.

—¿A qué has venido?

—A nada especial.

—¿No tienes novio?

—Puede que sí.

—Yo acabo de romper con mi novia. Y cuando te he visto entrar, he pensado… Bueno, he pensado cosas que seguramente no debería pensar al ver entrar a una chica guapa en un bar. Pero entonces he pensado que una chica tan guapa como tú debía de haber venido con su novio. ¿No es así?

—No —dije—. He venido sola.

Gresham deslizó mi vaso de *mecks* por la superficie de la barra.

—Serán dos —dijo.

Reuben le dio dos monedas de oro.

—Supongo que tienes dieciocho años, ¿no, joven?

Le mostré mi documento de identidad, y él siguió limpiando vasos, pero sin quitarme los ojos de encima. Me pregunté qué sería lo que le preocupaba: ¿mi edad, mi aspecto, mi aura? Seguramente las tres cosas.

Volví de golpe a la realidad cuando Reuben se acercó más a mí. Le olía el aliento a manzanas.

—¿Vas a la universidad? —me preguntó.

—No.

—¿Qué haces?

—Trabajo en un bar de oxígeno.

Asintió con la cabeza y dio un trago de su copa.

No sabía cómo hacerlo. Cómo dar la señal. ¿Había que dar alguna señal? Lo miré a los ojos y le pasé la punta del zapato por la pantorrilla. Me pareció que funcionaba, porque miró a sus amigos, que habían retomado su juego.

—¿Quieres que vayamos a algún sitio? —dijo con voz grave y ronca. «Ahora o nunca», me dije, y asentí con la cabeza.

Reuben entrelazó los dedos con los míos y me guió entre el gentío. Gresham me observaba. Debía de pensar que era una fresca.

Comprendí que Reuben no me estaba llevando al rincón oscuro que yo me había imaginado, sino a los lavabos. O eso creí hasta que salimos por otra puerta que daba al aparcamiento del personal. Era un espacio rectangular diminuto, donde solo cabían seis coches. Vale, quería intimidad. Lógico, ¿no? Al menos significaba que no buscaba únicamente fardar delante de sus amigos.

Antes de que pudiera darme cuenta de lo que estaba pasando, Reuben me empujó contra la sucia pared de ladrillo. Olía a sudor y a tabaco. Empezó a desabrocharse el cinturón, y me quedé de piedra.

—Espera —dije—. Yo no quería...

—Venga, solo es un poco de diversión. Además... —dejó caer el cinturón—... no le hacemos daño a nadie.

Me besó. Tenía los labios firmes. Una lengua húmeda se introdujo en mi boca, y noté un sabor artificial. Nunca me habían besado. No estaba segura de si me gustaba.

Reuben tenía razón. Un poco de diversión. Claro. ¿Qué podía pasar? La gente normal lo hacía, ¿no? Bebían, hacían estupideces y luego tenían relaciones sexuales. Eso era precisamente lo que yo necesitaba. Jax no nos lo prohibía: lo que no quería era que nos comprometiéramos. Yo no pensaba comprometerme. Nada de ataduras. Eliza lo hacía.

Mi cabeza me decía que parara. ¿Por qué hacía aquello? ¿Cómo había acabado allí, a oscuras, con un desconocido?

Así no iba a demostrar nada. No iba a aliviar mi dolor, sino a empeorarlo. Pero Reuben se había arrodillado y me estaba subiendo el vestido hasta la cintura. Me besó el vientre desnudo.

—Eres preciosa.

Yo no me consideraba ni mínimamente guapa.

—No me has dicho cómo te llamas.

Resiguió el borde de mis bragas. Me estremecí.

—Eva —mentí.

La idea de tener relaciones con él me repugnaba. No lo conocía de nada. No lo quería. Pero razoné que eso era porque todavía estaba enamorada de Nick, y tenía que borrarlo de mi mente. Agarré a Reuben por el pelo y estampé los labios contra los suyos. Él dio una especie de gruñido, me levantó y puso mis piernas alrededor de su cintura.

Noté un estremecimiento. No lo había hecho nunca. ¿No decían que la primera vez tenía que ser especial? No, no podía parar. Tenía que continuar.

La luz de la farola parpadeaba un poco y me deslumbraba. Reuben apoyó las manos en la pared de ladrillo. Yo no sabía qué esperar. Era emocionante.

Y de pronto sentí dolor. Un dolor intenso, apabullante. Como si me hubieran pegado un gancho en el estómago.

Reuben no tenía ni idea de qué había pasado. Esperé a que se me pasara, pero no se me pasó. Él notó mi tensión.

—¿Estás bien?

—Sí, sí —dije en voz baja.

—¿Es la primera vez?

—No, qué va.

Me acercó la cabeza al cuello y me besó desde el hombro hasta la oreja. Volví a sentir aquel dolor, pero más fuerte: un dolor salvaje, atroz. Reuben se apartó.

—Es la primera vez —dijo.

—No importa.

—Mira, no creo que...

—Vale. —Lo aparté de mí—. Pues… déjame en paz. No quiero saber nada de ti ni de nadie.

Me separé de la pared, me bajé el vestido y volví al bar. Llegué al lavabo justo a tiempo y vomité. El dolor me sacudía los muslos y el estómago. Me doblé por la cintura sobre el váter, tosiendo y sollozando. Jamás me había sentido tan estúpida.

Pensé en Nick. Pensé en los años que había pasado soñando con él, preguntándome si algún día volvería a verlo. Y pensé en él ahora, imaginé su sonrisa, cómo se preocupaba por mí; y era inútil, porque lo quería a él. Apoyé la cabeza en los brazos y lloré.

26

Cambio

La intensidad del recuerdo me dejó largo rato inconsciente. Había revivido cada detalle de aquella noche, hasta el más débil temblor. Desperté en medio de una oscuridad total; no sabía qué hora era.

En el gramófono sonaba «It's a Sin to Tell a Lie» a un volumen muy bajo.

Habría podido mostrarle muchos recuerdos (las revueltas de Molly, el duelo de mi padre, la crueldad de mis compañeras) y, sin embargo, le había enseñado la noche en que el chico del que estaba enamorada me había rechazado. Parecía algo pequeño e insignificante, pero era mi único recuerdo normal, humano. La única vez que me había entregado a un desconocido. La única vez que se me había partido el corazón.

Yo no creía en corazones. Creía en onirosajes y espíritus: eso era lo que importaba. Era con lo que se ganaba dinero. Pero aquel día se me había partido el corazón. Por primera vez en la vida me había visto obligada a reconocer que tenía corazón, y a reconocer su fragilidad. Mi corazón era vulnerable. Y podía humillarme.

Ya era mayor; quizá hubiera cambiado. Quizá hubiera madurado, quizá fuera más fuerte. Ya no era aquella niña adolescente, desesperada por conectar con alguien, por encontrar a alguien en quien apoyarse. Esa niña había dejado de existir hacía mucho tiempo. Me había convertido en un arma, un títere de las maquinaciones de otros. No sabía cuál de las dos cosas era peor.

Una lengua de fuego seguía acariciando las brasas de la chimenea y proyectaba su luz sobre la figura junto a la ventana.

—Bienvenida.

No contesté. El Custodio ladeó la cabeza y me miró.

—Adelante —dije—. Debes de tener algo que decir.

—No, Paige.

Hubo un momento de silencio.

—Crees que fui estúpida. Tienes razón. —Me miré las manos—. Solo quería…

—Que te vieran. —Miró hacia el fuego—. Creo que entiendo por qué te afecta tanto ese recuerdo. Es de donde surge tu mayor miedo: que no exista nada más allá de tu don. Más allá de la onirámbula. Esa es la parte de ti que consideras verdaderamente valiosa: tu sustento. Lo demás lo perdiste en Irlanda. Ahora dependes de Jaxon Hall, que te trata como una mercancía. Para él no eres más que carne injertada en un fantasma; un don valiosísimo con envoltorio humano. Pero Nick Nygård te mostró algo más que eso.

»Esa noche te abrió los ojos. Cuando te enteraste de que Nick amaba a otro, te enfrentaste a tu mayor temor: no ser reconocida como ser humano, como la suma de todas tus partes. No ser más que una curiosidad. No tenías más remedio que demostrarte a ti misma lo contrario. Buscar al primero que te quisiera, alguien que no supiera nada de la onirámbula. Era lo único que te quedaba.

—Ni se te ocurra compadecerte de mí —dije.

—No me compadezco. Pero sé lo que se siente cuando te quieren solo por lo que eres.

—No volverá a pasar.

—Pero tu soledad no te protegió, ¿verdad?

Desvié la mirada. Me fastidiaba que él lo supiera. Me fastidiaba haber permitido que me descubriera. El Custodio se sentó a mi lado en la cama.

—La mente de los amauróticos es como el agua. Anodina, gris, transparente. Suficiente para sostener la vida, pero nada más. En cambio, la mente de los clarividentes se parece más al aceite, es mucho más rica. Y como ocurre con el agua y el aceite, nunca llegan a mezclarse del todo.

—Lo dices porque él era amaurótico...

—Sí.

Al menos, ahora sabía que no tenía ningún defecto físico. Nunca había tenido valor para hablar con un médico sobre lo que me había pasado aquella noche. Los médicos de Scion eran fríos e implacables en lo relativo a esos asuntos.

Entonces se me ocurrió una cosa.

—Si las mentes de los videntes son como el aceite —dije escogiendo con cuidado mis palabras—, ¿cómo son las vuestras?

Por un instante creí que no me iba a contestar. Al final el Custodio dijo:

—Fuego.

Esa única palabra, pronunciada en voz baja, me hizo estremecer. Pensé en lo que pasaba cuando se unían el aceite y el fuego: explotaban.

No. No podía pensar en él así. Él no era humano. Que me entendiera o no era irrelevante. Seguía siendo mi guardián, un refaíta, todo lo que había sido desde el principio.

Se volvió y me miró.

—Paige —dijo—, he visto otro recuerdo. Antes de que perdieras el conocimiento.

—¿Cuál?

—Sangre. Mucha sangre.

Sacudí la cabeza; estaba demasiado cansada para pensar.

—Seguramente, cuando se manifestó mi clarividencia. En los recuerdos de la duende había mucha sangre.

—No. Ese recuerdo ya lo había visto. Me refiero a otro en el que había mucha más sangre. Por todas partes, y te asfixiaba.

—No sé de qué me hablas.

Era la verdad. No sabía de qué podía tratarse.

El Custodio se quedó mirándome un momento.

—Duerme un poco más —dijo por fin—. Mañana, cuando despiertes, piensa en cosas mejores.

—¿Por ejemplo?

—Por ejemplo, en cómo escapar de esta ciudad. Cuando llegue el momento, debes estar preparada.

—Entonces ¿vas a ayudarme? —Como no me contestaba, perdí la paciencia—. Te lo he enseñado todo: mi vida, mis recuerdos. Y, sin embargo, sigo sin tener ni idea de cuáles son tus motivos. Dime, ¿qué quieres?

—Mientras Nashira nos tenga a los dos dominados, cuanto menos sepas, mejor. Así, si vuelve a interrogarte, podrás decir que no sabes nada del asunto.

—¿De qué «asunto»?

—Eres muy insistente.

—¿Por qué crees que sigo viva?

—Porque te has hecho inmune al peligro. —Se dio en las rodillas con la palma de las manos—. No puedo revelarte mis motivos. Pero, si quieres, te explicaré una cosa sobre la flor roja.

Esa proposición me pilló por sorpresa.

—Adelante.

—¿Conoces la historia de Adonis?

—En las escuelas de Scion no enseñan a los clásicos.

—Claro. Perdóname.

—Espera. —Pensé en los libros robados de Jax. A Jax le encantaba la mitología. Decía que era deliciosamente ilícita—. ¿Era un dios?

—Era el amante de Afrodita. Era un cazador joven, atractivo y mortal. Afrodita estaba tan prendada de su belleza que prefería su compañía a la de los otros dioses. Según la leyenda, el pretendiente de Afrodita, el rey de la guerra Ares, se puso tan celoso que se convirtió en jabalí y mató a Adonis. El joven murió en los brazos de Afrodita, y su sangre manchó la tierra.

»Mientras mecía el cadáver de su amado, Afrodita rociaba su sangre con néctar. Y de la sangre de Adonis brotó la anémona: una flor efímera, tan roja como la sangre; y el espíritu de Adonis acabó, como todos los espíritus, languideciendo en el Averno. Zeus oyó llorar desconsoladamente a Afrodita, se compadeció de la diosa y accedió a dejar que Adonis pasara la mitad del año vivo y la otra mitad, muerto.

El Custodio me miró.

—Piénsalo, Paige. Quizá no existan los monstruos, pero vuestra mitología encierra algunas verdades.

—No me digas que sois dioses. Creo que no podría soportar la idea de que Nashira fuera sagrada.

—Somos muchas cosas, pero «sagrados» no es una de ellas. —Hizo una pausa y agregó—: Ya he hablado demasiado. Necesitas descansar.

—No estoy cansada.

—Aun así, deberías dormir. Mañana por la noche quiero enseñarte una cosa.

Me recosté en las almohadas. La verdad era que sí estaba cansada.

—Esto no significa que confíe en ti —dije—. Solo significa que lo intento.

—En ese caso, no puedo pedir más. —Dio unas palmaditas en las sábanas—. Que duermas bien, pequeña Soñadora.

No aguantaba más. Me di la vuelta y cerré los ojos; seguí pensando en flores rojas y dioses.

Me despertaron unos golpes. Detrás de la ventana el cielo estaba teñido de rosa. Vi al Custodio de pie junto a la chimenea, con una mano en la repisa. Dirigió la mirada hacia la puerta.

—Escóndete, Paige —dijo—. Rápido.

Me levanté de la cama y fui derecha a la puerta detrás de las cortinas. La dejé un poco entornada, tapé la rendija con la cortina de terciopelo rojo y me puse a escuchar. Desde donde estaba veía la chimenea.

Se abrió la puerta de la cámara y entró Nashira; la luz del fuego la iluminó. Debía de tener una llave de la torre del Custodio. El Custodio se arrodilló, pero no completó el ritual. Nashira pasó una mano por la cama.

—¿Dónde está?

—Durmiendo —contestó el Custodio.

—¿En su habitación?

—Sí.

—Mentiroso. Duerme aquí. Las sábanas huelen a ella. —Le agarró la barbilla con los dedos desnudos—. ¿Estás seguro de que quieres ir por ese camino?

—No sé qué quieres decir. No pienso en nada ni en nadie más que en ti.

—Puede ser. —Sus dedos se tensaron—. Las cadenas siguen colgadas. No pienses ni por un instante que dudaré en enviarte otra vez a la Casa. No pienses ni por un instante que se repetirá lo que sucedió en la Era XVIII. Si se repite, no quedará nadie con vida. Ni siquiera tú. Esta vez, no. ¿Me has entendido?

Como él no contestaba, le pegó en la cara.

Di un respingo.

—¡Contéstame!

—He tenido veinte años para reflexionar sobre mi insensatez. Tenías razón. No se puede confiar en los humanos.

Hubo un breve silencio.

—Me alegra oírlo —dijo Nashira con tono más suave—. Todo irá bien. Pronto tendremos esta torre para nosotros solos. Podrás cumplir tu promesa.

Estaba loca. ¿Cómo podía pegarle y, a continuación, hacer una declaración así?

—¿Significa eso —dijo el Custodio— que a 40 se le ha agotado el tiempo?

Me quedé inmóvil, escuchando.

—Está preparada. Sé que poseyó a 12 en la ciudadela. Me lo dijo tu prima. —Le acarició el mentón—. Has cultivado muy bien su don.

—Para ti, mi soberana. —Levantó la cabeza y la miró—. ¿Piensas reclamarla en privado? ¿O mostrarás a todo Scion tu gran poder?

—Cualquiera de las dos cosas bastará. Por fin podré onirambulear. Por fin tendré el poder de invadir, de poseer. Y todo gracias a ti, mi querido Arcturus. —Puso un vial en la repisa de la chimenea, y su tono de voz volvió a enfriarse—. Esta será tu última dosis de amaranto hasta el Bicentenario. Creo que necesitas tiempo para reflexionar sobre tus cicatrices. Para recordar por qué debes mirar hacia el futuro y no hacia el pasado.

—Soportaré cualquier cosa que me pidas.

—No tendrás que sufrir mucho tiempo. Pronto alcanzaremos la gloria. —Se volvió hacia la puerta—. Cuida de ella, Arcturus.

La puerta se cerró. El Custodio se levantó. Esperé: quería ver qué hacía. Entonces dio un puñetazo y destrozó la urna de cristal de la repisa de la chimenea. Me metí en la cama y me puse a escuchar el silencio.

No era mi enemigo, como yo creía.

Nashira había dicho que volvería a llevarlo a la Casa. Eso era una prueba de que había participado en la Era de Huesos XVIII. Una prueba de su traición. Eso era lo que había querido decir Thuban cuando había amenazado a Terebell. Habían intentado ayudarnos y los habían castigado por ello. Habían escogido el bando equivocado, el de los perdedores.

Me pasé horas dando vueltas en la cama. No podía parar de pensar en la conversación que había oído ni en la bofetada que Nashira le había dado al Custodio. En cómo él se había arrodillado ante ella. En que pronto, muy pronto, Nashira pensaba deshacerse de mí. Me quité las sábanas de encima y me quedé tumbada en la oscuridad con los ojos abiertos. Había tardado mucho tiempo en entender que el Custodio estaba en el mismo bando que yo.

Me acordé de las cicatrices que tenía Terebell en la espalda, esas que Thuban Sargas había mencionado con un deje de crueldad. Su familia y él habían marcado a Terebell. El Custodio y ella eran los marcados. Había ocurrido algo terrible en la Casa después de ese día, el Novembertide de 2039. Yo no conocía a Terebell, pero ella me había salvado la vida; estaba en deuda con ella. Y estaba en deuda con el Custodio por cuidar de mí.

Si había algo que no podía soportar era estar en deuda con alguien. Pero la próxima vez que el Custodio me hablara, le escucharía. Me incorporé. No: no la próxima vez, sino en ese mismo momento. Necesitaba hablar con él. Confiar en él era mi única salida. No estaba dispuesta a morir allí. Necesitaba saber de una vez por todas qué quería Arcturus Mesarthim. Necesitaba saber si estaba dispuesto a ayudarme.

Me levanté de la cama y bajé a la cámara. La encontré vacía. Fuera llovía a cántaros. El reloj de pared dio las cuatro de la madrugada. Cogí la nota que había encima del escritorio.

He ido a la capilla. Volveré antes del amanecer.

No me importaba no dormir. Estaba harta de juegos, de hablar en idiomas diferentes con él. Me calcé las botas y salí de la torre.

En la calle soplaba un fuerte viento. En el patio había una vigilante. Esperé a que hubiera pasado antes de salir corriendo. Los truenos y la oscuridad me cubrían, y me permitieron escabullirme sin ser vista. Pero por encima de la lluvia se oía otro sonido: música. La seguí hasta otro pasillo, donde encontré una gran puerta entornada. Detrás había una pequeña capilla, separada del resto del edificio por una celosía de piedra muy elaborada. La luz de las velas parpadeaba en la oscuridad. Había alguien tocando un órgano. Las notas resonaban en mis oídos y en mi pecho.

En la celosía había una portezuela abierta. Pasé por ella y subí unos escalones. Arriba estaba el órgano. El Custodio estaba sentado en el banco, de espaldas a mí. La música ascendía por los tubos hasta el techo, inundaba toda la capilla y seguía ascendiendo más allá. Era un sonido de gran intensidad emocional. Nadie podía tocar aquello sin cierto grado de sentimiento.

Cesó la música. El Custodio giró la cabeza. Como no dijo nada, me senté en el banco, a su lado. Permanecimos a oscuras, con la única luz de las velas y de sus ojos.

—Deberías estar durmiendo.

—Ya he dormido suficiente. —Pasé los dedos por las teclas—. No sabía que los refaítas pudieran tocar instrumentos.

—Con los años hemos llegado a dominar el arte de la imitación.

—Eso no era una imitación. Eras tú.

Hubo un largo silencio.

—Has venido a preguntarme por tu libertad —dijo él—. Eso es lo que quieres.

—Sí.

—Por supuesto. Quizá no me creas, pero es lo que más deseo. Este lugar me ha provocado unas ansias tremendas de conocer mundo. Anhelo tu fuego, los paisajes que tú has visto. Y sin embargo aquí estoy, doscientos años después de mi llegada. Sigo siendo un prisionero, por mucho que me disfrace de rey.

Con sus ansias de conocer el mundo, al menos, podía empatizar.

—Una vez me traicionaron. La víspera de Novembertide, antes de que comenzara el levantamiento de la Era de Huesos XVIII, un humano decidió traicionarnos a todos. A cambio de la libertad, el traidor sacrificó a todos los habitantes de esta ciudad. —Me miró y continuó—: Comprenderás por qué Nashira no se siente amenazada por la perspectiva de una segunda rebelión. Cree que sois todos demasiado egoístas para uniros y trabajar juntos.

Sí, lo comprendía. Después de hacer tantos planes para conseguir la libertad de los humanos, y que luego mordiéramos la mano que luchaba por nosotros... No me extrañaba que el Custodio no hubiera confiado en mí. No me extrañaba que se hubiera mostrado tan frío.

—Pero tú, Paige... Tú la amenazas. Sabe que eres uno de los Siete Sellos, que eres la Soñadora Pálida. Tú tienes poder para trasladar el espíritu del sindicato a esta ciudad. Y ella teme ese espíritu.

—No hay nada que temer. Lo forman un hatajo de ladronzuelos y traidores.

—Eso depende de quiénes sean sus líderes. Pero tiene potencial para convertirse en algo mucho mayor.

—El sindicato existe porque existe Scion. Scion existe porque existen los refaítas —dije—. Habéis fabricado a vuestro propio enemigo.

—Ya capto la ironía. Y Nashira también. —Se volvió y me miró—. La Era XVIII se rebeló porque los prisioneros estaban acostumbrados a estar organizados. Eran fuertes y solidarios. Debemos recuperar esa fuerza. Y esta vez no debemos fallar. —Miró hacia la ventana—. Yo no debo fallar.

No dije nada. Estuve tentada de tomarle la mano, a solo unos centímetros de las mías, sobre las teclas.

Al final no me arriesgué.

—Quiero irme —dije—. Es lo único que quiero. Volver a la ciudadela con tanta gente como sea posible.

—Entonces nuestros objetivos son diferentes. Si hemos de ayudarnos el uno al otro, hemos de conciliar esas diferencias.

—Tú ¿qué quieres?

—Hacer daño a los Sargas. Mostrarles qué significa tener miedo.

Pensé en Julian. Pensé en Finn. Y en Liss, que se deslizaba hacia la amaurosis.

—Y ¿cómo pretendes conseguirlo?

—Tengo una idea. —Su mirada descendió hasta la mía—. Me gustaría enseñarte una cosa. Si quieres.

Fui a contestar, pero en el último momento me callé. Sus ojos, amarillos, tenían cada vez más calidez. Yo casi notaba su calor.

—Quiero confiar en ti —dijo.

—Puedes confiar.

—Pues entonces, ven conmigo.

—¿Adónde?

—A ver a Michael. —Se levantó—. Al norte del Gran Patio hay un edificio en desuso. Pero los guardias no deben vernos.

Aquello sí me interesaba. Asentí con la cabeza.

Salimos de la capilla. El Custodio escudriñó el soportal por si había guardias y no vio a ninguno. Entonces hizo una seña con la mano; un fantasma que estaba allí cerca se dio la vuelta y se alejó a toda velocidad por el pasillo apagando las antorchas. Nos quedamos a oscuras, y el Custodio me dio la mano. Tuve que acelerar el paso para seguir el ritmo de sus zancadas. Me guió hasta un sendero de grava.

El edificio en desuso era tan sobrecogedor como los otros. El arrebol del alba me permitió distinguir una serie de arcos, unas ventanas rectangulares con barrotes y un tímpano con un círculo tallado en su interior. El Custodio me llevó por una galería, se sacó una llave de la manga y abrió una puerta medio podrida.

—¿Qué es este sitio? —pregunté.

—Es lo que vosotros llamaríais un «piso franco».

Entró; yo lo seguí y cerré la puerta.

El Custodio echó el cerrojo.

Dentro estaba oscuro como la boca del lobo. Los ojos del Custodio proyectaban una luz tenue por las paredes.

—Antes esto era una bodega —me explicó mientras caminábamos—. Pasé años vaciándola. Por ser el refaíta de rango más alto de esta residencia, podía prohibir la entrada en todos los edificios que quisiera. A esta casa solo pueden acceder unos pocos individuos. Entre ellos, Michael.

—Y ¿quién más?

—Ya sabes quién más.

«Los marcados.» Me estremecí. Aquello era su piso franco, su lugar de reunión. Abrió una cancela que había en la pared. Detrás había una abertura por donde se podía entrar a gatas.

—Entra —dijo.

—¿Qué hay ahí?

—Alguien que puede ayudarte.

—Creía que ibas a ayudarme tú.

—Los humanos de esta ciudad no se fiarían de un refaíta para organizarse. Creerían que les estaba tendiendo una trampa. Tendrás que hacerlo tú.

—Ya guiaste a los humanos una vez.

El Custodio desvió la mirada.

—Entra —me dijo—. Michael te está esperando.

Tenía una expresión sombría. Me pregunté cuántos años de trabajo habría desperdiciado.

—Esta vez será diferente —dije.

Él no dijo nada más. Tenía los ojos apagados, y le brillaba la piel. La falta de amaranto ya le estaba pasando factura.

No tenía alternativa: me metí en el túnel, frío y oscuro. El Custodio entró también y cerró la cancela.

—Sigue —dijo.

Obedecí. Cuando llegué al final, una mano delgada tomó la mía. Levanté la vista y vi a Michael; una vela le iluminaba la cara. El Custodio salió también del túnel.

—Enséñaselo, Michael. Es tu obra.

Michael dio una cabezada animándome a seguirlo en la oscuridad. Accionó un interruptor; se encendió una luz que reveló una estancia subterránea. Me quedé mirando aquella luz un momento, tratando de discernir por qué parecía tan rara. Y entonces lo entendí.

—Electricidad. —No podía dejar de mirarla—. Aquí no hay electricidad. ¿Cómo habéis...?

Michael sonreía.

—Oficialmente, la corriente solo se puede restablecer en una residencia: Balliol. Allí es donde los casacas rojas se coordinan con el Arconte de Westminster durante las Eras de Huesos —explicó el Custodio—. Ese edificio tiene una instalación eléctrica moderna. Por suerte, Magdalen también.

Michael me guió hasta el rincón, donde un paño de terciopelo cubría un objeto ancho y rectangular. Levantó el paño y me mostró el objeto de su orgullo y su alegría: un ordenador. Terriblemente anticuado —seguramente de alrededor del año 2030—, pero un ordenador. Una conexión con el mundo exterior.

—Lo robó de Balliol —explicó el Custodio, y la sombra de una sonrisa acarició sus labios—. Consiguió restablecer la corriente eléctrica en este edificio y establecer una conexión con la constelación satélite de Scion.

—Por lo visto eres un prodigio, Michael. —Me senté ante el ordenador. Michael sonrió con timidez—. ¿Para qué lo usáis?

—No podemos conectarlo a menudo, porque corremos

un riesgo cada vez que restablecemos la electricidad; pero lo utilizamos para monitorizar el desarrollo de la Era XX, por ejemplo.

—¿Puedo ver algo?

Michael se inclinó por encima de mi hombro y abrió un archivo con el nombre «Mahoney, Paige Eva, 07-Mar-59» que contenía secuencias de vídeo tomadas desde un helicóptero. La cámara hizo un zoom sobre mi cara. Me vi corriendo por los tejados, saltando desde el borde de un edificio. La distancia parecía insalvable; contuve la respiración, pero la chica de la pantalla lo consiguió. El piloto gritó: «¡Lanzadle un flux!»; me precipité desde una altura de quince metros, y se me enganchó la mochila en una cuerda de tender. Quedé colgando, inconsciente, como un cadáver. El cámara de la DVN reía entrecortadamente. «Por las barbas de Weaver —decía—. Nunca había visto a una zorra con tanta suerte.» Y nada más.

—Qué bonito —dije.

Michael me dio unas palmaditas en el hombro.

—Lamentamos mucho que no lograras evitarlos —dijo el Custodio—, aunque nos alegramos de que sobrevivieras.

Arqueé una ceja y pregunté:

—¿Invitaste a tus amigos a ver esto, como quien ve una película?

—Más o menos.

Se levantó y empezó a pasearse por el sótano.

—¿Qué quieres que haga? —dije.

—Voy a darte la opción de pedir ayuda. —Me quedé mirándolo, y añadió—: Quiero que llames a los Siete Sellos.

—No. Nashira los localizaría —dije—. Va detrás de Jaxon. No pienso traerlo aquí.

El rostro de Michael se ensombreció.

—Al menos hazles saber dónde estás —propuso el Custodio—. Por si todo sale mal.

—¿Por si todo sale mal?

—Por si se frustra tu fuga.

—Mi fuga.

—Sí. —El Custodio se dio la vuelta y me miró—. Me preguntaste por el tren. Pues bien: la noche del Bicentenario, ese tren traerá a un nutrido grupo de emisarios de Scion a la colonia. Y luego los devolverá a Londres.

Tardé un momento en asimilar sus palabras.

—Podremos volver a casa —dije—. ¿Cuándo?

—La víspera del uno de septiembre. —El Custodio se sentó en un barril que servía de taburete—. Si no quieres ponerte en contacto con los Siete Sellos, puedes utilizar esta habitación para diseñar tus planes. Tienen que ser mejores que los míos, Paige. Debes recordar las lecciones del sindicato. —Me miró a los ojos y prosiguió—: Yo cometí un error la última vez. Planeamos atacar a los Sargas de día, mientras el resto de la ciudad dormía. Gracias al traidor nos estaban esperando; pero, aunque no nos hubieran traicionado, los Sargas habrían detectado nuestros movimientos a través del éter. Tenemos que atacar cuando ya haya mucha actividad, cuando los Sargas estén distraídos. Cuando su capacidad de contraatacar esté limitada por su necesidad de mantener la apariencia de control. ¿Qué mejor momento que el Bicentenario?

Asentí con la cabeza.

—Y de paso, asustaremos a unos cuantos funcionarios de Scion.

—Exactamente. —Me sostuvo la mirada—. A partir de ahora, este será tu piso franco. En el ordenador hay mapas detallados de Sheol I que puedes usar para planear tu salida del centro de la ciudad. Si logras llegar a la pradera a tiempo, podrás tomar el tren a Londres.

—¿A qué hora sale el tren?

—Todavía no lo sé. No puedo hacer muchas preguntas, pero Michael tiene todas las antenas desplegadas. Lo averiguaremos.

—Me dijiste que teníamos objetivos distintos —dije—. Que tú buscas otra cosa.

—Scion cree que somos tan poderosos que nada puede destruirnos. Que no tenemos debilidades. Quiero que les demuestres que se equivocan.

—¿Cómo?

—Hace tiempo que sospecho que Nashira intentará matarte durante el Bicentenario para reclamar tu don. Hay una forma muy sencilla de humillarla. —Me puso los dedos bajo la barbilla y me la levantó suavemente—. Impídeselo.

Escudriñé su cara. Tenía los ojos apagados.

—Si lo consigo —dije—, quiero que se me conceda un favor.

—Te escucho.

—Liss. No consigo llegar hasta ella. Tengo las cartas, pero quizá no las acepte. Necesito... —Las palabras se atascaron en mi garganta, y tuve que obligarlas a salir—: Necesito tu ayuda.

—Tu amiga lleva mucho tiempo con choque espiritual. Necesitará amaranto para recuperarse.

—Ya lo sé.

—Sabes que Nashira ha interrumpido mi suministro.

Sin desviar la mirada, repliqué:

—Tienes la última dosis.

El Custodio se sentó a mi lado. Yo sabía muy bien qué le estaba pidiendo. Él dependía del amaranto.

—No quieres hacer venir a tus amigos... —Tamborileó con los dedos en una rodilla, con aire pensativo—. Pero si yo te ofreciera la libertad, ¿aceptarías, aunque eso significara dejar a Liss aquí?

—¿Me estás haciendo una oferta?

—Es posible.

Sabía por qué me lo preguntaba. Estaba poniéndome a prueba; quería comprobar si yo era lo bastante egoísta para dejar atrás a alguien tan vulnerable.

—Me expongo a un grave peligro —agregó—. Si algún humano informara a los Sargas, me castigarían severamente por haber ayudado a un humano. Pero si estás dispuesta a quedarte un poco más, a correr un riesgo por mí y por los tuyos, yo me arriesgaré por ella. Ese es el trato que te propongo.

Me lo pensé. Por un instante, me planteé abandonar a Liss y apostar por mi libertad. Volver a Londres, olvidarme de aquel lugar y no mirar atrás. Sentí nacer en mí la vergüenza, caliente y veloz. Cerré los ojos.

—No —dije—. Quiero que ayudes a Liss.

Notaba el peso de su mirada sobre mí.

—En ese caso, la ayudaré —dijo.

Se había congregado un grupito de bufones en la choza. Cinco de ellos, entre los que se encontraban Cyril y Julian, estaban apiñados unos contra otros, cabizbajos y con las manos juntas para protegerse del frío. Caían gotas de lluvia de la tela que habían metido en las rendijas entre los tablones.

Liss llevaba tanto tiempo con choque espiritual que era poco probable que se recuperara. Lo único que podían hacer era velarla en silencio. Si sobrevivía, quedaría reducida a una cáscara amaurótica de su antiguo ser. Si moría, uno de ellos recitaría el treno y la desterraría más allá del alcance de sus captores. De una forma o de otra, estos perderían a su actriz más preciada, Liss Rymore, la chica que nunca se caía.

Al vernos llegar a Michael y a mí con el Custodio, todos se apartaron asustados. Cyril se refugió en un rincón, aterrado. Los otros se limitaron a mirar y a murmurar entre ellos. ¿Qué hacía allí el consorte de sangre, la mano derecha de Nashira? ¿Por qué interrumpía el velatorio?

Julian fue el único que no se movió.

—Paige...

Me llevé un dedo a los labios.

Liss estaba tumbada sobre sus mantas y tapada con una sábana sucia. Llevaba retales de seda entrelazados en el pelo a modo de amuletos. Julian le tomó una mano sin quitarle los ojos de encima al intruso.

El Custodio se arrodilló junto a Liss. Tenía las mandíbulas apretadas, pero no mencionó su dolor.

—Dame el amaranto, Paige.

Le di el vial. El último vial. Su última dosis.

—Las cartas —dijo entonces. Estaba completamente concentrado en su trabajo. Se las di—. Y el puñal.

Michael me dio un puñal con el mango negro. Lo saqué de la funda y se lo di al Custodio. Más susurros. Julian sujetaba la mano de Liss en el regazo y me miraba fijamente.

—Confía en mí —le dije en voz baja.

Tragó saliva.

El Custodio quitó el tapón del vial de amaranto. Se puso unas gotas en las yemas de los dedos, sin quitarse los guantes, y mojó los labios y el surco del filtrum de Liss con aquel aceite. Julian seguía sin soltarle la mano, pese a que los fríos dedos de ella no respondían. El Custodio le aplicó unas gotas de amaranto en las sienes; entonces tapó el vial y me lo dio. Cogió el puñal por la hoja y se lo ofreció a Julian.

—Pínchale los dedos —dijo.

—¿Qué?

—Necesito un poco de su sangre.

Julian me miró. Asentí con la cabeza. Con mano firme, Julian asió el mango.

—Perdóname, Liss —dijo.

La pinchó en cada una de las yemas de los dedos, y aparecieron unas diminutas gotas de sangre. El Custodio asintió, satisfecho.

—Paige, Michael: extended las cartas.

Obedecimos. Dispusimos la baraja nueva formando un

semicírculo. El Custodio le cogió una mano a Liss y le pasó los dedos por las cartas, manchando las ilustraciones con su sangre.

A continuación el Custodio limpió la hoja del cuchillo con un paño. Se quitó el guante de la mano izquierda y lo encerró en el puño. Se oyó un grito de asombro. Los refas nunca se quitaban los guantes. ¿Tenían manos? Sí. Las del Custodio eran grandes, con cicatrices en los nudillos. Volvió a oírse otro grito ahogado cuando recorrió la palma de su mano con la afilada punta del cuchillo, abriendo en ella un corte del que le brotó la sangre. Empecé a ver borroso. El Custodio levantó el brazo y dejó caer unas gotas de ectoplasma en cada carta. Como Afrodita rociando de néctar la sangre de Adonis. Sentí que empezaban a llegar espíritus, atraídos por las cartas, por Liss, por el Custodio. Formaron un triángulo, una abertura en el éter. El Custodio estaba abriendo la puerta. Se puso el guante, recogió las cartas y volvió a juntarlas en una pila. Las puso en el escote de Liss, en contacto con su piel, y le colocó las manos encima.

—Y de la sangre de Adonis —dijo— surgió la vida.

Liss abrió los ojos.

El aniversario

Uno de septiembre de 2059. Doscientos años después de que una tormenta de luces extrañas cruzara el cielo. Doscientos años después de que lord Palmerston cerrara su trato con los refaítas. Doscientos años después de que comenzara la persecución de la clarividencia. Y lo más importante: doscientos años desde el establecimiento de Sheol I y la tradición de las Eras de Huesos.

Enfrente de mí, una chica me observaba desde el espejo de marco dorado. Tenía las mejillas descarnadas y las mandíbulas apretadas. Todavía seguía sorprendiéndome que ese semblante duro y frío fuera el mío.

Llevaba un vestido blanco, con mangas tres cuartos y escote cuadrado. La tela, elastizada, se adhería a la poca figura que me quedaba. El Custodio hacía todo lo posible por alimentarme, pero no siempre tenía comida para darme y, si me la daba, se arriesgaba a levantar sospechas. El resto del tiempo, comía *skilly* y *toke* con los bufones.

Nashira no me había invitado a ningún otro banquete.

Me alisé el vestido. Me habían hecho una concesión especial para que pudiera asistir a la ceremonia vestida de blanco. Según Nashira, era una muestra de buena voluntad. Pero yo no me lo tragaba. Estaba preparada. Oculto bajo el escote llevaba el colgante que me había dado el Custodio.

Durante semanas no lo había tocado, pero esa noche quizá me fuera útil. Dentro de uno de los botines llevaba escondido un cuchillo; casi no podía andar con ellos, pero los refaítas querían que pareciéramos fuertes, y no débiles y maltratados. Esa noche querían vernos bien erguidos.

La cámara estaba en silencio, iluminada con una vela. El Custodio había ido a recibir a los emisarios con los otros refaítas. Me había dejado una nota apoyada en el gramófono. Me senté a su escritorio y deslicé un dedo sobre las letras:

Ha llegado el momento. Búscame en el Consistorio.

La tiré a las brasas de la chimenea. En la penumbra di cuerda al gramófono y coloqué la aguja sobre el disco. Sería la última vez que lo oyera sonar. Pasara lo que pasase esa noche, ya no volvería a la Torre del Fundador.

Unas voces suaves y resonantes invadieron la cámara. Miré el título del disco. *I'll Be Home*, volveré a casa. Sí, iba a volver a casa. Si todo salía como estaba previsto, por la mañana estaría en mi casa. Ya estaba harta de ver a los bufones en la miseria, y de llamarlos «bufones». Estaba harta de ver a Liss comer grasa y pan duro porque no tenía nada más que llevarse a la boca. Estaba harta de los casacas rojas y de los emim. Estaba harta de que me llamaran 40. Estaba harta de aquella maldita ciudad y de todos sus habitantes. No aguantaba ni una noche más.

Una hoja de papel se deslizó por debajo de la puerta. Me arrodillé y la recogí de la alfombra.

Las notas que me dejaba el Custodio me habían dado una idea, y había convencido a Julian para que organizara un grupo de recadistas como el que tenía Jax en la ciudadela, y así tener informados a los habitantes de las residencias enviándoles notas que los amauróticos se encargaban de entregar.

Orpheus ya lo ha hecho. Todo listo.

Lucky

Sonreí para mí. «Lucky» era Felix: le había pedido que firmara sus mensajes con un nombre falso. Orpheus era Michael.

No nos había costado convencer a Duckett para que nos prestara su pericia particular. Tras amenazarlo con descubrirle a Nashira su pequeño negocio de tráfico de fármacos («¡No, por favor! ¡Tened piedad de un pobre anciano!»), Julian y yo lo habíamos obligado a prepararles una sorpresa a los casacas rojas. Algo que les hiciera reaccionar con lentitud cuando actuáramos contra los refaítas. Se había resistido un poco, pero al final había cedido («¡No lo conseguiréis, os machacarán como hicieron con los anteriores!»). Áster morado en polvo mezclado con somnífero. Perfecto.

Una vez que estuvo hecho, usé un puñado de su propio áster blanco para borrarle la memoria. No me gustaban los cobardes.

Le habíamos dado el preparado a Michael, que se había encargado de echarlo en el vino que les habían servido a los casacas rojas en su banquete de la víspera del Bicentenario. Si todo salía bien, no quedaría ni uno solo en forma para defenderse.

Miré por la ventana. Los emisarios habían llegado a las ocho, con sus mejores galas, escoltados por centinelas armados. Aquellos hombres y mujeres de Scion venían a ser testimonios de un nuevo acuerdo, el Gran Tratado Territorial. Ese tratado permitiría a los refaítas establecer una ciudad de control en París, la primera fuera de Inglaterra. Sheol II. Scion dejaría de ser un imperio en fase embrionaria: habría nacido, viviría.

Aquello era solo el principio. Si los refaítas tenían a todos los videntes encerrados en colonias penitenciarias, no habría forma de que el resto de la humanidad los rechazara.

El éter era nuestra única arma. Si nadie podía usarla, seríamos un blanco seguro. Todos nosotros.

Pero nada de eso me importaba aquella noche. Lo único que me importaba era volver a Seven Dials. Con el sindicato corrupto. Con mi banda. Con Nick. En ese momento era lo único que deseaba.

El gramófono seguía sonando. Me senté al escritorio y miré la luna por la ventana. No estaba llena, y no se veían las estrellas.

Liss, Julian y yo llevábamos semanas sembrando la discordia por la ciudad, y utilizando el piso franco como guarida. Suhail y el Capataz no podían oírnos cuando estábamos allí. Liss se había recuperado por completo de su trauma y, con renovadas ganas de sobrevivir, había participado activamente reclutando a bufones. Al principio no estaba convencida, hasta que una noche se derrumbó. «No puedo seguir viviendo así —dijo—. Y no puedo impedir que os rebeléis. Así que adelante.»

Y nos lanzamos.

La mayoría de los casacas y los actores nos habían ofrecido su apoyo. Los que habían visto al Custodio curando a Liss eran los que estaban más seguros, convencidos de que contaríamos con el apoyo de algunos refas. A lo largo de varias semanas habíamos hecho fondo común con nuestras provisiones y las habíamos guardado en escondites acordados. Unos bufones le habían robado a Duckett, al que habíamos borrado la memoria, cerillas y latas de Sterno. Un par de valientes casacas blancas habían intentado entrar en la Casa, pero los refas habían reforzado las medidas de seguridad desde que habían encontrado muerto a Kraz. Como ya no podíamos acercarnos por allí, no habíamos tenido más remedio que fabricarnos nosotros mismos las armas. No teníamos muchas, pero en realidad no eran imprescindibles.

Julian, Liss y yo éramos los únicos que sabíamos desde dónde accederíamos al tren. No se lo habíamos revelado a nadie, pues era demasiado arriesgado. Los demás solo sabían que tendríamos una forma de salir de la colonia, y que señalaríamos el lugar con una bengala.

Bajé las piernas de la cama. La puerta del lavabo estaba abierta, y me vi en el espejo. Parecía una muñeca de porcelana, pero habría podido ser peor. Habría podido parecerme a Ivy. La última vez que la había visto, iba detrás de Thuban con otro humano, tan sucia y flaca que me costó reconocerla. Pero no lloraba, solo caminaba en silencio. Me sorprendió que hubiera sobrevivido después de lo que había pasado en la Casa.

El Custodio no me había dejado acercarme por allí. Se había mostrado cada vez más reacio a medida que se acercaba septiembre. Suponía que debía de tener miedo. Miedo de que aquella rebelión fracasara, como la anterior. A veces era algo más que miedo; me dio por pensar que estaba enojado. Porque iba a perderme. Porque iba a perder la batalla contra Nashira.

Ahuyenté ese pensamiento. Lo único que quería el Custodio era proteger mi don, como todos.

No tenía sentido retrasarlo más. Tenía que ir al Consistorio. Me levanté y volví a darle cuerda al gramófono. Me consolaba, de alguna manera, que la música siguiera sonando; que, pasara lo que pasase fuera, una canción continuara llenando aquella cámara vacía, al menos durante un rato. Cerré la puerta de la Torre al salir.

La portera de noche acababa de comenzar su turno. Llevaba el pelo trenzado y recogido en un bonito moño, y los labios pintados de rosa.

—Hola, XX-40 —dijo—. Te esperan en el Consistorio dentro de diez minutos.

—Gracias, ya lo sé.

El Capataz me lo había repetido una y otra vez.

—Me han pedido que te recuerde cuáles son tus instrucciones para esta noche. Tienes prohibido hablar con los embajadores y con los patrocinadores de Scion, a menos que vayas acompañada de un refaíta. El espectáculo empieza a las once. Sales al escenario cuando acabe la obra.

—¿Al escenario?

—Ay... —Consultó su registro—. No, nada. Perdona. Ese mensaje era para otra persona.

Intenté mirar lo que había escrito en el libro, pero ella puso la mano.

—¿Seguro?

—Buenas noches.

Levanté la cabeza: era David. Llevaba un traje y una corbata roja, e iba recién afeitado. Se me retorció el estómago. David no parecía drogado. Sin embargo, estaba segura de que Michael había cumplido su misión.

—Vengo a escoltarte hasta el Consistorio. —Extendió un brazo—. La soberana de sangre requiere tu presencia allí.

—No necesito escolta.

—Ellos creen que sí.

David no arrastraba las palabras. No había ni probado la mezcla de Duckett. Pasé a su lado ignorando el brazo que me ofrecía, y enfilé la calle. Aquello no era un buen principio.

Habían trazado un sendero de faroles que recorría toda la ciudad. El Consistorio estaba cerca de la Casa, y llevaba el mismo nombre que el cuartel general de la DVN de Londres. Los videntes a los que habían invitado al Bicentenario eran los que habían conseguido el blusón rosa o rojo, o los bufones con algún talento especial. Según Nashira, era una recompensa por su buen comportamiento. Se les permitiría bailar y comer con otros humanos. Ellos, a cambio, tenían que transmitir el mensaje de que no solo les gustaba pasar el tiempo en compañía de sus guardianes, sino que, además, les estaban muy agradecidos por su «rehabilitación». De que les gustaba vivir apartados de la sociedad en una colonia penitenciaria repugnante. De que no les importaba que los emim les arrancaran las extremidades.

Muchos de ellos no necesitarían fingir. Carl estaba contento. Todos los casacas rojas estaban contentos. Habían encontrado un lugar en la colonia; yo, en cambio, jamás lo encontraría. En lo único que pensaba era en largarme de allí.

—Un truco muy hábil —dijo David—. Lo del vino.

No lo miré a la cara.

—El chico se pasó un poco. Sé reconocer el *regal* con solo olerlo. Pero no te preocupes: funcionó con la mayoría. No seré yo quien estropee la sorpresa.

Vi correr a dos bufones cargados con unos rollos de tela y meterse por la calle que discurría entre la iglesia y la Residencia del Suzerano. Esa era la ruta que tomarían para quemar la Sala. Ya debían de estar poniendo las cerillas allí. Cerillas y parafina.

Había sido Julian quien había propuesto que pegáramos fuego a los edificios del centro de la ciudad; había resultado ser un estratega excelente. Los bufones provocarían la distracción, lo que dejaría las otras calles despejadas; así nosotros podríamos ir hacia el norte, hacia la pradera. Lo harían de madrugada, cuando los emisarios empezaran a estar cansados. «No se marcharán a sus casas mucho más tarde de las dos —había dicho—. Si lo hacemos a medianoche, dispondremos de una hora para poner en marcha la función. Tendremos la sartén por el mango. Y mejor pronto que tarde.» A mí me había parecido bien. Todo estaba saliendo según lo previsto, pero el avispado casaca roja que iba a mi lado tenía el poder de destruirlo todo.

—¿A quién se lo has contado? —pregunté a David.

—Voy a darte algo para pensar —dijo, ignorando la pregunta—. ¿Crees que a Scion le gusta recibir órdenes de los refaítas?

—Claro que no.

—Pero crees a Nashira cuando dice que ellos tienen el control. ¿No crees que a alguien, en toda la historia de Scion, debería habérsele ocurrido combatirlos?

—¿Adónde pretendes llegar?

—Contesta mi pregunta.

—No. Porque les tienen demasiado miedo a los emim.

—Quizá tengas razón. O quizá al Arconte todavía le quede una pizca de sentido común.

—¿Qué quieres decir con eso?

Como no me contestaba, me paré delante de él.

—¿Qué demonios tiene que ver el Arconte con todo esto?

—Mucho. —Me apartó y siguió caminando—. Sigue adelante con tu fuga masiva, princesa callejera. No te preocupes por mí.

Antes de que pudiera replicar, él ya se había alejado, había entrado en el vestíbulo victoriano y se había perdido entre la multitud. Noté un escalofrío. Lo último que necesitaba era un casaca roja díscolo, y menos si era tan críptico como David. Quizá afirmara odiar a los refaítas, pero tampoco daba la impresión de que yo le cayera muy bien. Podía contarle a Nashira lo del vino, y ella sospecharía de inmediato.

Dentro del Consistorio habían encendido miles de velas. Nada más cruzar el umbral, Michael y un casaca blanca me llevaron por una escalera, y dejamos a David buscando a los otros arrancahuesos.

La tarea que los refas habían asignado a Michael consistía en asegurarse de que nadie tuviera un aspecto desaliñado o magullado; eso nos proporcionó un pretexto perfecto para organizar un último encuentro. Cuando llegamos a la galería, me volví hacia ellos.

—¿Listos?

—¡Listos! —confirmó el casaca blanca. Era Charles, un criomántico de Terebell. Apuntó hacia el salón, donde los refaítas se codeaban con los emisarios—. Los arrancahuesos están empezando a venirse abajo. Cuando lo noten los refas, ya será demasiado tarde.

—Muy bien. —Respiré hondo para calmarme—. Bien hecho, Michael.

Michael llevaba un sencillo traje gris. Me sonrió.

—¿Tienes mi mochila?

Señaló debajo de los bancos de la galería, donde estaba mi mochila cargada de fármacos. Todavía no podía cogerla, pero los bufones sabían dónde estaba, por si la necesitaban. Era uno de los escondites de provisiones que teníamos.

—Paige, ¿a qué hora lanzaremos la bengala? —preguntó Charles.

—Todavía no lo sé. Dispararé una en cuanto encontremos un camino. —Charles asintió. Volví a mirar hacia el salón. Había mucha gente a punto de poner en peligro su vida. Liss, que tanto miedo tenía. Julian, que había hecho tanto para ayudarme. Los bufones. Los casacas blancas.

Y el Custodio. Ahora entendía qué significaba para él confiar en mí. Si lo traicionaba, como había hecho el otro humano, no lo marcarían, sino que lo ejecutarían. Aquella era su última oportunidad.

Pero el Custodio tenía que actuar ahora, mientras entre los refaítas todavía había una pizca de compasión. Si perecían los marcados, esa esperanza se habría perdido.

La puerta de la galería se abrió de golpe, y Suhail apareció en el umbral. Agarró a Charles por el blusón y lo obligó a subir por la escalera.

—A la soberana de sangre no le gusta que la hagan esperar, inútil —me dijo—. No tienes permiso para estar en la galería. Baja inmediatamente.

Se marchó tan aprisa como había llegado. Michael echó un vistazo a la puerta.

—Es la hora —anuncié, y le apreté la mano—. Buena suerte. Recuerda: procura no llamar la atención y busca la luz de la bengala.

Michael asintió con la cabeza.

—Vive —se limitó a decir.

Recorrí la planta baja del Consistorio con la cabeza agachada. Nadie me vio entrar.

Nueve países europeos aplicaban el sistema de Scion, entre ellos Inglaterra. Sin embargo, a diferencia de Inglaterra, ninguno tenía un lugar al que enviar a sus clarividentes. Aun así, los nueve gobiernos habían enviado emisarios a la celebración del Bicentenario. Incluso Dublín, la ciudad de Scion más joven y polémica, había enviado a un delegado: Cathal Bell, un viejo amigo de mi padre. Era un hombre indeciso y nervioso, agobiado por las responsabilidades que implicaba su posición. En un primer momento, al verlo me emocioné y pensé que quizá él podría ayudarnos; pero entonces recordé que no me había visto desde que yo tenía cinco o seis años. No me reconocería, y allí yo no tenía nombre. Además, Bell era débil. Su partido había perdido Dublín.

El Consistorio era espectacular. Del techo, decorado con artesonado, colgaban arañas de luces, y el salón principal era muy amplio y despejado. La luz de las velas y la música de Chopin hacían estremecer la oscuridad. A los delegados se les prodigaban todo tipo de atenciones. Podían atiborrarse de toda clase de manjares deliciosos, o charlar entre ellos tomándose una copa de *mecks*. Su amaurosis era un privilegio, un derecho. Los esclavos amauróticos, entre ellos Michael, les servían la comida; se suponía que eran participantes voluntarios en un programa de rehabilitación. Los otros amauróticos debían de estar demasiado desnutridos para aparecer por allí.

Por encima de un grupo de actores estaba Liss, colgada de sus sedas, haciendo poses como una bailarina voladora. Dependía únicamente de su fuerza física para no caer y morir aplastada.

Recorrí la sala con la mirada tratando de localizar a Weaver, pero no lo vi. Quizá llegara tarde. A otros países podían perdonarles que no hubieran enviado a sus inquisidores, pero a Inglaterra no. Identifiqué a otros oficiales de Scion, entre ellos el comandante de los centinelas, Bernard Hock. Era un hombre enorme, calvo y con los músculos del cuello excesivamente desarrollados; era muy bueno detectando a videntes: de hecho, yo siempre había sospechado que era rastreador. Vi cómo movía las aletas de la nariz, y me propuse matarlo si se me presentaba la ocasión.

Un amaurótico me ofreció una copa de *mecks* blanco. La rechacé. Acababa de ver a Cathal Bell.

Bell tenía una copa en la mano, y no paraba de tocarse la corbata. Intentaba conversar con Radmilo Arežina, el viceministro de Migración de Serbia. Sonreí para mí. Arežina, el muy inútil, había autorizado el traslado de Dani a Londres. Fui hacia ellos.

—¿Señor Bell?

Bell dio un respingo y derramó un poco de vino.

—¿Sí?

Miré a Arežina.

—Perdone que les interrumpa, señor ministro, pero ¿puedo hablar con el señor Bell en privado?

Arežina me miró de arriba abajo. Arqueó el labio superior y dijo:

—Perdóneme, señor Bell. Debo volver con mi grupo.

Se alejó hacia la seguridad que le ofrecían sus acompañantes. Me quedé frente a Bell, que intentaba limpiar la mancha de vino de su chaqueta.

—¿Qué quieres, antinatural? —dijo, tartamudeando—. Estaba manteniendo una conversación muy importante.

—Tranquilo, ahora podrá mantener otra. —Le quité la copa de la mano y di un sorbo—. ¿Se acuerda de la Incursión, señor Bell?

Bell se quedó paralizado.

—Si te refieres a la Incursión de 2046, sí. Por supuesto. —Le temblaban los dedos. Tenía los nudillos morados, hinchados por la artritis—. ¿Por qué me lo preguntas? ¿Quién eres?

—A mi primo lo detuvieron ese día. Quiero saber si sigue vivo.

—¿Eres irlandesa?

—Sí.

Me miró con los ojos entrecerrados.

—¿Cómo te llamas?

—Mi nombre no importa. El de mi primo, sí. Finn McCarthy. Estudiaba en el Trinity College. ¿Lo conoce?

—Sí. —Contestó sin vacilar—. McCarthy estaba en el castillo de Carrickfergus con los otros líderes estudiantiles. Lo condenaron a la horca.

—¿Y lo ahorcaron?

—Yo… yo no tuve conocimiento de los detalles, pero…

Surgió algo oscuro y violento dentro de mí. Me incliné más hacia él y le dije al oído:

—Si resulta que ejecutaron a mi primo, señor Bell, lo haré a usted responsable. Fue su gobierno el que perdió Irlanda. Fue su gobierno el que tiró la toalla.

—No fui yo —dijo Bell entrecortadamente. Estaba empezando a sangrarle la nariz—. No me hagas daño…

—No solamente usted, señor Bell. Usted y otros como usted.

—Lárgate, antinatural —me espetó; me perdí entre la masa de gente y lo dejé conteniéndose la hemorragia.

Me di cuenta de que estaba temblando. Cogí otra copa de *mecks* y me la bebí de un trago. Siempre había creído que Finn debía de haber muerto, pero una pequeña parte de mí se aferraba a su recuerdo, a la posibilidad de que siguiera vivo. De todas formas, si mi primo había sobrevivido, no iba a enterarme por Cathal Bell.

Vi a Nashira de pie bajo un estrado. El Custodio, a su lado, conversaba con un emisario griego. Después de sonar la campanada nocturna había recibido su primera dosis de amaranto en varios meses; unas gotas habían bastado para transformarlo. Vestía de negro y dorado, con una joya que

454

imitaba un jacinto en el cuello, y sus ojos brillaban como lámparas. Reconocí a las personas que estaban más cerca de Nashira: su guardia de élite. Una de ellas, la sustituta de Amelia, me vio y por el movimiento de sus labios deduje que había informado a su jefa.

Nashira miró por encima de las cabezas de la guardia y dejó escapar una risa débil. Al oírla, el Custodio se dio la vuelta. Sus ojos empezaron a arder inmediatamente.

Nashira me llamó por señas. Le di mi copa vacía a un amaurótico y fui hacia ella.

—Damas y caballeros —dijo a quienes la rodeaban—, quiero presentarles a XX-59-40, una de nuestras clarividentes de más talento.

Los delegados murmuraron, entre intrigados y asqueados.

—Este es Aloys Mynatt, Gran Anecdotista de Francia. Y Birgitta Tjäder, Jefa de Centinelas de la ciudadela Scion Estocolmo.

Mynatt era un hombre de escasa estatura, de postura rígida, con unas facciones anodinas. Saludó con una inclinación de cabeza.

Tjäder se quedó mirándome. Tendría alrededor de treinta y cinco años; su cabello era rubio y tupido, y sus ojos de color del aceite de oliva. Nick siempre la había llamado «la Urraca»; era famosa por la crueldad con que gobernaba Estocolmo. Reparé en que no soportaba estar cerca de mí: tenía los labios tensos y mostraba los dientes, como si se dispusiera a morder. A mí tampoco me entusiasmaba su presencia.

—Que no se me acerque —dijo Tjäder confirmando mis sospechas.

—Pero ¿no preferís que estén aquí a que corran libremente por vuestras calles? —dijo Nashira—. Aquí no pueden hacer ningún daño, Birgitta. No les dejamos. Cuando se haya creado Sheol III, ya no tendrás que volver a mirar a ningún clarividente.

¿Una tercera colonia penitenciaria? ¿También tenían planes para Estocolmo? No quería imaginarme un Sheol III con la Urraca como captadora.

Tjäder no me quitaba los ojos de encima. No tenía aura, pero llevaba escrito en la cara el odio que sentía.

—Estoy impaciente —dijo.

Entonces el pianista dejó de tocar, y le aplaudieron. Las parejas que estaban bailando se separaron. Nashira dirigió la vista hacia un gran reloj de pared.

—Se acerca la hora —dijo en voz baja.

—Disculpadme —dijo Tjäder; se dio la vuelta y volvió con los suecos, dejando un espacio vacío entre el Custodio y yo, pero no me atreví a mirarlo a los ojos.

—Tengo que dirigirme a los emisarios. —Nashira miró hacia el escenario—. Arcturus, quédate con 40. Te avisaré cuando la necesite.

De modo que era cierto que planeaba matarme en público. Evité mirarlos a los dos. El Custodio agachó la cabeza y dijo:

—Sí, mi soberana. —Me agarró bruscamente por un brazo y añadió—: Ven, 40.

Antes de que él pudiera apartarme, Nashira giró bruscamente la cabeza. Me agarró por la muñeca y tiró de mí hacia ella.

—¿Te has hecho daño, 40?

Ya no llevaba las suturas adhesivas en la mejilla, pero el corte que me había hecho con el cristal me había dejado una fina cicatriz.

—Tuve que pegarle. —El Custodio me sujetaba el brazo con fuerza—. Me desobedeció y la castigué.

Cada uno me tenía agarrado por un brazo; parecía una muñeca de trapo. Se miraron por encima de mi cabeza.

—Estupendo —dijo Nashira—. Has tardado años, pero por fin empiezas a entender qué significa ser mi consorte.

Le dio la espalda, se separó de los emisarios y fue hacia los invitados.

El músico, quienquiera que fuese, empezó a tocar unos acordes de piano bien escogidos, acompañados de una letra inquietante. Estaba segura de reconocer aquella voz, pero no conseguía identificarla.

El Custodio me llevó a un lado de la sala, al pasillo alargado bajo la galería, y se inclinó para mirarme a los ojos.

—¿Está todo preparado?

Dije que sí con la cabeza.

El músico tenía una voz francamente bonita, una especie de débil falsete. Volví a tener la sensación de que conocía aquella voz.

—Anoche mis compañeros y yo hicimos una sesión espiritista —dijo el Custodio con una voz apenas audible—. Tendremos espíritus a nuestra disposición. Espíritus humanos, las víctimas de la Era de Huesos XVIII. Te ayudarán a combatir a los refaítas.

—¿Y la DVN? ¿La han traído?

—No pueden entrar en el Consistorio a menos que los llamen. Se hallan estacionados en el puente.

—¿Cuántos son?

—Treinta.

Volví a asentir. Todos los emisarios tenían al menos un guardaespaldas, pero todos eran centinelas de la DVD. No querían que los protegieran antinaturales. Por suerte para nosotros, la DVD no estaba preparada para el combate espiritista.

El Custodio miró al techo y vio a Liss trepando por sus sedas.

—Veo que Liss se ha recuperado.

—Sí.

—Entonces estamos en paz. Está todo arreglado.

—Sí, todas las deudas están saldadas —confirmé.

El treno. Eso me hizo pensar en lo que todavía estaba por venir. ¿Y si Nashira conseguía matarme?

—Todo saldrá como lo hemos planeado, Paige. No debes perder la esperanza. —Miró hacia el escenario y añadió—: La esperanza es lo único que todavía podría salvarnos a todos.

Seguí la dirección de su mirada. Habían colocado la campana de cristal y la flor sin vida en un pedestal cubierto.

—¿Qué esperanza?

—La esperanza de un cambio.

Cesó la música, y volvieron a arrancar aplausos de la pista de baile. Quería mirar, averiguar quién era el que tocaba, pero no veía más allá de las cabezas de los emisarios.

Un casaca roja subió al escenario. 22. Sus andares torcidos indicaban la cantidad de mezcla de Duckett que había ingerido.

—Damas y caballeros —dijo—, la gran... Suzerana, Nashira Sargas, soberana de sangre de la... raza de los refaítas.

Bajó tambaleándose. Reprimí una sonrisa: al menos había un casaca roja del que no tendríamos que encargarnos.

Nashira subió al estrado, y su público la aplaudió con entusiasmo. Nos miró. El Custodio la miró también.

—Damas y caballeros —dijo Nashira sin desviar la mirada—, bienvenidos a Sheol I, capital de Scion. Quiero darles las gracias por asistir a nuestra celebración de esta noche.

»Han transcurrido ya doscientos años desde nuestra llegada a Gran Bretaña. Ha pasado mucho tiempo desde 1859. Como verán, hemos hecho todo lo posible para convertir nuestra primera ciudad de control en un lugar de belleza, respeto y, por encima de todo, compasión. Nuestro sistema de rehabilitación permite a los jóvenes clarividentes entrar en nuestra ciudad y recibir la mejor calidad de vida posible. —Como animales en un zoo—. Como todos sabemos, la clarividencia no es culpa de sus víctimas. Como una enfermedad, se aprovecha de los inocentes. Los hace enfermar de antinaturalidad.

»Hoy Sheol I celebra doscientos años de trabajo bien hecho. Como verán, el proyecto ha tenido un éxito rotundo, y es la primera de las muchas semillas que queremos plantar. A cambio de su comprensión, no solo les hemos proporcionado un medio humanitario de apartar a los clarividentes de la sociedad, sino que hemos impedido cientos de ataques de emim a la ciudadela. Somos una baliza que los atrae; vienen a nosotros como polillas atraídas hacia una llama. —Sus ojos también parecían llamas en la penumbra—. Pero el número de emim crece día a día. Esta colonia pronto dejará de ofrecer suficiente protección. Los emim han sido vistos en Francia, Irlanda y, más recientemente, Suecia.

Irlanda. Por eso estaba allí Cathal Bell. Por eso estaba tan nervioso y asustado.

—Es imprescindible que establezcamos Sheol II, que prendamos otra llama —prosiguió Nashira—. Ya hemos puesto a prueba nuestro método. Con su ayuda, y la de sus ciudades, confiamos en que la flor de nuestra alianza pueda florecer por fin.

Aplausos. El Custodio tenía las mandíbulas apretadas. La expresión de su cara daba miedo. Enfadado. Cruel. Mortífero.

Era la primera vez que lo veía con aquel semblante.

—Nos quedan unos minutos antes de que dé comienzo la obra de teatro escrita por nuestro Capataz. Entretanto, me gustaría presentarles a mi socio, el segundo soberano de sangre, que quiere hacer un breve anuncio. Damas y caballeros: con ustedes, Gomeisa Sargas.

Extendió una mano. Antes de que me hubiera dado cuenta de que había alguien más allí, otra mano más grande se la tomó.

Se me cortó la respiración.

Llevaba una túnica negra, con un cuello que llegaba a cubrirle las orejas. Era alto y delgado, de cabello rubio y rostro descarnado. Las comisuras de sus labios apuntaban hacia abajo, como si le pesaran las sartas de piedras preciosas del tamaño de ojos que llevaba alrededor del cuello. Parecía mayor que los otros refaítas; se notaba en su porte, y en las sorprendentes dimensiones de su onirosaje. Yo percibía aquel onirosaje como una pared que chocaba contra mi cráneo. Era lo más antiguo y terrible que jamás había sentido en el éter.

—Buenas noches.

Gomeisa nos contempló con la típica expresión de los refaítas: la del observador imperturbable. Su aura semejaba una mano que tapara el sol. No me extrañaba que Liss le tuviera tanto miedo. La vi envuelta en sus cintas, silenciosa y quieta. Al cabo de un momento, bajó a la galería.

—Pido perdón a los humanos que residen en Sheol I por mis prolongadas ausencias. Soy el principal emisario de los refaítas ante el Arconte de Westminster. Como tal, paso mucho tiempo en la capital con el Inquisidor, discutiendo sobre cuáles son los mejores métodos para aumentar la eficacia de esta colonia penitenciaria.

»Como ya ha comentado Nashira, lo que hoy celebramos es un comienzo. Está naciendo una nueva era: la de la colaboración perfecta entre humanos y refaítas, dos razas que llevan demasiado tiempo separadas. Celebramos el fin de un viejo mundo, donde reinaban la ignorancia y la oscuridad. Juramos compartir nuestra sabiduría con vosotros, como vosotros habéis compartido vuestro mundo con nosotros. Juramos protegeros, como vosotros nos habéis dado cobijo. Y os prometo, amigos, que no permitiremos que nuestro pacto se deshaga. Aquí la pureza gobierna con mano de hierro. Y la flor de la transgresión permanecerá eternamente marchita.

Eché un vistazo a la flor muerta de la campana de cristal. Él la miró como si mirara una babosa.

—Pero basta de formalidades —dijo—. Que dé comienzo la obra.

28

La prohibición

Apareció el Capataz, con un atuendo deslumbrante. Llevaba una larga capa roja, abrochada hasta el cuello, que le tapaba todo el cuerpo. Saludó con una reverencia.

—¡Salutaciones, damas y caballeros, y bienvenidos a Sheol I! Soy el Capataz, Beltrame. Me ocupo de la población humana de la ciudad. Quiero dar una bienvenida especialmente calurosa a aquellos de ustedes que han venido desde regiones no convertidas del continente. ¡No teman! Después del espectáculo tendrán la oportunidad de convertir sus ciudades en ciudadelas de Scion, como han hecho otras muchas ciudades. Nuestro programa permite a los gobiernos desenraizar y segregar a los clarividentes cuando todavía son jóvenes, sin necesidad de recurrir al tremendo gasto que conllevan las ejecuciones en masa.

Procuré no escuchar. No todos los países empleaban el NiteKind para ejecutar a los clarividentes. Muchos utilizaban la inyección letal, o un pelotón de fusilamiento, o cosas peores.

—Ya hemos planeado la creación de Sheol II en asociación con las ciudadelas Scion de París y Marsella, que se convertirán en las primeras ciudadelas satélite francesas. —Aplausos. Mynatt sonrió—. Esta noche esperamos concretar la futura ubicación de, por lo menos, dos ciudades de control más en el continente. Pero, antes de todo eso, queremos mostrarles una pequeña obra de teatro para demostrar que muchos de nuestros clarividentes hacen un buen uso de sus habilidades.

»Esta obra nos recordará los días oscuros anteriores a la llegada de los refaítas, cuando el Rey Sangriento todavía ostentaba el poder. El rey que construyó su casa con sangre.

El reloj dio la hora. Los actores, veinte en total, salieron en fila india. Iban a representar la historia de la vida de Eduardo VII, desde su adquisición de una mesa de espiritismo y los cinco asesinatos, hasta el puñal hallado en sus dependencias y su huida de Inglaterra con el resto de su familia. Los inicios de la presunta epidemia, y un testimonio de por qué la existencia de Scion era necesaria. Liss estaba de pie al fondo del escenario. La flanqueaban Nell, la chica que la había sustituido cuando había sufrido el choque espiritual, y una profeta que, si no recordaba mal, se llamaba Lotte. Las tres iban disfrazadas de víctimas del Rey Sangriento.

En el centro del escenario, el Capataz se desprendió de la capa revelando las vestiduras de un monarca. El público lo abucheó. Representaba a Eduardo en su época de heredero de la reina Victoria, engalanado con joyas y pieles.

La primera escena parecía desarrollarse en su alcoba, donde un ostentoso calíope interpretaba «Daisy Bell». El bufón que estaba más cerca del público dijo ser Frederick Ponsonby, primer barón de Sysonby, el secretario personal de Eduardo. La obra iba a presentarse a través de su mirada.

—Alteza —dijo al Capataz—, ¿vamos afuera a dar un paseo?

—¿Has traído tu chaqueta corta, Ponsonby?

—No, solo un frac, alteza.

—Creía que todo el mundo sabía —dijo el Capataz con voz resonante, y con un hilarante acento aristocrático inglés— que a una exhibición privada celebrada por la mañana siempre hay que ir con chaqueta corta y sombrero de seda. ¡Y esos pantalones son los más feos que he visto jamás!

Abucheos. Silbidos. Aquella bestia licenciosa se había atrevido a llamarse heredero de Victoria. Ponsonby se volvió hacia el público.

—Tras provocar numerosas aflicciones, con mi frac, por ejemplo, y con mis inadecuados pantalones —risas—, el príncipe se cansó de sus galas. Esa misma tarde me pidió que lo acompañara a hacer una excursión. ¡Ay, amigos míos! El sufrimiento humano jamás ha superado el de la reina al contemplar a su hijo recorriendo el camino del mal.

Giré la cabeza para ver la reacción del Custodio, pero ya no estaba allí.

La conversación entre Eduardo y Ponsonby se prolongó un poco más. Todas las escenas estaban pensadas para mostrar a Eduardo como un idiota cruel y lujurioso, y un fracaso para su madre. Yo observaba fascinada. Exageraban el papel de Eduardo en la muerte del príncipe Alberto hasta lo ridículo, e incluso introducían un duelo. Aparecía la reina Victoria, que había enviudado, con su coronita de diamantes y su velo. «No puedo mirarlo sin estremecerme —confesó al público—. Para mí es tan antinatural como si lo hubieran sustituido por otro niño al nacer.» El público aplaudió. Ella era un baluarte de bondad, la última monarca impoluta antes de la plaga. Mientras la actriz encandilaba a los emisarios, yo vigilaba el reloj. Había transcurrido casi media hora, y seguía sin saber a qué hora salía el tren. A continuación venía el momento crucial de la obra: la sesión espiritista. Llevaron unos faroles rojos al escenario. Cuando volví a mirar, tuve que contener la risa, pues el Capataz estaba muy metido en su papel.

—Los poderes terrenales no son suficiente —dijo, resollando, imbuido de la maldad de su personaje. Habían sacado la mesa de espiritismo, y el Capataz describía círculos con los brazos sobre ella—. Hablan de la era victoriana, pero ¿cómo será la de Eduardo? ¿Qué rey puede gobernar con eficacia, si lo agobian las cadenas de la mortalidad? —Se inclinó sobre la mesa, haciéndola balancear con las manos—. Sí, levantaos. Salid de las sombras. Atravesad el umbral, espíritus de los muertos. ¡Entrad en mí y en mis seguidores! ¡Reproducíos en la sangre de Inglaterra!

Mientras él hablaba, los faroles rojos salieron del escenario llevados por actores vestidos de negro que representaban a los espíritus antinaturales. Se dispersaron por la sala agarrando a la gente, que chillaba. Eran la plaga de antinaturalidad.

La música y la risa de los actores acabó por aturdirme. Todo me daba vueltas. El Capataz entonaba a gritos sus conjuros. Aprovechando la oscuridad y la confusión, el Custodio me agarró por el brazo.

—Rápido —me dijo al oído—. Ven conmigo.

Me llevó al foso, un espacio pequeño y oscuro bajo el piso del escenario donde se amontonaban los cajones de embalaje. La única luz era la que se filtraba entre los tablones. Una luz roja, como los faroles. Unos gruesos cortinajes de terciopelo colgaban a lo largo de uno de los lados de la estancia, ocultándonos del salón de arriba. No era fácil pensar, en aquel lugar tan oscuro, en eso a lo que tal vez pronto me enfrentaría.

Allí no había tanto ruido. Los actores danzaban por encima de nuestras cabezas, pero las tablas del suelo amortiguaban el estruendo. El Custodio me miró.

—Tú serás la última escena de la obra. El último acto. —Tenía los ojos encendidos—. Le oí comentárselo a Gomeisa.

Se me puso la piel de gallina.

—Sabíamos que iba a pasar.

—Sí.

Yo sabía desde el principio que Nashira iba a matarme,

pero oírselo decir a él hacía que pareciera mucho más real. Una parte de mí había seguido confiando en que Nashira esperaría unos días y me brindaría la oportunidad de fugarme con los otros en el tren; pero Nashira era cruel. Quería hacerlo en público, delante de Scion. No pensaba arriesgarse a mantenerme con vida.

La luz de los ojos del Custodio oscurecía aún más las sombras. Detecté algo diferente en ellos: algo salvaje, imprevisible. Me estremecí, y me senté en un cajón.

—No puedo luchar contra ella —dije—. Sus ángeles...

—No, Paige. Piensa. Nashira lleva meses esperando que pudieras poseer otro cuerpo. Si no mostrabas esa habilidad, existía el peligro de que ella no pudiera obtenerla de ti. Te hizo casaca amarilla para asegurarse de que los emim no volvían a poner tu vida en peligro. Te puso bajo la protección de su propio consorte. ¿Por qué iba a tomarse tantas molestias para conservarte si tú no tenías un don que ella no solo ambicionaba, sino que también temía?

—Tú me enseñaste a hacer todo eso. Las sesiones de entrenamiento en la pradera... La mariposa y la cierva... Me enseñaste a ejercitar mi espíritu. Me entrenaste para mi propia muerte.

—Ella me escogió para prepararte. Por eso me dejó llevarte a Magdalen. Pero no pienso dejar que se salga con la suya. Me he comprometido a desarrollar tu don, pero para ti, Paige. No para ella.

No dije nada. No había nada que decir.

El Custodio arrancó un pedazo de cortina y, con cuidado, empezó a quitarme el maquillaje. Yo le dejé hacer. Tenía los labios entumecidos, la piel congelada. Tal vez estuviera muerta al cabo de unos minutos, flotando alrededor de Nashira en un estado de ciega servidumbre. Cuando hubo terminado, el Custodio me apartó el pelo de la cara. Le dejé hacer. No podía enfocar la mirada.

—Ni se te ocurra —me dijo—. Ni se te ocurra dejárselo

ver. Tú eres mucho más que eso. Eres mucho más de lo que ella quiere hacerte.

—No tengo miedo.

Me escudriñó la cara.

—Deberías tenerlo —dijo—. Pero no se lo muestres. Por nada del mundo.

—Le mostraré lo que quiera. No estás en posición de darme órdenes. —Le aparté las manos de mi cabeza—. Debiste dejarme marchar. Debiste dejar que Nick me llevara a Dials. Era lo único que tenías que hacer. Ahora podría estar en mi casa.

El Custodio se agachó hasta que nuestras caras quedaron a la misma altura.

—Te traje aquí porque sin ti no encontraba la fuerza necesaria para enfrentarme a ella. Pero, por esa misma razón, haré todo lo posible para que llegues sana y salva a la ciudadela.

Nos quedamos callados. Le sostuve la mirada.

—Tienes que recogerte el pelo —dijo con otra voz, más serena, y me puso un peine ornamentado en la mano.

El peine estaba frío. Me temblaban los dedos.

—Creo que no puedo. —Respiré hondo, despacio—. ¿Quieres hacerlo tú?

No dijo nada, pero cogió el peine. Como si estuviera tocando una telaraña finísima, me puso todo el pelo a un lado del cuello y me lo recogió en un moño. No un moño sencillo, como los que me hacía yo, sino un moño trenzado muy elaborado, pegado al cogote. Deslizó sus callosos dedos por mi cuero cabelludo, dando los últimos toques al peinado. Me recorrió un débil escalofrío. El Custodio apartó las manos, y el moño permaneció en su sitio.

Había notado algo raro en su forma de tocarme. Cuando le vi las manos comprendí por qué.

No llevaba puestos los guantes.

Me toqué la cabeza y pasé los dedos por el complicado

peinado. Parecía mentira que unas manos tan grandes como las del Custodio hubieran sido capaces de semejante complejidad.

—El tren sale a la una en punto —me dijo al oído—. La entrada está bajo el campo de entrenamiento. Exactamente donde entrenabas conmigo.

Llevaba mucho tiempo esperando oír esas palabras.

—Si me mata, tienes que decírselo a los otros —dije con la voz tomada—. Tienes que guiarlos.

Me acarició un brazo y dijo:

—No hará falta que los guíe.

Noté un estremecimiento, pero no de la clase que yo esperaba. Cuando giré la cabeza y lo miré, él me recogió un rizo rebelde detrás de la oreja. Me puso la otra mano en el abdomen y apretó mi espalda contra su pecho. Su calor me reconfortó.

Y noté sus ansias de mí. No de mi aura, sino de mí.

Acercó la cabeza a mi mejilla y me acarició las clavículas. Su onirosaje estaba muy cerca, y su aura se entrelazaba con la mía. Mi sexto sentido se acentuó.

—Tienes la piel fría —dijo con voz ronca—. Yo nunca…

Se interrumpió. Mis dedos se trabaron con los suyos, desnudos. Mantuve los ojos abiertos.

Acercó los labios a mi mentón, y le guié una mano hacia mi cintura. El atractivo de su tacto era insoportable; no podía resistirme. No podía rechazarlo. Deseaba aquello, antes de que llegara el fin. Quería que me tocaran, que me vieran; allí, en aquella habitación a oscuras, en aquel silencio rojo. Levanté la barbilla, y sus labios se cerraron sobre los míos.

Siempre había sabido que no existía el cielo. Jax me lo había dicho muchas veces. Hasta el Custodio lo había dicho. Solo había luz blanca, la última luz: un último descanso al borde de la inconsciencia, el lugar donde todas las cosas encuentran su fin. Más allá, quién sabe. Pero, si existía el cielo, debía de parecerse a aquello. Tocar el éter con las manos desnudas. Jamás habría podido esperar algo semejante, y menos de él. De nadie. Me agarré a su espalda, tiré de él hacia mí. Me puso una mano en la nuca. Noté los callos de la palma de sus manos.

El calor de su aliento. Me besó despacio. «No pares. No pares.» Solo podía pensar en esas palabras: «No pares». Deslizó las manos por mis costados, por mi espalda, y me estrechó firmemente. Me subió a un cajón. Le puse una mano en el cuello y le noté el pulso. Su ritmo. Mi ritmo.

Me ardía la piel. No podía parar. Jamás había sentido nada parecido, aquel apremio, aquella necesidad de acariciar. Sus labios separaron los míos. Abrí los ojos. «Para. Para, Paige.» Empecé a apartar la cabeza. Se me escapó una palabra: un «no», o quizá un «sí». Quizá su nombre. Me sujetó la cara con ambas manos, me acarició los labios, las mejillas. Nuestras frentes se tocaron. Mi onirosaje estaba ardiendo. El Custodio prendió fuego a las amapolas. «No pares. No pares.»

Solo fue un momento. Lo miré, y él me miró. Un momento. Una decisión. Mi decisión. La suya. Entonces volvió a besarme, esa vez con más ímpetu. Le dejé hacer. Me rodeó con los brazos y me levantó. Y yo lo deseaba, con toda el alma. Le así la cabeza, me agarré a su cuello. «No pares.» Tenía sus labios en la boca, en los ojos, en los hombros, en el hueco entre las clavículas. «No pares.» Deslizó la palma de las manos por mis muslos y los acarició enérgicamente, con confianza.

Le abrí la camisa y le acaricié el pecho. Le besé el cuello, y él me agarró un mechón de pelo. «No pares.» Nunca había tocado su piel. La noté caliente y suave, y me hizo desear el resto de su cuerpo. Mis manos se deslizaron por debajo de su camisa y buscaron su espalda. Mis dedos encontraron sus cicatrices, unas bregaduras alargadas, crueles. Yo siempre había sabido que las tenía. Eran las cicatrices de un traidor.

Se puso en tensión.

—Paige —susurró, pero no me detuve; emitió un ruido gutural y sus labios se acercaron a los míos.

Yo no iba a traicionarlo. La Era de Huesos XVIII ya era historia, y no se repetiría.

Doscientos años eran más que suficiente.

Mi sexto sentido me sacó de mi aturdimiento. Me separé del Custodio. Él seguía con las manos en mi cintura, tirando de mí hacia él.

Nashira estaba allí, semioculta entre las sombras. Me dio un vuelco el corazón.

«Corre», me dijo mi aturdido cerebro; pero no podía correr. Nashira lo había visto todo. Mi piel sudada, mis labios hinchados, mi pelo alborotado. Las manos del Custodio sujetándome las caderas. Su camisa abierta. Mis dedos todavía tanteando su piel.

Me quedé paralizada. Ni siquiera podía mover los ojos.

El Custodio me puso detrás de su espalda.

—La he obligado —dijo con voz áspera.

Nashira no dijo nada.

Avanzó hacia la débil luz que se colaba entre las cortinas. Vi que tenía algo en las manos: la campana de cristal. Miré dentro; me zumbaban los oídos. Dentro había una flor. Una flor fresca, preciosa y extraña, con los ocho pétalos húmedos de néctar. La flor que antes estaba marchita.

—No puede haber piedad —dijo Nashira— para esto.

El Custodio miró un momento la flor con ojos resplandecientes. Luego miró a Nashira.

Nashira soltó la campana de cristal, que se estrelló contra el suelo y me sacó de mi parálisis.

Acababa de destruirlo todo.

—Arcturus Mesarthim, eres mi consorte de sangre. Eres Custodio de los Mesarthim. Pero esto no puede volver a pasar. —Nashira avanzó hacia nosotros—. Solo existe una forma de impedir la traición, y consiste en poner a los traidores de ejemplo. Te colgaré de los muros de esta ciudad.

El Custodio no se movió.

—Mejor eso que ser utilizado para satisfacer tus placeres.

—Siempre tan audaz. O tan insensato. —Le pasó una mano por la cara—. Me encargaré de que destruyan a todos tus viejos compañeros.

—No. —Salí de detrás de él—. No puedes…

No me dio tiempo a moverme. El golpe que me asestó me tiró al suelo. Me di con el canto de un cajón, y me hice un corte en la ceja. Paré la caída apoyando las manos en los cristales rotos. Oí que el Custodio decía mi nombre, con rabia; pero entonces aparecieron Thuban y Situla, los fieles servidores de Nashira, dispuestos a no soltarlo. Thuban golpeó al Custodio en la cabeza con el mango de su puñal, pero no lo derribó. Esa vez el Custodio no iba a arrodillarse ante los Sargas.

—Ya me ocuparé de tus delitos más tarde, Arcturus. Te despojo de tu posición de consorte de sangre. —Nashira se apartó de él—. Thuban, Situla: llevadlo a la galería.

—Sí, mi soberana —dijo Thuban. Agarró al Custodio por el cuello—. Ha llegado la hora de que pagues lo que debes, traidor.

Situla le hincó los dedos en el hombro, avergonzada de su primo traidor. Él no dijo nada.

«¡No!» Aquello no podía acabar así, como la Era de Huesos XVIII. El Custodio ya no era consorte de sangre. Estaba perdido. Yo había apagado el último rayo de luz. Busqué su mirada, algo que rescatar; pero el Custodio tenía los ojos inexpresivos y oscuros, y lo único que sentí fue su silencio. Thuban y Situla se lo llevaron por la fuerza.

Nashira caminó por encima de los cristales rotos. Me quedé inmóvil y noté que se me empañaban los ojos. Qué idiota era. ¿En qué estaba pensando? ¿Qué estaba haciendo?

—Ha llegado tu hora, onirámbula.

—Por fin. —Me sangraba la herida de la frente—. Has esperado mucho.

—Deberías alegrarte. Tengo entendido que los onirámbulos ansían el éter. Hoy podrás unirte a él.

—Nunca dominarás este mundo. —Levanté la mirada; temblaba de rabia, no de miedo—. Puedes matarme. Puedes reclamarme. Pero no puedes reclamarnos a todos. Los Siete Sellos esperan. Jaxon Hall espera. El sindicato entero te espera. —Alcé la barbilla y la miré a los ojos—. Buena suerte.

Nashira me levantó tirándome del pelo y acercó su cara a la mía.

—Podrías haber sido más —dijo—. Mucho más. Pero resulta que pronto no serás nada. Todo cuanto eras será mío. —Sacudió el brazo y me lanzó contra otro refaíta, que me sujetó fuertemente—. Alsafi, lleva este saco de huesos al escenario. Ha llegado la hora de que entregue su espíritu.

No me paré a pensar: Alsafi me hizo subir la escalera. Me había puesto una bolsa en la cabeza. Tenía los labios resecos y las mejillas ardiendo. No podía respirar, ni pensar con calma.

El Custodio había desaparecido. Lo había perdido. Era mi único aliado refa, y había dejado que lo capturaran. Nashira no se limitaría a matarlo, después de que él se rebajara hasta el punto de tocar a una humana con las manos desnudas. Eso era algo más que traición. Al besarme, al abrazarme, el consorte de sangre había humillado a toda su familia. Ya no era un candidato digno. Ya no era nada.

Alsafi me sujetaba el brazo con firmeza. Me disponía a morir. Dentro de menos de diez minutos me uniría al éter, como un espíritu cualquiera. Mi cordón argénteo se rompería. Ya no podría regresar a mi cuerpo, el cuerpo que había ocupado durante diecinueve años. A partir de ahora tendría que servir a Nashira.

Me quitaron la bolsa de la cabeza. Estaba al lado del

escenario, donde se representaba el final de la obra de teatro. Tenía a un refa a cada lado, Alsafi y Terebell. Terebell se agachó y me preguntó:

—¿Dónde está Arcturus?

—Se lo han llevado a la galería. Thuban y Situla.

—Nos ocuparemos de ellos. —Alsafi me soltó el brazo—. Tienes que entretener a la soberana de sangre, onirámbula.

Ya sabía que Terebell era una de las colaboradoras del Custodio, pero ignoraba que Alsafi también estuviera en su bando. No parecía un simpatizante, pero el Custodio tampoco.

El Capataz salió corriendo del escenario, con el traje manchado de sangre artificial y dejando atrás su puñal. Sus gritos suplicando piedad resonaron por el Consistorio. Los emisarios aplaudieron cuando un grupo de actores lo persiguió hasta la calle; llevaban todos uniformes de Scion. La ovación fue ensordecedora, y se prolongó mientras Nashira subía de nuevo al escenario.

—Gracias por su bondad, damas y caballeros. Me alegro de que hayan disfrutado con la obra. —No parecía muy contenta—. También me alegro de poder hacerles una breve demostración, para poner fin a la velada, de cómo funciona el sistema judicial de Sheol I. Una de nuestras clarividentes ha mostrado tal desobediencia que no podemos permitir que siga con vida. Igual que el Rey Sangriento, debe ser desterrada más allá del alcance de la población amaurótica, donde ya no pueda causar ningún daño.

»XX-59-40 tiene un largo historial de traición. Proviene de la región lechera de Tipperary, en el sur de Irlanda, una región asociada desde hace siglos a la sedición. —Cathal Bell trasladó el peso del cuerpo de una pierna a la otra, y algunos emisarios murmuraron—. Nada más venir a Inglaterra, se mezcló con el crimen organizado de Londres. La noche del siete de marzo asesinó a dos clarividentes, dos metrovigilantes al servicio de Scion. Los mató a sangre fría. Ninguna de las dos víctimas de 40 tuvo una muerte rápida. Esa misma noche la trajeron a Sheol I. —Nashira se paseaba por el escenario—. Confiábamos en que podríamos educarla, enseñarle a controlar su don. Nos duele perder a clarividentes tan jóvenes. También me duele admitir que nuestros esfuerzos por reformar a 40 han fracasado. Ha correspondido a nuestra compasión con insolencia y crueldad, y por lo tanto, no le queda otra opción que enfrentarse al juicio del Inquisidor.

Miré más allá de Nashira. En el escenario no había ninguna horca, ninguna camilla ni ningún tajo. Pero había una espada.

Creí que mi corazón había dejado de latir. No era una espada normal y corriente. La hoja era de oro, y el puño, negro. Era la *Cólera del Inquisidor*, la espada que a tantos traidores políticos había decapitado. Solo la utilizaban cuando descubrían a algún espía clarividente dentro del Arconte de Westminster. Yo era la hija de un destacado científico de Scion, una traidora en las filas de los naturales. Alsafi y Terebell desaparecieron bajo el escenario. Me quedé sola frente a Nashira, que giró la cabeza.

—Ven aquí, 40.

No vacilé. Se hizo silencio cuando salí de detrás de las cortinas. «¡Traidora!», gritó Cathal Bell, y algunos emisarios lo imitaron. Seguí sin mirarlos. Tenía gracia que Bell me llamara traidora.

Avancé con la cabeza bien alta, concentrándome en Nashira y sin mirar a los emisarios. Tampoco miré hacia la galería, adonde habían llevado al Custodio. Me detuve a cierta distancia de Nashira, que me rodeó lentamente, y cuando desapareció de mi campo de visión, mantuve la vista al frente.

—Se preguntarán cómo administramos la justicia en Sheol I. Con la soga, tal vez, o el fuego de tiempos ya lejanos. Aquí está la espada del Inquisidor, traída desde la ciudadela. —Señaló la *Cólera*—. Pero antes de blandirla, quiero mostrarles otra cosa: el mayor don de los refaítas.

Hubo un murmullo.

—Eduardo VII era un hombre curioso. Sabemos muy bien que jugaba con cosas con las que es mejor no jugar. Intentó controlar un poder que está más allá del conocimiento humano. Un poder que los refaítas conocemos muy bien.

Birgitta Tjäder miraba el escenario muy concentrada y con la frente fruncida. Varios emisarios, entre ellos Bell, miraron a sus guardaespaldas de la DVD.

—Imaginen la energía más potente de la Tierra. —Nashira alargó una mano hacia un farol cercano—. La electricidad. Permite que su mundo funcione. Ilumina sus ciudades y sus hogares. Les permite comunicarse. El éter (el origen, la fuerza vital de los refaítas) se parece a la electricidad. Puede alumbrar la oscuridad, y tornar en sabiduría la ignorancia. —De pronto el farol emitió un intenso destello—. Pero si se usa de forma incorrecta, puede destruir. Puede matar. —Se apagó la luz—. Yo tengo un don que en los dos siglos pasados ha resultado muy útil. Algunos humanos clarividentes exhiben capacidades especialmente erráticas. Canalizan el éter, el reino de los muertos, de maneras que pueden generar locura y violencia. El Rey Sangriento tenía esa capacidad, que fue lo que provocó aquella trágica matanza. Yo puedo eliminar esas mutaciones peligrosas del don. —Avanzó hacia mí—. La clarividencia, como la energía, no se destruye, solo se transforma. Cuando 40 muera, otro clarividente desarrollará su don. Pero, guardándolo en mi interior, me aseguraré de que nadie vuelva a utilizarlo nunca.

—Te gusta inventarte cosas, ¿verdad, Nashira?

Lo dije antes de que el pensamiento hubiera tomado forma en mi mente. Nashira se volvió y me fulminó con una mirada ardiente.

—No vuelvas a hablar —dijo en voz baja.

Me arriesgué a mirar hacia la galería: estaba vacía. Por debajo de mí, Michael se llevó una mano dentro de la chaqueta, donde ocultaba una pistola.

Se abrió una puerta al fondo del Consorcio: eran Terebell, Alsafi y el Custodio. Busqué la mirada del Custodio por encima de las cabezas de los emisarios. El cordón áureo tembló. Vi una imagen del puñal que el Capataz había dejado en el suelo del escenario, a escasos palmos de donde estaba Nashira.

Cuando se dio la vuelta hacia el público, mi espíritu se abalanzó sobre ella. Con las últimas fuerzas que me quedaban, irrumpí en su zona hadal. Mi ataque la pilló desprevenida. Me vi a mí misma con una forma onírica inmensa, un Bégimo lo bastante grande para derribar cualquier barrera.

El éter retumbó. Volaron espíritus por el Consorcio; acudían junto a Nashira desde todos los ángulos. Se unieron a mí en los bordes de su onirosaje, rompiendo su arcaica coraza. Los cinco ángeles intentaban defenderla; pero veinte, cincuenta, doscientos espíritus habían descendido sobre ella, y las paredes empezaban a ceder. No perdí el tiempo: me lancé hacia el mismísimo centro de su onirosaje.

Veía con sus ojos. La habitación era una mancha borrosa, un torbellino de color y oscuridad, luz y fuego, un espectro de cosas que yo no había visto nunca. ¿Era así como veían los refas? Había auras por todas partes. Tenía visión, pero en ese momento estaba ciega, y los ojos de Nashira se negaban a ver. No querían que yo viera. No eran mis ojos. Los obligué a abrirse y me miré la mano. Demasiado grande, y enguantada. Me costaba mantener los ojos abiertos, porque Nashira estaba luchando. «Date prisa, Paige.»

El puñal. El puñal estaba allí. «Deprisa.» Intenté cogerlo. Mover la mano era como tratar de levantar unas pesas. «Mátala.» En mis oídos resonaban gritos y otros sonidos extraños, y voces, miles de voces. «Mátala.» Mis nuevos dedos se enroscaron alrededor del mango.

Lo tenía. Llevé el brazo hacia atrás y me clavé la hoja del puñal en el pecho. Los emisarios gritaron. Volvía a tener visión de túnel. Todo parpadeaba. Retorcí el puñal con mi nueva mano, hundiéndolo en lo que fuera que componía el cuerpo de Nashira. No sentí dolor. Nashira era inmune a las puñaladas de un puñal amaurótico. Volví a clavarlo, esa vez en el lado izquierdo, apuntando al sitio donde los humanos teníamos el corazón. Tampoco sentí dolor, pero cuando levanté el brazo por tercera vez, me vi expulsada del cuerpo de Nashira.

Los espíritus se dispersaron por la sala y apagaron todas las velas. El caos se apoderó del Consorcio. Cuando recuperé la visión, no distinguía nada. Solo oía gritos.

Volvieron a encenderse las velas. Nashira yacía sobre las tablas del escenario. No se movía. Tenía el puñal clavado en el pecho, hasta el puño.

—¡Soberana de sangre! —gritó un refa.

Los emisarios guardaban silencio. Me temblaban las manos cuando me arrastré por el suelo hasta Nashira. Le miré la cara, los ojos carentes de luz. Los espíritus de la Era de Huesos XVIII seguían cerniéndose sobre ella, como si esperaran a que se reuniera con ellos en el éter.

Entonces prendió en sus ojos un débil resplandor. Giró lentamente la cabeza. Me puse a temblar incontroladamente mientras ella se erguía cuan alta era.

—Muy lista —dijo—. Sí, muy lista.

Seguí moviéndome y arañando el suelo. Vi a Nashira arrancarse el puñal del pecho. El público dio gritos de sorpresa.

—Enséñanos más. —Unas gotas de luz cayeron como lágrimas—. No tengo objeciones.

Dio una sacudida con la muñeca y el puñal saltó por los aires. Se quedó un momento suspendido, como si colgara de un hilo invisible, y de pronto salió volando hacia mí. Me hizo un corte en la mejilla. Las velas chisporrotearon.

Uno de los ángeles de Nashira era un duende. No era

habitual que los duendes pudieran levantar la materia física, pero no era la primera vez que veía a uno conseguirlo. «Aporte», lo llamaba Jaxon. Espíritus que movían objetos. Una película de sudor frío me cubría la piel. No debía tener miedo: ya me había enfrentado a un duende en otra ocasión. Ahora mi espíritu había madurado, sabía defenderme.

—Si insistes —dije.

Esa vez no la pillé desprevenida. Levantó todas las capas de blindaje con que protegía su onirosaje. Como si dos puertas gigantescas se hubieran cerrado ante mí, me vi lanzada hacia atrás, hacia mi cuerpo. Se me estremeció el corazón. La presión de mi cráneo se intensificó. Oí una voz conocida, pero la ahogó otro sonido, agudo y prolongado.

Tenía que moverme. Nashira no iba a parar. Nunca pararía de perseguir mi espíritu. Me incorporé apoyándome en los codos y busqué el puñal. Distinguí el contorno de Nashira acercándose a mí.

—Pareces cansada, Paige. Déjalo ya. El éter te llama.

—No debo de haber oído esa llamada —logré articular.

Lo que sucedió a continuación me pilló por sorpresa. Sus cinco ángeles formaron una bandada y se abalanzaron sobre mí.

Atravesaron mis defensas como una ola gigantesca y negra. Fuera de mi onirosaje, mi cabeza se golpeó contra las tablas del suelo. Dentro, los espíritus abrieron un camino por el que se esparcieron pétalos rojos. Las imágenes pasaban a toda velocidad ante mis ojos. Todos mis pensamientos, todos mis recuerdos estaban rotos. Sangre, fuego, sangre. Un campo moribundo. Sentía como si una mano me apretara el pecho, inmovilizándome. En una caja, un ataúd. No podía moverme, ni respirar, ni pensar. Los cinco espíritus me atravesaron como una espada, arrancándome pedazos de mente, de alma. Me puse de lado y me retorcí como un insecto aplastado.

Me temblaban los músculos de los brazos y las piernas.

Abrí los ojos. La luz los abrasó. Solo veía a Nashira, con la mano extendida, la luz de las velas reflejada en la hoja del puñal. Y entonces desapareció. Levanté la cabeza del suelo haciendo un gran esfuerzo. Tenía lágrimas en los ojos. Michael había saltado sobre la espalda de Nashira para distraerla. Tenía un puñal en la mano. Se lo clavó en el cuello, falló por poco. Nashira dio una sacudida con el brazo y lo tiró del escenario.

Michael cayó sobre un bufón, y ambos fueron a parar al suelo. Nashira volvería a atacarme, y esta vez acabaría conmigo. Vi su cara por encima de mí. Se le pusieron los ojos rojos. Sus facciones se desdibujaron. Estaba debilitándome, asegurándose de que no pudiera volver a utilizar mi espíritu. Alterando mi conexión con el éter. Estaba perdida. Nashira se arrodilló a mi lado y me colocó la cabeza en el pliegue interno de su codo.

—Gracias, Paige Mahoney. —Me acercó la punta del puñal al cuello—. No desperdiciaré este don.

Ya estaba. Ni siquiera tuve un último pensamiento. Usé mi última pizca de energía para mirarla a los ojos.

Y entonces vi al Custodio. La obligaba a retroceder utilizando unas bandadas enormes que hacía girar para formar escudos, como un tragafuegos con sus antorchas. «Si yo tuviera visión —pensé vagamente—, estaría contemplando un espectáculo magnífico.» Terebell y Alsafi estaban con él; y también otros. ¿No era esa Pleione? Sus contornos se confundían. Mi onirosaje enviaba extraños espejismos más allá de mi línea de visión. Entonces alguien me cogió en brazos y me sacó del escenario.

Veía destellos. Había estallado una tormenta en mi onirosaje: los recuerdos se filtraban por unas grietas con forma de rayos, y un fuerte viento destrozaba las flores. Habían saqueado mi mente.

No era plenamente consciente de lo que sucedía en el mundo exterior. El Custodio estaba allí. Reconocí su oniro-saje, una presencia conocida contra la mía. Me llevaba en brazos a la galería, lejos de eso que había ocurrido en los pocos minutos que había estado inconsciente. Me dejó en el suelo, y noté la sangre secándose en mi cara. Apenas recordaba dónde estaba.

—Combátelo, Paige. Tienes que combatirlo.

Me acarició el pelo. Observé su cara e intenté que las líneas dejaran de desdibujarse.

Apareció otro par de ojos. Me pareció que volvía a ser Terebell. Perdí otra vez el conocimiento, y me despertó un rugido sordo. El ruido presionaba contra mis sienes. Cuando el dolor me obligó a regresar al mundo de la carne, vi al Custodio mirándome. Estábamos en la galería, por encima del clamor del salón.

—¿Me oyes, Paige?

Parecía una pregunta. Dije que sí con la cabeza.

—Nashira —dije con un hilo de voz.

—Está viva. Pero tú también.

«Está viva.» Nashira seguía allí. Sentí los tenues indicios del pánico, pero tenía el cuerpo demasiado débil para reaccionar. Aquello todavía no había terminado.

Abajo resonó el ruido de un disparo. Salvo los ojos del Custodio, todo estaba oscuro.

—Había… —El Custodio se acercó más a mis labios para oírme—. Había un duende. Nashira tiene… un duende.

—Sí. Pero tú estabas preparada. —Me resiguió el escote con un dedo—. ¿No te dije que esto podría salvarte la vida?

La luz de sus ojos se reflejó en el colgante; el objeto sublimado, diseñado para repeler a los duendes. El que me había regalado. El que yo había intentado rechazar, y que había estado a punto de no ponerme esa noche. El Custodio me apoyó contra su pecho y me puso una mano detrás de la cabeza.

—Va a llegar ayuda —dijo en voz muy baja—. Han venido a buscarte, Paige. Los Sellos han venido por ti.

Hubo otro momento de ceguera, y el ruido se intensificó. Mi onirosaje intentaba curarse. Los daños habían sido graves; tardaría días en empezar a repararse. Quizá no empezara nunca. No lo sabía; pero no podía moverme, y se estaba agotando el tiempo: tenía que llegar a la pradera, encontrar la salida. Me marchaba a casa. Tenía que marcharme a casa.

Cuando volví a abrir los ojos, una luz muy intensa me los quemó. No era luz de velas. Intenté protegerlos; respiraba entrecortadamente.

—Paige. —Alguien me tomó la mano. No era el Custodio, sino alguien más—. Paige, tesoro.

Conocía esa voz.

Él no podía estar allí. Debía de ser una aparición, una imagen de mi dañado onirosaje. Pero cuando me tomó la mano supe que era real. Todavía tenía la cabeza sobre el regazo del Custodio.

—Nick —conseguí decir. Llevaba traje negro y corbata roja.

—Sí, *sötnos*, soy yo.

Me miré los dedos. Se me estaban poniendo grises, y las uñas reposaban sobre lechos de un morado oscuro.

—Paige —dijo Nick con voz grave, y con tono de urgencia—, mantén los ojos abiertos. Quédate con nosotros, tesoro. Venga.

—Tienes que irte —dije con voz ronca.

—Sí, claro, voy a irme. Y tú también.

—Muévete, Visión. No hay tiempo que perder. —Era otra voz—. Trataremos a nuestra pequeña Soñadora Pálida dormida cuando lleguemos a la ciudadela.

Era Jaxon.

«¡No!» ¿Por qué habían venido? Nashira los vería.

—Ya será demasiado tarde. —La misma luz volvió a

alumbrarme los ojos—. Las pupilas no responden. Hipoxia cerebral. Si no hacemos esto, morirá. —Una mano me apartó el pelo de la cara, sudada y pegajosa—. ¿Dónde demonios está Danica?

No entendía por qué el Custodio no decía nada. Estaba allí: yo lo notaba.

Sufrí otro desmayo. Cuando recuperé la visión, tenía algo sobre la boca y la nariz. Reconocí aquel olor a plástico: era un SVP2, la versión portátil del equipo de soporte vital de Dani. Había otros onirosajes cerca, apiñados a mi alrededor. Nick me sostenía la cabeza y sujetaba la mascarilla sobre mi boca. Respiré la dosis extra de oxígeno, adormilada. Jamás me había sentido tan agotada.

—No funciona. Su onirosaje se ha fracturado.

—Ese tren no nos esperará, Visión —dijo Jaxon con tono cortante—. Llévala. Nos vamos.

Esas palabras se filtraron en mi cerebro. Por primera vez desde hacía varios minutos oí hablar al Custodio:

—Yo puedo ayudarla.

—No se acerque —saltó Nick.

—No hay tiempo que perder. La DVN está en el puente. Vendrán y verán su aura inmediatamente, doctor Nygård. Perderá la reputación que tiene en Scion. —El Custodio los miró—. Si no hacen nada, Paige morirá. Podemos reparar su onirosaje, pero solo si nos damos prisa. ¿Quiere perder a su onirámbula, Vinculador Blanco?

—¿Cómo sabe mi nombre? —saltó Jaxon. No lo veía en la oscuridad, pero noté el cambio repentino en su onirosaje, noté que levantaba sus defensas.

—Tenemos formas de saber las cosas.

Sus palabras eran como una secuencia de patrones imposible de desentrañar. No las entendía. Nick se inclinó sobre mí; percibí su aliento cálido en la mejilla.

—Paige —me dijo al oído—, este hombre dice que puede curarte. ¿Puedo confiar en él?

«Confiar.» Reconocí esa palabra. Una flor bañada por el sol en el umbral de la percepción, invitándome a entrar en otro mundo. Una vida diferente, anterior al prado de amapolas.

—Sí.

En cuanto dije eso, el Custodio se me acercó. Vi a Pleione detrás de él.

—Paige, necesito que bajes todas las defensas mentales que puedas —me dijo—. ¿Puedes hacerlo?

Como si me quedara alguna defensa.

El Custodio cogió un vial que Pleione le acercó con una mano enguantada. Un vial de amaranto, casi vacío. «Marcado.» Debían de hacer acopio de aquellos viales, guardar cada gota de amaranto que pudieran. Me puso un poco bajo la nariz, y otro poco en los labios. Noté que un calor se extendía bajo mi piel. Era como si el éter me llamara, como si me pidiera que abriera la mente. Sentí un calor repentino que cosió los desgarrones de mi onirosaje. El Custodio me acarició la mejilla con un pulgar.

—¿Paige?

Parpadeé.

—¿Estás bien?

—Sí. Creo que sí.

Me incorporé, y luego intenté levantarme. Nick me ayudó a sostenerme en pie. No sentía dolor. Me froté los ojos y parpadeé tratando de adaptarme a la oscuridad.

—¿Cómo demonios habéis llegado hasta aquí? —dije sujetándome a sus brazos. No podía dejar de mirarlo. Era real, y estaba allí, conmigo.

—Con el grupo de Scion. Ya te lo explicaré. —Me abrazó y me apretó contra su pecho—. Vamos. Nos largamos de aquí.

Jaxon, un poco más allá, sujetaba su bastón con ambas manos.

Danica y Zeke estaban cada uno a uno de sus lados. Todos vestían los colores de Scion. Al otro lado de la galería Nadine disparaba al azar contra los emisarios con su pistola. Los refaítas me miraban.

—Custodio, ¿cuánto… —inspiré hondo—… cuánto tiempo nos queda?

—Cincuenta minutos. Tenéis que iros.

Menos de una hora. Cuanto antes llegáramos al tren, antes podría lanzar la bengala para señalar el camino a los otros videntes.

—Supongo que todavía sabes a quién debes lealtad, Paige —dijo Jaxon. Me miró de arriba abajo—. Casi me hiciste ponerlo en duda, dama mía, con aquel numerito que montaste en Londres.

—Jaxon, aquí está muriendo gente. Están muriendo videntes. ¿No podemos dejar eso aparte y concentrarnos en largarnos de aquí?

No tuvo ocasión de contestar. Un grupo de refas irrumpió en la galería blandiendo bandadas enormes. El Custodio y Pleione se colocaron delante de nosotros.

—¡Marchaos! —dijo el Custodio.

Estaba en un dilema. Jaxon ya había empezado a bajar la escalera, y los otros lo seguían.

—¡Vamos, Paige! —me exhortó Nick.

Pleione paró una bandada. El Custodio me miró.

—Corre. Ve a Puerto Pradera —dijo—. Nos encontraremos allí.

No tenía alternativa; no podía obligarlo a ir conmigo. Solo podía obedecerle y confiar en estar haciendo lo que debía. Nick me agarró por el brazo, bajamos corriendo la escalera y llegamos al vestíbulo del Consistorio. No había tiempo para detenerse.

Los bufones y los refas habían salido del edificio y ocupaban las calles. Los aterrados emisarios y sus guardias de la DVN corrían por el vestíbulo. Nick los siguió. Noté que el éter temblaba, y me paré.

Me volví hacia el salón. Pasaba algo raro; estaba segura. Sin saber muy bien qué hacía, volví corriendo a la escalera de piedra.

—¿Se puede saber adónde vas? —me gritó Jaxon.

—Déjame, Jaxon. Id al tren.

No oí su respuesta. Nick me siguió y me agarró por el brazo.

—¿Adónde vas?

—Vete con Jaxon.

—Tenemos que salir de aquí. Si la DVN ve mi aura…

Se paró cuando llegamos al salón, vacío.

Estaba muy oscuro. Casi todas las velas se habían apagado, pero todavía había tres faroles rojos encendidos, tirados por el suelo. Las cintas de seda con las que había actuado Liss se habían caído y formaban dos montones. Fui hacia ellas, y noté el débil parpadeo de un onirosaje. Corrí por el suelo de mármol y me arrodillé.

—¡Liss! —le cogí una mano—. ¡Vamos, Liss!

¿Por qué había vuelto adonde estaban sus sedas? Tenía sangre en el pelo. No podía estar muerta, no después de que le hubiéramos salvado la vida. No después de lo mucho que habíamos trabajado juntas. No podía morir. Seb había muerto; ¿por qué tenía que seguir ella sus pasos?

Liss entornó los ojos. Todavía iba vestida de víctima del rey. Al verme, sus labios esbozaron una sonrisa.

—Hola —dijo. Hacía ruido al respirar—. Lo siento, he llegado… tarde.

—No. Ni se te ocurra morirte, Liss. Por favor. —Le apreté una mano—. Por favor. La otra vez creíamos que te habíamos perdido. No nos hagas eso otra vez.

—Me alegro de saber que le importo a alguien. —Se me agolparon las lágrimas en los ojos; unas lágrimas frías y temblorosas que se resistían a caer. A Liss le salía sangre por la boca. Yo no distinguía dónde terminaba la sangre del escenario y dónde empezaba la suya—. Ve… Vete —dijo con voz débil—. Haz lo que… yo no he podido… hacer. Solo… quería… ver mi casa.

Se le cayó la cabeza hacia un lado. Sus dedos soltaron los míos, y su espíritu se deslizó hacia el éter.

Me quedé un momento allí sentada, mirando el cadáver. Nick agachó la cabeza y cubrió la cara de Liss con una cortina. «Liss se ha ido —me obligué a pensar—. Liss se ha ido, igual que Seb. No los has salvado. Se han ido.»

—Tienes que recitar el treno —murmuró Nick—. Yo no sé su nombre, *sötnos*.

Tenía razón. A Liss no le gustaría quedarse allí, en su prisión.

—Liss Rymore —pronuncié, y confié en que ese fuera su nombre completo—, vete al éter. Está todo arreglado. Todas las deudas están saldadas. Ya no tienes que morar entre los vivos.

Su espíritu desapareció.

No soportaba ver el cadáver. Ya no era Liss, sino un cuerpo, una cáscara, la sombra que ella había dejado en el mundo.

La pistola de bengalas estaba debajo de su fría mano. Ella era la encargada de dispararla. La cogí con cuidado.

—A esa chica no le habría gustado que abandonaras. —Nick me vio comprobar cuántas bengalas tenía la pistola—. No le habría gustado que murieras por ella.

—Yo creo que sí.

Conocía esa voz. No podía ver a Gomeisa Sargas, pero su voz resonó por toda la sala.

—¿La has matado tú, Gomeisa? —Me levanté—. ¿Es lo bastante buena para ti ahora que está muerta?

Un silencio elocuente.

Oí una voz débil detrás de mí.

—No deberías ocultarte entre las sombras, Gomeisa.

El Custodio había entrado en el salón y miraba hacia la galería.

—A menos que temas a Paige —continuó—. La ciudad está ardiendo. Vuestra apariencia de poder ya se ha disuelto.

Risas. Me puse en tensión.

—No le temo a Scion. Nos ofrecieron su mundo en bandeja de plata, Arcturus. Ahora vamos a cenar.

—Vete al infierno —dije.

—A ti tampoco te temo, 40. ¿Qué podemos temer de la muerte, si somos muerte? Además, ser desterrados de este mundo en descomposición, vuestro pequeño mundo de flores y carne, sería casi... una bendición. Si no quedara tanto trabajo por hacer todavía. —Se oyeron pasos—. No puedes matar a la muerte. ¿Qué fuego puede quemar el sol? ¿Quién puede ahogar el océano?

—Estoy segura de que se nos ocurrirá algo.

Lo dije con firmeza pese a que estaba temblando; ya no sabía si de rabia o de miedo. Detrás del Custodio había aparecido otro refa, y a su lado estaba Terebell.

—Me gustaría que los dos os imaginarais una cosa. Sobre todo tú, Arcturus. Dado lo que tú tienes que perder.

El Custodio no dijo nada. Intenté averiguar de dónde provenía la voz. De algún sitio por encima de mí. De la galería.

—Me gustaría que os imaginarais una mariposa. Imagináosla: sus alas de colores, iridiscentes. Es hermosa. Muy querida. Y entonces mirad la polilla. Tiene la misma forma, pero ¡observad las diferencias! La polilla es pálida, débil y fea. Un bicho lastimoso y autodestructivo. No puede dominarse, pues cuando ve un fuego, desea su calor. Y cuando encuentra la llama, se quema. —Su voz resonaba por la estancia, en mis oídos, en mi cabeza—. Así es como nosotros vemos vuestro mundo, Paige Mahoney. Una caja llena de polillas que esperan a quemarse.

Su onirosaje estaba muy cerca. Preparé mi espíritu. No me importaba el daño que pudiera causar. Él había matado a Liss, y yo iba a matarlo a él. El Custodio me agarró por la muñeca.

—No lo hagas —dijo—. Nosotros nos encargaremos.

—Quiero encargarme yo.

—No puedes vengar a Liss, onirámbula. —Pleione no apartaba la vista de su enemigo—. Ve a la pradera. No queda mucho tiempo.

—Sí, ve a la pradera, 40. Toma nuestro tren y ve a nuestra ciudadela. —Gomeisa salió de detrás de las columnas. Tenía los ojos radiantes de aura: era lo último que le quitaría a Liss Rymore—. ¿Tan mal lo pasabas aquí, 40? Te ofrecimos un refugio, nuestra sabiduría, un nuevo hogar. Aquí no eras antinatural; eras inferior, sí, pero tenías tu sitio. Para Scion solo eres un síntoma de la plaga. Un sarpullido en su piel. —Me tendió una mano enguantada—. Allí ya no tienes un hogar, onirámbula. Quédate con nosotros. Descubre lo que hay debajo.

Yo tenía los músculos tensados al máximo. Gomeisa me miraba fijamente; me miraba a los ojos, miraba en mi onirosaje, en mis partes más oscuras. Sabía que sus palabras tenían sentido; conocía bien su retorcida lógica, pues llevaba dos siglos recurriendo a ella, utilizándola para tentar a los débiles. Antes de que pudiera contestarle, el Custodio me agarró por el brazo y me levantó del suelo. Una hoja curvada pasó rozándole un hombro, por encima de mi cabeza. Yo no la había visto acercarse. Caí al suelo, y el Custodio se abalanzó sobre Gomeisa. Terebell y el otro refa salieron tras él, ambos reuniendo bandadas y produciendo unos sonidos aterradores. Nick me ayudó a levantarme, pero yo no notaba sus manos. Lo único que notaba era el éter, por donde danzaban los refaítas.

El aire que me rodeaba fue volviéndose más ligero, como una gasa plateada. No veía a los cuatro refas, pero notaba sus movimientos. Cada flexión de un musculo, cada giro y cada paso lanzaban una onda expansiva por el éter. Danzaban al borde de la vida. Un baile de gigantes, una danza macabra.

Los espíritus de la Era de Huesos XVIII seguían en el salón. La bandada de Terebell salió volando entre las columnas: treinta espíritus, serpenteando y elevándose juntos, convergieron en el onirosaje de Gomeisa. Ningún vidente habría sobrevivido a un ataque conjunto de tantos espíritus. Esperé a que se produjera la colisión.

La risa de Gomeisa se elevó hacia el techo. Con una sacudida de la mano deshizo la bandada. Los espíritus estallaron por todo el salón, como fragmentos de cristal de un espejo roto. El cuerpo inerte de Terebell salió despedido y chocó contra una columna. El ruido de huesos contra el mármol invadió la gélida atmósfera. El otro refa cargó contra Gomeisa, que se limitó a levantar una mano. El atacante saltó por los aires y fue a caer en el escenario. Las tablas del suelo se astillaron bajo su peso, y el refa cayó al foso.

Retrocedí; mis botas resbalaban con la sangre del suelo. ¿Qué era Gomeisa, una especie de duende? Tenía aporte: podía mover cosas sin tocarlas. Al darme cuenta, el corazón empezó a latirme con fuerza en el pecho. Gomeisa podía estrellarme contra el techo si quería.

Solo quedaba el Custodio. Se volvió hacia su enemigo, aterrador en la penumbra.

—Ven, Arcturus —dijo Gomeisa abriendo los brazos—. Paga por tu esplendidez.

Entonces fue cuando explotó el escenario.

La despedida

La ráfaga de calor me lanzó hacia atrás y me ensordeció. Caí sobre el costado derecho y me lastimé la cadera. Nick me agarró por la muñeca, me levantó y me llevó hacia el vestíbulo. Nada más llegar junto a la puerta, se encendieron las llamas. Me tiré al suelo y me cubrí la cabeza con los brazos. El fuego hizo estallar los cristales de las ventanas del Consistorio. Me arrastré tan deprisa como pude por el suelo. Todavía tenía la pistola de bengalas en la mano.

Ningún bufón tenía la clase de pertrechos necesarios para provocar semejante explosión. Debía de haber algo que Julian no me había contado. ¿Dónde habría encontrado una mina, o tiempo para plantarla? ¿La habría cogido de la Tierra de Nadie? Y ¿qué clase de mina era aquella capaz de provocar un incendio que atravesaba un edificio?

En medio de la nube de humo, Nick me cogió por el codo y me puso de pie. Me cayeron trocitos de cristal del pelo. Me puse a toser. Me escocían los ojos.

—Espera. —Me solté de la mano de Nick—. El Custodio…

No podía estar muerto. Nick me estaba gritando algo, pero lo oía muy lejos. Intenté usar el cordón áureo. Ver, sentir, oír. Nada.

Fuera aullaban las sirenas y un incendio ardía en la calle de al lado. La Sala arrojaba llamas y nubes negras. Vi arder dos residencias. Una era Balliol, el único edificio con electricidad. Los emisarios iban a tener problemas para avisar a la ciudadela. «Gracias, Julian —pensé—. Estés donde estés, gracias.»

Nick me cogió en brazos.

—Tenemos que irnos —dijo con voz ronca. Miró alrededor con gesto angustiado—. Paige, no conozco esta ciudad. ¿Dónde está el tren?

—Sigue hacia el norte. —Intenté bajar al suelo, pero Nick me sujetaba con fuerza—. ¡Puedo correr, maldita sea!

—¡Acabas de sobrevivir a una explosión y a un duende! —me gritó. Estaba colorado de rabia—. No he venido hasta aquí para ver cómo te matas, Paige. Por una vez en la vida, hazle caso a alguien.

Sheol I se hallaba en plena guerra. Los rebeldes habían salido del Consorcio en llamas y habían invadido las calles, donde luchaban con ímpetu contra los refaítas. Los emisarios de Scion huían en todas direcciones detrás de sus guardaespaldas, que disparaban contra los videntes. Los miembros del grupo de Julian, que eran los encargados de provocar el incendio, se habían entregado a su misión con entusiasmo, y ya habían quemado la mayor parte del Poblado. Quería quedarme allí y pelear, pero tenía que lanzar la bengala; de ese modo salvaría más vidas.

Nick tomó la ruta más segura, manteniéndose apartado de los combates. Se metió por una callejuela. Vi otra escaramuza. Los bufones peleaban junto a amauróticos y casacas, asociándose para vencer a los refas. Hasta Cyril se les había unido.

Llegó a mis oídos un grito desgarrador. Miré por encima del hombro de Nick. Era Nell. Dos refas le sujetaban las manos.

—No irás a ninguna parte, 9. Necesitamos comer.

Uno de ellos la agarró por el pelo y le giró la cabeza.

—¡No! ¡Quítame las manos de encima! ¡No volverás a alimentarte de mí, parásito!

Dejó de gritar cuando su guardián le tapó la boca con una manaza.

—¡Nick! —grité.

Nick detectó la desesperación de mi voz. Aflojó los brazos; nada más tocar el suelo eché a correr hacia Nell. No iba armada, pero tenía mi don. Mi don, que ya no era una maldición. Esa noche no iba a usarlo para quitar una vida, sino para salvarla.

Le lancé mi espíritu al más corpulento de los refas. Empujé contra su onirosaje, me metí en su zona hadal y volví rápidamente a mi cuerpo. Llegué justo a tiempo para extender las manos y no parar el golpe con la barbilla. Nell, que no tenía ni idea de qué había pasado, se soltó de los refas y le clavó el puñal en el costado al que tenía a la derecha. Al mismo tiempo agarró un espíritu al vuelo y se lo echó en la cara. El refa dio un gruñido espeluznante. Su compinche todavía se tambaleaba a consecuencia de mi agresión. Nell recogió las cosas que se le habían caído y salió corriendo.

Los dos refas estaban heridos, pero seguían representando una amenaza. El que yo había atacado levantó la cabeza, y sus ojos, de color naranja, consiguieron enfocar. Sacó un puñal de una funda que llevaba atada al brazo.

—Vuelve al éter, onirámbula.

Lanzó el puñal contra mi cara. No me agaché lo bastante deprisa, y me dio en un brazo. Nick disparó varias veces. Una bala le dio al refa en el pecho, pero no sirvió de nada. Lancé mi espíritu contra su onirosaje. El segundo ataque lo debilitó. Cogí el puñal que me había lanzado y se lo clavé en el cuello.

Cometí el error de olvidarme de su acompañante. El segundo refa se abalanzó sobre mí y me inmovilizó en el suelo; se me cortó la respiración. Con su puño gigantesco me asestó un puñetazo que esquivé por los pelos.

Nick tiró su pistola. Cuando el refa levantó el puño para

intentarlo de nuevo, Nick agarró tres espíritus y se los lanzó en rápida sucesión. Noté la sacudida del éter cuando le envió una vívida instantánea al onirosaje del refa, cegándolo. El refa me soltó solo un segundo para combatir los espíritus y la visión, y lo aproveché para levantarme y correr hasta donde estaba Nick.

No habíamos ido muy lejos cuando noté un tirón de mi sexto sentido. Giré bruscamente la cabeza, dispuesta a enfrentarme a la amenaza.

—¡Nick!

Él ya se había dado cuenta. Con un ágil movimiento, dejó la mochila y agarró otra bandada. El objetivo era conocido: Aludra Chertan.

—Soñadora. —Ni siquiera miró a Nick—. Creo que todavía te debo una por tu pequeña exhibición en la capilla.

—No te acerques —le previno Nick.

—Es que tienes un aspecto tan reparador... —dijo mientras sus ojos cambiaban de color.

El rostro de Nick se crispó. La sangre se acumuló en sus conductos lacrimales, y se le abultaron las venas del cuello.

—Casi tan reparador como la andarina —continuó Aludra, avanzando hacia nosotros—. Quizá te salve, oráculo.

Nick hizo un esfuerzo para mantenerse erguido.

—He matado a vuestro heredero —dije—. Estoy dispuesta a hacerte lo mismo a ti, no lo dudes. Vuélvete al infierno podrido del que saliste.

—Kraz era un arrogante. Yo no lo soy. Sé distinguir qué enemigos merecen que les dedique mis valiosos minutos.

—Pues yo soy uno de ellos.

—Sí, ya lo creo.

Me quedé quieta. Había algo detrás de Aludra: una sombra enorme y torpe. Aludra estaba demasiado excitada para reparar en ella. El gigante podrido. Reconocí aquel manchón en el éter.

—¿Cuántos minutos?

—Solo uno. —Levantó una mano—. Pero un minuto es tiempo de sobra para morir.

De pronto la sorpresa se dibujó en su rostro. Había sentido aquella presencia, pero no se volvió con suficiente rapidez. La cosa la había agarrado antes de que ella pudiera moverse. Vi unos ojos blancos, muertos; solo alcancé a ver algunas partes (las lámparas de gas se habían apagado cuando había aparecido), pero era más que suficiente para que se grabara en mi memoria, para que quedara marcada en el tejido y dejara una cicatriz en la delicada tela de mi onirosaje. Aludra lo tenía muy difícil. Su grito se apagó antes incluso de haberse oído.

—Sí —dije—. Tiempo de sobra.

Nick estaba paralizado. Tenía los ojos muy abiertos y la boca fuertemente cerrada. Lo agarré por el brazo y echamos a correr.

Corrimos tan aprisa como pudimos. Los emim estaban en la ciudad. Igual que en la Era de Huesos XVIII.

—¿Cuánto falta? —le grité a Nick.

—No mucho. —Me tomó la mano y tiró de mí—. ¿Qué era ese monstruo? ¿Qué ha hecho Scion en este sitio?

—Muchas cosas.

Tomamos una callejuela, una de tantas que se adentraban en la ciudad fantasma. Vimos que se acercaba alguien desde el extremo opuesto, corriendo y jadeando. Nick y yo reaccionamos al mismo tiempo: Nick le puso la zancadilla al chico, que cayó de bruces al suelo, e inmediatamente yo lo agarré por el cuello.

—¿Adónde vas, Carl?

—¡Suéltame! —Carl estaba empapado de sudor—. ¡Ya vienen! ¡Los han dejado entrar en la ciudad!

—¿Quiénes?

—Los zumbadores. ¡Los zumbadores! —Me dio un empujón en el pecho; estaba al borde de las lágrimas—. ¿Por qué has tenido que estropearlo? ¿Por qué has tenido que intentar cambiarlo todo? Este sitio es lo único que tengo, y no voy a dejar que tú…

—Tienes todo un mundo. ¿No te acuerdas?

—¿Todo un mundo? ¡Soy un monstruo! ¡Somos todos monstruos, 40! Monstruos que hablan con los muertos. Por eso los necesitamos —dijo apuntando con un dedo hacia el centro de la ciudad—. ¿No lo ves? Este es el único sitio seguro para nosotros. Pronto empezarán a matarnos…

—¿Quiénes?

—Los amauróticos. Cuando se den cuenta. Cuando comprendan qué quieren los refaítas. No pienso volver jamás. Puedes quedarte tu precioso mundo. ¡Te lo regalo!

Le solté el cuello. Carl se levantó y echó a correr. Nick no intentó retenerlo.

—Cuando lleguemos a casa tendrás que contarme muchas cosas —dijo.

Vi a Carl doblar una esquina y desaparecer.

Estábamos a solo un kilómetro de la pradera, pero suponía que tendríamos que pelear para llegar. Nashira rondaba por allí, y cabía la posibilidad de que no todos los arrancahuesos se hubieran tomado el mejunje de Duckett. Avanzamos por la ciudad fantasma apartándonos del centro de la calle.

Oímos una explosión a lo lejos. Nick no se detuvo. Las ventanas de los edificios vibraron. Yo no podía pensar con claridad. ¿Qué estaba pasando? ¿Habría intentado alguien atravesar el campo de minas? Debían de haberse dejado llevar por el pánico; se preguntarían dónde estaba la bengala y tratarían de encontrar la salida entre los árboles. Tenía que protegerlos. Corrimos hasta llegar al final de la calle y torcimos por el camino que llevaba a Puerto Pradera. Vislumbré las vallas y el letrero. Un grupo de videntes y amauróticos se había congregado fuera. Debían de creer que por allí podrían salir de la ciudad.

El Custodio también estaba allí. Estaba sucio, cubierto de tizne, pero vivo. Me abrazó.

—¿Dónde demonios estabas? —dije entrecortadamente.

—Perdóname. Me han entretenido. —Miró hacia la ciudad—. No fuiste tú la que colocó esa bomba incendiaria debajo del escenario, ¿verdad?

—No. —Puse las manos sobre las rodillas e intenté recobrar el aliento—. A menos que...

—A menos que ¿qué?

—12. El oráculo, el casaca roja. Me comentó algo de un plan alternativo.

—Tenemos que centrarnos en cómo salir de aquí. —Nick miró al Custodio, y luego de nuevo a mí—. ¿Dónde está la entrada del túnel? Cuando hemos llegado era de día.

La pradera ya estaba completamente oscura, y era muy difícil orientarse.

—No está lejos —dijo el Custodio.

—De acuerdo. —Nick miró su viejo reloj Nixie y se enjugó el sudor de la cara con una mano temblorosa—. ¿Y el Vinculador? ¿Ha conseguido llegar?

—Puedes llamarlo por su nombre, Nick. —Notaba el sudor resbalándome por la nuca—. Lo sabe.

—El señor Hall y otros tres de sus acompañantes están en la pradera, esperándote —dijo el Custodio sin desviar la mirada de la ciudad—. Paige, te aconsejo que dispares una de esas bengalas. Todavía tienes tiempo.

Nick fue a la verja, donde Jaxon examinaba la valla etérea. Me puse al lado del Custodio.

—Siento mucho lo de Liss —me dijo.

—Yo también.

—Me aseguraré de que Gomeisa no olvide su muerte.

—¿No lo has matado?

—Nos ha interrumpido la explosión. Gomeisa estaba mucho más fuerte que nosotros, porque había comido, pero hemos podido debilitarlo. Tal vez el incendio del Consistorio haya hecho el resto.

Todavía llevaba los guantes puestos. Sentí una punzada,

de pena quizá. ¿Cómo podía haber creído que el Custodio cambiaría tan fácilmente?

Él no dejaba de mirarme. El cordón áureo se estremeció débilmente. Yo no sabía qué intentaba transmitirme el Custodio, pero de pronto me sentí más centrada, más decidida. Así el mango de la pistola de bengalas. El Custodio dio un paso atrás. Apunté por encima de la pradera, amartillé la pistola y giré la cabeza.

La bengala quedó suspendida en el aire, lanzando una señal tras otra. La vi arder y echar humo; la luz roja parpadeaba y se reflejaba en los ojos del Custodio.

Miré más allá de la luz de la bengala, hacia las estrellas. Tal vez fuera la última vez que veía las estrellas así, en una ciudad sin luces y sin contaminación. O quizá algún día el mundo entero fuera así. El mundo gobernado por Nashira. Una colonia penitenciaria enorme y oscura.

El Custodio me puso una mano en la espalda.

—Tenemos que irnos.

Fui con él hasta la verja. Cuando la abrió, los videntes y los amauróticos (ocho en total) entraron en la pradera. Una vez todos dentro, abrió del todo la verja y sacó otro vial. Tenía más viales que un narco.

El contenido era una sustancia cristalina. Sal. Trazó con ella una delgada línea en la entrada. Iba a preguntar por los emim cuando Jax me agarró por los brazos y me estampó contra un poste. Noté la energía de la valla, tan cerca que me chisporroteó el pelo.

—Idiota. —Jax me agarró por el vestido—. Acabas de enseñarles dónde estamos, maldita sea.

—Les estoy enseñando a todos dónde estamos. No voy a dejar morir aquí a toda esta gente, Jaxon. Son videntes.

Le temblaban los músculos de la cara. Tenía el rostro

transido de ira. Aquel era el Jaxon que yo temía, el dueño de mi vida.

—Accedí a venir aquí a salvar a mi onirámbula —dijo en voz baja—. No a salvar a una pandilla de adivinos y de augures.

—Eso no es problema mío.

—Ya lo creo. Si haces algo más que ponga en peligro este intento (el intento de rescatarte, podría añadir, golfa desagradecida), me aseguraré de que pasas el resto de tus días deambulando por las alcantarillas. Te enviaré a Jacob's Island, y allí podrás limosnear con los arúspices y los antropománticos y toda la escoria que va a parar allí. Ya veremos qué hacen contigo. —Me agarró el cuello con una mano fría—. Toda esta gente es prescindible. Nosotros no. Quizá hayas disfrutado de cierta independencia, querida mía, pero vas a obedecerme. Y todo volverá a ser como antes.

Esas palabras retiraron varias capas de mi onirosaje. Volvía a tener dieciséis años; volvía a tenerle miedo al mundo y a todo lo que había dentro de mí. Entonces levanté de nuevo una coraza y me convertí en otra.

—No —dije—. Lo dejo.

Jaxon mudó la expresión.

—Los Siete Sellos no «se dejan», Paige.

—Yo acabo de hacerlo.

—Tu vida me pertenece. Hicimos un trato. Firmaste un contrato conmigo.

—Me importa un cuerno lo que digan otros capos. Si soy propiedad tuya, Jaxon, no soy otra cosa que una esclava. —Lo empujé, tratando de separarlo de mí—. Ya estoy harta de esa clase de vida.

Pronuncié esas palabras, pero no parecían haber salido de mi cabeza. Me estaba quedando atontada.

—Si yo no puedo tenerte, no te tendrá nadie —dijo, y cerró los dedos—. No renunciaré a una onirámbula.

Lo decía en serio. Después de lo que había pasado en

Trafalgar Square, entendía su sed de sangre. Su aura lo delataba. Si dejaba de trabajar para él, me mataría.

Nick nos había visto.

—¿Qué haces, Jaxon?

—Lo dejo —dije. Y lo repetí—: Lo dejo. —Necesitaba oírmelo decir—. Cuando volvamos a Londres, no iré al I-4.

Nick miró a Jaxon.

—Ya hablaremos —dijo—. Ahora no hay tiempo. Faltan quince minutos.

Ese recordatorio me produjo un escalofrío.

—Hay que subir a todos al tren inmediatamente.

Nadine había vuelto.

—¿Dónde está la entrada? —preguntó, sudorosa—. Hemos salido a esta pradera por un pasadizo. ¿Dónde está?

—Lo encontraremos. —Miré más allá de ella y solo vi a Zeke—. ¿Dónde está Dani?

—No contesta por el transmisor. Podría estar en cualquier sitio.

—Ella trabaja para Scion —dijo Nick—. Podría librarse diciendo que es una emisaria, pero no es lo ideal.

—¿Ha venido Eliza?

—No, la hemos dejado en Dials. Necesitábamos que hubiera un Sello en la ciudadela.

Jaxon se levantó y se sacudió la ropa.

—Bueno, de momento vamos a llevarnos todos bien. Ya discutiremos nuestras diferencias cuando hayamos regresado. —Hizo señas con una mano y añadió—: Diamante, Campana: cubridnos, por favor. Tenemos que tomar un tren.

—¿Y Dani? —Zeke parecía nervioso.

—Tranquilo, lo conseguirá. Esa chica sería capaz de atravesar un campo de minas.

Jaxon pasó a mi lado y encendió otro puro. ¿Cómo podía fumar en un momento así? Estaba segura de que solo fingía despreocupación. No quería perderme. Y yo tampoco estaba segura de querer perderlo a él. ¿Por qué había dicho todo aquello? Jaxon no era un oráculo ni un adivino, pero sus palabras habían sonado proféticas. Yo no podía acabar limosneando (o peor aún, prostituyéndome) en una barriada de videntes como Jacob's Island. Había cosas y lugares mucho peores que el empleo que me ofrecía Jaxon en la zona segura del I-4.

Quería disculparme. Tenía que disculparme. Era una dama; él era mi capo. Pero el orgullo me lo impedía.

Lancé otra bengala. La última. Una última oportunidad para los últimos supervivientes. Entonces eché a correr detrás de Jaxon. El Custodio me siguió.

La bengala iluminaba el sendero. Unos cuantos humanos más llegaron a la verja y entraron con nosotros en la pradera; algunos iban por parejas y otros, solos. La mayoría eran videntes. Cuando llegó Michael, me agarró por el brazo. Tenía un tajo en la cara, desde una ceja hasta la barbilla, pero al menos podía andar. Me puso mi mochila en los brazos.

—Gracias, Michael. No hacía falta que… —Sacudió la cabeza; respiraba con dificultad. Me colgué una correa del hombro—. ¿Viene alguien más?

Michael hizo tres signos.

—Los emisarios —tradujo el Custodio—. Vienen con sus guardaespaldas. ¿Cuánto falta? —Michael levantó dos dedos—. Dos minutos. Tenemos que alejarnos de ellos cuanto podamos.

Era una pesadilla. Giré la cabeza y dije:

—¿Por qué no van a dejarnos marchar?

—Les habrán ordenado retener a todos los testigos de este incidente. Quizá tengamos que pelear.

—Pelearemos.

Notaba una punzada en el costado. En el camino encontramos a un herido tirado en la hierba. Respiraba con dificultad. Solo tenía medio minuto para levantarlo del suelo; si no, tendríamos que dejarlo allí.

—Sigue tú —le dije al Custodio—. Diles que llegaré enseguida. ¿Puedes abrir el túnel?

—Sin ti, no. —Miró al herido; yo no sabía qué estaba pensando—. Date prisa, Paige.

Siguió adelante con Michael. Me arrodillé junto al herido. Estaba tumbado boca arriba, con los ojos cerrados y las manos juntas sobre el pecho; habría parecido una efigie de no ser por el uniforme de Scion: traje negro y corbata roja, manchados de sangre. Le tomé el pulso, y él abrió un ojo. Con repentino apremio, su mano cargada de anillos asió la mía.

—Eres la chica.

Me quedé quieta.

—¿Quién eres?

—Mi cartera. Mira ahí.

Le saqué una cartera de piel del bolsillo interior de la chaqueta. Dentro había un documento de identidad. Era del Starch.

—Trabajas para Weaver —dije—. Cerdo. Eres el responsable de todo esto. ¿Te ha enviado él a verme morir? ¿A vigilar cómo nos va en el infierno al que nos ha enviado?

No era una persona conocida, y no reconocí su nombre.

—Lo destruirán… todo. —Tenía sangre en los labios.

—¿Quiénes?

—Esos… seres. —Inspiró trabajosa y ruidosamente—. Busca… a Rackham. Búscalo.

Fueron sus últimas palabras. Me quedé con su cartera en las manos, temblando. De pronto hacía mucho frío.

—¡Paige!

Nick había venido a buscarme.

—Era de Scion. —Sacudí la cabeza, agotada—. Ya no entiendo nada.

—Yo tampoco. Están jugando con nosotros, *sötnos*. Lo que pasa es que todavía no sabemos a qué estamos jugando. —Me apretó la mano—. Vamos.

Dejé que me levantara. Nada más ponerme en pie, oí un

disparo a lo lejos. Me puse en tensión. Los emisarios. Debían de haber llegado a la verja. Al mismo tiempo el éter lanzó una señal extraña. Se nos acercaban cuatro figuras con ojos amarillos.

—Refas —dije, y eché a correr—. ¡Corre, Nick, corre!

Nick me hizo caso. Nuestras botas golpeaban con fuerza la tierra helada, pero los refas iban pisándonos los talones y eran más rápidos que nosotros. Saqué un puñal de mi mochila y me volví, dispuesta a clavárselo a alguno en un ojo, pero Terebell Sheratan me sujetó la mano.

—Terebell —dije, jadeando—. ¿Qué quieres?

Terebell me miró a los ojos. Con ella estaban Pleione, Alsafi y otra refa más joven a la que no reconocí. Y detrás de ellos, ensangrentada y con la camisa rota, estaba Dani. Al verla sentí un alivio inmenso.

—Hemos traído a tu amiga —dijo Terebell. En sus ojos había muy poca luz—. Aquí no duraría mucho.

Dani pasó cojeando a mi lado, ignorándolos a todos, y fue hacia el grupo de rezagados. Estaba destrozada.

—¿Qué queréis a cambio? —pregunté con recelo—. Supongo que no queréis subir al tren.

—Si quisiéramos, no podrías impedírnoslo. Todos hemos salvado vidas humanas. Te hemos traído a tu amiga, y hemos retrasado a la DVN. Estás en deuda con nosotros. —Alsafi me miraba fijamente—. Por suerte para ti, onirámbula, no tenemos intención de ir a la ciudadela. Hemos venido a buscar a Arcturus.

—Vendrá cuando pueda.

Yo todavía necesitaba al Custodio.

—Pues transmítele este mensaje. Tiene que encontrarse con nosotros en el claro en cuanto vosotros os hayáis marchado. Le estaremos esperando.

Se fueron tan deprisa como habían aparecido. Se perdieron en la oscuridad como polvo que se disuelve, huyendo de las inevitables represalias de los Sargas. Me volví y fui hacia una plataforma de entrenamiento donde había dos faroles encendidos. Llegar hasta allí había sido fácil. Ahora tenía que guiar a toda aquella gente por el túnel hasta el tren.

Los rezagados se habían congregado junto a una plataforma de hormigón equivocada, pues era rectangular y no ovalada. Nick estaba examinándole la cara a Dani. Tenía un corte profundo en la ceja, pero ella no le daba importancia. Jaxon, un poco más allá, contemplaba la ciudad con gesto impasible. No había ni rastro de Julian. Se lo había tragado el fuego, igual que a Finn. Confié en que, al menos, hubieran tenido una muerte rápida.

—Tenemos que irnos —dije—. No podemos esperar más.

—No tiene sentido —dijo un chico amaurótico agarrándose el pelo con ambas manos—. La DVN viene hacia aquí.

—Nosotros hemos llegado primero.

Unas cuantas miradas se avivaron. Saqué una linterna de la mochila y la encendí.

—Seguidme —dije—. Id tan deprisa como podáis. Los que podáis, ayudad a los heridos. Tenemos que encontrar otra marca, un óvalo. No nos queda mucho tiempo.

—Tú estás con los refas —dijo alguien con rencor—. Yo no voy a ninguna parte con una sanguijuela.

Me volví hacia el que acababa de hablar y apunté hacia la ciudad.

—¿Prefieres volver allí?

No dijo nada. Pasé a su lado ignorando el dolor del costado y eché a correr otra vez.

Una vez que hubimos pasado el estanque, no me costó mucho recordar el lugar exacto. Vi al Custodio de pie en el sitio donde habíamos entrenado meses atrás.

—La entrada está aquí —dijo cuando me acerqué a él, señalando el óvalo de hormigón—. A Nashira le gustó la idea de poner la estación bajo el campo de entrenamiento.

—¿Crees que ha muerto?

—Ojalá.

Aparté esa idea de mi mente. Ahora no podía pensar en Nashira.

—Te están esperando —dije—. En el claro.

—No pienso ir con ellos todavía.

Sentí alivio. Miré alrededor y dije:

—No hay vigilancia. ¿Han dejado la entrada abierta, sin más?

—No, no son tan necios. —El Custodio levantó una capa de musgo que reveló un candado de plata. Salió un fino haz de luz blanca, como si dentro se hubiera encendido una bombilla—. Este candado contiene una batería etérea. Dentro hay un duende. Pensaban enviar a un guardia refaíta con los emisarios para abrirlo antes de que se restablezca la corriente; pero si puedes convencer al duende para que salga de ahí dentro, fallará la batería y saltará el cierre.

Noté un escozor en la herida de la mano.

—En tu forma onírica no puede hacerte daño, Paige. —Él lo sabía—. Eres la mejor preparada para enfrentarse a un quebrajador.

—Jaxon es vinculador.

—Eso no eliminaría el problema. Hay que convencer al duende, persuadirlo para que abandone el objeto; no se le puede obligar. Hasta que no lo hubieran liberado de sus restricciones físicas, tu amigo no podría vincularlo.

—¿Qué quieres que haga?

—Tú puedes viajar por el éter. Puedes comunicarte con el duende sin tocar el candado; nosotros, no.

—No digas «nosotros», refa. —Era un augur un poco mayor que yo—. Apártate de ese candado.

El Custodio le dejó hacer, pero sin dejar de observarlo. El chico iba armado con un trozo de tubería.

—¿Qué haces? —le pregunté.

—Eso de la batería etérea es un cuento —dijo apretando los dientes—. De esto ya me encargo yo. Quiero largarme de aquí.

Golpeó el candado con la tubería.

El éter se estremeció. El augur saltó por los aires, gritando, y fue a parar a más de seis metros.

—¡No, por favor! ¡No quiero morir! ¡Por favor, no quiero ser un esclavo! ¡No!

Arqueó la espalda, se estremeció y se quedó quieto.

Esas palabras me trajeron recuerdos.

—He cambiado de idea —dije. El Custodio me miró—. Sí puedo ocuparme de ese duende.

El Custodio hizo un gesto afirmativo. Quizá lo hubiera entendido.

—¡Ya vienen!

Giré la cabeza.

La DVN se acercaba por la pradera iluminada por la luna. Armados con escudos y bastones antidisturbios, escoltaban a un grupo de emisarios. Birgitta Tjäder se hallaba entre ellos, y también Cathal Bell. Tjäder fue la que nos vio primero, y gritó de rabia. Nick levantó la pistola y le apuntó a la cabeza. Contra los amauróticos no podíamos usar bandadas. Me di la vuelta y miré a los prisioneros. Por primera vez desde mi llegada allí, necesitaban que los animaran. Necesitaban oír una voz que les dijera que podían hacer lo que estaban haciendo. Que valían algo.

Esa voz iba a ser la mía.

—¿Veis a esos centinelas? —dije subiendo la voz y señalándolos—. Esos centinelas van a intentar impedirnos salir de aquí. Van a matarnos porque no quieren que vayamos a su capital. No quieren que compartamos lo que hemos visto. Quieren vernos morir, aquí y ahora. —Tenía la voz ronca, pero continué. Tenía que aguantar—. Voy a abrir esta trampilla, y saldremos a tiempo de esta ciudad. Os prometo que al amanecer estaremos en Londres. ¡Y no habrá campanada diurna que nos obligue a volver a nuestras celdas! —Hubo murmullos de aprobación, de rabia. Michael aplaudió—. Pero necesito que defendáis esta pradera. Necesito que hagáis esto último para que podamos salir de aquí para siempre. Dadme dos minutos, y yo os daré la libertad.

Guardaron silencio. No hubo gritos de guerra, nada. Pero cogieron sus armas, convocaron a cuantos espíritus pudieron y salieron en tropel hacia la DVN. Nadine y Zeke fueron tras ellos, dispuestos a entrar en la refriega. Los espíritus de la pradera se unieron a su causa, y se lanzaron contra la DVN con más ímpetu que las balas. Jaxon se quedó quieto, evaluándome.

—Un discurso excelente —dijo— para ser una aficionada.

Era un cumplido. Un halago de un capo a su dama. Pero yo sabía que no era fruto de una admiración sincera.

Tenía dos minutos. Esa era mi promesa.

—Dani —dije—, necesito la máscara.

Metió una mano en el bolsillo de su abrigo. Tenía sudor en la frente.

—Toma. —Me la lanzó—. Le queda poco oxígeno. Aprovéchalo bien.

Me coloqué tan cerca como pude del candado y me tumbé en la hierba. Nick miró al Custodio.

—No sé quién eres, pero espero que sepas lo que haces. Paige no es ningún juguete.

—No puedo permitir que lleve a esta gente por la Tierra de Nadie. —El Custodio dirigió la mirada hacia el bosque—. A menos que se le ocurra una alternativa, doctor Nygård, esta es la única forma de salir de aquí.

Me puse el SVP2 en la cara, tapándome la boca y la nariz. La mascarilla se selló y se iluminó, lo que indicaba un flujo constante de oxígeno.

—No tienes mucho tiempo —me previno Dani—. Te sacudiré cuando tengas que volver.

Dije que sí con la cabeza.

—Custodio, ¿cuál era el segundo nombre de Seb?

—Albert.

Cerré los ojos.

—Cronometraré dos minutos —dijo Nick, y eso fue lo último que oí, al menos en el mundo de la carne.

Vislumbraba el diminuto receptáculo en el éter. Me absorbía como habría hecho un onirosaje, como una gotita absorbería otra. Entonces me di la vuelta y me encontré ante un niño perdido.

No fui hacia él. Me quedé quieta. Pero allí estaba: Sebastian Albert Pearce, el niño al que no había podido salvar. Golpeaba las paredes, sacudía los barrotes de hierro de la habitación. Al otro lado de esos barrotes estaba la oscuridad infinita del éter. Tenía la cara manchada de sangre, transida de ira, y el pelo sucio de cenizas.

La última vez que me había tropezado con un duende había sido en mi forma física; aun así, Seb podía hacerle daño a mi espíritu. Iba a tener que dominarlo.

—Seb —dije con toda la suavidad que pude.

Él no tardó en percatarse de la invasión. Se volvió contra mí, corrió hacia mí. Lo agarré por las muñecas.

—¡Soy yo, Seb!

—No me salvaste —gruñó, furioso—. No me salvaste, y ahora estoy muerto. ¡Estoy muerto, Paige! ¡Y no puedo… —golpeó la pared—… salir… —otra vez—… de esta habitación!

Su endeble figura temblaba en mis brazos. Se le marcaban los huesos, igual que antes. Me tragué el miedo y le cogí la sucia cara con las manos. Me estremecí al ver su cuello roto.

Tenía que hacerlo. Tenía que aplacar la ira del espíritu en que se había convertido porque, si no, Seb quedaría atrapado en ese estado eternamente. Aquel no era Seb. No eran el rencor, el dolor ni el odio de Seb.

—Escúchame, Seb. Lo siento muchísimo. Tú no te merecías esto. —Tenía los ojos negros—. Yo puedo ayudarte. ¿Quieres volver a ver a tu madre?

—Mi madre me odia.

—No. Escucha, Seb. No te liberé, y... lo siento. —Estaba a punto de quebrárseme la voz—. Pero ahora podemos liberarnos el uno al otro. Si sales de esta habitación, yo podré salir de la ciudad.

—Nadie se va de aquí. Ella nos avisó: nadie se va. —Me agarró un brazo, y la cabeza le tembló tan deprisa que vi un borrón—. Ni siquiera tú. Ni siquiera yo.

—Yo puedo hacer que te vayas.

—No quiero irme. ¿Para qué voy a irme? Ella me mató. ¡Yo debería haber vivido más!

—Tienes mucha razón. Deberías haber vivido más. Pero ¿seguro que quieres vivir en esta jaula el resto de la eternidad?

Seb empezó a temblar otra vez.

—¿Eternamente?

—Sí, para siempre. Seguro que no quieres.

Paró de temblar.

—Paige —dijo en voz baja—, ¿tengo que irme para siempre? ¿No puedo volver?

Ahora era yo la que temblaba. ¿Por qué no lo había salvado? ¿Por qué no había parado a Nashira?

—De momento, no. —Despacio, con cuidado, le puse las manos sobre los hombros—. No puedo enviarte hasta la última luz. Ya sabes, esa luz blanca que la gente dice que ve al final. No puedo enviarte allí. Pero puedo enviarte muy lejos, a la oscuridad exterior, para que nadie pueda volver a encerrarte. Y entonces, si de verdad quieres, podrás volver.

—Si quiero.

—Sí.

Nos quedamos un rato callados, Seb en mis brazos. No

tenía pulso, pero yo sabía que debía de estar asustado. Mi cordón argénteo tembló.

—No vayas tras ella —dijo Seb aferrándose a mi forma onírica—. De Nashira. Lo único que quieren es sorbernos hasta dejarnos secos. Y hay un secreto.

—¿Qué secreto?

—No puedo revelarlo. Lo siento. —Me tomó las manos—. Es demasiado tarde para mí, pero no para ti. Tú todavía puedes parar esto. Nosotros te ayudaremos. Todos te ayudaremos.

Seb me abrazó el cuello. Percibía su presencia como algo tan real como el niño al que había conocido con vida. Así era como yo lo recordaba. Recité el treno en voz baja:

—Sebastian Albert Pearce, vete al éter. Está todo arreglado. Todas las deudas están saldadas. Ya no tienes que morar entre los vivos. —Cerré los ojos—. Adiós.

Seb sonrió.

Y desapareció.

El éter contenido en el *numen* empezó a deshacerse. El cordón argénteo dio una sacudida, esa vez con más apremio. Tomé carrerilla y salté, y mi onirosaje me recuperó.

—Paige. ¡Paige!

Una luz me deslumbraba.

—Está bien —dijo Nick—. Nos vamos. Nadine, reúnelos.

—Custodio —murmuré.

Una mano enguantada apretó la mía, y supe que estaba allí. Abrí los ojos. Oía disparos. Y los latidos del corazón del Custodio.

El Custodio levantó la trampilla de acceso: una puerta maciza, cubierta de hormigón, que ocultaba una escalera estrecha. El candado vacío cayó repiqueteando. El Custodio me cargó sobre el hombro, y lo abracé por el cuello. Los humanos bajaron por la escalera sin dejar de disparar contra la DVN. Tjäder se hizo con el arma de un centinela muerto; disparó a Cyril en el cuello y lo mató. Vi la ciudad por última vez (la luz en el cielo, la baliza en la oscuridad), antes de que el Custodio siguiera a los supervivientes. Su cuerpo, sólido y cálido, era lo único en lo que podía concentrarme. Iba recuperando la percepción a base de dolorosas sacudidas.

En el túnel hacía frío. Lo olí: el olor seco y rancio de una habitación que se usa poco. Los gritos de arriba se confundían formando una cacofonía sin sentido, como ladridos de perros. Me agarré fuerte al hombro del Custodio. Necesitaba adrenalina, amaranto, algo.

No era un túnel grande, más o menos del tamaño de los túneles del metro de Londres, pero en el andén, largo y ancho, cabían al menos cien personas. Al final había unas camillas, apiladas unas sobre otras. Olía a desinfectante. Debían de haberlas utilizado para trasladar a los videntes a los que habían inyectado flux desde allí hasta la penitenciaría, o al menos hasta la calle. Pero estaba segura de poder oír algo en la oscuridad: un zumbido eléctrico.

El Custodio alumbró con su linterna hacia el tren. Al cabo de un momento vi las luces. Entrecerré los ojos.

Electricidad.

Era un tren ligero, de los del metro; no estaba pensado para transportar a muchos pasajeros. En la parte trasera podía leerse: SISTEMA DE TRANSPORTE AUTOMATIZADO DE SCION. Los vagones eran blancos, y llevaban la insignia de Scion en las puertas; al abrirse estas, se encendieron las luces del interior.

«Bienvenidos a bordo —dijo la voz de Scarlett Burnish—. Este tren partirá dentro de tres minutos con destino a la ciudadela Scion Londres.»

Entre suspiros de alivio, los supervivientes fueron deshaciéndose de sus armas rudimentarias y entrando en los vagones. El Custodio se quedó quieto en el andén.

—Se darán cuenta —dije con voz cansada—. Se darán cuenta de que en el tren no van los que deberían. Nos estarán esperando.

—Y tú te enfrentarás a ellos. Como te enfrentas siempre a todo.

Me dejó en el suelo, pero no me soltó. Me abrazó por las caderas. Lo miré y dije:

—Gracias.

—No tienes que agradecerme tu libertad. Tienes derecho a ella.

—Y tú también.

—Ya me has dado la libertad, Paige. Me ha costado veinte años recuperar las fuerzas para reclamarla. Eso tengo que agradecértelo únicamente a ti.

Iba a contestar, pero se me hizo un nudo en la garganta. Unas cuantas personas más subieron al tren, entre ellas Nell y Charles.

—Tenemos que irnos —dije.

El Custodio no me contestó. No estaba muy segura de qué era eso que había pasado a lo largo de los seis últimos meses (no sabía si era real o no), pero notaba el corazón henchido y la piel caliente, y no tenía miedo. Ya no. De él, no.

Se oyó un ruido a lo lejos, una especie de trueno. Otra mina. Otra muerte inútil. Zeke, Nadine y Jax entraron tambaleándose en el túnel; iban ayudando a Dani, que estaba seminconsciente.

—¿Vienes, Paige? —dijo Zeke.

—Id tirando. Voy enseguida.

Entraron en uno de los últimos vagones. Jaxon asomó la cabeza por la puerta y me miró.

—Ya hablaremos, Soñadora —dijo—. Cuando volvamos, hablaremos.

Pulsó el botón del interior del vagón, y las puertas se cerraron. Un amaurótico y un adivino entraron tambaleándose en el siguiente vagón; uno llevaba la camisa manchada de sangre.

—Un minuto para la salida. Por favor, pónganse cómodos.

El Custodio me abrazó con fuerza.

—Qué raro que esto sea tan difícil —dijo.

Escudriñé su cara. Tenía los ojos muy apagados.

—No vienes, ¿verdad? —pregunté.

—No.

Lo entendí poco a poco, con la lentitud con que el polvo se acumula en una estrella. En realidad yo nunca había tenido la certeza de que fuera a venir conmigo; eso solo había sido un deseo impreciso que había surgido en las últimas horas. Cuando ya era demasiado tarde. Y ahora estaba a punto de irse. O mejor dicho, de quedarse. A partir de ese momento, estaría sola. Y sería libre en esa soledad.

Acercó la nariz a la mía. Un dolor lento y dulce surgió dentro de mí, y no supe qué hacer. El Custodio no dejaba de mirarme, pero yo tenía la cabeza agachada. Miraba nuestras manos; las suyas, más grandes, sobre las mías, protegidas por los guantes que ocultaban la piel áspera; y las mías, pálidas, con ríos de venas azuladas. Mis uñas, todavía amoratadas.

—Ven con nosotros —dije. Me dolía la garganta, y me ardían los labios—. Ven… conmigo. A Londres.

Me había besado. Me había deseado. Quizá todavía me deseara.

Pero no podía haber nada entre nosotros. Era imposible. Y supe, por su mirada, que desearme no era suficiente.

—No puedo ir a la ciudadela. —Me pasó un pulgar por los labios—. Pero tú sí. Tú puedes recuperar tu vida, Paige. Es lo único que quiero: que aproveches esa oportunidad.

—Pues yo quiero más cosas.

—¿Qué quieres?

—No lo sé. Quiero tenerte a mi lado.

Nunca había dicho esas palabras en voz alta. Ahora que

podía saborear mi libertad, quería que él la compartiera conmigo.

Pero él no podía cambiar su vida por mí. Y yo tampoco podía sacrificar mi vida para estar con él.

—Ahora debo perseguir a Nashira desde la clandestinidad. —Apoyó la frente en mi frente—. Si logro echarla de aquí, quizá los demás se marchen también. Quizá abandonen. —Abrió los ojos y me grabó sus palabras a fuego en la mente—. Si no vuelvo, si no vuelves a verme nunca, significará que todo ha salido bien. Que he acabado con ella. Pero si regreso, significará que he fracasado. Que todavía hay peligro. Y entonces te buscaré.

Le sostuve la mirada. Recordaría su promesa.

—¿Confías en mí ahora? —me preguntó.

—¿Debo confiar?

—Eso no puedo decírtelo yo. En eso consiste la confianza, Paige. En no saber si debes confiar en alguien o no.

—Entonces, confío en ti.

Oí unos golpes a lo lejos. Puños contra metal, gritos amortiguados. Nick entró corriendo en el túnel, acompañado por el resto de los supervivientes, que me metieron en tropel en el tren justo antes de que se cerraran las puertas.

—¡Sube, Paige! —me gritó.

Había acabado la cuenta atrás. Ya no había tiempo. El Custodio se separó de mí; el remordimiento ardía en sus ojos.

—Corre —dijo—. Corre, Soñadora.

El tren se había puesto en marcha. Nick saltó al tren agarrándose a la barandilla del final del último vagón, y me tendió una mano.

—¡PAIGE!

Volví en mí. Me dio un vuelco el corazón, y todos mis sentidos me golpearon como un muro de hierro. Me di la vuelta y corrí por el andén. El tren aceleró; iba muy deprisa. Así la mano de Nick, salté por encima de la barandilla y me metí en el vagón. Estaba a salvo. Vi volar chispas por la vía, y sentí temblar el suelo metálico bajo mis pies.

No cerré los ojos. El Custodio había desaparecido en la oscuridad, como una vela apagada por el viento.

No volvería a verlo.

Pero mientras veía correr las paredes del túnel, estaba segura de una cosa: confiaba en él.

Ya solo faltaba que confiara en mí misma.

Glosario

El argot empleado por los clarividentes en *La Era de Huesos* está inspirado en el léxico utilizado por el hampa londinense en el siglo XIX, con algunas modificaciones respecto al uso y el significado. Los términos específicos de la Familia (los humanos residentes en Sheol I) se indican con un asterisco.*

Actor: [sustantivo] Humano residente en Sheol que ha suspendido los exámenes y está a las órdenes del Capataz.

Andarín: [sustantivo] Sinónimo de «onirámbulo».

Amaurosis: [sustantivo] Carencia de clarividencia.

Amaurótico: [adjetivo o sustantivo] No clarividente.

Arrancahuesos:* [sustantivo peyorativo] Casaca roja.

Bandada: [sustantivo] Grupo de espíritus.

Bufón:* [sustantivo] Actor.

Cantor: [sustantivo] Políglota.

Carroño: [sustantivo] Amaurótico.

Casaca amarilla:* [sustantivo] El rango más bajo en Sheol I. Lo reciben los humanos que muestran miedo durante un examen. Puede utilizarse como sinónimo de «cobarde».

Casaca blanca:* [sustantivo] Primer rango que reciben todos los humanos en Sheol I. Los casacas blancas deben exhibir cierto grado de habilidad en sus respectivos tipos de clarividencia. Si aprueban ese examen, ascienden a casaca rosa; si lo suspenden, son enviados al Poblado.

Casaca roja:* [sustantivo] El rango más elevado entre los humanos de Sheol I. Los casacas rojas son los encargados de proteger la ciudad de los emim. A cambio de sus servicios, reciben privilegios especiales. También son llamados «arrancahuesos».

Casaca rosa:* [sustantivo] Segunda fase de iniciación en Sheol I. Los casacas rosa deben enfrentarse a los emim antes de pasar a ser casacas rojas. Si suspenden ese examen, los casacas rosa son degradados a casaca blanca.

Centi: [sustantivo] Centinela.

Cordón argénteo: [sustantivo] Conexión permanente entre el cuerpo y el espíritu. Permite a una persona permanecer durante años en una misma forma física. Exclusivo de cada individuo. Especialmente importante para los onirámbulos, quienes utilizan el cordón para abandonar temporalmente su cuerpo. El cordón argénteo se desgasta con los años, y una vez roto no puede repararse.

Cordón áureo: [sustantivo] Conexión entre dos espíritus. Se sabe muy poco sobre él.

Cortesano: [sustantivo] Adicto al áster morado. El nombre viene de St Anne's Court, el callejón del Soho donde comenzó el comercio de áster morado a principios del siglo XXI.

Dama: [sustantivo] Clarividente joven asociada con un mimetocapo. A menudo se da por hecho que es [a] la amante del capo y [b] la heredera de su sector.

Destronado: [adjetivo] Completamente recuperado de los efectos del áster morado.

Ecto: [sustantivo] Ectoplasma, o sangre refaíta. De color amarillo verdoso. Luminiscente y ligeramente gelatinoso. Puede emplearse para abrir puntos fríos.

Emim, los: [sustantivo] [singular *emite*] Presuntos enemigos de los refaítas; «los temidos». Nashira Sargas los define como seres carnívoros y brutales, con debilidad por la carne humana. Su existencia está envuelta en un halo de misterio.

Éter: [sustantivo] El reino de los espíritus, al que pueden acceder los clarividentes. También llamado el origen.

Falsante: [sustantivo] Falsificador de documentos; los contratan los mimetocapos para proporcionar documentos de viaje falsos a sus empleados.

Familia, la:* [sustantivo] Conjunto de humanos residentes en Sheol I, exceptuando a los arrancahuesos y a otros traidores.

Fantasma: [sustantivo] Espíritu que ha escogido un sitio determinado donde residir, muy frecuentemente el lugar donde murió. Sacar a un fantasma de su «lugar predilecto» puede provocar su enfado.

Fascículos de terror: [sustantivo] Obras de ficción baratas e ilegales editadas en Grub Street, el centro del mundillo literario de los videntes. Componen series de relatos de terror. Distribuidos entre los clarividentes para compensar la falta de literatura fantástica, de la que no se publican obras en Scion. Los fascículos de terror abarcan gran variedad de temas sobrenaturales.

Floxy: [sustantivo] Oxígeno aromatizado que se inhala mediante una cánula. Es la alternativa de Scion al alcohol. Se sirve en la gran mayoría de los locales de entretenimiento, incluidos los bares de oxígeno.

Flux: [sustantivo] Fluxion 14, psicofármaco que produce desorientación y dolor a los clarividentes.

Lector: [sustantivo] Término anticuado, sinónimo de «cartomántico». Su uso no es frecuente en la ciudadela.

Limosnear: [verbo] Clarividencia remunerada. La mayoría de los limosneros leen el futuro a cambio de dinero. Está prohibido dentro del sindicato de clarividentes.

Luciérnaga: [sustantivo] Guardaespaldas callejero, contratado para proteger a los ciudadanos de los antinaturales por la noche. Se le identifica por una característica luz verde.

Mecks: [sustantivo] Sustituto sin alcohol del vino. Tiene un sabor dulce y una consistencia espesa como el jarabe. Hay tres variedades: blanco, rosado y «sangre», o tinto.

Mimetocapo: [sustantivo] Líder de una banda del sindicato de clarividentes; especialista en mimetodelincuencia. Generalmente dirige a un grupo reducido de entre cinco y diez seguidores, pero tiene el mando de todos los clarividentes de determinado sector de una cohorte. Miembro de la Asamblea Antinatural.

Mimetodelincuencia: [sustantivo] Cualquier actividad que implique el uso de, o la comunicación con, el mundo de los espíritus, sobre todo si es con fines de lucro. La ley de Scion lo considera alta traición.

Mundo de la carne: [sustantivo] El mundo corpóreo; la Tierra.

Narco: [sustantivo] Especialista en drogas etéreas y sus efectos en el onirosaje.

Numen: [sustantivo] [plural *numa*] Objetos utilizados por los adivinos y los augures para conectar con el éter; por ejemplo espejos, cartas, huesos.

Onirosaje: [sustantivo] El interior de la mente, donde se almacenan los recuerdos. Está dividido en cinco «anillos» de cordura: zona soleada, zona crepuscular, medianoche, baja medianoche y zona hadal. Los clarividentes pueden acceder conscientemente a su propio onirosaje, mientras que los amauróticos solo pueden entreverlo cuando duermen.

Oscuridad exterior: [sustantivo] Zona del éter muy remota, más allá del alcance de los clarividentes.

Oxista: [sustantivo] Camarero/a de un bar de oxígeno.

Peste cerebral: [sustantivo] Término de argot, sinónimo de fantasmagoría, una fiebre debilitante producida por el Fluxion 14.

Pirata: [sustantivo] Taxi ilegal, sin licencia; son los que utilizan, por lo general, los clarividentes.

Poblado, el: [sustantivo] Barriada. En Sheol I, barrio de chabolas donde se ven obligados a vivir los actores.

Pondo: [sustantivo] Una libra; medida de peso. Término empleado corrientemente en el ámbito de las drogas etéreas.

Punto frío: [sustantivo] Pequeña abertura entre el éter y el mundo corpóreo. Se manifiesta como un charco de hielo permanente. Se puede utilizar, con ectoplasma, para abrir un conducto hasta el Inframundo. La materia corpórea (por ejemplo, la sangre y la carne) no puede pasar por un punto frío.

Quebrajador: [sustantivo] Espíritu capaz de causar un impacto en el mundo corporal debido a su categoría o su edad. Incluye a los duendes y a los arcángeles.

Refaítas, los: [sustantivo] [singular refaíta] Habitantes humanoides, biológicamente inmortales, del Inframundo; se alimentan del aura de los humanos clarividentes. Su historia y sus orígenes son inciertos.

Regal: [sustantivo] Áster morado.

Reinar: [verbo] Estar bajo los efectos del áster morado.

Sindicato: [sustantivo] Organización criminal de clarividentes, con base en la Ciudadela Scion Londres. Activo desde principios de la década de 1960. Gobernado por el Subseñor y la Asamblea Antinatural. Sus miembros se especializan en mimetodelincuencia con fines lucrativos.

Sindis: [sustantivo] Miembros del sindicato de clarividentes. Término empleado mayoritariamente por los centinelas.

*Skilly:** [sustantivo] Gachas ligeras, generalmente hechas con jugo de carne.

Solicitante: [sustantivo] Cualquier persona que busca información en el éter. Pueden formular preguntas u ofrecer una parte de sí mismos (sangre, palma de la mano) para que les hagan una predicción. Los adivinos y los augures pueden utilizar a un solicitante para concentrarse en determinadas zonas del éter y hacer predicciones más fácilmente.

Soñador: [sustantivo] Sinónimo de «onirámbulo»; lo usan frecuentemente los refaítas.

Sortes: [sustantivo] Una de las categorías de *numa* empleados por los clarividentes. Incluye las agujas, los dados, las llaves, los huesos y las varillas.

Sublimación: [sustantivo] Proceso por el que un objeto corriente se convierte en un *numen*.

Subseñor: [sustantivo] Jefe de la Asamblea Antinatural y capo supremo del sindicato de clarividentes. Tradicionalmente reside en *Devil's Acre* (el Acre del Diablo), en el sector 1 de la cohorte I.

Susu: [sustantivo] Sinónimo de «susurrante» o «políglota».

Tase: [sustantivo] Abreviatura de «taseógrafo».

Tincto: [sustantivo] Láudano. Narcótico ilegal. El nombre proviene de su nombre técnico, tintura de opio.

*Toke:** [sustantivo] Pan rancio.

Treno: [sustantivo] Serie de palabras utilizadas para desterrar a los espíritus a la oscuridad exterior.

Última luz: [sustantivo] El centro del éter, el lugar del que los espíritus ya no pueden regresar. Se rumorea que más allá de la última luz existe otra vida definitiva.

Vagabundos: [sustantivo] Espíritus del éter que no han sido desterrados a la oscuridad exterior o última luz. Los clarividentes todavía pueden controlarlos.

Videncia: [sustantivo] Clarividencia.

Vidente: [sustantivo] Clarividente.

Whitewash: [sustantivo] Amnesia duradera provocada por el consumo de áster blanco. **Encalar:** [verbo] Emplear áster blanco para borrar la memoria de alguien.

Zeitgeist: [sustantivo] Término alemán que significa «espí-

ritu del tiempo». Los videntes lo utilizan metafórica-
mente, pero algunos adoran al *zeitgeist* como a una
deidad.

Zumbadores:* [sustantivo] Emim.

Agradecimientos

Quiero dar las gracias a la familia Godwin, y muy especialmente a David, por acogerme con tanto cariño en el mundo editorial. Gracias también a Kirsty McLachlan, Caitlin Ingham y Anna Watkins por su trabajo con los derechos para el cine y para el extranjero. No podría haber encontrado una agencia mejor que DGA.

Al equipo de Bloomsbury: antes de conoceros no tenía ni idea de la pasión y el trabajo de equipo necesarios para crear un libro. Quiero expresar mi gratitud a la inimitable Alexandra Pringle, cuya pasión por esta novela ha sido la mejor inspiración que podía pedir; a Alexa von Hirschberg, mi estupenda editora, que ha ido mucho más allá de sus obligaciones y siempre ha estado dispuesta a ayudarme; y a Rachel Mannheimer, Justine Taylor y Sarah Barlow, quienes me han ayudado a perfeccionar muchos aspectos de *La Era de Huesos*. Gracias de corazón a Katie Bond, Jude Drake, Amanda Shipp, Ianthe Cox-Willmott, Eleanor Weil y Oliver Holden-Rea del Reino Unido, y a George Gibson, Cristina Gilbert, Nancy Miller, Marie Coolman y Sara Mercurio de Estados Unidos. Sois todos geniales.

Andy Serkis, Jonathan Cavendish, Chloe Sizer, Will Tennant y el resto del equipo de Imaginarium: es un privilegio trabajar con vosotros. Gracias por vuestra dedicación a todos los aspectos de este libro, mucho más allá de lo visual. En el plano artístico, muchas gracias a András Bereznay por diseñar el mapa; a David Mann, por la cubierta; y a Leiana Leatutufu, por ser mi *automatiste* personal.

Decir que este libro ha sido mi vida estos dos últimos años es quedarse corto. Sois demasiados para nombraros a todos en tan poco espacio, pero gracias a todos los amigos que han estado a mi lado durante ese tiempo, y mucho antes. Gracias muy especiales a Neil Diamond y a Fran Tracey; a Emma Forward, mi gran profesora de literatura; y a Rian, Jesica y Richard por llevarme con ellos a Irlanda. De no ser por vosotros, no habría conocido a Molly Malone.

A mis traductores de todo el mundo, gracias por hacer que este libro pueda leerse en tantos idiomas en los que nunca podré escribir. Muchas gracias a Flo y a Alie por ayudarme con los nombres franceses y serbios, y a Devora de Agam Books por compartir conmigo sus conocimientos de hebreo.

Gracias a todas las personas que han seguido mi blog y mis comentarios en Twitter antes de la publicación del libro, y sobre todo a Susan Hill: tu apoyo me ha dado mucha seguridad. Gracias también a los profesores y alumnos del St Anne's College, por ser tan comprensivos conmigo a lo largo de este año caótico.

Y, por supuesto, gracias a mi familia, y sobre todo a mamá, por darme fuerza y energía constantemente, y a Mike, mi increíble padrastro y rey indiscutible de la taseografía. Los dos me habéis soportado en mis peores momentos, así que, según Marilyn Monroe, merecéis que me acuerde de vosotros en los mejores.

JD, gracias por ser mi musa. Eres mi poeta muerto número uno. Y, por último, gracias a Ali Smith por animarme a lanzar *La Era de Huesos* al mundo.

Gracias a todos por apostar por una soñadora.